D0091210

1/10

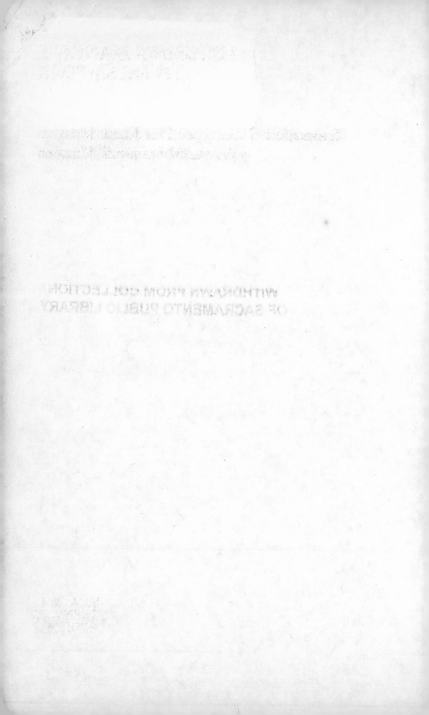

HENNING MANKELL
LA FALSA PISTA

Traducido del sueco por Dea Marie Mansten
y Amanda Monjonell Mansten

MAXI
TUSQUETS
EDITORES

Título original: *Villospår*

1.ª edición en colección Andanzas: noviembre de 2001
3.ª edición en colección Andanzas: abril de 2007
1.ª edición en colección Maxi: enero de 2009

© Henning Mankell, 1995. Publicado por acuerdo con Leopard
Förlag AB, Estocolmo, y Leonhardt & Høier Literary Agency aps,
Copenhague

Ilustración de la cubierta: detalle de *Peste à Rome* (1869), de Jules-Élie
Delaunay, óleo sobre tela, 131 x 176,5 cm. © Photo RMN/Gérard Blot

La traducción de este libro ha obtenido una subvención del
Instituto Sueco

© de la traducción: Dea Marie Mansten y Amanda Monjonell
Mansten, 2001

Diseño de la colección: FERRATERCAMPINSMORALES

Reservados todos los derechos de esta edición para
Tusquets Editores, S.A. - Cesare Cantù, 8 - 08023 Barcelona
www.tusquetseditores.com
ISBN: 978-84-8383-528-9
Depósito legal: B. 50.373-2008
Impresión y encuadernación: Liberdúplex, S.L.
Impreso en España

Índice

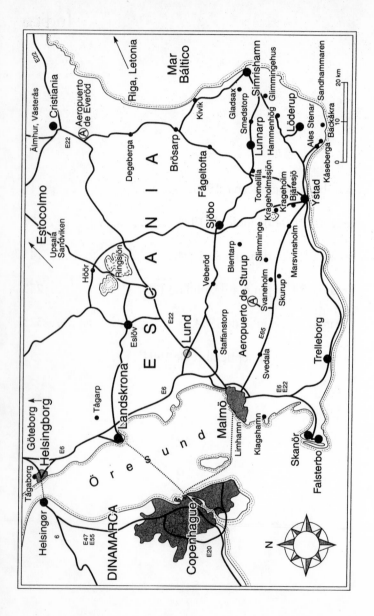

En vano doblaré, grabaré, la vieja reja,
inexorablemente dura. En vano la sacudiré
—no cederá, no quiere resquebrajarse
ya que en mí mismo tengo esa reja forjada, remachada,
y sólo cuando yo esté destruido, será destruida la reja.

Gustaf Fröding, *En Ghasel*

República Dominicana
1978

Prólogo

Poco antes del alba, Pedro Santana se despertó por el humo que había empezado a despedir el candil de petróleo. Al abrir los ojos, no sabía dónde se encontraba. Había sido arrebatado de un sueño que no quería dejar escapar. Se trataba de un viaje por un extraño paisaje rocoso en el que el aire era ligero, y tenía la sensación de que todos sus recuerdos estaban a punto de desvanecerse. El candil humeante había penetrado en su conciencia como un olor lejano a ceniza volcánica. Pero de pronto algo más había hecho su aparición: el jadeo de una persona que sufría. Y entonces el sueño se había interrumpido, obligándolo a volver a la habitación oscura en la que ya llevaba seis días y seis noches sin dormir más que unos minutos a ratos.

El candil se había apagado. A su alrededor reinaba la oscuridad. Estaba sentado, inmóvil. La noche era muy cálida. El sudor era pegajoso bajo su camisa. Se dio cuenta de que olía mal. Hacía mucho tiempo que no tenía fuerzas para lavarse. Luego volvió a oír el jadeo. Se levantó cuidadosamente del suelo de tierra y buscó a tientas el bidón de plástico de petróleo que sabía que estaba junto a la puerta. Debía de haber llovido mientras dormía, pensó al buscar el camino en la oscuridad. El suelo estaba húmedo bajo sus pies. En la lejanía oyó cantar un gallo. Sabía que era el gallo de Ramírez. De todos los gallos del pueblo era siempre el primero en cantar antes del alba. Ese gallo era como una persona impaciente, una persona de las que vivían en la ciudad, de las que siempre estaban tan atareadas que nunca tenían tiempo de ocuparse de otra cosa que no fuera su propia prisa. No era como aquí, en el pueblo, donde todo transcurría tan lentamente como la propia vida. ¿Por qué tenían que correr las personas cuando las plantas de las que se alimentaban crecían tan despacio?

Tocó con una mano el bidón del petróleo. Sacó el trozo de tela que taponaba la abertura y se volvió. Los jadeos que le rodeaban en la oscuridad se hacían cada vez mas irregulares. Encontró el candil, quitó el tapón y vertió el petróleo con cuidado. Al mismo tiempo intentó recordar dónde había puesto las cerillas. La caja estaba casi vacía, eso sí que lo recordaba. Pero aún debían de quedar dos o tres. Dejó el bidón de plástico y buscó por el suelo. Casi enseguida su mano topó con la caja de cerillas. Encendió una, levantó la pantalla y vio cómo la mecha empezaba a arder.

Luego se dio la vuelta. Lo hizo con gran angustia, ya que no quería ver lo que le esperaba. La mujer que yacía en la cama junto a la pared estaba a punto de morir. Ahora sabía que era cierto, si bien durante mucho tiempo había intentado convencerse de que la crisis pronto pasaría. Su último intento de escapar fue en el sueño. Ahora ya no le quedaban posibilidades de huir. Una persona nunca podía eludir la muerte. Ni la de uno mismo, ni la que le aguardaba a un ser querido.

Se puso de cuclillas junto a la cama. El candil de petróleo proyectaba sombras temblorosas sobre las paredes. Miró su rostro. Todavía era joven. A pesar de tener la cara pálida y hundida, aún era hermosa. «Lo último que abandona a mi esposa es su belleza», pensó, y notó que los ojos se le llenaban de lágrimas. Le tocó la frente. La fiebre había subido de nuevo.

Echó una mirada por la ventana rota, que estaba cubierta con un trozo de cartón. Aún no había amanecido. El

14

gallo de Ramírez era todavía el único que cantaba. «Que se haga de día», pensó. «Se morirá durante la noche. No de día. Que tenga fuerzas para respirar hasta el alba. Entonces no me dejará solo.»

De repente abrió los ojos. Le tomó la mano e intentó sonreír.

—¿Dónde está la niña? —preguntó con una voz tan débil que apenas pudo entender sus palabras.

—Está durmiendo en casa de mi hermana y su familia —contestó—. Es mejor así.

Su respuesta pareció tranquilizarla.

—¿Cuánto tiempo he estado durmiendo?

—Muchas horas.

—¿Has estado aquí todo el tiempo? Tienes que descansar. Dentro de unos días ya no tendré que estar echada.

—He dormido —contestó él—. Pronto estarás bien otra vez.

Se preguntó si ella se daba cuenta de que mentía. Se preguntó si sabía que nunca más se levantaría de la cama. ¿Estaban mintiéndose los dos en su desesperación, para hacer más llevadero lo inevitable?

—Estoy muy cansada —dijo.

—Tienes que dormir para ponerte bien —añadió volviendo la cabeza para que no viera lo que le costaba dominarse.

Poco después, la primera luz del alba penetró en la casa. Ella estaba de nuevo inconsciente. Él permaneció sentado en el suelo junto a su cama. Estaba tan cansado que ya no podía tratar de ordenar sus pensamientos. Se movían libremente en su cabeza sin que él pudiera controlarlos.

La primera vez que vio a Dolores tenía veintiún años. Junto con su hermano Juan había recorrido el largo camino hasta Santiago de los Treinta Caballeros para asistir al carnaval. Juan, que era dos años mayor que él, ya había visitado la ciudad antes. Para Pedro era la primera vez. Habían tardado tres días en llegar. De vez en cuando algún carro tirado por bueyes les había llevado algunos kilómetros. Pero la mayor parte del trayecto la habían hecho a pie. En una ocasión intentaron ir de polizones en un autobús cargado hasta los topes que iba hacia la ciudad. Les descubrieron cuando en una parada intentaron subir a la baca para esconderse entre las maletas y los bultos. El chófer les ahuyentó, profiriendo palabrotas tras ellos. Les gritó que no debería existir gente tan pobre que no tuviese dinero ni siquiera para el billete del autobús.

—Un hombre que lleva un autobús debe de ser muy rico —dijo Pedro cuando siguieron a lo largo del camino polvoriento que serpenteaba entre inacabables plantaciones azucareras.

—Eres tonto —contestó Juan—. El dinero de los billetes va al dueño del autobús. No a quien lo conduce.

—¿Quién es? —preguntó Pedro.

—¿Cómo lo voy a saber? —respondió Juan—. Pero cuando lleguemos a la ciudad te voy a enseñar las casas en las que viven.

Finalmente llegaron. Fue un día de febrero y toda la ciudad vivía en el violento torbellino del carnaval. Enmudecido, Pedro veía las ropas abigarradas con espejos brillantes cosidos en las costuras. Al principio, las máscaras que parecían diablos o animales le habían asustado. Era como si toda la ciudad se balanceara al ritmo de miles de tambores y guitarras. Juan le condujo con su experiencia por las calles y callejuelas. De noche dormían en unos bancos en el parque Duarte. Pedro estaba muy angustiado ante la idea de que Juan desapareciese entre la muchedumbre. Se sentía como un niño que temía perder a su padre. Pero no lo demostraba. No quería que Juan se riese de él.

Sin embargo, eso fue lo que ocurrió. Era la tercera noche, la que iba a ser la última. Estaban en la calle del Sol, la más larga de la ciudad, cuando, de repente, Juan desapareció entre el gentío disfrazado que bailaba. No habían decidido ningún lugar de encuentro donde reunirse si se perdían. Estuvo buscando a Juan hasta altas horas de la madrugada, sin encontrarlo. Tampoco le encontró entre los bancos del parque donde antes habían dormido. Al amanecer Pedro se sentó junto a una de las estatuas de la plaza de la Cultura. Bebió agua de una fuente para apagar la sed. Sin embargo, no tenía dinero para comprar comida. Pensó que lo único que podía hacer era intentar encontrar el camino de vuelta a casa. Para calmar el hambre, podría entrar a escondidas en alguna de las numerosas plantaciones de plátanos que había en las afueras de la ciudad.

De pronto advirtió que alguien se había sentado a su lado. Era una joven de su misma edad. Enseguida pensó que era la más guapa que había visto jamás. Cuando ella le miró, él, avergonzado, bajó la mirada. De reojo vio cómo se quitaba las sandalias y se frotaba los pies doloridos.

De esa manera había conocido a Dolores. Muchas veces después habían hablado de cómo la desaparición de Juan en el tumulto del carnaval y los pies doloridos de Dolores les habían unido.

Permanecieron sentados junto a la fuente y empezaron a hablar.

Resultó que Dolores también había visitado la ciudad. Había solicitado un trabajo como asistenta del hogar, yendo de casa en casa por los barrios ricos, sin lograr nada. Al igual que él, también era hija de campesinos y su pueblo no estaba muy lejos del de Pedro. Abandonaron la ciudad juntos, robaron plátanos para calmar el hambre, y cuanto más se acercaban al pueblo de ella, más lentamente caminaban.

Dos años más tarde, en mayo, antes de que empezara la temporada de las lluvias, se casaron y se fueron a vivir al pueblo de Pedro, donde uno de sus tíos les había regalado una casita. Pedro trabajaba en una plantación azucarera mientras que Dolores cultivaba hortalizas que luego vendía a los que andaban de paso. Eran pobres, pero jóvenes y felices.

Solamente había una cosa que no era como debía ser. Después de tres años, Dolores todavía no se había quedado embarazada. Nunca lo comentaron, pero Pedro notaba que Dolores estaba cada vez más preocupada. En secreto había visitado a Curiositas en la frontera de Haití en busca de ayuda, sin que nada hubiese cambiado.

Pasaron ocho años. Y una tarde, cuando Pedro volvía de la plantación, su esposa le salió al encuentro en la carretera y le explicó que estaba embarazada. Al final del octavo año de su matrimonio, Dolores dio a luz una niña. Cuando Pedro vio a su hija por primera vez, advirtió que había heredado la belleza de su madre. Por la tarde, Pedro fue a la iglesia del pueblo para ofrendar una joya de oro que su madre le había regalado en vida. La depositó ante la Virgen María y pensó que también ella, con su hijo envuelto en paños, le recordaba a Dolores y a su hija recién nacida. Luego volvió a casa cantando con tanta energía y tan alto que las personas con las que se encontraba lo miraban preguntándose si había bebido demasiado ron.

Dolores dormía. Respiraba cada vez más fuerte y se movía inquieta.

—No puedes morir —susurró Pedro, y se dio cuenta de que era incapaz de dominar su desesperación—. No puedes morir y dejarnos a nuestra hija y a mí.

Dos horas después todo había acabado. Por un instante su respiración se volvió completamente tranquila. Abrió los ojos y le miró.

—Debes bautizar a nuestra hija —dijo—. Debes bautizarla y cuidar de ella.

—Pronto estarás bien —respondió—. Juntos iremos a la iglesia a bautizarla.

—Yo ya no existo —contestó, y cerró los ojos.

Había expirado.

Dos semanas más tarde Pedro abandonó el pueblo con su hija en un canasto a la espalda. Su hermano Juan le acompañó un trecho.

—¿Sabes lo que haces? —preguntó.

—Sólo hago lo imprescindible —contestó Pedro.

—¿Por qué tienes que ir a la ciudad para bautizar a tu hija? ¿Por qué no la puedes bautizar aquí, en el pueblo? Esta iglesia ha sido suficientemente buena tanto para ti como para mí. Y para nuestros padres antes que nosotros.

Pedro se detuvo y miró a su hermano.

—Durante ocho años estuvimos esperando un hijo. Cuando finalmente llegó nuestra hija, Dolores enfermó. Nadie la podía ayudar, ni médicos, ni medicinas. Aún no había cumplido los treinta año y tuvo que morir. Porque somos pobres. Porque estamos llenos de las enfermedades de la pobreza. Conocí a Dolores aquella vez que nos perdimos durante el carnaval. Ahora volveré a la gran catedral de la plaza en la que nos conocimos. Mi hija será bautizada en la iglesia más grande que existe en este país. Es lo menos que puedo hacer por Dolores.

No esperó la contestación de Juan, sino que se dio la vuelta y continuó caminando. Cuando, muy avanzada la tarde, llegó al pueblo donde había vivido Dolores, se detuvo en la casa de su madre. Una vez más explicó adónde se dirigía. La anciana sacudió con tristeza la cabeza cuando acabó de hablar.

—Tu pena te volverá loco —dijo—. Mejor sería que pensases en que tu hija sufrirá el traqueteo de tu espalda durante el largo camino a Santiago.

Pedro no contestó. A la mañana siguiente, muy temprano, continuó su marcha. Todo el tiempo iba hablando con la hija que llevaba en un canasto a su espalda. Le contó todo lo que podía recordar sobre Dolores. Cuando no tenía nada más que decir, empezaba otra vez desde el principio.

Llegó a la ciudad una tarde en la que pesadas nubes de lluvia se amontonaban en el horizonte. En el gran atrio de la catedral de Santiago Apóstol, se sentó a esperar. De vez en cuando daba de comer a su hija de la comida que había traído de casa. Contemplaba a los sacerdotes vestidos de negro que pasaban ante él. O le parecían demasiado jóvenes o tenían demasiada prisa para ser dignos de bautizar a su pequeña. Esperó durante muchas horas. Finalmente vio a un sacerdote anciano que cruzaba la plaza con pasos lentos hacia la catedral. Entonces se levantó, se quitó el sombrero de paja y le acercó la niña. El anciano sacerdote escuchó su historia con paciencia. Luego asintió con la cabeza.

—Yo bautizaré a tu hija —dijo—. Has caminado mucho por algo en lo que crees. En nuestros tiempos es una cosa muy rara. Las personas pocas veces caminan tanto por su fe. Por eso el mundo está como está.

Pedro siguió al sacerdote y se adentró en la catedral, que estaba en penumbra. Pensó que Dolores estaba a su lado, que su espíritu flotaba en el aire alrededor de ellos y seguía sus pasos hasta la pila bautismal.

El anciano sacerdote apoyó su bastón contra una de las altas columnas.

—¿Cómo se llamará la niña? —preguntó.

—Como su madre —contestó Pedro—. Se llamará Dolores. También quiero que tenga el nombre de María. Dolores María Santana.

Después del bautizo, Pedro salió a la plaza y se sentó junto a la estatua donde diez años antes había conocido a

Dolores. Su hija dormía en el canasto. Él se quedó inmóvil, profundamente ensimismado.

Yo, Pedro Santana, soy un hombre sencillo. De mis antepasados no he heredado más que pobreza y continua miseria. Y tampoco pude quedarme con mi esposa. Pero te prometo que nuestra hija tendrá otro tipo de vida. Lo haré todo por ella, para que no tenga que sufrir una vida como la nuestra. Te prometo, Dolores, que tu hija será una persona con una vida larga, feliz y digna.

Esa misma tarde, Pedro abandonó la ciudad. Regresó a su pueblo con su hija Dolores María.

Era el 9 de mayo de 1978.

Dolores María Santana, tan profundamente amada por su padre, tenía entonces ocho meses.

Escania

21-24 de junio de 1994

1

Empezó su transformación temprano, al amanecer.

Lo había planeado todo al detalle para que nada fracasase. Tardaría el día entero y no quería arriesgarse a tener problemas a causa del tiempo. Asió el primer pincel y lo alzó ante sí. Escuchaba los tambores que sonaban en la cinta, grabada por él, del radiocasete que estaba en el suelo. Contempló su cara en el espejo. Luego trazó las primeras líneas negras en la frente. Notó que tenía la mano firme, que no estaba nervioso, pese a que era la primera vez que se pintaba su camuflaje de guerrero. Lo que hasta ese momento había sido una huida, su manera de defenderse contra todas las injusticias a las que siempre había estado expuesto, se convertía ahora en realidad. Con cada línea que se pintaba en la cara perecía dejar atrás su vida anterior. Ya no había retorno posible. Precisamente esa noche el juego había acabado para siempre y se iría a una guerra en la que las personas debían morir de verdad.

La luz de la habitación era muy intensa. Había colocado los espejos con cuidado para evitar los reflejos. Al entrar en el cuarto y cerrar la puerta con llave, comprobó por última vez que no hubiese olvidado nada. Todo estaba en orden. Los pinceles bien lavados, las tacitas de porcelana con las pinturas, las toallas y el agua. Junto al torno estaban sus armas alineadas sobre una tela negra: las tres hachas, los cuchillos de diferentes medidas y los botes de aerosol. Pensó que era la única decisión que todavía no había tomado, y antes de que anocheciera tendría que escoger el arma. No podía llevárselas todas. Sin embargo, sabía que la decisión se le ocurriría sin más en cuanto empezase con la transformación.

Antes de sentarse en el banco y comenzar a pintarse la cara, tocó con las yemas de los dedos los filos de las hachas y los cuchillos. No podían estar más afilados. Cayó en la tentación de apretar un poco más con uno de los cuchillos contra la yema del dedo y enseguida empezó a sangrar. Limpió el dedo y el filo del cuchillo con una toalla. Luego se sentó delante de los espejos.

Las primeras líneas en la frente debían ser negras. Era como si hiciera dos cortes profundos, abriera su cerebro y lo vaciara de todos los recuerdos y pensamientos que hasta el momento le habían acompañado, atormentado y humillado en su vida. Después seguiría con las líneas rojas y blancas, los círculos, los cuadrados, y finalmente los ornamentos ondulados de las mejillas. De su cutis blanco ya nada se veía. Y entonces la transformación estaría acabada. Lo que antes había existido desaparecería. Se habría reencarnado en un animal y nunca más hablaría como una persona. Pensó que no dudaría siquiera en cortarse la lengua si fuese necesario.

Empleó todo el día en completar la transformación. Poco después de las seis de la tarde, había acabado. Para entonces también había decidido llevarse el hacha más grande de las tres. Metió el mango en el grueso cinturón de cuero que llevaba en torno a la cintura. Allí tenía ya los dos cuchillos enfundados. Miró alrededor de la habitación. No había olvidado nada. Los botes de aerosol los había guardado en los bolsillos interiores de la chaqueta de cuero.

Contempló una última vez su cara en el espejo y sintió un escalofrío. Luego, y con mucho cuidado, se puso el casco de motorista, apagó la luz y salió de la habitación, descalzo, tal como había llegado.

A las nueve y cinco Gustav Wetterstedt bajó el volumen del televisor y llamó a su madre. Era una costumbre inveterada. Desde que dimitió de su cargo de ministro de Justicia, hacía más de veinticinco años, y abandonó las tareas políticas, veía todos los noticiarios de la televisión con disgusto y repugnancia. No podía hacerse a la idea de que él mismo ya no fuese protagonista de los medios de comunicación. Durante tantos años como ministro y personaje público destacado, solía aparecer en la televisión al menos una vez por semana. Había controlado minuciosamente que cada reportaje fuese grabado en vídeo por su secretario. Ahora tenía las cintas en su despacho y cubrían todo un lienzo de pared. En ocasiones las volvía a ver, pues para él era una fuente de eterna satisfacción darse cuenta de que, durante tantos años como ministro de Justicia, nunca había perdido los estribos ante una pregunta inesperada o capciosa de un periodista malintencionado. Con un sentimiento de profundo desprecio aún podía recordar el temor de muchos de sus colegas a los periodistas televisivos. Demasiadas veces empezaban a tartamudear y caer en contradicciones de las que nunca más podrían escapar. Pero a él nunca le había sucedido. Él era una persona a la que nadie podía tender redes. Los periodistas nunca le habían vencido. Y tampoco nunca habían descubierto su secreto.

Había encendido el televisor a las nueve para ver el resumen previo de las noticias. Luego bajó el volumen, descolgó el teléfono y llamó a su madre. Ella le había tenido cuando aún era muy joven. Ahora, con noventa y cuatro años y la cabeza muy clara, estaba aún llena de energía. Vivía sola en un apartamento grande en el centro de Estocolmo. Cada vez que levantaba el auricular y marcaba el número esperaba que no contestara. Puesto que él mismo pasaba de los setenta, había empezado a temer que ella le sobreviviría. Lo que más deseaba era que ella muriese. Entonces se quedaría solo y no tendría que llamarla, pronto incluso olvidaría su aspecto.

Los tonos del teléfono sonaban. Contemplaba al mudo reportero de noticias mientras esperaba. Después del cuarto tono empezó a confiar en que finalmente hubiera muerto. En ese momento oyó su voz. Imprimió a la suya cierta suavidad al hablarle. Le preguntó cómo se encontraba, cómo había pasado el día. Cuando tuvo que admitir que todavía estaba viva, quiso hacer la conversación tan breve como fuese posible.

Acabó de hablar y se quedó sentado con la mano encima del auricular. «No se morirá», pensó. «No se morirá si no la mato.»

Permaneció sentado en la habitación silenciosa. Lo único que se oía era el rugido del mar y una solitaria motocicleta que pasaba por algún sitio cercano. Se levantó del sofá y se acercó al ventanal con vistas al mar. El ocaso era hermoso e impresionante. La playa que quedaba más allá de su jardín estaba desierta. «Las personas están delante de las teles», pensó. «Una vez estuvieron viéndome a mí agarrar a los periodistas por el cuello. Yo era ministro de Justicia por aquel entonces. Debía haber sido presidente del Gobierno. Pero nunca lo logré.»

Cerró las pesadas cortinas con cuidado para no dejar ninguna ranura. Aunque había intentado vivir muy discretamente en esta casa al este de Ystad, a veces ocurría que algunos curiosos le vigilaban. A pesar de que habían transcurrido veinticinco años desde su dimisión, aún no le habían olvidado del todo. Fue a la cocina y se sirvió una taza de café de un termo. Lo había comprado durante una visita oficial a Italia a finales de los años sesenta. Recordó vagamente que había ido a discutir mejoras en las subvenciones para evitar la expansión del terrorismo en Europa. Por todas partes conservaba en su casa recuerdos de su vida anterior. Muchas veces había pensado deshacerse de todo, pero, al final, el solo esfuerzo le parecía carente de sentido.

Regresó al sofá con la taza de café. Con el mando a distancia apagó el televisor. Permaneció sentado en la penumbra pensando en el día que acababa. Por la mañana le había visitado una periodista, de una de las revistas mensuales más importantes, que hacía una serie de reportajes sobre personas conocidas y su vida como pensionistas. Nunca llegó a averiguar por qué le habían escogido a él. Había venido con un fotógrafo y tomaron varias fotos tanto en la playa como en el interior de la casa. De antemano él había decidido aparentar ser un hombre mayor repleto de indulgencia y espíritu de reconciliación. Habló de su vida actual como de una existencia muy feliz. Vivía apartado para poder meditar, y dejó entrever con fingida timidez que estaba considerando la posibilidad de escribir sus memorias. La periodista, que rondaba los cuarenta, se dejó impresionar y parecía llena de sumiso respeto. Después les acompañó, a ella y al fotógrafo, hasta el coche y les despidió saludando con la mano.

Satisfecho, pensó que había evitado decir una sola verdad durante la entrevista. Eso también era una de las pocas cosas que todavía le interesaban: engañar sin ser descubierto. Hacer ver y divulgar ilusiones. Después de tantos años como político había comprendido que lo único que quedaba era la mentira. La verdad disfrazada de mentira o la mentira encubierta de verdad.

Se acabó el café lentamente. La sensación de bienestar iba en aumento. Las tardes y las noches eran sus horas preferidas. Entonces los pensamientos se alejaban, los recuerdos de lo que una vez fue y de lo que había perdido. Lo más importante, sin embargo, nadie se lo había arrebatado. El secreto ulterior, el que nadie más que él mismo conocía.

A veces pensaba en sí mismo como en la imagen de un espejo cóncavo y convexo al mismo tiempo. Como persona tenía la misma dualidad. Nadie había visto nunca más allá de la superficie, el jurista hábil, el respetado ministro de Justicia, el pensionista indulgente que paseaba por la playa de Escania. Nadie podía imaginar que era su propio doble. Había saludado a reyes y a presidentes, había inclinado la cabeza, pero por dentro pensaba «si supierais quién soy en realidad y lo que pienso de vosotros...». Cuando estaba ante las cámaras de televisión siempre tenía ese pensamiento delante de él —«si supierais quién soy y lo que pienso de vosotros»—, en el lugar más alejado de su mente. Pero nadie lo había captado nunca. Su secreto: odiaba y despreciaba el partido al que representaba, las opiniones que defendía y a la mayoría de las personas con las que se encontraba. Su secreto quedaría oculto hasta su muerte. Había descubierto las intenciones del mundo, identificado su miseria, visto la inutilidad de la existencia. Pero nadie conocía su opinión y así continuaría siendo. Jamás había sentido la necesidad de compartir lo que había visto y comprendido.

Sintió un creciente bienestar ante lo que le esperaba. Al día siguiente sus amigos vendrían a casa, poco después de las nueve de la noche, en el Mercedes negro de cristales ahumados. Entrarían directamente en su garaje y él estaría aguardando su visita en la sala de estar con las cortinas corridas, igual que ahora. Notó que su expectación aumentaba de inmediato al empezar a imaginar el aspecto de la chica que le traerían esta vez. Les había informado de que últimamente habían sido muchas rubias. Algunas incluso demasiado mayores, de más de veinte años. Ahora deseaba una joven, mejor de raza mestiza. Sus amigos esperarían en el sótano, donde había colocado un televisor, mientras él se llevaba a la muchacha a su dormitorio. Antes del amanecer se habrían marchado y él ya estaría pensando en la chica que vendría la semana próxima. Pensar en el día siguiente le excitó tanto que se levantó del sofá y se fue a su despacho. Antes de encender la luz corrió las cortinas. Por un momento le pareció ver la sombra de una persona abajo en la playa. Se quitó las gafas y entornó los ojos. A veces ocurría que alguien paseaba de noche precisamente por delante de su terreno. Incluso en alguna ocasión se había visto obligado a llamar a la policía de Ystad para quejarse de los jóvenes que encendían fuego y alborotaban en la playa. Tenía buenas relaciones con la policía de Ystad. Siempre venían enseguida y dispersaban a los que le molestaban. A menudo pensaba que nunca se habría podido imaginar los conocimientos y contactos que conseguiría por el hecho de ser ministro de Justicia. No sólo había aprendido a comprender la especial mentalidad que rige en el cuerpo policial sueco. Poco a poco también había hecho amigos en puntos estratégicos dentro de la maquinaria de la justicia sueca. Igual de importantes habían sido los contactos establecidos dentro del mundo del crimen. Había delincuentes inteligentes, tanto individuos solitarios como líderes de grandes sindicatos del crimen que se habían convertido en sus amigos. Aunque todo había cambiado mucho en los veinticinco años transcurridos desde su dimisión, todavía disfrutaba de sus viejos contactos. Sobre todo de los amigos que se ocupaban de que cada semana le visitase una chica de una edad adecuada.

La sombra de la playa había sido mera imaginación. Arregló la cortina y abrió uno de los cajones del escritorio heredado de su padre, el temido catedrático de derecho. Sacó una carpeta de aspecto caro y preciosamente ornamentada y la abrió sobre el escritorio. Con lentitud, casi con veneración, hojeó la colección de imágenes pornográficas de los primerísimos años del arte fotográfico. La imagen más antigua de todas era una rareza, un daguerrotipo de 1855 que había comprado en París. Representaba a una mujer desnuda abrazando a un perro. Su colección era bien conocida entre el exclusivo grupo de hombres, desconocido ante los ojos del mundo, que compartían su interés. Su colección de imágenes de la década de 1890 de Lecadre sólo era superada por la colección de un anciano magnate de la industria siderúrgica de la zona del Ruhr, en Alemania. Lentamente pasaba las hojas plastificadas del álbum. Permanecía más tiempo contemplando las páginas donde las modelos eran muy jóvenes y en las que sus ojos delataban el influjo de las drogas. Muchas veces se había arrepentido de no haberse dedicado a la fotografía. Si lo hubiese hecho podría poseer una colección única.

Cuando acabó de repasar el álbum volvió a guardarlo bajo llave en el escritorio. Sus amigos le habían prometido que después de su muerte ofrecerían las imágenes a un anticuario de París especializado en ese tipo de ventas. Luego los beneficios irían a parar al fondo para jóvenes juristas que ya había creado pero que no empezaría a funcionar hasta que falleciese. Apagó la lámpara del escritorio y continuó sentado en la penumbra de la habitación. El murmullo del mar era muy débil. De nuevo le pareció oír el paso de una motocicleta por algún sitio en la cercanía. Todavía le costaba imaginarse su propia muerte, a pesar de que ya tenía más de setenta años. En dos ocasiones, de viaje por Estados Unidos, había conseguido poder asistir, de forma anónima, a ejecuciones, una vez en la silla eléctrica y la otra en la ya cada vez más en desuso cámara de gas. Ver ejecutar a aquellas personas había sido una vivencia con extrañas sensaciones de placer. Pero su propia muerte no se la podía imaginar. Salió del despacho y se sirvió una copita de licor del bar de la sala de estar. Era ya casi medianoche. Sólo le faltaba dar un pequeño paseo hasta el mar antes de acostarse. Se puso una chaqueta en el recibidor, metió los pies en unos gastados zuecos y abandonó la vivienda.

El aire estaba en calma. Su casa se hallaba situada en un lugar tan solitario que no veía las luces de ningún vecino. Los coches de la carretera de Kåseberga rugían en la lejanía. Siguió el camino, que atravesaba el jardín, hasta la puerta cerrada con llave que daba a la playa. Para su enojo descubrió que el farol situado en un poste junto a la puerta no funcionaba. La playa le esperaba. Buscó las llaves y abrió la puerta. Recorrió el corto trayecto hasta la playa y se detuvo en la orilla. El mar estaba quieto. Lejos, en el horizonte, vio las luces de un barco con rumbo al oeste. Se desabotonó la bragueta y orinó en el agua, a la vez que fantaseaba sobre la visita que tendría al día siguiente.

Sin haber escuchado nada, de repente supo que alguien estaba detrás de él. Se quedó petrificado y notó cómo el temor le invadía. Luego se volvió con rapidez.

El hombre que estaba allí parecía un animal. Aparte de unos pantalones cortos, iba desnudo. En un instante de horror histérico, el hombre mayor miró su cara. No podía determinar si estaba desfigurado o si se escondía detrás de una máscara. En una mano llevaba un hacha. Pensó, confuso, que la mano que asía el mango del arma era muy pequeña, que el hombre le recordaba a un enano.

Luego profirió un grito y echó a correr hacia la puerta del jardín.

Murió en el mismo instante en que el hacha le partió la columna vertebral en dos, un poco por debajo de los omóplatos. No sintió cómo el hombre, que tal vez fuera un animal, se arrodilló y le hizo un corte en la frente y, de un tirón violento, le arrancó la mayor parte del pelo y la piel de la coronilla.

Era justo pasada la medianoche.

Era martes 21 de junio.

Una solitaria motocicleta se puso en marcha en algún lugar cercano. Poco después el ruido se desvaneció.

De nuevo todo estaba en silencio.

2

Alrededor de las doce del mediodía del 21 de junio Kurt Wallander desapareció de la comisaría. Para que nadie lo notara, abandonó su lugar de trabajo por la entrada del garaje. Luego se sentó en su coche y se dirigió al puerto. Puesto que el día era caluroso, había dejado la chaqueta colgada en la silla del despacho. Eso era una señal, para los que le buscaran durante las siguientes horas, de que tenía que encontrarse en el edificio. Wallander aparcó al lado del teatro. Luego salió al muelle que estaba más al fondo y se sentó en un banco junto a la caseta roja de Salvamento Marítimo. Había llevado consigo una de sus libretas. Cuando iba a empezar a escribir, se dio cuenta de que no tenía bolígrafo. Enojado, su primer impulso fue tirar la libreta al agua e intentar olvidarlo todo. Comprendió que no sería posible. Sus compañeros nunca le perdonarían.

Eran ellos los que le habían elegido por unanimidad, a pesar de sus protestas, para pronunciar el discurso de despedida de Björk el mismo día que dejaba de ser jefe de policía de Ystad.

Wallander nunca había pronunciado un discurso. Lo más parecido habían sido las innumerables ruedas de prensa de las que había tenido que responsabilizarse y que se debían a investigaciones de diversos crímenes.

Pero ¿cómo dar las gracias a un jefe de policía que se va? ¿Por qué le daban las gracias? ¿De verdad tenían algo por lo que estar agradecidos? Wallander preferiría hablar de su angustia sobre las reorganizaciones y recortes aparentemente sin sentido que, cada vez en mayor grado, caían sobre la policía.

Había salido de la comisaría para poder pensar a solas en todo lo que debía decir. La noche anterior había estado sentado a la mesa de la cocina hasta una hora muy avanzada sin llegar a ninguna conclusión, pero ahora tenía que hacerlo. En menos de tres horas se reunirían para entregarle el regalo a Björk, que al día siguiente empezaría a trabajar en Malmö como jefe de la unidad regional de extranjería. Se levantó del banco y caminó a lo largo del muelle hasta el café del puerto. Los barcos pesqueros se balanceaban en sus amarras. Wallander recordó distraídamente que una vez, hacía siete años, tuvo que sacar un cadáver de las aguas del puerto, pero ahuyentó la imagen. De momento, el discurso para Björk era más importante. Una de las camareras le dejó un bolígrafo. Se sentó ante una mesa de la terraza con una taza de café y se obligó a escribir algunas palabras para Björk. A la una sólo tenía escrita media página. Contempló con pesimismo el resultado, pues sabía que no lo haría mejor. Llamó a la camarera, que le sirvió más café.

—El verano se hace esperar —dijo Wallander.

—Quizá no llegue nunca —contestó la camarera.

Sin contar el imposible discurso para Björk, Wallander estaba de buen humor. Unas semanas más tarde empezaría sus vacaciones. Había mucho de lo que alegrarse. El invierno había sido largo y notaba una gran necesidad de descanso.

Se reunieron a las tres en el comedor de la comisaría y Wallander pronunció el discurso para Björk. Después Svedberg le entregó una caña de pescar como regalo y Ann-Britt Höglund le obsequió con un ramo de flores. Wallander logró animar su pobre discurso relatando con la inspiración del momento unos episodios vividos junto con Björk. Despertó gran hilaridad cuando recordó cómo los dos cayeron una vez dentro de una charca de estiércol al derrumbarse unos andamios. Más tarde tomaron café y un pedazo de tarta. En su discurso de agradecimiento, Björk deseó suerte a su sustituto. Era una mujer llamada Lisa Holgersson, que venía de uno de los mayores distritos de la región de Småland. Ocuparía el puesto después del verano. De momento Hansson sería el jefe de policía en funciones de Ystad. Cuando la ceremonia terminó y Wallander había regresado a su despacho, Martinsson llamó a la puerta, que estaba entornada.

—Fue un bonito discurso —dijo—. No sabía que supieras hacer esas cosas.

—No sé hacerlo —contestó Wallander—. Fue un discurso malísimo. Lo sabes tan bien como yo.

Martinsson se había sentado con cuidado en la silla rota de las visitas.

—Me pregunto cómo nos irá con una mujer como jefa —dijo.

—¿Y por qué no iba a ir bien? —contestó Wallander—. Preocúpate más por cómo irá con todos los recortes.

—Es precisamente por eso por lo que he venido —dijo Martinsson—. Hay rumores de que restringirán el personal en Ystad las noches de los sábados y los domingos.

Wallander le miró incrédulo.

—Por supuesto que no podrá ser —exclamó—. ¿Quién vigilará a los posibles arrestados?

—El rumor afirma que esa tarea se encomendará a empresas de seguridad privadas.

Wallander miró interrogativamente a Martinsson.

—¿Empresas de seguridad?

—Es lo que he oído.

Wallander sacudió la cabeza. Martinsson se levantó.

—Pensé que debías saberlo —añadió—. ¿Te das cuenta de lo que está ocurriendo con la policía?

—No —dijo Wallander—. Y tómalo como una respuesta sincera.

Martinsson se quedó rezagado en la habitación.

—¿Querías algo más?

Martinsson se sacó un papel del bolsillo.

—Como ya sabes, ha empezado el Mundial de Fútbol. Dos a dos contra Camerún. Tú habías apostado cinco a dos a favor de Camerún. Con ese resultado estás en la cola.

—¿Cómo puede uno estar en la cola? O aciertas o te equivocas, ¿no?

—Llevamos una estadística que nos compara en relación con los demás.

—¡Dios mío! ¿Para qué?

—Uno de los agentes fue el único en acertar el dos a dos —continuó Martinsson, haciendo caso omiso de la pregunta de Wallander—. Ahora se trata del próximo partido. Suecia contra Rusia.

A Wallander no le interesaba en absoluto el fútbol. Sin embargo, en algunas ocasiones había ido a ver jugar al equipo de balonmano de Ystad que a veces estaba entre los mejores de Suecia. Últimamente era imposible ignorar que todo el interés del país se centraba en una sola cosa: el Campeonato Mundial de Fútbol. No se podía encender la televisión ni abrir un periódico sin encontrar interminables especulaciones de cómo quedaría el equipo sueco. Al mismo tiempo comprendió que no podía estar al margen de la quiniela de la policía. Se podía interpretar como una arrogancia. Sacó la cartera del bolsillo trasero del pantalón.

—¿Cuánto es?

—Cien coronas. Lo mismo que la vez anterior.

Le entregó el billete a Martinsson, que marcó una cruz en su lista.

—¿O sea que debo adivinar el resultado?

—Suecia contra Rusia. ¿Qué harán?

—Cuatro a cuatro —repuso Wallander.

—Es muy raro que se marquen tantos goles en el fútbol —dijo Martinsson sorprendido—. Eso parece más un resultado de hockey sobre hielo.

—Entonces... digamos tres a uno a favor de Rusia —respondió Wallander—. ¿Está bien así?

Martinsson lo anotó.

—Quizá podamos apuntar el partido contra Brasil al mismo tiempo —continuó Martinsson.

—Tres a cero a favor de Brasil —afirmó Wallander rápidamente.

—No tienes mucha confianza en Suecia —dijo Martinsson.

—No en cuestión de fútbol —contestó Wallander, y entregó a Martinsson otro billete de cien coronas.

Cuando Martinsson se marchó, Wallander pensó en lo que había oído. Pero luego, molesto, desechó aquellos pensamientos. Ya llegaría el momento de saber qué era cierto y qué no lo era. Eran las cuatro y media. Cogió una carpeta con el material de investigación sobre la exportación ilegal organizada de coches robados en los antiguos Estados bálticos. Llevaba varios meses trabajando en el caso. Hasta el momento la policía sólo había llegado a parte de la extensa actividad. Se dio cuenta de que le llevaría aún muchos meses. Durante sus vacaciones, Svedberg sería el responsable. Tenía el presentimiento de que ocurrirían muy pocas cosas durante su ausencia.

Ann-Britt Höglund llamó a su puerta y entró. Llevaba puesta una gorra de béisbol negra.

—¿Qué pinta tengo? —preguntó.

—Pareces una turista —contestó Wallander.

—Las nuevas gorras del uniforme de la policía serán como ésta —dijo—. Imagínate la palabra «policía» encima de la visera. He visto fotos.

—No en mi cabeza —replicó Wallander—. Quizá sea una suerte que ya no seamos policías uniformados.

—Un día tal vez descubramos que Björk era un jefe excelente —añadió ella—. Creo que lo que dijiste fue bonito.

—Sé que el discurso no fue bueno —contestó Wallander y notó que se irritaba—. Pero la responsabilidad es vuestra por no tener mejor juicio y elegirme a mí.

Ann-Britt Höglund miraba por la ventana. Wallander pensó que, en muy poco tiempo, ella había cumplido las expectativas que le habían precedido cuando llegó a Ystad el año anterior. En la escuela superior de policía había mostrado un gran talento para el trabajo policial. Más tarde lo había desarrollado aún más. En parte había llenado el vacío que Wallander sentía después de la muerte de Rydberg unos años antes. Rydberg había sido el policía de quien Wallander había aprendido casi todo lo que sabía. A veces pensaba que ahora era responsabilidad suya enseñarle a Ann-Britt Höglund de la misma manera.

—¿Qué tal con los coches? —preguntó ella.

—Los siguen robando —respondió Wallander—. Esta organización parece tener unas ramificaciones increíbles.

—¿Lograremos romperlas? —interrogó ella.

—Las reventaremos —contestó Wallander—. Tarde o temprano. Habrá un vacío durante unos meses. Luego empezará de nuevo.

—Pero ¿no acaba nunca?

—No acaba nunca. Ystad está donde está. A doscientos kilómetros de aquí, al otro lado del mar, hay una inmensa cantidad de personas que quieren lo que tenemos. El problema es que no tienen dinero para pagarlo.

—Me pregunto cuánta mercancía robada se exporta ilegalmente en cada transbordador —dijo ella pensativa.

—Será mejor no saberlo —contestó Wallander.

Fueron juntos a buscar café. Ann-Britt Höglund iba a empezar sus vacaciones esa misma semana. Wallander tenía entendido que las pasaría en Ystad, ya que su marido, un ingeniero con todo el mundo como posible lugar de trabajo, se encontraba en Arabia Saudí.

—¿Y tú qué harás? —preguntó ella cuando hablaron de sus futuros días libres.

—Me voy a Skagen —dijo Wallander.

—¿Junto con la mujer de Riga? —añadió Ann-Britt Höglund con una sonrisa.

Wallander frunció el ceño sorprendido.

—¿Cómo sabes tú de ella?

—Todo el mundo está enterado —contestó—. ¿No lo sabías? Tal vez se podría decir que es el resultado de una continua investigación interna, entre nosotros, los policías.

Wallander estaba realmente sorprendido. Nunca le había contado a nadie nada sobre Baiba, a quien había conocido en el curso de una investigación unos años antes. Era la viuda de un policía letón que había muerto asesinado. Había estado en Ystad durante las navidades hacía ya casi seis meses. En la Semana Santa Wallander la había visitado en Riga. Pero nunca la había mencionado ni tampoco la había presentado a sus colegas. Ahora, de pronto, se preguntaba por qué no lo había hecho. Aunque su relación todavía era frágil, ella le había sacado de la melancolía que imperaba en su vida tras su divorcio de Mona.

—Sí —dijo—. Iremos juntos a Dinamarca. Luego dedicaré el resto del verano a cuidar de mi padre.

—¿Y Linda?

—Llamó hace una semana y me comentó que asistiría a un cursillo de teatro en Visby.

—Yo tenía entendido que iba a ser tapicera de muebles.

—Yo también. Pero ahora le ha dado por hacer teatro con una amiga.

—Parece interesante, ¿no?

Wallander asintió dubitativo con la cabeza.

—Espero que venga en julio —dijo—. Hace mucho que no la veo.

Se despidieron delante de la puerta de Wallander.

—Ven a verme en verano —dijo—. Con o sin esa mujer de Riga. Con o sin tu hija.

—Se llama Baiba —añadió Wallander.

Luego prometió que iría a visitarla.

Tras la conversación con Ann-Britt estuvo durante más de una hora inclinado sobre los papeles de su mesa. En vano llamó dos veces a la policía de Göteborg buscando a un comisario que desde allí trabajaba en la misma investigación. A las seis menos cuarto cerró las carpetas y se levantó. Había decidido cenar fuera esa noche. Se palpó el abdomen y notó que todavía seguía perdiendo peso. Baiba se había quejado de que estaba demasiado gordo. Después de eso ya no había tenido problemas para comer menos. En algunas ocasiones había llegado incluso a ponerse un chándal y salir a correr, aunque le aburría bastante.

Se puso la chaqueta y decidió escribir a Baiba esa misma noche. En el momento en el que iba a abandonar la habitación, sonó el teléfono. Dudó un instante. Luego volvió al escritorio y levantó el auricular.

Era Martinsson.

—Buen discurso el que pronunciaste —dijo Martinsson—. Björk parecía realmente emocionado.

—Ya me lo has comentado —dijo Wallander—. ¿Qué querías? Me iba a casa.

—Acaban de pasarme una llamada un poco extraña —anunció Martinsson—. Pensé que sería mejor consultarla contigo.

Wallander esperó impaciente que continuara.

—Era un granjero que llamaba desde una finca cerca de Marsvinsholm. Afirmó que había una mujer que se comportaba de manera muy extraña en su campo de colza.

—¿Eso es todo?

—Sí.

—¿Una mujer que se comporta extrañamente en un campo de colza? ¿Qué hacía?

—Si le he entendido bien, no hacía nada. Lo raro es que se encontraba en medio de la colza.

Wallander no tuvo que pensar antes de contestar.

—Envía una patrulla de agentes. Es responsabilidad suya.

—El problema es que todos parecen estar ocupados en este momento. Han ocurrido dos accidentes de tráfico casi simultáneos. Uno a la entrada de Svarte. El otro delante del Continental.

—¿Graves?

—No hay grandes daños personales. Pero por lo visto se ha producido un jaleo tremendo.

—Podrían ir a Marsvinsholm cuando tengan tiempo.

—Aquel granjero parecía preocupado. No sé cómo explicarlo mejor. Si no tuviese que ir a buscar a mis hijos, iría yo mismo.

—Iré yo —dijo Wallander—. Nos vemos en el pasillo para que me des el nombre y la descripción del camino.

Unos minutos más tarde Wallander salió de la comisaría. Giró a la izquierda y en la rotonda se dirigió hacia Malmö. En el asiento de al lado tenía la nota que le había escrito Martinsson. El granjero se llamaba Salomonsson y Wallander conocía el camino que debía tomar. Al entrar en la E 65, bajó los cristales del coche. Los amarillos campos de colza se mecían a ambos lados de la carretera. No recordaba desde cuándo no se sentía tan bien como ahora. Puso una casete con *Las bodas de Fígaro* en la que Barbara Hendricks interpretaba a Susana y pensó que pronto se encontraría con Baiba en Copenhague. Al llegar al cruce de Marsvinsholm torció a la izquierda, pasó por el castillo y la iglesia, y luego volvió a girar a la izquierda. Echó un vistazo a la descripción de la ruta hecha por Martinsson y se metió por un camino estrecho que llevaba directamente a los campos. A lo lejos divisaba el mar.

La finca de Salomonsson era una casa alargada, típica de Escania y muy bien cuidada. Wallander salió del coche mirando a su alrededor. Por todas partes se extendían los amarillos campos de colza. En ese momento se abrió la puerta de la casa. El hombre que salió a la escalera era muy mayor. Llevaba unos prismáticos en la mano. Wallander pensó que seguramente se lo había imaginado todo. Ocurría muchas veces que a los ancianos solitarios que vivían en el campo les engañaban sus propias fantasías y llamaban a la policía. Se acercó a la escalera y saludó.

—Kurt Wallander, de la policía de Ystad —se presentó.

El hombre de la escalera estaba sin afeitar y calzaba unos zuecos rotos.

—Soy Edvin Salomonsson —afirmó tendiéndole una mano delgada.

—Explícame qué ha pasado —dijo Wallander.*

El hombre señaló hacia el campo de colza cercano a la casa.

—La descubrí esta mañana —empezó—. Me despierto temprano. A las cinco ya estaba allí. Primero pensé que sería un ciervo. Luego vi con los prismáticos que era una mujer.

—¿Qué hacía? —preguntó Wallander.

—Estaba allí.

—¿Nada más?

—Estaba mirando fijamente.

—Mirando fijamente ¿qué?

—¿Cómo lo voy a saber?

* El tuteo inmediato entre desconocidos y personas de distinto rango es la forma habitual de comunicación en Suecia. Aunque pueda resultar llamativo para los lectores de habla hispana, se ha optado por mantener este rasgo sociológico en la traducción. *(N. de las T.)*

Wallander suspiró en su fuero interno. Con toda probabilidad el hombre había visto un ciervo. Luego la fantasía había hecho el resto.

—¿No sabes quién es? —preguntó.

—Nunca la he visto —replicó el hombre—. Si hubiese sabido quién era no habría llamado a la policía, ¿verdad?

Wallander asintió.

—La viste por primera vez esta mañana muy temprano —continuó—. Pero no llamaste a la policía hasta bien entrada la tarde, ¿no es así?

—Uno no quiere molestar —contestó el hombre sencillamente—. Supongo que la policía tiene muchas cosas que hacer.

—La viste con los prismáticos —dijo Wallander—. Se encontraba en el campo de colza y nunca la habías visto antes. ¿Qué hiciste luego?

—Me vestí y salí a decirle que se fuese. Estaba pisando la colza, como comprenderás.

—¿Qué ocurrió?

—Se fue corriendo.

—¿Corriendo?

—Se escondió en la colza. Se agachó para que no la viese. Primero pensé que se había marchado. Luego la volví a ver con los prismáticos. Ocurría una y otra vez. Al final me cansé y os llamé.

—¿Cuándo la viste por última vez?

—Poco antes de llamaros.

—¿Qué hacía entonces?

—Estaba mirando fijamente.

Wallander echó una mirada hacia el campo. No veía nada más que la colza moviéndose.

—El policía con quien hablaste dijo que parecías preocupado.

—¿Qué hace una persona en un campo de colza? Hay algo que no encaja, ¿no?

Wallander pensó que debía acabar la conversación cuanto antes. Se daba perfecta cuenta de que el anciano se lo había imaginado todo. Decidió contactar con los servicios sociales al día siguiente.

—Probablemente no podré hacer mucho —replicó—. Con toda seguridad ya habrá desaparecido. De todas maneras, no hay nada de qué preocuparse.

—No ha desaparecido —dijo Salomonsson—. La puedo ver ahora.

Wallander se volvió rápidamente. Con la mirada siguió el dedo de Salomonsson.

La mujer se encontraba a unos cincuenta metros en medio del campo de colza. Wallander vio que su cabello era muy oscuro. Contrastaba mucho con la colza amarilla.

—Hablaré con ella —dijo Wallander—. Espera aquí.

Sacó unas botas del maletero del coche. Luego se acercó al campo de colza con la sensación de que aquella situación era irreal. La mujer estaba completamente inmóvil contemplándolo. Al acercarse vio no sólo que tenía el cabello largo y negro sino que su piel también era oscura. Se detuvo cuando llegó a la linde del campo. Levantó una mano y le hizo señas para que se acercara. Ella seguía inmóvil. Aunque todavía estaba lejos de la mujer y la ondulante colza de vez en cuando le tapaba la cara, intuía que era muy hermosa. La llamó para que se acercara. Como seguía sin moverse, él dio el primer paso y se adentró en el campo de colza. Desapareció de inmediato. Ocurrió tan rápido que le pareció un animal asustadizo. Al mismo tiempo se dio cuenta de que se estaba irritando. Siguió por entre la colza mirando por todas partes. Al volver a verla se había desplazado hacia el lado este del campo. Para no perderla de nuevo, empezó a correr. Ella se movía muy deprisa y él notaba que se quedaba sin aliento. Cuando llegó a poco más de veinte metros de la mujer, se encontraban en medio del campo de colza. La llamó para que se detuviera.

—Policía —gritó—. ¡Quédate quieta!

Empezó a caminar hacia ella. Luego se detuvo en seco. Todo ocurrió muy deprisa. De repente, la mujer levantó un bidón por encima de su cabeza y empezó a echarse un líquido incoloro por el pelo, la cara y el cuerpo. Wallander pensó rápidamente que debía de haberlo llevado consigo todo el tiempo. Ahora también percibió que tenía mucho miedo. Sus ojos estaban abiertos y le miraban con fijeza.

—¡Policía! —gritó de nuevo—. Sólo quiero hablar contigo.

En ese mismo instante le invadió un olor a gasolina. La joven tenía un mechero encendido en la mano y se lo acercó al cabello. Wallander gritó cuando ella se encendió como una antorcha. Paralizado, el policía vio cómo se tambaleaba por el campo de colza mientras el fuego chisporroteaba y las llamas le lamían el cuerpo. Wallander oía sus propios alaridos. Sin embargo, la mujer que ardía permanecía muda. Después no recordaría haber oído que gritase.

Cuando intentó correr hacia ella, todo el campo de colza estalló en llamas. De repente se encontró rodeado por el humo y las llamaradas. Se tapó la cara con las manos y corrió, sin saber hacia dónde iba. Al llegar al final del campo tropezó y cayó en la cuneta. Se volvió y la vio una última vez antes de desplomarse y ella desapareciese de su vista. Llevaba los brazos en alto, como suplicando clemencia ante un arma dirigida hacia ella.

El campo de colza ardía.

Por algún sitio detrás de él oía aullar a Salomonsson.

Wallander se levantó con las piernas temblando.

Luego se volvió y vomitó.

3

Más tarde Wallander recordaría a la muchacha en llamas en el campo de colza como se recuerda una pesadilla lejana, con suma dificultad, prefiriendo olvidarla. Por lo menos había podido mantener un aparente aspecto de tranquilidad durante la tarde y hasta muy avanzada la noche; luego él mismo sólo podía recordar detalles sin importancia. A Martinsson, a Hansson, y sobre todo a Ann-Britt Höglund, esta impasibilidad les había sorprendido. Pero no habían podido ver a través de la coraza con que se había revestido. En su interior regía el caos de una casa derrumbada.

Llegó a su apartamento poco después de las dos de la madrugada. Y no fue hasta entonces, al sentarse en el sofá, todavía sin quitarse la ropa llena de hollín y las botas cubiertas de lodo, cuando la coraza se rompió. Se había servido una copa de whisky, las puertas del balcón estaban abiertas dejando entrar la noche de verano, y se echó a llorar como un niño.

La joven que se había quemado viva era una criatura. Le había recordado a su propia hija Linda.

Durante todos sus años como policía se había preparado para contrarrestar lo que le podía esperar al llegar a un lugar donde alguien había encontrado una muerte violenta y repentina. Había visto personas que se habían colgado, que se habían volado la cabeza con el cañón de un fusil en la boca. De alguna manera había aprendido a soportar lo que veía para luego apartarlo de su mente. Pero no cuando se trataba de niños o jóvenes. En esos casos estaba tan indefenso como al principio de su carrera. Sabía que la mayoría de los policías reaccionaban de la misma manera. Cuando morían niños o jóvenes, violentamente, sin sentido, la coraza habitual se quebraba. Así sería mientras siguiese trabajando como policía.

Pero cuando se rompió la coraza ya había concluido a la perfección la fase preliminar de la investigación. Con los restos de vómito chorreándole por la boca había corrido hacia Salomonsson, que contemplaba incrédulo el campo de colza en llamas, y le preguntó por el teléfono. Como Salomonsson no pareció entender la pregunta, o ni siquiera haberla oído, le apartó de un empujón y entró en la casa. Allí se topó con el olor amargo de la existencia de un anciano sin higiene, y en el recibidor encontró el teléfono. Marcó el número de emergencias y el telefonista que recibió la llamada afirmó más tarde que había estado completamente tranquilo al describir lo ocurrido y pedir la movilización de todos los efectivos. El resplandor del campo en llamas había entrado por la ventana como si unos grandes focos fuesen los encargados de iluminar esa noche de verano. Llamó a Martinsson y habló primero con su hija mayor y luego con su esposa, antes de que éste llegara del jardín donde estaba segando el césped. De la forma más breve como pudo, le describió lo sucedido y le pidió que avisara también a Hansson y a Ann-Britt Höglund. Después fue a la cocina a lavarse la cara bajo el grifo. Al salir de nuevo al patio encontró a Salomonsson en el mismo lugar que antes, inmóvil, como absorto ante el increíble espectáculo que se ofrecía a sus ojos. El coche de unos vecinos se acercó. Pero Wallander les gritó que se alejasen. Ni siquiera les dejó aproximarse a Salomonsson. A lo lejos se oían las sirenas de los bomberos, que casi siempre llegaban los primeros. Poco después aparecieron dos coches patrulla y una ambulancia. El jefe de los bomberos era Peter Edler, un hombre en el que Wallander tenía confianza plena.

—¿Qué es lo que está pasando? —preguntó.

—Te lo explicaré más tarde —dijo Wallander—. No pisoteéis el campo. Hay una persona muerta.

—La casa no peligra —afirmó Edler—. Lo que podemos hacer es poner un cordón policial.

Luego se volvió a Salomonsson para preguntarle por la anchura de los senderos y las cunetas que atravesaban los campos. Mientras tanto uno de los hombres de la ambulancia se acercó a Wallander. Lo había visto antes pero no pudo recordar su nombre.

—¿Hay algún herido? —preguntó.

Wallander negó con la cabeza.

—Sólo una muerta —respondió—. Está allí en el campo.

—Entonces necesitaremos un coche fúnebre —contestó fríamente—. ¿Qué ha pasado?

Wallander no se molestó en contestar, sino que se volvió hacia Norén, que era el agente que más conocía.

—Hay una mujer muerta en el campo —dijo—. Hasta que apaguen el fuego no podemos hacer más que acordonar la zona.

Norén asintió.

—¿Ha sido un accidente? —preguntó.

—Más bien un suicidio —respondió Wallander.

Unos minutos más tarde, casi al mismo tiempo que llegaba Martinsson, Norén le sirvió café en un vaso de cartón. Miró su mano y se preguntó por qué no temblaba. Poco después llegaron Hansson y Ann-Britt Höglund en el coche del primero y Wallander explicó lo ocurrido a sus colegas.

Una y otra vez utilizó la misma expresión: «Ardía como una antorcha».

—Es tremendo —dijo Ann-Britt Höglund.

—Ha sido peor que eso —añadió Wallander—. No poder hacer nada en absoluto. Espero que ninguno de vosotros tenga que vivir una cosa así.

Contemplaron en silencio cómo los bomberos intentaban controlar el fuego. Un gran número de curiosos se había acercado ya, pero los policías los mantenían a distancia.

—¿Qué aspecto tenía? —interrogó Martinsson—. ¿La viste de cerca?

Wallander asintió.

—Alguien debería hablar con el viejo —dijo—. Se llama Salomonsson.

Hansson se llevó a Salomonsson a la cocina. Ann-Britt Höglund fue a hablar con Peter Edler. El fuego comenzaba a ser sofocado. Cuando regresó dijo que todo acabaría en pocos minutos.

—La colza arde rápidamente —aseguró—. Además el campo está mojado. Ayer llovió.

—Era joven —dijo Wallander—. Tenía el cabello negro y la tez oscura. Llevaba una chaqueta amarilla. Creo que llevaba pantalones vaqueros. El calzado no lo sé. Y tenía miedo.

—¿A qué le tenía miedo? —preguntó Martinsson.

Wallander reflexionó antes de responder.

—Me tenía miedo a mí —contestó después—. No estoy del todo seguro pero me pareció que se asustó aún más cuando le grité que era policía y que se detuviese. A lo otro que temía, por supuesto, no lo sé.

—O sea que entendió lo que decías.

—Por lo menos entendió la palabra policía. De eso estoy seguro.

Todo lo que quedaba del fuego ahora era un humo denso.

—¿No habría alguien más en el campo? —preguntó Ann-Britt Höglund—. ¿Estás seguro de que estaba sola?

—No —dijo Wallander—. No estoy seguro del todo. Pero no vi a nadie más que a ella.

Guardaron silencio pensando en sus palabras.

«¿Quién era?», pensó Wallander. «¿De dónde venía? ¿Por qué se ha inmolado? Si quería morir, ¿por qué eligió atormentarse?»

Hansson volvió de la casa donde había estado hablando con Salomonsson.

—Deberíamos tener lo que tienen en Estados Unidos —dijo—. Mentol para untarse por debajo de la nariz. Joder, cómo olía allí dentro. Los viejos no deberían sobrevivir a sus esposas.

—Dile a uno de los hombres de la ambulancia que hable con él a ver cómo está. Debe de estar conmocionado.

Martinsson fue a informarles. Peter Edler se quitó el casco y se puso al lado de Wallander.

—Pronto habrá acabado todo —dijo—. Pero dejaré un coche aquí esta noche.

—¿Cuándo podremos entrar en el campo? —preguntó Wallander.

—Dentro de una hora. Todavía habrá humo durante un rato. Pero el suelo ya se está enfriando.

Wallander se llevó a Peter Edler lejos de los demás.

—¿Qué es lo que veré? —preguntó—. Se roció un bidón de cinco litros de gasolina por encima. Y tal como explotó todo alrededor de ella debía de haber vertido aún más gasolina antes.

—No será bonito —contestó Edler con sinceridad—. No habrá quedado mucho.

Wallander no añadió nada más. Luego se volvió a Hansson.

—No importa cómo lo miremos, sabemos que es un suicidio —dijo Hansson—. Tenemos el mejor testigo que hay: un policía.

—¿Qué dijo Salomonsson?

—No la había visto nunca hasta que apareció allí a las cinco de esta mañana. No hay razón alguna para creer que mienta.

—En otras palabras, no sabemos quién es —concluyó Wallander—. Y tampoco sabemos de dónde huía.

Hansson le miró asombrado.

—¿Por qué iba a estar huyendo? —preguntó.

—Tenía miedo —dijo Wallander—. Se escondió en un campo de colza. Y cuando llegó un policía, decidió suicidarse.

—No sabemos en qué estaba pensando —dijo Hansson—. Puedes haberte imaginado que tenía miedo.

—No —dijo Wallander—. He visto suficiente miedo en mi vida como para reconocerlo.

Uno de los hombres de la ambulancia se les acercó.

—Nos llevaremos al viejo al hospital —dijo—. Parece estar en muy mal estado.

Wallander asintió.

Poco más tarde llegó el equipo forense. Wallander trató de indicar en medio del humo por dónde estaba el cadáver.

—Tal vez deberías irte a casa —sugirió Ann-Britt Höglund—. Has visto suficiente por hoy.

—No —dijo—. Me quedo.

Eran ya las ocho y media cuando el humo se había levantado por fin y Peter Edler les informó de que podían entrar en el campo para comenzar la investigación. A pesar de ser una noche de verano clara, Wallander había ordenado que se colocaran reflectores.

—Puede haber algo allí además de una persona muerta —explicó Wallander—. Mirad dónde pisáis. Todo el que no tenga que estar allí necesariamente que no entre.

Luego pensó que en absoluto quería cumplir con su deber. Preferiría marcharse de allí y dejar la responsabilidad a los demás.

Entró solo en el campo. Los otros se quedaron detrás de él mirándolo. Sentía temor ante lo que veía y tenía miedo de que el nudo que apretaba su estómago se quebrase.

Caminó directamente hacia ella. Sus brazos se habían quedado alzados en el movimiento que le había visto hacer antes de morir, rodeada por las llamas chisporroteantes. El cabello y la cara, al igual que su ropa, habían desaparecido. Lo único que quedaba era un cuerpo negro, calcinado, que todavía irradiaba temor y abandono. Wallander se dio la vuelta y regresó por la negra tierra quemada. Por un breve momento pensó que se iba a desmayar.

Los especialistas empezaron a trabajar bajo la fuerte luz de los reflectores en los que las mariposas nocturnas ya estaban revoloteando. Hansson había abierto la ventana de la cocina de Salomonsson para ventilar el olor a viejo. Sacaron las sillas de madera y se sentaron alrededor de la mesa de la cocina. Siguiendo la propuesta de Ann-Britt Höglund se permitieron hacer café en los anticuados fogones de Salomonsson.

—Sólo tiene café de puchero —dijo después de haber buscado por los cajones y los armarios—. ¿Os va bien?

—Perfecto —contestó Wallander—. Mientras sea fuerte.

Al lado de los viejos armarios con puertas correderas de la cocina había un reloj anticuado en la pared. Wallander se dio cuenta de repente de que estaba parado. Recordó haber visto uno parecido, en casa de Baiba en Riga, que también tenía unas manecillas inmóviles. «Algo se para», pensó. «Como si las manecillas intentasen lanzar un conjuro contra los acontecimientos que aún no han ocurrido y detener el tiempo. El marido de Baiba fue asesinado una noche fría en el puerto de Riga. Una chica solitaria aparece como un náufrago en medio de un mar de colza y se despide de la vida infligiéndose el peor daño que una persona puede sufrir.»

Pensó que se había inmolado como si fuese su propio enemigo. No era de él, el policía que movía los brazos, del que quiso escapar.

Era de sí misma.

Fue bruscamente arrancado de sus pensamientos por el silencio que reinaba en torno a la mesa. Le estaban mirando en espera de que tomase la iniciativa. Por la ventana se veía a los especialistas arrastrándose a gatas alrededor del cuerpo muerto. El flash de una cámara centelleó, luego otro.

—¿Alguien ha llamado a la funeraria? —preguntó Hansson.

Para Wallander era como si alguien hubiese golpeado sus oídos con un mazo. Esa pregunta simple y concreta de Hansson le devolvió a la realidad de la que habría preferido escaparse.

Las imágenes pasaron por su cabeza, a través de las partes más vulnerables de su cerebro. Piensa que está conduciendo en una hermosa noche de verano sueco. La voz de Barbara Hendricks es fuerte y nítida. De pronto ve a una chica retroceder como un animal asustadizo en el extenso campo de colza. La catástrofe llega de la nada. Algo que no debería poder ocurrir ocurre.

Un coche fúnebre está de camino para llevarse el verano.

—Prytz sabe lo que tiene que hacer —dijo Martinsson, y Wallander recordó que ése era el nombre del conductor de la ambulancia, del que no se acordaba antes.

Comprendió que debía decir algo.

—¿Qué es lo que sabemos? —empezó vacilante, como si cada palabra se le resistiese—. Un anciano granjero solitario que se despierta temprano descubre a una mujer desconocida en su campo de colza. Intenta llamarla, hacer que se marche, porque no quiere que pise y destroce su sembrado. Se esconde para aparecer de nuevo, una y otra vez. Él nos llama avanzada la tarde. Vengo yo porque nuestras patrullas de agentes están ocupadas con unos accidentes de tráfico. A mí me cuesta, tengo que admitirlo, tomarle en serio. Decido marcharme de aquí y contactar con los servicios sociales, ya que Salomonsson da la impresión de estar confuso. Entonces la mujer aparece de repente entre la colza. Intento hablar con ella. Pero retrocede. Luego levanta un bidón de plástico por encima de su cabeza, se rocía de gasolina y se inmola prendiéndose con un encendedor. El resto ya lo sabéis. Estaba sola, llevaba un bidón de gasolina, se quitó la vida.

Se calló de repente, como si ya no supiese qué añadir. Después de un momento continuó.

—No sabemos quién es —dijo—. No sabemos por qué se suicidó. Soy capaz de dar una descripción bastante buena. Pero eso es todo.

Ann-Britt Höglund sacó unas resquebrajadas tazas de café de un armario. Martinsson salió a orinar al jardín. Cuando regresó, Wallander continuó con su vacilante intento de resumir aquello que sabía y decidir qué deberían hacer.

—Tendremos que averiguar quién era —dijo—. Es lo primero, naturalmente. En realidad es lo único que nos pueden exigir. Tenemos que repasar la lista de personas desaparecidas. Anotaré sus datos personales. Puesto que tuve la sensación de que tenía la tez oscura tal vez debamos, desde el principio, centrarnos en controlar a todos los refugiados y sus campamentos. Después hay que esperar los resultados de los forenses.

—Por lo menos sabemos que no se ha cometido un delito —añadió Hansson—. Nuestra tarea, por tanto, será determinar su identidad.

—Tiene que haber llegado de alguna parte —dijo Ann-Britt Höglund—. ¿Había venido a pie? ¿En bicicleta? ¿Llegó conduciendo? ¿De dónde sacó los bidones de gasolina? Hay muchas preguntas.

—¿Por qué precisamente aquí? —dijo Martinsson—. ¿Por qué en el campo de colza de Salomonsson? Esta finca está bastante alejada de las carreteras principales.

Las preguntas quedaron suspendidas en el aire. Norén entró en la cocina y dijo que habían llegado unos periodistas que querían saber lo ocurrido. Wallander, que sentía la necesidad de moverse, se levantó de la silla.

—Yo hablaré con ellos —dijo.

—Diles la verdad —le aconsejó Hansson.

—¿Qué diría si no? —contestó Wallander asombrado.

Salió al patio de la finca y reconoció enseguida a los dos periodistas. Una era una mujer joven que trabajaba para el *Ystads Allehanda*; el otro, un hombre mayor del *Arbetet*.

—Parece el rodaje de una película —dijo la mujer señalando los reflectores en el campo calcinado.

—No lo es —dijo Wallander.

Les contó lo ocurrido. Una mujer había fallecido en un incendio. No existía ninguna sospecha de que se hubiese cometido un crimen. Puesto que todavía desconocían su identidad, de momento no quería decir nada más.

—¿Se pueden tomar algunas fotos? —preguntó el hombre del Arbetet.

—Puedes tomar las fotos que quieras —contestó Wallander—. Pero tendrá que ser desde aquí. Nadie puede entrar en el campo.

Los periodistas se dieron por satisfechos y desaparecieron en sus coches. Wallander estaba a punto de volver a la cocina cuando vio que uno de los forenses le hacía señas desde el campo. Wallander se dirigió hacia él. Intentó no mirar los restos de la mujer con los brazos en alto. Era Sven Nyberg, su especialista gruñón, pero experto reconocido por su habilidad, quien se le acercaba. Se detuvieron en la parte exterior de la zona iluminada por la luz de los reflectores. Una suave brisa del mar atravesó el campo de colza calcinado.

—Creo que hemos encontrado algo —dijo Sven Nyberg.

En la mano llevaba una pequeña bolsa de plástico que le entregó a Wallander. Se acercó unos pasos más hacia uno de los reflectores. En la bolsa de plástico había una diminuta joya de oro.

—Lleva una inscripción —añadió Sven Nyberg—. Las letras D.M.S. Es la imagen de una Virgen.

—¿Por qué no se ha fundido? —preguntó Wallander.

—El fuego en un campo no genera tanto calor como para fundir una joya —contestó Sven Nyberg. Wallander notó que tenía la voz cansada.

—Es justo lo que necesitamos —dijo Wallander—. No sabemos quién es, pero ahora al menos tenemos sus iniciales.

—Ya estamos casi listos para trasladarla —continuó Sven Nyberg haciendo señas al coche fúnebre que esperaba junto al campo.

—¿Qué opinas? —preguntó Wallander.

Nyberg se encogió de hombros.

—Tal vez los dientes nos revelen algo. Los patólogos son hábiles. Podrás saber su edad. Con la nueva técnica genética también te podrán decir si nació en este país de padres suecos o si procedía de algún otro lugar.

—Hay café en la cocina —comentó Wallander.

—No, gracias —contestó Nyberg—. Quisiera acabar aquí cuanto antes. Mañana por la mañana repasaremos todo el campo. Como no ha sido un crimen podemos dejarlo para entonces.

Wallander volvió a la cocina. Puso la bolsa de plástico con la joya encima de la mesa.

—Ahora tenemos algo con qué empezar —informó—. Una joya con la imagen de una Virgen. Con la inscripción de unas letras: D.M.S. Propongo que os vayáis a casa. Yo me quedaré un rato más.

—Hasta mañana por la mañana a las nueve —dijo Hansson, y se levantó.

—Me pregunto quién era —dijo Martinsson—. A pesar de que no se haya cometido un crimen, de todos modos es como si se tratase de un asesinato. Como si se hubiese asesinado a sí misma.

Wallander asintió con la cabeza.

—Asesinarse a uno mismo y suicidarse no siempre es lo mismo —dijo—. ¿Es eso lo que quieres decir?

—Sí —dijo Martinsson—. Pero lo que yo piense no quiere decir nada. El verano sueco es demasiado hermoso y breve como para que tengan que pasar cosas así.

Se despidieron en el patio de la finca. Ann-Britt Höglund se quedó con él.

—Te agradezco que no haya tenido que verlo —dijo—. Creo que entiendo cómo te sientes.

Wallander no contestó.

—Nos veremos mañana —dijo al fin.

Cuando los coches se habían ido, Wallander se sentó en las escaleras de la casa. Los reflectores iluminaban un escenario desierto donde se representaba una obra cuyo único espectador era él.

Había empezado a soplar el viento. Aún estaban esperando que llegara el calor del verano. El aire era fresco. Wallander sintió frío sentado en las escaleras. Deseó intensamente que llegase el calor. Esperaba que lo hiciese pronto.

Después de un rato se levantó y entró en la casa para fregar las tazas de café que habían usado.

4

Wallander se estremeció en sueños. Sintió que alguien le arrancaba uno de los pies. Al abrir los ojos vio que el pie se le había quedado atrapado entre la cama y el somier roto. Tuvo que ladearse para sacar el pie. Después se quedó totalmente quieto. La luz del alba entraba por el estor mal bajado. Miró el reloj de la mesilla. Las manecillas señalaban las cuatro y media. Sólo había dormido unas pocas horas y estaba muy cansado. De nuevo se encontraba en medio del campo de colza. Ahora le parecía ver a la chica con más nitidez. «No me tenía miedo a mí», pensó. «No se escondía ni de Salomonsson ni de mí. Era de otra persona.»

Se levantó y arrastró sus pies hasta la cocina. Mientras esperaba que se hiciera el café entró en el desarreglado salón y consultó el contestador automático. La luz roja parpadeaba. Apretó el botón de escucha. Primero era su hermana Kristina quien le hablaba. «Quiero que me llames. Preferiblemente en los próximos dos días.» Wallander pensó enseguida que tendría que ver con su anciano padre. A pesar de que se había casado con su asistenta y ya no vivía solo, tenía un carácter lunático y caprichoso. Después había un mensaje casi inaudible del periódico *Skånska Dagbladet* preguntando si le interesaba una suscripción. Estaba a punto de regresar a la cocina cuando escuchó otro mensaje. «Soy Baiba. Me voy a Tallinn unos días. Estaré de vuelta el sábado.» De repente le invadieron unos celos incontrolables. ¿Para qué iba a Tallinn? No había comentado nada al respecto durante su última conversación. Entró en la cocina, se sirvió una taza de café y luego llamó a Riga, aunque estaba seguro de que Baiba aún estaría durmiendo. Pero los tonos sonaban y ella no contestaba. Volvió a llamar, con el mismo resultado. La sensación de angustia aumentó. No era muy probable que se hubiese marchado a Tallinn a las cinco de la mañana. ¿Por qué no estaba en casa? O si estaba en casa, ¿por qué no contestaba? Cogió la taza de café, abrió la puerta del balcón que daba a la calle de Mariagatan y se sentó en la única silla que cabía allí. Otra vez vio correr a la chica en el campo de colza. Por un instante creyó que se parecía a Baiba. Se esforzó en pensar que sus celos eran infundados. Ni siquiera tenía derecho a sentirlos, ya que los dos habían acordado no cargar su reciente relación con promesas de fidelidad innecesarias. Recordó cómo habían estado hablando de lo que realmente esperaban el uno del otro hasta muy avanzada la Nochebuena. Lo que Wallander quería era casarse. Pero cuando ella le habló de su necesidad de libertad enseguida se mostró de acuerdo. Para no perderla estaba dispuesto a estar de acuerdo con ella en todo.

Aunque todavía era muy temprano, el aire ya era cálido. El cielo lucía un color azul celeste. Tomó el café a sorbos lentos intentando no pensar en la chica que se había suicidado entre la colza amarilla. Cuando acabó el café volvió al dormitorio y rebuscó un buen rato en el armario hasta encontrar una camisa limpia. Antes de entrar en el cuarto de baño recogió la ropa sucia que estaba esparcida por el apartamento. Formó un gran montón en el suelo del salón. Iba a apuntarse en el horario de la lavandería que había en el sótano ese mismo día.

Eran las seis menos cuarto cuando abandonó el apartamento y bajó a la calle. Se sentó en el coche y recordó que tenía que pasar la ITV antes del 30 de junio. Después torció por la calle de Regementsgatan y siguió por la ronda de Österleden. Sin haberlo decidido de antemano, salió de la ciudad y se detuvo en el Cementerio Nuevo, en la calle de Krono-holmsvägen. Dejó el coche y caminó despacio entre las hileras de lápidas. De vez en cuando divisaba un nombre que vagamente le parecía conocido. Cuando veía un año de nacimiento igual que el suyo apartaba rápidamente la vista. Unos jóvenes vestidos con monos azules estaban descargando un cortacésped de un remolque. Llegó al soto conmemorativo y se sentó en uno de los bancos. No había vuelto allí desde el ventoso día otoñal en que esparcieron las cenizas de Rydberg. Aquella vez Björk había estado presente junto con algunos de los lejanos y anónimos familiares de Rydberg. Muchas veces había pensado en regresar allí. Pero nunca lo había hecho, hasta ahora.

«Con una lápida habría sido más fácil», pensó. «Con el nombre de Rydberg grabado, sería un punto en el que concentrar mis recuerdos. En este soto donde revolotean los espíritus invisibles de los muertos no le puedo encontrar.»

Se dio cuenta de que le costaba recordar la cara de Rydberg. «También se está muriendo dentro de mí», pensó. «Pronto hasta el recuerdo se habrá podrido.»

De repente se levantó, con una sensación de malestar. La chica ardiendo se movía sin cesar por su cabeza. Se fue directamente a la comisaría, entró en su despacho y cerró la puerta. A las siete y media se obligó a concluir el resumen de la investigación sobre los coches robados que tenía que entregar a Svedberg. Dejó las carpetas en el suelo para tener la mesa completamente vacía.

Levantó el vade de sobremesa para ver si se había dejado algún apunte. En vez de notas encontró un boleto de lotería rápida comprado unos meses antes. Lo rascó con la regla y vio que había ganado veinticinco coronas. Oyó la voz de Martinsson que venía del pasillo y poco después también la de Ann-Britt Höglund. Se recostó en la silla, puso los pies encima de la mesa y cerró los ojos. Al despertarse tenía un calambre en un músculo de la pantorrilla. No había dormido más que diez minutos. En ese instante sonó el teléfono. Al contestar oyó que era Per Åkeson, de la fiscalía. Se saludaron e intercambiaron unas palabras sobre el tiempo. Durante los años que habían trabajado juntos habían ido afianzando algo que ninguno se atrevía a nombrar pero que los dos sentían como una amistad. A menudo estaban en desacuerdo sobre si una detención estaba justificada o si procedía un encarcelamiento. Pero había algo más: una confianza plena, aunque nunca se veían en la vida privada.

—Estoy leyendo en el periódico sobre una chica que ha ardido en un campo en Marsvinsholm —dijo Per Åkeson—. ¿Es algo para mí?

—Fue un suicidio —contestó Wallander—. Excepción hecha de un granjero anciano llamado Salomonsson, yo fui el único testigo.

—Por el amor de Dios, ¿qué hacías tú allí?

—Salomonsson nos había llamado. Debería haber ido una patrulla. Pero todas estaban ocupadas.

—Esa chica no debió de ser un panorama agradable.

—Fue peor que eso. Tenemos que concentrarnos en intentar averiguar quién era. Supongo que ya estarán llamando a la centralita personas angustiadas preguntando por sus familiares desaparecidos.

—¿O sea que no tienes sospechas de que fuese un crimen?

Sin saber por qué, de repente titubeó antes de contestar.

—No —dijo luego—. Uno no puede quitarse la vida de manera más evidente que ésa.

—No pareces del todo convencido.

—He dormido mal esta noche. Fue, como bien dijiste, una vivencia horrenda.

Se produjo un silencio. Wallander comprendió que Per Åkeson quería hablar de algo más.

—Tengo algo más que comentarte —prosiguió—. Si puede quedar entre nosotros.

—No me suelo ir de la lengua.

—¿Te acuerdas de que hace unos años te hablé de dedicarme a otra cosa? Antes de que fuese tarde, antes de ser demasiado viejo.

Wallander reflexionó.

—Me acuerdo de que hablabas de refugiados y de la ONU. ¿Era en Sudán?

—En Uganda. Y de hecho he recibido una oferta. He decidido aceptarla. Tendré la excedencia durante un año a partir de septiembre.

—¿Qué dice tu esposa?

—Por eso te llamo. Para tener apoyo moral. No he hablado con ella todavía.

—¿Quieres que tu mujer te acompañe?

—No.

—Entonces me imagino que se llevará una sorpresa.

—¿Se te ocurre alguna buena idea sobre cómo planteárselo?

—Desgraciadamente no. Pero creo que haces bien. La vida tiene que ser algo más que encarcelar a gente.

—Ya te contaré cómo va.

Estaban a punto de acabar la conversación cuando Wallander se percató de que tenía algo que preguntarle.

—¿Eso significa que Anette Brolin volverá como sustituta tuya?

—Ha cambiado de bando y hoy por hoy trabaja de abogada en Estocolmo —dijo Per Åkeson—. Tú estabas bastante enamorado de ella, ¿verdad?

—No —respondió Wallander—. Sólo quería saberlo.

Colgó el teléfono. Le asaltó una repentina sensación de envidia. Él mismo habría ido con mucho gusto a Uganda. Para hacer algo distinto. Nada puede ser más horripilante que ver a una persona joven quitarse la vida prendiéndose fuego. Envidiaba a Per Åkeson, quien no dejaba que las ganas de marcharse se quedaran sólo en meras palabras.

La alegría del día anterior había desaparecido. Se colocó al lado de la ventana mirando a la calle. La hierba junto a la vieja torre de agua estaba muy verde. Wallander pensó en el año anterior, cuando estuvo de baja durante largo tiempo después de matar a una persona. Ahora se preguntaba si realmente se había librado de la depresión que padeció. «Debería hacer como Per Åkeson», pensó. «Tiene que haber una Uganda también para mí. Para Baiba y para mí.»

Permaneció un buen rato en la ventana. Luego volvió al escritorio y trató de localizar a su hermana Kristina. Lo intentó varias veces, pero comunicaba todo el tiempo. Sacó un bloc de notas de un cajón del escritorio. Durante la media hora siguiente escribió un informe sobre los acontecimientos de la noche anterior. Luego llamó al departamento de Patología de Malmö pero no logró contactar con el médico que le podía decir algo acerca del cadáver calcinado. A las nueve menos cinco fue a buscar una taza de café y entró en una de las salas de conferencias. Ann-Britt Höglund estaba hablando por teléfono mientras Martinsson hojeaba un catálogo de material de jardinería. Svedberg se encontraba en su sitio habitual rascándose la nuca con un lápiz. Una de las ventanas estaba abierta. Wallander se detuvo en la puerta con la sensación de haber vivido esa situación con anterioridad. Era como si se adentrase en algo que ya había ocurrido. Martinsson levantó la vista del catálogo y le saludó con la cabeza, Svedberg gruñó algo inaudible y Ann-Britt Höglund parecía ocupada en intentar explicar con mucha paciencia algo a uno de sus hijos. Hansson entró en la sala. En una mano llevaba una taza de café, y en la otra la bolsa de plástico con la joya que los especialistas habían encontrado en el campo.

—¿No duermes nunca? —preguntó Hansson.

Wallander sintió que la frase le irritaba.

—¿Por qué lo preguntas?

—¿Te has visto la cara?

—Me acosté tarde ayer. Duermo todo lo que necesito.

—Son los partidos de fútbol —dijo Hansson—. Los transmiten en mitad de la noche.

—No los veo —dijo Wallander.

Hansson le miró atónito.

—¿No te interesan? Creía que todo el mundo se quedaba despierto viéndolos.

—No demasiado —confesó Wallander—. Pero tengo entendido que es un hecho poco común. Por lo que sé, el jefe nacional de la policía no ha enviado ningún memorando de que sea una falta en el servicio no ver los partidos.

—Tal vez sea la última vez que lo presenciemos —dijo Hansson con pesimismo.

—¿Que presenciemos el qué?

—Que Suecia participe en un Mundial de Fútbol. Sólo espero que no se vaya todo al carajo. Lo que me preocupa más es la defensa.

—Entiendo —dijo Wallander con cortesía.

Ann-Britt Höglund todavía hablaba por teléfono.

—Ravelli —continuó Hansson.

Wallander esperó que continuase pero no lo hizo. Sabía que se refería al portero de Suecia.

—¿Qué le pasa?

—Me preocupa.

—¿Por qué? ¿Está enfermo?

—Creo que es irregular. No jugó bien contra Camerún. Saques raros, actuación confusa en el área de la portería.

—Nosotros también lo somos —dijo Wallander—. Incluso los policías podemos ser irregulares.

—No lo puedes comparar —replicó Hansson—. Al menos no tenemos que decidir en unos segundos si hemos de salir corriendo o quedarnos en la línea de gol.

—Quién coño sabe —dijo Wallander—. Quizás haya un parecido entre el policía que sale y el portero que se tira.

Hansson lo miró sin comprender. Pero no dijo nada.

La conversación se desvaneció. Se sentaron alrededor de la mesa esperando que Ann-Britt Höglund acabara de hablar por teléfono. Svedberg, al que le costaba aceptar a las mujeres policía, golpeaba molesto con el lápiz sobre la mesa para manifestar que la estaban esperando. Wallander pensó que pronto le llamaría la atención a Svedberg para que abandonase sus protestas sin sentido. Ann-Britt Höglund era una buena policía, en muchos aspectos bastante mejor que Svedberg.

Un mosca zumbaba alrededor de su taza de café. Estaban esperando.

Ann-Britt Höglund acabó la conversación y se sentó a la mesa.

—La cadena de la bicicleta —explicó—. A los niños les cuesta entender que sus madres tengan cosas más importantes que hacer que ir derechas a casa para arreglarla.

—Hazlo —dijo Wallander de repente—. Podemos hacer este repaso sin ti.

Ella negó con la cabeza.

—No puedo acostumbrarlos a lo que no puede ser —contestó.

Hansson depositó la bolsa de plástico con la joya en la mesa.

—Una mujer desconocida se suicida —dijo—. Sabemos que no se ha cometido ningún crimen. Sólo tenemos que averiguar quién es.

Wallander tuvo la impresión de que Hansson empezaba de pronto a parecerse a Björk. Estuvo a punto de que se le escapase la risa, pero logró contenerse. Captó la mirada de Ann-Britt Höglund. Parecía haber sentido lo mismo.

—Han empezado a llamar —dijo Martinsson—. He puesto a un hombre para contestar todas las llamadas que entren.

—Le daré los datos personales —dijo Wallander—. Por lo demás, tendremos que concentrarnos en las personas denunciadas como desaparecidas. Puede encontrarse entre ellas. Si no es así, tarde o temprano alguien empezará a echarla de menos.

—Yo me ocuparé —dijo Martinsson.

—La joya —continuó Hansson, y abrió la bolsa de plástico—. La imagen de una Virgen y las letras D.M.S. A mí me parece que es de oro auténtico.

—Hay un registro sobre abreviaciones y combinaciones de letras —dijo Martinsson, la persona de la policía de Ystad experta en informática—. Podemos introducir la combinación a ver si nos da alguna respuesta.

Wallander se estiró para alcanzar la joya y la miró. Todavía quedaban en ella y en la cadena restos de hollín.

—Es bonita —dijo—. Sin embargo, la mayoría de las personas en Suecia aún llevan cruces como símbolo religioso, ¿verdad? Las Vírgenes son más habituales en los países católicos.

—Parece que hables de una refugiada o una inmigrante —dijo Hansson.

—Sólo hablo de la imagen de la joya —contestó Wallander—. De todos modos, es importante que forme parte de los datos personales. Quien reciba las llamadas tiene que saber qué aspecto tiene.

—¿Lo vamos a soltar? —preguntó Hansson.

Wallander negó con la cabeza.

—Todavía no —dijo—. No quiero que nadie tenga un susto innecesario.

De repente Svedberg empezó a hacer aspavientos incontrolados con los brazos y se levantó de la silla de un salto. Los demás le miraron asombrados. Luego Wallander recordó que Svedberg tenía pánico a las avispas. Hasta que no salió por la ventana, Svedberg no se sentó de nuevo a la mesa.

—Debe de haber un medicamento para la alergia a las avispas —dijo Hansson.

—No se trata de alergia —añadió Svedberg—. Es que no me gustan las avispas.

Ann-Britt Höglund se levantó y cerró la ventana. Wallander pensó en la reacción de Svedberg. El miedo irracional de una persona adulta ante un animalito como una avispa.

Pensó en los acontecimientos de la noche anterior. La chica solitaria en el campo de colza. Había algo en la reacción de Svedberg que le recordó lo que tuvo que presenciar sin poder intervenir. Un terror ilimitado. Comprendió que no se daría por vencido antes de averiguar qué la había empujado a suicidarse. «Vivo en un mundo donde los jóvenes se quitan la vida porque no la soportan», pensó. «Si voy a seguir siendo policía tengo que entender el porqué.»

Se sobresaltó al oír a Hansson decir algo que se le escapó.

—¿Tenemos algo más que repasar ahora mismo? —preguntó Hansson de nuevo.

—Yo me encargo del departamento de Patología de Malmö —contestó Wallander—. ¿Alguien ha contactado con Sven Nyberg? Si no, iré a hablar con ellos.

La reunión terminó. Wallander se dirigió a su despacho a recoger la chaqueta. Dudó un momento si debía tratar de localizar una vez más a su hermana. O a Baiba en Riga. Pero luego desistió.

Se fue a la granja de Salomonsson en Marsvinsholm. Unos policías estaban desmontando los trípodes de los reflectores y enrollando los cables. La casa parecía cerrada a cal y canto. Pensó que tenía que informarse del estado de salud de Salomonsson. Tal vez había recordado algo más que contar.

Se adentró en el campo. La superficie calcinada contrastaba con fuerza junto a la colza amarilla que la rodeaba. Nyberg estaba de rodillas en el lodo. A lo lejos divisaba a otros dos policías que parecían estar examinando las zonas exteriores del territorio quemado. Nyberg saludó escuetamente a Wallander. El sudor corría por su cara.

—¿Cómo te va? —preguntó Wallander—. ¿Has encontrado algo?

—Tiene que haber traído mucha gasolina —contestó Nyberg levantándose—. Hemos encontrado los restos de cinco bidones medio fundidos. Tal vez estaban vacíos cuando se inició el fuego. Si trazas una línea entre los sitios donde los hemos encontrado se puede ver que se había encerrado en un círculo.

Wallander no entendió al principio lo que explicaba Nyberg.

—¿Qué quieres decir? —preguntó.

Nyberg hizo un gesto circular con el brazo.

—Quiero decir que había construido una fortaleza en torno a sí. Había derramado la gasolina en un amplio círculo. Era su foso y no había ninguna entrada que condujese a la fortaleza. En el centro estaba ella. Con el último bidón que se había reservado para sí misma. Quizás estaba histérica y desesperada. Quizás estaba loca o muy enferma. No lo sé. Pero ella sí lo sabía. Sabía qué quería hacer.

Wallander asintió pensativo.

—¿Puedes decir algo sobre cómo llegó hasta aquí?

—He pedido que traigan un perro policía —dijo Nyberg—. Pero no podrá seguir sus pisadas. El olor a gasolina penetra en la tierra. El perro se confunde. No hemos encontrado ninguna bicicleta. Tampoco nada en los caminos del fangal que llevan hasta la E 65. Que yo sepa, puede haber aterrizado en este campo con paracaídas.

Nyberg sacó un rollo de papel higiénico de uno de sus maletines de trabajo, para enjugarse el sudor de la cara.

—¿Qué dicen los médicos? —preguntó.

—De momento nada —contestó Wallander—. Supongo que les espera un trabajo difícil.

De repente Nyberg se quedó serio.

—¿Por qué una persona se hace esto a sí misma? —dijo—. ¿Hay tantas razones y tan imperiosas como para que te despidas de la vida atormentándote al máximo?

—También yo me he planteado esa pregunta —contestó Wallander.

Nyberg movió la cabeza.

—¿Qué está ocurriendo? —preguntó.

Wallander no contestó. No tenía absolutamente nada que decir.

Regresó al coche y llamó a la comisaría. Fue Ebba la que respondió. Para huir de sus consideraciones maternales fingió que tenía prisa y que estaba muy ocupado.

—Voy a hablar con el granjero al que le quemaron el campo —dijo—. Estaré ahí esta tarde.

Volvió a Ystad. En la cafetería del hospital tomó café y comió un sándwich. Luego buscó la unidad donde habían ingresado a Salomonsson en observación. Paró a una enfermera, se presentó y le comunicó el motivo de su visita. Ella le miró sin entenderle.

—¿Edvin Salomonsson?

—No recuerdo si se llama Edvin —dijo Wallander—. ¿Ingresó anoche en relación con el fuego a las afueras de Marsvinsholm?

La enfermera asintió con la cabeza.

—Quisiera hablar con él —dijo Wallander—. Si no está demasiado enfermo.

—No está enfermo —contestó la enfermera—. Está muerto.

Wallander la miró incrédulo.

—¿Muerto?

—Falleció esta mañana. Probablemente de un ataque cardíaco. Mientras dormía. Es mejor que hables con uno de los médicos.

—No hace falta —dijo Wallander—. He venido a ver cómo se encontraba. Ahora ya tengo la respuesta.

Wallander abandonó el hospital y salió a la intensa luz del día.

No sabía qué hacer.

5

Wallander se fue a casa con la sensación de que tenía que dormir; quería ser capaz de volver a pensar bien. Que hubiese fallecido el viejo granjero no era culpa suya ni de nadie. La que podría ser responsable, la que había incendiado el campo de colza y con ello impresionado tanto a Salomonsson como para provocarle la muerte, ya estaba muerta. Eran los acontecimientos en sí, el hecho de que ocurriesen, lo que le preocupaba y le producía náuseas. Desconectó el teléfono y se echó en el sofá del salón, con una toalla encima de la cara. Pero el sueño no llegaba. Después de media hora, desistió: volvió a conectar el teléfono, levantó el auricular y marcó el número de Linda en Estocolmo. En una nota al lado del teléfono tenía toda una serie de números tachados. Linda cambiaba a menudo de casa, y su número de teléfono variaba continuamente. Los tonos sonaban sin que nadie contestara. Luego marcó el número de su hermana. Descolgó casi enseguida. No hablaban con mucha frecuencia y casi nunca de otra cosa que no fuese su padre. Wallander pensaba a veces que el día que su padre ya no viviese cesaría el contacto entre ellos.

Intercambiaron las frases habituales de cortesía sin interesarse especialmente por las respuestas.

—Me habías llamado —dijo Wallander.

—Estoy preocupada por papá —contestó ella.

—¿Ha pasado algo? ¿Está enfermo?

—No lo sé. ¿Cuándo le visitaste por última vez?

Wallander reflexionó.

—Hace más o menos una semana —respondió, y enseguida notó el aguijonazo de la mala conciencia.

—¿De verdad no tienes tiempo para ir a verle más asiduamente?

Wallander trató de defenderse.

—Estoy trabajando casi las veinticuatro horas del día. La policía está falta de personal. Voy a verle tanto como puedo.

Su silencio le decía que no se lo creía ni por un momento.

—Hablé con Gertrud ayer —continuó, sin comentar lo que Wallander había dicho—. Me pareció que contestaba con evasivas cuando le pregunté por la salud de papá.

—¿Por qué iba a hacer eso? —preguntó Wallander asombrado.

—No lo sé. Por eso te llamé.

—Hace una semana estaba como siempre —dijo Wallander—. Se enfadó porque yo tenía prisa y me quedé con él sólo un rato. Pero mientras estuve allí él estuvo pintando sus cuadros y casi no tuvo tiempo de hablar conmigo. Gertrud estaba contenta como siempre. Pero tengo que admitir que no entiendo cómo le soporta.

—Gertrud le quiere —dijo—. Se trata de amor, ¿sabes? Entonces uno aguanta mucho.

Wallander trató de acabar la conversación cuanto antes. Su hermana, a medida que se hacía mayor, se parecía más a su madre. Wallander nunca había tenido buena relación con su madre. Durante su juventud ambas hicieron un frente común contra él y su padre. La familia estaba dividida en dos bandos. En aquel tiempo Wallander mantenía una muy buena relación con su padre. No fue hasta el final de su adolescencia, al decidir hacerse policía, cuando se abrió la brecha entre ellos. El padre jamás había podido aceptar la decisión de Wallander. Tampoco nunca había logrado explicar a su hijo por qué le disgustaba tanto la profesión que había elegido, o a qué le gustaría que se dedicase. Cuando Wallander acabó su formación y empezó a trabajar como agente patrullando en Malmö, esa brecha se convirtió en un abismo. Unos años más tarde la madre enfermó de cáncer. Todo ocurrió muy deprisa. Se lo diagnosticaron en Año Nuevo y murió en mayo. Su hermana Kristina se fue de casa ese mismo verano para irse a vivir a Estocolmo, donde encontró trabajo en lo que en aquel tiempo se llamaba L.M. Ericsson. Se casó, se divorció y se casó de nuevo. Wallander había visto a su primer marido una vez, pero no tenía ni idea de cómo era su marido actual. Sabía que Linda la visitaba en su casa de Kärrtorp en contadas ocasiones, y por sus comentarios había deducido que las visitas no eran muy agradables. Wallander se imaginaba que la brecha de la niñez y adolescencia aún permanecía abierta. El día en el que muriese su padre finalmente se abriría del todo.

—Iré a verle esta misma noche —dijo Wallander pensando en la ropa sucia que se le amontonaba en el suelo.

—Me gustaría que me llamases —pidió ella.

Wallander prometió hacerlo.

Luego telefoneó a Riga. Cuando contestaron, creyó por un momento que era Baiba. Luego comprendió que se trataba de la mujer de la limpieza, que solamente hablaba letón. Colgó deprisa. En ese mismo momento sonó el teléfono. Se sobresaltó como si lo último que esperase fuera que alguien le llamase.

Levantó el auricular y oyó la voz de Martinsson.

—Espero no molestarte —dijo Martinsson.

—Sólo estoy aquí para cambiarme de camisa —dijo Wallander, preguntándose por qué siempre se sentía obligado a disculparse por estar en casa—. ¿Ha ocurrido algo?

—Se han recibido algunas llamadas sobre personas desaparecidas —agregó Martinsson—. Ann-Britt las está repasando ahora.

—Pensaba más bien en lo que habrías podido averiguar en tu pantalla.

—Hemos tenido una avería informática toda la mañana —contestó Martinsson pesaroso—. Llamé hace un momento a Estocolmo. Alguien de allí pensaba que funcionaría de nuevo dentro de una hora. Pero no parecía muy convencido.

—No estamos buscando a unos delincuentes —dijo Wallander—. Podemos esperar.

—Un médico telefoneó desde Malmö —continuó Martinsson—. Una mujer. Se llamaba Malmström. Le prometí que te pondrías en contacto con ella.

—¿Por qué no podía hablar contigo?

—Quería hablar contigo. Supongo que es porque fuiste tú y no yo quien la vio cuando aún vivía.

Wallander cogió un lápiz y anotó el número de teléfono.

—Estuve allí —dijo luego—. Nyberg estaba arrodillado en el lodo, sudando. Estaba esperando a un perro.

—Él es como un perro —dijo Martinsson sin intentar ocultar que le costaba aceptar el carácter de Nyberg.

—Puede ser gruñón —protestó Wallander—. Pero es bueno.

Estaba a punto de acabar la conversación cuando se acordó de Salomonsson.

—El granjero ha muerto —dijo.

—¿Quién?

—El hombre en cuya cocina tomamos café anoche. Tuvo un ataque y murió.

—Tal vez deberíamos devolver el café —repuso Martinsson con tono sombrío.

Cuando la conversación concluyó, Wallander entró en la cocina a beber agua. Permaneció largo rato sentado a la mesa de la cocina sin hacer nada. Eran ya las dos cuando llamó a Malmö. Tuvo que esperar hasta que la doctora Malmström se puso al teléfono. En su voz se notaba que era muy joven. Wallander se presentó y se disculpó por haber tardado en llamar.

—¿Tenéis nuevos datos que indiquen que se ha cometido un crimen? —preguntó.

—No.

—En ese caso no hace falta llevar a cabo una investigación forense —contestó—. Eso lo simplifica todo. Se ha matado usando gasolina con plomo.

Wallander notó que se mareaba. Le pareció ver el cuerpo calcinado, como si estuviera al lado de la mujer con la que estaba hablando.

—No sabemos quién es —dijo—. Necesitamos saber todo lo posible sobre ella para que los datos personales sean claros.

—Siempre es difícil con un cuerpo calcinado —dijo la médica impasible—. Desaparece toda la piel. El examen dental no está acabado todavía. Pero tenía buena dentadura. Ningún empaste. Medía uno sesenta y tres. Nunca había tenido ninguna fractura en su cuerpo.

—Necesito su edad —dijo Wallander—. Es casi lo más importante.

—Tardaré unos días más. Partimos de sus dientes.

—¿Y si haces una suposición?

—Prefiero no hacerla.

—Yo la vi desde unos veinte metros de distancia —dijo Wallander—. Creo que tendría unos diecisiete años. ¿Me equivoco?

La médica meditó antes de contestar.

—No me gusta adivinar —contestó finalmente—. Pero creo que era más joven.

—¿Por qué?

—Te lo diré en cuanto lo sepa. Pero no me sorprendería si resulta que sólo tenía quince años.

—¿Realmente una quinceañera se puede prender fuego por propia voluntad? —preguntó Wallander—. Me cuesta creerlo.

—La semana pasada estuve recogiendo los restos de una niña de siete años que se había reventado en mil pedazos —contestó la doctora—. Lo había planeado todo minuciosamente. Incluso se había preocupado de que nadie más resultase herido. Puesto que apenas sabía escribir, había dejado un dibujo como nota de despedida. He oído hablar de un niño de cuatro años que intentó sacarse los ojos porque le tenía un miedo atroz a su padre.

—No es posible —dijo Wallander—. Aquí en Suecia, no.

—Precisamente aquí —contestó ella—. En Suecia. En medio del mundo. En pleno verano.

Wallander notó que los ojos se le llenaban de lágrimas.

—Si no sabéis quién es, nos la quedamos aquí —continuó la doctora.

—Tengo una pregunta —dijo Wallander—. Una pregunta personal. Tiene que doler mucho prenderse fuego hasta morir, ¿verdad?

—Eso se sabe desde tiempos inmemoriales —contestó ella—. Por eso también se ha usado el fuego como uno de los peores castigos o torturas que puedan infligirse a una persona. Quemaron a Juana de Arco, quemaron a las brujas. En todos los tiempos se ha expuesto a las personas a la tortura del fuego. Los dolores son peores de lo que te puedes imaginar. Además, desgraciadamente no se pierde la conciencia tan rápidamente como sería deseable. Existe el instinto de huir de las llamas, que es más fuerte que la voluntad de escapar a los sufrimientos. Por eso tu conciencia te obliga a no desmayarte. Luego llegas a un límite. Por un momento se anestesian los nervios quemados. Hay ejemplos de personas con quemaduras en el noventa por ciento de su cuerpo que por un momento han creído estar indemnes. Pero cuando la anestesia desaparece...

No terminó la frase.

—Ardía como una antorcha —dijo Wallander.

—Lo mejor que puedes hacer es no pensar en ello —le aconsejó la doctora—. La muerte puede ser una liberación. Por mucho que nos cueste aceptarlo.

Al acabarse la conversación, Wallander se levantó, recogió su chaqueta y salió del apartamento. Se había levantado viento y había un frente de nubes del norte. De camino a la comisaría, entró en la ITV a pedir hora. Cuando llegó a la comisaría pasaban unos minutos de las tres. Se detuvo en la recepción. Hacía poco, Ebba se había roto la mano en una caída en el cuarto de baño. Le preguntó por su salud.

—Me recordaron que me estoy haciendo vieja —contestó.

—Tú nunca serás vieja —dijo Wallander.

—Es amable por tu parte decirlo —añadió—. Pero no es verdad.

Cuando se dirigía a su despacho Wallander echó una mirada a la habitación en la que Martinsson estaba sentado delante de la pantalla del ordenador.

—Vuelve a funcionar desde hace veinte minutos —dijo—. Estoy preguntando en identificación si tienen algunos desaparecidos que puedan encajar.

—Añade que medía un metro sesenta y tres centímetros —ordenó Wallander—. Y que tendría entre quince y dieciséis años.

Martinsson le miró asombrado.

—Quince años —dijo—. No es posible.

—Uno desearía que no lo fuese —dijo Wallander—. Pero lo tenemos que contemplar como una posibilidad. ¿Qué tal con las combinaciones de letras?

—No he llegado muy lejos todavía —dijo Martinsson—. Pero he pensado quedarme aquí toda la noche.

—Estamos intentando identificar a una persona —dijo Wallander—. No buscamos a un delincuente.

—No hay nadie en casa, de todos modos— continuó Martinsson—. No me gusta llegar a una casa vacía.

Wallander dejó a Martinsson y miró en el despacho de Ann-Britt Höglund, que tenía la puerta abierta. Estaba vacío. Volvió por el pasillo hasta la central de operaciones, donde recibían todos los avisos y llamadas. En una mesa se encontraba Ann-Britt Höglund junto con un asistente de policía repasando un montón de papeles.

—¿Hay algo? —preguntó.

—Tenemos un par de pistas que vamos a examinar más a fondo —contestó—. Una corresponde a una chica de la escuela de adultos de Tomelilla que falta desde hace dos días y nadie sabe por qué.

—Nuestra chica medía un metro sesenta y tres centímetros —dijo Wallander—. Tenía los dientes intactos y entre quince y diecisiete años.

—¿Tan joven? —preguntó asombrada.

—Sí —dijo Wallander—. Tan joven.

—Entonces como mínimo no será la chica de Tomelilla —dijo Ann-Britt Höglund dejando el papel que llevaba en la mano—. Ésta tiene veintitrés y es muy alta.

Buscó entre el montón de papeles.

—Hay otra —dijo—. Una chica de dieciséis años que se llama Mari Lippmansson. Vive aquí en Ystad y trabaja en una panadería. Falta desde hace tres días de su trabajo. Fue el panadero quien llamó. Estaba furioso. Sus padres al parecer no se preocupan en absoluto de ella.

—Estúdiala un poco más a fondo —la alentó Wallander.

De todos modos sabía que no era ella.

Fue a buscar una taza de café y se dirigió a su despacho. El montón de papeles acerca de los robos de coches continuaba en el suelo. Pensó que debería entregarlos a Svedberg. Al mismo tiempo esperaba que no ocurriesen crímenes graves antes de que empezasen sus vacaciones.

A las cuatro se reunieron en la sala de conferencias. Nyberg había vuelto del campo calcinado, donde había acabado su trabajo de búsqueda. Fue una reunión corta. Hansson se excusó diciendo que tenía que leer un informe urgente de la Jefatura Nacional de Policía.

—Seremos breves —dijo Wallander—. Mañana debemos repasar todos los demás asuntos que no pueden olvidarse.

Se volvió hacia Nyberg, que estaba sentado en el extremo de la mesa.

—¿Cómo fue con el perro? —preguntó.

—Lo que te dije —contestó Nyberg—. No encontró nada. Si encontró alguna pista se le fue con el olor a gasolina que todavía hay.

Wallander reflexionó.

—Había cinco o seis bidones fundidos —continuó—. Eso significa que llegó al campo de Salomonsson en algún vehículo. No pudo haberlos cargado ella misma si no es que fue a pie desde algún sitio e hizo varios viajes. Naturalmente, existe otra posibilidad. Que no llegase sola. Pero parece muy improbable. ¿Quién ayuda a una joven a suicidarse?

—Podemos intentar localizar los bidones de gasolina —dijo Nyberg vacilante—. Pero ¿será realmente necesario?

—Mientras no sepamos quién es, tenemos que buscar pistas en todas las direcciones —arguyó Wallander—. Tiene que haber venido de algún lugar. De alguna manera.

—¿Alguien ha mirado en el establo de Salomonsson? —preguntó Ann-Britt Höglund—. Los bidones de gasolina pueden haber salido de allí.

Wallander asintió con la cabeza.

—Alguien tiene que ir allí —ordenó.

Ann-Britt Höglund se ofreció.

—Tenemos que esperar al resultado de Martinsson —dijo Wallander concluyendo la reunión—. También al trabajo del departamento de Patología de Malmö. Nos darán su edad exacta mañana.

—La joya de oro —dijo Svedberg.

—Esperaremos hasta saber algo del significado de la combinación de las letras —añadió Wallander.

De repente se dio cuenta de algo que se le había pasado totalmente por alto. Detrás de la chica muerta habría otras personas que la llorarían. Que la tendrían corriendo como una antorcha ardiendo para siempre en sus cabezas, de una manera totalmente diferente a la suya.

En sus cabezas el fuego dejaría huellas. Para él se iría desvaneciendo lentamente como un mal sueño.

Se levantaron y se fueron cada uno a su puesto. Svedberg acompañó a Wallander y recibió el material de la investigación de los robos de coches. Wallander le hizo un breve resumen. Al acabar, Svedberg permaneció sentado. Wallander comprendió que quería hablar de algo.

—Deberíamos vernos un día y hablar —dijo vacilante—. Sobre lo que está sucediendo con la policía.

—¿Estás pensando en las reducciones de personal y en que las empresas de seguridad se encargarán de vigilar a los arrestados?

Svedberg asintió apesadumbrado.

—¿Qué importa que nos den uniformes nuevos si no podemos cumplir con nuestro trabajo? —continuó.

—No creo que podamos arreglar nada hablando —dijo Wallander de manera evasiva—. Tenemos un sindicato al que pagamos para que se ocupe de estos asuntos.

—De todos modos deberíamos protestar —dijo Svedberg—. Deberíamos contarle a la gente de la calle lo que está ocurriendo.

—Me parece que cada uno tiene suficiente con lo suyo —afirmó Wallander a la vez que pensaba que Svedberg tenía razón. También había experimentado que los ciudadanos estaban dispuestos a llegar muy lejos para defender y salvaguardar sus comisarías.

Svedberg se levantó.

—Sólo era eso —dijo.

—Convoca una reunión —sugirió Wallander—. Prometo asistir. Pero espera hasta después del verano.

—Lo pensaré —dijo Svedberg, y salió de la habitación con los papeles de los robos de coches bajo el brazo.

Ya eran las cinco menos cuarto. Por la ventana Wallander vio que pronto empezaría a llover.

Decidió comer una pizza antes de visitar a su padre en Löderup. Por una vez quería ir a verlo sin llamar antes.

Al salir de la comisaría se detuvo en la puerta del cuarto en el que Martinsson estaba ante las pantallas de los ordenadores.

—No te quedes demasiado —dijo.

—Aún no he encontrado nada —contestó Martinsson.

—Hasta mañana.

Wallander se dirigió hacia el coche. Las primeras gotas de lluvia ya habían caído sobre la carrocería.

Estaba saliendo del aparcamiento cuando vio que Martinsson corría hacia él agitando los brazos. «La tenemos», pensó rápidamente. La sensación le hizo sentir un nudo en el estómago. Bajó el cristal.

—¿La has encontrado? —preguntó.

—No —respondió Martinsson.

Por la expresión de la cara de Martinsson, Wallander vio que algo grave había ocurrido. Salió del coche.

—¿Qué pasa? —preguntó.

—Una llamada —dijo Martinsson—. Han encontrado un cadáver en la playa poco más allá de Sandskogen.

«Mierda», pensó Wallander. «Eso no. Ahora no.»

—Parece ser un asesinato —continuó Martinsson—. Fue un hombre el que llamó. Se le notaba muy tranquilo, aunque naturalmente estaba conmocionado.

—Tenemos que ir allí —dijo Wallander—. Ve a buscar tu chaqueta. Lloverá.

Martinsson no se movió.

—El que llamó sabía quién era la víctima.

Wallander juzgó por la cara de Martinsson que debía preocuparse por lo que seguiría a continuación.

—Dijo que era Wetterstedt. El ex ministro de Justicia.

Wallander miró insistentemente a Martinsson.

—¿Qué?

—Afirmó que era Gustaf Wetterstedt, el ex ministro de Justicia. Añadió algo más. Dijo que parecía que le hubieran cortado la cabellera.

Se miraron interrogativamente.

Eran las cinco menos dos minutos del miércoles 22 de junio.

6

Cuando llegaron a la playa, la lluvia había arreciado. Wallander había estado esperando mientras Martinsson entraba a buscar su chaqueta. Durante el viaje en coche hablaron muy poco. Martinsson le indicó el trayecto. Torcieron por un camino estrecho pasadas las pistas de tenis. Wallander se preguntaba qué le esperaba. Lo que menos deseaba, había ocurrido. Si lo que había dicho el hombre que llamó a la comisaría resultaba cierto, sus vacaciones peligraban, de eso estaba seguro. Hansson insistiría en que las aplazara y él finalmente cedería. Lo que había esperado, que su escritorio quedase libre de asuntos pesados a finales de junio, no ocurriría.

Vieron las dunas de arena delante de ellos y se detuvieron. Un hombre, que debía de estar esperándolos y oyó el coche, fue a su encuentro. Wallander se sorprendió de que no aparentase más de treinta años. Si fuese Wetterstedt el muerto, este hombre no tendría más de diez años cuando aquél dimitió como ministro de Justicia y desapareció del recuerdo de la gente. El propio Wallander era un joven asistente de policía cuando ocurrió. En el coche había intentado recordar la cara de Wetterstedt. Llevaba el pelo corto y gafas sin montura. Wallander recordaba vagamente su voz. Una voz estridente, siempre seguro de sí mismo, sin admitir nunca un error. Así le pareció recordarlo.

El hombre que les esperaba se presentó como Göran Lindgren. Vestía pantalón corto y un jersey fino. Daba la impresión de estar muy alterado. Le siguieron hasta la playa. Ahora estaba desierta, ya que había empezado a llover. Göran Lindgren los llevó hasta un gran bote de remos colocado boca abajo. En la parte posterior había una abertura ancha entre la arena y la borda del bote.

—Está ahí debajo —dijo Göran Lindgren con voz insegura.

Wallander y Martinsson se miraron como si esperasen que todo fuese pura imaginación. Luego se arrodillaron y miraron debajo del bote. Había poca luz, pero pudieron ver sin dificultad el cuerpo.

—Tendremos que darle la vuelta al bote —susurró Martinsson como si temiese que el muerto le oyera.

—No —contestó Wallander—. No vamos a girar nada. —Luego se levantó rápidamente y se dirigió a Göran Lindgren—: Supongo que tienes una linterna —dijo—. Si no, no habrías descubierto los detalles.

El hombre, asombrado, asintió con la cabeza y sacó una linterna de una bolsa de plástico que estaba al lado del bote. Wallander se volvió a arrodillar iluminando delante de sí.

—Hostia —dijo Martinsson a su lado.

La cara del muerto estaba cubierta de sangre. Aun así pudieron ver que desde la frente hasta la coronilla estaba arrancada la piel y que Göran Lindgren tenía razón. Era Wetterstedt quien estaba tumbado allí, debajo del bote. Se levantaron. Wallander le devolvió la linterna.

—¿Cómo sabías que era Wetterstedt? —preguntó.

—Es que vive aquí —contestó Göran Lindgren señalando un chalet situado un poco a la izquierda del bote—. Además era conocido. Un político que ha salido mucho en la televisión se recuerda, ¿verdad?

Wallander asintió vacilante con la cabeza.

—Tenemos que pedir la salida de todos los efectivos —le dijo a Martinsson—. Ve a llamar. Te espero aquí.

Martinsson se marchó apresurado. La lluvia seguía arreciando.

—¿Cuándo le encontraste? —preguntó Wallander.

—No llevo reloj —contestó Lindgren—. Pero no hace más de media hora.

—¿Desde dónde llamaste?

Lindgren señaló la bolsa de plástico.

—Llevo un teléfono.

Wallander le observó con atención.

—Está debajo de un bote volcado —dijo—. Desde fuera no se le ve. Tienes que haberte agachado para poder verlo.

—Es mi bote —añadió Göran Lindgren sencillamente—. O mejor dicho, es el de mi padre. Suelo pasear por la playa cada día después del trabajo. Como estaba a punto de empezar a llover pensé en resguardar la bolsa de plástico debajo del bote. Cuando me di cuenta de que topaba con algo me agaché. Primero creí que era una tabla que se había soltado. Luego vi lo que era.

—De momento no me incumbe —dijo Wallander—. Pero me pregunto de todos modos por qué llevas una linterna.

—Tenemos una casita en Sandskogen —contestó Lindgren—. Cerca de Myrgången. No hay luz, porque estamos cambiando la instalación. Somos electricistas, tanto mi padre como yo.

Wallander asintió.

—Tienes que esperar aquí —dijo—. Repetiremos el interrogatorio dentro de un rato. ¿Has tocado algo?

Lindgren negó con la cabeza.

—¿Alguien le ha visto además de ti?

—No.

—¿Cuándo le disteis la vuelta al bote, tú o tu padre, por última vez?

Göran Lindgren pensó.

—Hace más de una semana —respondió.

Wallander no tenía más preguntas. Se quedó quieto pensando. Luego se alejó del bote y subió a pie hacia la casa de Wetterstedt dando una vuelta considerable. Tocó la puerta del jardín. Cerrada. Luego le hizo señas a Lindgren para que se acercara.

—¿Vives aquí cerca? —preguntó.

—No —contestó—. Vivo en Åkesholm. Mi coche está aparcado en la carretera.

—¿Y cómo sabías que Wetterstedt vivía precisamente en esta casa?

—Solía pasear por la playa. A veces se detenía a mirar cuando estábamos trabajando con el bote mi padre y yo. Pero nunca decía nada. Se daba aires de grandeza, creo.

—¿Estaba casado?

—Mi padre decía que estaba divorciado. Lo había leído en una revista.

Wallander asintió.

—Está bien —dijo—. ¿No tendrás un chubasquero en la bolsa?

—Lo tengo en el coche.

—Puedes ir a buscarlo —pidió Wallander—. ¿Has llamado a alguien más que a la policía para contarle esto?

—Pensaba llamar a mi padre. Como el bote es suyo...

—No lo hagas por ahora —concedió Wallander—. Deja el teléfono aquí, ve a buscar el chubasquero y vuelve.

Göran Lindgren hizo lo que le habían dicho. Wallander regresó al bote. Se encaramó encima de él e intentó imaginarse qué había ocurrido. Sabía que la primera impresión del lugar de un crimen a menudo es decisiva. Más tarde, durante la investigación, muchas veces larga y complicada, siempre volvería a esta primera impresión.

Ya podía constatar ciertas cosas. Con toda seguridad Wetterstedt no había sido asesinado debajo del bote, sino que le habían colocado allí. Le habían escondido. Puesto que la casa de Wetterstedt estaba justo al lado, había muchos indicios de que el homicidio se hubiese cometido en ella. Wallander también dedujo que el autor del crimen no estaba solo. Tuvieron que ser varios para levantar el bote e introducir el cuerpo debajo de él. Y el bote era de los antiguos, un bote hecho de gruesas cuadernas de madera, muy pesado.

Después pensó en el cuero cabelludo arrancado. ¿Cuál era la palabra que había utilizado Martinsson? Göran Lindgren había dicho por teléfono que le habían arrancado la cabellera. Wallander intentó pensar que, naturalmente, podía haber otras causas de las heridas en la cabeza. No sabían todavía cómo había muerto Wetterstedt. No era lógico pensar que alguien le hubiese arrancado el pelo adrede.

Aun así había alguna pieza en el asunto que no encajaba. Wallander se sintió mal. Le preocupaba algo en relación con la piel arrancada.

En ese momento empezaron a llegar los coches de la policía. Martinsson había sido prudente y les había avisado de que no usaran las luces azules ni las sirenas. Wallander se retiró unos diez metros del bote para no pisar la arena innecesariamente.

—Hay un hombre muerto debajo del bote —dijo Wallander, cuando los policías se reunieron alrededor de él—. Probablemente es Gustaf Wetterstedt, el que fuera una vez nuestro jefe superior. Por lo menos los de mi edad recordarán la época en que fue ministro de Justicia. Vivía aquí como jubilado y ahora está muerto. Podemos partir de la base de que le han asesinado, o sea, que empezaremos por acordonar la zona.

—Es una suerte que el partido no sea esta noche —dijo Martinsson.

—A quien haya hecho esto quizá también le interese el fútbol —añadió Wallander.

Notó que le irritaba que siempre le recordaran el Mundial de Fútbol que se estaba celebrando. Pero evitó mostrárselo a Martinsson.

—Nyberg está de camino —dijo Martinsson.

—Tendremos que trabajar toda la noche —continuó Wallander—. Vale más que empecemos ya.

Svedberg y Ann-Britt Höglund habían llegado en uno de los primeros coches. Poco después apareció Hansson. Göran Lindgren había vuelto vestido con un traje impermeable de color amarillo. Tuvo que repetir cómo había descubierto al hombre muerto, mientras Svedberg tomaba notas. Como llovía con mucha fuerza, se colocaron al amparo de un árbol que crecía en la parte superior de una de las dunas de arena. Después Wallander le pidió a Lindgren que esperara allí. Todavía no quería darle la vuelta al bote, de modo que el médico que había venido tuvo que cavar en la arena para meterse bajo el bote y constatar que Wetterstedt estaba realmente muerto.

—Por lo visto está divorciado —dijo Wallander—. Tenemos que confirmarlo. Unos cuantos de vosotros os quedaréis aquí. Ann-Britt y yo subiremos a su casa.

—Las llaves —dijo Svedberg.

Martinsson fue hasta el bote, se tumbó boca abajo e introdujo la mano en su interior. Transcurridos unos minutos logró sacar un manojo de llaves del bolsillo de la chaqueta de Wetterstedt. Martinsson estaba cubierto de arena mojada al entregárselas a Wallander.

—Tenemos que poner un toldo —dijo Wallander enojado—. ¿Por qué no ha llegado Nyberg todavía? ¿Por qué va todo tan lento?

—Ya vendrá —dijo Svedberg—. Hoy es miércoles. Suele ir a la sauna.

Subió hacia la casa de Wetterstedt acompañado de Ann-Britt.

—Le recuerdo de la escuela de policía —dijo ella de repente—. Alguien había colocado una foto suya en una pared y la usaban como diana para tirar dardos.

—Nunca fue muy popular entre los policías —añadió Wallander—. Fue durante su mandato cuando notamos que algo nuevo se avecinaba. Se estaba introduciendo un cambio a hurtadillas. Yo lo recuerdo como si nos hubiesen colocado una capucha en la cabeza. Casi era una vergüenza ser policía por aquel entonces. Era una época en la que se preocupaban más por la situación de los reclusos que por el continuo aumento de la criminalidad.

—He olvidado muchas cosas —dijo Ann-Britt Höglund—. Pero ¿no estaba envuelto en algún escándalo?

—Hubo un montón de rumores —contestó Wallander—. Sobre varias cosas. Pero nunca se probó nada. He oído hablar de muchos policías en Estocolmo que estuvieron muy alterados por aquel entonces.

—Tal vez le haya llegado su hora —dijo ella.

Wallander la miró asombrado. Sin embargo, no dijo nada.

Habían llegado a la puerta del muro que separaba la playa del jardín de Wetterstedt.

—De hecho yo ya he estado aquí una vez —recordó Ann-Britt de pronto—. Él solía llamar a la policía para quejarse de los jóvenes que cantaban en la playa durante las noches de verano. Uno de esos jóvenes escribió una carta al director del periódico *Ystads Allehanda* quejándose. Björk me pidió que viniera a ver lo que pasaba.

—¿Ver qué?

—No lo sé —contestó ella—. Pero, como sabes, a Björk le afectan mucho las críticas.

—Era uno de sus mejores rasgos —añadió Wallander—. Por lo menos nos defendía. No ocurre siempre.

Encontraron la llave correcta y abrieron la puerta. Wallander se dio cuenta de que no funcionaba la bombilla que había junto a la verja. Entraron en un jardín muy bien cuidado. No había hojas secas en el césped. Tenía una pequeña fuente con dos niños de escayola desnudos que con las bocas abiertas se echaban agua el uno al otro. Había también un balancín en una glorieta y, en un lugar empedrado, una mesa de jardín con tablero de mármol y unas cuantas sillas.

—Bien cuidado y caro —dijo Ann-Britt Höglund—. ¿Qué te parece que puede costar una mesa de mármol así?

Wallander no contestó porque no lo sabía. Continuaron caminando hacia la casa. Se imaginaba que el chalet había sido construido a principios de siglo. Siguieron el sendero empedrado y llegaron a la fachada del edificio. Wallander llamó al timbre de la puerta exterior. Esperó durante más de un minuto antes de hacerlo otra vez. Después buscó entre las llaves y abrió. Entraron en un recibidor donde la luz estaba encendida. Wallander llamó. Pero no había nadie allí.

—A Wetterstedt no le mataron debajo del bote —dijo Wallander—. Claro que le pueden haber asaltado en la playa. Aunque de todos modos creo que ocurrió aquí dentro.

—¿Por qué? —preguntó ella.

—No lo sé —respondió—. Es sólo una intuición.

Caminaron lentamente por la casa, desde el sótano hasta el desván, sin tocar nada más que los interruptores de la luz. Fue una revisión superficial. Con todo, para Wallander era muy importante. Desconocían qué estaban tratando de averiguar, puesto que no buscaban nada en especial. Hasta hacía poco el hombre que ahora yacía muerto en la playa había vivido en esta casa. En el mejor de los casos, podrían buscar pistas de cómo se había producido ese repentino vacío. En ningún sitio se observaba el menor desorden. Wallander indagó con la mirada un posible lugar del crimen. Ya en la puerta de entrada había buscado marcas que pudieran indicar que alguien hubiese entrado por la fuerza. Cuando estaban en el recibidor escuchando en silencio, le había dicho a Ann-Britt Höglund que se quitase los zapatos. Ahora iban descalzos, al acecho y callados, por la amplia casa, que parecía crecer a cada paso que daban. Wallander notó que su acompañante le miraba a él y a los objetos de las habitaciones por las que pasaban. Recordó cómo él mismo, cuando todavía era un policía joven e inexperto, se había comportado del mismo modo con Rydberg. En lugar de tomárselo como un halago, una confirmación del respeto que ella sentía ante su conocimiento y experiencia, se desanimó. «El cambio de guardia ya está en marcha», pensó. Aunque se encontraban en la misma casa, ella era la que estaba entrando mientras que él ya se imaginaba el declive que le esperaba. Recordó cuando se conocieron, hacía ya dos años. Él había pensado que era una mujer joven, pálida, poco atractiva, que había acabado la escuela superior de policía con las mejores calificaciones. Las primeras palabras que le dirigió habían sido que creía que él le enseñaría todo lo que el ambiente cerrado de la escuela jamás le explicaría sobre la caprichosa realidad. «Debería ser al revés», pensó repentinamente, mientras contemplaba una litografía borrosa cuyo motivo no podía distinguir. «Sin darnos cuenta, el traspaso generacional ya se ha producido. Aprendo más de su manera de mirarme de lo que ella podrá sacar de mi mente policial, cada vez más agotada.»

Se detuvieron ante una ventana del piso superior con vistas a la playa. Los reflectores ya estaban colocados. Nyberg, que por fin había llegado, gesticulaba furioso moviendo un toldo de plástico que colgaba oblicuamente sobre el bote de remos. En el cordón policial había agentes cubiertos con largos chubasqueros. La lluvia caía con fuerza y más allá de la zona acordonada sólo había unas pocas personas.

—Empiezo a creer que me he equivocado —dijo Wallander mientras miraba cómo finalmente lograban colocar bien el toldo de plástico—. No hay pistas de que a Wetterstedt le hayan matado aquí dentro.

—El asesino puede haber limpiado la casa —objetó Ann-Britt Höglund.

—Lo sabremos en cuanto Nyberg la haya examinado —dijo Wallander—. Digamos mejor que cambio mi primera impresión por la contraria. Creo que ha sucedido fuera de la casa.

Descendieron al piso inferior en silencio.

—No había correo en la puerta —dijo ella—. La casa está rodeada por una valla. Tiene que haber un buzón.

—Lo miraremos después —sugirió Wallander.

Entró en la gran sala de estar y se situó en medio de la habitación. Ella aguardaba en la puerta y le miraba como si creyese que iba a pronunciar una conferencia improvisada.

—Suelo preguntarme qué es lo que no veo —dijo Wallander—. Pero aquí todo está muy claro. Un hombre solitario vive en una casa donde las cosas están en su sitio, nada de facturas pendientes de pago, y en la que la soledad se adhiere a las paredes como el humo añejo de los cigarros puros. Lo único que rompe el esquema es que el hombre en cuestión ahora yace muerto en la playa bajo el bote de remos de Göran Lindgren.

Luego se corrigió a sí mismo.

—Sólo una cosa desentona —concluyó—. Que la bombilla de la entrada del jardín no funciona.

—Puede haberse fundido —sugirió Ann-Britt asombrada.

—Sí —dijo Wallander—. Pero de todos modos desentona.

En ese instante llamaron a la puerta. Cuando Wallander la abrió vio a Hansson bajo la lluvia con el agua chorreándole por la cara.

—Ni Nyberg ni el médico pueden seguir si no podemos voltear el bote —dijo.

—Hazlo —dijo Wallander—. No tardaré en ir.

Hansson desapareció entre la lluvia.

—Tenemos que empezar a buscar a su familia —ordenó Wallander—. Tiene que haber una agenda telefónica.

—Hay algo extraño —dijo ella—. Por todas partes hay recuerdos de una larga vida llena de viajes e innumerables reuniones. Pero no hay fotos familiares.

Wallander paseó la mirada en torno a la sala de estar, a la que habían vuelto, y se dio cuenta de que tenía razón. Le irritaba que él mismo no hubiese pensado en ello.

—Tal vez no quería que le recordaran su vejez —sugirió Wallander sin convencimiento.

—Una mujer nunca podría vivir en una casa sin fotografías de su familia —dijo—. Quizá por eso me he fijado.

En una mesa al lado del sofá había un teléfono.

—Hay otro en su despacho —dijo el policía señalándolo—. Tú busca allí y yo empezaré por aquí.

Wallander se puso de cuclillas al lado de la mesita del teléfono. A su lado estaba el mando a distancia de la televisión. «Podía hablar por teléfono y ver la televisión a la vez», pensó. «Igual que yo. Vivimos en un mundo en el que las personas apenas resistirían si no pudiesen controlar la televisión y el teléfono al mismo tiempo.» Hojeó los listines sin encontrar anotaciones personales. Luego abrió con cuidado dos cajones de la cómoda que había tras de la mesita. En uno había un álbum de sellos, en el otro unos tubos de pegamento y una cajita con servilleteros. Cuando se dirigía al despacho, sonó el teléfono. Se sobresaltó. Ann-Britt Höglund apareció enseguida en la puerta del despacho. Wallander se sentó con cuidado en el extremo del sofá y levantó el auricular.

—Hola —dijo una mujer—. ¿Gustaf? ¿Por qué no me llamas?

—¿Quién es? —preguntó Wallander.

La voz de la mujer sonó orgullosa de repente.

—Soy la madre de Gustaf Wetterstedt —dijo—. ¿Con quién hablo?

—Mi nombre es Kurt Wallander. Soy policía en Ystad.

Podía oír la respiración de la mujer. Al mismo tiempo pensó que debía de ser muy mayor si era la madre de Wetterstedt. Hizo una mueca a Ann-Britt Höglund, que estaba mirándolo.

—¿Ha ocurrido algo? —preguntó la mujer.

Wallander no sabía cómo reaccionar. Informar por teléfono a un familiar sobre una muerte repentina iba en contra

93

de todas las reglas escritas y por escribir. Pero ya había dicho quién era y que era policía.

—Oiga —continuó la mujer—. ¿Está usted ahí?

Wallander no contestó. Miró indefenso a Ann-Britt Höglund.

Después hizo algo de lo que no sabía si se arrepentiría más tarde.

Colgó el teléfono e interrumpió la conversación.

—¿Quién era? —preguntó su compañera.

Wallander negó con la cabeza sin contestar.

Después volvió a levantar el auricular y llamó a Kungsholmen, al cuartel general de la policía de Estocolmo.

7

Poco después de las nueve de la noche, el teléfono de Gustaf Wetterstedt sonó de nuevo. Para entonces unos colegas de Estocolmo habían ayudado a Wallander a dar la noticia del fallecimiento a la madre de Wetterstedt. Era un inspector, que se presentó como Hans Vikander, de la policía de Östermalm, quien llamaba a Wallander. Unos días más tarde, el 1 de julio, desaparecería esa denominación y pasaría a llamarse «policía de la City».

—La madre de la víctima ha sido informada —dijo—. Dada su avanzada edad me llevé a un cura. Pero tengo que admitir que lo tomó con aplomo a pesar de sus noventa y cuatro años.

—Tal vez precisamente por eso —contestó Wallander.

—Estamos tratando de localizar a los dos hijos de Wetterstedt —prosiguió Hans Vikander—. El mayor, un hijo, trabaja en las Naciones Unidas en Nueva York. La hija, que es más joven, vive en Uppsala. Contamos con encontrarlos a lo largo de la noche.

—¿Y su ex mujer? —dijo Wallander.

—¿Cuál de ellas? —preguntó Hans Vikander—. Estuvo casado tres veces.

—Las tres —respondió Wallander—. Nos pondremos en contacto con ellas más tarde.

—Tengo algo que puede interesarte —continuó Hans Vikander—. Cuando hablamos con la madre, ella nos contó que su hijo la llamaba cada noche, exactamente a las nueve.

Wallander miró su reloj. Eran las nueve y tres minutos. Comprendió inmediatamente la importancia del comentario de Vikander.

—Anoche no llamó —continuó Hans Vikander—. Ella esperó hasta las nueve y media. Fue entonces cuando llamó. No le contestó nadie, a pesar de que dejó sonar al menos quince tonos.

—¿Y la noche anterior?

—No podía recordarlo con seguridad. No olvidemos la edad que tiene. Dijo que su memoria inmediata es bastante deficiente.

—¿Tenía algo más que contar?

—Era un poco difícil saber qué preguntarle.

—Tendremos que hablar con ella otra vez —dijo Wallander—. Puesto que ya te conoce, sería bueno que tú te encargaras.

—Me voy de vacaciones la segunda semana de julio —añadió Hans Vikander—. Hasta entonces no hay problema.

Wallander terminó la conversación telefónica. En ese momento entró Ann-Britt Höglund en el recibidor después de haber ido al buzón.

—Los periódicos de hoy y de ayer —dijo—. Una factura de teléfono. No hay cartas personales. No puede haber estado mucho tiempo debajo de ese bote.

Wallander se levantó del sofá.

—Revisa la casa una vez más —dijo—. Mira a ver si encuentras alguna pista de que hayan robado algo. Yo bajaré a verle a él.

La lluvia caía con mucha intensidad. Al cruzar apresuradamente el jardín, Wallander se acordó de que debía haber visitado a su padre. Hizo una mueca y volvió a la casa.

—Hazme un favor —le dijo a Ann-Britt Höglund cuando entró en el recibidor—. Llama a mi padre y dile de mi parte que estoy ocupado en un asunto muy urgente. Si pregunta quién eres puedes decirle que eres la nueva jefa de policía.

Ella asintió sonriendo. Wallander le dio el número de teléfono. Luego volvió bajo la lluvia.

El lugar del crimen, iluminado por los fuertes reflectores, daba una impresión fantasmal. Con sensación de gran malestar Wallander entró bajo el toldo. El cuerpo de Gustaf Wetterstedt estaba tendido boca arriba sobre un plástico. El médico estaba enfocando dentro de su garganta con una linterna. Se detuvo al descubrir la presencia de Wallander.

—¿Cómo te encuentras? —preguntó el médico.

Fue entonces cuando Wallander lo reconoció. Era el mismo médico que, unos años antes, le había recibido una noche en la unidad de urgencias del hospital cuando Wallander creyó sufrir un ataque al corazón.

—Sin contar esto, me encuentro bien —dijo Wallander—. No he tenido ninguna recaída.

—¿Seguiste mis consejos? —preguntó el médico.

—Seguramente no —contestó Wallander de manera evasiva.

Contempló el cadáver y pensó que causaba la misma impresión muerto que en otro tiempo en la pantalla de la televisión. Había algo de obstinación y antipatía en su cara, pese a estar cubierta de sangre. Wallander se inclinó y miró la herida de la frente que llegaba hasta la coronilla, donde la piel y el pelo habían sido arrancados.

—¿Cómo murió? —preguntó Wallander.

—De un fuerte golpe en la espina dorsal —contestó el médico—. Debe de haber muerto en el acto. La columna vertebral está partida justo por debajo de los omóplatos. Ya no tenía vida cuando tocó el suelo.

—¿Estás seguro de que sucedió al aire libre? —preguntó Wallander.

—Creo que sí. El hachazo en la columna lo tiene que haber dado alguien que se encontraba detrás de él. Lo que es seguro es que la fuerza del golpe le hizo caer hacia delante. Tiene granos de arena dentro de la boca y en los ojos. Lo más probable es que haya ocurrido cerca de aquí.

—Tiene que haber rastros de sangre —dijo Wallander.

—La lluvia dificulta la búsqueda —añadió el médico—. Pero con un poco de suerte podéis rascar la superficie y encontrar sangre que, al haber penetrado tan hondo, no la habrá alcanzado la lluvia.

Wallander señaló la cabeza deformada de Wetterstedt.

—¿Cómo explicas esto? —preguntó.

El médico se encogió de hombros.

—El corte frontal está hecho con un cuchillo muy afilado —dijo—. O tal vez con una hoja de afeitar. La piel y el cabello parece que han sido arrancados. Si ha ocurrido antes o después de que recibiera el hachazo en la espalda es algo que todavía no sé. Será trabajo para la unidad de patología de Malmö.

—Malmström estará muy ocupada —dijo Wallander.

—¿Quién?

—Ayer enviamos los restos de una chica que se había suicidado. Y ahora venimos con un hombre al que le han arrancado la cabellera. Yo hablé con una patóloga llamada Malmström.

—Hay varias —dijo el médico—. A ésa no la conozco.

Wallander se puso en cuclillas junto al cadáver.

—Dame tu opinión —le pidió al médico—. ¿Qué fue lo que sucedió?

—El que le asestó el golpe en la espalda sabía lo que hacía —contestó el médico—. Un verdugo no lo habría hecho mejor. Pero ¡que le hayan arrancado la cabellera! Eso indica que es obra de un loco.

—O de un indio —dijo Wallander pensativo.

Se levantó y notó un pinchazo en las rodillas. Ya hacía mucho tiempo que no se podía poner en cuclillas sin tener problemas.

—He acabado aquí —dijo el médico—. Ya he avisado a Malmö que se lo llevamos.

Wallander no dijo nada. Había descubierto un detalle en las ropas de Wetterstedt que le llamó la atención. La bragueta estaba abierta.

—¿Has tocado la ropa? —preguntó.

—Solamente por detrás alrededor del golpe de la columna vertebral —dijo el médico.

Wallander asintió. Notó cómo volvía a sentirse mal.

—¿Puedo pedirte una cosa? —dijo—. ¿Puedes mirar si dentro de la bragueta Wetterstedt todavía tiene lo que hay que tener?

El médico miró interrogativamente a Wallander.

—Si alguien le arranca media coronilla también puede ser capaz de arrancarle otras cosas —le aclaró Wallander.

El medicó asintió y se puso unos guantes de látex. Luego introdujo la mano con cuidado, palpando.

—Parece que está ahí todo lo que debería estar —dijo al sacar la mano.

Wallander asintió.

Retiraron el cadáver de Wetterstedt. Wallander se dirigió a Nyberg, que estaba arrodillado junto al bote colocado ya sobre la quilla.

—¿Cómo va? —preguntó Wallander.

—No lo sé —replicó Nyberg—. Con esta lluvia desaparecen todas las pistas.

—Aun así, mañana tenéis que cavar —dijo Wallander, y le explicó lo que había dicho el médico. Nyberg asintió.

—Si hay sangre, la encontraremos. ¿Quieres que busquemos en algún lugar concreto?

—Alrededor del bote —ordenó Wallander—. Luego en la zona que va desde la puerta del jardín hasta el mar.

Nyberg señaló una maleta con la tapa abierta en la que había unas bolsas de plástico.

—Encontré una caja de cerillas en los bolsillos —dijo Nyberg—. El manojo de llaves lo tienes tú. La ropa es de buena calidad, a excepción de los zuecos.

—Parece que la casa está en orden —dijo Wallander—. Pero me gustaría que la pudieses inspeccionar ya esta noche.

—No puedo estar en dos sitios a la vez —replicó Nyberg ariscamente—. Se pueden asegurar algunas pistas aquí fuera, lo tendremos que hacer antes de que la lluvia las haga desaparecer.

Wallander iba a volver a la casa de Wetterstedt cuando descubrió que Göran Lindgren todavía continuaba allí. Se dirigió a él. Vio que tenía frío.

—Puedes irte a casa ya —le indicó.

—¿Puedo llamar a mi padre y contárselo? —preguntó.

—Sí, puedes —contestó Wallander.

—¿Qué es lo que ha pasado? —quiso saber Göran Lindgren.

—No lo sabemos todavía —respondió Wallander.

Aún quedaba un grupito de curiosos observando el trabajo policial. Algunas personas mayores, un joven con un perro y un chico en una motocicleta. Wallander temblaba al pensar en los días venideros. Un ex ministro de Justicia al que le han partido la columna vertebral y además le han arrancado la cabellera era una noticia ansiada por los periódicos, la radio y la televisión. Lo único positivo de la situación era que la chica que se había suicidado en el campo de colza de Salomonsson no aparecería en las portadas de los periódicos.

Sintió necesidad de orinar. Dirigió sus pasos hacia el agua y se desabrochó el pantalón. «Tal vez sea tan simple como esto», pensó. «Que la bragueta de Wetterstedt estuviese abierta porque cuando le asaltaron estaba orinando.»

De regreso a la casa, se detuvo de repente. Tenía el presentimiento de que había pasado algo por alto. Luego recordó qué era. Volvió junto a Nyberg.

—¿Sabes dónde está Svedberg? —preguntó.

—Creo que intentando conseguir más plástico y a ser posible también unas lonas grandes. Tenemos que cubrir la arena para que con la lluvia no desaparezca todo.

—Quiero hablar con él en cuanto vuelva —dijo Wallander—. ¿Dónde están Martinsson y Hansson?

—Martinsson se fue a comer algo —contestó Nyberg mosqueado—. Pero ¿quién coño tiene tiempo para comer?

—Podemos pedir que te traigan algo —le sugirió Wallander—. ¿Dónde está Hansson?

—Iba a informar a uno de los fiscales. Y no quiero nada para comer.

Wallander se dirigió de nuevo hacia la casa. Tras colgar la chaqueta empapada y quitarse las botas sintió hambre. Ann-Britt Höglund estaba sentada en el despacho de Wetterstedt examinando su escritorio. Wallander entró en la cocina y encendió la luz. Pensó en cómo habían estado tomando café en la cocina de Salomonsson. Ahora Salomonsson estaba muerto. Si se comparaba con la cocina del viejo granjero, Wallander se encontraba ahora en un mundo totalmente distinto. De las paredes colgaban cacerolas de cobre reluciente. En medio de la cocina se encontraba una barbacoa abierta con una salida de humos que se unía a la chimenea de un viejo horno. Abrió la nevera y sacó un trozo de queso y una cerveza. Encontró pan de centeno crujiente en uno de los preciosos armarios que revestían las paredes. Se sentó a la mesa y comió sin pensar absolutamente en nada. Cuando Svedberg entró por el recibidor acababa de comer.

—Nyberg dijo que querías hablar conmigo.

—¿Qué tal con las lonas?

—Estamos cubriendo lo que podemos. Martinsson ha llamado al Instituto Nacional de Meteorología para preguntar cuánto durará este tiempo. Seguirá toda la noche. Luego habrá una pausa de unas horas hasta el próximo chubasco. Y entonces además soplará con fuerza un viento cálido.

Se había formado un charco en el suelo de la cocina alrededor de las botas de Svedberg. Pero Wallander no se molestó en pedirle que se descalzara. El secreto sobre la muerte de Wetterstedt seguramente no se hallaba en su cocina.

Svedberg se sentó y se secó el pelo con un pañuelo.

—Recuerdo vagamente que una vez me contaste que de joven te interesaba la historia de los indios americanos —empezó Wallander—. ¿O me equivoco?

Svedberg le miró con asombro.

—Es cierto —dijo—. Leía mucho sobre ellos. Nunca me molesté en ver las películas que de todas formas no explicaban la verdad. Me estuve carteando con un experto en indios al que llamaban Uncas. Ganó un concurso en la televisión. Creo que yo ni siquiera había nacido cuando ocurrió. Él me enseñó mucho.

—Supongo que te preguntarás por qué quiero saberlo —continuó Wallander.

—Pues, no —contestó Svedberg—. Porque a Wetterstedt le han arrancado la cabellera.

Wallander le miró atentamente.

—¿Es así?

—Si arrancar la cabellera es un arte, esto es casi la perfección. Un corte con un cuchillo afilado en la frente. Luego unos cortes hacia las sienes para poder estirar con fuerza.

—Murió del hachazo en la columna vertebral —continuó Wallander—. Un poco por debajo de los omóplatos.

Svedberg se encogió de hombros.

—Los guerreros indios golpeaban en la cabeza —dijo—. Es difícil dar un golpe en la columna vertebral. Tienes que mantener el hacha torcida. Es más difícil aún si la persona a la que vas a matar se está moviendo.

—Pero ¿si está quieta?

—De todos modos no es algo propio de los indios —dijo Svedberg—. Por lo general no suelen asesinar a la gente por la espalda. Ni siquiera acostumbran asesinar.

Wallander apoyó la frente en la mano.

—¿Por qué me preguntas eso? —dijo Svedberg—. No es muy probable que sea un indio quien haya matado a Wetterstedt.

—¿Quién arranca cabelleras? —interrogó Wallander.

—Un loco —contestó Svedberg—. Una persona que hace eso no puede estar bien de la cabeza. Tenemos que atraparlo cuanto antes.

—Lo sé —dijo Wallander.

Svedberg se levantó y desapareció. Wallander fue a buscar un trapo y secó el suelo. Luego entró donde estaba Ann-Britt Höglund. Eran cerca de las diez y media.

—Tu padre no parecía muy contento —dijo cuando él se situó detrás de ella—. Pero creo que lo que más le irritaba era el hecho de que no le hubieras llamado antes.

—Tiene razón —contestó Wallander—. ¿Qué has encontrado?

—Muy poco —contestó ella—. Así por encima parece que no han robado nada. Ningún armario forzado. Creo que debía de tener una asistenta para cuidar esta casa tan grande.

—¿Por qué crees eso?

—Por dos razones. Una, porque hay una diferencia entre cómo limpia un hombre y cómo lo hace una mujer. No me preguntes por qué. Es así.

—¿Y la otra?

—He encontrado una agenda donde pone «chacha» y un horario. Dos veces al mes se repite la anotación.

—¿En serio ha escrito «chacha»?

—Una vieja palabra precisa y despreciativa.

—¿Puedes ver cuándo estuvo aquí por última vez?

—El jueves pasado.

—Eso explica por qué todo parece recién ordenado.

Wallander se dejó caer en la silla de las visitas al otro lado del escritorio.

—¿Cómo estaba lo de allí abajo? —preguntó ella.

—Un hachazo en la columna vertebral. Muerte instantánea. El asesino le arranca la cabellera y desaparece.

—Antes dijiste que creías que habían sido al menos dos.

—Lo sé —dijo—. Pero ahora sólo sé que todo esto no me gusta nada. ¿Por qué matan a un anciano que ha vivido aislado durante veinte años? ¿Y por qué le arrancan la cabellera?

Guardaron silencio. Wallander pensaba en la chica envuelta en llamas. En el hombre al que le habían arrancado el pelo. Y en la lluvia que caía. Intentó resistirse a las visiones desagradables y pensar en cómo Baiba y él se habían acurrucado detrás de una de las dunas de arena, en Skagen, para protegerse del viento. Sin embargo, la chica continuaba corriendo con el cabello en llamas. Y Wetterstedt estaba en una camilla camino de Malmö.

Se obligó a rechazar los pensamientos y miró a Ann-Britt Höglund.

—Hazme un resumen —le pidió—. ¿Qué piensas tú? ¿Qué es lo que ha pasado? Cuéntamelo. Sin reservas.

—Ha salido —dijo—. Un paseo hasta la playa para encontrarse con alguien o para moverse un poco. Sólo pensaba dar un paseo corto.

—¿Por qué?

—Los zuecos. Viejos y gastados. Incómodos pero adecuados cuando sólo sales un momento.

—¿Qué más?

—Ocurrió por la noche. ¿Qué dijo el médico de la hora?

—Todavía no estaba seguro. Continúa. ¿Por qué por la noche?

—El riesgo de ser visto es demasiado grande durante el día. En esta época del año la playa casi nunca está desierta.

—¿Qué más?

—No hay un motivo aparente, aunque creo intuir que el asesino tenía un plan.

—¿Por qué?

—Porque se toma tiempo para esconder el cadáver.

—¿Por qué lo hace?

—Para retrasar el hallazgo. Para tener tiempo de escapar.

—Pero nadie le ha visto. ¿Por qué dices que es un hombre?

—No es muy probable que una mujer le parta la columna vertebral a alguien. Una mujer desesperada podría asestarle un hachazo en la cabeza a su marido pero no le arrancaría la cabellera. Es un hombre.

—¿Qué sabemos del asesino?

—Nada. A no ser que sepas algo que desconozco.

Wallander negó con la cabeza.

—Más o menos has dicho lo que sabemos —dijo—. Creo que es hora de que dejemos la casa a Nyberg y a su gente.

—Se montará un buen jaleo alrededor de este asunto —dijo.

—Sí —contestó Wallander—. Mañana comenzará. Puedes estar contenta de irte de vacaciones.

—Hansson ya me ha preguntado si las puedo retrasar —contestó ella—. He dicho que sí.

—Vete a casa ahora —dijo Wallander—. Voy a decirles a los demás que nos veremos mañana a las siete de la mañana para repartir el trabajo de la investigación.

Cuando Wallander se quedó solo en la casa, la volvió a registrar. Se dio cuenta de que tenían que formarse una opinión sobre quién había sido realmente Gustaf Wetterstedt. Conocían una de sus costumbres, la de que cada noche a una hora exacta llamaba a su madre. Pero ¿y las costumbres que todavía desconocían? Wallander volvió a la cocina y buscó un papel en uno de los cajones. Luego se hizo una lista como recordatorio para la reunión inicial de investigación que tendría lugar a la mañana siguiente. Unos minutos más tarde Nyberg entró en la casa. Se quitó el impermeable mojado.

—¿Qué es lo que quieres que busquemos? —preguntó.

—El lugar del crimen —contestó Wallander—. De momento no existe. Quiero excluir que le hayan matado aquí dentro. Quiero que examines la casa de la manera que sueles hacerlo.

Nyberg asintió con la cabeza y desapareció de la cocina. Un poco más tarde Wallander oyó cómo reñía a uno de sus colaboradores. Wallander pensó que debía irse a casa y dormir unas horas. Luego decidió registrar la vivienda una vez más. Empezó por el sótano. Una hora después se encontraba en el piso superior. Entró en el gran dormitorio de Wetterstedt. Abrió su armario ropero. Separó los trajes y buscó en el fondo del armario. Podía oír desde el piso inferior la voz irritada de Nyberg. Estaba a punto de cerrar las puertas del armario cuando descubrió un pequeño maletín en un rincón. Se agachó y lo sacó. Se sentó encima de la cama y lo abrió. Había una cámara. Wallander estimó que no era especialmente cara. Vio que era más o menos del mismo tipo que la que Linda se había comprado el año anterior y que había un carrete puesto. De las treinta y seis fotos estaban hechas siete. Volvió a guardarla dentro del maletín. Luego bajó a ver a Nyberg.

—Hay una cámara en este maletín —dijo—. Quiero que mandes a revelar las fotos cuanto antes.

Era casi la media noche cuando dejó la casa de Wetterstedt. La lluvia seguía cayendo sin parar.

Condujo directamente hasta su casa.

Cuando llegó a su apartamento se sentó en la cocina. Se preguntaba qué habría en las fotos.

La lluvia golpeaba los cristales.

De repente advirtió que un temor le acechaba.

Había ocurrido algo. Pero ahora presentía que esto sólo era el principio de algo mucho peor.

8

La mañana del jueves 23 de junio el ambiente no era precisamente verbenero en la comisaría de Ystad. A Wallander le había despertado, a las dos y media de la madrugada, un periodista del *Dagens Nyheter* que había recibido la noticia de la muerte de Gustaf Wetterstedt de la policía de Östermalm. En el momento en que Wallander por fin había vuelto a dormirse, llamó el *Expressen*. A Hansson también le habían despertado durante la noche. Cuando se reunieron en la sala de conferencias poco después de las siete, todos estaban pálidos, ojerosos y cansados. Nyberg también estaba presente, a pesar de haber estado trabajando en el registro de la casa de Wetterstedt hasta las cinco de la mañana. De camino a la sala, Hansson le dijo a Wallander que debía encargarse de todo.

—Creo que Björk sabía que esto iba a ocurrir —dijo Hansson—. Fue por eso por lo que se marchó.

—No se fue —dijo Wallander—. Le ascendieron. Además no tenía la facultad de adivinar el futuro. Le bastaba con preocuparse por lo que sucedía a diario a su alrededor.

Wallander sabía que la responsabilidad de organizar la investigación sobre el asesinato de Wetterstedt recaería sobre él. La primera gran dificultad residía en que les faltaba personal durante el verano. Pensó agradecido que Ann-Britt Höglund estaba dispuesta a retrasar sus vacaciones. Pero

¿qué pasaría con sus días libres? Sus planes dentro de dos semanas eran estar camino de Skagen con Baiba.

Se sentó a la mesa contemplando las caras cansadas que le rodeaban. Todavía llovía, aunque empezaba a clarear. Ante sí tenía un montón de mensajes de llamadas telefónicas que le habían entregado en la recepción. Los apartó y golpeó la mesa con el lápiz.

—Hay que empezar ahora —dijo—. Lo peor que podía ocurrir ya ha ocurrido. Nos encontramos ante un caso de asesinato en época de vacaciones. Debemos intentar organizarnos como podamos. También tenemos por delante el fin de semana de San Juan que va a mantener ocupados a los agentes. Pero como siempre suele ocurrir algo que implica problemas también para el departamento de lo criminal, debemos programar la investigación teniéndolo en cuenta.

Nadie dijo nada. Wallander se dirigió a Nyberg preguntándole cómo iba la investigación forense.

—Si al menos amainara durante unas horas… —dijo Nyberg—. Si queremos encontrar el lugar del crimen tenemos que retirar la capa superficial de la arena. Es casi imposible hasta que no esté seca. Si no es así, sólo sacaremos masas compactas de tierra húmeda.

—He llamado al meteorólogo de Sturup hace un rato —añadió Martinsson—. Calcula que la lluvia cesará aquí, en Ystad, poco después de las ocho. Pero habrá una tormenta hacia la tarde. Y entonces volverá a llover, aunque luego las nubes se dispersarán.

—Algo es algo —dijo Wallander—. Suele haber menos problemas para nosotros si hace mal tiempo en la verbena de San Juan.

—Esta vez puede que nos ayude el fútbol —sugirió Nyberg—. No creo que la gente se emborrache menos pero se quedarán delante de los televisores.

—¿Qué pasa si Suecia pierde contra Rusia? —preguntó Wallander.

—No lo hará —contestó Nyberg con determinación—. Seguro que ganaremos.

Wallander se dio cuenta de que a Nyberg le interesaba el fútbol.

—Espero que tengas razón —replicó.

—Por lo demás, no hemos encontrado nada de interés alrededor del bote —prosiguió Nyberg—. También hemos examinado la zona de la playa entre el jardín de Wetterstedt y el bote, hasta el agua. Hemos recogido algunos objetos. Excepto uno, dudo que sean de interés.

Nyberg sacó una de sus bolsas de plástico y la puso sobre la mesa.

—Lo encontró uno de los policías que colocaban las cintas para cortar el paso. Es un aerosol. Uno de esos que deberían llevar las mujeres en el bolso para defenderse en caso de ser asaltadas.

—¿No están prohibidos en nuestro país? —preguntó Ann-Britt Höglund.

—Sí —dijo Nyberg—. Pero allí estaba. En la arena, un poco más allá del cordón policial. Vamos a comprobar si tiene huellas dactilares. Tal vez nos aporten algo.

Nyberg volvió a colocar la bolsa de plástico en su maleta.

—¿Un hombre solo puede darle la vuelta a ese bote? —inquirió Wallander.

—No, a no ser que se trate de una persona con una fuerza tremenda —contestó Nyberg.

—Eso significa que eran dos —dijo Wallander.

—El asesino puede haber retirado la arena de al lado del bote —añadió Nyberg vacilante—. Y haberla colocado de nuevo después de introducir a Wetterstedt.

—Existe esa posibilidad, naturalmente —dijo Wallander—. Pero ¿es probable?

Nadie alrededor de la mesa hizo ningún comentario.

—No hay nada que indique que el asesinato haya sido cometido dentro de la casa —continuó Nyberg—. No hemos encontrado huellas de sangre ni rastros del crimen. Tampoco han forzado la entrada de la casa. Si han robado algo no lo sé. Pero no da esa impresión.

—¿Has encontrado algo poco usual? —preguntó Wallander.

—Pienso que toda la casa es poco usual —dijo Nyberg—. Wetterstedt debía de tener mucho dinero.

Reflexionaron por un momento sobre el comentario de Nyberg. Wallander comprendió que le tocaba hacer un resumen.

—Lo más importante es que averigüemos cuándo fue asesinado Wetterstedt —empezó—. El médico que examinó el cuerpo opina que debió de ocurrir en la playa. Ha encontrado arena en la boca y en los ojos. Pero tenemos que esperar el resultado de los forenses. No hay ninguna pista ni un motivo evidente del asesinato. Debemos mirar en todas las direcciones y averiguar qué tipo de persona era Wetterstedt. ¿Con quiénes se veía? ¿Qué costumbres tenía? Debemos hacer un mapa de su carácter, averiguar cómo era su vida. Tampoco podemos olvidar el hecho de que hace veinte años era una persona muy conocida. Era ministro de Justicia. Para unos era muy popular, otros le odiaban. Siempre estuvo rodeado de rumores sobre distintos escándalos. ¿Puede haber venganza en el crimen? Le han asestado un hachazo y le han arrancado el pelo. Le han arrancado la cabellera. ¿Han ocurrido cosas así antes? ¿Podemos encontrar similitudes en asesinatos anteriores? Martinsson tendrá que calentar sus ordenadores. Tenía una asistenta del hogar con la que debemos hablar hoy mismo.

—¿Su partido político? —preguntó Ann-Britt Höglund.

Wallander asintió con la cabeza.

—A eso iba. ¿Todavía tenía responsabilidades políticas? ¿Frecuentaba a sus viejos amigos del partido? Eso también habrá que aclararlo. ¿Existe algo en su pasado que pueda indicar un posible motivo?

—Desde que se conoció la noticia, han llamado dos personas para confesar el asesinato —dijo Svedberg—. Uno llamó desde una cabina telefónica en Malmö. Estaba tan borracho que apenas se entendía lo que decía. Hemos pedido a los colegas de Malmö que le interroguen. El otro que llamó está en la cárcel de Österåker. Su último permiso fue en febrero. Es evidente que Gustaf Wetterstedt todavía despierta sentimientos encontrados.

—Los que llevamos el tiempo suficiente en el cuerpo sabemos que también es válido para la policía —dijo Wallander—. Durante su época como ministro sucedieron cosas que ninguno de nosotros ha olvidado. De todos los ministros de Justicia y jefes nacionales de policía habidos, Wetterstedt fue el que menos nos defendió.

Repasaron las diferentes tareas y las distribuyeron. Wallander hablaría con la asistenta de Wetterstedt. Decidieron reunirse a las cuatro aquella misma tarde.

—Nos quedan dos cosas —añadió Wallander—. En primer lugar, nos asaltarán los fotógrafos y los periodistas. Esto es algo que les encanta a los medios de comunicación. Veremos grandes titulares con palabras como «el asesino de cabelleras» y «el asesinato de las cabelleras». Vale más dar la información a la prensa hoy mismo. Me gustaría no tener que encargarme de ello.

—No puede ser —dijo Svedberg—. Tienes que asumir la responsabilidad. Aunque no quieras, tú eres el que lo hace mejor.

—Pero no quiero estar solo —dijo Wallander—. Quiero a Hansson conmigo. Y a Ann-Britt. ¿Digamos a la una?

Estaban a punto de acabar la reunión cuando Wallander les pidió que esperaran.

—Tampoco podemos dejar las investigaciones sobre la chica que se suicidó en el campo de colza —dijo.

—¿Quieres decir que están relacionados? —preguntó Hansson asombrado.

—Claro que no —contestó Wallander—. Sólo que tenemos que intentar disponer de tiempo para averiguar su identidad a la vez que trabajamos con Wetterstedt.

—No hemos recibido ninguna respuesta afirmativa en nuestra búsqueda de datos —dijo Martinsson—. Tampoco en la combinación de iniciales. Pero prometo seguir ocupándome del asunto.

—Alguien debe de echarla de menos —continuó Wallander—. Una chica joven. Me parece raro.

—Es verano —dijo Svedberg—. Mucha gente joven se mueve de aquí para allá. Pueden pasar un par de semanas antes de que empieces a echar de menos a una persona.

—Tienes razón —admitió Wallander—. Tendremos que tener paciencia.

A las ocho menos cuarto se levantaron. Wallander había dirigido la reunión a buen ritmo, ya que a todos les esperaba mucho trabajo. Cuando entró en su despacho, repasó rápidamente los avisos de llamadas telefónicas. No había nada que pareciera urgente. Sacó una libreta de un cajón y escribió el nombre de Gustaf Wetterstedt arriba de todo en la primera página.

Luego se recostó en la silla y cerró los ojos. «¿Qué es lo que me explica su muerte? ¿Quién le asesta un hachazo y le corta la cabellera?»

Wallander volvió a inclinarse sobre la mesa.

Escribió: «Nada indica que Gustaf Wetterstedt fuese atracado y asesinado, aunque por supuesto todavía no se puede excluir del todo esa posibilidad. Tampoco es un asesinato casual, a no ser que haya sido cometido por un loco. El asesino se ha tomado su tiempo para esconder el cuerpo. Entonces queda el motivo de la venganza. ¿Quién quería vengarse de Gustaf Wetterstedt como para verlo muerto?».

Wallander dejó el bolígrafo y leyó lo que había escrito con un desagrado que iba en aumento.

«Es demasiado pronto», pensó. «Saco conclusiones imposibles. Tengo que saber más.»

Se levantó y abandonó la habitación. Cuando salió de la comisaría había dejado de llover. El meteorólogo del aeropuerto de Sturup había acertado. Se fue directamente a la casa de Wetterstedt.

La playa continuaba acordonada. Nyberg ya estaba en su sitio, y, junto con sus colaboradores, estaba quitando las lonas que cubrían una zona de la playa. Esa mañana había muchos curiosos al otro lado del cordón policial. Wallander abrió la puerta exterior con el manojo de llaves de Wetterstedt y se dirigió derecho al despacho. Continuó la búsqueda metódica que Ann-Britt Höglund había empezado la noche anterior. Tardó menos de media hora en averiguar el nombre de la mujer a la que Wetterstedt había llamado «chacha». Se llamaba Sara Björklund y vivía en Styrbordsgången. Wallander sabía que estaba situado pasado los grandes almacenes, en la entrada oeste de la ciudad. Acercó el teléfono que estaba en el escritorio y marcó el número. Después de ocho tonos alguien descolgó al otro lado. Wallander oyó contestar una voz ronca de hombre.

—Pregunto por Sara Björklund —dijo Wallander.

—No está en casa —respondió el hombre.

—¿Dónde la puedo encontrar?

—¿Quién es usted? —dijo el hombre hurañamente.

—Kurt Wallander, de la policía de Ystad.

Se produjo un largo silencio al otro lado.

—¿Está usted ahí? —dijo Wallander sin preocuparse por ocultar su impaciencia.

—¿Tiene que ver con la muerte de Wetterstedt? —quiso saber el hombre—. Sara Björklund es mi mujer.

—Necesito hablar con ella.

—Está en Malmö. No volverá hasta esta tarde.

113

—¿Cuándo la puedo encontrar? ¿A qué hora? ¡Procure ser exacto!

—Seguramente estará en casa hacia las cinco.

—Entonces iré a verles a las cinco —dijo Wallander, y colgó.

Dejó la casa y se fue hasta Nyberg. Tras la zona acordonada por la policía se agolpaban los curiosos.

—¿Has encontrado algo? —preguntó.

Nyberg estaba con un cubo de arena en la mano.

—Nada —dijo—. Pero si le han matado aquí y ha caído sobre la arena tiene que haber sangre. Quizá no de la espalda. Pero sí de la cabeza. La sangre tiene que haber salido a chorros. Tenemos venas muy grandes en la frente.

Wallander asintió con la cabeza.

—¿Dónde encontrasteis el aerosol? —preguntó a continuación.

Nyberg señaló un punto por fuera de la zona acordonada.

—Dudo que tenga que ver con esto —agregó Wallander.

—Yo también —continuó Nyberg.

Wallander estaba a punto de volver a su coche cuando recordó que tenía otra pregunta para Nyberg.

—La farola que está junto a la puerta del jardín no funciona —dijo—. ¿Puedes echarle un vistazo?

—¿Qué quieres que haga? —preguntó Nyberg—. ¿Cambiar la bombilla?

—Sólo quiero saber por qué no funciona —dijo Wallander—. Nada más.

Regresó a la comisaría. El cielo estaba gris. Pero no llovía.

—Están llamando los periodistas todo el rato —le informó Ebba cuando pasó por la recepción.

—Los recibiremos con mucho gusto a la una —contestó Wallander—. ¿Dónde está Ann-Britt?

—Salió hace un rato. No me dijo adónde iba.

—¿Y Hansson?

—Creo que está con Per Åkeson. ¿Quieres que lo localice?

—Tenemos que preparar la rueda de prensa. Haz que pongan más sillas en la sala de conferencias. Habrá mucha gente.

Wallander entró en su despacho y empezó a preparar lo que le iba a decir a la prensa. Después de una media hora, Ann-Britt Höglund llamó a la puerta.

—Me fui a la granja de Salomonsson. Creo que he resuelto el problema de dónde sacó la chica toda la gasolina.

—¿Salomonsson tenía un almacén de gasolina en su establo?

Movió la cabeza afirmativamente.

—Una cosa resuelta —dijo Wallander—. Eso puede indicar que fue caminando hasta el campo de colza. No necesariamente en coche o en bicicleta. Puede haber llegado a pie.

—¿Crees que Salomonsson la conocía? —preguntó.

Wallander reflexionó un momento antes de contestar.

—No —dijo después—. Salomonsson no mintió. No la había visto nunca.

—Por tanto la chica viene a pie desde algún sitio. Entra en el establo de Salomonsson y encuentra unos cuantos bidones de gasolina. Se lleva cinco de ellos hasta el medio del campo de colza. Luego se prende fuego a sí misma.

—Más o menos así —dijo Wallander—. Aunque logremos saber su identidad, nunca sabremos toda la verdad.

Fueron a buscar café y hablaron de lo que dirían en la rueda de prensa. Eran cerca de las once cuando Hansson se unió a ellos.

—He hablado con Per Åkeson —dijo—. Dice que se pondrá en contacto con el fiscal general del Estado.

Wallander levantó atónito la cabeza de sus papeles.

—¿Por qué?

—Gustaf Wetterstedt fue una vez una persona importante. Hace diez años asesinaron al primer ministro del país. Ahora encontramos a un ministro de Justicia muerto a hachazos. Supongo que quiere averiguar si la investigación de este asesinato debe llevarse de una manera especial.

—Si todavía fuese ministro de Justicia lo comprendería —dijo Wallander—. Pero ahora era un viejo pensionista sin responsabilidades públicas desde hacía mucho tiempo.

—Habla tú mismo con Åkeson —sugirió Hansson—. Yo sólo te cuento lo que me ha dicho.

A la una se sentaron en el pequeño estrado al fondo de la sala de conferencias. Habían acordado intentar hacer lo más breve posible el encuentro con la prensa. Lo más importante era procurar evitar excesivas especulaciones salvajes e infundadas. Por eso habían decidido ser conscientemente vagos al responder sobre cómo habían matado a Wetterstedt. No dirían nada sobre la cabellera cortada.

La sala estaba llena a rebosar de periodistas. Tal como Wallander había imaginado, los periódicos nacionales habían decidido que el asesinato de Gustaf Wetterstedt era un asunto importante. Wallander contó hasta tres cámaras de televisión diferentes cuando pasó la mirada por encima de los congregados.

Después, cuando todo acabó y se marchó el último periodista, Wallander se dio cuenta de que todo había ido sorprendentemente bien. Habían ofrecido respuestas escuetas y habían aludido a razones técnicas para la investigación que imposibilitaban una apertura más amplia o informaciones más detalladas. Finalmente los periodistas comprendieron que no podrían traspasar el muro invisible que Wallander había construido alrededor de él y de sus colegas. Cuando los informadores abandonaron la sala se dejó entrevistar por la radio local, mientras Ann-Britt Höglund se colocaba delante de una de las cámaras de televisión presentes. La miró y pensó que estaba contento de no tener que ser, por una vez, el visible.

Al final de la rueda de prensa, Per Åkeson entró discretamente en la sala y se situó detrás de todos. Abordó a Wallander cuando éste se disponía a salir.

—Me dijeron que ibas a llamar al fiscal general del Estado —dijo Wallander—. ¿Te ha dado instrucciones?

—Quiere que le mantengamos informado —contestó Per Åkeson—. De la misma manera que tú tienes que informarme a mí.

—Tendrás un resumen cada día —dijo Wallander—. Y en cuanto tengamos una posible brecha en la investigación.

—¿No tienes nada decisivo aún?

—Nada.

El equipo de investigación se reunió a toda prisa a las cuatro. Wallander sabía que ahora tocaba trabajar, no elaborar informes. Sólo hizo una rápida ronda alrededor de la mesa antes de pedir a cada uno que volviera a lo suyo. Decidieron encontrarse de nuevo a las ocho del día siguiente si no ocurría nada que influyese en la investigación de manera importante.

Poco antes de las cinco, Wallander dejó la comisaría y se fue a Styrbordsgången, donde vivía Sara Björklund. Era una zona de la ciudad a la que Wallander casi nunca iba. Aparcó el coche y entró por la verja del jardín. La puerta se abrió antes de que llegase a la casa. La mujer que le esperaba era más joven de lo que se había imaginado. Calculaba que tendría unos treinta años. Y para Gustaf Wetterstedt había sido una «chacha». Se preguntó rápidamente si ella sabía lo que Wetterstedt le había llamado.

—Buenos días —saludó Wallander—. Llamé esta mañana. Sara Björklund, ¿eres tú?

—Le he reconocido —dijo, y asintió con la cabeza.

Le invitó a entrar. En el salón había preparado un plato con bollos y café en un termo. Desde el piso de arriba Wallander pudo oír a un hombre regañar a unos niños que hacían ruido. Wallander se sentó en una silla y miró a su alrededor. Era como si esperase encontrar uno de los cuadros de su padre colgando en una de las paredes. «En realidad es lo único que falta», pensó con rapidez. «Aquí está el pescador, la cíngara y el niño que llora. Solamente falta el paisaje de mi padre. Con o sin urogallo.»

—¿Quiere café? —preguntó.

—Tutéame —dijo Wallander—. Sí, por favor.

—A Gustaf Wetterstedt no se le podía tutear —dijo de repente—. A él se le tenía que llamar señor Wetterstedt. Me dio órdenes estrictas sobre ello cuando empecé a trabajar para él.

Wallander se sintió agradecido por poder hablar sin rodeos de lo que era importante. Sacó del bolsillo un pequeño bloc de notas y un bolígrafo.

—Por tanto ya sabes que a Gustaf Wetterstedt le han matado —empezó.

—Es terrible —dijo—. ¿Quién puede haberlo hecho?

—Eso es lo que nos preguntamos todos —respondió Wallander.

—¿De verdad estaba en la playa? ¿Debajo de ese bote tan feo? ¿El que se veía desde el piso superior?

—Sí —afirmó Wallander—. Pero empecemos desde el principio. ¿Hacías la limpieza en casa de Wetterstedt?

—Sí.

—¿Cuánto hacía que trabajabas allí?

—Casi tres años. Me quedé sin empleo. Esta casa cuesta dinero y tuve que empezar a limpiar. Encontré el trabajo por un anuncio en el periódico.

—¿Con qué frecuencia ibas allí?

—Dos veces al mes. Cada dos jueves.

Wallander tomaba nota.

—¿Siempre los jueves?

—Siempre.

—¿Tenías llaves propias?

—No. Nunca me las hubiera dado.

—¿Por qué dices eso?

—Cuando estaba en su casa vigilaba cada paso que daba. Era muy irritante. Pero pagaba bien.

—¿Nunca notaste nada especial?

—¿Como qué?

—¿No había otras personas?

—Nunca.

—¿Celebraba fiestas, cenas?

—Que yo sepa, no. No había nunca platos que fregar cuando yo llegaba.

Wallander reflexionó antes de seguir.

—¿Cómo lo describirías como persona?

La respuesta llegó rápida y decidida.

—Era lo que se dice un pedante.

—¿Qué quieres decir?

—Que me trataba con condescendencia. Para él solamente era una «chacha» sin importancia. A pesar de que una vez perteneció al partido que se dice defendía nuestra causa. La causa de las «chachas».

—¿Sabes que te llamaba «chacha» en su agenda?

—No me extraña en absoluto.

—Pero te quedaste.

—Ya te he dicho que pagaba bien.

—Intenta recordar la última visita. ¿Estuviste allí la semana pasada?

—Todo era exactamente como siempre. He intentado recordar. Pero él estaba como era habitual.

—O sea que, durante estos tres años, ¿nunca ocurrió nada fuera de lo normal?

Detectó enseguida que ella dudaba antes de contestar. Prestó más atención.

—Una vez, el año pasado —empezó vacilante—. En noviembre. No sé por qué. Pero me equivoqué de día. Llegué

119

allí un viernes por la mañana en lugar del jueves. En ese momento salía un gran coche negro del garaje. Un coche con los cristales ahumados. Luego llamé a la puerta como siempre. Tardó un buen rato antes de abrir. Al verme se puso furioso. Luego cerró la puerta de golpe. Pensé que me despediría, pero cuando volví la vez siguiente no dijo nada. Fingió como si no hubiera pasado nada.

Wallander se quedó esperando a que continuara, pero no lo hizo.

—¿Eso es todo?

—Sí.

—¿Un gran coche negro que salía de la casa?

—Sí.

Wallander comprendió que no llegaría más lejos. Acabó el café rápidamente y se levantó.

—Si recuerdas algo más te agradecería que me llamases —le dijo al despedirse.

Regresó a la ciudad.

«Un gran coche negro que le visitaba», pensó. «¿Quiénes iban en aquel coche? Lo tengo que averiguar.»

Eran las seis. Un viento fuerte había empezado a soplar. Al mismo tiempo volvió la lluvia.

9

Cuando Wallander regresó a la casa de Wetterstedt, Nyberg y sus ayudantes ya estaban dentro. Habían estado removiendo toneladas de arena sin encontrar el lugar del crimen. Al llover de nuevo, Nyberg decidió colocar las lonas. Tendrían que esperar a que mejorase el tiempo. Wallander volvía a la casa con el presentimiento de que lo que Sara Björklund le había dicho sobre el día equivocado y el gran coche negro significaba que habían abierto un pequeño pero importante agujero en la coraza del perfecto Wetterstedt. Ella había visto algo que nadie debía ver. Wallander no podía interpretar de otra manera la furia de Wetterstedt ni el hecho de que nunca más comentase lo ocurrido. La ira y el silencio eran las dos caras de la misma manera de comportarse.

Nyberg estaba sentado en una silla en el salón de Wetterstedt y tomaba café. Wallander pensó que el termo de Nyberg debía de ser muy viejo. Le recordaba los años cincuenta. Nyberg había colocado un periódico encima del asiento para protegerlo.

—Todavía no hemos encontrado tu lugar del crimen —dijo Nyberg—. Y ahora no podemos buscar, está lloviendo.

—Espero que hayáis asegurado las lonas —comentó Wallander—. El viento es cada vez más fuerte.

—No se moverán —contestó Nyberg.

—Pensaba continuar examinando el escritorio —dijo Wallander.

—Hansson ha llamado —continuó Nyberg—. Ha hablado con los hijos de Wetterstedt.

—¿Ahora? —dijo Wallander—. Pensaba que lo había hecho hace tiempo.

—No sé nada de eso —respondió Nyberg—. Sólo te explico lo que me ha dicho.

Wallander entró en el despacho y se sentó en el escritorio. Movió la lámpara para que iluminase un círculo lo más amplio posible. Luego abrió uno de los cajones del lado izquierdo. Allí había una copia de la declaración de la renta de ese año. La sacó y la colocó ante sí sobre la mesa. Vio que Wetterstedt había declarado unos ingresos de casi un millón de coronas. Al repasar la declaración observó que los ingresos provenían en su mayor parte de sus ahorros personales, de la pensión y de los dividendos de acciones. En un resumen de la central de accionistas Wallander se dio cuenta de que Wetterstedt tenía acciones en la gran industria tradicional sueca. Había invertido en Ericsson, Asea Brown Boveri, Volvo y Rottneros. Aparte de estos ingresos, Wetterstedt había declarado unos honorarios del departamento de Exteriores y de la editorial Tidens. En concepto de patrimonio Wetterstedt había declarado cinco millones. Wallander memorizó los datos. Dejó la declaración en su sitio y abrió el cajón siguiente. Allí había algo parecido a un álbum de fotos. «Aquí estarán las fotos familiares que Ann-Britt Höglund echaba de menos», pensó. Puso el álbum en la mesa y abrió la primera página. Con creciente asombro pasó una hoja tras otra. El álbum estaba lleno de fotografías pornográficas antiguas, algunas de ellas muy atrevidas. Wallander notó que unas páginas se abrían más fácilmente que otras. Wetterstedt había sentido predilección por las páginas donde había modelos jóvenes. De repente oyó la puerta de fuera. Poco después entró Martinsson. Wallander le saludó señalando el álbum abierto.

—Algunos coleccionan sellos —dijo Martinsson—. Otros, obviamente, este tipo de fotos.

Wallander cerró el álbum y lo colocó otra vez en el cajón del escritorio.

—Ha llamado un tal Sjögren, abogado de Malmö —dijo Martinsson—. Me informó que tenía el testamento de Wetterstedt. Son bienes bastante considerables. Le pregunté si había herederos indirectos, pero todo recae en los directos. Wetterstedt también ha creado una fundación que repartirá dinero a jóvenes juristas. Hace tiempo que destinó ese dinero y pagó sus impuestos por ello.

—Sabemos otra cosa —dijo Wallander—. Gustaf Wetterstedt era un hombre acaudalado. Pero ¿no era hijo de un pobre estibador portuario?

—Svedberg está indagando sobre su historia —prosiguió Martinsson—. Me suena que ha encontrado a un viejo secretario del partido con buena memoria que tiene mucho que contar sobre Wetterstedt. Pero he venido para hablar de la chica que se suicidó en el campo de colza de Salomonsson.

—¿La has encontrado?

—No. Sin embargo, a través del ordenador he recibido más de dos mil propuestas del significado de la combinación de las iniciales. Es una lista bastante larga.

Wallander reflexionó. ¿Qué iban a hacer a continuación?

—Tendremos que sacarlo a través de la Interpol —dijo—. ¿Y cómo se llama eso nuevo? ¿Europol?

—Eso es.

—Envía una petición con sus datos personales. Mañana tomaremos una foto de la joya. La imagen de la Virgen. Aunque todo se ahogue en la marejada de la muerte de Wetterstedt, tenemos que publicar esa foto en los periódicos.

—La hice examinar por un joyero —dijo Martinsson—. Afirmó que era de oro puro.

—Al final alguien tendrá que echarla de menos —continuó Wallander—. Es muy raro que la gente no tenga ningún familiar.

Martinsson bostezó y preguntó si Wallander necesitaba alguna ayuda.

—Esta noche, no —dijo.

Martinsson abandonó la casa. Wallander continuó una hora más repasando el escritorio. Más tarde apagó la luz y permaneció sentado en la penumbra. «¿Quién era Gustaf Wetterstedt?», pensó. «La imagen que tengo todavía es muy vaga.»

De repente se le ocurrió algo. Salió al salón y buscó un nombre en el listín de teléfonos. Todavía no eran las nueve. Marcó el número y le contestaron casi enseguida. Dijo quién era y preguntó si podía hacer una visita. Luego dio por finalizada la rápida conversación. Fue en busca de Nyberg, que se encontraba en el piso superior de la casa, y le dijo que volvería más tarde, esa misma noche. El viento era fuerte, racheado, cuando salió. La lluvia golpeaba su cara. Se dirigió al coche corriendo para no quedar completamente empapado; se encaminó otra vez hacia el centro de la ciudad y se detuvo ante un bloque de apartamentos cerca del colegio Österportskolan.

Llamó al timbre del portal y la puerta se abrió. Cuando llegó al segundo piso, Lars Magnusson le estaba esperando descalzo. Desde dentro se oía una hermosa música de piano.

—Cuánto tiempo —exclamó Lars Magnusson al darle la mano a Wallander.

—Y que lo digas —contestó Wallander—. Debe de hacer más de cinco años que no nos vemos.

Una vez, hacía muchos años, Lars Magnusson había sido periodista. Después de una temporada en el *Expressen* se había cansado de la gran ciudad y había vuelto a Ystad, su ciudad natal. Él y Wallander se habían conocido a través de sus esposas. Ante todo habían descubierto su interés común por la ópera. Hasta muchos años después, cuando él y Mona ya se habían divorciado, Wallander no se dio cuenta de que Lars Magnusson estaba alcoholizado. Cuando la verdad se descubrió lo hizo con contundencia. Por casualidad, Wallander se encontraba en la comisaría muy tarde una noche cuando una patrulla de agentes entró llevando a rastras a Lars Magnusson. Estaba tan borracho que no se sostenía de pie. Había conducido en ese estado y al perder el control del vehículo se había estrellado directamente contra la vidriera de un banco. Más tarde le condenaron a seis meses de cárcel. Al volver a Ystad, nunca regresó al periódico. Su esposa también había abandonado su matrimonio sin hijos. Continuaba bebiendo, pero lograba mantenerse sin pasarse demasiado de la raya. Después de abandonar el periodismo vivía de plantear problemas de ajedrez para varios periódicos. Lo que le salvaba de no beber hasta matarse era el hecho de que cada día se obligaba a no tomar la primera copa de alcohol antes de haber realizado al menos un problema de ajedrez. Ahora que tenía fax ya ni siquiera necesitaba ir a correos. Podía enviar sus problemas directamente desde casa.

Wallander entró en el sencillo apartamento. Se le notaba en el aliento que Lars Magnusson había bebido. En la mesa, al lado del sofá, había una botella de vodka. Sin embargo, Wallander no vio ninguna copa.

Lars Magnusson era algunos años mayor que Wallander. Tenía una mata de pelo gris, que le caía por encima del cuello sucio de la camisa, y la cara roja e hinchada. Wallander vio que sus ojos estaban muy despiertos. Nunca nadie había tenido motivos para dudar de la inteligencia de Lars Magnusson. Se rumoreaba que una vez la editorial Bonniers le había aceptado una antología de poesía, pero que en el último momento él se había arrepentido y había devuelto el dinero del anticipo.

—Una visita inesperada —dijo Lars Magnusson—. Siéntate. ¿Qué te puedo ofrecer?

—Nada —dijo Wallander acomodándose en un sofá después de haber apartado un montón de diarios.

Lars Magnusson bebió un sorbo de la botella de vodka sin inmutarse y se sentó frente a Wallander. Había bajado el volumen de la música de piano.

—Hace tiempo —comentó Wallander—. Estoy intentando recordar cuándo fue la última vez.

—En la tienda de licores —contestó Lars Magnusson con rapidez—. Hace casi exactamente cinco años. Tú compraste vino y yo todo lo demás.

Wallander asintió con la cabeza. Lo recordaba.

—Tu memoria no falla —dijo.

—Todavía no la he matado con el alcohol —bromeó Lars Magnusson—. La guardo para el final.

—¿Nunca has pensado en dejarlo?

—Cada día. Pero supongo que no has venido para eso, para convencerme de que debería volverme abstemio.

—¿Has leído en los periódicos que han asesinado a Gustaf Wetterstedt?

—Lo he visto en la televisión.

—Recuerdo vagamente que una vez me contaste cosas sobre él. Sobre los escándalos que le rodeaban, pero que siempre fueron acallados.

—Algo que era lo más escandaloso de todo —interrumpió Lars Magnusson.

—Intento entender quién era —continuó Wallander—. Pensé que me podías ayudar.

—La cuestión es si quieres oír los rumores no confirmados o si quieres saber la verdad —dijo Lars Magnusson—. No estoy seguro de poder separarlos.

—Los rumores raras veces surgen sin que haya una causa —comentó Wallander.

Lars Magnusson apartó la botella de vodka, como si de repente hubiese decidido que estaba demasiado cerca de él.

—Empecé como voluntario a los quince años en uno de los periódicos de Estocolmo —dijo—. Era en 1955, en primavera. Allí había un viejo redactor de noche llamado Ture Svanberg. Él estaba por aquel entonces más o menos tan alcoholizado como yo lo estoy ahora. Pero cuidaba su trabajo a la perfección. Además era un genio creando titulares que

126

vendían bien. No toleraba los textos mal escritos. Todavía recuerdo una vez que se enfadó a causa de un reportaje tan mal redactado que rompió los papeles y se comió los trozos. Los masticó y se los tragó. Luego dijo: «Esto no merece salir de otro modo que como mierda». Fue Ture Svanberg el que me enseñó el oficio de periodista. Solía decir que había dos tipos de escritores. «Uno es el tipo que cava la tierra en busca de la verdad. Está abajo en el hoyo echando la tierra hacia arriba. Pero encima de él hay otro hombre devolviendo la tierra abajo. Él también es periodista. Entre ambos siempre hay un duelo. La lucha de fuerza del tercer poder del Estado por el dominio que nunca acaba. Tienes periodistas que quieren informar y descubrir. Tienes otros que ejecutan los recados del poder y contribuyen a ocultar lo que realmente está ocurriendo.» Y así era. Lo aprendí con rapidez, a pesar de tener sólo quince años. Los hombres del poder siempre tienen empresas de limpieza y funerarias simbólicas. Hay cantidad de periodistas que no dudarían en vender sus almas por ejecutar sus recados. Volver a tapar la tierra. Enterrar los escándalos. Elevar las apariencias a verdades, garantizar la ilusión de la sociedad limpia.

Con una mueca se acercó la botella de vodka y bebió un trago. Wallander notó cómo luego se ponía la mano encima del estómago.

—Gustaf Wetterstedt —dijo—. ¿Qué fue en realidad lo que pasó?

Lars Magnusson sacó un arrugado paquete de tabaco del bolsillo de la camisa. Encendió un cigarrillo y expulsó una nube de humo.

—Prostitutas y arte —continuó—. Durante muchos años era un hecho bien conocido que el bueno de Gustaf se hacía llevar una chica a un apartamento en el barrio de Vasastan, uno pequeño del que su mujer no sabía nada. Tenía un mayordomo personal que se encargaba de todo el asunto. Oí rumores de que era adicto a la morfina y que Wetterstedt se la suministraba. Contaba con muchos amigos médicos. El que se acostara con putas no era interesante para los periódicos. No era ni el primero ni el último de los ministros suecos que lo hacían. Una cuestión interesante podría ser si hablamos de la regla o de la excepción. A veces me lo pregunto. Pero un día fue demasiado lejos. Una de las prostitutas se armó de valor y le denunció a la policía por malos tratos.

—¿Cuándo ocurrió eso? —interrumpió Wallander.

—A mediados de los sesenta. La había golpeado con un cinturón de cuero y con una hoja de afeitar le había hecho cortes en las plantas de los pies, decía la denuncia. Probablemente fue eso último, lo de las hojas de afeitar y las plantas de los pies, lo que caldeó el asunto. De repente, la perversión empezaba a ser interesante y tener valor para los lectores. El problema era que la policía había recibido una denuncia contra el más alto defensor de la seguridad judicial, después del rey, al que ya nadie hacía caso tras todos los escándalos judiciales de los años cincuenta. Por tanto, el asunto fue silenciado. La denuncia desapareció.

—¿Desapareció?

—Literalmente se esfumó.

—Pero ¿y la chica que la había hecho? ¿Qué fue de ella?

—De repente se convirtió en propietaria de una tienda de ropa muy lucrativa en Västerås.

Wallander movió la cabeza.

—¿Cómo sabes todo eso?

—En aquellos tiempos conocía a un periodista llamado Sten Lundberg. Había decidido remover el asunto. Pero cuando se empezó a rumorear que se acercaba a la verdad, le retiraron. En la práctica, le prohibieron escribir.

—¿Y lo aceptó?

—No tenía elección. Por desgracia tenía un punto débil que no podía ocultar. Era jugador. Tenía grandes deudas. Se rumoreó que esas deudas desaparecieron de repente. De la misma manera que la denuncia por malos tratos de la prostituta. Vuelta al principio. Y Gustaf Wetterstedt continuaba enviando al morfinómano a por chicas.

—Dijiste que había habido algo más —señaló Wallander.

—Se rumoreaba que estuvo involucrado en algunos de los robos de obras de arte que ocurrieron en Suecia durante su época como ministro de Justicia. Cuadros que nunca se encontraron y que ahora cuelgan en casas de coleccionistas que no tienen intención de mostrarlos en público. La policía arrestó una vez a un traficante de objetos robados, un intermediario. Lo hizo por equivocación, me temo. Juró que Gustaf Wetterstedt estaba metido en ello. Pero naturalmente nunca se pudo probar. Se ocultó. Los que taparon el agujero con tierra eran más que los que estaban abajo echando la tierra hacia arriba.

—No es precisamente una imagen bonita la que me pintas —dijo Wallander.

—¿Te acuerdas de lo que te he preguntado? ¿Quieres que te cuente la verdad o los rumores? Porque los rumores decían que Gustaf Wetterstedt era un político hábil, un luchador leal a su partido, una persona amable, culta y erudita. Es también lo que dirá su fama póstuma. Mientras una de las chicas a las que pegaba no se decida a difundir lo que sabe.

—¿Qué pasó cuando dimitió? —preguntó Wallander.

—Creo que se llevaba muy mal con un sector de los ministros jóvenes. Especialmente con las mujeres. Se produjo un gran cambio generacional. Creo que se dio cuenta de que su época había terminado. La mía también. Dejé de ser periodista. Después de que Wetterstedt llegase a Ystad nunca más volví a pensar en él. Hasta ahora.

—¿Te puedes imaginar a alguien que después de tanto tiempo estuviese dispuesto a matarle?

Lars Magnusson se encogió de hombros.

—Es imposible contestar a eso.

A Wallander le quedaba una sola pregunta.

—¿Puedes recordar si alguna vez oíste hablar de un asesinato en este país en el que le arrancasen la cabellera a la víctima?

Los ojos de Lars Magnusson se entornaron. Contempló a Wallander con un interés renovado.

—¿Le hicieron eso? No lo dijeron en la televisión. Si lo hubiesen sabido, lo habrían dicho.

—Que quede entre nosotros —pidió Wallander mirando a Lars Magnusson, que asintió con la cabeza—. No lo hemos querido divulgar aún —continuó—. Siempre nos podemos refugiar en el hecho de que no puede revelarse por lo que llamamos causas técnicas de la investigación. La excusa todopoderosa de la policía para presentar las verdades a medias. Pero esta vez es absolutamente cierto.

—Te creo —dijo Lars Magnusson—. O tal vez no. En realidad no importa, puesto que ya no soy periodista. Pero no recuerdo ningún asesino que arrancase cabelleras. Sin duda habría sido un titular fantástico. A Ture Svanberg le habría encantado. ¿Puedes evitar que haya filtraciones?

—No lo sé —respondió Wallander con sinceridad—. Por desgracia, tengo varias malas experiencias.

—No voy a vender la noticia —dijo Lars Magnusson.

Luego acompañó a Wallander a la puerta.

—¿Cómo coño soportas ser policía? —inquirió cuando Wallander ya salía por la puerta.

—No lo sé —contestó—. Te lo diré algún día, cuando lo sepa.

El tiempo había empeorado. Los vientos borrascosos tenían fuerza de tormenta. Wallander volvió a la casa de Wetterstedt. Algunos de los ayudantes de Nyberg estaban comprobando las huellas dactilares en el piso superior. Por el ventanal de la terraza Wallander vio a Nyberg encaramado en una escalera, que se mecía por el viento, al lado de la farola de la puerta del jardín. Tenía que agarrarse al poste para que el viento no derribara la escalera. Cuando Wallander iba a ayudarle vio que Nyberg comenzaba a bajar. Salió a recibirlo a la entrada de la casa.

—Eso podía esperar —dijo Wallander—. Has estado a punto de caerte de la escalera.

—Si me hubiese caído sin duda me habría hecho daño —comentó Nyberg enojado—. Y naturalmente podría haber dejado el examen de la farola para más tarde. Podría incluso haberlo olvidado y no se habría hecho nunca. Pero como fuiste tú quien me lo pidió y como respeto tu capacidad para llevar a cabo el trabajo, decidí echarle un vistazo. Pero te juro que sólo lo hice porque tú me lo pediste.

A Wallander le sorprendió el reconocimiento de Nyberg, aunque intentó no demostrarlo.

—¿Qué encontraste? —preguntó en cambio.

—La bombilla no estaba fundida —dijo Nyberg—. La habían desenroscado.

Wallander reflexionó un instante. Luego tomó una decisión.

—Espera un momento —dijo.

Entró en el salón y llamó a Sara Björklund. Ella misma contestó al teléfono.

—Siento molestarte tan tarde —empezó—. Pero tengo que hacerte una pregunta. ¿Quién cambiaba las bombillas en casa de Wetterstedt?

—Lo hacía él mismo.

—¿También las de fuera?

—Creo que sí. Él mismo cuidaba el jardín. Yo era probablemente la única persona que entraba en su casa.

«Aparte de los que iban en el coche negro», pensó Wallander.

—Hay una farola en la puerta del jardín —continuó—. ¿Solía estar encendida?

—Durante el otoño y el invierno, cuando estaba oscuro, siempre la tenía encendida.

—Eso es todo lo que quería saber —dijo Wallander—. Gracias por la información.

—¿Tienes fuerzas para subir a la escalera una vez más? —le preguntó a Nyberg cuando volvió al recibidor—. Me gustaría que pusieras una bombilla nueva.

—Las bombillas de recambio están en la habitación de detrás del garaje —dijo Nyberg, y empezó a calzarse las botas.

Volvieron a salir a la tormenta. Wallander sujetó la escalera mientras Nyberg enroscaba la bombilla. Se encendió inmediatamente. Nyberg colocó la pantalla de la farola y descendió otra vez de la escalera. Salieron a la playa.

—Hay una gran diferencia —comentó Wallander—. Está iluminado hasta el agua.

—Dime qué estás pensando —dijo Nyberg.

—Creo que el lugar donde le asesinaron está en alguna parte dentro de la zona iluminada —afirmó Wallander—. Si tenemos suerte, tal vez podamos encontrar huellas dactilares en la pantalla de la farola.

—¿Quieres decir que el asesino lo planeó todo? ¿Que desenroscó la bombilla porque había demasiada luz?

—Sí —contestó Wallander—. Quiero decir más o menos eso.

Nyberg regresó al jardín con la escalera. Wallander se quedó sintiendo la lluvia como latigazos en la cara.

La zona continuaba acordonada. Un coche de policía estaba aparcado justo encima de las dunas de arena que había más allá. Aparte de un hombre en una motocicleta, ya no quedaban curiosos.

Wallander se dio la vuelta y entró de nuevo en la casa.

10

Entró en el sótano poco después de las siete de la mañana y el suelo estaba frío bajo sus pies desnudos. Se quedó inmóvil escuchando. Luego cerró la puerta tras de sí y echó la llave. Se agachó para examinar la fina capa de harina que había extendido en el suelo la última vez que estuvo allí. Pero nadie había entrado en su mundo. No había marcas de pisadas en el polvo del suelo. Luego examinó las ratoneras. Había tenido suerte. En las cuatro jaulas había presas. En una de ellas estaba la rata más grande que jamás había visto.

«Una vez, hacia el final de su vida, Jerónimo le había hablado sobre un guerrero pawnee al que había vencido en su juventud. Se llamaba "Oso con Seis Garras", ya que había tenido seis dedos en la mano izquierda. Había sido su peor enemigo. En aquella ocasión, Jerónimo había estado a punto de morir a pesar de ser tan joven. Le cortó el sexto dedo a su enemigo y lo puso a secar al sol. Después lo llevó durante muchos años en una pequeña bolsa de cuero en su cinturón.»

Decidió probar una de sus hachas con la rata grande. En las pequeñas probaría el efecto que causaba el aerosol de defensa.

Pero aún faltaba mucho para eso. Primero debía experimentar el gran cambio. Se sentó delante de los espejos, dirigiendo la luz de forma que los reflejos no le dieran en la cara, y luego la contempló. En la mejilla izquierda se había o un pequeño corte. La herida ya estaba curada. El primer paso hacia el cambio final.

«El hachazo había sido perfecto. Había sido como partir un trozo de leña cuando le golpeó la columna vertebral al primer monstruo. En su interior había oído el júbilo de los espíritus. Había girado al monstruo boca arriba y le había arrancado la cabellera. Ahora estaba donde debía estar, enterrada en la tierra, con un mechón de pelo saliendo del suelo.»

Pronto habría allí otra cabellera.

Se miró la cara y reflexionó sobre si hacerse el nuevo corte al lado del primero. ¿O tal vez dejaría que el cuchillo estrenara la otra mejilla? En realidad daba igual. Al acabar, tendría toda la cara llena de cortes.

Empezó la minuciosa preparación. De la mochila sacó sus armas, las pinturas y los pinceles. Por último, el libro rojo, en el que estaban escritas las revelaciones y la misión. Lo colocó con cuidado entre él y los espejos.

«Fue ayer por la noche cuando enterró la primera cabellera. Había un guardia en la zona del hospital. Pero sabía dónde la verja estaba derrumbada. El pabellón de seguridad, con rejas tanto en las ventanas como en las puertas, estaba un poco apartado, en la parte exterior del terreno que parecía un parque. Cuando visitó a su hermana había calculado qué ventana era la suya. Estaba totalmente oscura. La luz tenue de un pasillo era la única que salía de la casa lúgubre y amenazadora. Había enterrado la cabellera y le susurró a su hermana que estaba de camino. Aniquilaría a los monstruos, uno tras otro. Después podría regresar al mundo.»

Se quitó la ropa de la parte superior del cuerpo. A pesar de que era verano se estremeció por el frío que aún hacía en el sótano. Abrió el libro rojo y pasó las hojas en las que había anotaciones sobre un hombre que se había llamado Wetterstedt, pero que ya no existía. En la página siete estaba descrita la segunda cabellera. Leyó lo que había escrito su hermana y pensó que esta vez usaría el hacha más pequeña.

Cerró el libro y contempló su rostro en el espejo. Tenía la forma de la cara de su madre, pero los ojos eran los de su padre, profundos como dos tímidas bocas de cañón. Precisamente por los ojos pensaba a veces que era una lástima que también su padre tuviese que ser sacrificado. Pero sólo por eso y sólo como una sensación de duda a la que se sobreponía de inmediato. Su primer recuerdo de infancia eran esos ojos. Le habían clavado la mirada, le habían amenazado, y más tarde nunca vio a su padre como otra cosa que unos ojos enormes con piernas, brazos y una voz rugiente.

Se secó la cara con una toalla. Luego empapó uno de los pinceles anchos en el color negro y se dibujó el primer trazo frontal, precisamente en el lugar en el que cortó la piel de la frente de Wetterstedt.

«Había pasado muchas horas tras el cordón policial. Había sido una gran vivencia ver a todos esos policías dedicar sus esfuerzos para intentar entender qué había ocurrido y quién había matado al hombre que ahora yacía debajo del bote de remos. En varias ocasiones había sentido la necesidad de gritar que había sido él.»

Eso era una debilidad que todavía no dominaba del todo. Lo que hacía, la misión que cogía del libro de las revelaciones de su hermana, era únicamente por el bien de ella, no por el suyo. Tenía que dominar esa debilidad.

Se dibujó la segunda línea de la frente. En ese momento, antes de que el cambio apenas hubiese empezado, notaba que una gran parte de su identidad externa le estaba abandonando.

No sabía por qué le habían puesto el nombre de Stefan. En una ocasión, una vez que su madre había estado más o menos sobria, se lo había preguntado. ¿Por qué Stefan? ¿Por qué ese nombre y no otro? Su respuesta había sido muy vaga. Un nombre bonito, había dicho. Eso lo recordaba. Un nombre bonito. Un nombre que estaba de moda. No sería el único en llevar ese nombre. Aún recordaba cómo le había indignado.

135

La había dejado allí donde estaba, echada en el sofá del salón, y había salido de la casa. Luego había bajado al mar en la bici. Allí había paseado por la playa y escogido otro nombre. Había elegido Hoover. Como el del jefe del FBI. Había leído un libro sobre él. Se rumoreaba que corría una gota de sangre india por sus venas. Se había preguntado si él mismo, en el pasado, había tenido indios en la familia. Su abuelo materno le había contado que varios miembros de la familia habían emigrado a América hacía muchos años. Quizás alguno se juntara con un indio. Aunque la sangre no corriera directamente por sus venas, podría haberla en la familia.

No fue hasta más tarde, después de que hubieron recluido a su hermana en el hospital, cuando se decidió a unir a Jerónimo con Hoover. Había recordado cómo su abuelo le enseñó una vez a fundir el estaño vertiéndolo en moldes de yeso con formas de soldados en miniatura. Se había quedado con los moldes y el cucharón de estaño al morir su abuelo. Desde entonces habían estado guardados en una caja de cartón en el trastero del sótano. Ahora los había sacado y les había cambiado la forma, de manera que el estaño fundido formara una figura que podía ser tanto un policía como un indio. Muy tarde, una noche en la que todos estaban durmiendo y su padre estaba en la cárcel, y por tanto no podía entrar como un energúmeno a cualquier hora del día o de la noche, se había encerrado en la cocina y había realizado la gran ceremonia. Fundiendo a Hoover con Jerónimo, había creado su nueva identidad. Era un temible policía con el valor de un guerrero indio. Sería invulnerable. Nada le impediría exigir la venganza necesaria.

Continuó pintándose las líneas anguladas por encima de los ojos, lo que hizo que éstos se hundiesen aún más en sus cuencas. Acechaban allí como dos animales salvajes. Dos animales salvajes, dos miradas. Pensó poco a poco en lo que le esperaba. Era la verbena de San Juan. El hecho de que hiciera viento y lloviese complicaría su misión. Pero no se la impediría. Pensó que debía vestirse con ropa de abrigo para viajar a Bjäresjö. La pregunta que quedaba en el aire era si la fiesta a la que iba a asistir se celebraría dentro de casa debido al mal tiempo. Pero se convenció a sí mismo de que debía confiar en su paciencia. Era una virtud que Hoover siempre había predicado a sus reclutas. Al igual que Jerónimo. Siempre surge un instante en el que la atención de una persona se relaja. Es entonces cuando se tiene que atacar. Daba lo mismo si la fiesta se celebraba o no dentro de casa. Tarde o temprano el hombre al que iba a visitar saldría de ella. Entonces habría llegado el momento.

El día anterior había estado allí. Tras dejar la motocicleta en un bosquecillo, había encontrado una colina desde donde podía observar lo que pasaba sin ser molestado. La casa de Arne Carlman estaba apartada, como la de Wetterstedt. No había vecinos próximos. Una alameda de sauces recortados llevaba hasta la vieja casa escaniana encalada.

Los preparativos para la verbena ya habían comenzado. Había visto cómo de un camión descargaban unas cuantas mesas y sillas plegables. En un rincón del jardín estaban levantando una carpa donde se serviría la comida y la bebida.

Arne Carlman también estaba allí. A través de los prismáticos había podido ver cómo el hombre, al que visitaría al día siguiente, había paseado por el jardín dirigiendo el trabajo. Estaba vestido con un chándal. En la cabeza llevaba una boina. No había podido evitar imaginarse a su hermana con ese hombre y el mareo se apoderó de él. Después no le hizo falta observar más. Ya sabía cómo proceder.

Cuando acabó con la frente y las sombras alrededor de los ojos, dibujó dos líneas anchas y blancas a los lados del tabique nasal. Ya notaba cómo el corazón de Jerónimo latía en su pecho. Se agachó y puso en marcha el radiocasete que estaba en el suelo del sótano. Los tambores eran muy fuertes. Los espíritus habían empezado a hablar en su interior.

No terminó hasta muy entrada la tarde. Eligió las armas que se llevaría. Luego soltó las cuatro ratas en una gran caja. Intentaron subirse por las paredes, sin lograrlo. Apuntó a la rata más gorda con el hacha que quería probar. El golpe partió la rata en dos. Ocurrió tan deprisa que no tuvo ni tiempo para chillar. Las otras ratas, en cambio, empezaron a arañar las paredes en busca de libertad. Se acercó al gancho de la pared en el que había colgado su chaqueta de cuero. Metió una mano en el bolsillo interior para sacar el bote de aerosol que debía estar allí. Sin embargo, no era así. Buscó en los demás bolsillos de la chaqueta. No lo encontró por ninguna parte. Se quedó completamente paralizado por un instante. ¿Habría estado alguien allí? Decidió que no era posible. Para poder pensar con claridad, se sentó de nuevo delante de los espejos. El aerosol se le debía de haber caído de la chaqueta. Pensó lenta y pormenorizadamente en los días que habían transcurrido desde su visita a Gustaf Wetterstedt. Entonces comprendió qué había sucedido. El bote debió de caérsele cuando estuvo contemplando el trabajo de la policía por fuera del cordón. En una ocasión se había quitado la chaqueta para ponerse un jersey. Eso tuvo que pasar. Decidió que no constituía un peligro. A cualquiera se le podía haber caído un aerosol. Aunque sus huellas dactilares estuvieran en el bote, la policía no las tenía en sus registros. Ni siquiera Hoover, el jefe del FBI, sería capaz de identificar al propietario del aerosol. Se levantó de su asiento frente a los espejos y volvió a las ratas del interior de la caja. Al verle empezaron a correr de un lado a otro. Con tres golpes de hacha las mató. Luego echó los ensangrentados cadáveres de las ratas en una bolsa de plástico, que cerró con cuidado antes de ponerla dentro de otra bolsa también de plástico. Limpió el filo y lo tocó con la punta de los dedos.

Poco después de las seis de la tarde estaba preparado. Había colocado las armas y la bolsa con los cadáveres de las ratas en una mochila. Como estaba lloviendo y hacía viento, se puso calcetines y unas zapatillas de deporte. Antes había limado las suelas para quitarles el dibujo. Apagó la luz y abandonó el sótano. Se colocó el casco y salió a la calle.

Un poco más allá del cruce de Sturup, entró en un aparcamiento y tiró la bolsa con los cadáveres de las ratas en un contenedor de basura. Luego continuó hasta Bjäresjö. El viento se había calmado. De repente el tiempo cambió. La noche sería cálida.

*

La verbena de San Juan era uno de los grandes momentos del año del marchante de arte Arne Carlman. Durante más de quince años era una tradición que celebrase una fiesta en su casa de Escania, donde vivía durante los veranos. En el mundo de los artistas y los galeristas era importante ser invitado a la fiesta veraniega de Carlman. Ejercía gran influencia entre los que compraban y vendían arte en el país. Podía dar fama y riqueza al artista por el que decidía apostar. Podía destrozar a otros que no seguían sus consejos o no hacían lo que él mandaba. Hacía más de treinta años que recorría el país en un viejo coche como vendedor de cuadros. Habían sido años de pobreza. Pero le habían enseñado qué tipo de cuadro se podía vender a cada cliente. Había aprendido el negocio y, de una vez por todas, había desterrado la creencia de que el arte era algo superior a la realidad gobernada por el dinero. Ahorró lo suficiente como para abrir una tienda de marcos combinada con una galería en la calle de Österlånggatan en Estocolmo. Con una mezcla despiadada de lisonja, alcohol y billetes nuevos compró cuadros a jóvenes artistas y luego consolidó sus posiciones. Se abría camino con sobornos, amenazas y mentiras. Después de diez años regentaba unas treinta galerías por toda Suecia. Por ese entonces también vendía arte por catálogo. A mediados de los setenta era un hombre acaudalado. Compró la casa de Escania y empezó con sus fiestas veraniegas unos años más tarde. Eran reuniones famosas por su ilimitada extravagancia. Cada invitado podía esperar un regalo valorado como mínimo en cinco mil coronas. Precisamente este año había encargado la fabricación de una serie limitada de plumas creadas por un diseñador italiano.

Cuando por la mañana temprano Arne Carlman se despertó junto a su esposa la víspera de San Juan, se acercó a la ventana y vio un paisaje lúgubre de lluvia y viento. Una sombra de decepción atravesó su cara. Pero había aprendido a aceptar lo inevitable. No podía decidir sobre el tiempo. Cinco años atrás había hecho confeccionar una colección especial de ropa impermeable que estaría preparada para cuando llegasen los invitados. Los que quisiesen podrían quedarse en el jardín y los que no, podrían estar en el viejo establo que hacía años había transformado en una sala grande y espaciosa.

Los invitados empezaron a llegar alrededor de las ocho de la tarde. La persistente lluvia había cesado. Lo que parecía ser una verbena desagradable y pasada por agua, de repente se había convertido en una hermosa noche de verano. Arne Carlman les recibía vestido de esmoquin, y uno de sus hijos les acompañaba con el paraguas abierto. Siempre invitaba a cien personas, la mitad de las cuales venía por primera vez. Un poco después de las diez de la noche hizo sonar su copa y pronunció su tradicional discurso veraniego. Y lo hizo a sabiendas de que al menos la mitad de los presentes le odiaba o le despreciaba. Ahora, a los sesenta y seis años, ya no se preocupaba de lo que pensaba la gente. Su sólido imperio hablaba por sí mismo. Dos de sus hijos se ocuparían de sus actividades cuando él ya no pudiese más. Pero aún no se daba por vencido. Eso era precisamente lo que decía en su discurso de verano, que únicamente trataba de él mismo. Aún no le podían echar. Aún podían esperar unas cuantas verbenas en las que el tiempo, en el mejor de los casos, sería mejor que este año. Sus palabras fueron recibidas con débiles aplausos. Después, una orquesta empezó a tocar en el interior del establo. La mayoría de los invitados se quedaron dentro. Arne Carlman abrió el baile con su esposa.

—¿Qué te ha parecido mi pequeño discurso? —le preguntó mientras bailaban.

—Nunca habías sido tan malvado como este año —contestó ella.

—Déjales odiarme —dijo—. ¿A mí qué me importa? ¿A nosotros qué nos importa? Aún tengo muchas cosas por hacer.

Un poco antes de la medianoche Arne Carlman se llevó a una joven artista hasta una glorieta apartada en la parte más alejada del gran jardín. Uno de sus cazatalentos que tenía en su lista de asalariados le había aconsejado invitarla a su fiesta de verano. Había visto unas cuantas fotos de sus óleos y enseguida se había dado cuenta de que ofrecía algo nuevo. Era una nueva forma de pintura idílica: suburbios fríos, desiertos de piedra, personas solitarias, rodeadas de campos de flores paradisiacos. En ese momento comprendió que lanzaría a la artista como la innovadora principal de una escuela de arte que se podría denominar neoilusionismo. «Es muy joven», pensó cuando se dirigían a la glorieta. Además no era ni hermosa ni mística. Arne Carlman había aprendido que el carisma del artista era tan importante como las obras en sí. Se preguntaba qué se podría hacer con esta delgada y pálida mujer que caminaba a su lado.

La hierba todavía estaba húmeda. La noche era hermosa. La gente continuaba bailando. Sin embargo, muchos de los invitados se reunían alrededor de los televisores que había en la casa de Carlman. La emisión del partido de Suecia contra Rusia empezaría dentro de media hora. Quería zanjar el asunto con ella para luego poder ver el partido. Llevaba un contrato en el bolsillo.

Le daría una cantidad considerable de dinero en efectivo y a cambio él tendría la exclusiva para vender sus obras durante tres años. A primera vista parecía un contrato muy ventajoso. La letra pequeña, que no se podía leer bajo la débil luz nocturna, le daba además una gran cantidad de derechos adicionales sobre sus obras futuras. Cuando entraron en la glorieta secó dos sillas con un pañuelo y le pidió que se sentara. Tardó menos de media hora en convencerla para que aceptase el contrato. Luego le entregó una de las plumas diseñadas por el italiano y ella firmó.

La joven abandonó la glorieta y volvió al establo. Después afirmaría con decisión que eran exactamente las doce menos tres minutos. Por casualidad, había echado un vistazo al reloj de pulsera cuando se dirigía por uno de los senderos de grava hacia la casa. Con idéntica seguridad juraría también que Arne Carlman estaba absolutamente normal cuando lo dejó. No daba la impresión de encontrarse preocupado. Tampoco parecía que esperase a alguien. Sólo había dicho que se quedaría unos minutos más para disfrutar del aire fresco después de la lluvia.

No se había girado. Pero aun así estaba segura de que no había nadie más en el jardín. Tampoco se había encontrado con nadie que fuese hacia la glorieta.

*

Hoover había estado escondido en la colina durante toda la tarde. La humedad del suelo le hizo sentir frío, aunque había dejado de llover. De vez en cuando se levantaba para desentumecer sus articulaciones congeladas. Pasadas las once vio con los prismáticos que se acercaba el momento. Cada vez había menos gente en el jardín. Sacó sus armas y se las colocó en el cinturón. Se quitó los calcetines y los zapatos y los guardó en la mochila. Luego, con mucho cuidado y al acecho, se deslizó colina abajo corriendo a lo largo de un sendero resguardado por un campo de colza. Alcanzó la parte posterior del jardín, donde se dejó caer en el suelo mojado. A través del seto tenía una vista general del jardín.

Algo menos de una hora más tarde se le acabó la espera. Arne Carlman caminaba en dirección a él, acompañado por una joven. Se sentaron en la glorieta. A Hoover le costaba entender de qué hablaban. Transcurridos unos treinta minutos, la mujer se levantó, pero Arne Carlman continuó allí. El jardín estaba desierto. Ya no se oía la música que venía del establo, pero sí el sonido fuerte de varios televisores. Hoover se levantó, cogió el hacha y se deslizó por el seto justo al lado de la glorieta. Por última vez comprobó que no hubiese nadie en el jardín. Luego todas sus dudas desaparecieron; las visiones de su hermana le animaban a completar su misión. Se lanzó hacia la glorieta y asestó un hachazo en medio de la cara de Arne Carlman. El tremendo golpe le seccionó la cabeza hasta la mandíbula superior. Estaba sentado con las dos partes de la cara mirando hacia diferentes direcciones. Hoover agarró el cuchillo y le arrancó el pelo de la parte de la cabeza más cercana. Luego desapareció tan rápido como había venido. Volvió a la colina, recogió la mochila y corrió por el camino de grava hasta su motocicleta, situada tras una de las casetas de los trabajadores de Obras Públicas.

Dos horas más tarde enterró la cabellera junto a la otra, debajo de la ventana de su hermana.

El viento se había calmado. Ya no quedaba ni una sola nube en el cielo.

El día de San Juan sería hermoso y cálido.

El verano había llegado mucho antes de lo esperado.

Escania
25-28 de junio de 1994

11

El aviso llegó a la policía de Ystad poco después de las dos de la madrugada.

En ese mismo momento, Thomas Brolin marcó un gol a favor de Suecia en el partido contra Rusia. Marcó de penalti. El júbilo atravesó la noche estival sueca. Había sido una verbena excepcionalmente tranquila. El policía que contestó la llamada lo hizo de pie, ya que había saltado de la silla gritando cuando Brolin marcó. A pesar de su alegría, enseguida comprendió que la llamada que recibía era seria. La mujer que gritaba a su oído parecía sobria. Su histeria venía de un estado de conmoción que era completamente real. El policía llamó a Hansson, que se había tomado su nombramiento provisional como sustituto de jefe de policía tan en serio que ni siquiera se atrevía a dejar la comisaría durante la verbena de San Juan. Sobre la marcha, había intentado valorar cómo colocar sus limitados recursos de personal donde más falta hacían en cada ocasión. A las once se habían iniciado dos peleas violentas en sendas fiestas privadas. En un caso se trataba de celos; pero en el otro, había sido el portero sueco Thomas Ravelli el que había provocado el tumulto. En un protocolo redactado más tarde por Svedberg habían señalado que fue la actuación de Ravelli en el segundo gol de Camerún lo que había hecho brotar una discusión tan violenta que acabó con tres personas en el hospital para curarse las heridas. Cuando le dieron el aviso de Bjäresjö, uno de los coches patrulla ya había regresado. Normalmente el mal tiempo solía garantizar una verbena tranquila. Pero este año la historia se había negado a repetirse.

Hansson entró en la central de operaciones y habló con el policía que había recibido la llamada.

—¿De verdad dijo que le habían partido la cabeza en dos a un hombre?

El policía afirmó con la cabeza. Hansson reflexionó.

—Vamos a pedir a Svedberg que se acerque —añadió a continuación.

—Pero él está ocupado con esa historia de maltrato de Svarte.

—Lo había olvidado —dijo Hansson—. Entonces tendrás que llamar a Wallander.

Por primera vez en más de una semana, Wallander había logrado dormirse antes de la medianoche. En un momento de debilidad había pensado que debería sumarse al resto de los suecos y ver la emisión del partido de fútbol contra Rusia. Pero se durmió mientras esperaba que los jugadores salieran al campo. El teléfono le devolvió a la realidad y al principio no sabía dónde estaba. Buscó a tientas el teléfono que se encontraba junto a la cama. Con un retraso de varios años había instalado un supletorio que le facilitaba poder contestar sin levantarse de la cama.

—¿Te he despertado? —preguntó Hansson.

—Sí —respondió Wallander—. ¿Qué pasa?

Se sorprendió a sí mismo diciendo la verdad. Antes siempre afirmaba que estaba despierto cuando alguien le llamaba, fuese la hora que fuese.

Hansson le resumió el aviso que habían recibido. Después se preguntaría muchas veces por qué no se dio cuenta enseguida de que lo que había ocurrido en Bjäresjö se parecía a lo ocurrido con Gustaf Wetterstedt. ¿Era porque no quería ni pensar que tenían que vérselas con un asesino en serie? ¿O era porque no podía imaginarse siquiera que un homicidio como el de Wetterstedt pudiera ser otra cosa que un suceso aislado? Lo único que hizo fue pedirle a Hansson que enviara una patrulla de agentes al lugar, y que él mismo se les uniría en cuanto se hubiese vestido. A las tres menos cinco se detuvo delante de la casa de Bjäresjö tras seguir las indicaciones que le habían dado. Por la radio del coche oyó que Martin Dahlin metía el segundo tanto contra Rusia de un cabezazo. Comprendió que Suecia iba a ganar y que había perdido otro billete de cien coronas. Cuando vio a Norén salir corriendo a su encuentro, se dio cuenta enseguida de que algo serio había ocurrido. Sin embargo, hasta que entró en el jardín y se cruzó con varias personas que estaban o histéricas o mudas, no entendió realmente qué había pasado. Al hombre que estaba sentado en el banco de la glorieta le habían partido la cabeza en dos. Del lado izquierdo además le habían arrancado un gran trozo de piel y cabello. Wallander permaneció inmóvil durante más de un minuto. Norén dijo algo que no entendió. Miró fijamente al hombre muerto y pensó que debía ser el mismo asesino que había matado a Wetterstedt unos días antes. Por un momento sintió que le embargaba una pena difícil de entender. Más tarde, en una conversación con Baiba, intentó explicarle la sensación inesperada y poco policial que había sentido. Era como si en su interior se hubiese roto el último dique. Y ese dique había sido una ilusión. Ahora sabía que ya no existían líneas invisibles de separación en el país. La violencia, que antes se concentraba en las grandes ciudades, también había invadido su propio distrito policial de una vez por todas. El mundo se había empequeñecido y agrandado al mismo tiempo.

La sensación de pena se convirtió luego en temor. Se volvió hacia Norén, que estaba muy pálido.

—Parece que se trata del mismo autor —dijo Norén.

Wallander asintió con la cabeza.

—¿Quién era? —preguntó.

—Se llama Arne Carlman. Es el propietario de la casa. Estaban celebrando la verbena.

—Vigila que nadie se marche de aquí. Averigua si alguien ha visto algo.

Wallander sacó su teléfono, marcó el número de la policía y preguntó por Hansson.

—Tiene mal aspecto —dijo cuando Hansson se puso.

—¿Muy malo?

—Me cuesta imaginarme algo peor. Casi seguro que es el mismo asesino que mató a Wetterstedt. A éste también le han arrancado la cabellera.

Wallander oyó respirar a Hansson.

—Tienes que movilizar a todos los efectivos —continuó Wallander—. Además quiero que venga Per Åkesson.

Wallander terminó la conversación antes de que Hansson tuviera tiempo de plantearle más preguntas. «¿Qué hago ahora?», pensó. «¿A quién tengo que buscar? ¿A un psicópata? ¿A un asesino que actúa con cuidado y calculadamente?»

En su interior, sin embargo, sabía qué tenía que hacer. Tenía que haber una relación entre Gustaf Wetterstedt y aquel hombre llamado Arne Carlman. Eso era lo primero que debía buscar.

Transcurridos veinte minutos empezaron a llegar los vehículos de emergencia. Cuando Wallander vio a Nyberg le llevó directamente a la glorieta.

—No es muy bonito que digamos —fue el primer comentario de Nyberg.

—Seguramente se trata del mismo hombre que le quitó la vida a Gustaf Wetterstedt —dijo Wallander—. Ha vuelto y ha atacado otra vez.

—Parece que no hay duda sobre cuál es el lugar del crimen esta vez —prosiguió Nyberg y señaló la sangre que había salpicado el seto y la pequeña mesa auxiliar.

—A éste también le han arrancado el pelo.

Nyberg llamó a sus ayudantes y se pusieron en marcha. Norén había reunido a todos los participantes de la fiesta en el establo. El jardín estaba extrañamente abandonado. Norén fue a recibir a Wallander y señaló hacia la casa.

—La esposa y los tres hijos se encuentran en el interior. Naturalmente están conmocionados.

—Quizá tendríamos que llamar a un médico.

—Ella misma lo ha hecho.

—Hablaré con ellos —dijo Wallander—. Cuando lleguen Martinsson, Ann-Britt y los demás, quiero que les digas que interroguen a los que puedan haber visto algo. El resto puede irse a casa. Pero anota los nombres y pídeles la documentación. ¿No hay testigos oculares?

—Nadie que se haya dado a conocer.

—¿Tienes idea de la hora?

Norén sacó una libreta del bolsillo.

—A las once y media se vio a Carlman con vida. A las dos le encontraron muerto. El asesinato tiene que haber ocurrido durante ese tiempo.

—Tiene que poderse acortar esa franja de tiempo —dijo Wallander—. Intenta encontrar al último que le vio con vida. Y, por supuesto, al que lo encontró.

Wallander se adentró en la casa. La parte destinada a vivienda estaba restaurada con sumo cuidado. Wallander entró en una habitación grande que servía de cocina, comedor y salón. Por todas partes colgaban óleos. En un rincón de la habitación, en unos sofás de piel negra, estaban sentados los familiares del fallecido. Una mujer de unos cincuenta años se levantó y fue a su encuentro.

—¿Señora Carlman? —preguntó Wallander.

—Sí, soy yo.

Wallander vio que había llorado. Buscó también indicios de que estuviera a punto de sufrir un ataque de nervios. Pero daba la impresión de estar sorprendentemente tranquila.

—Siento mucho lo ocurrido —dijo Wallander.

—Es horroroso.

Wallander notó algo mecánico en su respuesta. Reflexionó antes de hacerle la primera pregunta.

—¿Tiene usted idea de quién ha podido hacer esto?

—No.

Wallander pensó inmediatamente que la respuesta había sido demasiado rápida. Estaba preparada para la pregunta. «O sea que, en otras palabras, hay mucha gente que habría querido quitarle de en medio», se dijo a sí mismo.

—¿Puedo preguntar cuál era la ocupación de su marido?

—Era marchante de obras de arte.

Wallander se quedó petrificado. Ella interpretó equivocadamente su mirada concentrada y repitió la respuesta.

—La he oído —dijo Wallander—. Perdóneme un momento.

Wallander salió de nuevo afuera. Con todos sus sentidos alerta pensó en lo que la mujer de la casa le había dicho. Añadió aquello a lo que Lars Magnusson le había contado sobre los rumores que una vez habían rodeado a Gustaf Wetterstedt en el pasado. Se había tratado de robos de obras de arte. Y ahora un marchante de arte estaba muerto, asesinado por la misma mano que le había quitado la vida a Wetterstedt. Con un sentimiento de alivio y gratitud comprendió enseguida que había encontrado una relación entre los dos mucho antes de lo previsto. Estaba a punto de volver al interior cuando Ann-Britt Höglund apareció por la esquina de la casa. Estaba más pálida que nunca. Y muy tensa. Wallander recordó sus primeros años como investigador, cuando cada crimen violento cobraba una importancia personal. Rydberg le había enseñado desde el principio que un policía nunca debía identificarse con la víctima de un crimen. Wallander había tardado tiempo en aprender la lección.

—¿Uno más? —preguntó Ann-Britt.

—El mismo autor —contestó Wallander—. O autores. El patrón se repite.

—¿A éste también le han arrancado la cabellera?

—Sí.

Vio cómo sin querer retrocedía.

—Creo que ya he encontrado algo que une a estos dos hombres —continuó Wallander, y le explicó su teoría.

Mientras tanto, también habían llegado Svedberg y Martinsson. Wallander repitió lo que le había contado a Ann-Britt Höglund.

—Tenéis que hablar con los invitados —ordenó Wallander—. Si he entendido bien a Norén, por lo menos son cien. Y tendrán que identificarse antes de marcharse de aquí.

Wallander regresó a la casa. Arrastró una silla de madera y se sentó junto a los sofás donde la familia se encontraba reunida. Aparte de la viuda de Carlman, había dos chicos de unos veinte años y una chica que sería algo mayor. Todos parecían sorprendentemente tranquilos.

—Prometo preguntar sólo aquello que sea absolutamente necesario en este momento —dijo—. El resto puede esperar hasta más tarde.

Se produjo un silencio. Nadie dijo nada. Wallander comprendió que su primera pregunta era obvia.

—¿Sabéis quién es el autor del delito? —interrogó—. ¿Ha sido uno de los invitados?

—¿Quién si no? —respondió uno de los hijos. Tenía el pelo corto y rubio. Inquieto, Wallander se dio cuenta de que podía adivinarse un parecido con la cara deformada que había tenido que contemplar en la glorieta.

—¿Piensas en alguien en especial? —continuó Wallander.

El chico negó con la cabeza.

—No parece muy probable que alguien eligiera venir desde fuera mientras se celebra una gran fiesta —dijo la señora Carlman.

«Una persona con la suficiente sangre fría no lo dudaría», pensó Wallander. «O alguien que estuviera bastante loco. Alguien al que quizá no le importe si le atrapan o no.»

—Su marido era marchante de obras de arte —prosiguió Wallander—. ¿Puede explicarme qué significa eso?

—Mi marido cuenta con más de treinta galerías por todo el país —dijo—. También tiene galerías en los demás países nórdicos. Vende cuadros por catálogo. Alquila cuadros para las empresas. Cada año es el responsable de una gran cantidad de subastas de obras de arte. Y de muchas otras cosas.

—¿Puede haber tenido algunos enemigos?

—Un hombre con éxito siempre es poco querido por los que albergan las mismas ambiciones pero carecen de habilidad.

—¿Su marido le comentó alguna vez que se sentía amenazado?

—No.

Wallander miró a los hijos que estaban en el sofá. Casi todos negaron con la cabeza al mismo tiempo.

—¿Cuándo le vieron por última vez? —continuó.

—Bailé con él sobre las diez y media. Luego le vi pasar un par de veces más. Quizá serían las once cuando le vi por última vez.

Ninguno de los hijos le había visto más tarde. Wallander pensó que las otras preguntas podían esperar. Se guardó la libreta en el bolsillo y se levantó. Debería pronunciar algunas palabras de condolencia. Pero no las encontró. Saludó brevemente con la cabeza y abandonó la casa.

Suecia había ganado el partido de fútbol por tres a uno. El portero Ravelli había estado excelente; Camerún, olvidado y Martin Dahlin era genial con sus remates de cabeza. Wallander captaba fragmentos de las conversaciones que proseguían a su alrededor. Unía las piezas y sumaba. Ann-Britt Höglund y otros dos policías habían apostado por el resultado correcto. Wallander suponía que había reforzado su posición como el peor. No podía decidir si le irritaba o le alegraba.

Trabajaron dura y eficazmente durante las horas siguientes. Wallander había instalado un cuartel general provisional en un almacén contiguo al establo. Poco después de las cuatro de la mañana, Ann-Britt Höglund entró con una joven que hablaba con un marcado dialecto de Göteborg.

—Ella es la última persona que le vio con vida —anunció Ann-Britt—. Estuvo con Carlman en la glorieta un poco antes de la medianoche.

Wallander la invitó a sentarse. Dijo que se llamaba Madelaine Rhedin y que era pintora.

—¿Qué hicisteis en la glorieta? —preguntó Wallander.

—Arne quería que firmase un contrato.

—¿Qué tipo de contrato?

—Él se encargaría de la venta de mis pinturas.

—¿Y firmaste?

—Sí.

—¿Qué pasó después?

—Nada.

—¿Nada?

—Me levanté y me fui. Miré el reloj. Eran las doce menos tres minutos.

—¿Por qué miraste el reloj?

—Suelo hacerlo cuando sucede algo importante.

—¿El contrato era importante?

—Me iba a dar doscientas mil coronas el lunes. Para una artista pobre es un acontecimiento importante.

—¿Había alguien cerca cuando estabais en la glorieta?

—Nadie que yo pudiera ver.

—¿Y cuando te marchaste?

—No había nadie.

—¿Qué hizo Carlman cuando te fuiste?

—Se quedó sentado.

—¿Cómo lo sabes? ¿Te volviste?

—Dijo que iba a disfrutar del aire. No oí que se levantara.

—¿Parecía preocupado?

—No, estaba de buen humor.

Wallander dio por concluida la conversación.

—Intenta recordar —dijo—. Mañana tal vez te acuerdes de alguna cosa más. Sea lo que sea puede tener importancia. En ese caso quiero que nos llames.

Cuando salió de la habitación, Per Åkeson llegaba de la otra dirección. Tenía la cara completamente blanca. Se dejó caer con pesadez en la silla que Madelaine Rhedin acababa de dejar.

—Es lo más bestia que he visto nunca —dijo.

—No hacía falta que le mirases —comentó Wallander—. No era por eso por lo que te pedí que vinieras.

—No entiendo cómo lo soportas —dijo Åkeson.

—Yo tampoco —contestó Wallander.

Per Åkeson se puso serio.

—¿Es el mismo hombre que mató a Wetterstedt? —preguntó.

—Sin duda.

Se miraron el uno al otro y supieron que pensaban lo mismo.

—En otras palabras, ¿puede atacar de nuevo?

Wallander asintió con la cabeza. Åkeson hizo una mueca.

—Si nunca antes le habíamos dado prioridad a un caso, lo vamos a hacer ahora —dijo—. Supongo que necesitarás más gente. Puedo mover los hilos que haga falta.

—Todavía no —rechazó Wallander—. Un número destacado de policías podrá facilitar la detención de una persona de la que conocemos el nombre y las señas; pero aún no estamos en ese punto.

Luego le explicó lo que le había relatado Lars Magnusson y que Arne Carlman había sido marchante de obras de arte.

—Hay una relación —concluyó—. Y eso facilitará el trabajo.

Per Åkeson dudaba.

—Espero que no pongas demasiado pronto todos los huevos en el mismo cesto —advirtió.

—No cierro ninguna puerta —dijo Wallander—. Pero tengo que apoyarme en la pared que encuentro.

Per Åkeson se quedó una hora más antes de regresar a Ystad. Sobre las cinco de la mañana empezaron a aparecer los periodistas en la finca. Wallander llamó furioso a Ystad y le exigió a Hansson que se ocupara de los periodistas. En ese momento comprendió que no podían ocultar que a Arne Carlman le habían arrancado la cabellera. Hansson atendió una improvisada rueda de prensa sumamente caótica en medio de la carretera que llevaba a la finca. Mientras tanto, Martinsson, Svedberg y Ann-Britt Höglund fueron dejando marcharse uno a uno a los invitados después de un breve interrogatorio. Wallander conversó un buen rato con el escultor ebrio que había descubierto a Arne Carlman.

—¿Por qué saliste al jardín? —preguntó Wallander.

—Para vomitar.

—¿Y lo hiciste?

—Sí.

—¿Dónde?

—Detrás de uno de los manzanos.

—¿Qué pasó luego?

—Pensé sentarme a descansar en la glorieta.

—¿Qué ocurrió entonces?

—Le encontré.

Al decir esto, Wallander tuvo que interrumpir el interrogatorio porque el escultor volvió a marearse. Se levantó y bajó hasta la glorieta. El cielo era nítido; el sol ya estaba en lo alto. Wallander pensó que el día de San Juan sería cálido y hermoso. Cuando llegó a la glorieta, vio con alivio que Nyberg había cubierto la cabeza de Carlman con un plástico opaco. Nyberg estaba arrodillado junto al seto que separaba el jardín del campo de colza adyacente.

—¿Cómo va? —preguntó Wallander animándole.

—Hay un leve rastro de sangre aquí en el seto —dijo—. Tanto no puede haber salpicado desde la glorieta.

—¿Qué significa? —preguntó Wallander.

—A eso tienes que contestar tú —respondió Nyberg.

Señaló el seto.

—Precisamente aquí es poco frondoso —dijo—. Una persona de complexión no muy atlética podría haber entrado y salido del jardín por aquí. Vamos a ver qué encontramos por el otro lado. Pero propongo que me envíes un perro. Y cuanto antes mejor.

Wallander asintió con la cabeza.

El adiestrador llegó con el perro a las cinco y media de la mañana. Para entonces los últimos invitados ya estaban abandonando la finca. Wallander le saludó; se llamaba Eskilsson. El perro policía era viejo y tenía mucha experiencia. Respondía al nombre de *Skytt*.

El perro encontró enseguida el rastro en la glorieta y empezó a tirar en dirección al seto. Quiso atravesarlo justo por donde Nyberg había hallado la sangre. Eskilsson y Wallander encontraron otra zona en la que el seto también era poco frondoso y salieron al sendero para tractores que separaba la finca del campo de colza. El perro volvió a encontrar el rastro y lo siguió a lo largo del campo hacia un camino que se alejaba de la finca. Atendiendo a la sugerencia de Wallander, Eskilsson soltó al perro y le ordenó que buscara. Wallander sintió una repentina excitación en su interior. El perro buscó por el camino y llegó al final del campo de colza. Allí pareció perder la pista por un momento. Luego la recuperó y prosiguió la búsqueda en dirección a una colina que había al lado de un pantano. En la colina se perdió el rastro. Eskilsson buscó en varios sentidos sin que el perro encontrara el rastro de nuevo.

Wallander miró a su alrededor. Un árbol solitario, doblado por el viento, se erguía en la cima de la colina. Los restos de un viejo cuadro de bicicleta estaban medio enterrados en el suelo. Wallander se situó junto al árbol y contempló la finca a distancia. Se dio cuenta de que la vista general sobre el jardín era excelente. Con unos prismáticos se podría divisar quién estaba al aire libre en cada momento.

Wallander sintió un escalofrío. La sensación de que otra persona, para él desconocida, había estado en ese lugar con anterioridad durante la noche le llenó de malestar. Regresó al jardín. Hansson y Svedberg estaban sentados en la escalera de la casa. Tenían las caras grises por el cansancio.

—¿Dónde está Ann-Britt? —preguntó Wallander.

—Está dejando que se vaya el último invitado —respondió Svedberg.

—¿Y Martinsson? ¿Qué hace?

—Hablando por teléfono.

Wallander se sentó junto a los demás en la escalera. El sol ya calentaba.

—Tenemos que intentar aguantar un poquito más —dijo—. Cuando Ann-Britt acabe, regresaremos a Ystad. Tenemos que hacer un resumen de la situación y decidir cómo continuar a partir de ahora.

Nadie contestó. Tampoco era necesario. Ann-Britt Höglund salió del establo. Se puso en cuclillas delante de ellos.

—Que tanta gente vea tan poco —comentó con voz cansada—. Es más de lo que puedo comprender.

Eskilsson pasó con su perro. Luego se oyó la voz irritada de Nyberg desde la glorieta.

Martinsson apareció por la esquina de la casa. Llevaba un teléfono en la mano.

—Tal vez no venga a cuento ahora —dijo—. Pero ha llegado un mensaje de la Interpol. Creen haber identificado a la chica que se suicidó.

Wallander le miró sorprendido.

—¿La chica del campo de colza de Salomonsson?

—Sí.

Wallander se levantó.

—¿Quién es?

—No lo sé. Pero hay una nota en la comisaría.

Poco después se marcharon de Bjäresjö y regresaron a Ystad.

12

Dolores María Santana.

Eran las seis menos cuarto de la mañana del día de San Juan cuando Martinsson leyó el mensaje de la Interpol que identificaba a la chica que se había suicidado.

—¿De dónde procede? —preguntó Ann-Britt Höglund.

—El mensaje viene de la República Dominicana —respondió Martinsson—. Ha llegado vía Madrid.

Luego miró interrogativamente por la habitación.

Ann-Britt Höglund era quien conocía la respuesta.

—La República Dominicana es una mitad de la isla donde está Haití —contestó—. En el Caribe. ¿No se llama La Española?

—¿Cómo demonios ha llegado hasta aquí? —se preguntó Wallander—. Hasta el campo de colza de Salomonsson. ¿Quién es? ¿Qué más dice la Interpol?

—No he tenido tiempo de repasarlo detalladamente —dijo Martinsson—. Pero si lo he entendido bien, su padre la está buscando y la denunció como desaparecida en noviembre del año pasado. La denuncia está hecha en una ciudad llamada Santiago.

—En Chile, ¿no? —interrumpió Wallander atónito.

—Esta ciudad se llama Santiago de los Treinta Caballeros —dijo Martinsson—. ¿No hay ningún mapamundi por aquí?

—Sí, hay uno —anunció Svedberg, y se marchó.

Unos minutos más tarde volvió negando con la cabeza.

—Debe de haber sido un ejemplar particular de Björk —dijo—. No lo encuentro.

—Llama y despierta al librero —ordenó Wallander—. Quiero un mapa.

—¿Te das cuenta de que ni siquiera son las seis de la mañana del día de San Juan? —preguntó Svedberg.

—Lo siento. Llámalo. Y envía un coche a buscar el mapa.

Wallander sacó un billete de cien coronas de su cartera y se lo dio a Svedberg, que se fue a telefonear a la librería. Unos minutos más tarde habían sacado al somnoliento librero de la cama y el coche salió a recoger el mapa.

Se sirvieron café y entraron en la sala de conferencias cerrando la puerta tras sí. Hansson avisó que durante la hora siguiente no querían que los molestase nadie, excepto Nyberg. Wallander paseó la mirada alrededor de la mesa. Se encontró con las que le dirigían unas cuantas caras grises y exhaustas y se preguntó qué aspecto tendría él mismo.

—Tendremos que volver a la chica del campo de colza en otro momento —empezó—. Ahora debemos concentrarnos en lo que ha sucedido esta noche. Y ya podemos confirmar desde el principio que el autor es el mismo que mató a Gustaf Wetterstedt, que ha atacado de nuevo. El procedimiento es el mismo, aunque a Carlman le han asestado el hachazo en la cabeza y a Wetterstedt le partieron la columna. Pero a los dos les han arrancado la cabellera.

—Nunca he visto nada igual —dijo Svedberg—. El que ha hecho esto debe de ser una bestia.

Wallander levantó la mano para protestar.

—Déjame acabar —continuó—. Sabemos algo más. Que Carlman era marchante de obras de arte. Y ahora os explicaré algo que supe ayer.

Wallander narró su conversación con Lars Magnusson, los rumores que una vez habían rodeado a Gustaf Wetterstedt.

—En otras palabras, tenemos una posible relación —acabó—. Las palabras clave son arte, robos de obras de arte y venta de obras de arte robadas. Y allí donde encontremos el nexo, tal vez también hallemos al autor de los delitos.

Hubo un silencio. Todos parecían considerar lo que Wallander había dicho.

—En otras palabras, sabemos en qué concentrar el trabajo de investigación —prosiguió Wallander—. Hay que buscar el punto de encuentro entre Wetterstedt y Carlman. Pero eso implica que tenemos otro problema.

Miró a los presentes y comprendió que entendían lo que quería decir.

—Este hombre puede atacar otra vez —dijo Wallander—. No sabemos por qué ha matado a Wetterstedt y a Carlman. Por tanto tampoco sabemos si irá a por otras personas. No sabemos a por quiénes. Lo único que podemos esperar es que los que puedan estar en peligro se den ellos mismos cuenta de ello.

—Hay algo que no sabemos —dijo Martinsson—. Ese hombre, ¿está loco o no? Desconocemos si el motivo es la venganza u otra cosa. Ni siquiera podemos estar seguros de que el autor no se haya inventado un motivo que no tenga nada que ver con sucesos reales. Nadie puede predecir qué ocurrirá en una mente ofuscada.

—Tienes razón, por supuesto —contestó Wallander—. Nos moveremos entre multitud de factores difusos.

—Tal vez sólo hayamos visto el principio —dijo Hansson con pesimismo—. ¿Realmente puede ser tan terrible que tengamos que vérnoslas con un asesino en serie?

—Sí, puede ser tan terrible —respondió Wallander con decisión—. Por eso creo que debemos pedir ayuda externa ya desde el principio. Sobre todo del departamento Psiquiátrico Forense de Estocolmo. El modo de actuar de este hombre es tan particular, más incluso si se piensa en las cabelleras que se lleva, que tal vez puedan hacer lo que se llama un perfil psicológico del autor del delito.

—Ese hombre ¿ha asesinado antes? —preguntó Svedberg—. ¿O ha empezado ahora?

—No lo sé —respondió Wallander—. Pero es cauteloso. Presiento que planifica minuciosamente lo que va a hacer. Y cuando ataca, no duda. Puede haber al menos dos razones para ello. Una es que no quiere que le atrapen; la otra, que no quiere que le interrumpan antes de terminar lo que ha decidido hacer.

Debido a las últimas palabras de Wallander, un aire de malestar atravesó la habitación.

—Éste es nuestro punto de partida —dijo para acabar—. ¿Dónde está la conexión entre Wetterstedt y Carlman? ¿Dónde se atan los cabos? Eso es lo que tenemos que aclarar. Y lo tenemos que hacer lo antes posible.

—También debemos tener en cuenta que quizá ya no podamos trabajar en paz —añadió Hansson—. Los periodistas revolotearán alrededor de nosotros. Saben que a Carlman le arrancaron la cabellera. Tienen la ansiada noticia. Por alguna extraña razón, a los suecos les encanta leer sobre crímenes violentos cuando están de vacaciones.

—Tal vez no sea del todo malo —dijo Wallander—. Por lo menos puede alertar a los que quizá tengan motivos para temer estar en la lista del asesino.

—Deberíamos insistir en que buscamos posibles informaciones o pistas de la población —dijo Ann-Britt Höglund—. Supongamos que tienes razón, que el asesino sigue una lista, y que tal vez quienes estén amenazados se den cuenta. Entonces debería existir la posibilidad de que alguno de ellos sepa, o sospeche, quién es el asesino.

—Tienes razón —afirmó Wallander volviéndose hacia Hansson—. Anuncia una rueda de prensa cuanto antes. Allí diremos absolutamente todo lo que sabemos. Que buscamos un único asesino y que necesitamos toda la información que nos puedan facilitar.

Svedberg se levantó y abrió una ventana. Martinsson bostezó de manera audible.

—Todos estamos cansados —dijo Wallander—. Aun así, tenemos que continuar. Procurad dormir cuando dispongáis de un momento.

Llamaron a la puerta. Un policía entregó un mapa. Lo desplegaron encima de la mesa y buscaron la República Dominicana y la ciudad de Santiago.

—Tendremos que esperar con esa chica —sugirió Wallander—. No podemos con todo ahora.

—De todas maneras enviaré una respuesta —dijo Martinsson—. Y siempre podemos pedir información adicional sobre su desaparición.

—Me pregunto cómo habrá llegado hasta aquí —murmuró Wallander.

—El mensaje de la Interpol dice que tenía diecisiete años —informó Martinsson—. Y medía un poco más de un metro sesenta.

—Envía una descripción de la joya —dijo Wallander—. Si el padre la puede identificar estará todo resuelto.

A las siete y diez abandonaron la sala de conferencias. Martinsson fue a casa para hablar con su familia y cancelar un viaje a la isla de Bornholm. Svedberg bajó al sótano a ducharse. Hansson desapareció por el pasillo para organizar el encuentro con la prensa. Wallander acompañó a Ann-Britt Höglund a su despacho.

—¿Lo atraparemos? —preguntó ella muy seria.

—No lo sé —fue la respuesta de Wallander—. Tenemos una pista que parece segura. Podemos desechar todas las ideas de que sea un asesino que mate al que casualmente se encuentre en su camino. Está buscando algo. Las cabelleras son sus trofeos.

Ella se sentó en su silla mientras Wallander permaneció apoyado en el marco de la puerta.

—¿Por qué uno se lleva trofeos? —preguntó.

—Para presumir con ellos.

—¿Consigo mismo o con otros?

—Ambas cosas.

De repente comprendió por qué había preguntado por los trofeos.

—¿Piensas que ha arrancado las cabelleras para enseñárselas a alguien?

—No podemos excluirlo —contestó.

—No —dijo Wallander—. No podemos excluirlo. Ni eso ni ninguna otra cosa.

Estaba a punto de abandonar el despacho cuando se volvió.

—¿Llamas tú a Estocolmo? —preguntó Wallander.

—Hoy es San Juan —dijo ella—. No creo que estén de guardia.

—Entonces tendrás que llamar a casa de alguien —añadió Wallander—. Como no sabemos si va a atacar de nuevo, no podemos perder tiempo.

Wallander se dirigió a su despacho y se dejó caer en la silla de las visitas. Una de las patas crujía de manera sospechosa. La cabeza le dolía por el cansancio, la echó hacia atrás y cerró los ojos. En un momento se había dormido.

Se despertó de un sobresalto cuando alguien entró en el despacho. Miró rápidamente el reloj de pulsera y vio que había estado durmiendo cerca de una hora. El dolor de cabeza persistía. De todas maneras, se sintió algo menos cansado.

Era Nyberg quien había entrado. Tenía los ojos enrojecidos y el pelo alborotado.

—No era mi intención despertarte —se disculpó.

—Sólo estaba descansando —contestó Wallander—. ¿Tienes algo nuevo?

Nyberg negó con la cabeza.

—No mucho —dijo—. Lo único que me puedo imaginar es que el asesino de Carlman debió de quedar manchado de sangre. Anticipándose a la investigación forense, creo que se puede confirmar que el golpe vino directamente de arriba. Eso significa que el que asía el hacha estaba muy cerca.

—¿Estás seguro de que se trata de un hacha?

—No estoy seguro de nada —replicó Nyberg—. Naturalmente puede haber sido un sable grueso. U otra cosa, pero parecía que la cabeza estaba seccionada como un trozo de leña.

Wallander se mareó enseguida.

—Ya basta —dijo—. O sea, que el asesino se habrá manchado la ropa de sangre. Alguien puede haberle visto. Eso excluye a los invitados a la fiesta. Nadie estaba manchado de sangre.

—Hemos buscado a lo largo del seto —continuó Nyberg—. Indagamos a lo largo del campo de colza y hacia esa colina. El granjero que tiene el campo alrededor de la finca de Carlman me preguntó si podía segar la colza. Le dije que sí.

—Hiciste bien —dijo Wallander—. ¿No es muy tarde este año?

—Creo que sí —afirmó Nyberg—. Ya es San Juan.

—La colina —dijo Wallander.

—Alguien estuvo allí —aseguró Nyberg—. La hierba estaba pisoteada. En un sitio parece como si hubiese estado sentado alguien. Hemos tomado muestras de la hierba y de la tierra.

—¿Nada más?

—No creo que la vieja bicicleta tenga interés para nosotros —dijo Nyberg.

—El perro policía perdió el rastro —prosiguió Wallander—. ¿Por qué?

—Eso se lo tendrías que preguntar al adiestrador del perro —contestó Nyberg—. Pero puede ocurrir que una sustancia extraña se vuelva de repente tan fuerte que el perro pierda el rastro anterior. Hay muchas explicaciones a por qué un rastro misteriosamente se pierde de repente.

Wallander reflexionó sobre lo que Nyberg había dicho.

—Ve a casa a dormir —le ordenó después—. Pareces destrozado.

—Lo estoy —contestó Nyberg.

Cuando Nyberg se había marchado, Wallander entró en el comedor y se preparó un bocadillo. Una chica de la recepción fue a entregarle un montón de avisos de llamadas telefónicas. Los ojeó y vio que eran de los periodistas. Estuvo pensando si ir a casa a cambiarse de ropa. Luego se decidió por otra cosa totalmente diferente. Llamó a la puerta de Hansson y le comunicó que se iba a la finca de Carlman.

—He avisado que vamos a hablar con la prensa a la una —explicó Hansson.

—Para entonces estaré de vuelta —contestó Wallander—. Pero si no ocurre nada especial no quiero que me busquéis allí. Necesito pensar.

—Y todos necesitamos dormir —dijo Hansson—. Nunca me habría imaginado que tuviéramos un infierno como éste.

—Siempre llega cuando menos lo esperas —agregó Wallander.

Se fue a Bjäresjö en la hermosa mañana veraniega con la ventanilla lateral del coche abierto. Pensaba que hoy tendría que visitar a su padre. Además llamaría a Linda. Al día siguiente Baiba estaría de vuelta en Riga después de su viaje a Tallinn. En menos de quince días empezaban sus vacaciones.

Aparcó el coche junto al cordón policial que rodeaba la extensa finca de Carlman. Se habían formado pequeños grupos de curiosos en la carretera. Wallander saludó con la cabeza al policía que estaba de guardia en el cordón policial. Luego dio la vuelta al jardín y siguió el sendero hacia la colina. Se colocó en el lugar en el que el perro había perdido el rastro y miró a su alrededor.

«Había elegido la colina con cuidado. Desde aquí podía ver todo lo que acontecía en el jardín. También tiene que haber oído la música del establo. A medida que avanzaba la tarde había menos gente en el jardín. Los asistentes a la fiesta coinciden en que la gente iba entrando. Sobre las once y media, Carlman viene caminando hacia la glorieta en compañía de Madelaine Rhedin. ¿Qué haces entonces?»

Wallander no respondió a su propia pregunta, sino que se volvió y contempló la parte posterior de la colina. En la falda había unas huellas de tractor. Siguió la pendiente de hierba hasta la carretera. En una dirección, las huellas del tractor llevaban hacia un bosquecillo, en la otra hacia un camino que iba hasta la carretera principal de Malmö y de Ystad. Wallander siguió las huellas del tractor hacia el bosquecillo. Se adentró en la sombra de un grupo de altas hayas. La luz del sol brillaba entre el follaje. El suelo desprendía olor a humus. Las huellas de tractor acababan en un lugar de tala, donde unos árboles recién cortados y descortezados esperaban para ser transportados a su destino. Wallander buscó en vano un sendero que saliese de allí. Intentó imaginarse el mapa de carreteras. Si alguien quisiera alcanzar la carretera principal desde el hayal, tendría que atravesar dos casas y varios campos. Calculó la distancia hasta la carretera principal en unos dos kilómetros. Después regresó por el mismo camino por el que había ido y continuó hacia el otro lado. Tras recorrer casi un kilómetro llegó al lugar en el que la carretera secundaria confluía con la E 65. La carretera estaba llena de huellas de coches. Junto a ella se encontraba una caseta del departamento de Obras Públicas. Empujó la puerta. Al ver que estaba cerrada con llave, se quedó completamente quieto y miró a su alrededor. Luego fue a la parte posterior de la caseta. Allí había una lona doblada y unos tubos de hierro. Estaba a punto de marcharse cuando sus ojos descubrieron algo en el suelo. Se agachó y vio que era un trozo de una bolsa de papel marrón. Tenía unas manchas oscuras. Lo tomó con cuidado entre el índice y el pulgar y lo levantó. No podía distinguir qué tipo de manchas eran. Con precaución volvió a depositar el trozo de papel en el suelo. Dedicó los minutos siguientes a examinar minuciosamente la zona trasera de la caseta. Pero hasta que no miró debajo de la misma, que estaba montada sobre cuatro bloques de hormigón, no encontró el resto de la bolsa de papel. Alargó el brazo y la sacó. Enseguida vio que el trozo había sido arrancado de la bolsa. Pero en la propia bolsa no había manchas. Pensativo, se quedó inmóvil; dejó la bolsa y llamó a la comisaría. Encontró a Martinsson, que acababa de regresar de su casa.

—Necesito a Eskilsson y a su perro —dijo Wallander.

—¿Dónde estás? ¿Ha ocurrido algo?

—Estoy cerca de la finca de Carlman —contestó Wallander—. Sólo quiero cerciorarme de una cosa.

Martinsson prometió contactar con Eskilsson. Wallander describió el lugar en el que se encontraba.

Después de media hora, Eskilsson llegó con su perro. Wallander le explicó lo que quería.

—Ve a la colina en la que el perro perdió el rastro —ordenó—. Luego vuelves aquí.

Eskilsson desapareció. Unos diez minutos después estaba de vuelta. Wallander vio que el perro había dejado de buscar. Pero en cuanto llegó a la caseta, reaccionó. Eskilsson miró interrogativamente a Wallander.

—Suéltalo —dijo Wallander.

El perro se fue directamente al trozo de papel y lo marcó. Pero en cuanto Eskilsson intentó que continuase la búsqueda lo dejó. El rastro se había perdido de nuevo.

—¿Es sangre? —preguntó Eskilsson señalando el trozo de papel.

—Creo que sí —dijo Wallander—. En cualquier caso hemos encontrado algo relacionado con el hombre que estuvo arriba en la colina.

Eskilsson se marchó con el perro. Wallander iba a llamar a Nyberg cuando descubrió que llevaba una bolsa de plástico en uno de los bolsillos. Recordó que la tenía desde la investigación forense del chalet de Wetterstedt. Con cuidado introdujo el trozo de papel.

«No habrás tardado muchos minutos en llegar hasta este lugar desde la finca de Carlman. Probablemente aquí había una bicicleta. Te habrás cambiado de ropa porque estarías manchado de sangre. Pero también has limpiado algún objeto. Tal vez un cuchillo o un hacha. Luego te has marchado, hacia Malmö o hacia Ystad. Tal vez has cruzado la carretera principal y has tomado uno de los caminos que atraviesan esta región. Por ahora te puedo seguir hasta aquí; sin embargo, no puedo ir más allá.»

Wallander regresó a la finca de Carlman para recoger el coche. Preguntó al policía que vigilaba el cordón policial si la familia continuaba allí.

—No les he visto —le contestó—. Pero nadie ha abandonado la casa.

Wallander asintió con la cabeza y se dirigió a su coche. Muchos curiosos estaban detrás del cordón policial. Wallander les echó una rápida mirada y se preguntó cómo la gente podía sacrificar una hermosa mañana estival por la posibilidad olfatear la sangre.

Hasta que no se había alejado con el coche no se percató de que había percibido algo importante sin reaccionar. Redujo la velocidad e intentó recordar qué era.

Tenía algo que ver con la gente que se encontraba fuera del cordón. ¿Qué fue lo que había pensado sobre la gente que sacrificaba una mañana de verano por oler la sangre?

Frenó y viró en la carretera. Al volver a la casa de Carlman todavía quedaban algunos curiosos más allá del cordón policial. Wallander paseó la mirada por su alrededor sin encontrar una explicación a su reacción. Preguntó al policía si uno de los curiosos acababa de marcharse.

—Es posible. La gente va y viene todo el rato.

—¿No recuerdas a nadie en especial?

El policía pensó.

—No.

Wallander regresó a su coche.

Eran las nueve y diez minutos de la mañana del día de San Juan.

13

Cuando Wallander regresó a la comisaría poco antes de las nueve y media, la chica de la recepción le comunicó que una visita le estaba esperando en su despacho. Por una vez, Wallander perdió el control por completo y empezó a gritar a la chica, que era una sustituta de verano. Le gritó que a nadie, fuera quien fuere, se le podía dejar entrar y esperar en su despacho. Luego caminó con pasos enérgicos por el pasillo y abrió la puerta de un golpe seco.

Era su padre quien estaba sentado en la silla de visitas, mirándolo.

—Vaya manera de tratar las puertas —dijo el padre—. Casi diría que estás enfadado.

—Sólo me dijeron que alguien me estaba esperando en mi despacho —dijo Wallander atónito y como disculpándose—. Pero no que eras tú.

Wallander pensó que era la primera vez que su padre le visitaba en el trabajo. Nunca antes había ocurrido. Durante la época que Wallander usaba uniforme su padre le negaba la entrada en su casa si no iba de paisano. Ahora estaba sentado en la silla de las visitas y Wallander vio que llevaba su mejor traje.

—Tengo que admitir que me has sorprendido —dijo Wallander—. ¿Quién te ha traído?

—Mi mujer tiene carné y coche —contestó el padre—. Ha ido a visitar a un familiar mientras yo te vengo a ver a ti. ¿Viste el partido anoche?

—No. Estuve trabajando.

—Fue estupendo. Me acuerdo de cómo fue en 1958, cuando el Mundial se celebró en Suecia.

—¡A ti nunca te ha interesado el fútbol!

—Siempre me ha gustado el fútbol.

Wallander le miró extrañado.

—No lo sabía.

—Hay muchas cosas que tú no sabes. En 1958, Suecia tenía un defensa llamado Sven Axbom. Me acuerdo de que tenía grandes problemas con uno de los extremos de Brasil. ¿Lo has olvidado?

—¿Cuántos años tenía yo entonces? Apenas había nacido.

—Nunca te gustó mucho el fútbol. Quizá por eso te hiciste policía.

—Yo había apostado por Rusia como vencedor —dijo Wallander.

—Me lo creo, sí —contestó el padre—. Yo puse dos a cero. Gertrud, en cambio, fue más cautelosa. Creyó que empatarían a uno.

La conversación sobre fútbol se acabó.

—¿Quieres café? —preguntó Wallander.

—Sí, por favor.

Wallander salió a buscar café. En el pasillo se encontró con Hansson.

—Procura que no me molesten durante la próxima media hora —dijo.

Hansson frunció el ceño preocupado.

—Es imprescindible que hable contigo.

A Wallander le irritó la manera tan estirada de hablar de Hansson.

—Dentro de media hora —repitió—. Entonces podrás hablar todo lo que quieras.

Volvió a su despacho y cerró la puerta. Su padre tomó el vaso de plástico entre sus manos. Wallander se sentó detrás del escritorio.

—Tengo que admitir que ha sido una sorpresa —insistió—. Nunca pensé que te vería aquí en la comisaría.

—Es inesperado para mí también —contestó su padre—. No habría venido si no hubiera sido absolutamente necesario.

Wallander dejó el vaso de plástico encima del escritorio. Debería haberse dado cuenta desde el primer momento de que debía de ser una cosa muy importante la que hiciese que su padre le visitase en la comisaría.

—¿Ha ocurrido algo? —preguntó Wallander.

—Sólo es que estoy enfermo —respondió su padre.

Wallander notó inmediatamente una presión en el estómago.

—¿Qué dices? —preguntó.

—Estoy perdiendo la razón —continuó su padre—. Es una enfermedad que tiene un nombre del que no me acuerdo. Es como volverse senil. Puede que me vuelva agresivo. Y puede ocurrir rápidamente.

Wallander sabía de qué hablaba su padre. Recordó que la madre de Svedberg había sufrido esa enfermedad. Pero tampoco él recordaba el nombre.

—¿Cómo lo sabes? —preguntó—. ¿Has ido al médico? ¿Por qué no me has dicho nada antes?

—Incluso he visitado a un especialista en Lund —prosiguió el padre—. Gertrud me ha llevado.

Su padre guardó silencio y se bebió el café. Wallander no sabía qué decir.

—En realidad he venido aquí para pedirte algo —dijo su padre mirándolo—. Si no es pedir demasiado.

En ese instante sonó el teléfono. Wallander descolgó sin contestar.

—Puedo esperar —dijo su padre.

—He avisado de que no quiero que me molesten. Mejor dime lo que quieres.

—Siempre he soñado con ir a Italia —dijo su padre—. Me gustaría ir antes de que sea demasiado tarde. Y había pensado ir contigo. Gertrud no tiene nada que hacer en Italia. Ni siquiera creo que le gustase ir. Y yo lo pagaré todo. Tengo dinero para eso.

Wallander miró a su padre. Parecía pequeño y encogido allí en la silla. Era como si hasta ese momento no fuese tan viejo como realmente era. Estaba aproximándose a los ochenta.

—Naturalmente que iremos a Italia —dijo Wallander—. ¿Cuándo habías pensado ir?

—Tal vez sea mejor no esperar demasiado —contestó—. He oído que no hace excesivo calor en septiembre. Aunque entonces quizá tú no puedas ir.

—Me puedo tomar una semana sin problemas. Pero ¿quizás habías pensado estar más tiempo?

—Una semana estará bien.

El padre se inclinó hacia delante y dejó el vaso. Luego se levantó.

—Ahora no te molestaré más —dijo—. Esperaré a Gertrud ahí fuera.

—Es mejor que te quedes aquí —sugirió Wallander.

El padre hizo un movimiento de rechazo con el bastón.

—Tienes mucho que hacer —dijo—. Sea lo que sea. Esperaré fuera.

Wallander le acompañó hasta la recepción, y allí se sentó en un sofá.

—No quiero que esperes aquí —dijo su padre—. Gertrud vendrá enseguida.

Wallander asintió con la cabeza.

—Claro que iremos a Italia —añadió—. Iré a verte en cuanto tenga tiempo.

—Puede que sea un viaje agradable —dijo el padre—. Nunca se sabe.

Wallander le dejó y se acercó a la chica de la recepción.

—Te pido perdón —se disculpó—. Hiciste muy bien en dejar esperar a mi padre en mi despacho.

Volvió a su despacho. De repente notó que sus ojos se llenaban de lágrimas. Aunque la relación con su padre era tensa y marcada por la mala conciencia, sentía una gran pena porque ahora se estaba alejando de él. Se colocó junto a la ventana y contempló el hermoso tiempo veraniego. «Hubo una época en la que estábamos tan unidos que nada podía separarnos. Fue aquella vez cuando los Jinetes de Seda, como les llamabas, venían en sus coches americanos de superlujo y compraban tus cuadros. Ya entonces hablabas de ir a Italia. En otra ocasión, hace solamente unos años, empezaste a caminar hacia Italia. Entonces te encontré, en pijama, con una maleta en la mano en medio de un campo. Pero ahora haremos ese viaje. Y no permitiré que nada lo impida.»

Wallander volvió a su escritorio y llamó a su hermana a Estocolmo. El contestador automático le informó de que no estaría de vuelta hasta la noche.

Tardó un buen rato en sacarse de la cabeza la visita de su padre y concentrarse de nuevo en la investigación. Estaba preocupado y le costaba serenarse. Aún se negaba a comprender la importancia de lo que había oído. No quería aceptar que fuese verdad.

Después de hablar con Hansson hizo un amplio resumen y un análisis de la situación del caso. Un poco antes de las once llamó a casa de Per Åkeson y le informó sobre sus puntos de vista. Al acabar la conversación se fue a casa, en la calle de Mariagatan, se duchó y se cambió de ropa. A las doce estaba de nuevo en la comisaría. Camino de su despacho fue a buscar a Ann-Britt Höglund. Le contó lo del papel manchado de sangre que había encontrado detrás de la caseta de los trabajadores de Obras Públicas.

—¿Has encontrado a los psicólogos de Estocolmo? —preguntó.

—Encontré a una persona llamada Roland Möller —contestó ella—. Estaba en su casa de campo a las afueras de

Vaxholm. Todo lo que hace falta es que Hansson, como jefe en funciones, realice una petición formal.

—¿Has hablado con él?

—Sí, ya lo ha hecho.

—Bien —dijo Wallander—. Hablemos de otra cosa totalmente diferente. Si te comento que los criminales vuelven al lugar del crimen, ¿qué dices entonces?

—Que tiene tanto de mito como de certeza.

—¿En qué sentido es un mito?

—Porque se supone que es algo que ocurre siempre.

—¿Y qué dice la realidad?

—Que ocurre de vez en cuando. El ejemplo más clásico de nuestra historia judicial es de aquí, de Escania. El policía que al principio de los cincuenta cometió unos cuantos asesinatos y luego participó en la investigación de lo ocurrido.

—No es un buen ejemplo —objetó Wallander—. Se vio obligado a volver. Yo hablo de los que regresan por propia voluntad. ¿Por qué lo hacen?

—Para desafiar a la policía. Para reforzar su propia autoestima. O para informarse de lo que la policía realmente ha averiguado.

Wallander asintió pensativamente con la cabeza.

—¿Por qué preguntas todo esto?

—Tuve una sensación curiosa —respondió Wallander—. Me pareció ver en la finca de Carlman a alguien que ya había visto en la playa. Cuando investigamos el asesinato de Wetterstedt.

—¿Quién dice que no pueda ser la misma persona? —dijo ella sorprendida.

—Nadie, naturalmente. Sin embargo, había algo especial en esa persona. Sólo que no puedo recordar qué.

—No creo que te pueda ayudar.

—Lo sé —dijo Wallander—. Pero a partir de ahora quiero que se fotografíe muy discretamente a todos los que miren desde fuera del cordón policial.

—¿A partir de ahora?

Wallander se dio cuenta de que había dicho demasiado. Golpeó tres veces el escritorio con el dedo índice.

—Naturalmente, espero que no ocurra nada más —dijo—. Pero por si acaso.

Wallander acompañó a Ann-Britt Höglund a su despacho. Luego salió de la comisaría. Su padre ya no estaba en el sofá. Se dirigió a un puesto de comida rápida que había en una de las salidas de la ciudad y se comió una hamburguesa. En un termómetro, vio que estaban a veintiséis grados. A la una menos cuarto se encontraba de nuevo en la comisaría.

La rueda de prensa de ese día de San Juan en la comisaría de Ystad fue extraordinaria por la manera en que Wallander perdió el control por completo y dejó la sala antes de que hubiese acabado. Además, después se negó a disculparse. La mayoría de sus colegas opinaban que había actuado correctamente. Al día siguiente, sin embargo, Wallander recibió una llamada telefónica de la Jefatura Nacional de Policía; en el transcurso de la misma un mando engreído con cargo de director le advirtió sobre lo inoportuno de que los policías profiriesen palabras necias contra los periodistas. La relación entre los medios de comunicación y el cuerpo de policía ya era muy tensa y no soportaría presiones adicionales.

Fue hacia el final de la rueda de prensa cuando sucedió. Un periodista de un diario vespertino empezó a presionar a Wallander con preguntas concretas sobre el hecho de que el desconocido asesino arrancase la cabellera a las víctimas. Wallander intentó en la medida de lo posible mantenerlo en un plano en el que pudiese evitar tener que dar detalles demasiado sangrientos. Se contentó con decir que le habían arrancado un pedazo del cabello tanto a Wetterstedt como a Carlman. Pero el periodista no se daba por satisfecho. Siguió pidiendo detalles, aunque Wallander se negaba a añadir nada más, alegando razones técnicas de la investigación. A Wallander le torturaba un terrible dolor de cabeza. El periodista sostuvo que la obligación de Wallander era haber alegado, desde el principio, razones técnicas de la investigación para no tener que dar una información más detallada sobre las cabelleras arrancadas, y que hacerlo ahora, al final de la rueda de prensa, parecía una mera hipocresía. Wallander no pudo dominarse y se levantó tras golpear con fuerza la mesa con el puño.

—¡No permito que ningún periodista impertinente acuse a la policía de no saber poner límites a su trabajo! —rugió.

Las cámaras dispararon sus flashes. Luego concluyó rápidamente la rueda de prensa y abandonó la sala. Más tarde, cuando se hubo calmado, pidió disculpas a Hansson por haberse sobrepasado.

—No creo que tus disculpas cambien el contenido de ciertos titulares mañana —contestó Hansson.

—Era necesario poner un límite —dijo Wallander.

—Por supuesto que te doy la razón —dijo Hansson—. Pero sospecho que no todo el mundo lo hará.

—Me pueden suspender —dijo Wallander—. Me pueden destituir. Pero no me disculparé ante ese cabrón de periodista.

—La excusa se formulará discretamente por parte de la Jefatura Nacional al redactor jefe del periódico —dijo Hansson—. Sin que nosotros tengamos constancia de ello.

A las cuatro de la tarde el equipo de investigación se reunió a puerta cerrada. Hansson había dado órdenes estrictas de no ser molestados. A petición de Wallander, un coche fue a buscar a Per Åkeson. Sabía que las decisiones que se tomasen esa tarde podrían llegar a ser concluyentes. Tendrían que apuntar en varias direcciones a la vez. Mantener todas las puertas abiertas. Pero al mismo tiempo Wallander comprendió que deberían concentrarse en la pista central. Después de que Ann-Britt Höglund le diera un par de pastillas para el dolor de cabeza, Wallander se ensimismó durante unos quince minutos y reflexionó sobre lo que Lars Magnusson le había dicho, y sobre el hecho de que existiera un denominador común entre Wetterstedt y Carlman. ¿O había otra cosa de la que no se hubiese percatado? Buscaba en su cansado cerebro sin encontrar ninguna razón de peso para cambiar de idea. Por ahora concentrarían las investigaciones en la pista central, que giraba en torno al negocio del arte y los robos de obras de arte. Se verían obligados a ahondar en los rumores alrededor de Wetterstedt de hacía casi treinta años, y tendrían que hacerlo deprisa. Wallander, además, no albergaba ilusiones de obtener mucha ayuda por el camino. Lars Magnusson le había hablado de los agentes funerarios que limpiaban en las salas iluminadas y en los callejones oscuros por los que se movían los servidores del poder. Era allí dentro donde tendrían que iluminar con sus linternas, y sería muy difícil.

La reunión de investigación, que empezó a las cuatro en punto, fue una de las más largas a las que Wallander jamás había asistido. Estuvieron reunidos durante casi nueve horas antes de que Hansson la diese por concluida. Para entonces todos estaban demacrados por el cansancio. El tubo de pastillas para el dolor de cabeza de Ann-Britt Höglund había ido de mano en mano y ahora estaba vacío. Una montaña de vasos de café cubría la mesa. Cajas de pizzas a medio comer se amontonaban en un rincón de la habitación.

Wallander comprendió que esa larga reunión del equipo de investigación también había sido una de las mejores a las que había asistido como policía de homicidios. La concentración estaba omnipresente, todos contribuyeron con sus opiniones y la planificación de las pesquisas surgió como el resultado de la voluntad unísona de pensar con lógica. Después de que Svedberg repasara las conversaciones telefónicas que había mantenido con los dos hijos de Wetterstedt y su última ex esposa, aún no tenían un motivo. Hansson, además, había tenido tiempo de hablar con el hombre casi octogenario que había sido el secretario del partido durante la época de ministro de Justicia de Wetterstedt, sin que hubiese aportado nada sensacional. Le confirmaron que Wetterstedt fue muy polémico entre los miembros del partido. Pero nadie pudo negar su lealtad al mismo. Martinsson había mantenido una larga conversación con la viuda de Carlman. Todavía estaba bastante serena, aunque Martinsson opinaba que parecía estar bajo los efectos de calmantes. Ni ella ni sus hijos habían podido imaginar un móvil del asesinato que fuese evidente. Wallander, por su parte, relató su conversación con Sara Björklund, «la chacha». Después contó cómo había descubierto que la bombilla de la farola del jardín había sido desenroscada. Para concluir la primera parte de la reunión, relató cómo había encontrado el papel manchado de sangre detrás de una de las casetas de Obras Públicas.

Ninguno de los presentes se dio cuenta de que todo el tiempo también pensaba en su padre. Más tarde le preguntó a Ann-Britt Höglund si ella había notado lo disperso que había estado toda la tarde. Ann-Britt le contestó que le sorprendía que dijese eso porque parecía haber estado más entero y concentrado que nunca.

Sobre las nueve de la noche abrieron las ventanas de la sala e hicieron una pausa. Martinsson y Ann-Britt Höglund telefonearon a sus casas y Wallander pudo por fin encontrar a su hermana. Ella rompió a llorar cuando le habló de la visita de su padre y de que ahora se estaba alejando de ellos. Wallander intentó consolarla como pudo, pero también él luchaba contra el nudo que se le formaba en la garganta. Finalmente acordaron que ella llamaría a Gertrud al día siguiente y que iría a visitarle cuanto antes. Antes de terminar la conversación ella le preguntó si creía que su padre podía soportar un viaje a Italia. Wallander contestó la verdad, que no lo sabía. Pero defendió el viaje y le recordó que su padre, desde que eran niños, siempre había soñado con ir alguna vez en la vida a Italia.

Durante la pausa Wallander también intentó localizar a Linda. Después de quince tonos, desistió. Enfadado, decidió que le daría dinero para comprar un contestador automático.

De regreso a la sala de reuniones, Wallander abordó el tema de la conexión. Era eso lo que deberían buscar, pero sin excluir otras posibilidades.

—La viuda de Carlman estaba segura de que su marido nunca se había relacionado con Wetterstedt —dijo Martinsson—. Tampoco los hijos sabían nada. Buscaron en todas sus agendas sin encontrar el nombre de Wetterstedt.

—Arne Carlman tampoco aparecía en la agenda de Wetterstedt —añadió Ann-Britt Höglund.

—O sea, que el nexo es invisible —dijo Wallander—. Invisible o, mejor dicho, en la sombra. En alguna parte tenemos que encontrar un vínculo. Si lo logramos, tal vez divisemos también un posible autor de los delitos. O al menos un móvil convincente. Tenemos que excavar deprisa y hondo.

—Antes de que ataque de nuevo —dijo Hansson—. No sabemos si sucederá.

—Tampoco sabemos a quién debemos advertir —continuó Wallander—. Lo único que tenemos claro del autor o autores de los crímenes es que planifican lo que hacen.

—¿Estás seguro? —interrumpió Per Åkeson—. Esa conclusión me parece demasiado precipitada.

—De todos modos nada indica que estemos tratando con un asesino ocasional, que además haya tenido un capricho espontáneo de arrancarle el pelo a sus víctimas —respondió Wallander, y notó que se estaba enfadando.

—A lo que me opongo es a la conclusión —dijo Per Åkeson—. Eso no quiere decir que niegue los indicios.

El ambiente en la sala se enrareció por un momento. Todos notaron la tensión que había entre los dos hombres. En una situación normal, Wallander no habría dudado en iniciar una discusión fuerte y abierta con Åkeson. Pero esa noche eligió retirarse, sobre todo porque estaba cansado y sabía que la reunión de la investigación continuaría aún durante muchas horas.

—Estoy de acuerdo —añadió—. Tachamos la conclusión y nos contentamos con que probablemente sea planeado.

—Mañana mismo viene un psicólogo desde Estocolmo —dijo Hansson—. Yo iré a recogerlo al aeropuerto de Sturup. Esperemos que nos pueda ayudar.

Wallander asintió con la cabeza. Luego planteó una pregunta que en realidad no había preparado. Pero la ocasión era la idónea.

—El asesino —dijo—. Para simplificar la cosa, pensemos en un hombre que actúa solo. ¿Qué es lo que veis ante vosotros? ¿Qué es lo que pensáis?

—Que es fuerte —dijo Nyberg—. Los hachazos han sido asestados con una fuerza terrible.

—Me asusta que coleccione trofeos —prosiguió Martinsson—. Sólo un loco puede hacer algo así.

—O alguien que quiera engañarnos usando las cabelleras como falsas pistas —dijo Wallander.

—Yo no tengo ni idea —dijo Ann-Britt Höglund—. Pero seguramente se trata de una persona muy perturbada.

La pregunta sobre el culpable quedó en el aire. Wallander propuso un repaso de la situación en el que planificaron el trabajo de investigación y se repartieron las tareas. Cerca de la medianoche, Per Åkeson se marchó tras informar que les echaría una mano consiguiendo refuerzos para el equipo de investigación cuando considerasen que era preciso. A pesar de que todos estaban muy cansados, Wallander volvió a repasarlo todo por última vez.

—Ninguno de nosotros dormirá mucho durante los próximos días —dijo—. Además, me doy cuenta de que se producirá un caos en la planificación de las vacaciones. Pero tenemos que trabajar con todas las energías posibles. No hay otra solución.

—Necesitamos refuerzos —añadió Hansson.

—Esperemos antes de tomar esa decisión —dijo Wallander—. Esperemos hasta el lunes.

Decidieron no volver a reunirse hasta la tarde del día siguiente. Antes, Wallander y Hansson revisarían el caso con el psicólogo de Estocolmo.

Después se despidieron y se marcharon cada uno por su lado.

Wallander se quedó quieto junto a su coche contemplando el pálido cielo nocturno.

Intentó pensar en su padre.

Sin embargo, todo el tiempo le asaltaba otro pensamiento.

El temor a que un asesino desconocido atacase de nuevo.

14

A las siete de la mañana del domingo 26 de junio llamaron a la puerta del apartamento de Wallander en la calle de Mariagatan, en el centro de Ystad. El sonido le sacó de su profundo sueño. Primero creyó que era el teléfono lo que le había despertado. Sólo cuando volvieron a llamar al timbre se levantó deprisa, buscó el batín, que estaba casi debajo de la cama, y salió al recibidor para abrir. Fuera estaba su hija Linda junto con una amiga a la que Wallander no había visto nunca. A duras penas reconoció a su propia hija, que se había cortado el largo y rubio cabello al cepillo y además se lo había teñido de rojo. Pero ante todo sintió alivio y alegría al verla de nuevo. Las hizo pasar y saludó a la amiga, que se presentó como Kajsa. Wallander tenía mil preguntas. En primer lugar se preguntaba por qué llamaban a su puerta a las siete de la mañana de un domingo. ¿Realmente había trenes a esa hora? Linda le explicó que habían llegado la noche anterior, pero que habían dormido en casa de unos amigos del colegio de Linda, cuyos padres estaban fuera. Se quedarían allí lo que quedaba de semana. La razón por la que llegaban tan temprano se debía a que Linda, tras leer los periódicos, comprendió que sería difícil encontrar a su padre. Wallander les preparó el desayuno con lo que encontró en la nevera. Cuando estuvieron sentados a la mesa de la cocina, le informaron que dedicarían una semana a ensayar una actuación para la que habían escrito un guión. Luego se irían a la isla de Gotland para participar en un cursillo de teatro. Wallander escuchaba e intentaba no mostrar su preocupación porque estuviera dejando a un lado su viejo sueño: ser tapicera de muebles, para luego, como profesional, establecerse en Ystad y abrir su propio negocio. Sintió una gran necesidad de hablarle de su padre. Sabía que ellos dos tenían una buena relación. Estaba seguro de que le visitaría estando en Ystad. Aprovechó el momento en que Kajsa fue al lavabo.

—Ocurren muchas cosas —dijo—. Necesitaría hablar contigo tranquilamente. Solos tú y yo.

—Lo mejor de ti —contestó— es que siempre te alegras de verme.

Le apuntó su número de teléfono y prometió que iría cuando la llamase.

—He visto los periódicos —dijo—. ¿Realmente es tan horrible como dicen?

—Es peor —respondió Wallander—. Tengo tanto que hacer que no sé de dónde voy a sacar las fuerzas. Me has encontrado en casa por pura casualidad.

Estuvieron hablando hasta después de las ocho. Entonces llamó Hansson diciendo que se encontraba en Sturup y que el psicólogo acababa de aterrizar. Decidieron verse en la comisaría a las nueve.

—Tendría que irme —le dijo a Linda.

—Nosotras también —añadió ella.

—Esa obra de teatro ¿tiene algún título? —preguntó Wallander cuando salieron a la calle.

—No es una obra de teatro. Es un número de variedades.

—¿Ah sí? —contestó Wallander mientras intentaba determinar la diferencia entre un número de variedades y una obra teatral—. ¿Y tampoco tiene nombre?

—Todavía no —dijo Kajsa.

—¿Podré verlo? —preguntó Wallander con cautela.

—Cuando estemos listas —dijo Linda—. Antes no.

Wallander preguntó si las podía llevar a algún sitio.

—Le enseñaré la ciudad a Kajsa —dijo Linda.

—¿De dónde eres? —le preguntó a la amiga de su hija.

—De Sandviken —contestó ella—. Nunca había estado en Escania.

—Entonces estamos empatados —dijo Wallander—. Yo nunca he estado en Sandviken.

Las vio desaparecer al doblar la esquina. El buen tiempo continuaba. Wallander notó que hoy haría aún más calor. Estaba de buen humor porque su hija había aparecido de manera inesperada. Aunque nunca se acostumbraría del todo a que en los últimos años ella experimentase con su aspecto. Cuando apareció en la puerta por la mañana, por primera vez había observado que era cierto lo que mucha gente le decía. Linda se le parecía. De repente había visto su rostro en el de ella.

Al entrar en la comisaría, sintió que la visita de Linda le había regenerado. Caminó con pasos largos. Pensó con ironía que andaba como un pesado elefante con sobrepeso. Se quitó la chaqueta al entrar en el despacho. Descolgó el auricular antes de sentarse y pidió a la recepción que buscaran a Sven Nyberg. La noche anterior, justo antes de dormirse, había tenido una idea que quería investigar. La chica de la recepción tardó cinco minutos en localizar a Nyberg, demasiados para el impaciente Wallander.

—Soy Wallander —dijo—. ¿Recuerdas que hablamos de un bote de algún tipo de aerosol lacrimógeno que habías encontrado más allá del cordón policial en la playa?

—Claro que me acuerdo —contestó Nyberg.

Wallander pasó por alto el aparente mal humor de Nyberg.

—He pensado que deberíamos examinar las huellas dactilares —prosiguió—. Para compararlas con lo que puedas encontrar en el trozo de papel manchado de sangre que recogí cerca de la finca de Carlman.

—De acuerdo —contestó Nyberg—. Con toda seguridad lo habríamos hecho aunque no nos lo hubieses pedido.

186

—Lo sé —dijo Wallander—. Pero ya sabes cómo son las cosas.

—No, no lo sé —respondió Nyberg—. Te informaré en cuanto tenga algo.

Wallander colgó el auricular de golpe y confirmó su renovada energía. Se situó ante la ventana y, mientras miraba la vieja torre de agua, organizó el trabajo que intentaría abordar durante el día. Por experiencia sabía que casi siempre ocurría algo que trastocaba los planes. Si lograba hacer la mitad de lo que se había propuesto, sería un buen resultado. A las nueve abandonó el despacho, fue a buscar una taza de café y se dirigió a una de las pequeñas salas de reuniones. Allí Hansson le esperaba junto con el psicólogo de Estocolmo. Éste era un hombre de unos sesenta años que se presentó como Mats Ekholm. Su apretón de manos era vigoroso y Wallander tuvo inmediatamente una impresión favorable de él. Como muchos otros policías, Wallander no estaba seguro de la aportación real de los psicólogos a una investigación en marcha. Sin embargo, sobre todo gracias a Ann-Britt Höglund, había llegado a comprender que su actitud negativa carecía de fundamento, y posiblemente también estaba llena de prejuicios. Ahora que estaba sentado a la misma mesa que Mats Ekholm, se decidió a darle una oportunidad para demostrar lo que sabía.

El material de la investigación estaba delante de ellos sobre la mesa.

—He estudiado lo que he podido —dijo Mats Ekholm—. Propongo que empecemos por lo que no está en los papeles.

—Todo está ahí —dijo Hansson atónito—. Si hay algo que los policías aprendemos es a escribir informes.

—Creo que quieres saber nuestra opinión —interrumpió Wallander—. ¿Es correcto?

Mats Ekholm asintió.

—Existe una regla psicológica básica que dice que los policías nunca buscan la nada —dijo—. Si no sabes qué aspecto tiene el autor del delito, le pones un sustituto. Alguien al que muchos policías creen ver solamente de espaldas. Pero muchas veces ocurre que esa imagen fantasmagórica se asemeja al delincuente al que finalmente se atrapa.

Wallander reconoció sus propias reacciones en la descripción que hizo Mats Ekholm. En su mente siempre trataba de crear una imagen del culpable mientras duraba la investigación. Nunca buscaba en un vacío total.

—Se han cometido dos asesinatos —continuó Mats Ekholm—. El modo de actuar es el mismo, aunque hay unas diferencias interesantes. A Gustaf Wetterstedt le han matado por la espalda. El asesino le asestó el hachazo en la espalda, no en la cabeza. Cosa que también es interesante. Ha elegido la alternativa más difícil. ¿O tal vez quiso evitar romperle la cabeza a Wetterstedt? No lo sabemos. Después del crimen le arranca la cabellera y se toma tiempo para ocultar el cuerpo. Si analizamos qué le ocurrió a Carlman podemos identificar las semejanzas y diferencias fácilmente. También a Carlman le han asestado un hachazo. También a él le arrancaron un trozo de la cabellera. Pero le han matado de frente. Tiene que haber visto al que le asesinó. Además, el homicida eligió una ocasión en la que había muchas personas por los alrededores. El riesgo de ser descubierto es por tanto relativamente grande. No se molesta en intentar ocultar el cuerpo. Se da cuenta de que sería complicado. La primera pregunta que podríamos plantearnos es sencilla: ¿qué es lo más importante? ¿Las semejanzas o las diferencias?

—Mata —dijo Wallander—. Ha elegido a dos personas. Planifica. Tiene que haber visitado la playa de delante de la casa de Wetterstedt en varias ocasiones. Incluso se tomó tiempo para desenroscar una bombilla y dejar a oscuras la zona entre el jardín y el mar.

—¿Sabemos si Gustaf Wetterstedt solía dar un paseo vespertino por la playa? —preguntó Mats Ekholm.

—No —dijo Wallander—. En realidad no lo sabemos. Pero naturalmente debemos averiguarlo.

—Continúa con tu razonamiento —pidió Mats Ekholm.

—En apariencia, el modelo es totalmente diferente en el caso de Carlman —dijo Wallander—. Rodeado de gente en una verbena de San Juan. Pero tal vez el asesino no lo vio así. Quizá pensó aprovecharse de la soledad que también se da como parte integrante de una fiesta, donde, al final, nadie ve nada. Siempre resulta más difícil obtener imágenes detalladas cuando la gente de una muchedumbre tiene que recordar.

—Para encontrar una respuesta debemos examinar las alternativas que puede haber tenido —añadió Mats Ekholm—. Arne Carlman era un hombre de negocios que se movía mucho. Siempre estaba rodeado de gente. Tal vez la fiesta fuese una buena elección.

—Las semejanzas y las diferencias —dijo Wallander—. ¿Qué es por tanto lo decisivo?

Mats Ekholm abrió los brazos.

—Naturalmente es demasiado pronto para contestar a eso. Lo que podemos intuir es que planifica sus actos con cuidado y que tiene mucha sangre fría.

—Arranca las cabelleras —dijo Wallander—. Colecciona trofeos. ¿Qué significa eso?

—Ejerce su poder —respondió Mats Ekholm—. Los trofeos son la prueba de sus actos. Para él no es muy diferente de lo que hace un cazador cuando cuelga la cornamenta de un alce en la pared de su casa.

—Pero la elección de arrancar cabelleras —continuó Wallander—, ¿por qué eso precisamente?

—No es tan extraño —dijo Mats Ekholm—. No quiero parecer cínico, pero ¿qué parte de una persona queda mejor como trofeo? Un cuerpo humano se descompone. Un trozo de piel con cabello es más fácil de conservar.

—Aun así no puedo dejar de pensar en los indios —dijo Wallander.

—Naturalmente no podemos excluir que tu asesino tenga una obsesión por un guerrero indio —prosiguió Mats Ekholm—. Las personas que se encuentran en un terreno psicológico fronterizo a menudo eligen ocultarse bajo la identidad de otra persona. O se convierten en un ser mitológico.

—El terreno fronterizo —dijo Wallander—. ¿Qué significa eso?

—Tu asesino ya ha cometido dos homicidios. No podemos excluir del todo que su intención sea continuar, puesto que desconocemos su móvil. Eso significa que probablemente haya traspasado los límites psicológicos, lo que supone que se ha liberado de todas las inhibiciones. Una persona puede cometer un asesinato o un homicidio sin premeditación. Un asesino que repite sus actos sigue unas leyes psíquicas totalmente diferentes. Se encuentra en un terreno crepuscular donde sólo le podemos seguir en parte. Todos los límites los ha establecido él mismo. Aparentemente puede que viva una vida completamente normal. Puede que vaya al trabajo cada mañana, que tenga una familia y dedique sus tardes a jugar al golf o a cuidar las plantas del jardín. Puede que esté sentado con sus hijos viendo las noticias que hablan de los asesinatos que él mismo ha cometido. Sin que le delate el mínimo gesto, puede horrorizarse de que personas así anden sueltas. Tiene dos identidades que domina por completo. Maneja sus propios hilos. Es la marioneta y el marionetista a la vez.

Wallander se quedó callado pensando en lo que Mats Ekholm había dicho.

—¿Quién es? —dijo a continuación—. ¿Qué aspecto tiene? ¿Cuántos años tiene? No puedo buscar una mente enferma que en apariencia sea totalmente normal. Sólo puedo buscar a una persona.

—Es demasiado pronto para responder a eso —dijo Mats Ekholm—. Necesito tiempo para ponerme al corriente de todo el material y poder trazar el perfil psicológico del asesino.

—Espero que no pienses en este domingo como en un día de descanso —dijo Wallander fatigado—. Necesitaríamos ese perfil cuanto antes.

—Intentaré conseguir algo para mañana —dijo Mats Ekholm—. Pero tú y tus colegas tenéis que comprender que las dificultades y los márgenes de error pueden ser muchos y enormes.

—Me doy cuenta —reconoció Wallander—. Pero aun así necesitamos toda la ayuda que nos puedas prestar.

Al concluir la conversación con Mats Ekholm, Wallander abandonó la comisaría. Condujo hasta el puerto y se dirigió al malecón, donde unos días antes había estado intentando dar forma al discurso de despedida a Björk. Se sentó en el banco y contempló un barco de pesca que estaba saliendo del puerto. Se desabrochó la camisa y cerró los ojos con la cara hacia el sol. En la cercanía oyó reír a unos niños. Intentó desterrar todos los pensamientos y disfrutar tan sólo del calor. Transcurridos unos minutos se levantó y abandonó el puerto.

«Tu asesino ya ha matado dos veces. No podemos descartar que continúe puesto que no conocemos su móvil.»

Las palabras de Mats Ekholm podrían ser las suyas. Sólo cuando atrapasen a la persona que mató a Gustaf Wetterstedt y a Arne Carlman desaparecería su angustia. Wallander se conocía. Su fuerza residía en que nunca se daba por vencido. Y que a veces podía dar señales de una lucidez repentina. Pero su debilidad también era fácil de identificar. No podía evitar que la responsabilidad profesional se convirtiera en una cuestión personal. «Tu asesino», había dicho Mats Ekholm. Su debilidad no podía describirse mejor. El hombre que había matado a Wetterstedt y a Carlman era realmente responsabilidad suya. Aunque no lo quisiera.

Se sentó en el coche y decidió seguir el plan que había trazado esa misma mañana. Se dirigió al chalet de Wetterstedt. La playa ya no estaba acordonada. Göran Lindgren y un hombre mayor, que suponía que sería su padre, estaban lijando el bote. No se molestó en ir a saludarlos. Todavía llevaba el llavero y abrió la puerta de entrada. El silencio era opresivo. Se sentó en uno de los sillones de piel del salón. Desde la playa le llegaban con debilidad unos sonidos lejanos. Paseó la mirada por la habitación. ¿Qué le contaban los objetos? ¿Había entrado alguna vez en la casa el asesino? Notó que le costaba agrupar los pensamientos. Se levantó de la silla y se acercó al ventanal con vistas al jardín, la playa y el mar. Aquí habría estado Gustaf Wetterstedt muchas veces. Pudo ver que el parquet estaba gastado precisamente allí. Miró por la ventana. Observó que alguien había cerrado el agua de la fuente del jardín. Paseó la mirada y retomó el hilo del pensamiento que había seguido antes.

«El asesino estuvo en la colina sobre la casa de Carlman y observó la fiesta. Podía haber estado en ese lugar muchas veces. Desde allí disfrutó de la ventaja de ver sin ser visto. La cuestión ahora es dónde está la colina desde la que vigilabas a Gustaf Wetterstedt. ¿Desde dónde podías observarle sin ser visto?»

Dio la vuelta a la casa y se detuvo en cada ventana. Desde la de la cocina contempló durante un buen rato unos árboles altos que crecían más allá del terreno de Wetterstedt. Se trataba de abedules jóvenes que no habrían resistido el peso de una persona trepando.

Sólo cuando llegó al despacho y miró por la ventana comprendió que tal vez había encontrado una respuesta. Desde el techo en saledizo del garaje podía mirarse directamente a la habitación. Salió de la casa y dio la vuelta al garaje. Se percató de que un hombre joven en buen estado físico podría saltar y agarrarse al listón del tejado para luego alzarse. Wallander fue a buscar una escalera que había visto al otro lado de la casa. La apoyó en el tejado del garaje y subió. El tejado estaba cubierto de tela asfáltica antigua. Como no sabía el peso que aguantaba, gateó hasta el lugar en el que podía ver el interior del despacho de Wetterstedt. A continuación buscó con cuidado hasta dar con el punto más alejado de la ventana, pero desde el que tenía una vista perfecta. A gatas también examinó la tela asfáltica. Casi enseguida descubrió unos cortes que se entrecruzaban. Pasó las yemas de los dedos por encima de la tela. Alguien la había cortado con un cuchillo. Miró a su alrededor. No se le podía ver ni desde la playa ni desde la carretera que pasaba cerca de la casa de Wetterstedt. Wallander descendió y volvió a dejar la escalera en su sitio. Luego examinó minuciosamente la tierra junto a la base de piedra del garaje. Lo único que encontró fueron las hojas sucias y rotas de un cómic que el viento había arrastrado hasta el jardín. Regresó a la casa. El silencio continuaba siendo agobiante. Subió al piso de arriba. Por la ventana del dormitorio de Wetterstedt pudo ver cómo Göran Lindgren y su padre volteaban el bote con la quilla hacia arriba. Comprendió que tenían que ser dos para poder darle la vuelta.

De todos modos, sabía que el asesino había estado solo, tanto aquí como cuando mató a Arne Carlman. Aunque las pistas eran pocas, su intuición le decía que había sido un hombre solo el que estuvo sentado en el tejado del garaje de Wetterstedt y en la colina de Carlman.

«Tengo que vérmelas con un único asesino», pensó. «Un hombre solitario que abandona su terreno fronterizo y mata a sus víctimas a hachazos para luego arrancarles la cabellera como trofeo.»

A las once, dejó la casa de Wetterstedt. Sintió un gran alivio al salir de nuevo al sol. Entró en la gasolinera de OK y comió en el restaurante. Una chica de una mesa cercana le saludó con la cabeza. Le devolvió el saludo sin recordar quién era. Sólo cuando se marchó, recordó que se llamaba

Britta-Lena Bodén y que era cajera de un banco. Una vez, su prodigiosa memoria le había resultado de gran ayuda durante la investigación de un crimen.

A las doce estaba de nuevo en la comisaría.

Ann-Britt Höglund salió a su encuentro en la recepción.

—Te vi por la ventana —dijo.

Wallander se dio cuenta inmediatamente de que algo había sucedido. Esperaba sus palabras en tensión.

—Hay una conexión —dijo—. A finales de los sesenta Arne Carlman pasó una temporada en la cárcel. En la cárcel de Långholmen. Gustaf Wetterstedt era ministro de Justicia en esa época.

—Esa conexión no es suficiente —dijo Wallander.

—Aún no he acabado —continuó ella—. Arne Carlman le escribió cartas a Gustaf Wetterstedt. Y cuando salió de la cárcel se vieron.

Wallander se quedó petrificado.

—¿Cómo sabes todo eso?

—Ven a mi despacho y te lo cuento.

Wallander sabía qué significaba eso.

Si habían encontrado una conexión, habrían roto la corteza exterior, la más dura de la investigación.

15

Todo comenzó con una llamada telefónica.

Ann-Britt Höglund iba por el pasillo para hablar con Martinsson cuando la llamaron por megafonía. Volvió a su despacho y contestó la llamada. Era un hombre que hablaba en voz tan baja que al principio pensó que estaba enfermo o tal vez herido. Pero entendió que quería hablar con Wallander. Con nadie más, y menos con una mujer. Ella le explicó que Wallander había salido, nadie sabía dónde estaba y tampoco le podían decir cuándo regresaría. Pero el hombre del teléfono había insistido mucho, a pesar de que era difícil comprender cómo un hombre que hablaba en voz tan baja podía dar la impresión de tanta voluntad. Por un instante pensó en ponerle con Martinsson y que se hiciese pasar por Wallander. Pero desistió. Había algo en la voz del hombre que le decía que tal vez conocía la manera de hablar de Wallander.

Ya desde el principio le dijo que tenía información importante que darle. Ella le preguntó si tenía que ver con la muerte de Gustaf Wetterstedt. «Quizás», había contestado. Luego le preguntó si se trataba de Arne Carlman. «Quizá», contestó de nuevo. Comprendió que tendría que prolongar la comunicación, a pesar de que se negaba a decir su nombre y su número de teléfono.

Finalmente fue él mismo quien resolvió el problema. Estuvo callado durante tanto rato que Ann-Britt Höglund creyó que la conversación se había cortado. Pero en ese momento habló de nuevo y preguntó por el número de fax de la policía. «Dale el fax a Wallander», había dicho el hombre. «A nadie más.»

Una hora más tarde llegó el fax. Y ahora estaba en su mesa. Se lo entregó a Wallander, que se había sentado en la silla de las visitas. Para asombro suyo, el remitente del fax era la ferretería Skoglund, en Estocolmo.

—Busqué el número y llamé —dijo—. Pensé que era extraño que una ferretería estuviera abierta en domingo. Por un aviso en el contestador automático, encontré al dueño en el móvil. Tampoco él entendió cómo alguien había enviado un fax desde su oficina. Iba a jugar al golf, pero prometió investigar el asunto. Media hora más tarde telefoneó muy nervioso, contando que habían forzado la puerta de su oficina.

—Una historia rara —dijo Wallander.

A continuación leyó el fax. Estaba escrito a mano y a trozos resultaba difícil de leer. Otra vez pensó que pronto necesitaría gafas. La sensación de que las letras se le escapaban ante los ojos ya no admitía la excusa de que estaba momentáneamente cansado o fatigado. El estilo de la carta variaba entre letra inglesa y letras de imprenta, y parecía estar escrita con mucha prisa. Wallander la leyó en silencio y luego en voz alta para controlar que no había malinterpretado nada.

—«Arne Carlman estuvo encarcelado en Långholmen durante la primavera de 1969 por perista y estafador. Por esa época Gustaf Wetterstedt era ministro de Justicia. Carlman le escribía cartas. Se vanagloriaba de ello. Al salir se encontró con Wetterstedt. ¿De qué hablaron? ¿Qué hicieron? No lo sabemos. Pero después de ello a Carlman le fue muy bien. No volvió a ir a la cárcel. Y ahora están muertos. Los dos.» ¿He interpretado el texto correctamente?

—Yo he deducido lo mismo —respondió ella.

—No está firmado —dijo Wallander—. ¿Qué querrá decir? ¿Quién es? ¿Cómo sabe esto? ¿Es cierto?

—No lo sé —contestó—. Pero tuve la sensación de que ese hombre sabía de qué hablaba. Además no será difícil averiguar si Carlman estuvo efectivamente encarcelado en Långholmen durante la primavera de 1969. Ya sabemos que Wetterstedt era ministro de Justicia por aquella época.

—¿No habían cerrado Långholmen? —preguntó Wallander.

—Eso sucedió unos años más tarde. En 1975, creo. Puedo informarme de la fecha exacta, si lo quieres saber.

Wallander negó con las manos.

—¿Por qué habrá querido hablar sólo conmigo? —preguntó—. ¿No te dio ninguna explicación?

—Tuve la sensación de que había oído hablar de ti.

—¿O sea que no afirmó conocerme?

—No.

Wallander reflexionó.

—Esperemos que sea verdad lo que escribe —dijo—. Si es así, contamos con una relación entre ellos.

—No será difícil averiguar si es verdad —dijo Ann-Britt Höglund—. Aunque es domingo.

—Ya sé —dijo Wallander—. Iré a hablar con la viuda de Carlman ahora mismo. Tiene que saber si su marido estuvo en la cárcel.

—¿Quieres que vaya contigo?

—No hace falta.

Media hora más tarde, Wallander estacionó el coche delante del cordón policial de Bjäresjö. Un policía con cara de aburrimiento estaba sentado en un coche leyendo el periódico. Se irguió al ver a Wallander.

—¿Está Nyberg trabajando aquí todavía? —preguntó Wallander sorprendido—. ¿No han acabado ya con la investigación en el lugar del crimen?

—No he visto a ningún especialista —contestó el policía.

—Llama a Ystad y pregunta por qué no han retirado el cordón policial —ordenó Wallander—. ¿La familia está en casa?

—La viuda seguro que está —dijo el policía—. Y la hija. Pero los hijos se marcharon en un coche hace unas horas.

Wallander entró en el patio. Vio que el banco y la mesa de la glorieta ya no estaban allí. Con ese hermoso tiempo estival los sucesos de unos días atrás parecían totalmente irreales. Llamó a la puerta. La viuda de Arne Carlman abrió casi enseguida.

—Siento mucho molestarla —dijo Wallander—, pero tengo algunas preguntas que necesitan respuesta cuanto antes.

Vio que todavía tenía la cara muy pálida. Al pasar por delante de ella notó un ligero olor a alcohol. Desde algún sitio la hija de Carlman preguntó quién había venido. Wallander intentó recordar el nombre de la mujer que tenía delante. ¿Se lo habían dicho? Luego recordó que se llamaba Anita. Había oído a Svedberg nombrarla durante la larga reunión del día de San Juan. Se sentó enfrente de ella en el sofá. La mujer encendió un cigarrillo mientras le observaba. Llevaba un vestido de verano de colores claros. Un pensamiento de desaprobación pasó rápidamente por la cabeza de Wallander. Aunque no hubiese amado a su marido, le habían matado. ¿La gente ya no tenía ningún respeto ante la muerte? ¿No podía haber elegido una ropa más sobria?

Luego pensó que a veces tenía unas ideas tan conservadoras que él mismo se sorprendía. El luto y el respeto no tenían nada que ver con la escala cromática.

—¿Quiere beber algo, inspector? —preguntó.

—No, gracias —declinó Wallander—. Además seré muy breve.

De repente vio que ella lanzaba una mirada por detrás de él. Se volvió. La hija había entrado con sigilo en la habitación y estaba sentada en una silla al fondo. Fumaba y daba la impresión de estar muy nerviosa.

—¿Le importa si escucho? —preguntó con una voz que a Wallander le sonó agresiva.

—En absoluto —respondió—. Puede acercarse.

—Estoy bien donde estoy —contestó.

La madre movió la cabeza casi imperceptiblemente. Para Wallander era como si con ello se resignase ante su hija.

—En realidad he venido porque hoy es domingo —empezó Wallander—. Quiero decir que resulta difícil sacar información de los diferentes registros y archivos, y necesitamos la respuesta cuanto antes.

—No hace falta que se disculpe porque es domingo —dijo la mujer—. ¿Qué quiere saber?

—¿Su marido estuvo en la cárcel en la primavera de 1969?

La respuesta llegó rápida y decidida.

—Estuvo encarcelado en Långholmen entre el nueve de febrero y el ocho de junio. Le llevé y le fui a buscar. Le habían condenado por perista y estafador.

Su sinceridad le hizo perder el control por un momento. ¿Qué era lo que había esperado? ¿Que lo negara?

—¿Fue la primera vez que le condenaron a ir a la cárcel?

—La primera y la última.

—¿Le habían condenado por tratar con cosas robadas y estafa?

—Sí.

—¿Puede decirme algo más sobre eso?

—Le condenaron pese a que negó ser el autor de los hechos. No había aceptado pinturas robadas ni había falsificado cheques. Lo habían hecho otros usando su nombre.

—¿Quiere usted decir que era inocente?

—No es cuestión de lo que yo opine o no. Era inocente.

Wallander decidió cambiar de táctica.

—Han aparecido unas informaciones de que su marido conocía a Gustaf Wetterstedt. A pesar de que tanto usted como sus hijos afirmaron antes que no era así.

—Si hubiese conocido a Gustaf Wetterstedt yo lo habría sabido.

—Podrían haber mantenido contacto sin que usted lo supiera.

Reflexionó antes de contestar.

—Me cuesta mucho creerlo —añadió.

Wallander se dio inmediata cuenta de que no decía la verdad. Pero no podía explicarse a sí mismo en qué consistía la mentira. Dado que no tenía más preguntas, se levantó.

—Supongo que encontrará el camino hasta la puerta —dijo la mujer desde el sofá. De repente parecía muy cansada.

Wallander se dirigió hacia la salida. En el momento en que pasaba por delante de la chica, que estaba sentada en una silla siguiendo todos sus movimientos, la joven se levantó y se puso enfrente de él. Sostenía el cigarrillo entre los dedos de la mano izquierda.

La bofetada llegó de la nada, y cayó con violencia en la mejilla izquierda de Wallander. Se sorprendió tanto que retrocedió un paso, tropezó y se cayó al suelo.

—¿Por qué habéis permitido que ocurriera? —gritó la chica.

Luego empezó a golpear a Wallander, quien con gran dificultad logró apartarla mientras intentaba ponerse en pie. La mujer del sofá se levantó y acudió en su auxilio. Hizo lo mismo que la chica acababa de hacerle a Wallander. Le dio a su hija una sonora bofetada en la cara. Cuando se calmó, la mujer la llevó al sofá. Luego volvió a donde estaba Wallander, que con la mejilla escociéndole se debatía entre el furor y la sorpresa.

—Todo lo ocurrido la ha deprimido mucho —dijo Anita Carlman—. Ha perdido el control sobre sí misma. Tiene usted que perdonarla, señor inspector.

—Tal vez debiera ver a un médico —dijo Wallander con voz temblorosa.

—Ya lo ha hecho.

Wallander asintió con la cabeza y salió por la puerta. Todavía estaba perplejo por la bofetada. Intentó recordar la última vez que le habían pegado. Hacía más de diez años. Había estado interrogando a una persona sospechosa de un robo. De repente el hombre dio un brinco y le asestó un golpe con el puño directamente en la boca. Aquella vez Wallander se revolvió. Su rabia fue tan violenta que le partió el tabique nasal. Después intentó denunciar a Wallander por abuso policial y maltrato, pero Wallander, naturalmente, fue absuelto. Entonces el hombre presentó ante el Defensor del Pueblo una denuncia contra el inspector, pero tampoco se tomó ninguna medida al respecto.

Nunca le había pegado una mujer. Cuando su esposa Mona estaba tan furiosa que no se podía controlar, le había arrojado cosas. Pero nunca le había pegado. Muchas veces pensaba con temor en lo que habría ocurrido si lo hubiese hecho. ¿Le habría devuelto los golpes? Sabía que el riesgo era muy grande.

Se detuvo en el jardín; sentía el dolor de la mejilla. Era como si toda la energía que había notado por la mañana, cuando Linda estaba con su amiga delante de la puerta, se hubiera esfumado ahora.

Regresó al coche. El policía estaba recogiendo el cordón policial.

Puso una cinta en el radiocasete, *Las bodas de Fígaro*. Subió tanto el volumen que retumbaba dentro del coche. La mejilla aún le escocía. Por el espejo retrovisor vio que estaba enrojecida. Al llegar a Ystad entró en el gran aparcamiento al lado del almacén de muebles. Todo estaba cerrado, y el aparcamiento desierto. Abrió la puerta del coche y dejó que sonase la música. Barbara Hendricks le hizo olvidar a Wetterstedt y a Carlman inmediatamente. Pero la chica en llamas seguía rondando por su conciencia. El campo de colza parecía infinito. Ella corría y corría. Y ardía y ardía.

Redujo el volumen de la música y empezó a andar de un lado a otro del aparcamiento. Como siempre cuando pensaba, miraba al suelo. Por eso no se dio cuenta del fotógrafo que, por casualidad, le había descubierto y le había hecho una foto a través de una lente telescópica mientras caminaba por la cuadrícula del aparcamiento sin más coche que el suyo ese día de verano. Unas semanas más tarde, cuando Wallander, asombrado, vio su foto, había olvidado que, en efecto, se había detenido allí para intentar situarse, a sí mismo y a la amplia investigación.

El equipo se reunió un rato ese domingo a las dos. Mats Ekholm participaba y resumió lo que antes había comentado con Hansson y Wallander. Ann-Britt Höglund expuso el contenido del fax anónimo que había llegado y Wallander comentó que Anita Carlman había confirmado la información anónima. Sin embargo, no dijo nada de la bofetada que le habían dado. Cuando Hansson le preguntó cautelosamente si podía hacer el favor de hablar con los periodistas reunidos en el exterior de la comisaría, y que siempre parecían conocer cuándo se reunía el equipo, Wallander se negó.

—Tenemos que enseñar a los periodistas que estamos trabajando en equipo —dijo, sintiendo él mismo lo ampulosa que sonaba la frase—. Que se encargue Ann-Britt Höglund. Yo no quiero.

—¿Hay algo que no deba decir? —preguntó ella.

—Que tenemos un sospechoso —contestó Wallander—. Porque sencillamente no es verdad.

Después de la reunión, Wallander intercambió unas palabras con Martinsson.

—¿Han llegado más noticias sobre la chica que se suicidó? —preguntó.

—Todavía no —respondió Martinsson.

—Manténme informado en cuanto ocurra algo.

Wallander entró en su despacho y al momento sonó el teléfono. Se sobresaltó. Cada vez que sonaba, temía que alguien de la sala de operaciones de la policía le informara de un nuevo asesinato. Pero era su hermana. Le contó que había hablado con Gertrud, la asistenta social que se había casado con su padre. No había duda de que éste padecía la enfermedad de Alzheimer. Wallander advirtió que estaba apenada.

—A pesar de todo, tiene casi ochenta años —la consoló—. Tarde o temprano tiene que pasar algo.

—Sí, pero de todos modos —dijo.

Wallander sabía muy bien lo que quería decir. Él mismo podría haber empleado las mismas palabras. Demasiadas veces la vida se reducía a esas débiles palabras de protesta «pero de todos modos».

—No aguantará un viaje a Italia —dijo.

—Si quiere, lo podrá hacer —contestó Wallander—. Además se lo he prometido.

—¿Tal vez debiera acompañaros?

—No. Éste es nuestro viaje, suyo y mío.

Puso fin a la conversación, inseguro de si su hermana se había molestado por no querer que les acompañara a Italia. Pero apartó esos pensamientos y decidió que ahora sí, por fin, iría a visitar a su padre. Buscó la nota en la que había escrito el número de teléfono de Linda y la llamó. Con el buen tiempo que hacía esperaba que hubiesen salido, por eso se asombró al ver que Kajsa contestaba enseguida. Cuando Linda se puso al teléfono le preguntó si podía dejar los ensayos y acompañarle a ver a su abuelo.

—¿Puede venir Kajsa? —preguntó.

—Puede —contestó Wallander—. Pero precisamente hoy preferiría que estuviéramos solos tú y yo. Hay algo que debo contarte.

La recogió media hora más tarde en la plaza de Österportstorg. De camino a Löderup, le contó la visita de su padre a la comisaría y que estaba enfermo.

—Nadie puede decir si avanzará muy deprisa —dijo Wallander—. Pero nos dejará. Más o menos como un barco se aleja hacia el horizonte. Le continuaremos viendo claramente. Pero para él nos convertiremos en figuras nebulosas. Nuestro aspecto, nuestras palabras, nuestros recuerdos en común, todo será vago para luego desaparecer del todo. Puede que se vuelva huraño sin darse cuenta. Puede que se convierta en una persona totalmente diferente.

Wallander notó que se entristecía.

—¿No se puede hacer nada? —preguntó después de permanecer un rato en silencio.

—A eso sólo puede contestar Gertrud —dijo—. Pero creo que no hay medicamentos.

También le contó lo del viaje que su padre quería realizar a Italia.

—Sólo seremos él y yo —dijo Wallander—. Tal vez podamos aclarar por fin lo que nos ha distanciado durante tantos años.

Gertrud los recibió en la escalera cuando entraron en el patio de la casa. Linda se fue enseguida a ver a su abuelo, que estaba pintando en el estudio rehabilitado en la zona del viejo establo. Wallander se sentó en la cocina a hablar con Gertrud. Tenía razón. No había nada que hacer más que intentar vivir como siempre y esperar.

—¿Soportará el viaje a Italia? —preguntó Wallander.

—No habla de otra cosa —dijo—. Y si se muriese mientras está allí, realmente no sería lo peor que podría pasar.

Le contó que había recibido el diagnóstico de la enfermedad con mucha calma. A Wallander le sorprendió, ya que siempre había visto cómo su padre se quejaba por el achaque más insignificante.

—Creo que con la vejez se ha aceptado a sí mismo —añadió Gertrud—. Me parece que piensa que si tuviese otra oportunidad volvería a vivir más o menos la misma vida.

—En esa vida seguramente me habría impedido ser policía —contestó Wallander.

—Es tremendo lo que se lee en los periódicos —dijo—. Todo el horror que tienes que vivir.

—Alguien lo tiene que hacer —dijo Wallander—. Es así.

Se quedaron y cenaron en el jardín. Wallander se percató de que su padre estuvo de un humor espléndido durante toda la tarde. Suponía que se debía a la presencia de Linda. Cuando volvieron a casa ya eran las once.

—¡Los mayores pueden ser tan infantiles! —dijo de repente—. A veces para impresionar. O para parecer juveniles. Pero el abuelo puede ser infantil de una manera totalmente auténtica.

—Tu abuelo es una persona muy especial —dijo Wallander—. Siempre lo ha sido.

—¿Sabes que empiezas a parecerte a él? —apuntó de repente—. Cada año que pasa te pareces más a él.

—Lo sé —dijo Wallander—. Pero no sé si me gusta.

La dejó en el mismo lugar en el que la había recogido. Quedaron en que le llamaría uno de los días siguientes. La vio desaparecer al lado de la escuela de Österport y se dio cuenta de que en toda la tarde no había dedicado ni un solo pensamiento al caso. Enseguida le asaltó la mala conciencia. Pero la rechazó. Sabía que no podía hacer más de lo que hacía.

Se fue a la comisaría y permaneció en ella un momento. Ninguno de los investigadores estaba allí. Tampoco tenía mensajes tan importantes como para tratarlos esa misma noche. Se fue a casa, aparcó el coche y subió a su apartamento.

Aquella noche, Wallander permaneció despierto hasta muy tarde. Tenía las ventanas abiertas en la cálida noche de verano. Puso en el tocadiscos música de Puccini. Se sirvió una copa con lo que quedaba de una botella de whisky. Por primera vez le pareció haber reencontrado algo de la alegría que sintió aquella tarde cuando se dirigía a la finca de Salomonsson. Eso era antes de la catástrofe. Ahora se encontraba en medio de una investigación marcada por dos supuestos. Por un lado, que tenían muy pocas pistas en cuanto a la identificación del asesino. Por otro, que éste podría estar en ese preciso momento perpetrando su tercer asesinato. Aun así, Wallander sentía que en esa hora nocturna podía mantener la investigación a cierta distancia. Durante un instante, la chica en llamas dejó de agitarse en su cabeza. Tenía que comprender que él solo no podía hacerse cargo de todos los crímenes violentos que se perpetraban en el distrito policial de Ystad. No podía hacer más que esforzarse al máximo. Nadie podía.

Se tumbó y se quedó dormitando en el sofá mientras disfrutaba de la música y de la noche estival con la copa de whisky a su alcance.

Entonces algo le arrastró hacia la superficie otra vez. Algo que Linda le había dicho en el coche. Unas palabras en medio de una conversación que de repente adquirieron un significado totalmente distinto. Se sentó en el sofá con el ceño fruncido. ¿Qué fue lo que dijo? «Que los mayores muchas veces son muy infantiles.» Había algo en ello que no alcanzaba a comprender. «Los mayores muchas veces son muy infantiles.»

Luego se dio cuenta. En ese momento no podía comprender cómo había podido ser tan irresponsable y negligente. Se puso los zapatos, buscó una linterna en uno de los cajones de la cocina y salió del apartamento. Condujo por la vía de Österleden, torció a la derecha y se detuvo ante la casa de Wetterstedt, que estaba a oscuras. Abrió la puerta del muro del jardín. Le sobresaltó un gato que desapareció como una sombra entre los arbustos de grosella. Luego iluminó a lo largo del muro de piedra del garaje. No tuvo que buscar mucho tiempo antes de encontrar lo que buscaba. Agarró las hojas rotas del cómic entre el pulgar y el índice y las iluminó con la linterna. Eran de un ejemplar de *Fantomas*. Buscó una bolsa de plástico en sus bolsillos e introdujo en ella las hojas del cómic.

Después volvió a casa. Todavía estaba molesto por haber sido tan negligente. Debía haberse dado cuenta antes.

Los mayores son como niños.

Un hombre adulto podía perfectamente haber estado sentado en el techo del garaje leyendo un ejemplar de *Fantomas*.

16

Cuando Wallander se despertó al amanecer, un banco de nubes había entrado por el oeste y llegó a Ystad un poco antes de las cinco de la madrugada. Era lunes, 27 de junio. Sin embargo, todavía no llovía. Wallander permaneció en la cama intentando en vano volver a dormirse. Un poco antes de las seis se levantó, se duchó y tomó café. El cansancio y la falta de sueño eran como un dolor incesante en su cuerpo. Pensó con nostalgia en cuando era diez o quince años más joven y casi nunca tenía sueño por las mañanas, por poco que hubiese dormido. Pero aquella época ya pasó y nunca volvería.

A las siete menos cinco entró por la puerta de la comisaría. Ebba ya estaba allí y le sonrió al darle unas notas con mensajes telefónicos.

—Creí que estabas de vacaciones —dijo Wallander sorprendido.

—Hansson me pidió que me quedara unos días más —contestó Ebba—. Como hay tanto movimiento...

—¿Qué tal tienes la mano?

—Está como te dije. No es divertido hacerse vieja. Todo se vuelve una mierda.

Wallander no recordaba a Ebba expresándose de aquella forma. Reflexionó un momento sobre si explicarle lo de su padre y su enfermedad. Decidió no hacerlo. Fue a buscar un café y se sentó en su escritorio. Después de echar un vistazo a las notas telefónicas y colocarlas encima de las de la tarde anterior, levantó el auricular y llamó a Riga. Enseguida notó el aguijón de la mala conciencia, dado que era una llamada particular, y él era lo suficientemente anticuado como para preferir no cargar los propios gastos a su lugar de trabajo. Pensó en la situación de unos años antes, cuando Hansson estaba obsesionado por la pasión de apostar a las carreras de caballos. Había dedicado la mitad de la jornada laboral a llamar a diferentes pistas para trotones a la caza del último soplo para las carreras. Todo el mundo lo sabía, pero nadie dijo nada. Wallander se había sorprendido de que al parecer solamente él sentía la necesidad de que alguien debía decirle algo a Hansson. Un buen día, de repente, todos los programas de las carreras y boletos a medio rellenar habían desaparecido de la mesa de Hansson. Wallander oyó rumores de que simplemente había decidido dejarlo antes de endeudarse.

Baiba contestó después del tercer tono. Wallander estaba nervioso. Todavía seguía teniendo, ante cada conversación, el presentimiento de que le diría que no se verían más. Estaba tan inseguro de los sentimientos de ella como seguro de los suyos. Pero ahora su voz sonaba alegre. Esa alegría la hizo suya también. Le contó que la decisión de ir a Tallinn había sido muy repentina. Una amiga iba a ir y le preguntó si quería acompañarla. Precisamente esa semana Baiba no tenía clases en la universidad. El trabajo de traducciones en el que estaba ocupada tampoco urgía demasiado. Le habló un poco del viaje, y le preguntó después cómo estaban en Ystad. Wallander decidió que de momento no le diría nada acerca de que su viaje en común a Skagen estaba peligrando por los acontecimientos de la última semana. Sólo dijo que todo iba bien. Decidieron que la llamaría esa misma noche. Después, Wallander se quedó con el auricular en la mano. Ya estaba preocupado por cómo reaccionaría si tuviese que posponer sus vacaciones.

Wallander pensó que era una característica suya que se hacía cada vez más fuerte y dominante cuanto mayor se hacía él. Se preocupaba por todo. Se preocupaba por que ella hubiese ido a Tallinn, se preocupaba por que él se pusiera enfermo, se preocupaba por quedarse dormido o por que su coche se averiara. Se rodeaba de nubarrones innecesarios. Con una mueca se preguntó si Mats Ekholm le podría hacer un perfil psicológico también a él, y sugerirle remedios para liberarse de los problemas que siempre le hacían sufrir por adelantado.

Sus pensamientos fueron interrumpidos por Svedberg, que llamó a la puerta entreabierta y entró. Wallander vio que no había tenido cuidado con el sol el día anterior. Tenía la calva quemada, al igual que la frente y la nariz.

—No aprendo nunca —dijo Svedberg con pesimismo—. Me escuece terriblemente.

Wallander pensó en el escozor que le produjo la bofetada del día anterior. Pero no dijo nada.

—Ayer dediqué todo el día a hablar con los que viven en la zona en la que está la casa de Wetterstedt —dijo—. Salió a relucir que Wetterstedt era un hombre que daba paseos a menudo. Por las mañanas y por las tardes. Siempre era cortés y saludaba a la gente con la que se encontraba. Pero no tenía trato con nadie de los que vivían a su alrededor.

—Por tanto tenía la costumbre de dar un paseo también por la noche.

Svedberg consultó sus anotaciones.

—Solía bajar a la playa.

—O sea, que era una costumbre que se repetía.

—Si lo he entendido correctamente, la respuesta es sí.

Wallander asintió con la cabeza.

—Justo lo que pensaba —dijo.

—Salió a la luz una cosa que podría ser de interés —continuó Svedberg—. Un funcionario jubilado del municipio, llamado Lantz, afirmó que un reportero de algún periódico había llamado a su puerta el día 20 de junio. Preguntó por el camino hacia la casa de Wetterstedt. Lantz entendió que el periodista y un fotógrafo se dirigían allí a hacerle un reportaje. En otras palabras, eso significa que alguien estuvo en su casa el último día de su vida.

—Y que habrá fotografías —dijo Wallander—. ¿Qué periódico era?

—Lantz no lo sabía.

—Haz que alguien vaya llamando —dijo Wallander—. Esto puede ser importante.

Svedberg asintió y se dirigió a la puerta.

—Deberías ponerte crema en esas quemaduras —le aconsejó Wallander—. Tienen mala pinta.

Cuando Svedberg se había marchado, Wallander llamó a Nyberg. Unos minutos más tarde entró en el despacho de Wallander para recoger las hojas arrancadas del cómic de *Fantomas*.

—No creo que tu hombre fuese en bicicleta —dijo Nyberg—. Hemos encontrado unas huellas detrás de aquella caseta que indican que una motocicleta o una moto pueden haber estado allí. Hemos logrado saber que todos los que trabajan en Obras Públicas y usan la caseta tienen coche.

El recuerdo de una imagen pasó rápidamente por su mente sin que la pudiera aferrar. Anotó en su libreta el comentario de Nyberg.

—¿Qué esperas que haga con esto? —preguntó Nyberg levantando la bolsa con las páginas del cómic.

—Huellas dactilares —dijo Wallander—. Que tal vez coincidan con otras.

—Creía que sólo los niños leían *Fantomas* —dijo Nyberg.

—No —replicó Wallander—. Ahí te equivocas.

Al marcharse Nyberg, Wallander no supo por un momento qué hacer. Rydberg le había enseñado que un policía debía agarrarse a lo que en ese momento fuese lo más importante. Pero ¿qué sería? Se encontraban en una fase de la investigación en la que todo era vago y nada en concreto era más importante que otra cosa. Wallander sabía que ahora se trataba de tener paciencia.

Salió al pasillo y llamó a la puerta del despacho que habían acondicionado para Mats Ekholm. Al oír la voz de Ekholm, abrió y entró. Estaba sentado con los pies encima de la mesa leyendo unos papeles. Movió la cabeza señalando la silla de las visitas y dejó los papeles encima de la mesa.

—¿Cómo va? —preguntó Wallander.

—Mal —contestó Ekholm alegremente—. Es difícil cercar a ese individuo. Es una lástima que no tengamos un poco más de material.

—En otras palabras, debería haber cometido más asesinatos.

—Para decirlo sin tapujos, eso simplificaría el asunto —dijo Ekholm—. En muchos de los casos sobre asesinos en serie investigados por el FBI, se ha demostrado que la brecha muchas veces se abre al tercer o cuarto asesinato de una serie. Entonces se pueden descartar las casualidades de cada caso y filtrar un modelo recurrente. Y es ese modelo lo que estamos buscando. Uno que podamos usar como un espejo para empezar a ver la mente que está detrás de todo.

—¿Qué se puede decir de las personas adultas que leen cómics? —preguntó Wallander.

Ekholm frunció el entrecejo.

—¿Tiene que ver con esto?

—Tal vez.

Wallander le habló del descubrimiento del día anterior. Ekholm escuchó con interés.

—La inmadurez emocional o la deformación emocional casi siempre se dan en los individuos que cometen acciones violentas reiteradas —dijo Ekholm—. Les falta la capacidad para identificarse con los valores de las otras personas. Por eso tampoco reaccionan ante el sufrimiento que causan a los demás.

—No todos los adultos que leen *Fantomas* cometen un asesinato —dijo Wallander.

—De la misma manera que existen ejemplos de asesinos en serie que han sido expertos en Dostoievski —contestó Ekholm—. Hay que poner una pieza del puzzle para ver si encaja en algún sitio. O si tal vez pertenece a otro distinto.

Wallander empezaba a impacientarse. No disponía de tiempo para perderse en una discusión prolongada con Ekholm.

—Ahora que has estudiado nuestro material —dijo—, ¿qué conclusiones sacas?

—En realidad sólo una —respondió Ekholm—. Que volverá a actuar.

Wallander estuvo esperando una continuación, una explicación, que nunca llegó.

—¿Por qué?

—Me lo dice algo en la impresión general. Sin que lo pueda justificar con otra cosa que la experiencia de otras ocasiones con cazadores de trofeos.

—¿Qué es lo que ves ante ti? —preguntó Wallander—. Di lo que piensas ahora mismo. Lo que sea. Y te prometo que no tendrás que responsabilizarte por lo que digas.

—Un hombre adulto —continuó Ekholm—. Si se tiene en cuenta la edad de las víctimas y que hubiese mantenido alguna relación con ellas, creo que rondará los treinta años. Pero probablemente es mayor. La posible identificación con un mito, tal vez un indio, me dice que está en buena forma. Es cauteloso y audaz, algo que indica que es calculador. Creo que vive una vida regular y bien organizada. El drama interior lo oculta tras una apariencia de normalidad desdramatizada.

—¿Y atacará de nuevo?

Ekholm abrió los brazos.

—Esperemos que me equivoque. Pero me pediste que dijera lo que pensaba en este momento.

—Pasaron tres días entre Wetterstedt y Carlman —dijo Wallander—. Si va a mantener el intervalo de los tres días, matará otra vez a alguien hoy.

—Tampoco es necesario en absoluto —advirtió Ekholm—. Como es calculador, el factor tiempo no es de una importancia decisiva. Ataca cuando está seguro de que lo va a lograr. Claro que puede ocurrir algo hoy. Pero también pueden transcurrir varias semanas. O muchos años.

Wallander no tenía más preguntas. Le pidió a Ekholm que asistiera a la reunión del equipo de investigación un poco más tarde. Volvió a su despacho y sintió un creciente malestar ante lo que Ekholm le había dicho. El hombre al que buscaban, y del que no sabían nada, atacaría de nuevo.

Se acercó la libreta en la que había anotado el comentario de Nyberg e intentó captar el fugaz recuerdo que le había pasado por la cabeza. Wallander tenía la sensación de que era importante. Estaba seguro de que tenía que ver con la caseta de Obras Públicas. Pero no recordaba qué era.

Algo más tarde se levantó y entró en la sala de reuniones. Pensó que en ese momento echaba de menos a Rydberg mucho más que nunca.

Wallander se sentó en su lugar habitual, en la cabecera de la mesa. Miró a su alrededor. Estaban todos los que debían estar allí. Enseguida percibió el ambiente especial de concentración, que surgía cuando todo el mundo abrigaba la esperanza de encontrar una brecha en la investigación. Wallander sabía que se desilusionarían. Sin embargo, nadie lo mostraría. Los policías que estaban reunidos en la sala tenían un alto nivel.

—Vamos a hacer un repaso de lo sucedido durante las últimas veinticuatro horas en el caso de las cabelleras —empezó.

No había planeado decir «el caso de las cabelleras». Le salió sin pensarlo. Pero desde aquel momento, no se le llamó por otro nombre entre los del equipo de investigación.

Si no era absolutamente necesario, Wallander solía reservar su informe para el final. Sobre todo porque los demás esperaban que él hiciese el resumen para marcar el camino de la siguiente actuación. Era normal que Ann-Britt Höglund fuese la primera en tomar la palabra. El fax que llegó de la ferretería Skoglund dio la vuelta a la mesa. A través del registro central de las cárceles del país, la información confirmada por Anita Carlman ya estaba controlada. El trabajo más difícil sólo estaba iniciado: la confirmación y, mejor aún, las copias de las cartas que Carlman supuestamente le había escrito a Wetterstedt.

—El problema reside en que todo ocurrió hace mucho tiempo —concluyó—. Aunque vivamos en un país donde los registros y los archivos están bien organizados, se tarda mucho en encontrar los sucesos y documentos que ocurrieron hace más de veinticinco años. Además se trata de una época anterior a la informatización de los registros y archivos.

—De todos modos tenemos que indagar eso —dijo Wallander—. La conexión entre Wetterstedt y Carlman es decisiva para que podamos seguir.

—El hombre que llamó —dijo Svedberg rascándose la nariz quemada— ¿por qué no quiso dar su nombre? ¿Quién entra por la fuerza en un sitio para enviar un fax?

—Lo he estado pensando —dijo Ann-Britt Höglund—. Obviamente nos quiere orientar hacia una pista concreta. El hecho de que desee ocultar su identidad puede deberse a varias razones. Una de ellas puede ser que tenga miedo.

Se produjo un silencio absoluto en la habitación.

Wallander comprendió que Ann-Britt Höglund estaba pensando lo adecuado. La invitó a seguir.

—Naturalmente es una mera hipótesis. Pero supongamos que se siente amenazado por el hombre que ha matado a Wetterstedt y a Carlman. Es evidente que tiene todo el interés del mundo en que atrapemos al asesino sin tener que identificarse.

—En ese caso debía haberse expresado con más claridad —dijo Martinsson.

—Tal vez no podía —objetó Ann-Britt Höglund—. Si mi suposición es correcta, que se pone en contacto con nosotros porque tiene miedo, probablemente habrá dicho todo lo que sabe.

Wallander alzó la mano.

—Sigamos pensando —dijo—. El hombre que nos envía el fax nos ofrece información en la que el punto de partida es Carlman, no Wetterstedt. Es un punto decisivo. Afirma que Carlman le escribió cartas a Wetterstedt y que ambos se encontraron después de que el primero fuese liberado. ¿Quién puede tener esa información?

—Otro recluso de la cárcel —dijo Ann-Britt Höglund.

—Ésa era también mi teoría —añadió Wallander—. Pero, por otro lado, tu hipótesis de que contacte con nosotros por temor quizá se venga abajo si el contacto con Carlman solamente ha sido el del compañero recluso ocasional.

—A pesar de todo hay algo más —dijo Ann-Britt Höglund—. Él sabe que Carlman y Wetterstedt se vieron después de que Carlman saliera de la cárcel. Eso indica que el contacto ha continuado.

—Puede haber sido testigo de algo —sugirió Hansson, que hasta ese momento había permanecido callado—. Por alguna razón eso ha causado los asesinatos de dos hombres veinticinco años más tarde.

Wallander se volvió hacia Mats Ekholm, que estaba al final de la mesa.

—Veinticinco años es mucho tiempo —dijo Wallander.

—El tiempo de incubación para vengarse puede ser eterno —respondió Ekholm—. Los procesos psíquicos no caducan. Es una de las verdades más viejas de la criminología, el que un vengador puede esperar el tiempo que sea necesario. Si es que hablamos de venganza.

—¿Qué sería si no? —preguntó Wallander—. Podemos excluir el crimen contra la propiedad. Con mucha seguridad en cuanto a Gustaf Wetterstedt, del todo en el caso de Carlman.

—Un móvil puede tener muchos componentes —dijo Ekholm—. Incluso el crimen pasional puro puede construirse sobre un móvil invisible a primera vista. Un asesino en serie puede elegir a sus víctimas totalmente al azar desde nuestra perspectiva. Si consideramos las cabelleras, podemos preguntarnos si está a la caza de un tipo especial de pelo. En las fotografías veo que Wetterstedt y Carlman tenían una abundante melena gris idéntica. No podemos excluir nada. Pero como profano en cuanto a la manera de la policía de concentrar sus pesquisas, estoy de acuerdo en que lo más importante ahora debe ser establecer la conexión.

—¿Puede ser que estemos totalmente equivocados? —dijo Martinsson de repente—. Tal vez el asesino crea que existe una conexión simbólica entre Wetterstedt y Carlman. Mientras nosotros estamos buscando y ahondando en la realidad, él quizá vea una coherencia invisible para nosotros. Algo del todo inconcebible para nuestras mentes racionales.

Wallander sabía que, en ocasiones especiales, Martinsson tenía la capacidad de hacer que la investigación girase alrededor de su eje para hacerla entrar en la pista correcta.

—Estás pensando en algo —dijo—. Continúa.

Martinsson se encogió de hombros y parecía que se retiraba de su iniciativa.

—Wetterstedt y Carlman eran personas ricas —continuó—. Los dos pertenecían a la clase alta. Como representantes simbólicos del poder político y económico, ambos son buenas elecciones.

—¿Estás insinuando quizá un móvil terrorista? —preguntó Wallander atónito.

—No estoy insinuando nada —contestó Martinsson—. Estoy escuchando lo que decís e intento pensar por mi cuenta. Tengo tanto temor como cualquiera en esta habitación de que ataque de nuevo.

Wallander miró a los que estaban sentados alrededor de la mesa. Caras pálidas, serias. A excepción de Svedberg con sus quemaduras.

Sólo ahora comprendió que todos tenían el mismo miedo que él.

No era el único que temía la próxima llamada telefónica.

Interrumpieron la reunión un poco antes de las diez. Sin embargo, Wallander le pidió a Martinsson que se quedara.

—¿Qué tal con lo de la chica? —preguntó—. Dolores María Santana.

—Todavía estoy esperando que la Interpol reaccione.

—Insísteles —dijo Wallander.

Martinsson le miró interrogativamente.

—¿Realmente tenemos tiempo para ella ahora?

—No. Pero tampoco podemos dejarlo.

Martinsson prometió enviar una nueva solicitud de información acerca de Dolores María Santana. Wallander entró en su despacho y llamó a Lars Magnusson. Tardó en contestar. Wallander se dio cuenta por su voz de que estaba borracho.

—Necesito continuar nuestra conversación —dijo.

—Llamas demasiado tarde —contestó Lars Magnusson—. A estas horas del día no entablo conversaciones.

—Haz café —dijo Wallander—. Y esconde las botellas. Iré dentro de media hora.

Colgó en medio de las protestas de Lars Magnusson. Luego leyó los informes preliminares de las autopsias que alguien había dejado sobre su mesa. Con el paso del tiempo, Wallander había aprendido a interpretar los informes, muchas veces difíciles de comprender, escritos por los patólogos y los forenses. Muchos años antes había hecho un cursillo organizado por la Jefatura Nacional de Policía. Estuvieron en Uppsala y Wallander todavía recordaba lo desagradable que era visitar la sala de autopsias.

No creyó ver nada inesperado en ninguno de los dos informes. Los apartó y miró por la ventana.

Intentó imaginarse al asesino que estaban buscando. ¿Qué aspecto tendría? ¿Qué estaría haciendo ahora?

La imagen seguía vacía. Wallander solamente miraba dentro de la oscuridad.

Lleno de frustración, se levantó y salió.

17

Wallander dejó la casa de Lars Magnusson después de más de dos horas de infructuosos intentos por entablar una conversación sensata. Lo que más deseaba era irse a su casa y darse un baño. La primera vez que visitó a Lars Magnusson no se había dado cuenta de la suciedad incrustada por todas partes. Pero ahora la decadencia era notable. La puerta exterior estaba entreabierta cuando llegó Wallander. Dentro del apartamento, Lars Magnusson yacía en el sofá mientras en la cocina la cafetera estaba a punto de rebosar. Saludó a Wallander diciéndole que mejor se fuera al infierno. Que no apareciera nunca más y olvidase que existía un hombre llamado Lars Magnusson. Pero Wallander se quedó. Interpretó el hecho del café quemado como que Lars Magnusson, a pesar de todo, por un momento había considerado abandonar la costumbre de no mantener conversaciones con la gente en pleno día. Wallander buscó en vano unas tazas limpias. En el fregadero había platos en los que la grasa y los restos de comida se habían solidificado y formaban protuberancias fósiles en la porcelana. Finalmente encontró dos tazas, las fregó y se las llevó al salón. Magnusson vestía únicamente unos sucios pantalones cortos. Estaba sin afeitar y tenía una botella de vino dulce entre las manos, como si se aferrase desesperadamente a un crucifijo. En un primer momento, Wallander se sintió muy afectado por la decadencia. Lo que más le repugnaba era ver que a Lars Magnusson se le habían empezado a caer los dientes. Luego se irritó y finalmente se enfureció porque el hombre del sofá no parecía escucharle. Le quitó la botella y le exigió respuestas a las preguntas que le hacía. No sabía a qué tipo de autoridad invocaba. Pero Lars Magnusson le obedeció. Incluso se arrastró hasta sentarse en el sofá. Wallander intentó profundizar más en el viejo mundo en el que Gustaf Wetterstedt era ministro de Justicia, envuelto en rumores y escándalos más o menos encubiertos. Pero al parecer Lars Magnusson lo había olvidado todo. Ya no recordaba qué le había dicho a Wallander durante la primera visita. Sólo cuando Wallander le devolvió la botella y pudo tomar unos tragos, empezaron a volver ciertas frágiles imágenes. Al marcharse, Wallander sólo había logrado saber una cosa que podía ser de interés. En un momento de lucidez, Magnusson recordó que hubo un policía en la sección de fraudes de Estocolmo que había mostrado un interés personal por Gustaf Wetterstedt. En el mundo del periodismo corrían rumores de que ese hombre, cuyo nombre recordó Magnusson después de mucho esfuerzo como Hugo Sandin, había creado un archivo propio sobre Wetterstedt. Por lo que Magnusson sabía, nunca salió nada a la luz. Pero en cambio sí sabía que Hugo Sandin, después de la jubilación, se fue al sur y ahora vivía con su hijo, dueño de una alfarería a las afueras de Hässleholm.

—Si es que todavía vive —dijo Lars Magnusson, sonriendo con su boca desdentada, como si en el fondo albergara la esperanza de que Hugo Sandin le hubiese precedido a la hora de cruzar la frontera.

Cuando Wallander salió a la calle decidió, a pesar de todo, investigar si Hugo Sandin vivía aún. Estuvo dudando si ir a casa a tomar un baño para quitarse el malestar después de respirar el aire viciado de casa de Lars Magnusson. Era casi la una. No tenía hambre, aunque apenas había desayunado. Volvió a la comisaría con el propósito de averiguar si Lars Magnusson tenía razón en que Hugo Sandin vivía cerca de Hässleholm. En la recepción se topó con Svedberg, que todavía sufría de las quemaduras en la cara.

—A Wetterstedt le entrevistó una periodista del *Maga-Zenit* —dijo Svedberg.

Wallander nunca había oído hablar de la revista.

—Todos los jubilados la reciben —añadió Svedberg—. La periodista se llama Anna-Lisa Blomgren. Fue con un fotógrafo. Como Wetterstedt ha muerto, no publicarán el material.

—Habla con ella —ordenó Wallander—. Y pídele las fotos al fotógrafo.

Wallander siguió hacia su despacho. Durante la breve conversación con Svedberg había recordado algo que tenía que comprobar de inmediato. Llamó a la recepción y les pidió que buscaran a Nyberg, que había salido. Después de un cuarto de hora, telefoneó Nyberg.

—¿Recuerdas que te di una bolsa con una cámara en casa de Wetterstedt? —preguntó Wallander.

—Claro que me acuerdo —contestó Nyberg con voz irritada.

—Sólo quiero saber si han revelado el carrete. Creo que había siete fotos.

—¿No te las han dado? —preguntó Nyberg atónito.

—No.

—Te las iban a enviar ya el sábado pasado.

—No las he recibido.

—¿Estás seguro?

—Habrán quedado olvidadas en alguna parte.

—Lo voy a comprobar —dijo Nyberg—. Te llamaré.

Wallander colgó el teléfono con la sensación de que alguien sería muy pronto objeto de la ira de Nyberg. En aquel momento estaba contento de no ser él.

Buscó el número de teléfono de la policía de Hässleholm y después de varios intentos logró hablar con un empleado que le dio el número de teléfono de Hugo Sandin. A la pregunta directa de Wallander contestó que Hugo Sandin tenía cerca de ochenta y cinco años, pero que aún tenía la cabeza clara.

—Suele venir a vernos un par de veces al año —comentó el empleado, que se había presentado con el nombre de Mörk.

Wallander tomó nota del número y le dio las gracias. Luego volvió a levantar el auricular y llamó a Malmö. Estuvo de suerte y pudo hablar con el médico que le había practicado la autopsia a Wetterstedt.

—No pone nada acerca de cuándo murió —dijo Wallander—. Ese dato es muy importante para nosotros.

El médico se disculpó diciendo que tenía que ir a buscar sus papeles. Regresó al cabo de un minuto, lamentándose.

—Lo siento, no está en el informe. A veces mi dictáfono falla. Pero Wetterstedt murió como máximo unas veinticuatro horas antes de que lo encontrasen. Todavía estamos esperando algunos resultados del laboratorio, que pueden reducir aún más el margen de tiempo.

—Estaremos esperándolos —dijo Wallander dándole las gracias.

Entró en el despacho de Svedberg, que estaba trabajando en su ordenador.

—¿Has hablado con aquella periodista?

—Es lo que estoy escribiendo ahora.

—¿Te dijo a qué hora estuvieron allí?

Svedberg buscó entre sus anotaciones.

—Llegaron a casa de Wetterstedt a las diez. Y estuvieron hasta la una.

—¿Después de esa hora nadie más le vio con vida?

Svedberg reflexionó.

—No, que yo recuerde.

—Entonces ya sabemos algo —dijo Wallander, y se marchó.

Estaba a punto de llamar al viejo policía Hugo Sandin, cuando Martinsson entró en su despacho.

—¿Tienes un minuto? —preguntó.

—Siempre —respondió Wallander—. ¿Qué quieres?

Martinsson agitó una carta en la mano.

—Esto ha llegado en el correo de hoy —dijo—. Es una persona que afirma que llevó a una joven que hacía autostop desde Helsingborg hacia Tomelilla el lunes 20 de junio por la noche. Por las descripciones que ha visto en los periódicos de la chica que se suicidó cree que puede haber sido ella.

Martinsson le entregó la carta a Wallander, que la sacó del sobre y leyó el contenido.

—No hay ninguna firma —dijo.

—Pero el membrete es interesante.

Wallander asintió con la cabeza.

—«Parroquia de Smedstorp» —dijo—. Auténtico papel de la Iglesia estatal.

—Tendremos que comprobarlo —dijo Martinsson.

—Claro que sí —contestó Wallander—. Si tú te dedicas a la Interpol y todo lo demás que tienes entre manos, yo me encargaré de esto.

—Todavía no entiendo cómo tenemos tiempo para ella —dijo Martinsson.

—Lo tenemos porque es nuestra obligación —respondió Wallander.

Sólo cuando estuvo a solas, Wallander se dio cuenta de que Martinsson le había hecho una crítica velada por no posponer todo lo relacionado con la chica muerta. Por un momento pensó que Martinsson tenía razón. No había tiempo para otra cosa que Wetterstedt y Carlman. Luego decidió que la crítica era infundada. No hay límite para la resistencia de la policía. Debían tan sólo encontrar la energía y el tiempo para todo.

Como si quisiera probar que su juicio era el correcto, Wallander abandonó la comisaría y, con el coche, salió de la ciudad, hacia Tomelilla y Smedstorp. El viaje también le permitió pensar en Wetterstedt y Carlman. El paisaje veraniego por el que viajaba era un marco irreal para sus pensamientos. «Dos hombres muertos a hachazos y con las cabelleras arrancadas», pensó. «Además, una chica sale a un campo de colza y se suicida. Y a mi alrededor es verano. Escania no puede ser más hermosa que de esta forma. Hay un paraíso escondido en cada rincón perdido de este mundo. Con sólo mantener los ojos abiertos, descubres el paraíso. Pero tal vez también se vean los invisibles coches fúnebres que acechan a lo largo de las carreteras.»

Sabía dónde estaba el despacho parroquial de Smedstorp. Cuando hubo pasado Lunnarp, torció a la izquierda. También sabía que las casas de la comunidad tenían unos horarios de atención a los fieles muy raros. Pero al llegar al edificio blanco vio unos coches aparcados delante. Un hombre estaba cortando el césped en las cercanías. Wallander empujó la puerta. Estaba cerrada. Pulsó el timbre mientras leía en una placa metálica que el despacho parroquial no abriría hasta el miércoles. Esperó. Luego volvió a llamar, a la vez que golpeaba la puerta. Al fondo se oía el traqueteo del cortacésped. Wallander estaba a punto de marcharse cuando en la planta de arriba se abrió una ventana. La cabeza de una mujer se asomó.

—Abrimos los miércoles y los viernes —gritó.

—Lo sé —respondió Wallander—. Pero tengo un asunto urgente. Soy de la policía de Ystad.

La cabeza desapareció. Poco después se abrió la puerta. Una mujer rubia, totalmente vestida de negro, estaba delante de él. Llevaba puesto mucho maquillaje. Calzaba unos zapatos de tacón alto. Pero lo que más le sorprendió a Wallander fue el pequeño alzacuello de clérigo que contrastaba con todo el resto negro. Le estrechó la mano y le saludó.

—Gunnel Nilsson —se presentó—. Soy pastora de esta parroquia.

Wallander entró tras ella. «Si estuviera en un club nocturno sería más comprensible», pensó rápidamente. «Los pastores ya no tienen el aspecto que recordaba.»

Abrió la puerta de un despacho y le invitó a entrar y sentarse. Wallander observó que Gunnel Nilsson era una mujer muy atractiva. Sin embargo, no pudo decidir si el hecho de que fuese pastora contribuía a su atractivo.

Wallander vio un sobre en su escritorio. Reconoció el membrete de la parroquia.

—Llegó una carta a la policía —empezó—. Escrita en vuestro papel. Por eso estoy aquí.

Le contó lo de la chica que se había suicidado. Vio que le disgustaba profundamente. Al preguntarle después, dijo que había estado enferma unos días y que no había leído los periódicos.

Wallander le mostró la carta.

—¿Tiene idea de quién puede haberla escrito? —preguntó—. ¿Quién tiene acceso a su papel de cartas?

Ella meneó la cabeza.

—Una parroquia no es como un banco —contestó—. Y aquí sólo tenemos a mujeres como empleadas.

—De la carta no puede deducirse si fue escrita por un hombre o por una mujer —señaló Wallander.

—No sé quién puede ser —dijo.

—Helsingborg. ¿Vive alguno de la parroquia allí? ¿O que viaje allí a menudo?

Volvió a negar con la cabeza. Wallander comprendió que realmente intentaba ayudarlo.

—¿Cuántos sois los que trabajáis aquí? —preguntó.

—Conmigo, cuatro. Y luego Andersson que nos ayuda en el jardín. También tenemos un conserje a tiempo completo, Sture Rosell. Pero está sobre todo en los cementerios y en nuestras iglesias. Cualquiera de ellos puede haber entrado y haberse llevado un papel de carta de aquí. Además de todos los que visitan el despacho parroquial por algún asunto.

—¿Y no reconoces la letra?

—No.

—No está prohibido recoger a autostopistas —dijo Wallander—. Entonces ¿por qué se escribe una carta anónima? ¿Para esconder que has estado en Helsingborg? A mí me confunde el anonimato.

—Claro que puedo comprobar si alguno de los empleados estuvo en Helsingborg ese día —señaló—. E intentaré ver si la letra se parece a la de alguien de aquí.

—Te agradezco la ayuda —dijo Wallander levantándose—. Me puedes encontrar en la comisaría de Ystad.

Anotó su número de teléfono en una hoja que ella le dio. Le acompañó hasta la salida.

—Nunca antes había conocido a una mujer sacerdote —dijo.

—Todavía hay muchos que se sorprenden —contestó ella.

—En Ystad tenemos nuestra primera mujer jefa de policía —dijo—. Todo cambia.

—¡Ojalá sea para mejor! —contestó ella sonriendo.

Wallander la miró y pensó que era muy hermosa. No consiguió ver si llevaba anillo en la mano. Al regresar al coche no pudo evitar algunos pensamientos prohibidos. Realmente era muy atractiva.

El hombre que cortaba el césped se había sentado en un banco para fumarse un cigarrillo. Sin poder explicar después por qué lo hizo, Wallander se sentó en el banco y empezó a hablar con él, que tenía unos sesenta años. Vestía una camisa azul de trabajo y unos pantalones de pana sucios. Llevaba unas anticuadas zapatillas de deporte. Wallander observó que fumaba Chesterfield sin filtro. Recordaba que su padre había fumado esa misma marca cuando él era niño.

—No suele abrir cuando debe estar cerrado —dijo el hombre filosóficamente—. Si he de ser sincero, es la primera vez que ocurre.

—La pastora es muy hermosa —señaló Wallander.

—Además es simpática —dijo el hombre—. Y predica bien. No sé si no será la mejor pastora que hemos tenido. Pero claro que mucha gente habría preferido a un hombre.

—¿Ah, sí? —dijo Wallander distraído.

—Hay mucha gente que no se imagina tener más que un hombre pastor. Los escanianos son conservadores. La mayoría.

La conversación languideció. Era como si ambos hubiesen agotado sus fuerzas en el banco. Wallander escuchaba a los pájaros veraniegos. Notaba el olor a hierba recién cortada. Pensó que debía ponerse en contacto con su colega de la policía de Östermalm, Hans Vikander, para saber si había averiguado algo de la conversación que tuvo con la anciana madre de Wetterstedt. ¡Tenía tantas cosas que hacer! Lo que menos le urgía era estar sentado en un banco delante del despacho parroquial de Smedstorp.

—¿Ha venido a por el certificado de cambio de residencia? —preguntó el hombre de repente.

Wallander se sobresaltó como si le hubieran descubierto en una situación embarazosa.

—Sólo he venido a hacer unas preguntas —dijo.

El hombre le miró.

—Te conozco —dijo—. ¿Eres de Tomelilla?

—No —contestó Wallander—. Soy oriundo de Malmö. Pero vivo desde hace años en Ystad.

Después se levantó y se volvió hacia el hombre para despedirse. Por azar le echó una mirada a la camiseta que asomaba por debajo de la camisa desabrochada. Vio que hacía propaganda de la línea de los transbordadores entre Helsingborg y Helsingör. Comprendió de inmediato que podría tratarse de una casualidad. Pero decidió rápidamente que no lo era. Se sentó de nuevo. El hombre aplastó la colilla del cigarrillo en la hierba y se dispuso a levantarse.

—Quédate un rato —dijo Wallander—. Quiero preguntarte algo.

El hombre debió de advertir que la voz de Wallander había cambiado. Le miró con actitud expectante.

—Soy policía —dijo Wallander—. En realidad no he venido a hablar con la pastora. He venido a hablar contigo. Me pregunto por qué no firmaste la carta que nos enviaste. La de la chica a quien habías llevado en autostop desde Helsingborg.

Era una apuesta arriesgada, lo sabía. Iba en contra de todo lo que había aprendido. Era un golpe bajo de la norma que decía que un policía no puede mentir para sonsacar una verdad. Al menos cuando no se ha perpetrado ningún crimen.

Pero el golpe fue efectivo. El hombre se sobresaltó, el ataque de Wallander era por sorpresa. Le golpeó tan fuerte que todas las objeciones posibles desaparecieron de inmediato. ¿Cómo podía saber Wallander que había sido él quien había escrito la carta? ¿Cómo podía saber nada en absoluto?

Wallander lo notó. Ahora, cuando el golpe había dado en el blanco, lo único que podía hacer era levantarlo del suelo imaginario y calmarlo de nuevo.

—No es un acto delictivo escribir cartas anónimas —dijo—. Tampoco es ilegal recoger autostopistas. Sólo quiero saber por qué escribiste la carta; cuándo la recogiste, dónde la dejaste y a qué hora. Y si dijo algo en el coche durante el trayecto.

—Ahora te reconozco —murmuró el hombre—. Tú eres aquel policía que le disparó a un hombre en la niebla hace unos años. En el campo de tiro a las afueras de Ystad.

—Tienes razón —dijo Wallander—. Fui yo. Me llamo Kurt Wallander.

—Estaba en la salida sur —exclamó el hombre de repente—. Eran las siete de la tarde. Había ido a comprarme un par de zapatos. Mi primo tiene una zapatería en Helsingborg. Me hace descuento. Nunca suelo recoger autostopistas. Pero se la veía tan abandonada.

—¿Qué pasó, entonces?

—No pasó nada.

—Cuando detuviste el coche. ¿Qué idioma hablaba?

—Yo qué sé qué idioma hablaba. Por lo menos no era sueco. Y yo no hablo inglés. Le dije que iba a Tomelilla. Entonces asintió con la cabeza. Asintió a todo lo que le dije.

—¿Llevaba alguna maleta?

—Nada.

—¿Ni siquiera un bolso?

—No llevaba nada.

—¿Y luego os marchasteis?

—Se sentó en el asiento trasero. Durante todo el viaje no pronunció ni una palabra. Lo encontré raro. Me arrepentí de haberla recogido.

—¿Por qué?

—Quizá no iba a Tomelilla. ¿Quién cojones va a Tomelilla?

—¿O sea que no dijo nada?

—Ni una palabra.

—¿Qué hizo?

—¿Que qué hizo?

—¿Estuvo durmiendo? ¿Miraba por la ventanilla? ¿Qué hizo?

El hombre reflexionó.

—Había una cosa en la que estuve pensando después. Cada vez que nos adelantaba un coche se agachaba en el asiento trasero. Como si no quisiera ser vista.

—¿O sea que tenía miedo?

—Supongo que sí.

—¿Qué ocurrió después?

—Me detuve en la rotonda a las afueras de Tomelilla y la dejé bajar. Si he de ser sincero, creo que no tenía ni idea de dónde se encontraba.

—¿O sea que no iba a Tomelilla?

—Si puedo decir lo que pienso, creo que quería alejarse de Helsingborg. Yo continué mi camino, pero cuando ya casi estaba en casa pensé: no la puedo dejar allí. Así que volví. Pero no estaba.

—¿Cuánto tardaste?

—Máximo diez minutos.

Wallander reflexionó.

—Cuando la recogiste en las afueras de Helsingborg, ¿estaba en la autopista? ¿Podía ser que hubiese venido haciendo autostop hasta Helsingborg? ¿O venía de la ciudad?

El hombre reflexionó.

—De la ciudad —dijo luego—. Si la hubiesen dejado viniendo desde el norte, no habría estado donde estaba.

—¿Después no la viste más? ¿No fuiste tras ella?

—¿Por qué tendría que haberlo hecho?

—¿Qué hora era cuando pasó todo eso?

—La dejé a las ocho. Recuerdo que las noticias de la radio del coche empezaron en el momento en que ella se apeaba.

Wallander pensó en todo lo que había oído. Sabía que había tenido suerte.

—¿Por qué escribiste a la policía? —preguntó—. ¿Por qué escribiste una carta anónima?

—Leí sobre la chica que se había suicidado —dijo—. Enseguida me vino el presentimiento de que podía ser ella. Pero prefería no darme a conocer. Estoy casado. Recoger a una autostopista podría malinterpretarse.

Wallander intuía que aquel hombre decía la verdad.

—Esta conversación no saldrá a la luz —aseguró—. Pero aun así tengo que pedirte tu nombre y el número de teléfono.

—Me llamo Sven Andersson —dijo el hombre—. Espero que no haya problemas.

—No, si has dicho la verdad —añadió Wallander.

Anotó el número de teléfono.

—Una cosa más —dijo—. ¿Puedes recordar si llevaba alguna joya alrededor del cuello?

Sven Andersson reflexionó. Luego negó con la cabeza. Wallander se levantó y le estrechó la mano.

—Has sido de gran ayuda —dijo.

—¿Es ella? —preguntó Sven Andersson.

—Probablemente —contestó Wallander—. La cuestión ahora es qué hacía en Helsingborg.

Dejó a Sven Andersson y se dirigió a su coche.

En el momento en que abría la puerta sonó el teléfono móvil.

Su primer pensamiento fue que el hombre que había matado a Wetterstedt y a Carlman había atacado de nuevo.

18

En el coche, de regreso a Ystad, Wallander decidió ir ese mismo día a Hässleholm para hablar con el viejo policía Hugo Sandin. Cuando Wallander descolgó el teléfono y oyó que era Nyberg, que le decía que las siete fotos reveladas estaban ya en su mesa, y que por tanto la llamada no era un aviso de que quien mató a Wetterstdt y a Carlman había atacado de nuevo, sintió un gran alivio. Después, cuando ya había salido de Smedstorp, pensó que tendría que controlar mejor su angustia. El hombre tal vez no tenía más víctimas en su lista invisible. No podía sucumbir ante un temor que sólo le causaba dolores de cabeza. Él, al igual que sus colegas, tenía que seguir con su trabajo de investigación como si todo hubiese sucedido y nada más fuese a ocurrir. Si no, se convertirían en policías que dedicaban su tiempo a una espera infructuosa.

Se fue directamente a su despacho y escribió un informe sobre su conversación con Sven Andersson. Intentó en vano encontrar a Martinsson. Ebba sólo sabía que había salido sin decir adónde iba. Cuando Wallander le llamó al teléfono móvil, sólo obtuvo la respuesta de que no estaba operativo. Le irritaba que Martinsson estuviese ilocalizable tan a menudo. En la siguiente reunión del equipo de investigación les avisaría de que todos debían estar siempre localizables. Luego se acordó de las fotografías que según Nyberg estaban en su mesa. Sin darse cuenta, había colocado su libreta encima del sobre. Las sacó, encendió la lámpara del escritorio y las miró, una por una. Sin saber en realidad lo que había esperado, se sintió desilusionado. Las fotos sólo representaban la vista desde la casa de Wetterstedt. Estaban tomadas desde el piso superior. Podía ver el bote vuelto al revés de Lindgren y el mar, que estaba en calma. No había personas en las fotos. La playa estaba desierta. Dos de las fotos incluso estaban desenfocadas. Las dejó en la mesa y se preguntó por qué las había tomado Wetterstedt. Si es que había sido él quien las hizo. Sacó una lupa de uno de los cajones del escritorio. Ni con ella encontró nada de interés en las fotos. Las volvió a meter en el sobre y pensó en pedir a alguien del equipo de investigación que las mirara, para confirmar que no había dejado pasar por alto algo que fuese de interés. Estaba a punto de llamar a Hässleholm cuando un secretario entró con un fax de Hans Vikander de Estocolmo. Era un informe de cinco páginas de escritura apretada de una conversación que había mantenido con la madre de Wetterstedt. Lo leyó enseguida: minuciosamente escrito pero carente por completo de imaginación. No había ni una sola pregunta que Wallander no hubiese podido predecir. Según su experiencia, un interrogatorio, u otra conversación en relación con una investigación, debía contener tantas preguntas básicas como momentos de sorpresa. Al mismo tiempo pensó que probablemente era injusto con Hans Vikander. ¿Qué posibilidades había de que una mujer de noventa y cuatro años pudiera decir algo inesperado sobre su hijo, al que apenas veía y con quien solamente intercambiaba unas breves conversaciones telefónicas? Después de haber leído la carta de Hans Vikander comprendió que no había nada en ella que les hiciese avanzar. Fue a buscar un café pensando distraídamente en la pastora de Smedstorp. Al volver a su despacho marcó el número de Hässleholm que le habían dado. Contestó un hombre joven. Wallander se presentó y expuso su encargo. Después transcurrieron varios minutos antes de que Hugo Sandin se pusiera al teléfono. Wallander oyó una voz clara y decidida. Hugo Sandin le notificó que estaba dispuesto a verle ese mismo día. Wallander se acercó la libreta de notas y anotó la descripción del camino. A las tres y cuarto dejaba la comisaría. De camino a Hässleholm se detuvo a comer. Ya eran más de las cinco cuando torció junto al molino rehabilitado en el que un letrero anunciaba que existía una alfarería. Un hombre mayor caminaba alrededor de la casa arrancando dientes de león. Cuando Wallander salió del coche, se limpió las manos y fue a su encuentro. A Wallander le costaba creer que ese hombre ágil que se acercaba tuviera más de ochenta años. Era difícil creer que Hugo Sandin y su padre fueran casi de la misma edad.

—Tengo muy pocas visitas —dijo Hugo Sandin—. Todos mis viejos amigos ya se han ido. Me queda un colega de la antigua sección de homicidios, pero está en un geriátrico a las afueras de Estocolmo y ya no recuerda nada posterior a 1960. De verdad que es una mierda hacerse viejo.

Wallander pensó que Hugo Sandin repetía las palabras que Ebba había dicho. En eso sí se distinguía de su padre, que nunca o muy raras veces se quejaba de su vejez.

En un viejo cobertizo para carros, transformado en un local de exposición para los productos de la alfarería, había una mesa con un termo y tazas. Wallander sospechaba que la cortesía le exigía que dedicase unos minutos a admirar la cerámica expuesta. Hugo Sandin se sentó a la mesa y sirvió el café.

—Eres el primer policía que conozco al que le interesa la cerámica —dijo irónicamente.

Wallander se sentó a la mesa.

—En realidad no estoy tan interesado —admitió.

—A los policías les suele gustar pescar —dijo Hugo Sandin—. En lagos solitarios, desolados y apartados en las montañas. O en las profundidades de los bosques de Småland.

—No lo sabía —dijo Wallander—. Nunca pesco.

Sandin le observaba con atención.

—¿Qué haces cuando no trabajas?

—Es que me cuesta mucho desconectar.

Sandin asintió con la cabeza.

—Ser policía es una vocación —puntualizó—. Como ser médico. Estamos siempre de servicio. Llevemos uniforme o no.

Wallander decidió no discutir, aunque no estaba en absoluto de acuerdo con Hugo Sandin en que la profesión de policía era una vocación. Una vez lo había pensado. Pero ya no. Al menos lo dudaba.

—Cuéntame —le animó Sandin—. He leído en los periódicos sobre vuestros quehaceres en Ystad. Cuéntame lo que no escriben.

Wallander le relató las circunstancias de los dos asesinatos. De vez en cuando Hugo Sandin le interrumpía con una pregunta, siempre bien justificada.

—En otras palabras, es probable que mate de nuevo —dijo cuando Wallander se calló.

—No podemos excluirlo.

Hugo Sandin retiró un poco la silla hacia atrás para poder estirar las piernas.

—Y ahora quieres que te hable de Gustaf Wetterstedt —dijo—. Y lo haré con mucho gusto. Pero deja que te pregunte primero cómo has sabido que yo una vez, hace mucho tiempo, me ocupé de él con un interés especial, y particularmente indiscreto.

—Hay un periodista en Ystad, desgraciadamente muy alcoholizado, que me lo explicó. Se llama Lars Magnusson.

—El nombre no me dice nada.

—De todos modos era él quien lo sabía.

Hugo Sandin guardó silencio pasándose un dedo por los labios. Wallander tuvo la sensación de que estaba buscando un punto de partida adecuado.

—La verdad sobre Gustaf Wetterstedt es muy sencilla de relatar —dijo Hugo Sandin—. Era un canalla. Es posible

236

que formalmente fuera competente como ministro de Justicia. Pero era inadecuado.

—¿Por qué?

—Sus actividades políticas se caracterizaban más por su dedicación a la carrera personal que a los intereses nacionales. Es la peor nota que se le pueda dar a un ministro.

—¿Y aun así fue propuesto para presidente del partido?

Hugo Sandin negó enérgicamente con la cabeza.

—No es verdad —dijo—. Eran especulaciones de los periódicos. Dentro del partido tenían muy claro que él nunca sería presidente. La cuestión es si siquiera era miembro del partido.

—Pero fue ministro de Justicia durante muchos años. No puede haber sido completamente inútil.

—Eres demasiado joven como para recordarlo. Pero en alguna parte durante los años cincuenta hay una línea divisoria. Es invisible, pero está ahí. Suecia navegaba con un viento a favor casi inconcebible. Había medios ilimitados para construir y acabar con los restos de la pobreza. Y al mismo tiempo se produjo un cambio en la vida política. Los políticos se convirtieron en profesionales. Ambiciosos profesionales. Antes, el idealismo había sido el elemento dominante de la vida política. Entonces ese idealismo empezó a diluirse. Aparecieron personas como Gustaf Wetterstedt. Las asociaciones políticas juveniles se convirtieron en incubadoras para los políticos del futuro.

—Hablemos de los escándalos que le rodeaban —dijo Wallander temiendo que Hugo Sandin se perdiera en indignados recuerdos políticos.

—Mantenía a prostitutas —dijo Hugo Sandin—. Algo en lo que naturalmente no era el único. Pero tenía debilidades especiales que las chicas tenían que pagar.

—He oído que una chica le denunció —comentó Wallander.

—Se llamaba Karin Bengtsson —dijo Hugo Sandin—. Procedía de una familia problemática de Eksjö. Se escapó a Estocolmo y apareció por primera vez en los papeles de la brigada antivicio en 1954. Unos años más tarde estuvo metida en el grupo del que Wetterstedt elegía a sus chicas. En enero de 1957 presentó una denuncia contra él. Le había hecho cortes en los pies con cuchillas de afeitar. Yo mismo la conocí en aquella ocasión. Apenas podía mantenerse de pie. Wetterstedt se dio cuenta de que se había excedido. La denuncia desapareció y compraron el silencio de Karin Bengtsson. Le dieron dinero para invertir en una próspera tienda de moda en Västerås. En 1959 apareció un dinero en su cuenta que le brindó la posibilidad de comprarse un chalet. Desde 1960 viajaba cada año a Mallorca.

—¿Quién aportó ese dinero?

—Ya en aquel tiempo había lo que se llamaba fondos reservados. La corte sueca había predicado con el ejemplo comprando a personas que habían intimado demasiado con el entonces rey.

—¿Vive aún Bengtsson?

—Murió en mayo de 1984. No se casó nunca. No la vi después de que se instalara en Västerås. Pero me llamaba de vez en cuando. Hasta el último año de su vida. Entonces estaba casi siempre borracha.

—¿Por qué te llamaba a ti?

—Cuando empezaron a correr los rumores de que una chica de la calle quería denunciar a Wetterstedt me puse en contacto con ella. La quería ayudar. Le habían destrozado la vida. Su autoestima estaba por los suelos, en serio.

—¿Por qué te interesaba?

—Me indignaba. Supongo que era bastante radical en aquella época. Demasiados policías aceptaban la corrupción de la justicia. Yo no lo hacía. Ni entonces, ni ahora.

—¿Qué pasó después de que se quitase de enmedio a Karin Bengtsson?

—Wetterstedt seguía como antes. Lastimó a muchas chicas. Pero nunca le denunció nadie más. En cambio desaparecieron al menos dos chicas.

—¿Qué quieres decir con eso?

Hugo Sandin miró interrogativamente a Wallander.

—Quiero decir que desaparecieron. Nunca más se supo de ellas. Denunciaron su desaparición, se indagó. Pero no aparecieron.

—¿Qué pasó? ¿Cuál es tu teoría?

—Mi teoría es desde luego que las mataron. Enterradas en cal, hundidas en el mar. Yo qué sé.

A Wallander le costaba creer lo que oía.

—¿Puede realmente ser verdad todo eso? —dijo vacilante—. Parece increíble, por no decir otra cosa.

—¿Qué es lo que se suele decir? ¿Increíble pero cierto?

—¿Habría Wetterstedt cometido un asesinato?

Hugo Sandin negó con la cabeza.

—No digo que él lo hubiese hecho personalmente. Estoy casi seguro de que no fue así. No sé lo que pasó con exactitud. Y seguramente tampoco lo sabremos nunca. Pero puedes sacar conclusiones. Aunque falten las pruebas.

—Aún me cuesta creerlo —dijo Wallander.

—Claro que es verdad —afirmó Hugo Sandin con determinación, como si no aceptase las objeciones—. Wetterstedt era un hombre sin escrúpulos. Pero nunca nadie lo pudo demostrar, por supuesto.

—Corrían muchos rumores acerca de él.

—Todos justificados. Wetterstedt se valía de su posición y de su poder para mantener sus pervertidos deseos sexuales. Pero también se mezclaba en negocios que le hicieron rico en secreto.

—¿Comercio de obras de arte?

—Más bien robos de obras de arte. En mi tiempo libre me esforcé en intentar esclarecer todas las circunstancias. Supongo que soñaba con poner en la mesa del fiscal general un expediente tan irrefutable que no solamente obligaría a Wetterstedt a dimitir, sino que también le llevaría a la cárcel por una buena temporada. Desgraciadamente nunca lo logré.

—Debes de tener un montón de material de aquella época.

—Lo quemé todo hace unos años. En el horno de cerámica de mi hijo. Por lo menos eran diez kilos de papel.

Wallander le maldijo en su fuero interno. No había imaginado que Hugo Sandin se deshiciera del material reunido con tanto esfuerzo.

—Todavía tengo buena memoria —dijo Sandin—. Seguramente me acuerdo de todo lo que decía lo que quemé.

—Arne Carlman —dijo Wallander—. ¿Quién era?

—Un hombre que llevó la venta de obras de arte a su nivel más alto —contestó Sandin.

—Durante la primavera de 1969 estuvo en la cárcel de Långholmen. Hemos recibido un soplo anónimo de que él, por aquel entonces, tenía contactos con Wetterstedt. Y que se vieron después de que Carlman saliera de la cárcel.

—Carlman figuraba de tanto en tanto en diferentes investigaciones. Creo que fue encarcelado en Långholmen por algo tan sencillo como una estafa y falsificación de cheques.

—¿Encontraste alguna vez alguna conexión entre él y Wetterstedt?

—Había informes de que se conocieron a finales de los años cincuenta. Al parecer compartían el interés de apostar a los caballos. Sus nombres salieron con relación a una redada en el hipódromo de Täby en 1962, más o menos. Aunque el nombre de Wetterstedt fue excluido puesto que se consideraba poco adecuado informar al público de que el ministro de Justicia había estado en un hipódromo.

—¿Qué relación tenían entre sí?

—Ninguna demostrable. Eran como planetas que giraban en distintas órbitas y que, de vez en cuando, se encontraban.

—Necesito esa conexión —dijo Wallander—. Estoy convencido de que tenemos que encontrar esa conexión para poder identificar a la persona que los ha matado.

—Sueles encontrar lo que buscas si excavas lo suficientemente hondo —dijo Hugo Sandin.

El teléfono móvil que Wallander había colocado encima de la mesa empezó a sonar. Sintió de inmediato el gélido temor de que algo grave había ocurrido.

Pero se equivocó otra vez. Era Hansson.

—Sólo quiero saber si pensabas aparecer más por aquí. Si no, propongo que dejemos la reunión para mañana.

—¿Ha ocurrido algo?

—Nada decisivo. Todos están metidos en lo suyo.

—Mañana por la mañana a las ocho —dijo Wallander—. Nada más por hoy.

—Svedberg ha ido al hospital a curarse las quemaduras —agregó Hansson.

—Debería ir con más cuidado —contestó Wallander—. Le ocurre cada año.

Puso fin a la conversación y dejó el teléfono.

—Eres un policía famoso —dijo Hugo Sandin—. Parece ser que a veces utilizas tus propios métodos.

—La mayor parte de lo que dicen no es verdad —contestó Wallander evasivamente.

—Muchas veces me pregunto cómo es ser policía hoy en día —dijo Hugo Sandin.

—Yo también —respondió Wallander.

Se levantaron y caminaron hacia el coche de Wallander. La tarde era muy hermosa.

—¿Puedes imaginarte a alguien que haya querido matar a Wetterstedt? —preguntó Wallander.

—Debe de haber muchos —contestó Hugo Sandin.

Wallander detuvo el paso.

—Tal vez vayamos por mal camino —dijo—. Quizá debamos separar las investigaciones. No buscar el denominador común sino dos soluciones completamente distintas, para así encontrar la conexión.

—Los asesinatos han sido perpetrados por el mismo hombre —dijo Hugo Sandin—. Entonces también las investigaciones tienen que entrelazarse. Si no, me temo que seguiréis una falsa pista.

Wallander asintió con la cabeza. Pero no dijo nada. Se despidieron.

—Llámame otra vez —dijo Hugo Sandin—. Tengo todo el tiempo del mundo a mi disposición. Hacerse viejo es solitario. Una espera desolada de lo inevitable.

—¿Te arrepentiste alguna vez de haberte hecho policía? —preguntó Wallander.

—Nunca —respondió Hugo Sandin—. ¿Por qué debería haberlo hecho?

—Sólo me lo preguntaba —dijo Wallander—. Gracias por haberme recibido.

—Seguro que le atraparéis —dijo Hugo Sandin dándole ánimos—. Aunque tardéis en hacerlo.

Wallander asintió con la cabeza y se sentó en el coche. Al marcharse vio cómo Hugo Sandin continuaba arrancando los dientes de león del césped.

Eran ya casi las ocho cuando Wallander volvió a Ystad. Aparcó el coche delante de su casa y estaba a punto de entrar por la puerta exterior cuando recordó que no tenía nada para comer. En el mismo momento se acordó también de que había olvidado pasar la ITV del coche. Blasfemó en voz alta.

Luego caminó hacia la ciudad y cenó en el restaurante chino que se encontraba junto a la plaza. Era el único comensal en el local, y después de la cena dio un paseo hasta el puerto y se acercó al muelle. Mientras contemplaba los barcos que se balanceaban indolentemente en sus amarras pensaba en las dos conversaciones que había mantenido aquel día.

Una chica llamada Dolores María Santana había estado una noche en la salida de Helsingborg haciendo autostop. No hablaba sueco y tenía miedo a los coches que les adelantaban. Y hasta ahora sólo sabían que había nacido en la República Dominicana.

Estuvo mirando un viejo barco de madera muy bien cuidado mientras se hacía las preguntas decisivas.

¿Por qué y cómo había llegado a Suecia? ¿De qué estaba huyendo? ¿Por qué se había suicidado en el campo de colza de Salomonsson?

Continuó caminando por el muelle.

En un barco de vela celebraban una fiesta. Alguien alzó una copa y brindó por Wallander. Él saludó con la cabeza y levantó la mano como si también tuviese una copa.

En el extremo del muelle se sentó en un bolardo y repasó mentalmente la conversación que había mantenido con Hugo Sandin. Aún pensaba que todo era un enredado embrollo. No veía aperturas, ninguna pista que abriera una brecha en la investigación.

Al mismo tiempo el miedo estaba ahí. No se lo podía quitar de encima. Que fuera a ocurrir de nuevo.

Eran casi las nueve. Tiró un puñado de gravilla al agua y se levantó. La fiesta en el barco de vela continuaba. Volvió por la ciudad. El montón de ropa sucia seguía en el suelo. Se escribió una nota a sí mismo y la dejó en la mesa: «La ITV, cojones». Luego puso la tele en marcha y se acostó en el sofá.

Al dar las diez, llamó a Baiba. Su voz se oía muy nítida y cercana.

—Pareces cansado —dijo—. ¿Tienes mucho que hacer?

—No demasiado —contestó evasivamente—. Pero te echo de menos.

Oyó cómo se reía.

—Nos veremos pronto —dijo.

—¿Qué fue lo que de verdad hiciste en Tallinn?

Ella rió de nuevo.

—Me vi con otro hombre. ¿Qué creías?

—Precisamente eso.

—Necesitas dormir —dijo—. Se te nota desde aquí. He visto que le va bien a Suecia en los Mundiales de Fútbol.

—¿A ti te interesa el fútbol? —preguntó Wallander sorprendido.

—A veces. Especialmente cuando juega Letonia.

—Aquí la gente está como loca.

—¿Tú no?

—Prometo mejorar. Cuando Suecia juegue contra Brasil intentaré mantenerme despierto para verlo.

Oyó cómo se reía.

Pensó que quería decirle algo más. Pero no le salía nada. Cuando terminó la conversación volvió a la tele. Por un momento intentó seguir la película que estaban dando. Después apagó el televisor y se fue a la cama.

Antes de dormirse pensó en su padre.

En otoño irían a Italia.

19

Las fluorescentes manecillas del reloj eran como dos serpientes enlazadas con desesperación. En ese momento señalaban las siete y diez minutos de la tarde del 28 de junio. Unas horas después, Suecia jugaría contra Brasil. Eso también era parte de su plan. Todo el mundo estaría fijándose en lo que pasaba allí dentro, en la pantalla de la tele. Nadie pensaría en lo que sucedía allí fuera, en la noche de verano. Notaba el suelo del sótano frío contra sus pies desnudos. Había estado sentado delante de sus espejos desde primera hora de la mañana. Hacía horas que había acabado la gran transformación. Esta vez cambió el dibujo de la mejilla derecha. Había pintado el ornamento circular de un color azul tirando a negro. Antes había usado un color rojo sangre. Estaba satisfecho con el cambio. Toda su cara tenía más profundidad, hacia algo que era aún más espantoso. Dejó el último pincel y pensó en la misión que le esperaba esa noche. Era el sacrificio más grande que le había podido ofrecer a su hermana hasta ahora. Aunque significara que hubiera tenido que hacer un cambio de planes. La situación que había surgido era inesperada. Por un instante sintió como si le hubieran aventajado los malvados poderes que actuaban alrededor de él. Para poner en claro cómo dominar la situación pasó toda una noche sentado en las sombras debajo de la ventana de su hermana. Estuvo sentado entre las dos cabelleras que anteriormente había enterrado esperando que las fuerzas de la tierra entrasen en él. A la luz de una linterna leyó el libro sagrado que ella le había entregado y se dio cuenta de que nada le impedía cambiar el orden que su hermana había establecido.

La última víctima debía haber sido su malvado padre. Pero puesto que el hombre que tenía que encontrarse con su destino esa noche se había marchado de repente al extranjero, no quedaba más remedio que alterar el orden.

Escuchó el corazón de Jerónimo latir en su pecho. Los latidos eran como señales que le llegaban desde el pasado. El corazón tamborileaba el mensaje de que lo más importante era cumplir la misión sagrada que le habían impuesto. La tierra debajo de su ventana ya clamaba por la tercera venganza.

El tercer hombre tendría que esperar hasta la vuelta de su viaje. Su lugar lo ocuparía su padre.

Durante el largo día que pasó delante de los espejos sometiéndose a la gran transformación se dio cuenta de que experimentaba una especial ilusión por encontrarse con su padre. La misión requería ciertas preparaciones específicas. Se encerró en la habitación del sótano de madrugada y empezó a preparar las armas que usaría contra su padre. Tardó más de dos horas en soldar el nuevo filo en el mango del hacha de juguete que una vez le regaló por su cumpleaños. Por entonces cumplía siete años. Todavía recordaba que ya en esos tiempos pensó que una vez la usaría contra la persona que se la había regalado. Por fin había llegado la ocasión. Para que el mango de plástico no se rompiera al asestar el hachazo, lo había reforzado con la cinta adhesiva especial que usaban los jugadores de hockey sobre hielo en sus palos. «Tú no sabes cómo se llama. No es un hacha de madera común. Es un tomahawk.» Sintió un desprecio tremendo al pensar en la manera en que su padre le había dado su regalo. Aquella vez había sido un juguete sin sentido, fabricado como una réplica de plástico en un país asiático. Ahora, con el filo auténtico, la había convertido en un hacha de verdad.

Esperó hasta las ocho y media. Una vez más lo repasó todo. Miró sus manos y vio que no temblaban. Todo estaba bajo control. Los preparativos que había hecho durante los dos días anteriores eran la garantía de que todo iría bien.

Guardó las armas, la botella de cristal envuelta en una toalla y las cuerdas en su mochila. Luego se caló el casco, apagó la luz y abandonó la habitación. Al salir a la calle miró al cielo. Estaba nublado. Quizá llovería. Arrancó la motocicleta que había robado el día anterior y se dirigió hacia el centro de la ciudad. En la estación de ferrocarriles entró en una cabina telefónica. De antemano había elegido una que se encontraba retirada. En un lado del cristal había pegado un póster de un supuesto concierto en un club juvenil inexistente. No había gente por los alrededores. Se quitó el casco y se quedó mirando el póster. Luego introdujo la tarjeta telefónica y marcó el número. Con la mano izquierda sujetaba un puñado de estopa delante de la boca. Eran las nueve menos siete minutos. Esperó mientras los tonos sonaban. Estaba completamente tranquilo, ya que sabía qué decir. Su padre levantó el auricular y contestó. En su voz Hoover podía oír que estaba enfadado. Eso significaba que había empezado a beber y no quería que le molestasen.

Habló a través de la estopa y mantuvo el auricular un poco apartado de la boca.

—Soy Peter —dijo—. Tengo algo que te debería interesar.

—¿Qué es?

El padre todavía estaba enojado. Pero ya había aceptado que era Peter quien llamaba. Con ello el peligro mayor se había disipado.

—Sellos por al menos medio millón.

El padre tardó en contestar.

—¿Seguro?

—Al menos medio millón. Tal vez más.

—¿No puedes hablar más alto?

—La línea telefónica debe de estar mal.

—¿De dónde vienen?

—De un chalet de Limhamn.

Ahora el padre parecía menos irritado. Su interés se había despertado. Hoover había elegido los sellos porque una vez su padre le había quitado una colección que había conseguido reunir y luego la había vendido.

—¿No puede esperar hasta mañana? El partido contra Brasil está a punto de empezar.

—Me voy a Dinamarca mañana. O te los quedas esta noche o se los doy a otro.

Hoover sabía que su padre nunca dejaría que una gran suma de dinero fuese a parar al bolsillo de otro. Esperó, completamente calmado.

—Ya voy —dijo—. ¿Dónde estás?

—En el club náutico de Limhamn. En el aparcamiento.

—¿Por qué no en la ciudad?

—Te dije que era un chalet en Limhamn. ¿No te lo dije?

—Ya voy —dijo el padre.

Hoover colgó el auricular y se puso el casco.

Dejó la tarjeta telefónica en el aparato. Sabía que tenía tiempo suficiente para ir a Limhamn. Su padre siempre se desvestía antes de empezar a beber. Además, nunca hacía nada con prisa. Su pereza era tan grande como su avaricia. Puso la motocicleta en marcha y atravesó la ciudad hasta llegar a la carretera que llevaba a Limhamn. Al llegar al aparcamiento delante del club náutico vio que sólo había unos pocos coches. Llevó la motocicleta detrás de unos arbustos y tiró las llaves. Se quitó el casco y sacó el hacha. El casco lo introdujo en la mochila con cuidado para no dañar la botella de cristal.

Después se quedó esperando. Sabía que su padre solía aparcar su furgoneta, en la que transportaban los objetos robados, en un rincón del aparcamiento. Hoover suponía que lo haría de nuevo. Su padre era un hombre de costumbres. Además, ya estaría borracho, su sentido común estaría aturdido, sus reacciones embotadas.

Tras veinte minutos de espera, Hoover oyó el ruido del coche que se aproximaba. La luz de los faros se filtró por entre los árboles antes de que torciese hacia el aparcamiento. Tal como Hoover había previsto, se detuvo en el rincón de siempre. Hoover fue corriendo descalzo entre las sombras por el aparcamiento hasta alcanzar el coche. Cuando oyó que su padre abría la puerta del lado del conductor se movió rápidamente hacia el otro lado. Como había previsto, su padre miró hacia el aparcamiento y le dio la espalda. Levantó el hacha y golpeó con el lado romo contra la parte trasera de la cabeza. Ése era el momento más crítico. No quería pegar tan fuerte como para que muriese de inmediato, pero sí lo suficiente para que su padre, que era corpulento y fuerte, quedase inconsciente al instante.

El padre cayó al asfalto sin emitir un solo sonido. Hoover esperó un momento con el hacha alzada por si despertaba, pero permaneció quieto. Se estiró hacia el interior del coche, sacó las llaves y abrió las puertas laterales de la furgoneta. Levantó a su padre y le introdujo dentro. Se había mentalizado de que pesaría mucho. Tardó varios minutos en meter todo el cuerpo. Luego fue a buscar la mochila, entró agachado en el coche y cerró las puertas. Encendió la luz y vio que su padre todavía estaba inconsciente. Sacó las cuerdas y le maniató a la espalda. Con un dogal le ató las piernas a la base de uno de los asientos del coche. Luego amordazó a su padre con cinta adhesiva y apagó la luz. Pasó al asiento del conductor y arrancó el motor. Recordó cuando su padre le enseñó a conducir unos años antes. Siempre había tenido una furgoneta, Hoover sabía cómo iban las marchas y lo que significaban las luces del salpicadero. Salió del aparcamiento y torció por el cinturón que daba la vuelta a Malmö. Como llevaba la cara pintada, no quería conducir por donde las farolas le pudieran iluminar a través de los cristales. Salió a la E 65 y continuó hacia el este. Eran las diez menos unos minutos. El partido contra Brasil empezaría pronto.

Había dado con el lugar por casualidad. Lo había descubierto cuando volvía a Malmö el día que había pasado como espectador del trabajo de la policía en la playa de las afueras de Ystad, donde había llevado a cabo la primera de las misiones sagradas que su hermana le había encomendado. Iba conduciendo a lo largo del camino de la costa cuando se dio cuenta de la existencia de un embarcadero que estaba oculto, casi imposible de ver desde la carretera. Enseguida comprendió que había encontrado el lugar perfecto.

Eran más de las once cuando llegó y torció por el camino; apagó los faros. Su padre todavía estaba inconsciente, pero había empezado a gemir débilmente. Se apresuró a soltar la cuerda atada al asiento y luego le sacó del coche. Su padre gemía al ser arrastrado hacia el embarcadero. Allí le volvió de espaldas y le ató de brazos y piernas en las argollas que había en el embarcadero. Pensó que su padre estaba tensado como la piel de un animal. Vestía un traje arrugado. Llevaba la camisa desabrochada hasta el vientre. Hoover le quitó los zapatos y los calcetines. Luego fue al coche a buscar la mochila. El viento era muy débil. Algún coche pasaba por la carretera muy de vez en cuando. La luz de los faros nunca alcanzaba el embarcadero.

Cuando volvió con la mochila, su padre había vuelto en sí. Miraba fijamente. Movía la cabeza de un lado a otro. Tiraba de sus brazos y piernas sin poder soltarse. Hoover no pudo más que quedarse en las sombras y contemplarlo. Ya no veía a una persona normal delante de él. Había sometido a su padre a la transformación que él había decidido. Ahora era un animal.

Hoover salió de las sombras y se adentró en el embarcadero. Su padre le miró fijamente con los ojos abiertos de par en par. Hoover comprendió que no le reconocía. Los papeles estaban cambiados. Pensaba en todas las veces que había sentido un miedo terrorífico cuando su padre le miraba. Ahora era al revés. El miedo había cambiado de aspecto. Se inclinó muy cerca de la cara de su padre para que pudiera ver a través de las pinturas y descubrir que tras ellas estaba la cara de su hijo. Y sería lo último que vería. Era esa imagen la que se llevaría al morir. Hoover desenroscó el tapón de la botella de cristal. La llevaba en una mano a la espalda. Luego la sacó y vertió rápidamente unas gotas de ácido clorhídrico en el ojo izquierdo de su padre. Desde alguna parte por debajo de la cinta adhesiva empezó a dar alaridos. Estiró con todas sus fuerzas de las cuerdas. Hoover luchó hasta abrirle el otro ojo y vertió en él ácido clorhídrico. Luego se levantó y arrojó la botella al mar. Lo que veía ante sí era un animal que se revolcaba violentamente en su agonía. Hoover miró sus manos. Los dedos le temblaban ligeramente. Eso era todo. En el embarcadero, el animal que tenía ante sí se agitaba presa de espasmos. Hoover sacó el cuchillo de la mochila y le cortó al animal la piel de la coronilla. Levantó la cabellera hacia el cielo oscuro. Luego sacó el hacha y asestó un hachazo en medio de la frente del animal con tanta fuerza que el filo se quedó clavado en la madera del embarcadero.

Se acabó. Su hermana estaba regresando a la vida otra vez.

*

Un poco antes de la una entró en Ystad. La ciudad estaba desierta. Durante mucho tiempo había dudado de si hacía lo correcto. Pero los latidos del corazón de Jerónimo le habían convencido. Había visto a los torpes policías en la playa, los vio moverse desorientados en las inmediaciones de la casa que había visitado durante la celebración de la verbena de San Juan. Jerónimo le instó a desafiarlos. Giró hacia la estación de ferrocarril. El lugar lo tenía decidido de antemano. Estaban cambiando las viejas tuberías de los desagües. Una lona cubría un hoyo. Apagó los faros y bajó el cristal. En la lejanía se oía berrear a un grupo de borrachos.

Dejó el coche y retiró un trozo de la lona. Luego escuchó otra vez. No se acercaban ni gente ni coches. Rápidamente abrió las puertas de la furgoneta, sacó el cuerpo de su padre y lo metió en el hoyo. Tras volver a colocar la lona en su sitio arrancó el motor y se marchó. Eran las dos menos diez minutos cuando detuvo el coche en el aparcamiento al aire libre que había delante del aeropuerto de Sturup. Comprobó minuciosamente que no olvidaba nada. Había mucha sangre dentro del coche. Tenía sangre en sus pies. Pensó en toda la confusión que estaba creando, que haría andar a los policías aún más a ciegas en la oscuridad, una oscuridad que no eran capaces de comprender.

Fue entonces cuando se le ocurrió la idea. Había cerrado las puertas del coche. De repente se quedó inmóvil. «El hombre que se había ido al extranjero tal vez no regresase. Eso significaría que debía encontrar un sustituto. Pensó en los policías que vio en la playa junto a el bote volcado. Pensó en los que vio en los alrededores de la casa donde se celebró la verbena de San Juan. Uno de ellos. Uno de ellos podría ser sacrificado para que su hermana volviese a la vida. Elegiría a uno. Averiguaría sus nombres y luego echaría piedras en una cuadrícula, al igual que había hecho Jerónimo, y mataría a quien designase el azar.»

Se colocó el casco. Luego se fue hacia su motocicleta, que había llevado y aparcado allí el día anterior. La había atado con una cadena y después había vuelto a la ciudad en el autobús del aeropuerto. La puso en marcha y se fue. Era cerca del amanecer cuando enterró la cabellera de su padre debajo de la ventana de su hermana.

A las cuatro y media abría cuidadosamente la puerta del apartamento de Rosengård. Permaneció quieto escuchando. Luego miró en la habitación en la que dormía su hermano. Todo estaba en calma. En el dormitorio de su madre la cama estaba vacía. Ella dormía en el sofá del salón con la boca abierta.

A su lado, en la mesa, había una botella de vino medio vacía. Con cuidado, tapó a su madre con una manta. Después se encerró en el baño y se lavó, quitándose la pintura de la cara. Echó el papel manchado en el inodoro y tiró de la cadena.

Eran casi las seis cuando se había desvestido y acostado. Desde la calle se oía a un hombre que tosía.

Tenía la cabeza completamente despejada.

Se durmió casi enseguida.

Escania
29 de junio-4 de julio de 1994

20

El hombre que levantó la lona gritó. Después se alejó corriendo.

Uno de los vendedores de billetes de los ferrocarriles estaba delante del edificio de la estación fumando un cigarrillo. Eran las siete menos unos minutos de la mañana del 29 de junio. El día iba a ser muy caluroso. El vendedor de billetes fue arrancado de sus pensamientos, que en aquellos momentos no eran tanto sobre cuántos billetes vendería durante la jornada sino acerca del viaje a Grecia que empezaría unos días más tarde. Había vuelto la cabeza al oír el grito y vio cómo el hombre soltó la lona y salió corriendo de allí. Todo era muy extraño, como si fuera el rodaje de una película, aunque no se veía ni una sola cámara. El hombre se fue corriendo hasta la terminal de los transbordadores. El vendedor de billetes tiró la colilla y se acercó al hoyo cubierto por la lona. Sólo cuando ya era demasiado tarde pensó que algo desagradable le podía estar esperando. Para entonces tenía la lona en la mano, sin poder detener sus movimientos. Había mirado fijamente a una cabeza ensangrentada. Dejó caer la lona como si quemase y se fue corriendo hacia el edificio de la estación; tropezó con unas maletas que un madrugador viajero a Simrishamn había dejado por en medio, y luego se acercó uno de los teléfonos de la oficina del jefe de estación.

El aviso llegó a la policía de Ystad a través del número de urgencia 90 000, cuatro minutos después de las siete. Avisaron a Svedberg, que extrañamente había llegado muy pronto esa mañana, y él contestó la llamada. Al oír al vendedor de billetes hablar confusamente de una cabeza ensangrentada, se quedó helado. Con la mano temblando, sólo anotó una palabra, ferrocarriles, y terminó la conversación. Marcó mal el número dos veces y tuvo que empezar de nuevo antes de lograr hablar con Wallander. Parecía que Wallander se acababa de despertar al contestar el teléfono, aunque lo negó de inmediato.

—Creo que ha ocurrido otra vez —dijo Svedberg.

Durante unos segundos Wallander no entendió qué quería decir Svedberg, a pesar de que cada vez que sonaba el teléfono, fuese en casa o en la comisaría, temprano o tarde, temía precisamente eso. Pero ahora, cuando ocurrió, notó un instante de sorpresa, o tal vez una tentativa desesperada y condenada a fracasar desde el principio de huir de todo.

Luego comprendió lo sucedido. Era uno de esos instantes en que enseguida sabía que estaba viviendo algo que nunca olvidaría. De repente pensó que era como imaginar su propia muerte. Un momento en el que ya no era posible ni renegar ni escapar de aquello. «Creo que ha ocurrido otra vez.» Había ocurrido otra vez. Se sintió como una muñeca mecánica. Las palabras balbucientes de Svedberg eran como las manos que giraban la invisible llave policial que llevaba en la espalda. Le dieron cuerda, desde el sueño y la cama, desde los sueños que no recordaba pero que podrían haber sido agradables, y se vistió con un nerviosismo furioso que hizo saltar los botones y dejó los cordones de los zapatos desatados para salir volando por la escalera hacia un día soleado que no percibía. Cuando llegó derrapando en su coche, para el que debía haber solicitado una nueva hora de la ITV, Svedberg ya estaba allí. Unos agentes, bajo la dirección de Norén, estaban poniendo las cintas policiales a rayas que de nuevo proclamaban que el mundo se había hundido. Svedberg acariciaba con torpeza el hombro del vendedor de billetes que lloraba, mientras unos hombres con monos azules contemplaban el hoyo al que debían haber descendido, pero que ahora se había convertido en una pesadilla. Wallander dejó abierta la puerta del coche y echó a correr hacia Svedberg. No sabía por qué corría. ¿Tal vez porque la relojería policial que llevaba en su interior se echaba a volar? ¿O quizá tenía tanto miedo a lo que vería que simplemente no se atrevía a acercarse despacio?

Svedberg estaba pálido. Señaló con la cabeza hacia el hoyo. Wallander se acercó despacio, como si se viera implicado en un duelo en el que con toda seguridad sería el perdedor. Inspiró profundamente un par de veces antes de mirar dentro del hoyo.

Era peor de lo que había podido imaginar. Por un momento le pareció ver directamente dentro del cerebro de una persona muerta. Había algo indecente en toda aquella vivencia, como si el muerto del hoyo hubiese sido descubierto en una situación íntima en la que podía exigir estar a solas. Ann-Britt Höglund se acercó a su lado. Wallander notó cómo se estremecía y volvía la cara. La reacción de ella hizo que él de repente empezara a pensar con lucidez otra vez. De hecho, empezaba a pensar. Los sentimientos se disipaban, ya era investigador de nuevo y comprendió que el hombre que había matado a Gustaf Wetterstedt y a Arne Carlman había vuelto a atacar.

—No hay duda —dijo a Ann-Britt Höglund y se puso de espaldas al hoyo—. Es él otra vez.

Ella estaba muy pálida. Por un momento Wallander pensó que se iba a desmayar. La aferró por los hombros.

—¿Cómo te encuentras? —preguntó.

Ella movió la cabeza afirmativamente sin contestar.

Martinsson había llegado en compañía de Hansson. Wallander observó su sobresalto al mirar al hoyo. De repente la rabia se apoderó de él. Quien hubiera hecho aquello tenía que ser atrapado, a cualquier precio.

—Tiene que ser el mismo hombre —musitó Hansson con un hilo de voz—. ¿No se va a terminar nunca? No me puedo responsabilizar de esto. ¿Lo sabía Björk cuando dejó su puesto? Pediré refuerzos de la Jefatura Nacional.

—Hazlo —dijo Wallander—. Pero saquémosle antes, a ver si lo podemos resolver nosotros mismos.

Hansson miró con desconfianza a Wallander, que se dio cuenta de que Hansson por un momento creyó que ellos mismos iban a sacar al hombre muerto del hoyo.

Ya se había congregado mucha gente alrededor de la zona acordonada. Wallander recordó la sensación que tuvo en relación con el asesinato de Carlman. Se llevó a Norén a un lado y le pidió que tomara la cámara de Nyberg y fotografiara tan discretamente como fuese posible a los que se encontraban por fuera del cordón policial. Mientras tanto habían llegado los vehículos de los bomberos al lugar. Nyberg ya estaba dirigiendo a sus ayudantes alrededor del hoyo. Wallander se acercó a él intentando no mirar al muerto.

—Otra vez por aquí —dijo Nyberg. Wallander sintió que no era ni cínico ni impasible. Sus miradas se encontraron.

—Tenemos que atrapar al que lo ha hecho —dijo Wallander.

—Cuanto antes mejor —contestó Nyberg. Se echó boca abajo para examinar la cara del muerto en el interior del hoyo. Al levantarse llamó a Wallander, que había ido a hablar con Svedberg. Volvió al hoyo.

—¿Le has visto los ojos? —preguntó Nyberg.

Wallander negó con la cabeza.

—¿Qué les pasa?

Nyberg hizo una mueca.

—Parece que esta vez no se ha contentado con arrancarle la cabellera —contestó Nyberg—. Parece que le ha arrancado los ojos también.

Wallander le miró sin comprender.

—¿Qué quieres decir?

—Sólo quiero decir que el hombre que está metido en el hoyo no tiene ojos —dijo Nyberg—. En su sitio sólo quedan dos agujeros.

Tardaron un par de horas en sacar el cuerpo del hoyo. Mientras tanto Wallander mantuvo una conversación con el trabajador municipal que había levantado la lona y con el vendedor de billetes que había estado en la escalera de la estación de ferrocarriles soñando con Grecia. Anotó las horas. Le pidió a Nyberg que buscara en los bolsillos del muerto para poder identificarlo. Más tarde Nyberg le comunicó que los bolsillos estaban vacíos.

—¿Nada? —preguntó Wallander sorprendido.

—Nada —contestó Nyberg—. Pero algo puede haberse caído de los bolsillos. Vamos a buscar ahí abajo.

Lo levantaron con unos arreos. Wallander se obligó a mirarle a la cara. Nyberg tenía razón. El hombre, al que también le habían cortado la cabellera, no tenía ojos. El cabello arrancado le daba a Wallander la sensación de que era un animal muerto lo que yacía en el plástico delante de sus pies.

Wallander fue a sentarse en las escaleras de la estación de ferrocarril. Examinó las anotaciones sobre las horas que le habían confirmado los trabajadores. Llamó a Martinsson, que estaba hablando con el forense que acababa de llegar.

—Esta vez sabemos que está ahí desde hace poco —dijo—. He hablado con los que realizan los trabajos para cambiar las tuberías de los desagües. Colocaron la lona ayer por la tarde a las cuatro. Habrán traído el cuerpo después de esa hora, pero antes de las siete de esta mañana.

—Por aquí hay mucha gente por las tardes —añadió Martinsson—. Gente que pasea, tráfico que va y viene de la estación y de la dársena de los transbordadores. Tiene que haber sucedido durante la noche.

—¿Cuánto tiempo lleva muerto? —preguntó Wallander—. Eso es lo que quiero saber en primer lugar. Y quién es.

Nyberg no encontró ninguna cartera. No tenían nada en qué basarse para verificar la identidad del muerto. Ann-Britt Höglund fue a sentarse junto a ellos en las escaleras.

—Hansson está hablando de pedir refuerzos de la Jefatura Nacional —dijo.

—Lo sé —contestó Wallander—. Pero no lo hará hasta que se lo pida. ¿Qué ha dicho el forense?

Miró sus anotaciones.

—Unos cuarenta y cinco años —dijo—. Robusto, bien formado.

—Entonces es el más joven hasta ahora —afirmó Wallander.

—Curioso lugar para esconder el cuerpo —dijo Martinsson—. ¿Qué pensaba, que los trabajos se suspendían durante el mes de vacaciones?

—Quizá sólo quería deshacerse del cuerpo —sugirió Ann-Britt Höglund.

—Entonces ¿por qué eligió el hoyo? —objetó Martinsson—. Debe de haberle costado mucho esfuerzo introducirlo allí. Además, el riesgo de ser descubierto era grande.

—Tal vez quiso que se encontrara —dijo Wallander pensativamente—. No podemos excluir esa posibilidad.

Le miraron sorprendidos. Pero en vano esperaron una continuación.

Se llevaron el cuerpo. Wallander ordenó que lo transportasen inmediatamente a Malmö. A las diez menos cuarto dejaron la zona acordonada y se fueron a la comisaría. Wallander había visto que Norén fotografiaba de vez en cuando la muchedumbre que se amontonaba alrededor de la zona acordonada.

Mats Ekholm se había unido al equipo a las nueve. Había contemplado el cuerpo durante un buen rato. Después Wallander se le acercó.

—Ya tienes lo que querías —dijo—. Uno más.

—Yo no lo quería —contestó Ekholm con repulsa.

Wallander se arrepintió después de lo que había dicho. Le explicaría a Ekholm lo que había querido decir en realidad. Poco después de las diez se encerraron en la sala de conferencias. Hansson dio órdenes estrictas de no dejar pasar ninguna llamada. Pero todavía no habían empezado cuando sonó el teléfono. Hansson descolgó el auricular y con la cara roja contestó con un rugido amenazador. Luego se dejó caer lentamente hacia atrás en la silla. Wallander comprendió de inmediato que era alguien de muy arriba quien llamaba. Hansson imitaba incluso el carácter complaciente y blando de Björk. Hizo unas observaciones breves, contestó las preguntas, pero sobre todo escuchaba. Cuando la llamada terminó, colgó el auricular como si fuese una frágil y antigua reliquia de incalculable valor.

—Déjame adivinar, la Jefatura Nacional de Policía. O el fiscal general del Estado. O un periodista de la televisión.

—El Jefe Nacional de Policía —dijo Hansson—. Expresó descontento y ánimo a partes iguales.

—Parece una mezcla muy curiosa —señaló Ann-Britt Höglund secamente.

—Será bienvenido si viene a ayudar —dijo Svedberg.

—Qué sabrá él de trabajo policial —comentó Martinsson—. Absolutamente nada.

Wallander golpeó con el bolígrafo en la mesa. Sabía que todos estaban indignados, e inseguros de cómo proseguir. Los arrebatos de irritación podían explotar en cualquier momento. La desprotección que, en muy poco tiempo, a menudo podía paralizar a un equipo de investigación estancado podía malograr todas las posibilidades de avanzar. Wallander intuía que les quedaba poco antes de verse expuestos a un fuego cruzado de críticas por supuesta pasividad e incapacidad. Nunca podían ser totalmente inmunes a la presión exterior. Sólo podían combatirla concentrándose hacia dentro, hacia el inestable centro de la investigación, y fingir que el final de ésta también era el final del mundo. Intentó serenarse para hacer un resumen, aunque sabía que en realidad no tenían ninguna pista.

—¿Qué es lo que sabemos? —empezó, paseando la mirada alrededor de la mesa, como si en su fuero interno albergase la esperanza de que alguien sacase un conejo escondido debajo de la mesa. Pero no apareció ningún conejo, no apareció nada más que una concentración gris y desmoralizada dirigida hacia él. Wallander se sintió como un sacerdote que ha perdido la fe. «No tengo ni una palabra de aliento», pensó. De todas maneras tenía que intentar decir algo que les hiciera salir de nuevo, todos juntos, al menos con la sensación de que entendían mínimamente qué estaba sucediendo a su alrededor.

—El hombre habrá acabado allí en el hoyo, entre las tuberías de desagüe, durante la noche —continuó—. Supongamos que ha sido de madrugada. Podemos partir de la base de que no le han asesinado al lado del hoyo. Debería haber muchos rastros de sangre, reunidos en un mismo lugar. Nyberg no había encontrado nada cuando nos marchamos. Eso indica que le han transportado hasta allí en un vehículo. El personal del puesto de salchichas que hay al lado tal vez haya visto algo. Según el forense, le han matado de un tremendo hachazo directamente en la frente. Le ha atravesado la cabeza. En otras palabras, es la tercera variante que tenemos de lo que puede hacer un hacha con una cara.

Martinsson estaba sumamente pálido. Se levantó y salió apresuradamente de la sala. Wallander decidió seguir sin esperar a que volviera.

—Le han cortado la cabellera como a los otros dos. Además le han arrancado los ojos. El médico forense no estaba seguro de lo que había ocurrido. Había unas manchas junto a los ojos que podían indicar que han vertido algún ácido en ellos. Para entender ese comportamiento tal vez nuestro experto tenga algo que exponer.

Wallander se volvió hacia Ekholm.

—Aún no —contestó Ekholm—. Es demasiado pronto.

—No necesitamos un análisis extenso ni perfecto —dijo Wallander con determinación—. En este estadio tenemos que pensar en voz alta. Entre todas las tonterías, equivocaciones y pensamientos erróneos que digamos, de repente puede introducirse una verdad. No creemos en los milagros. Pero los aceptamos cuando, alguna que otra vez, a pesar de todo ocurren.

—Creo que los ojos arrancados significan algo —dijo Ekholm—. Podemos partir de la base de que es el mismo hombre el que ha actuado. Esta víctima era más joven que las dos anteriores. Además sufre la pérdida de la vista. Probablemente sucede mientras todavía está con vida. Debe de haber sido muy doloroso. Antes arrancaba las cabelleras de las víctimas. Esta vez también. Pero además le ciega. ¿Por qué lo hace? ¿Qué venganza específica exige ahora?

—El hombre debe de ser un psicópata sádico —dijo Hansson de repente—. Un asesino en serie de los que creía que solamente existían en Estados Unidos. Pero ¿aquí? ¿En Ystad? ¿En Escania?

—De todos modos, hay algo controlado en él —prosiguió Ekholm—. Sabe lo que quiere. Mata y se lleva las cabelleras. Arranca o quema los ojos con ácido. No hay nada que indique una furia incontrolada. Psicópata, sí. Pero todavía controla lo que hace.

—¿Hay ejemplos de que algo así haya ocurrido antes? —preguntó Ann-Britt Höglund.

—No, que yo recuerde ahora mismo —contestó Ekholm—. Por lo menos no aquí en Suecia. En Estados Unidos hay estudios sobre la importancia de los ojos para diferentes tipos de asesinos con graves perturbaciones mentales. Refrescaré mi memoria a lo largo del día.

Wallander escuchaba distraído la conversación entre Ekholm y sus colegas. Un pensamiento que no pudo retener le pasó por la cabeza.

Tenía algo que ver con ojos.

Algo que alguien le había dicho. Sobre ojos.

Intentó fijar el recuerdo. Pero se le escapó.

Volvió a la realidad de la sala de reuniones. La idea le quedó, sin embargo, como una angustia vaga y persistente.

—¿Tienes algo más? —le preguntó a Ekholm.

—Por ahora no.

Martinsson regresó a la sala. Todavía seguía pálido.

—Tengo una idea —dijo Wallander—. No sé si tiene importancia. Después de haber escuchado a Mats Ekholm estoy aún más convencido de que el lugar del crimen está en otra parte. El hombre al que le destrozaron los ojos tiene que haber gritado. Simplemente no puede haber ocurrido delante de la estación de ferrocarril sin que nadie haya advertido nada. O no haya oído nada. Naturalmente lo vamos a comprobar. Pero supongamos que tenga razón. Eso me lleva a la pregunta de por qué ha elegido el hoyo como escondite. Hablé con uno de los que trabajan allí. Se llama Persson, Erik Persson. Dijo que el hoyo está desde el lunes por la tarde. O sea, hace menos de dos días. El que ha elegido el lugar puede haberlo hecho al azar, por supuesto. Pero no encaja con la impresión que da todo de estar muy bien planificado. En otras palabras, significa que el asesino ha estado delante de la estación de ferrocarril alguna vez el lunes por la tarde. Tiene que haber mirado dentro del hoyo para ver si era lo bastante hondo. Por tanto, tenemos que hablar minuciosamente con los que trabajan allí. ¿Han visto a alguien que haya mostrado un interés especial por su hoyo? ¿Ha notado algo el personal de los ferrocarriles?

Se dio cuenta de que todos los que estaban sentados alrededor de la mesa habían intensificado su atención. Eso le animó a pensar que sus ideas no estaban tan equivocadas.

—Creo además que la cuestión de si es un escondite o no es decisiva. Tiene que haber comprendido que el cuerpo sería descubierto al día siguiente por la mañana. ¿Por qué entonces eligió el hoyo? ¿Precisamente para que fuera descubierto? ¿O puede haber otra explicación?

Todos los presentes en la sala esperaron a que diera la respuesta.

—¿Nos está desafiando? —dijo Wallander—. ¿Nos quiere ayudar a su manera enfermiza? ¿O nos está tomando el pelo? ¿Me está engañando haciéndome pensar justo como pienso ahora en voz alta? ¿Cuál sería la alternativa?

Hubo un silencio alrededor de la mesa.

—El factor tiempo también es importante —dijo Wallander—. Este asesinato está muy cerca en el tiempo. Eso nos puede ayudar.

—Por eso necesitamos refuerzos —dijo Hansson. Había estado esperando la ocasión propicia para sacar el tema.

—Todavía no —dijo Wallander—. Decidámoslo un poco más tarde. O tal vez mañana. Que yo sepa, no hay nadie en esta sala que se vaya de vacaciones precisamente hoy. Ni mañana. Mantengamos este equipo intacto unos días más. Después pediremos los refuerzos si hacen falta.

Hansson cedió de inmediato ante Wallander, que se preguntó si Björk hubiese hecho lo mismo.

—La relación —dijo Wallander para acabar—. Ahora tenemos a otro más que tiene que encajar en el patrón que aún no tenemos. Pero de todos modos es por ahí por donde vamos a continuar.

Paseó la mirada alrededor de la mesa una vez más.

—Naturalmente tenemos que comprender que puede atacar de nuevo —añadió—. Mientras no sepamos de qué se trata todo esto, tendremos que partir de la base de que lo hará.

La reunión se había acabado. Todos sabían lo que tenían que hacer. Wallander permaneció sentado a la mesa mientras los demás desaparecieron por la puerta. Intentó de nuevo captar la imagen de su recuerdo. Estaba convencido de que era algo que alguien le había dicho en relación con la investigación de los tres asesinatos. Alguien habló de ojos. Retrocedió mentalmente hasta el día en que le avisaron que habían encontrado a Gustaf Wetterstedt asesinado. Buscó por los recovecos de su memoria. Pero no encontró nada. Irritado, tiró el bolígrafo y se levantó de la silla. Salió y se fue a buscar un café. Al volver a su despacho dejó la taza en el escritorio. Se volvió para cerrar la puerta cuando vio a Svedberg llegar por el pasillo.

Svedberg caminaba deprisa. Eso sólo lo hacía cuando había ocurrido algo importante. Wallander sintió un nudo en el estómago. «Uno más, no», pensó. «No lo soportaremos.»

—Creo que tenemos el lugar del crimen —dijo Svedberg.

—¿Dónde?

—Los colegas de Sturup han encontrado una furgoneta llena de sangre en el aparcamiento.

Wallander reflexionó rápidamente. Luego asintió con la cabeza hacia Svedberg, pero quizá más para sí mismo.

Una furgoneta. Encajaba. Podría cuadrar.

Unos minutos más tarde dejaban la comisaría. Wallander tenía prisa. No podía recordar que jamás hubiese dispuesto de tan poco tiempo para sí mismo.

Al salir de la ciudad le ordenó a Svedberg que colocase las luces azules en el techo.

En un campo cercano, un granjero estaba segando con retraso su campo de colza.

21

Llegaron al aeropuerto de Sturup un poco después de las once de la mañana. No corría ni una pizca de aire y el calor empezaba a apretar.

Tardaron menos de media hora en confirmar que el lugar del crimen era muy probablemente el coche.

Entonces también creían conocer la identidad del muerto.

Era una furgoneta Ford de modelo antiguo, de finales de los sesenta, con puertas laterales correderas. Estaba pintada de negro, un trabajo muy mal hecho, y se veían manchas del color gris original. La carrocería estaba abollada por numerosos golpes y choques. Allí, situada en un lugar retirado del aparcamiento, parecía un viejo boxeador al que acaban de noquear fuera de combate y está tirado sobre las cuerdas de su rincón. Wallander ya conocía a alguno de sus colegas de Sturup. También sabía que no le querían mucho después de un acontecimiento ocurrido el año anterior. Svedberg y él salieron del vehículo. La puerta lateral del Ford estaba abierta. Unos técnicos forenses estaban examinando el coche. Un inspector de policía llamado Waldemarsson les salió al encuentro. Pese a haber conducido como locos, Wallander intentó mantener la imagen de aparente calma. No quería delatar la excitación que sentía desde que la llamada telefónica de esa mañana le había arrancado la esperanza engañosa de que, a pesar de todo, el horror hubiese acabado.

—No presenta muy buen aspecto —dijo Waldemarsson después de saludarle.

Wallander y Svedberg se acercaron al Ford y miraron en su interior. Wallander alumbraba con una linterna. El suelo del coche estaba cubierto de sangre.

—Oímos en las noticias de la mañana que había atacado de nuevo —dijo Waldemarsson—. Llamé y hablé con una inspectora cuyo nombre no recuerdo.

—Ann-Britt Höglund —dijo Svedberg.

—Sea quien sea, dijo que estabais buscando el lugar del crimen —continuó Waldemarsson—. Y un vehículo de transporte.

Wallander asintió con la cabeza.

—¿Cuándo encontrasteis el coche? —preguntó.

—Repasamos el aparcamiento cada día. Hemos tenido problemas con robos de coches. Pero tú ya lo sabes.

Wallander asintió de nuevo. Durante la deplorable investigación de la exportación organizada de coches robados a Polonia, había estado en contacto con la policía del aeropuerto varias veces.

—Sabemos que el coche no estaba ayer por la tarde —continuó Waldemarsson—. Lleva aquí como máximo unas dieciocho horas.

—¿Quién es el propietario? —preguntó Wallander.

Waldemarsson sacó una libreta del bolsillo.

—Björn Fredman —dijo—. Vive en Malmö. Hemos llamado a su teléfono, pero no contestan.

—¿Puede ser el que estaba en el hoyo?

—Sabemos algo sobre Björn Fredman —respondió Waldemarsson—. La policía de Malmö nos ha dado bastante información. Era conocido como perista y ha estado encerrado en varias ocasiones.

—Perista —dijo Wallander sintiendo una tensión inmediata—. ¿De obras de arte?

—No consta. Tendrás que hablar con los colegas de Malmö.

—¿Con quién debo hablar? —preguntó sacando su teléfono móvil del bolsillo.

—Con un comisario llamado Forsfält. Sten Forsfält.

Wallander tenía grabado el número de la policía de Malmö. Tras un minuto largo encontró a Forsfält. Se presentó y dijo que se encontraba en el aeropuerto. Por un momento la conversación quedó ahogada por el ruido de un avión a punto de despegar. Pensó de repente en el viaje a Italia que en otoño emprendería con su padre.

—Para empezar, tenemos que identificar al hombre del hoyo —dijo Wallander cuando el avión hubo desaparecido en dirección a Estocolmo.

—¿Cómo era? —preguntó Forsfält—. He visto a Fredman varias veces.

Wallander intentó dar una descripción lo más detallada posible.

—Puede ser él —contestó Forsfält—. Grande sí que era.

Wallander reflexionó.

—¿Podrías ir al hospital a identificarlo? —dijo—. Necesitamos una confirmación, cuanto antes mejor.

—Sí —dijo Forsfält.

—Prepárate, no es una visión muy agradable —previno Wallander—. Le han arrancado los ojos. O se los han destrozado con ácido.

Forsfält no contestó.

—Iremos a Malmö —dijo Wallander—. Necesitamos ayuda para entrar en su apartamento. ¿No tenía familia?

—Que yo recuerde, estaba divorciado —contestó Forsfält—. Me parece que la última vez que estuvo en la cárcel fue por malos tratos.

—Creí que era por perista.

—También. Björn Fredman se dedicaba a muchas cosas en su vida. Pero nunca nada legal. En eso sí era coherente.

Wallander terminó la conversación y llamó a Hansson. Le informó de lo ocurrido.

—Bien —dijo Hansson—. Llámame en cuanto tengas más información. A propósito, ¿sabes quién ha llamado?

—No. ¿El director de la Jefatura Nacional otra vez?

—Casi. Lisa Holgersson, la sustituta de Björk. Nos desea suerte. Sólo quería informarse de la situación, ésas fueron sus palabras.

—¡Qué bien que nos quieran desear suerte! —contestó Wallander, que no entendía por qué Hansson relataba la llamada con un tono tan irónico.

Wallander le pidió la linterna a Waldemarsson y alumbró el interior del coche. En un sitio descubrió la huella de un pie. La iluminó inclinándose.

—Alguien ha estado descalzo —dijo sorprendido—. Eso no es la huella de un zapato. Es un pie izquierdo.

—¿Descalzo? —dijo Svedberg atónito. Luego vio que Wallander tenía razón.

—¿O sea que el asesino chapotea en la sangre del que ha matado?

—No sabemos si es un hombre —contestó Wallander dubitativo.

Se despidieron de Waldemarsson y sus colegas. Wallander esperó en el coche mientras Svedberg entraba corriendo en la cafetería del aeropuerto a comprar unos bocadillos.

—Los precios son escandalosos —comentó al volver. Wallander no se molestó en contestar.

—Vámonos —dijo tan sólo.

Eran cerca de las doce y media cuando pararon delante de la comisaría de Malmö. En el momento en que salía del coche, vio a Björk que se dirigía hacia él. Björk se detuvo de golpe, mirándolo fijamente como si le hubiese sorprendido en algo prohibido.

—¿Tú aquí? —dijo.

—Pensé pedirte que volvieras —dijo Wallander en un vano intento de bromear. Luego le explicó rápidamente lo ocurrido.

—Es terrible lo que está pasando —dijo Björk, y Wallander comprendió que su preocupación era auténtica. No se le había ocurrido antes que Björk realmente podría echar de menos a sus antiguos ayudantes de tantos años en Ystad.

—Nada es como antes —contestó Wallander.

—¿Cómo le va a Hansson?

—No creo que se encuentre a gusto en su papel.

—Que me llame si necesita ayuda.

—Se lo diré.

Björk desapareció y entraron en la comisaría. Forsfält no había vuelto del hospital. Mientras le esperaban tomaron café en el comedor.

—Me pregunto cómo sería trabajar aquí —dijo Svedberg mirando a su alrededor a los muchos policías que estaban comiendo.

—Un día quizás estemos todos aquí —contestó Wallander—. Si se cierran los distritos. Una comisaría en cada provincia.

—No funcionaría nunca.

—No. No funcionaría. Pero puede ocurrir de todos modos. Funcione o no. La dirección de la Jefatura Nacional y los burócratas políticos tienen una cosa en común: siempre intentan demostrar lo imposible.

De repente Forsfält estaba a su lado. Se levantaron, se saludaron y les acompañó a su despacho. Wallander tuvo enseguida una impresión positiva de él. De alguna manera le recordaba a Rydberg. Tenía al menos sesenta años y una cara simpática. Cojeaba ligeramente de la pierna derecha. Forsfält fue a buscar otra silla. Wallander se sentó y observó las fotografías de unos niños alegres que estaban clavadas en una pared. Se imaginaba que serían los nietos de Forsfält.

—Björn Fredman —dijo Forsfält—. Claro que es él. Tenía una pinta horrorosa. ¿Quién hace una cosa así?

—Si lo supiéramos… —contestó Wallander—. El caso es que no lo sabemos. ¿Quién era Björn Fredman?

—Un hombre de unos cuarenta y cinco años que jamás ha tenido un trabajo honrado en su vida —empezó Forsfält—. Hay muchos detalles que desconozco. Pero he pedido que lo saquen todo de los ordenadores. Se ha dedicado a ser perista y le han condenado por malos tratos. Asaltos muy graves, por lo que recuerdo.

—¿Puede haberse dedicado a la compraventa de arte?

—No que yo recuerde.

—Lástima —dijo Wallander—. Entonces le hubiéramos podido relacionar con Wetterstedt y Carlman.

—Me cuesta creer que Björn Fredman y Gustaf Wetterstedt hubiesen podido sacar provecho el uno del otro —dijo Forsfält pensativo.

—¿Por qué no?

—Déjame contestar simple y llanamente —dijo Forsfält—. Björn Fredman era lo que antes se llamaba una mala bestia. Se emborrachaba y se peleaba. Su educación era más bien nula, quitando que sabía leer, escribir y contar pasablemente. Sus intereses no se podían llamar sofisticados. Además era un bruto. En algunas ocasiones yo mismo le interrogué. Aún recuerdo que su lenguaje consistía casi únicamente en palabrotas.

Wallander escuchaba con atención. Cuando Forsfält acabó, miró a Svedberg.

—Entonces esta investigación cobra nuevos bríos —dijo Wallander lentamente—. Si no encontramos una relación entre Fredman y los otros dos, hemos vuelto al punto de partida.

—Naturalmente puede haber algo que ignore —dijo Forsfält.

—No estoy sacando conclusiones —añadió Wallander—. Sólo pienso en voz alta.

—Su familia —dijo Svedberg—. ¿Viven aquí en la ciudad?

—Estaba divorciado desde hace unos años —dijo Forsfält—. De eso estoy seguro.

Levantó el auricular e hizo una llamada interna. Después de unos minutos un secretario entró con un archivo personal y se lo entregó a Forsfält. Lo hojeó rápidamente dejándolo luego en la mesa.

—Se divorció en 1991. La mujer vive todavía con los hijos en el apartamento. Está en Rosengård. Hay tres hijos en la familia, el menor era casi recién nacido cuando se separaron. Björn Fredman se marchó a un apartamento en la calle de Stenbrottsgatan que había tenido durante años. Más bien como despacho y almacén. No creo que la mujer conociera la existencia de ese apartamento. Allí llevaba a todas sus amigas.

—Empezaremos con el apartamento —dijo Wallander—. La familia tendrá que esperar. Supongo que vosotros os encargaréis de avisarles de su muerte.

Forsfält asintió con la cabeza. Svedberg salió al pasillo para llamar a Ystad y comunicar que ya tenían la identidad del muerto. Wallander se situó junto a una ventana intentando decidirse por lo más importante. Estaba preocupado porque parecía faltar un eslabón entre las dos primeras víctimas y Björn Fredman. Por primera vez sintió un leve presentimiento de que estaban tras una pista falsa. ¿Había pasado por alto que tal vez hubiese otra explicación a todo lo que pasaba? Decidió repasar de nuevo todo el material de investigación y examinarlo con imparcialidad esa misma noche.

Svedberg se puso a su lado.

—Hansson estaba aliviado —informó.

Wallander asintió con la cabeza, pero no dijo nada.

—Según Martinsson, ha llegado un mensaje detallado de la Interpol en relación con la chica del campo de colza —continuó.

Wallander no le había escuchado. Tuvo que preguntarle a Svedberg qué había dicho. Era como si la chica a la que había visto correr como una antorcha perteneciese a algo ocurrido hacía mucho tiempo. De todos modos sabía que tarde o temprano tenía que interesarse por ella otra vez.

Permanecieron en silencio.

—No estoy a gusto en Malmö —dijo Svedberg de repente—. En realidad sólo me encuentro bien cuando estoy en casa, en Ystad.

Wallander sabía que Svedberg dejaba su ciudad natal de muy mala gana. En la comisaría era un chiste repetido hasta la saciedad cuando Svedberg no estaba. Al mismo tiempo Wallander se preguntaba cuándo se encontraba bien él.

Sin embargo, sí recordaba cuándo ocurrió la última vez. Fue cuando Linda estuvo delante de su puerta a las siete de la mañana del domingo.

Forsfält arregló unos asuntos y volvió diciendo que ya podían marcharse. Bajaron hasta el garaje de la comisaría y se dirigieron hacia una zona industrial al norte de la ciudad. Se había levantado viento. El cielo aún estaba sin una nube. Wallander iba al lado de Forsfält en el asiento delantero.

—¿Conocías a Rydberg? —preguntó.

—¿Si conocía a Rydberg? —contestó lentamente—. Pues claro que sí. Nos conocimos muy bien. Cuando venía a Malmö solía visitarnos.

A Wallander le sorprendió la respuesta. Siempre pensó que Rydberg era un viejo policía que hacía tiempo había dejado a un lado todo lo que no tenía que ver con la profesión, incluso a los amigos.

—Fue el que me enseñó cuanto sé —dijo Wallander.

—Su fallecimiento fue trágico —continuó Forsfält—. Debería haber vivido un poco más. Soñaba con visitar Islandia una vez en su vida.

—¿Islandia?

Forsfält le echó una rápida mirada y movió la cabeza afirmativamente.

—Era su gran ilusión. Ir a Islandia. Pero nunca se cumplió.

Wallander tuvo una indefinible sensación de que Rydberg le había ocultado algo que debería haber sabido. Nunca imaginó que Rydberg tuviese el sueño de peregrinar a Islandia. Ni siquiera se imaginó nunca que Rydberg tuviese ilusiones. Principalmente, nunca pensó que Rydberg tuviese secretos para él.

Forsfält se detuvo delante de una casa de tres pisos. Señaló una línea de ventanas con las cortinas corridas en la planta baja. La casa era vieja y estaba mal conservada. El cristal de la puerta exterior estaba arreglado con un tablero de masonita. Wallander tuvo la sensación de que entraba en una casa que en realidad no existía. «La existencia de esta casa ¿no va en contra de la principal ley básica sueca?», pensó con ironía. Olía a orines en la escalera. Forsfält abrió la puerta. Wallander se preguntó dónde había conseguido la llave. Entraron en un recibidor y encendieron la luz. Todo lo que había en el suelo eran unos folletos de propaganda. Como Wallander se encontraba en terreno ajeno, dejó que Forsfält le guiara. Primero revisaron el apartamento controlando que no hubiese nadie. Tenía tres habitaciones y una estrecha cocina que daba a un almacén de barriles de gasolina. Descontando la cama, que parecía recién comprada, el apartamento tenía aspecto de abandono. Los muebles parecían dispuestos al azar sobre la superficie del suelo. En una estantería del tipo de los años cincuenta había unas polvorientas figuras de porcelana barata. En un rincón se amontonaban los periódicos y unas pesas. En el sofá había un CD sobre el que alguien había derramado café. Para su sorpresa, Wallander vio que era de música popular turca. Las cortinas estaban echadas. Forsfält caminó por el apartamento encendiendo todas las lámparas existentes. Wallander le seguía de cerca. Svedberg se sentó en una silla de madera en la cocina para llamar a Hansson e informar sobre su localización. Wallander abrió la puerta de la despensa con el pie. Allí había unas cajas sin abrir de genuino whisky Grant. Un albarán sucio indicaba que iban dirigidas de la destilería escocesa a un vinatero de Gante, en Bélgica. Se preguntó cómo fueron a parar a casa de Björn Fredman. Forsfält entró en la cocina con un par de fotografías del dueño del apartamento. Wallander asintió con la cabeza. No cabía ninguna duda de que fue él quien había sido introducido en el hoyo delante de la estación de ferrocarril de Ystad. Regresó al salón e intentó decidir qué esperaba encontrar en realidad. El apartamento de Fredman era todo lo contrario al chalet de Wetterstedt, y también a la finca costosamente renovada que había sido propiedad de Arne Carlman. «Éste es el aspecto de Suecia», pensó. «La desigualdad entre la gente es tan grande ahora como entonces, cuando unos vivían en mansiones y otros en cabañas.»

Su mirada se detuvo en un escritorio repleto de revistas de antigüedades. Suponía que estaban relacionadas con los negocios de perista de Fredman. Sólo había un cajón en el escritorio. No estaba cerrado con llave. Aparte de un montón de recibos, bolígrafos rotos y una pitillera, había una foto enmarcada. Representaba a Björn Fredman rodeado de su familia. Sonreía abiertamente al fotógrafo. A su lado estaba la que debió de ser su mujer. Sostenía en los brazos a un niño recién nacido. Detrás de la madre, hacia un lado, había una chica en los primeros años de la adolescencia. Sus ojos miraban al fotógrafo con algo parecido al temor. A su lado, justo detrás de la madre, había un chico unos años más joven. Tenía una cara resuelta, como si hasta el último momento quisiese resistirse al fotógrafo. Wallander se llevó la foto cerca de la ventana y apartó la cortina. La contempló durante un buen rato intentando entender lo que veía. ¿Una familia infeliz? ¿Una familia que aún no había descubierto su desgracia? ¿Un recién nacido que no tenía ni idea de lo que le esperaba? Había algo en la foto que le desalentaba, le apenó sin saber exactamente por qué. Se llevó la foto al dormitorio donde Forsfält estaba arrodillado mirando debajo de la cama.

—Dijiste que había estado encarcelado por malos tratos —dijo Wallander.

Forsfält se levantó y miró la foto que Wallander sostenía en la mano.

—Casi mata a su mujer —dijo—. La golpeó cuando estaba embarazada. La golpeó cuando el niño era recién nacido. Pero curiosamente no fue a la cárcel por eso. Una vez le rompió la nariz a un taxista. Casi mató a un colega por considerar que le había estafado. Ingresó en prisión por lo del taxista y el compinche.

Continuaron registrando el apartamento. Svedberg había terminado la conversación con Hansson. Negó con la cabeza cuando Wallander le preguntó si había ocurrido algo importante. Tardaron dos horas en examinar minuciosamente el apartamento. Wallander pensó que su apartamento era un lugar idílico comparado con el de Björn Fredman. No encontraron nada interesante, excepto una maleta con candelabros antiguos que Forsfält sacó de un escondite en el fondo de un armario ropero. Wallander comprendía cada vez más por qué el lenguaje de Björn Fredman estaba marcado por una retahíla casi ininterrumpida de palabrotas. El apartamento estaba tan vacío y era tan impotente como su lenguaje. Lo dejaron a las tres y media y salieron de nuevo a la calle. El viento había cobrado fuerza. Forsfält llamó a la comisaría y le confirmaron que la familia de Fredman había sido informada de su muerte.

—Me gustaría hablar con ellos —dijo Wallander cuando se sentaron en el coche—. Pero creo que es mejor esperar hasta mañana.

Se dio cuenta de que no era sincero.

Debió decir la verdad, que siempre le contrariaba irrumpir en una familia en la que un allegado había perecido de manera violenta. Ante todo no soportaba la idea de enfrentarse con hijos que acababan de perder a su padre. A ellos no les importaría esperar hasta el día siguiente, y para Wallander suponía un respiro.

Se despidieron delante de la comisaría. Forsfält se pondría en contacto con Hansson para aclarar unos detalles burocráticos entre los dos distritos de policía. Acordó reunirse con Wallander al día siguiente a las diez.

Cambiaron de coche y regresaron en el suyo a Ystad.

Wallander tenía la cabeza llena de pensamientos.

No intercambiaron una sola palabra durante todo el viaje.

22

Entre la calina se divisaba el perfil de la ciudad de Copenhague.

Wallander se preguntaba si realmente iba a encontrarse allí con Baiba dentro de apenas diez días, o si el asesino que estaban buscando, y del que ahora sabían aún menos, les obligaría a posponer las vacaciones.

Pensaba en todo esto mientras esperaba delante de la terminal de los aerodeslizadores de Malmö. Era la mañana del día siguiente, el 30 de junio, último día del mes. La noche anterior, Wallander había decidido cambiar a Svedberg por Ann-Britt Höglund para volver a Malmö y hablar con la familia de Björn Fredman. La llamó a su casa y Ann-Britt le preguntó si podrían salir lo bastante pronto como para tener tiempo de hacer un recado de paso antes de ver a Forsfält a las nueve y media. Svedberg no se sintió ofendido en absoluto por no ir a Malmö. Su alivio por no tener que salir de Ystad dos días seguidos hablaba por sí mismo. Mientras Ann-Britt Höglund hacía su recado dentro de la terminal —Wallander por supuesto no le preguntó qué era— él caminaba a lo largo del muelle mirando Copenhague más allá del estrecho. Un aerodeslizador, en el que le parecía distinguir el nombre de *Löparen* pintado en el casco, estaba saliendo de la dársena. Hacía calor. Se quitó la chaqueta y se la echó al hombro. Bostezó.

La noche anterior, tras regresar de Malmö, se había reunido brevemente con los del equipo de investigación que todavía estaban en la comisaría. En la recepción, y con la ayuda de Hansson, dio una improvisada rueda de prensa. A la reunión anterior había asistido Ekholm. Todavía estaba buscando un perfil psicológico más profundo del asesino en el que colocar lo de los ojos arrancados o destrozados con ácido y ofrecer una explicación verosímil para convertirla en una pista importante. Se pusieron de acuerdo en anunciar a la prensa desde ahora que con toda probabilidad estaban buscando un hombre que no se consideraba peligroso para el público en general, pero sí lo era con toda seguridad para las víctimas que había elegido. Tuvieron diferentes opiniones en cuanto a la sensatez de esa iniciativa. Pero Wallander la defendió con fuerza afirmando que no podían prescindir de que una posible víctima se identificara y, por puro instinto de preservación, contactase con la policía. Los periodistas habían aceptado sus palabras. Con un creciente disgusto comprendió que había dado la mejor de las noticias a los periódicos, en el momento más crítico, cuando todo el país estaba a punto de detenerse y encerrarse en la fortaleza que suponían las vacaciones colectivas de verano. Después, una vez concluidas la reunión y la rueda de prensa, se sintió muy cansado.

Pero de todas maneras se tomó tiempo para repasar junto con Martinsson el largo mensaje de la Interpol que había llegado por télex. Ya sabían que la chica en llamas del campo de colza de Salomonsson había desaparecido de Santiago de los Treinta Caballeros un día del mes de diciembre del año anterior. Fue su padre, Pedro Santana, de profesión agricultor, quien había denunciado su desaparición el 14 de enero. Dolores María, que entonces tenía dieciséis años, pero que cumplió los diecisiete el 18 de febrero —y eso fue un detalle que deprimió ostensiblemente a Wallander—, se hallaba en Santiago en busca de trabajo como empleada del hogar. Antes de eso residía con su padre en un pequeño pueblo a setenta kilómetros de la ciudad. Estaba viviendo en casa de un pariente, un primo del padre, cuando de repente desapareció. Según el material de investigación, la policía dominicana no había puesto demasiado interés en el esclarecimiento de la desaparición. Fue la perseverancia del padre lo que les instó a seguir buscándola. Había logrado que un periodista se interesara por su caso y finalmente la policía constató que seguramente había abandonado el país en busca de mejor suerte en otro lugar.

Allí se acabó. La investigación se desvaneció y se disolvió en el vacío. El comentario de la Interpol era escueto. No existían indicios de que Dolores María Santana hubiese sido vista en ninguno de los países que formaban parte de la organización mundial de cooperación policial. Por lo menos hasta ese momento.

Eso era todo.

—Desaparece en una ciudad que se llama Santiago —dijo Wallander—. Casi medio año más tarde aparece en el campo de colza de Salomonsson. Allí se suicida. ¿Qué significa eso?

Martinsson negó con la cabeza, rendido.

Wallander, pese a estar tan cansado que casi no podía pensar, reaccionó enseguida. La pasividad de Martinsson le ponía nervioso.

—Sabemos bastante —dijo con determinación—. Sabemos que no desapareció de la faz de la tierra. Sabemos que estuvo en Helsingborg e hizo autostop con un hombre de Smedstorp. Sabemos que daba la impresión de estar huyendo. Y sabemos que está muerta. Eso hay que enviarlo a la Interpol. Quiero que exijas que controlen que realmente informan al padre de su muerte. Una vez haya acabado este otro infierno, intentaremos averiguar a quién temía en Helsingborg. Doy por sentado que te pondrás en contacto con los colegas de Helsingborg, mejor mañana por la mañana. Puede que tengan alguna idea de lo que ha podido pasar.

Después del arranque de suave protesta contra la pasividad de Martinsson, Wallander se fue a casa. Se detuvo en un puesto de salchichas y compró una hamburguesa. Por todas partes colgaban los periódicos que daban las últimas noticias del Mundial de Fútbol. Sentía el impulso de arrancarlos y gritar basta. Naturalmente no dijo nada. Esperó con paciencia en la cola hasta que le tocó el turno. Pagó, le dieron su hamburguesa en una bolsa y se sentó de nuevo en el coche. Al llegar a casa se sentó a la mesa de la cocina y abrió la bolsa. Bebió un vaso de agua con la hamburguesa. Después se preparó un café bien fuerte y limpió la mesa. A pesar de que necesitaba acostarse, se obligó a repasar de nuevo el material de investigación. La sensación de seguir una pista falsa no le abandonaba. Wallander no era el único que había trazado la pista que iban siguiendo. Pero era el que dirigía el trabajo del equipo y, en otras palabras, el que decidía cuándo tocaba detenerse y cambiar de pista. Buscaba los puntos a lo largo del camino donde debían haber ido más despacio y con más atención para preguntarse si lo que había en común entre Wetterstedt y Carlman ya era visible sin que lo hubiesen percibido. Analizó con cuidado las señales de presencia del asesino que habían podido constatar, unas veces con pruebas concretas, otras solamente como un soplo de aire frío que les hubiese hecho estremecer inesperadamente. A su lado tenía una libreta en la que apuntaba todas las preguntas que aún esperaban respuesta. Le irritaba que todavía faltasen tantos resultados de los laboratorios. Pasada la medianoche su impaciencia le tentó a llamar a Nyberg para preguntarle si los analistas y los químicos de Linköping habían cerrado ya por vacaciones. Pero hizo bien en dejar las cosas como estaban. Estuvo inclinado sobre sus papeles hasta que le dolió la espalda y le bailaron las letras ante los ojos. Cuando eran casi las dos y media de la madrugada se dio por vencido. En su cabeza cansada se había hecho una descripción de la situación, que a pesar de todo no era más que la confirmación de que sólo podían seguir por el camino trillado. Tendría que haber un punto en común entre los hombres asesinados y despojados de sus cabelleras. También pensó que el hecho de que Björn Fredman encajara tan mal con los otros dos podría contribuir a encontrar la solución. Aquello que no encajaba les diría, como la cara invertida en un espejo, lo que de hecho encajaba, lo que estaba arriba y lo que estaba abajo. En otras palabras, seguirían como hasta ahora. Pero de vez en cuando Wallander enviaría a sus exploradores para examinar el terreno de los alrededores con detenimiento. Se ocuparía de que hubiese una buena retaguardia y, ante todo, se obligaría a sí mismo a pensar más de una cosa al mimo tiempo.

Cuando por fin se acostó, el montón de ropa sucia todavía estaba en el suelo. Pensó que le recordaba el desorden que reinaba en su cabeza. Además se había olvidado otra vez de pedir hora para la ITV. Estaba sopesando si a pesar de todo debía solicitar refuerzos de la Jefatura Nacional. Decidió discutirlo con Hansson a primera hora de la mañana después de dormir unas horas.

Pero al levantarse a las seis había cambiado de idea. Quería esperar un día más. Llamó a Nyberg, sabía que era madrugador, y se quejó de que aún no tenían las respuestas de algunos análisis de objetos y huellas de sangre enviadas a Linköping. Se preparó para un ataque de ira de Nyberg. Pero para sorpresa suya, éste estuvo de acuerdo con que todo iba más despacio de lo normal. Le prometió que él personalmente se ocuparía de agilizarlo. Luego hablaron un rato del examen que Nyberg hizo del hoyo en el que encontraron a Björn Fredman. Las huellas de alrededor indicaban que el asesino había aparcado su coche justo al lado. Nyberg también había tenido tiempo de visitar Sturup y ver el coche de Fredman con sus propios ojos. Sin lugar a dudas, fue usado para transportar el cadáver. Pero Nyberg no creía en la posibilidad de que también fuese el lugar del asesinato.

—Björn Fredman era grande y fuerte —dijo—. No puedo comprender cómo alguien ha podido matarlo dentro del coche. Creo que sucedió en otro lugar.

—La cuestión es, por tanto, quién conducía —dijo Wallander—. Y dónde perpetraron el asesinato.

Poco después de las siete, Wallander llegó a la comisaría. Llamó a Ekholm al hotel donde se hospedaba y le localizó en el comedor de los desayunos.

—Quiero que te concentres en lo de los ojos —dijo—. No sé por qué, pero estoy convencido de que son importantes. Tal vez decisivos. ¿Por qué se lo hace a Fredman y no a los otros dos? Eso es lo que quiero saber.

—Todo se tiene que ver en conjunto —objetó Ekholm—. Un psicópata casi siempre crea modelos que luego sigue como si estuviesen escritos en un libro sagrado. Hay que prestar atención a ese concepto.

—Haz lo que quieras —dijo Wallander escuetamente—. Pero quiero saber qué significa el hecho de arrancarle los ojos precisamente a Fredman. Se trate de un concepto o no.

—Seguramente fue ácido —sugirió Ekholm.

Wallander se dio cuenta de que había olvidado preguntarle a Nyberg sobre ese detalle.

—¿Podemos considerarlo aclarado? —preguntó.

—Eso parece. Alguien ha vertido ácido en los ojos de Fredman.

Wallander hizo una mueca de disgusto.

—Hablaremos esta tarde —dijo, y acabó la conversación.

Poco después de las ocho dejó Ystad en compañía de Ann-Britt Höglund. Fue un alivio salir de la comisaría. Todo el rato estaban llamando los periodistas. Además los ciudadanos empezaban a dar señales. La caza del asesino había abandonado los bosques secretos de la policía, y se había convertido en un asunto de importancia para todo el país. Wallander sabía que era bueno y necesario. Pero hacía falta un gran esfuerzo organizativo por parte de la policía para poder examinar las informaciones que, como un torrente cada vez más caudaloso, iban llegando de los ciudadanos.

Ann-Britt Höglund salió de la terminal de aerodeslizadores y le alcanzó en el muelle.

—Me pregunto cómo será este verano —dijo él distraídamente.

—Mi abuela, que vive en Älmhult, sabe predecir el tiempo —contestó Ann-Britt Höglund—. Ella afirma que vamos a tener un verano largo, caluroso y seco.

—¿Suele acertar?

—Casi siempre.

—Creo que será al revés. Lluvia, frío y mierda.

—¿Tú también sabes predecir el tiempo?

—No. Pero da igual.

Volvieron al coche. Wallander sentía curiosidad por lo que había hecho dentro de la terminal de aerodeslizadores. Pero no se lo preguntó.

A las nueve y media se detuvieron delante de la comisaría de Malmö. Forsfält les estaba esperando en la acera. Se sentó en el asiento trasero e indicó a Wallander qué carretera debía tomar a la vez que hablaba del tiempo con Ann-Britt Höglund. Al parar delante de la casa de apartamentos en Rosengård, les hizo un breve resumen de los sucesos del día anterior.

—Cuando llegué con el mensaje de que Björn Fredman había muerto, lo tomó con calma. Yo no me di cuenta, pero la colega que vino conmigo afirmó que olía a alcohol. El apartamento estaba desordenado y es bastante cutre. El niño pequeño sólo tiene cuatro años. A él no le importará que haya muerto el padre al que casi nunca ha visto. El hijo, sin embargo, parecía entenderlo. La hija mayor no estaba.

—¿Cómo se llama? —preguntó Wallander.

—¿La hija?

—La esposa. La esposa divorciada.

—Anette Fredman.

—¿Trabaja?

—Que yo sepa, no.

—¿De qué vive?

—No lo sé. Pero dudo mucho que Björn Fredman fuese generoso con su familia. No parecía ser de ésos.

Wallander no tenía más preguntas. Salieron del coche, entraron en la vivienda y subieron en el ascensor hasta el cuarto piso. Alguien había roto una botella en el suelo del ascensor. Wallander intercambió una mirada con Ann-Britt Höglund y movió la cabeza. Forsfält llamó al timbre. Tardaron casi un minuto antes de abrir. La mujer que abrió era muy delgada y estaba pálida. La ropa de luto riguroso lo marcaba todavía más. Miró con ojos asustados a las dos caras que no reconocía. Cuando estaban en el recibidor colgando los abrigos, Wallander observó que alguien echó una rápida mirada desde una puerta del interior del apartamento y luego desapareció. Pensó que debía de ser el hijo o la hija mayor. Forsfält presentó a Wallander y a Ann-Britt Höglund. Lo hizo con gran ceremonial y amabilidad. Su actitud no delataba prisa. Wallander pensó que tenía tanto que aprender de Forsfält como otrora de Rydberg. La mujer les invitó a pasar al salón. A juzgar por la descripción que Forsfält había dado en el coche, debía de haber limpiado. No había rastro de la suciedad a la que se había referido Forsfält. En el salón se veían unos sofás que parecían casi nuevos, un tocadiscos, un vídeo y un televisor de Bang & Olufsen, una marca que Wallander a menudo había mirado de reojo pero que nunca creía poder costearse. La mujer había preparado café. Wallander escuchaba los ruidos. Había un niño de cuatro años en la familia. Los niños de esa edad raras veces están callados. Se sentaron alrededor de la mesa.

—Primero quiero decirle, naturalmente, que la acompaño en el sentimiento —dijo tratando de buscar un tono tan amable como el de Forsfält.

—Gracias —contestó con una voz tan débil y quebradiza que parecía a punto de extinguirse.

—Desgraciadamente tengo que hacerle unas preguntas —continuó Wallander—. Aunque preferiría posponerlas.

Ella asintió sin contestar. En ese momento se abrió la puerta de una de las habitaciones, que daba directamente al salón. De ella salió un chico de constitución fuerte, de unos catorce años. Tenía cara amigable y amable, aunque sus ojos estaban alerta.

—Es mi hijo —dijo la mujer—. Se llama Stefan.

Wallander observó que el chico era muy educado. Fue a saludarles a todos estrechándoles las manos. Después se sentó al lado de su madre en el sofá.

—Prefiero que esté presente —dijo.

—No hay ningún problema —contestó Wallander—. Tengo que decirte que siento mucho lo de tu padre.

—No nos veíamos muy a menudo —contestó el chico—. Pero gracias de todos modos.

A Wallander le causó inmediatamente una impresión positiva. Parecía muy maduro para su edad. Suponía que era debido a que había tenido que llenar el vacío de un padre ausente.

—Si lo he entendido correctamente, hay otro hijo en la familia —continuó Wallander.

—Está en casa de una amiga mía jugando con su hijo —contestó Anette Fredman—. Pensé que estaríamos más tranquilos sin él. Se llama Jens.

Wallander hizo señas con la cabeza a Ann-Britt Höglund para que tomara notas.

—Además hay una hija mayor, ¿verdad?

—Se llama Louise.

—¿No está en casa?

—Se ha marchado unos días para descansar.

Fue el chico el que dijo que se había marchado. Tomó la palabra de su madre, como si quisiera quitarle una carga demasiado pesada. Su respuesta sonó tranquila y amable. De todos modos, Wallander notó que había algo en relación con la hermana que no encajaba. ¿Tal vez la respuesta fue demasiado rápida? ¿O demasiado lenta? Se dio cuenta de que su atención se agudizó de inmediato. Sus antenas invisibles se desplegaron sin ruido.

—Entiendo que lo ocurrido le haya afectado mucho —siguió cautelosamente.

—Es muy sensible —contestó su hermano.

«Hay algo que no encaja», pensó Wallander de nuevo. Algo le avisó al mismo tiempo de no continuar por el momento. Sería mejor volver a la chica más tarde. Echó una rápida mirada a Ann-Britt Höglund. Ella no parecía haber reaccionado.

—No hace falta que repita las preguntas que ya habéis contestado —dijo Wallander sirviéndose un poco de café como para decir que todo estaba en orden. Notó que el chico no dejaba de seguirle con la mirada. Había una atención en sus ojos que a Wallander le recordaba a un pájaro. Pensó que el chico había sido obligado demasiado pronto a asumir una responsabilidad para la que no estaba preparado. Esa idea le entristecía. No había nada que le doliera más que ver sufrir a niños o a jóvenes. Pensó que él al menos no había obligado a Linda a desempeñar el papel de ama de casa después de que Mona le hubiese dejado. Aunque quizás había sido un mal padre, nunca le habría hecho pasar por eso.

—Sé que ninguno de vosotros había visto a Björn en varias semanas —continuó—. Supongo que eso también afecta a Louise.

Esta vez contestó la madre.

—La última vez que estuvo en casa Louise había salido —dijo—. Probablemente no le ha visto en meses.

Poco a poco, Wallander entraba en las preguntas más difíciles. Aunque comprendía que no sería posible evitar los recuerdos más dolorosos, intentó moverse con mucho tino.

—Alguien lo mató —dijo—. ¿Tenéis idea de quién lo puede haber hecho?

Anette Fredman le miró con expresión de sorpresa. Cuando abrió la boca, la respuesta le salió con voz estridente. La callada discreción del principio había desaparecido de golpe.

—¿No tendríamos que preguntarnos quién no lo hizo? —respondió la mujer—. No sé las veces que yo misma hubiese deseado tener las fuerzas para matarlo.

El hijo rodeó a su madre con el brazo.

—Creo que no era eso lo que preguntaba —dijo para calmarla.

Se serenó rápidamente después del breve arrebato.

—No sé quién lo hizo —dijo—. Ni quiero saberlo. Pero tampoco quiero tener mala conciencia por sentirme aliviada al saber que no entrará nunca más por esa puerta.

Se levantó de golpe y entró en el cuarto de baño. Wallander vio que Ann-Britt Höglund dudó por un momento en acompañarla. Pero continuaba sentada cuando el chico empezó a hablar.

—Mamá está muy alterada —dijo.

—Lo entendemos —contestó Wallander, que sentía cada vez más simpatía por él—. Pero tú, que pareces tener las cosas claras, tal vez hayas tenido alguna idea. Aunque sé que deben de ser desagradables.

—No puedo pensar que sea otro más que alguno de los compinches de mi padre —dijo—. Mi padre era ladrón —añadió—. Además, solía maltratar a la gente. Aunque no lo sé con exactitud, creo que también era lo que se llama un matón. Cobraba deudas, amenazaba a la gente.

—¿Cómo lo sabes?

—No sé.

—¿No estarás pensando en alguien en especial?

—No.

Wallander guardó silencio dejándole pensar.

—No —dijo de nuevo—. No sé.

Anette Fredman volvió del cuarto de baño.

—¿Alguno de vosotros puede recordar si tuvo contacto con un hombre llamado Gustaf Wetterstedt? Una vez fue ministro de Justicia de este país. ¿O con un comerciante de arte llamado Arne Carlman?

Madre e hijo negaron con la cabeza después de haber buscado confirmación entre ellos.

La conversación discurría a ciegas. Wallander intentó ayudarles a recordar. De vez en cuando Forsfält interrumpía discretamente. Por último, Wallander comprendió que no podrían llegar más lejos. Tomó la determinación de desistir de preguntar más acerca de la hija. Hizo señas a Ann-Britt Höglund y a Forsfält de que había acabado. Sin embargo, al despedirse en el recibidor dijo que probablemente volvería, quizás en pocos días, tal vez al día siguiente. También les dio su número de teléfono, tanto el de la comisaría como el de su casa.

Cuando salieron a la calle vio que Anette Fredman les estaba mirando desde la ventana.

—La hermana —dijo Wallander—. Louise Fredman. ¿Qué sabemos de ella?

—Ayer tampoco estaba aquí —contestó Forsfält—. Claro que podría haberse marchado fuera. Tiene diecisiete años, eso sí que lo sé.

Wallander estuvo pensando un momento.

—Me gustaría hablar con ella —dijo luego.

Los otros no reaccionaron. Comprendió que era el único que se había dado cuenta del cambio, de amabilidad a atención, cuando preguntó por ella.

También pensó en el chico, Stefan Fredman. En la alerta de sus ojos. Sentía pena por él.

—Eso es todo de momento —dijo Wallander al despedirse delante de la comisaría—. Estaremos en contacto, por supuesto.

Le dieron la mano a Forsfält y le dijeron adiós.

Regresaron a Ystad atravesando el hermoso paisaje veraniego de Escania. Ann-Britt Höglund se recostó en el respaldo del asiento y cerró los ojos. Wallander oyó cómo canturreaba una melodía improvisada. Hubiese deseado ser capaz de compartir su capacidad para desconectar de la investigación que tanto le angustiaba. Rydberg había dicho muchas veces que un policía nunca estaba totalmente liberado de su responsabilidad. En un momento como éste, Wallander podía pensar que Rydberg estaba equivocado. Poco después de pasar la salida hacia Skurup se percató de que ella se había dormido. Intentó conducir lo más suavemente posible para no despertarla. Sólo cuando tuvo que frenar en la entrada de la rotonda a las afueras de Ystad abrió los ojos. En ese momento sonó el teléfono del coche. Él le hizo señas para que contestara. No podía atinar con quién estaba hablando. Pero en seguida comprendió que algo grave había ocurrido. Ella escuchaba sin preguntar. Estaban casi llegando a la entrada de la comisaría cuando terminó la conversación.

—Era Svedberg —dijo—. La hija de Carlman ha intentado suicidarse. Está en el hospital con respiración asistida.

Wallander no dijo nada hasta aparcar el coche y detener el motor.

Luego se volvió hacia ella. Comprendió que no se lo había dicho todo.

—¿Qué más dijo?

—Probablemente no salga de ésta.

Wallander miró por la ventanilla.

Pensó en la bofetada que le propinó en la cara.

Luego salió del coche sin decir una palabra.

23

La ola de calor continuaba.

Wallander se dio cuenta de que ya estaban en pleno verano casi sin haberse enterado. Sudaba al caminar desde la comisaría hasta el centro de la ciudad y el hospital.

Al volver de Malmö, ni siquiera entró en la recepción para ver si tenía algún mensaje, cuando recibió la llamada de Svedberg. Se quedó completamente inmóvil junto al coche, como si de repente hubiese perdido toda orientación, y luego, lentamente, le dijo a Ann-Britt Höglund, con voz casi cansina, que ella tendría que cuidarse de informar a los colegas mientras daba un paseo hasta el hospital en el que la hija de Carlman se estaba muriendo. No esperó su respuesta, sólo se volvió y empezó a caminar, y fue entonces, durante el paseo, al empezar a sudar, cuando comprendió que estaba envuelto en un verano que tal vez sería largo, caluroso y seco. No se dio cuenta de que Svedberg le adelantó con el coche, saludándole con la mano. Como de costumbre, caminaba con la mirada fija en el suelo igual que cuando tenía mucho en que pensar, lo que era casi siempre. Esta vez intentó aprovechar la corta distancia que separaba la comisaría de la entrada del hospital para trabajar una idea nueva que no sabía muy bien cómo manejar. Sin embargo, el punto de partida era muy sencillo. En muy poco tiempo, más exactamente en menos de diez días, una chica se había suicidado en un campo de colza, otra había intentado suicidarse después de que asesinaran a su padre, mientras que una tercera, que también había perdido a su padre en un asesinato, había desaparecido marchándose de viaje de una manera vaga y algo extraña. Tenían diferentes edades; la hija de Carlman era la mayor, pero todas eran jóvenes. Dos de las chicas eran víctimas indirectas del mismo asesino, mientras que la tercera murió por su propia mano. Lo que las diferenciaba era que la chica del campo de colza no tenía nada que ver con las otras dos. Pero en su cabeza, Wallander sentía una responsabilidad personal por todos estos sucesos, por parte de su generación y más aún por la mala conciencia de haber sido un pésimo padre para su hija Linda. Wallander se abatía con facilidad. Entonces se quedaba melancólico y distraído, embargado por una tristeza difícil de explicar. A menudo le llevaba a pasar noches en vela. Pero dado que ahora tenía que actuar, hacer a la vez de policía en un rincón del mundo y encabezar un equipo de investigación, intentó deshacerse de la angustia y aclarar los pensamientos dando un paseo.

Se preguntó con desconsuelo en qué mundo estaban viviendo. Un mundo donde la gente joven intentaba quitarse la vida de algún modo. Decidió que en ese momento estaban sumergidos en una época que se podría llamar el tiempo de los fracasos. Las ilusiones que se habían forjado resultaron ser menos sólidas de lo esperado. Creían edificar una casa y lo que hacían en realidad era erigir un monumento sobre algo ya pasado y casi olvidado. Suecia se derrumbaba alrededor de él, como un sistema político de estantes gigantescos que se viniera abajo. Nadie sabía quiénes serían los carpinteros que estaban en el recibidor esperando entrar para colocar las nuevas estanterías. Tampoco sabía nadie cómo serían éstas. Todo era muy confuso, aparte de que era verano y hacía calor. La gente joven se suicidaba, o al menos intentaba hacerlo. La gente vivía para olvidar, no para recordar. Las viviendas eran escondites más que hogares acogedores. Y los policías estaban callados esperando el momento en el que vigilasen sus celdas de arresto unos hombres con otros uniformes, los hombres de las empresas privadas de seguridad.

Wallander se enjugó el sudor de la frente y pensó que ya estaba bien. No podía más. Pensó en el chico de los ojos atentos sentado junto a su madre en el sofá. Pensó en Linda y finalmente no supo en qué pensaba.

En ese momento llegó al hospital. Svedberg le estaba esperando en las escaleras. De repente Wallander se tambaleó, estuvo a punto de caerse a causa de un repentino mareo. Svedberg dio un paso hacia delante y estiró la mano. Pero Wallander la rechazó y siguieron subiendo las escaleras del hospital. Svedberg, para protegerse del sol, se había encasquetado una gorra divertida pero demasiado grande. Wallander murmuró algo ininteligible y se lo llevó a la cafetería, que estaba a la derecha de la entrada. Algunas personas, pálidas y sentadas en sillas de ruedas o arrastrando frascos de suero portátiles, tomaban café, animadas por la compañía de amigos y familiares que preferían volver cuanto antes al sol para olvidar todo lo referente al hospital, la muerte y la miseria. Wallander pidió un café y un sándwich, mientras que Svedberg se contentó con un vaso de agua. Wallander comprendió lo inoportuno de tomarse esa pausa, ya que al parecer la hija de Carlman se estaba muriendo. Al mismo tiempo era como un conjuro contra todo lo que sucedía a su alrededor. La pausa para el café era su última fortaleza. Su lucha final, cualquiera que fuese, se libraría en un reducto en el que se habría asegurado el acceso al café.

—Fue la viuda de Carlman la que llamó —dijo Svedberg—. Estaba completamente histérica.

—¿Qué es lo que ha hecho la chica? —preguntó Wallander.

—Ha ingerido pastillas.

—¿Qué ocurrió?

—La encontraron por casualidad. Estaba ya en coma profundo. Casi no tenía pulso. Tuvo un paro cardíaco en el momento en que llegaron al hospital. Al parecer está muy mal. Por lo tanto, no podrás hablar con ella.

Wallander asintió con la cabeza. Se dio cuenta de que había hecho el paseo hasta el hospital sólo por su propio bien.

—¿Qué dijo su madre? —preguntó—. ¿Han encontrado alguna carta? ¿Alguna explicación?

—Parece que ha sido algo inesperado.

Wallander se acordó de nuevo de la bofetada que le había propinado en la cara.

—Parecía estar totalmente fuera de control cuando yo la vi —dijo—. ¿Seguro que no ha dejado nada escrito?

—Al menos nada que la madre nos haya dicho.

Wallander reflexionó. Luego se decidió.

—Hazme un favor —dijo—. Ve allí y exige saber si han encontrado una carta o no. Si hay algo, repásalo minuciosamente.

Salieron de la cafetería. Wallander regresó en el coche de Svedberg a la comisaría. Pensó que daba igual si hablaba con un médico por teléfono sobre el estado de la chica.

—Te he dejado unos papeles en tu mesa —añadió Svedberg—. Interrogué por teléfono al periodista y al fotógrafo que visitaron a Wetterstedt el mismo día en que murió.

—¿Sacaste algo en claro?

—Sólo confirma nuestras teorías. Que Wetterstedt estaba como siempre. Nada en su entorno parece haberle amenazado. Nada de lo que haya sido consciente.

—En otras palabras, no crees que haga falta que lo lea.

Svedberg se encogió de hombros.

—Siempre es mejor que lo vean cuatro ojos que dos.

—No estoy tan seguro —contestó Wallander distraído mirando por la ventanilla del coche.

—Ekholm está dando los últimos toques a su perfil psicológico —continuó Svedberg.

Como respuesta, Wallander murmuró algo ininteligible.

Svedberg lo dejó delante de la comisaría y se fue para hablar con la viuda de Carlman. Wallander recogió unos cuantos avisos telefónicos que le habían dejado en la recepción. Volvía a haber una nueva recepcionista. Preguntó por Ebba y le respondió que estaba en el hospital para quitarse el yeso de la muñeca. «Podría haber ido a verla», pensó Wallander, «ya que estuve allí. Si es que se puede visitar a alguien que sólo se quita el yeso.»

Fue a su despacho y abrió la ventana de par en par. Sin sentarse, ojeó los papeles que Svedberg había mencionado. De repente se acordó de que también había solicitado las fotografías. ¿Dónde estaban? Sin controlar su rabia buscó el número del móvil de Svedberg y le llamó.

—Las fotografías —preguntó—. ¿Dónde están?

—¿No están en tu mesa? —contestó Svedberg asombrado.

—Aquí no hay nada.

—Entonces estarán en mi despacho. Debí olvidarlas. Llegaron con el correo de hoy.

Las fotos estaban en un sobre marrón en la mesa meticulosamente ordenada de Svedberg. Las extendió sobre la mesa y se sentó en la silla de Svedberg. Wetterstedt posando en su casa, en el jardín y en la playa. En una de las fotos se divisaba el bote volcado al fondo. Wetterstedt sonreía al fotógrafo. Su pelo gris, que poco después le sería arrancado, estaba despeinado por el viento. Las fotos irradiaban un equilibrio armonioso y mostraban a un hombre que parecía haber aceptado la idea de su vejez. Nada en las fotos hacía prever lo que pasaría. Wallander pensó que cuando se las hicieron a Wetterstedt le quedaban menos de quince horas de vida. Las fotografías que tenía delante mostraban el aspecto de Wetterstedt en su último día. Wallander continuó contemplando las fotos unos minutos más antes de volver a guardarlas en el sobre y salir del despacho de Svedberg para ir al suyo, pero de repente cambió de idea y se detuvo delante de la puerta siempre abierta de Ann-Britt Höglund.

Estaba inclinada sobre unos papeles.

—¿Te molesto? —preguntó él.

—En absoluto.

Entró y se sentó en la silla de las visitas. Intercambiaron unas palabras sobre la hija de Carlman.

—Svedberg ha ido en busca de una carta de despedida —dijo Wallander—. Si es que hay alguna.

—Debía de estar muy apegada a su padre —dijo Ann-Britt Höglund.

Wallander no contestó. Cambió de tema.

—¿Notaste algo extraño cuando estuvimos en casa de la familia Fredman?

—¿Extraño?

—Un viento helado que cruzaba la habitación.

Enseguida se arrepintió de la manera de expresarse. Ann-Britt Höglund frunció el ceño, como si hubiese dicho algo inadecuado.

—Que parecían evasivos cuando les pregunté por Louise —aclaró Wallander.

—No —respondió—. Pero noté que tú cambiaste de actitud.

Le explicó la sensación que había tenido. Ella reflexionó e intentó recordar antes de contestar.

—Tal vez tengas razón —dijo—. Ahora que lo dices, parecieron ponerse alerta. El viento helado del que hablaste.

—La cuestión es si se trataba de los dos o sólo de uno de ellos —dijo Wallander misteriosamente.

—¿Lo crees así?

—No lo sé. Hablo de una sensación que tuve.

—¿No fue cuando el chico contestó a las preguntas que en realidad le habías hecho a su madre?

Wallander asintió con la cabeza.

—Precisamente eso —dijo—. Me pregunto por qué.

—A lo mejor no tiene importancia —sugirió ella.

—Naturalmente —admitió—. A veces tengo tendencia a detenerme en minucias insignificantes. Pero de todos modos me gustaría mucho hablar con esa chica.

Ahora fue ella la que cambió de tema.

—Se me hiela la sangre al pensar en lo que Anette Fredman dijo sobre sentirse aliviada porque el hombre nunca más entraría por su puerta. Me temo que me cuesta mucho comprender qué significa vivir en semejantes circunstancias.

—La maltrató —dijo Wallander—. Quizá también pegaba a los niños. Pero nadie le ha denunciado.

—El chico parecía normal —dijo—. Además de ser muy educado.

—Los niños aprenden a sobrevivir —dijo Wallander pensando por un momento en su propia juventud y en la que le había ofrecido a Linda.

Se levantó.

—Creo que trataré de encontrar a la chica —dijo—. Louise Fredman. Mañana mismo si es posible. Tengo el presentimiento de que no se ha ido de viaje.

Se dirigió a su despacho y de paso fue a buscar una taza de café. Estuvo a punto de chocar con Norén y se acordó de las fotos que había solicitado que hicieran del gentío que estaba fuera de la zona acordonada y que seguía el trabajo de la policía.

—Le he dado los carretes a Nyberg —dijo Norén—. Pero creo que no soy muy buen fotógrafo.

—¿Y quién coño crees que es bueno? —contestó Wallander, con voz simpática. Cerró la puerta tras de sí al entrar en el despacho. Se quedó mirando el teléfono, serenándose antes de llamar a la ITV para pedir una nueva cita. Al ver que la hora que le ofrecían coincidía con el periodo que pretendía pasar con Baiba en Skagen, se enfadó. Cuando le explicó a la mujer que contestó al teléfono todos los horrores que estaba intentando resolver, le dio una hora reservada que de repente había sido cancelada. Sin decirle nada, se preguntó a sí mismo para quién habría estado reservada. Al colgar decidió que esa noche haría la colada. Si no hubiera una hora libre en la lista de la lavandería, al menos se apuntaría en ella.

Sonó el teléfono. Era Nyberg.

—Tenías razón —dijo—. Las huellas dactilares del trozo de bolsa que encontraste detrás de la caseta de los trabajadores de Obras Públicas son las mismas que las de la revista rota de *Fantomas*. Ya no tenemos que dudar que se trata de la misma persona. Dentro de un par de horas sabremos si también la podemos relacionar con el coche ensangrentado de Sturup. También estamos intentando sacar huellas de la cara de Björn Fredman.

—¿Se puede?

—Si alguien le ha vertido ácido en los ojos tiene que haber usado una mano para abrirle los párpados —añadió Nyberg—. Es desagradable, pero es así. Con un poco de suerte encontraremos huellas precisamente en los párpados.

—Menos mal que la gente no nos oye hablar entre nosotros —dijo Wallander.

—O al revés —objetó Nyberg—. Entonces tal vez cuidarían un poco mejor a los que intentamos mantener limpia esta sociedad.

—La farola —preguntó Wallander—. La farola rota junto a la verja del jardín de Wetterstedt.

—Ahora iba a eso —respondió Nyberg—. Tenías razón ahí también. Hemos encontrado huellas dactilares.

Wallander se irguió en la silla. La melancolía de antes había desaparecido. Sentía aumentar la tensión. La investigación empezaba a moverse.

—¿Le tenemos en los archivos? —preguntó.

—Por desgracia, no —dijo Nyberg—. Pero he pedido al registro central que lo controlen una vez más.

—Supongamos de todos modos que sea como tú dices —continuó Wallander—. Eso significa que nos las vemos con una persona sin antecedentes penales.

—Es posible.

—Pasa las huellas a la Interpol. Y a la Europol —ordenó Wallander—. Solicita prioridad máxima. Diles que se trata de un asesino en serie.

Nyberg prometió hacer lo que le pedía. Wallander colgó y volvió a levantar el auricular enseguida. Le pidió a la chica de la recepción que localizase a Mats Ekholm. Después de unos minutos le llamó informándole que se había ido a comer.

—¿Adónde? —preguntó Wallander.

—Me parece que dijo en el Continental.

—Búscalo allí —dijo Wallander—. Pídele que venga cuanto antes.

Eran las dos y media cuando Ekholm llamó a la puerta. Wallander estaba hablando por teléfono con Per Åkeson. Señaló la silla invitándole a sentarse. Wallander puso fin a la conversación después de convencer a un escéptico Åkeson de que, a corto plazo, nada referente a la investigación se haría mejor con un equipo de investigación más numeroso. Finalmente Åkeson se dio por vencido y decidieron posponer la decisión un par de días más.

Wallander se recostó en el respaldo de la silla y entrelazó las manos detrás de la nuca. Informó a Ekholm sobre la confirmación de que las huellas dactilares eran las mismas.

—Las huellas que encontremos en el cuerpo de Björn Fredman también serán las mismas —dijo—. Ya no tenemos que suponer ni sospechar nada. A partir de ahora sabemos que es el mismo asesino. La cuestión sólo es conocer su identidad.

—He pensado en los ojos —dijo Ekholm—. Todas las experiencias con que contamos nos dicen que después de los órganos sexuales los ojos son la parte del cuerpo más expuesta a la venganza final.

—¿Qué significa eso?

—Dicho de un modo sencillo, que raras veces se empieza por quemarle los ojos a alguien. Se acaba con eso.

Wallander le indicó que continuara.

—Puede verse desde dos perspectivas —dijo Ekholm—. Podemos preguntarnos por qué precisamente a Björn Fredman le vertieron ácido en los ojos. También podemos darle la vuelta y preguntarnos por qué no ocurrió con los otros dos.

—¿Cuál es tu respuesta?

Ekholm levantó las manos en señal de negativa.

—No tengo ninguna —dijo—. Cuando hablamos de la psique de las personas, y en especial de la de un perturbado o enfermo, personas con actitudes mentales deformadas frente al mundo, nos movemos en un terreno en el que no existen respuestas absolutas.

Ekholm parecía esperar un comentario. Pero Wallander negó con la cabeza.

—Intuyo un esquema —continuó Ekholm—. La persona que ha hecho esto había elegido a sus víctimas desde el principio. Existe una razón básica para todo esto. De alguna manera está relacionado con esos hombres. Tal vez no los haya conocido personalmente. Puede ser una relación simbólica. Excepto en el caso de Björn Fredman. Ahí estoy completamente convencido de que los ojos delatan que el asesino conocía a su víctima. Muchas cosas me hacen suponer que también tenían una relación estrecha.

Wallander se inclinó contemplando a Ekholm con ojos inquisitivos.

—¿Hasta qué punto estrecha? —preguntó.

—Pueden haber sido amigos. Compañeros de trabajo. Rivales.

—¿Y luego sucedió algo?

—Sucedió algo. En la realidad o en la fantasía del asesino.

Wallander intentó descifrar qué significaban las palabras de Ekholm para la investigación. Al mismo tiempo se preguntaba si creía en lo que Ekholm le había dicho.

—Dicho de otra manera, deberíamos concentrarnos en Björn Fredman —puntualizó al terminar de pensar.

—Puede ser una posibilidad.

A Wallander le irritó de repente que Ekholm parecía rehusar cualquier compromiso al exponer sus puntos de vista. Le molestó, aunque comprendió que hacía bien en dejar casi todas las puertas abiertas.

—Supongamos que estuvieras en mi lugar —dijo Wallander—. Prometo no citarte. O acusarte si te equivocas. Pero ¿qué harías?

La respuesta de Ekholm fue inmediata.

—Me concentraría en elaborar un mapa de la vida de Björn Fredman —dijo—. Pero mantendría los ojos abiertos y echaría una mirada sobre el hombre de vez en cuando.

Wallander asintió con la cabeza. Lo había entendido.

—¿A qué tipo de persona estamos buscando en realidad? —preguntó después.

Ekholm movió las manos para ahuyentar a una abeja que había entrado por la ventana.

—Las conclusiones prácticas las puedes sacar tú mismo —dijo—. Que es un hombre. Que probablemente es fuerte. Que es práctico, minucioso y no teme la sangre.

—Además no se encuentra en los registros de criminales —replicó Wallander—. En otras palabras, es la primera vez que actúa.

—Eso refuerza mi idea de que básicamente lleva una vida normal y corriente —dijo Ekholm—. El yo psicótico, la alteración mental, se oculta ante los otros. Se puede sentar a cenar con buen apetito y tener las cabelleras en el bolsillo. Entiéndeme.

Wallander creía entenderle.

—De modo que sólo habrá dos maneras de atraparlo —dijo—. O lo sorprendemos *in fraganti*, o tenemos una prueba en la que su nombre brille con letras de fuego.

—Más o menos es así. Por tanto, no es una tarea fácil la que os espera.

En el momento en que Ekholm se iba, Wallander lanzó su última pregunta.

—¿Atacará de nuevo?

—Puede haber acabado —dijo Ekholm—. Björn Fredman y sus ojos como punto final.

—¿Lo crees así?

—No. Volverá a atacar. Lo que hemos visto hasta ahora es solamente el principio de una cadena muy larga.

Cuando Wallander se quedó a solas hizo salir a la abeja por la ventana con ayuda de su chaqueta. Después se quedó completamente quieto en su silla con los ojos cerrados, reflexionando sobre todo lo que Ekholm le había dicho. A las cuatro se levantó y fue a buscar más café. Luego continuó hasta la sala de conferencias donde le esperaba el resto del equipo de investigación.

Le pidió a Ekholm que repitiera todo lo que él ya había oído. Después hubo un largo silencio. Wallander esperó. Sabía que todos y cada uno de ellos intentaban abarcar el significado de lo que acababan de oír. «Es el proceso de deducción particular de cada uno lo que está en marcha», pensó. «Después averiguaremos qué piensa en realidad el equipo de investigación.»

Estaban de acuerdo con Ekholm. Se centrarían en la vida de Björn Fredman. Pero no olvidarían echar unas miradas hacia atrás, sobre el hombro, al mismo tiempo.

Terminaron la reunión planificando cómo seguir los próximos días.

Levantaron la sesión poco después de las seis. Martinsson fue el único que abandonó la comisaría. Iba a buscar a sus hijos. Los demás volvieron al trabajo.

Wallander se colocó en su ventana contemplando la tarde de verano.

Algo en su interior le seguía preocupando.

La idea de que, después de todo, seguían una pista falsa.

«¿Qué era lo que no veía?»

Se volvió paseando la mirada por la habitación como si hubiese entrado una visita invisible.

«Es así», pensó. «Estoy persiguiendo a un fantasma, cuando debería buscar a un ser humano, que tal vez se encuentre todo el tiempo en el lado opuesto al que estoy mirando.»

Se quedó trabajando en la investigación hasta medianoche. Al abandonar la comisaría se acordó de que la ropa sucia continuaba en el suelo de su casa.

24

Al amanecer del día siguiente, Wallander bajó a la lavandería medio dormido, y para sorpresa suya alguien había llegado antes que él. La lavadora estaba ocupada y tuvo que apuntarse para otra hora aquella misma tarde. Trató de retener un sueño que había tenido durante la noche. Era erótico, apasionado y con intenso deseo, y en él Wallander se veía a sí mismo a distancia, actuando en un drama que nunca había vivido estando despierto. No era Baiba la que entraba en su sueño, la que abría la puerta de su dormitorio. Al subir la escalera de la lavandería se dio cuenta de que la mujer del sueño se parecía a la pastora que conoció en el despacho parroquial de Smedstorp. Primero se sorprendió, después sintió un poco de vergüenza por su sueño, que luego, cuando subía a su apartamento, se transformó en lo que en realidad había sido: un sueño creado y borrado por completo según sus propias reglas. Se sentó a la mesa de la cocina a tomar el café que ya había preparado. Por la ventana entreabierta sentía el calor. Tal vez la abuela de Ann-Britt Höglund tenía razón, y estaban ante un verano que sería muy bonito. Eran poco más de las seis. Se bebió el café pensando en su padre. A menudo, y especialmente por las mañanas, sus pensamientos retrocedían en el tiempo, a la época de los Jinetes de Seda, cuando la relación entre ellos era buena y cada mañana se despertaba con la sensación de ser un niño amado por su padre. Pero ahora, más de cuarenta años después, le costaba vislumbrar cómo había sido su padre de joven. Sus cuadros eran los mismos, pintaba los paisajes con o sin urogallo con el mismo sentido infalible de no cambiar nada de un cuadro a otro. Wallander pensaba a veces que su padre en realidad había pintado un solo cuadro en la vida. Ya desde el principio le satisfacía el resultado. Nunca intentó mejorar nada. El resultado era perfecto desde el primer intento. Se acabó el último sorbo del café e intentó imaginarse una existencia en la que su padre ya no estuviera vivo. Era difícil. Se preguntó lo que haría con el vacío que quedaría de su eterna mala conciencia. El viaje a Italia que emprenderían en septiembre tal vez sería la última posibilidad de entenderse, de reconciliarse y enlazar el tiempo feliz, la época de los Jinetes de Seda, con todo lo que vino después. No quería que el recuerdo se acabase cuando sacaba los últimos cuadros y los llevaba al cochazo de los compradores, y luego, junto a su padre, saludaba con la mano al Jinete de Seda, que desaparecía en una nube de polvo camino de vender los cuadros por un precio tres o cuatro veces superior a la suma que habían arrancado de un fajo de billetes al pagar a su padre.

A las seis y media se volvió policía otra vez. Guardó los recuerdos. Mientras se vestía intentó decidir en qué orden ejecutaría las tareas que se había impuesto para el día. A las siete entró por la puerta de la comisaría después de intercambiar unas palabras con Norén, que llegaba en ese momento. En realidad, para Norén debía haber sido su último día de trabajo antes de las vacaciones, pero las había pospuesto como muchos de sus colegas.

—Seguramente empezará a llover cuando detengáis al asesino —dijo—. ¿Qué dios del tiempo se preocupa por un simple policía cuando está actuando un asesino en serie?

Wallander masculló una respuesta ininteligible. Pero admitió que podría haber cierta verdad en lo que Norén había dicho.

Fue al despacho de Hansson, que al parecer pasaba todo su tiempo en la comisaría apesadumbrado por la preocupación ante la difícil investigación y la carga de ser jefe en funciones. Tenía la cara gris como el adoquín de una acera. Se estaba afeitando con una máquina eléctrica prehistórica cuando Wallander entró en su despacho. Llevaba la camisa arrugada y tenía los ojos rojos de cansancio.

—Tienes que intentar dormir unas horas de vez en cuando —dijo Wallander—. Tu responsabilidad no es mayor que la de los demás.

Hansson desconectó la máquina de afeitar y contempló con pesimismo el resultado en un espejo de bolsillo.

—Anoche me tomé una pastilla para dormir —dijo—. Pero tampoco me dormí. Lo único que conseguí fue tener dolor de cabeza.

Wallander miró a Hansson en silencio. Sentía compasión por él. Ser jefe nunca había sido uno de los sueños de Hansson. Creía conocerlo bien en ese aspecto.

—Vuelvo a Malmö —dijo—. Quiero hablar con la familia de Björn Fredman una vez más. Especialmente con los que no estaban presentes ayer.

Hansson le miró atónito.

—¿Vas a interrogar a un niño de cuatro años? No está permitido.

—Estaba pensando en la hija —respondió Wallander—. Tiene diecisiete años. Y no la voy a interrogar.

Hansson asintió con la cabeza y se levantó del escritorio. Señaló un libro que estaba abierto encima de la mesa.

—Me lo ha dado Ekholm —dijo—. Es un tratado sobre el comportamiento basado en el estudio de casos famosos de asesinos en serie. Es increíble lo que puede organizar la gente cuando está realmente mal de la cabeza.

—¿Dice algo de cabelleras? —preguntó Wallander.

—En este libro, las cabelleras son trofeos menores. Si supieras lo que han encontrado en casa de algunos, te pondrías enfermo.

—Ya me encuentro mal ahora —dijo Wallander—. Creo que me puedo imaginar qué dice ese libro.

—Gente corriente —dijo Hansson resignado—. Por fuera completamente normales. Debajo de la superficie, los enfermos mentales son bestias salvajes. Un hombre en Francia, el encargado de un depósito de carbón, solía abrir los estómagos de sus víctimas e introducía la cabeza para intentar ahogarse. Es sólo un ejemplo.

—Bien, bien, es suficiente —rechazó Wallander.

—Ekholm quiere que te dé el libro cuando lo haya leído —dijo Hansson.

—Seguro —contestó Wallander—. Pero dudo de que realmente tenga tiempo de leerlo. O ganas.

Wallander se preparó un bocadillo en el comedor y se lo llevó cuando abandonó la comisaría. Lo iba comiendo en el coche mientras pensaba en si atreverse a llamar a Linda o no. Pero lo descartó. Era demasiado temprano.

Llegó a Malmö sobre las ocho y media. La calma veraniega ya se estaba extendiendo por el país. El tráfico en las autovías que se cruzaban en la entrada de Malmö era más escaso de lo normal. Torció hacia Rosengård y detuvo el coche delante de la casa en la que había estado el día anterior. Paró el motor. Luego permaneció sentado, intentando explicarse a sí mismo por qué razón había vuelto tan pronto. Habían decidido dirigir la investigación hacia la vida de Björn Fredman. Hasta ahí sabía los motivos. Además era necesario conocer a la hija ausente. El niño de cuatro años no era tan importante. Encontró un viejo recibo de gasolina en la guantera y sacó el bolígrafo que llevaba en el bolsillo de la camisa. Con enfado vio que estaba roto y que se había derramado la tinta. La mancha era tan grande como media palma de la mano. En contraste con la camisa blanca parecía que le hubiesen disparado en medio del corazón. La camisa era casi nueva. Baiba se la compró en Navidad cuando hizo limpieza de su armario y tiró la ropa vieja.

Su primer impulso resignado fue volver a Ystad y meterse en la cama. No recordaba la cantidad de camisas que tiraba al año por olvidar cerrar los bolígrafos antes de guardarlos en el bolsillo.

Dudó si ir al centro a comprarse una nueva. Tendría que esperar al menos una hora antes de que abrieran las tiendas. Desechó esa idea. Tiró el bolígrafo roto y manchado por la ventanilla y encontró otro entre la porquería que llenaba la guantera. Al dorso del recibo de gasolina escribió unas palabras clave. «Los amigos de B.F. Entonces y ahora. Sucesos inesperados.» Dobló la nota, y al ir a introducirla en el bolsillo de la camisa se detuvo. Salió del coche y se quitó la chaqueta. La tinta no había tenido tiempo de manchar el forro. La llevó en la mano contemplando sombrío su camisa. Después entró en la casa y empujó la puerta del ascensor. Los cristales del día anterior todavía seguían allí. Se bajó en el cuarto piso y llamó al timbre. No se oía nada en el apartamento. Tal vez aún estaban durmiendo. Esperó más de un minuto. Luego volvió a llamar. La puerta se abrió. Era el chico llamado Stefan. Pareció sorprenderse al ver a Wallander, pero sonrió. Sin embargo, sus ojos continuaban estando alerta.

—Espero no llegar demasiado temprano —dijo Wallander—. Naturalmente debí llamar antes, pero estaba en Malmö por otro motivo. Pensé aprovechar la ocasión.

«La mentira es mala», pensó. «Pero es la más fácil.»

Stefan le hizo pasar al recibidor. Vestía una camiseta y un par de pantalones vaqueros. Iba descalzo.

—Estoy solo en casa —dijo—. Mi madre ha salido con mi hermano pequeño. Iban a Copenhague.

—Es un bonito día para ir a Copenhague —dijo Wallander con adulación.

—Sí, le gusta ir allí. Para olvidarse de todo.

Las palabras resonaban desoladas en el recibidor. Wallander pensó que la voz del chico sonaba indiferente cuando afloraba la muerte del padre. Entraron en el salón. Wallander dejó la chaqueta encima de una silla y señaló la mancha de tinta.

—Siempre me pasa —dijo.

—A mí no me pasa nunca —respondió el chico, y sonrió—. Puedo preparar café si quieres.

—No, gracias.

Estaban sentados el uno frente al otro en la mesa. Una manta y una almohada en el sofá indicaban que alguien había dormido allí. Debajo de una silla Wallander vio asomar el cuello de una botella de vino vacía. El chico descubrió enseguida que Wallander la había visto. No bajaba la guardia en ningún momento. Wallander se preguntó rápidamente si tenía derecho a exponer a un menor de edad a una conversación que tratase de la muerte del padre, sin que se hiciera bajo las formas correctas, con la presencia de un familiar. Por otra parte no quería dejar pasar la ocasión. Además el chico era increíblemente maduro. Wallander tenía la sensación de estar hablando con alguien de su edad. Incluso Linda, que era varios años mayor, podía parecer infantil en comparación con él.

—¿Qué vas a hacer este verano? —preguntó Wallander—. Hace buen tiempo.

El chico sonrió.

—Tengo mucho que hacer —respondió.

Wallander estuvo esperando una continuación que no llegó.

—¿Qué curso empezarás en otoño?

—Octavo.

—¿Te va bien?

—Sí.

—¿Qué es lo que más te gusta?

—Nada. Pero las matemáticas son lo más sencillo. Hemos formado un club sobre la mística de los números.

—No sé qué es.

—Los tríos sagrados. Los siete años difíciles. Intentar leer tu futuro combinando las cifras de tu propia vida.

—Parece interesante.

—Sí.

Wallander notaba que el chico que estaba sentado delante de él le fascinaba cada vez más. Su cuerpo corpulento contrastaba con la cara infantil. Pero obviamente no le faltaba nada en la cabeza.

Wallander sacó el recibo arrugado de la chaqueta. Las llaves de su apartamento se le cayeron al suelo. Las volvió a meter en el bolsillo de la chaqueta. Wallander se sentó de nuevo.

—Tengo algunas preguntas —dijo—. Pero no es en absoluto un interrogatorio. Si quieres esperar hasta que vuelva tu madre, dímelo.

—No hace falta. Contestaré si puedo.

—Tu hermana —dijo Wallander—. ¿Cuándo volverá?

—No lo sé.

El chico le estaba mirando. La pregunta no parecía haberle incomodado. La respuesta llegó sin dudar. Wallander empezó a pensar que se había equivocado el día anterior.

—Supongo que estáis en contacto con ella. Que sabéis dónde está.

—Simplemente se marchó. No es la primera vez. Vuelve cuando ella quiere.

—Espero que entiendas que a mí me parece un poco raro.

—A nosotros no.

El chico era impasible. Wallander estaba convencido de que sabía dónde se encontraba su hermana. Pero no le obligaría a contestar. Tampoco podía pasar por alto la posibilidad de que la chica estuviese tan alterada que realmente hubiese huido de toda aquella situación.

—¿No estará en Copenhague? —preguntó con cautela—. ¿Y tu madre la ha ido a visitar hoy?

—Iba a comprar zapatos.

Wallander asintió con la cabeza.

—Hablemos de otra cosa —continuó—. Has tenido tiempo para pensar. ¿Puedes imaginarte quién ha podido quitarle la vida a tu padre?

—No.

—¿Estás de acuerdo con tu madre en que podría haber muchos que tuvieran deseos de hacerlo?

—Sí.

—¿Por qué?

Por primera vez era como si la amabilidad imperturbable y cortés empezara a quebrarse. Su respuesta llegó con una fuerza inesperada.

—Mi padre era un hombre malo —dijo—. Hacía tiempo que había perdido el derecho a vivir.

A Wallander le sentó muy mal la respuesta. ¿Cómo una persona tan joven podía estar tan llena de odio?

—No se puede decir eso —respondió—. Que una persona pierda el derecho a la vida. Haga lo que haga.

El chico estaba impasible de nuevo.

—¿Qué fue lo que hizo tan mal? —continuó Wallander—. Hay muchos ladrones. Mucha gente vende cosas robadas. Por eso no son monstruos.

—Nos asustaba.

—¿Cómo?

—Todos le teníamos miedo.

—¿Tú también?

—Sí. Pero no este último año.

—¿Por qué no?

—El miedo desapareció.

—¿Y tu madre?

—Tenía miedo.

—¿Tu hermano?

—Iba corriendo a esconderse cuando creía que llegaba mi padre.

—¿Tu hermana?

—La que más miedo tenía de todos.

Wallander notó un cambio casi imperceptible en la voz del chico. Percibió un atisbo de duda, estaba seguro de ello.

—¿Por qué? —preguntó con cuidado.

—Era la más sensible.

Wallander decidió rápidamente arriesgarse.

—¿Tu padre la tocaba?

—¿Cómo?

—Creo que entiendes lo que quiero decir.

—Sí. Pero no la tocaba nunca.

«Ahí lo tenemos», pensó Wallander intentando no mostrar su reacción. «Tal vez haya abusado de su propia hija. Quizá también del pequeño. Y del chico con quien estoy hablando.»

Wallander no quiso continuar. No quería tratar a solas la cuestión de dónde se encontraba la hermana y lo que le podía haber pasado. Pensar en el posible abuso le alteraba.

—¿Tu padre tenía algún amigo íntimo? —preguntó.

—Se veía con mucha gente. Pero no sé si alguien era su amigo.

—Si me dijeras una persona que le conocía bien, ¿con quién debería hablar entonces?

Una sonrisa involuntaria se esbozó en los labios del chico, pero enseguida se dominó.

—Peter Hjelm —contestó.

Wallander anotó el nombre.

—¿Por qué te reías?

—No lo sé.

—¿Conoces a Peter Hjelm?

—Le he visto, claro.

—¿Dónde puedo encontrarlo?

—Está en el listín de teléfonos «obreros no cualificados». Vive en la calle de Kungsgatan.

—¿De qué manera se conocían?

—Se emborrachaban juntos. Eso sí que lo sé. No puedo decir si hacían algo más.

Wallander paseó la mirada por la habitación.

—¿Dejó tu padre algunas cosas aquí en el apartamento?

—No.

—¿Nada?

—Nada de nada.

Wallander se metió el papel en el bolsillo del pantalón. No tenía nada más que decir.

—¿Cómo es ser policía? —preguntó el chico de repente.

Wallander vio que realmente estaba interesado. Los ojos vigilantes destellaron.

—Hay pros y contras —contestó Wallander, inseguro de pronto sobre lo que en ese momento pensaba de su profesión.

—¿Qué se siente al detener a un asesino?

—Frío, tristeza y miseria —respondió pensando con disgusto en todas las falsas series de televisión que el chico seguramente había visto.

—¿Qué harás cuando atrapes al que ha matado a mi padre?

—No lo sé —contestó Wallander—. Depende.

—Debe de ser peligroso, ya que ha matado a más personas, ¿no?

La curiosidad del chico incomodó a Wallander.

—Lo atraparemos —dijo con determinación para terminar con la conversación—. Tarde o temprano lo atraparemos.

Se levantó de la silla y preguntó por el lavabo. El chico señaló hacia una puerta en el pasillo que llevaba a los dormitorios. Wallander cerró la puerta. Miró su cara en el espejo. Lo que más necesitaba era un poco de sol. Después de orinar, abrió el armario del baño con cuidado. Había unos botes de pastillas. En uno de ellos estaba el nombre de Louise Fredman. Vio que había nacido el nueve de noviembre. Memorizó el nombre del medicamento y del médico que lo había recetado. *Saroten.* Nunca había oído hablar de ese medicamento. Lo buscaría en el catálogo farmacéutico de la policía al volver a Ystad.

Cuando regresó al salón el chico estaba sentado en la misma posición que antes. Wallander se preguntó si de verdad era normal del todo. Su precocidad y autocontrol le causaban una sensación extraña.

El chico se volvió hacia él y sonrió. Por un momento la atención de sus ojos parecía haber desaparecido. Wallander desechó sus pensamientos y agarró su chaqueta.

—Me pondré en contacto con vosotros de nuevo —dijo—. No te olvides de decirle a tu madre que he estado aquí. Sería bueno que le explicaras lo que hemos estado comentando.

—¿Podré ir a verte algún día? —preguntó el chico.

La pregunta sorprendió a Wallander.

Era como si le hubiesen tirado una pelota y no lograse atraparla.

—¿Quieres decir que te gustaría ir a la comisaría de Ystad?

—Sí.

—Claro que sí —contestó Wallander—. Pero llama antes. Muchas veces estoy fuera. Y no siempre me va bien.

Wallander salió a la escalera y apretó el botón del ascensor. Se despidieron con un movimiento de la cabeza. El chico cerró la puerta. Wallander bajó y salió al sol. Era el día más caluroso del verano hasta ese momento. Se detuvo un momento para disfrutar del calor. Al mismo tiempo intentó decidir qué hacer. Lo hizo sin problemas. Se dirigió a la comisaría. Forsfält estaba en su despacho. Wallander le habló de la conversación con el chico. Le dio el nombre del médico, Gunnar Bergdahl, y le pidió que se pusiera en contacto con él lo antes posible. Luego le explicó sus sospechas de que tal vez Björn Fredman habría abusado de su hija y quizá también de los chicos. Forsfält estaba seguro de que nunca se le había acusado de ese tipo de abusos. Pero prometió investigar el asunto lo antes posible. Wallander pasó a hablar de Peter Hjelm. Forsfält le informó de que era un hombre que en muchos aspectos le recordaba a Björn Fredman. Había entrado y salido de muchas cárceles. En una ocasión fue condenado con Fredman por perista. Forsfält opinaba que Hjelm era a menudo el que proporcionaba la mercancía robada y Fredman la vendía. Wallander le preguntó si a Forsfält le importaría que él hablara con Hjelm a solas.

—Prefiero no ir —contestó Forsfält.

—Quiero tenerte en la retaguardia —dijo Wallander.

Wallander buscó la dirección de Hjelm en el listín de teléfonos. También le dio a Forsfält el número de su móvil. Decidieron comer juntos. Para entonces Forsfält esperaba tener preparado el material que la policía de Malmö había recopilado sobre Björn Fredman. Wallander dejó el coche delante de la comisaría y dio un paseo hasta la calle de Kungsgatan. Entró en una tienda de ropa, se compró una camisa y se la puso. Tras un momento de duda, tiró la que había manchado el bolígrafo. Después de todo se la había regalado Baiba. Volvió a salir al sol. Durante unos minutos se sentó en un banco, cerró los ojos y levantó la cabeza hacia el sol. Luego continuó hasta la casa en la que vivía Hjelm. La puerta tenía un código numérico para entrar. Wallander estaba de suerte. Transcurridos unos minutos, un hombre mayor salió con su perro. Wallander le saludó amablemente y entró por la puerta. Leyó en el cuadro de nombres que Hjelm vivía en el tercer piso. En el momento en que iba a abrir la puerta del ascensor sonó su teléfono móvil. Era Forsfält.

—¿Dónde estás? —preguntó.

—Delante del ascensor en la casa de Hjelm.

—Eso esperaba. Que no hubieses llegado.

—¿Ha ocurrido algo?

—Encontré al médico. Nos conocíamos. Lo había olvidado por completo.

—¿Qué dijo?

—Algo que no debía revelar. Secreto profesional. Pero prometí no descubrirle. Lo mismo vale para ti.

—Lo prometo.

—Dice que la persona de la que estamos hablando sin nombrarla porque hablamos desde un móvil está ingresada en una clínica psiquiátrica.

Wallander contuvo la respiración.

—Eso explica el hecho de que ahora esté fuera —dijo.

—No —añadió Forsfält—. No lo explica. Lleva ingresada tres años.

Wallander guardó silencio. Alguien llamó el ascensor, que se elevó con un traqueteo.

—Hablaremos más tarde —dijo.

—Suerte con Hjelm.

La conversación se cortó.

Wallander reflexionó un buen rato sobre lo que había oído.

Después empezó a subir las escaleras a pie hasta el tercer piso.

25

Wallander había escuchado la música que salía del apartamento de Hjelm en alguna ocasión anterior. Acercó la oreja a la puerta para oír mejor. Entonces se acordó de que durante un periodo había sido la canción favorita de Linda. Wallander recordaba vagamente que el conjunto se llamaba «Grateful Dead». Llamó al timbre y dio un paso atrás. La música era muy fuerte. Llamó otra vez, sin recibir respuesta. Sólo cuando golpeó fuertemente apagaron la música. Oyó pasos y luego la puerta se abrió. Por alguna razón, Wallander pensó que iban a abrirla a medias, y como lo hicieron de par en par tuvo que retroceder para que no le diera en la cara. El hombre que abrió estaba desnudo. Totalmente desnudo. Wallander vio además que debía de estar bajo los efectos de algo. Había como un movimiento de balanceo, casi imperceptible, en el enorme cuerpo. Wallander se presentó y mostró su identificación. El hombre no se molestó en mirarla. Continuaba observando fijamente a Wallander.

—Te he visto —dijo—. En la tele. Y en los periódicos. Nunca los leo, pero te habré visto en alguna portada. O en los titulares en algún quiosco. El poli buscado. El que dispara a la gente antes de pedir explicaciones. ¿Cómo me has dicho que te llamas? ¿Wahlgren?

—Wallander. ¿Eres Peter Hjelm?

—*Yes.*

—Quiero hablar contigo.

El hombre desnudo señaló al interior del apartamento. Wallander supuso que significaba que estaba en compañía de una mujer.

—Lo siento —dijo Wallander—. Probablemente no tardaremos demasiado.

Hjelm le dejó pasar al recibidor de mala gana.

—Ponte algo —dijo Wallander con autoridad.

Hjelm se encogió de hombros, agarró de un tirón un abrigo de un colgador y se lo puso. Como si Wallander se lo hubiese pedido, también se colocó un viejo sombrero hasta las orejas. Wallander le siguió a lo largo de un pasillo. Hjelm vivía en un apartamento antiguo y espacioso. Wallander había soñado muchas veces con encontrar uno así en Ystad. En una ocasión se había informado sobre uno de los grandes apartamentos en la casa roja de la librería de la plaza. Pero se quedó atónito al saber el precio del alquiler. Al llegar al salón Wallander vio, para sorpresa suya, a un hombre desnudo envuelto en una sábana. Wallander estaba ante una situación inesperada. En su concepto de la realidad, sencillo y a veces prejuicioso, cuando un hombre desnudo abría la puerta haciendo señales insinuantes, significaba que tenía una mujer desnuda en su apartamento, no un hombre desnudo. Para ocultar su desconcierto adoptó un tono de autoridad decidido. Señaló una silla y le dijo a Hjelm que se sentara.

—¿Quién es usted? —preguntó al otro hombre, que era bastante más joven que Hjelm.

—Geert no entiende el sueco —dijo Hjelm—. Es de Amsterdam. Se puede decir que sólo está de visita.

—Dile que quiero ver su documentación —ordenó Wallander—. Ahora.

Hjelm hablaba un inglés pésimo, mucho peor que el de Wallander. El hombre de la sábana desapareció y volvió con un carné de conducir holandés. Wallander, como de costumbre, no tenía nada con que escribir. Memorizó el apellido del hombre, Van Loenen, y le devolvió el carné de conducir. Luego le hizo unas breves preguntas en inglés. Van Loenen afirmó ser camarero en un café de Amsterdam y que fue allí donde conoció a Peter Hjelm. Era la tercera vez que estaba en Malmö. Iba a regresar en tren a Amsterdam dos días más tarde. Wallander le pidió que saliera de la habitación. Hjelm estaba sentado en el suelo, vestido con su abrigo y con el sombrero calado hasta las cejas. Wallander se enfadó.

—¡Quítate el sombrero! —rugió—. Y siéntate en una silla. Si no, llamo a una patrulla y te llevo a la comisaría.

Hjelm obedeció. Tiró el sombrero, que trazó un círculo amplio y aterrizó entre dos macetas en una de las ventanas. Wallander todavía estaba furioso cuando empezó a interrogarle. La rabia le hizo sudar.

—Björn Fredman está muerto —dijo de golpe—. Pero quizá ya lo sabías.

Hjelm se quedó parado. «No lo sabía», dedujo Wallander.

—Le han asesinado —continuó Wallander—. Además, alguien le vertió ácido en los ojos. Y le arrancaron la cabellera. Eso ocurrió hace tres días. Ahora estamos buscando al que lo hizo. El asesino ya ha matado a dos personas antes. A un ex político llamado Wetterstedt y a un marchante de arte llamado Arne Carlman. Quizá ya lo sabías.

Hjelm asintió lentamente con la cabeza. Wallander intentó interpretar sus reacciones sin lograrlo.

—Ahora entiendo por qué Björn no contestaba al teléfono —dijo al cabo de un rato—. Le estuve llamando todo el día de ayer. Y esta mañana también.

—¿Qué querías de él?

—Pensé invitarle a cenar.

Wallander comprendió naturalmente que no era verdad. A pesar de que todavía estaba furioso por la actitud arrogante de Hjelm le fue fácil concentrar sus energías. Durante sus años en la policía, Wallander solamente había perdido los estribos y golpeado a la gente que interrogaba en dos ocasiones. Sabía que casi siempre podía controlar su rabia.

—No mientas —dijo—. La única posibilidad que tienes de verme salir por la puerta dentro de un tiempo razonable es que contestes claramente a mis preguntas con la verdad. Si no, aquí se armará un infierno. Estamos tratando con un asesino en serie que está loco. Y eso le concede ciertos poderes a la policía.

Eso último, por supuesto, no era verdad. Pero Wallander comprendió que le causara cierta impresión a Hjelm.

—Le llamé para hablar de un negocio que compartimos.

—¿Qué tipo de negocio?

—Un poco de exportación e importación. Me debía dinero.

—¿Cuánto?

—Poco. Cien mil aproximadamente. No más.

Wallander pensó que esa pequeña cantidad de dinero correspondía a varias mensualidades de su propio sueldo. Eso le enfureció aún más.

—Volveremos a tus negocios con Fredman —dijo—. De eso se cuidará la policía de Malmö. Quiero saber si tienes idea de quién puede haber matado a Fredman.

—Yo no, seguro.

—Tampoco lo creo. ¿Algún otro?

Wallander vio que Hjelm realmente intentaba reflexionar.

—No sé —contestó por fin.

—Pareces dudar.

—Björn estaba metido en muchas cosas de las que yo no sé nada.

—Como por ejemplo qué.

—No sé.

—¡Contesta bien!

—¡Pero cojones! No lo sé. Compartimos algunos asuntos. Yo no puedo saber qué hacía Fredman el resto de su tiempo. En este ramo no es bueno saber mucho. Ni tampoco saber demasiado poco. Pero eso es otro asunto.

—¡Dime algo a lo que Fredman podía haberse dedicado!

—Creo que recaudaba un poco.

—¿Era lo que se llama un matón?

—Más o menos.

—¿Quién le hacía los encargos?

—No sé.

—No mientas.

—No miento. No lo sé, seguro.

Wallander casi le creyó.

—¿Qué más?

—Andaba con secretismos. Viajaba mucho. Cuando volvía estaba moreno. Y traía recuerdos.

—¿Adónde viajaba?

—Nunca me lo dijo. Pero después de los viajes solía tener mucho dinero.

«El pasaporte de Fredman», pensó Wallander. «No lo hemos encontrado.»

—¿Quién conocía a Björn Fredman más que tú?

—Tiene que haber mucha gente.

—¿Quién le conocía tan bien como tú?

—Nadie.

—¿Tenía alguna mujer?

—¡Qué pregunta! ¡Claro que tenía mujeres!

—¿Alguna en especial?

—Cambiaba a menudo.

—¿Por qué cambiaba?

—¿Por qué se cambia? ¿Por qué estoy con uno de Amsterdam un día y uno de Bjärred al otro?

—¿Bjärred?

—¡Es un ejemplo, coño! ¡Halmstad, pues, si te gusta más!

Wallander se detuvo. Contempló a Hjelm con el ceño fruncido. Sentía una antipatía instintiva hacia él. Hacia un ladrón que consideraba que cien mil coronas era poco dinero.

—Gustaf Wetterstedt —añadió después—. Y Arne Carlman. Vi que sabías que los habían matado.

—No leo los periódicos. Pero veo la tele.

—¿Recuerdas que Björn Fredman los nombrase alguna vez?

—No.

—¿Tal vez lo has olvidado? ¿Puede haberlos conocido?

Hjelm permaneció callado durante más de un minuto. Wallander esperó.

—Estoy seguro —dijo luego—. Pero es posible que los conociera sin yo saberlo.

—Este hombre que anda suelto es peligroso —dijo Wallander—. Es frío y calculador. Y está loco. Vertió ácido en los ojos de Fredman. Debe de haber sido terriblemente doloroso. ¿Entiendes lo que quiero decir?

—Sí.

—Quiero que hagas un trabajito para mí. Que divulgues que la policía está buscando una relación entre estos tres hombres. Supongo que estamos de acuerdo en que hay que quitar a ese loco de en medio. Al que vierte ácido en los ojos de tu compinche.

Hjelm hizo un gesto de disgusto.

—Claro que sí.

Wallander se levantó.

—Llama al comisario Forsfält —dijo—. O ponte en contacto conmigo. Todo lo que puedas recordar es importante.

—Björn tenía una chica llamada Marianne —repuso Hjelm—. Vive al lado del Triangeln.

—¿Cómo se llama de apellido?

—Eriksson, creo.

—¿En qué trabaja?

—No lo sé.

—¿Tienes su número de teléfono?

—Lo puedo averiguar.

—Hazlo ahora.

Wallander esperó mientras Hjelm desaparecía de la habitación. Podía oír voces que susurraban, de las que al menos una sonaba irritada. Hjelm regresó y le entregó una nota a Wallander. Luego le acompañó hasta la entrada.

La borrachera o lo que fuese parecía habérsele pasado. Aun así estaba impasible ante lo que le había ocurrido a su amigo. Wallander sintió un gran malestar ante la frialdad que Hjelm mostraba. Para él era incomprensible.

—Ese loco... —empezó Hjelm sin acabar la frase. Wallander comprendió el sentido de la pregunta que no llegó a pronunciar.

—Va a por un tipo de gente. Si no te ves relacionado con Wetterstedt, Carlman y Fredman no debes estar preocupado.

—¿Por qué no lo detenéis?

Wallander miró fijamente a Hjelm. Notaba cómo le aumentaba la rabia otra vez.

—Entre otras cosas porque a la gente como tú os cuesta mucho contestar a las preguntas.

Dejó a Hjelm y no quiso esperar el ascensor. Al salir a la calle dirigió de nuevo la cara hacia el sol y cerró los ojos. Pensó en la conversación con Hjelm y tuvo otra vez la sensación de seguir una pista falsa. Abrió los ojos y se acercó a la pared donde había sombra. No le abandonaba la sensación de que estaba llevando la investigación hacia un callejón sin salida. También recordaba la impresión instintiva que había tenido en varias ocasiones de que alguien había dicho alguna cosa importante. «Hay algo que no veo claro en todo esto», pensó. «Estoy pasando por encima de una relación entre Wetterstedt, Carlman y Fredman sin verla.» Se notaba la angustia en el estómago. El hombre al que buscaban podía atacar de nuevo y Wallander comprendió que la verdad de la investigación era muy simple. No tenían ni idea de quién era. Además, no sabían por dónde buscarlo. Salió de la sombra de la pared e hizo señas a un taxi libre que pasaba.

Eran más de las doce cuando pagó y se bajó delante de la comisaría. Al llegar al despacho de Forsfält le avisaron de que tenía que llamar a Ystad. Enseguida le invadió la angustia de que algo grave había ocurrido. Fue Ebba la que contestó. Le tranquilizó y le pasó con Nyberg. Forsfält cedió su silla a Wallander. Se acercó un papel y apuntó lo que Nyberg le contó. Habían descubierto una huella dactilar en el párpado izquierdo de Fredman. Era vaga, pero habían logrado identificarla y coincidía con las huellas encontradas en los lugares de los otros dos crímenes. Ya no les quedaba duda de que buscaban a un único asesino. La investigación forense determinó que a Fredman le mataron menos de doce horas antes de que encontrasen el cuerpo. El médico forense estaba seguro de que le habían vertido el ácido en los ojos cuando aún estaba vivo.

Después de la conversación con Nyberg, Ebba le pasó con Martinsson, quien había recibido de la Interpol la confirmación de que el padre de Dolores María Santana había reconocido la joya. Era suya. Martinsson también pudo informarle de que la embajada sueca en la República Dominicana se mostraba muy reacia a costear el traslado de los restos mortales a Santiago. Wallander escuchaba con una concentración limitada. Cuando Martinsson acabó con sus quejas le preguntó en qué estaban ocupados Svedberg y Ann-Britt. Martinsson le dijo la verdad. Que estaban haciendo indagaciones, pero que nadie había logrado romper la dura cáscara que envolvía toda la investigación. Wallander les informó de que estaría de vuelta en Ystad por la tarde y terminó la conversación. Mientras tanto, Forsfält estaba en el pasillo, estornudando.

—Alergia —dijo, sonándose—. Empeora durante el verano.

Fueron andando a un restaurante donde solía comer Forsfält y tomaron espaguetis. Después de que Wallander le contara su encuentro con Hjelm, Forsfält empezó a hablar de su casa de campo, que estaba en la zona de Älmhult. Wallander entendió que no quería estropear la comida hablando de la investigación. Normalmente Wallander habría estado impaciente, pero en compañía de Forsfält le resultaba fácil desconectar. Wallander escuchaba cada vez más fascinado la descripción de Forsfält sobre cómo estaba restaurando una vieja herrería. Sólo cuando tomaron el café permitió que volvieran a hablar de la investigación. Prometió interrogar a Marianne Eriksson aquel mismo día. Pero lo más importante fue descubrir que Louise Fredman llevaba tres años ingresada en una clínica psiquiátrica.

—No lo sé —dijo Forsfält—. Pero supongo que estará en Lund. En el hospital de Santat Lars. Creo que es ahí adonde envían los casos complicados.

—Es difícil atravesar todas las barreras que encuentras cuando quieres ver el historial de un paciente —señaló Wallander—. Eso es bueno, naturalmente. Pero creo que esto de Louise Fredman es importante. Sobre todo porque la familia no dijo la verdad.

—Quizá no —objetó Forsfält—. Una enfermedad mental en la familia no es una cosa de la que se hable abiertamente. Yo tenía una tía que entró y salió de diferentes centros psiquiátricos durante toda su vida. Recuerdo que casi nunca la nombraban delante de extraños. Era una vergüenza.

—Le pediré a uno de los fiscales que se ponga en contacto con Malmö —dijo Wallander—. Supongo que habrá un montón de formalidades.

—¿Qué alegarás? —preguntó Forsfält.

Wallander reflexionó.

—No sé —respondió—. Sospecho que Björn Fredman tal vez abusase de ella.

—No tiene fundamento —dijo Forsfält con determinación.

—Lo sé —repuso Wallander—. De alguna manera tengo que defender que es de gran importancia para el conjunto de la investigación conseguir información acerca de Louise Fredman. Sobre ella y de ella.

—¿En qué crees que te podrá ayudar?

Wallander estiró los brazos antes de responder.

—No lo sé. Tal vez no se aclare nada por saber la razón que la mantiene encerrada en un hospital. Tal vez sea incapaz de sostener una conversación con otra persona.

Forsfält asintió pensativamente. Wallander comprendió que las objeciones de Forsfält estaban justificadas. Sin embargo, no podía prescindir de su propia intuición, que le decía que Louise Fredman era una persona importante en la investigación. Pero con Forsfält no se mantenían conversaciones sobre presentimientos intuitivos.

Wallander pagó la comida. De regreso a la comisaría, Forsfält entró en la recepción y salió con una enorme bolsa de plástico negra.

—Aquí tienes unos kilos de fotocopias que resumen la desasosegada vida de Björn Fredman bastante bien —dijo sonriendo.

Luego se puso serio, como si la sonrisa anterior hubiese sido inadecuada.

—Pobre diablo —dijo—. Debe de haber sufrido horrores. ¿Qué fue lo que hizo para merecer eso?

—Ésa es la cuestión —dijo Wallander—. ¿Qué hizo? ¿Qué fue lo que hizo Wetterstedt? ¿Y Carlman? ¿A quién se lo hizo?

—Cabelleras y ácido en los ojos. ¿Adónde vamos?

—Según la Jefatura Nacional de Policía, hacia una sociedad en la que un distrito del tamaño de Ystad no tiene por qué tener guardia durante los fines de semana —dijo Wallander.

Forsfält permaneció en silencio un rato antes de contestar.

—No creo que ésa sea la manera correcta de reaccionar ante los acontecimientos —dijo.

—Díselo al director de la Jefatura Nacional —añadió Wallander.

—¿Qué puede hacer él? —objetó Forsfält—. Tiene el consejo de administración detrás. Y detrás de ellos están los políticos.

—Al menos podría ponerlo en tela de juicio —dijo Wallander—. Y siempre podría cambiar de opinión si las cosas se le van de las manos.

—Quizá sí —replicó Forsfält distraído.

—Gracias por tu ayuda —dijo Wallander—. Y por el relato de la herrería.

—Deberías venir a verme un día —dijo Forsfält—. No sé si Suecia es tan fantástica como se puede leer en todas partes. Pero es un país grande. Y hermoso. Y sorprendentemente virgen. Sólo con que tengas ganas de buscarlo.

—Marianne Eriksson —le recordó Wallander.

—Veré si puedo encontrarla ahora mismo —contestó Forsfält—. Te llamo por la tarde.

Wallander abrió el coche y metió la bolsa de plástico. Después salió de la ciudad y entró en la E 65. Bajó la ventanilla y dejó que el viento estival acariciara su cara. Al llegar a Ystad se detuvo a comprar en un hipermercado. Cuando estaba en la caja se percató de que había olvidado comprar detergente y volvió a buscarlo. Se fue a casa y subió la compra a su apartamento.

Al ir a abrir descubrió que había perdido las llaves.

Bajó y rebuscó por todo el coche sin encontrarlas. Llamó a Forsfält y le informaron de que había salido. Uno de sus colegas entró en su despacho para ver si Wallander se había dejado las llaves encima de la mesa. Tampoco estaban allí. Llamó a Peter Hjelm, que contestó casi enseguida. Volvió después de unos minutos diciendo que no las veía. Buscó la nota en la que había apuntado el número de teléfono de la familia Fredman en Rosengård. Fue el hijo quien contestó. Wallander esperó mientras iba a mirar. El hijo volvió al teléfono. Tampoco él podía encontrar las llaves. Wallander estuvo considerando si decirle que ya sabían que su hermana Louise estaba internada en un hospital desde hacía varios años. Pero decidió no hacerlo. Reflexionó. Podía haber perdido las llaves cuando almorzó con Forsfält. O en la tienda donde se compró la camisa nueva. Regresó al coche muy enfadado y se fue a la comisaría. Ebba guardaba unos duplicados de llaves en la recepción. Le dio los nombres de la tienda y el restaurante de Malmö. Prometió averiguar si las llaves estaban allí. Wallander salió de la comisaría y volvió a casa sin hablar con ninguno de sus colegas. Sintió una gran necesidad de reflexionar acerca de lo ocurrido durante el día. Sobre todo tenía que planificar la reunión con Per Åkeson. Entró la compra y la colocó en la despensa y en la nevera. Ya había pasado la hora que tenía reservada para lavar. Agarró el paquete de detergente y el montón de ropa sucia que estaba en el suelo. Cuando llegó a la lavandería del sótano todavía no había nadie. Separó la ropa calculando más o menos cuál necesitaba la misma temperatura. Después de algunos problemas logró poner las dos lavadoras en marcha. Bastante satisfecho, volvió a subir al apartamento.

Acababa de cerrar la puerta cuando sonó el teléfono. Era Forsfält, que le contaba que Marianne Eriksson se encontraba en España. Seguiría buscándola en el hotel que la agencia de viajes le había dado. Wallander sacó el contenido de la bolsa de plástico negra. Llenaba toda la mesa de la cocina. Con sensación de hastío tomó una cerveza de la nevera y se sentó en el salón a escuchar a Jussi Björling. Después de un rato se tumbó en el sofá con la lata de cerveza a su lado en el suelo. No tardó en quedarse dormido.

Se despertó de un sobresalto cuando acabó la música. La lata de cerveza estaba medio vacía. Permaneció en el sofá mientras se la acababa. Los pensamientos se movían libremente en su cabeza. Sonó el teléfono. Entró en el dormitorio para contestar. Era Linda. Preguntó si podía dormir en su casa durante unas noches. Los padres de su amiga regresaban ese mismo día. De pronto Wallander se sentía lleno de energía. Recogió todos los papeles de la mesa de la cocina y los llevó a la cama del dormitorio. Después hizo la cama de la habitación donde solía dormir Linda. Abrió todas las ventanas dejando que entrase el viento cálido de la tarde por todo el apartamento. Cuando su hija llegó eran las nueve. Para entonces él había bajado a la lavandería a sacar la ropa de las lavadoras. Comprobó con sorpresa que no se había desteñido ni una sábana ni ninguna otra pieza de ropa. Colgó la colada en los armarios para secar y regresó al apartamento. Linda dijo que no quería cenar cuando llegase. Coció unas patatas y se frió un bistec. Mientras comía pensó en llamar a Baiba.

También pensó en sus llaves desaparecidas. En Louise Fredman. En Peter Hjelm. En todos los papeles que estaban en el dormitorio.

Sobre todo pensaba en el hombre que estaba allí fuera en la noche de verano.

El hombre al que tenían que detener pronto. Antes de que atacase de nuevo.

Estuvo delante de la ventana abierta viéndola cómo se acercaba por la calle.

—Te quiero —se dijo a sí mismo en voz alta.

Luego le tiró las llaves y ella las agarró al vuelo.

26

A pesar de haber estado hablando con Linda casi toda la noche, Wallander se obligó a levantarse de la cama a las seis. Estuvo un buen rato medio dormido bajo la ducha antes de lograr que el cansancio se retirara del cuerpo. Se movía silenciosamente por el apartamento y pensó que sólo cuando Baiba o Linda se encontraban allí sentía una verdadera sensación de hogar. Cuando no había nadie más, el apartamento parecía un escondrijo, como si fuese un techo ocasional sobre su cabeza. Preparó café y bajó a la lavandería para sacar la ropa de los armarios. Una de las vecinas que estaba introduciendo ropa en una lavadora le indicó a Wallander que el día anterior no había limpiado después de usar la lavandería. Era una mujer mayor que vivía sola y a la que solía saludar con la cabeza cuando se encontraban. Apenas sabía su nombre. Le señaló un lugar en el suelo en el que se le había caído un poco de detergente. Wallander se disculpó y prometió enmendarse. «Vieja gruñona», pensó rabioso al subir las escaleras. Al mismo tiempo sabía que ella tenía razón. No había limpiado ni recogido bien. Puso la colada encima de la cama y llevó a la cocina las carpetas con los informes que le había dado Forsfält. Se reprochaba no haber tenido fuerzas para leerlos durante la noche. Pero la conversación que tuvo con Linda se alargó, hora tras hora, y resultó importante en muchos aspectos. La noche fue muy cálida. Estuvieron sentados en el balcón y él la escuchaba, pensando que era una persona adulta la que estaba sentada a su lado, una persona adulta la que estaba hablando. Ya no era una niña, y eso le sorprendió. Había ocurrido algo de lo que no se había dado cuenta antes. Le explicó que Mona hablaba de volver a casarse. Eso le entristeció inesperadamente. Sabía que le había encargado a Linda que le diera la noticia. Sin entender por qué, empezó a explicarle cuál había sido en su opinión la causa de su separación. Por los comentarios de ella comprendió que la descripción de Mona era diferente. Luego Linda le hizo preguntas sobre Baiba y él intentó responderlas honestamente, a pesar de que muchas cosas aún estaban poco claras en cuanto a su relación. Cuando por fin se fueron a dormir le pareció tener una confirmación de lo que para él era lo más importante: que no le culpase por lo ocurrido, que pudiese contemplar el divorcio de sus padres como algo necesario.

Se sentó a la mesa de la cocina y abrió la primera página del extenso material que describía la vida inquieta y complicada de Björn Fredman. Tardó dos horas en revisarlo todo, aunque parte del material sólo lo miró por encima. De vez en cuando hacía anotaciones en una de las libretas que había sacado de un cajón de la cocina. Apartó la última carpeta, estiró la espalda y vio que eran las ocho. Se sirvió otra taza de café y se puso delante de la ventana abierta. Iba a ser otro hermoso día veraniego. Ya no recordaba el último día de lluvia. Intentó hacer un resumen mental de lo que había leído. Björn Fredman había sido una triste figura desde el primer momento de su vida. Creció en un hogar en circunstancias duras y difíciles y ya a los siete años tuvo su primer contacto con la policía por robar una bicicleta. Después de eso en realidad no se detuvo. Ya desde el principio Björn Fredman se rebelaba contra una existencia que era todo menos afectuosa. Wallander pensó que durante su vida como policía a menudo debía leer esos cuentos grises, tristes, en los que se podía predecir el desgraciado final desde el principio. Suecia era un país que había salido de la pobreza en parte por sus propias fuerzas, ayudado por las circunstancias favorables. Wallander recordaba de su infancia que había personas realmente pobres, aunque entonces eran pocos. «Pero de la otra pobreza», pensó, mientras permanecía delante de la ventana con la taza de café en la mano, «de ésa no pudimos deshacernos. Hibernó detrás de las fachadas. Y ahora, cuando los éxitos parecen haber acabado por el momento, cuando el bienestar se ve atacado por todas partes, es cuando de nuevo emergen a la superficie la pobreza hibernada y las miserias familiares. Björn Fredman nunca estuvo solo. No logramos crear una sociedad en la que gente como él se sintiera en casa. Al volar por los aires la vieja sociedad, en la que las familias todavía estaban unidas, olvidamos reparar la pérdida con otra cosa. La soledad inmensa era un precio que no sabíamos que teníamos que pagar. ¿O tal vez elegimos pretender no verla?»

Colocó de nuevo las carpetas en la bolsa negra y escuchó una vez más detrás de la puerta de Linda. Dormía. No pudo resistir la tentación de abrir la puerta con cuidado y mirarla. Dormía encogida, con la cara hacia la pared. Le dejó una nota en la mesa de la cocina y pensó qué hacer con las llaves. Entró en el dormitorio y llamó a la comisaría. Ebba estaba en casa, le dijo la chica que contestó. Buscó el número de su casa. Al descolgar Ebba sólo le pudo dar una respuesta negativa. Ni el restaurante ni la tienda de ropa tenían las llaves. En la nota para Linda añadió que dejara las llaves debajo del felpudo. Después salió del apartamento y se fue a la comisaría. Llegó poco antes de las ocho y media. Hansson estaba en su despacho con la cara más gris que nunca. De repente, Wallander sentía pena por él. Se preguntaba hasta cuándo aguantaría. Juntos fueron al comedor a tomar un café. Puesto que era sábado y además julio no se notaba mucho que la mayor investigación en la historia de la policía de Ystad marchaba a toda máquina. Wallander quiso hablar con

Hansson de que ahora creía que necesitaban los refuerzos de los que habían hablado. Mejor dicho, Hansson necesitaba un refuerzo. Él todavía consideraba que tenían los recursos suficientes para trabajar sobre el terreno. Pero Hansson necesitaba una descarga en el frente administrativo. Intentó protestar, pero Wallander no se dio por vencido. La cara grisácea y los ojos preocupados de Hansson eran argumentos suficientes. Finalmente Hansson se mostró de acuerdo y prometió hablar el lunes con el jefe provincial de la policía. Necesitaban que les cediesen un intendente de algún sitio.

Habían fijado una reunión para el equipo de investigación a las diez. Wallander dejó a Hansson, que ya parecía aliviado. Se sentó en su despacho y llamó a Forsfält, que al principio estaba ilocalizable. Pasaron quince minutos antes de que Forsfält le telefonease. Wallander sacó la cuestión del pasaporte de Björn Fredman.

—Debería estar en su apartamento, por supuesto —dijo Forsfält—. Es raro que no lo hayamos encontrado.

—No sé si quiere decir algo —dijo Wallander—. Pero me gustaría saber más cosas sobre esos viajes de los que habló Peter Hjelm.

—Los países europeos ya no sellan las entradas y salidas —comentó Forsfält.

—Tuve la sensación de que Hjelm hablaba de viajes más largos —contestó Wallander—. Pero naturalmente me puedo equivocar.

Forsfält prometió empezar enseguida la búsqueda del pasaporte de Fredman.

—Hablé con Marianne Eriksson anoche —dijo—. Pensé en llamarte, pero era tarde.

—¿Dónde la has encontrado?

—En Málaga. No sabía siquiera que Björn Fredman había muerto.

—¿Tenía algo que comentar?

—No mucho, me temo. Se alteró, naturalmente. Me parece que no le oculté ningún detalle. Se habían visto alguna vez durante los últimos seis meses. Me dio la sensación de que apreciaba a Björn Fredman.

—En ese caso es la primera —dijo Wallander—. Sin contar a Peter Hjelm.

—Creía que era un hombre de negocios —continuó Forsfält—. No tenía ni idea de que se había dedicado a asuntos ilegales durante toda su vida. Tampoco sabía que había estado casado y tenía tres hijos. Creo que le sentó muy mal. Durante la conversación telefónica desgraciadamente le rompí en pedazos la imagen que se había forjado de Björn Fredman.

—¿Qué es lo que te hace pensar que le quería?

—Se puso triste porque él le había mentido.

—¿Sacaste algo más?

—En realidad, no. Pero vuelve a Suecia. Llega el viernes. Hablaré con ella entonces.

—¿Y luego te vas de vacaciones?

—Al menos ésa es mi intención. ¿No ibas a empezar tus vacaciones también?

—Prefiero no pensar en ello.

—Puede acelerarse en cuanto empecemos a desenredar las cosas.

Wallander no comentó lo último que dijo Forsfält. Pusieron fin a la conversación. Wallander volvió a levantar el auricular y llamó a la recepción pidiendo que buscaran a Per Åkeson. En menos de un minuto le llamaron diciendo que Åkeson se encontraba en casa. Wallander miró el reloj. Las nueve y cuatro minutos. Se decidió rápido y abandonó el despacho. En el pasillo se topó con Svedberg, que todavía llevaba aquella extraña gorra en la cabeza.

—¿Qué tal las quemaduras? —preguntó Wallander.

—Mejor. Pero no me atrevo a salir sin la gorra.

—¿Crees que podré encontrar un cerrajero que abra en sábado? —preguntó Wallander.

—Lo dudo. Si no tienes las llaves siempre hay cerrajeros de guardia.

—Tengo que hacer una copia de unas llaves.

—¿Te las has dejado dentro?

—Las he perdido.

—¿Llevaban tu nombre y dirección?

—Claro que no.

—Entonces por lo menos no tendrás que cambiar la cerradura.

Wallander informó a Svedberg de que tal vez llegaría un poco tarde a la reunión. Antes tenía una cita importante con Per Åkeson.

Per Åkeson vivía en una zona de chalets por encima del hospital. Wallander había estado en su casa antes y conocía el camino. Al llegar y bajar del coche, vio a Åkeson dar vueltas con una máquina cortacésped por el jardín. La paró al ver a Wallander.

—¿Ha ocurrido algo? —preguntó cuando se encontraron en la verja.

—Sí y no —contestó Wallander—. Siempre ocurren muchas cosas. Pero nada decisivo. Necesito tu ayuda para buscar a una persona.

Entraron en el jardín. Wallander pensó que le recordaba a la mayoría de los jardines que pisaba. Rechazó la invitación de tomar café. Se sentaron a la sombra en un porche donde había una barbacoa de obra.

—Tal vez salga mi mujer —dijo Per Åkeson—. Te agradecería que no hablases de mi viaje a África en otoño. Todavía es un tema espinoso.

Wallander se lo prometió. Luego le informó brevemente acerca de Louise Fredman y de sus sospechas de que tal vez hubiese sufrido abusos por parte de su padre. Le dijo la verdad, que quizás era otra pista falsa que no añadiría nada a la investigación. Pero no podía arriesgarse a que fuese lo contrario. Desarrolló la nueva apertura de juego que le había dado a la investigación contar con la confirmación de que Fredman había sido asesinado por el mismo hombre que Wetterstedt y Carlman. «Björn Fredman era la oveja negra de la familia de las cabelleras», dijo, notando enseguida que la descripción era dudosa. ¿Cómo encajaba en la imagen? ¿Cómo no encajaba? Tal vez podrían encontrar la conexión precisamente buscando desde el ángulo de Fredman, desde donde no era nada evidente. Åkeson escuchaba con atención. No tenía ninguna objeción.

—Hablé con Ekholm —dijo cuando Wallander se calló—. Un hombre bueno, creo. Hábil. Realista. La impresión que me dio era que ese hombre al que buscamos puede atacar de nuevo.

—Es lo que pienso una y otra vez.

—¿Cómo está el asunto de los refuerzos?

Wallander le contó su conversación de aquella mañana con Hansson. Per Åkeson reaccionó con duda.

—En mi opinión te equivocas —dijo—. No es suficiente con darle apoyo a Hansson. Creo que tiendes a sobreestimar tu capacidad laboral y la de tus colegas. Esta investigación es grande, es demasiado grande. Quiero ver a más gente trabajando. Más gente significa que se pueden hacer más cosas al mismo tiempo. No una tras otra. Tenemos a un hombre que puede volver a matar. Eso significa que no disponemos de tiempo.

—Sé lo que quieres decir —añadió Wallander—. Todo el tiempo voy con la angustia de que ya es demasiado tarde.

—Refuerzos —repitió Per Åkeson—. ¿Qué dices?

—Por ahora digo que no. Ése no es el problema.

Se produjo una tensión inmediata entre ellos.

—Digamos que yo, en calidad de jefe de preinvestigación, no puedo aceptarlo —replicó Per Åkeson—. Y tú no quieres más recursos. Entonces ¿adónde llegamos?

—A una situación complicada.

—Muy complicada. Y desagradable. Si voy a pedir más recursos en contra de la voluntad de la policía sólo puedo argumentar que la unidad de investigación no está a la altura de las circunstancias. Tendré que declararos incompetentes, aunque puede ser con palabras suaves. Y no quiero.

—Supongo que lo harás si tienes que hacerlo —dijo Wallander—. En ese mismo instante dimitiré como policía.

—¡Pero cojones, Kurt!

—Tú has empezado esta conversación. Yo no.

—Tú tienes tus reglas de servicio. Yo tengo las mías. Por tanto considero que soy yo quien comete una falta de prevaricación si no solicito más recursos personales para ponerlos a vuestra disposición.

—Y perros —dijo Wallander—. Quiero perros policía. Y helicópteros.

La conversación finalizó. Wallander se arrepintió de haberse excedido. Tampoco podía explicar por qué estaba tan en contra de recibir refuerzos. Sabía por experiencia que a menudo surgían problemas de cooperación que deterioraban y retrasaban una investigación. Pero no pudo poner objeciones a los argumentos de Per Åkeson en cuanto a la investigación simultánea de varias cosas.

—Habla con Hansson —dijo—. Es él quien decide.

—Hansson no hará nada sin preguntártelo a ti. Y luego hará lo que tú digas.

—Puedo negarme a opinar. En eso te puedo ayudar.

Per Åkeson se levantó y cerró una manguera verde que goteaba. Luego se volvió a sentar.

—Esperemos hasta el lunes —dijo.

—Hagamos eso —contestó Wallander. Luego volvió a Louise Fredman. Subrayó varias veces que no existía nada que apuntara a que Björn Fredman hubiese abusado de su hija. Pero Wallander no podía excluir esa posibilidad, no podía excluir nada, y por eso ahora necesitaba la ayuda de Åkeson para abrir las puertas de la sala de la clínica de Louise Fredman.

—Es posible que me equivoque del todo —concluyó Wallander—. Y no sería la primera vez. Pero no puedo permitirme perder ninguna posibilidad. Quiero saber por qué Louise Fredman está ingresada en una clínica psiquiátrica. Y cuando lo sepa, decidiremos tú y yo si hay razones para dar otro paso.

—¿Y cuál sería?

—Hablar con ella.

Per Åkeson asintió con la cabeza. Wallander estaba seguro de que podía contar con su conformidad. Conocía bien a Åkeson. Él respetaba el juicio intuitivo de Wallander, aun cuando carecía de todo tipo de pruebas fehacientes en que apoyarse.

—Puede ser un proceso complicado —continuó Per Åkeson—. Pero intentaré hacer algo durante el fin de semana.

—Te lo agradecería mucho —contestó Wallander—. Puedes llamarme a la comisaría o a casa, cuando quieras.

Per Åkeson fue a comprobar si tenía todos los números de teléfono de Wallander en su agenda.

La tensión entre ellos parecía haber desaparecido. Per Åkeson le acompañó hasta la verja.

—El verano ha empezado bien —dijo—. Pero supongo que no tienes tiempo para pensar en ello.

Wallander notó cierto tono de empatía en su voz.

—No mucho —respondió—. Pero la abuela de Ann-Britt Höglund ha augurado que va a durar mucho tiempo.

—¿No podría predecir dónde encontrar al asesino? —dijo Per Åkeson.

Wallander negó resignado con la cabeza.

—Recibimos soplos continuamente. Nuestros adivinos habituales y unos cuantos que proclaman ser videntes también han empezado a llamar. Tenemos unos aspirantes a policía trabajando en organizar todo lo que entra. Después lo repasan Ann-Britt y Svedberg. Pero hasta ahora no nos ha dado ningún resultado. Nadie ha visto nada, ni delante de la casa de Wetterstedt ni en la finca de Carlman. Las informaciones acerca del hoyo delante de la estación o del coche en el aeropuerto no son muchas de momento. Y tampoco han dado ningún resultado.

—El hombre al que estás cazando es prudente —dijo Åkeson.

—Prudente, astuto y carece totalmente de consideración humana —puntualizó Wallander—. No puedo imaginarme cómo funciona su cerebro. Incluso Ekholm parece haberse quedado mudo. Por primera vez en mi vida tengo la sensación de que un monstruo anda suelto.

Åkeson pareció meditar por un momento las palabras de Wallander.

—Ekholm me contó que estaba introduciendo toda la información en el ordenador —dijo—. Según un programa desarrollado por el FBI. Tal vez nos dé algo.

—Esperemos que sí —contestó Wallander.

Dejó el final de la frase implícito. Åkeson ya había entendido:

Antes de que ataque de nuevo.

Sin que sepamos dónde buscarlo.

Wallander regresó a la comisaría. Llegó con unos minutos de retraso a la sala de reuniones. Para animar a su atareado equipo, Hansson había ido personalmente a la pastelería Fridolf a comprar pastas de hojaldre. Wallander se sentó en su lugar habitual y paseó la mirada por la sala. Martinsson acudía por primera vez ese verano en pantalones cortos. Ann-Britt Höglund empezaba a mostrar un incipiente bronceado. Se preguntaba con envidia cómo tenía tiempo para tomar el sol. El único que vestía formalmente era Ekholm, que se había instalado al final de la mesa.

—He visto que uno de nuestros periódicos vespertinos en su suplemento ha tenido el buen gusto de informar a los lectores sobre la historia del arte de arrancar cabelleras —dijo Svedberg con pesimismo—. Esperemos que no se convierta en una nueva moda de todos los locos que andan sueltos.

Wallander golpeó con el lápiz en la mesa.

—Empecemos —ordenó—. Buscamos al peor asesino que hemos tenido nunca. Ya ha cometido tres asesinatos brutales. Sabemos que es el mismo hombre. Pero eso es todo lo que sabemos. Aparte de que el riesgo de que ataque de nuevo es posible y además muy alto.

Se produjo un silencio en torno a la mesa. Wallander no había querido crear una atmósfera tensa. Sabía por experiencia que un tono ligero facilitaba las investigaciones complicadas, aun estando condicionadas por crímenes crueles y trágicos. Comprendió que todo el mundo en la sala estaba igual de afligido que él. La sensación de perseguir a un monstruo, cuya deformación emocional era tan grave que parecía imposible entenderla, era compartida por todo el equipo.

Fue una de las reuniones más duras que Wallander jamás había vivido durante sus años de policía. El verano era tan hermoso fuera que parecía irreal, las pastas de hojaldre de Hansson estaban pegajosas por el calor y sentía un disgusto que le producía náuseas. Pese a seguir con atención todo lo que se decía alrededor de la mesa, también pensó en cómo podía soportar aún ser policía. ¿No habría llegado a un punto en el que debía darse cuenta de que ya había cumplido su parte? La vida tenía que ser algo más. Pero también comprendió que lo que le desanimaba era el hecho de no encontrar ni una sola posibilidad de avance, una brecha en el muro que pudiesen ensanchar y luego traspasar. No se habían estancado, todavía tenían muchas cartas en la manga. Lo que les faltaba era elegir bien la dirección. Siempre solía aparecer una ruta invisible hacia la que encaminarse. Pero esta vez no la tenían. Ya no bastaba con buscar una conexión. Empezaban a dudar de que existiese realmente.

Tres horas más tarde, cuando la reunión terminó, sólo les quedaba una cosa pendiente: continuar. Wallander miró las caras fatigadas a su alrededor y les dijo que intentaran descansar. Canceló todas las reuniones del domingo. Se verían de nuevo el lunes por la mañana. No hacía falta mencionar la única excepción: sólo si algo grave sucedía, si el hombre que estaba allí fuera en el verano atacaba de nuevo.

Cuando Wallander llegó a casa por la tarde, Linda le había dejado una nota diciendo que estaría fuera hasta la noche. Wallander estaba cansado y durmió unas horas. Después llamó a Baiba en dos ocasiones sin encontrarla. Habló con Gertrud, que le dijo que su padre estaba como siempre. La única diferencia era tal vez que hablaba a menudo del viaje a Italia que realizarían en septiembre. Wallander pasó la aspiradora por el apartamento y arregló el cierre de una ventana. Todo el tiempo le roían los pensamientos sobre el asesino desconocido. A las siete se preparó una cena sencilla, filetes de bacalao congelado y patatas cocidas. Luego se sentó con una taza de café en el balcón y hojeó distraídamente un viejo ejemplar de *Ystads Allehanda*. Linda llegó a las nueve y cuarto. Tomaron té en la cocina. Al día siguiente le dejaría ver un ensayo de la obra de teatro en la que estaba trabajando junto con Kajsa. Estaba muy misteriosa y no quería explicar de qué se trataba. A las once y media se fueron los dos a la cama.

Wallander se durmió casi enseguida. Linda permaneció despierta en su habitación escuchando los pájaros nocturnos. Después también se durmió. Había dejado la puerta entornada.

*

Ninguno de ellos notó que, poco después de las dos, la puerta se abría sigilosamente. Hoover iba descalzo. Se quedó inmóvil en el recibidor escuchando el silencio. Podía oír a un hombre roncar en la habitación que estaba a la izquierda del salón. Con cuidado se adentró en el apartamento. La puerta de una de las habitaciones estaba entornada. Vio que alguien estaba durmiendo en ella. Una joven que tendría la edad de su hermana. No pudo resistir la tentación de entrar y ponerse a su lado. Su poder sobre la persona que dormía era total. Luego salió de la habitación y continuó hacia el dormitorio del que provenían los ronquidos. El policía llamado Wallander dormía boca arriba y se había quitado de encima toda la sábana excepto un trozo. Dormía profundamente. Su pecho subía y bajaba con movimientos lentos.

Hoover lo contempló sin moverse.

Pensó en su hermana, que pronto estaría liberada de todo mal. Que pronto volvería a la vida.

Observó al hombre que dormía. Pensó en la chica de la habitación de al lado, que debía de ser su hija.

Tomó una decisión.

Volvería dentro de unos días.

Abandonó el apartamento tan silenciosamente como había llegado. Cerró con las llaves que había sacado de la chaqueta del policía.

Poco después una motocicleta que se puso en marcha y desapareció rompió el silencio.

Luego todo quedó de nuevo en calma.

Excepto el trino de los pájaros nocturnos.

27

Cuando Wallander se despertó el domingo por la mañana, por primera vez en mucho tiempo se sentía descansado. Eran más de las ocho. Por la ranura de la cortina podía ver un trozo de cielo azul. El buen tiempo continuaba. Permaneció en la cama escuchando los ruidos. Luego se levantó, se puso el batín recién lavado y miró por la puerta entreabierta de Linda. Estaba durmiendo. Por un momento se sentía que retrocedía en el tiempo, cuando ella todavía era niña. Sonrió al recuerdo y entró en la cocina a preparar café. El termómetro que había delante de la ventana de la cocina marcaba diecinueve grados. Cuando el café estuvo listo, preparó una bandeja de desayuno para Linda. Recordaba lo que le gustaba. Un huevo pasado por agua tres minutos, pan tostado, unas lonchas de queso y un tomate cortado en rodajas. Solamente agua para beber. Tomó su café y esperó hasta las nueve menos cuarto. Entonces entró a despertarla. Pronunció su nombre y Linda se sobresaltó. Cuando vio la bandeja con el desayuno se echó a reír. Wallander se sentó a los pies de la cama y miró cómo desayunaba. Tras una primera reflexión al abrir los ojos, no había dedicado un solo pensamiento a la investigación. Le había sucedido antes, por ejemplo aquella vez que llevaban un caso difícil sobre quién o quiénes habían matado a un matrimonio de ancianos granjeros que vivían en una finca solitaria cerca de Knickarp. Cada mañana la investigación le pasaba por la cabeza, reducida a unos breves segundos en los que estaban concentrados todos los detalles y preguntas no contestadas.

Apartó la bandeja recostándose hacia atrás en la cama al mismo tiempo que se estiraba.

—¿Qué hacías levantado esta noche? —preguntó Linda—. ¿No podías dormir?

—He dormido como un tronco —contestó Wallander—. Ni siquiera he ido al lavabo.

—Debí de soñar —dijo, y bostezó—. Me pareció que abrías mi puerta y entrabas en la habitación.

—Sería un sueño —contestó—. Por una vez he dormido toda la noche sin despertarme.

Una hora más tarde Linda dejó el apartamento. Quedaron en verse en la plaza de Österportstorg a las siete de la tarde. Linda le preguntó si se acordaba de que precisamente a esa hora Suecia jugaba los octavos de final contra Arabia Saudí. Wallander contestó que no le importaba. Sin embargo, le había pagado cien coronas más a Martinsson apostando a que Suecia ganaría tres a uno. A Linda y a su amiga les habían dejado un local comercial vacío donde podían ensayar. Cuando Wallander se quedó solo, sacó la tabla de planchar y empezó con las camisas recién lavadas. Después de planchar dos con mucho esfuerzo, se cansó y llamó a Baiba a Riga. Contestó casi enseguida y por la voz percibió que se puso contenta de que la llamara. Le contó que Linda estaba de visita y que por primera vez desde hacía semanas se sentía descansado. Baiba estaba terminando su trabajo en la universidad antes del verano. Habló del viaje a Skagen con una ilusión casi infantil. Tras finalizar la conversación, Wallander entró en el salón y puso *Aida* con el volumen muy alto. Se sentía contento y lleno de energía. Se sentó en el balcón y leyó minuciosamente los periódicos de los últimos días. Sin embargo, se saltó los artículos sobre la investigación de los asesinatos. Se había concedido unos momentos de descanso y vacío mental hasta las doce. Entonces retomaría su trabajo.

No obstante, no salió como había planeado, puesto que Per Åkeson le llamó a las once y cuarto. Había estado en contacto con el fiscal general de Malmö y juntos comentaron la solicitud de Wallander. Åkeson creía posible que Wallander tendría respuestas a algunas preguntas sobre Louise Fredman dentro de algunos días. Sin embargo, quiso que Wallander le informara sobre una cuestión.

—¿No habría sido más fácil hacer que la madre de la chica te facilitara esta información? —señaló.

—No lo sé —dijo Wallander—. No estoy seguro de que me hubiesen dicho la verdad que estoy buscando.

—¿Y cuál es? Si es que hay más verdades que una.

—La madre está protegiendo a su hija —dijo Wallander—. Es lógico. Yo también lo habría hecho. Aunque me lo explicara, lo que dijese estaría marcado por la protección. El historial clínico o los informes médicos hablan otro idioma.

—Supongo que tú lo sabes mejor —dijo Åkeson, y prometió que se pondría en contacto con él el lunes, en cuanto tuviese algo más que decirle.

La conversación con Per Åkeson había devuelto a Wallander a la investigación. Decidió tomar una libreta y sentarse a repasar la organización de la investigación para la semana siguiente. Tenía hambre y pensó que se podía permitir invitarse a sí mismo a comer ese domingo. Poco antes de las doce salió del apartamento, vestido de blanco como un tenista y con sandalias. Se dirigió hacia Österlen con la idea de visitar a su padre más tarde. Si no tuviese la investigación siempre en mente, habría invitado a su padre y a Gertrud a comer en algún sitio. Pero ahora sentía que necesitaba el tiempo para sí mismo. Durante la semana casi siempre estaba rodeado de gente, manteniendo conversaciones privadas y reuniones con el equipo de investigación. Ahora quería estar a solas. Sin darse cuenta fue conduciendo hasta Simrishamn. Se detuvo cerca de los barcos y dio un paseo. Después comió en el restaurante Hamnkrogen. Encontró una mesa apartada en un rincón y estuvo contemplando a las personas que estaban de vacaciones y que llenaban el restaurante. «Uno de los que están sentados aquí puede ser el hombre al que estoy buscando», pensó. «Si la teoría de Ekholm es correcta, que el asesino lleva una vida normal, sin señales exteriores de que dentro de él cobija un alma deformada que le permite exponer a otras personas a la violencia más tremenda que uno sea capaz de imaginar, podría ser uno de los que están comiendo aquí.»

En ese momento, el día veraniego se le escapó de las manos. Volvió a pensar en todo lo que había sucedido. Por alguna razón que no acababa de entender, empezó a pensar en la chica que se suicidó en el campo de colza de Salomonsson. No tenía nada que ver con los demás sucesos, era un suicidio, aún no se sabía por qué, y nadie le había asestado un hachazo en la columna vertebral o en la cabeza. Y sin embargo, Wallander empezó por ahí. Le ocurría cada vez que retrocedía en la investigación. Pero ese domingo, sentado en el restaurante Hamnkrogen en Simrishamn, algo empezó a removerle el subconsciente. Recordaba vagamente algo que alguien dijo respecto de la chica muerta en el campo de colza. Permaneció sentado con el tenedor en la mano e intentó atraer el pensamiento hacia la superficie. ¿Quién dijo algo? ¿Qué dijo? ¿Hasta qué punto era importante? Después de un rato se dio por vencido. Sabía que tarde o temprano lo recordaría. Su subconsciente exigía siempre paciencia. Como para demostrar que realmente poseía esa paciencia, de forma excepcional pidió postre antes de tomar café. También pudo constatar con satisfacción que los pantalones de verano que llevaba por primera vez este año le apretaban en la cintura bastante menos que el anterior. Tomó pastel de manzana y luego pidió café. Durante la hora siguiente hizo nuevas regresiones en la investigación. Intentó leer sus pensamientos como un actor crítico contempla por vez primera el texto de una obra. ¿Dónde están las trampas y los vacíos? ¿Dónde se equivocan los pensamientos? ¿Dónde he combinado los hechos con las circunstancias de manera arbitraria sacando una conclusión equivocada por haber simplificado? En su cabeza volvió a recorrer la casa de Wetterstedt, el jardín, la playa, e iba con Wetterstedt delante de él, él mismo era el asesino que le seguía como una sombra silenciosa. Se subía al tejado del garaje y leía una revista rota de *Fantomas* mientras esperaba a que Wetterstedt se sentara en su escritorio y tal vez empezara a hojear su colección de fotografías pornográficas antiguas. Luego hizo lo mismo con Carlman, colocó una moto detrás de la caseta de Obras Públicas y siguió el camino hacia la colina desde donde tenía buena vista sobre la finca de Carlman. De vez en cuando anotaba algo en su libreta. «El tejado del garaje. ¿Qué fue lo que esperaba ver? La colina de Carlman. ¿Prismáticos?» Repasó metódicamente lo ocurrido, sordo y ciego a todo el alboroto de su alrededor. Visitó de nuevo a Hugo Sandin, habló con Sara Björklund y anotó que hablaría otra vez con ella. ¿Quizá las mismas preguntas tendrían nuevas respuestas al volver a responderlas? ¿Y en qué consistiría la diferencia? Pensó en la hija de Carlman que le abofeteó, pensó en Louise Fredman. Y en su hermano, tan bien educado. Notó que sus regresiones eran fluidas. Había dormido bien, estaba descansado, los pensamientos se elevaban con facilidad y seguían sus corrientes ascendentes interiores. Cuando finalmente llamó al camarero para pagar, había transcurrido más de una hora. El tiempo estaba enterrado en las huellas de la regresión. Echó una mirada a los garabatos que había trazado en la libreta como si fuesen una escritura automática llena de magia, y después abandonó el restaurante Hamnkrogen. Se sentó en uno de los bancos del parque delante del hotel Svea a contemplar el mar. El viento era suave y cálido. La tripulación de un velero con bandera danesa luchaba infructuosamente contra un *spinnaker* reacio. Wallander leyó los precipitados garabatos. Luego se colocó la libreta debajo del muslo.

Pensó que la conexión se estaba moviendo. De padres a hijos. Pensó en la hija de Carlman y en Louise Fredman. ¿Realmente era una casualidad que una de ellas intentara suicidarse después de la muerte del padre y que la otra estuviese ingresada en una clínica psiquiátrica desde hacía tiempo? De repente le costaba creerlo. Wetterstedt era la excepción. Ahí sólo había dos hijos adultos. Wallander recordaba algo que Rydberg dijo una vez. «Lo que ocurre primero no es necesariamente el principio.» ¿Podría ser ése el caso? Intentó imaginarse que el asesino fuese una mujer. Pero la idea era imposible. La fuerza de la que habían visto señales, las cabelleras, los hachazos, el ácido en los ojos de Fredman. Debía ser un hombre, determinó. Es un hombre que mata a hombres, mientras las mujeres se suicidan o enferman psíquicamente. Se levantó y fue a otro banco, como para indicar que también existían otras explicaciones posibles. Gustaf Wetterstedt estuvo involucrado en negocios turbios, por muy ministro de Justicia que fuese. Había un eslabón débil pero evidente entre él y Carlman. Se trataba de arte, robos, tal vez falsificaciones. Ante todo se trataba de dinero. No era inconcebible que a Björn Fredman le pudiesen encerrar en el mismo terreno si profundizaban lo suficiente. En el material que Forsfält le entregó no había encontrado nada. Pero no tenía por qué archivarlo. Nada se debería archivar, y eso era un problema y una posibilidad al mismo tiempo.

Wallander contemplaba pensativo el velero danés en el que la tripulación estaba guardando el *spinnaker*. Luego sacó su libreta y miró la última palabra que había escrito. *El misticismo*. Había un rasgo ritual en los asesinatos. Él mismo lo había pensado y Ekholm también lo señaló en la última reunión del equipo de investigación. Las cabelleras eran un ritual como siempre lo habían sido las colecciones de trofeos. El significado de la cabellera era el mismo que la cabeza de alce en la pared del cazador. Eran la prueba. ¿La prueba de qué? ¿Para quién? ¿Solamente para el asesino o también para otra persona? ¿Para un dios o un diablo ideado por la mente de una persona enferma? ¿Para otra persona cuya apariencia tranquila era tan insignificante y tan poco sensacional como la del asesino? Wallander pensó en lo que Ekholm había dicho sobre conjuros y ritos iniciáticos. Se sacrificaba algo para que otra persona obtuviera misericordia. ¿Ser rica, adquirir una capacidad, curarse? Las posibilidades eran muchas. Existían bandas de motoristas que tenían reglas fijas sobre cómo los nuevos miembros podían mostrar su dignidad. En Estados Unidos no era raro que tuvieran que matar a una persona, elegida al azar o designada, para ser admitidos en la comunidad. Esa costumbre macabra ya estaba llegando aquí. Wallander se detuvo también en las bandas de motoristas de Escania, y pensó en la caseta de Obras Públicas debajo de la colina de Carlman. La idea era vertiginosa: que las pistas, o mejor dicho la carencia de ellas, llevaran a las bandas de motoristas. Wallander desechó la idea aun sabiendo que no se podía excluir nada.

Se levantó y regresó al banco de antes. Volvía al punto de partida. ¿Adónde le había llevado la regresión? Comprendió que no avanzaría más sin hablar con alguien. Pensó en Ann-Britt Höglund. Tal vez podría permitirse molestarla la tarde del domingo. Se levantó y fue al coche a llamarla. Estaba en casa. Podía ir. Con sensación de mala conciencia canceló de repente la visita a su padre. Era ahora cuando tenía que confrontar sus pensamientos con los de otra persona. Si esperaba, el riesgo de perderse en distintas cadenas de ideas era enorme. Condujo hacia Ystad, siempre un poco por encima de la velocidad permitida. Este domingo no se había hablado de controles de tráfico.

Eran las tres cuando se detuvo delante de la casa de Ann-Britt Höglund. Le recibió ataviada con un vestido veraniego claro. Sus dos hijos jugaban en uno de los jardines de los vecinos. Hizo sentarse a Wallander en un balancín y ella se sentó en un sillón de mimbre.

—De verdad no quería molestarte —dijo—. Podías haberte negado.

—Ayer estaba cansada —contestó ella—. Como lo estaba todo el mundo. Lo estamos todos. Hoy me siento mejor.

—La noche pasada probablemente fue la noche de los policías durmientes —añadió Wallander—. Se llega a un punto en el que no te puedes exigir más. Sólo sacas un cansancio vacío y gris. Ayer alcanzamos ese punto.

Le habló de su viaje a Österlen, de cómo había ido y venido entre los bancos del puerto.

—Di un nuevo paseo por toda la zona —dijo—. A veces ocurre que descubres cosas inesperadas. Ya lo sabes.

—Tengo mucha esperanza en el trabajo de Ekholm —comentó ella—. Los ordenadores bien programados pueden cruzar el material de investigación y sacar relaciones inimaginables. No piensan. Pero combinan a veces mejor que nosotros.

—Mi desconfianza en los ordenadores puede deberse a que me hago viejo —dijo Wallander—. Pero eso no significa que no desee que Ekholm y sus puntos de partida psicológicos tengan éxito. A mí me da igual quién ponga la trampa en la que caiga. Mientras ocurra. Y pronto.

Le contempló seriamente.

—¿Atacará de nuevo?

—Creo que sí. Sin saber por qué, tengo la sensación de algo inacabado en esta historia. Si me perdonas la expresión. Falta algo. Eso me asusta. Indica que puede atacar de nuevo.

—¿Cómo vamos a encontrar el lugar en el que mató a Fredman? —preguntó ella.

—No lo encontraremos —dijo Wallander—. A no ser que tengamos suerte o que alguien haya oído algo.

—He indagado sobre si hemos recibido información de alguien que haya oído gritos —dijo—. Pero no he encontrado nada.

El grito invisible quedó suspendido por encima de sus cabezas. Wallander se columpiaba lentamente en el balancín tapizado con tela plastificada.

—Es raro que una solución llegue inesperadamente —continuó cuando el silencio se hizo demasiado largo—. Mientras iba y venía entre los bancos allá en el parque me preguntaba si ya habría tenido el pensamiento que diera la solución. Podía haber pensado correctamente, sin darme cuenta.

Ella reflexionó sobre sus palabras sin contestar. De vez en cuando echaba una mirada hacia el jardín de los vecinos en el que jugaban sus hijos.

—En la academia de policía no aprendimos nada acerca de hombres que arranquen cabelleras y viertan ácido en los ojos de sus víctimas —dijo finalmente—. La realidad ha demostrado ser tan imprevisible como pensaba entonces.

Wallander asintió con la cabeza sin contestar. Luego tomó carrerilla, inseguro de sus fuerzas, y repasó todo lo que había pensado durante las horas transcurridas en Simrishamn. Sabía por experiencia que el relato ante un oyente ampliaba más la perspectiva de un problema que si sólo se contaba con la propia intuición. Al llamar a Ann-Britt Höglund esperaba descubrir dónde sus pensamientos le enviaban señales de un mensaje que antes había pasado por alto. Pero pese a que escuchaba con atención, casi como un alumno a los pies del maestro, nunca le interrumpió para decirle que había cometido un error o que sacaba conclusiones equivocadas. Lo único que dijo cuando terminó era que se sentía muy impresionada de su capacidad para abarcar toda la complejidad de una investigación tan inmensa, al menos para ella. Pero no tenía nada que añadir ni que quitar. Aunque las ecuaciones de Wallander eran correctas matemáticamente, faltaban las incógnitas decisivas. Ann-Britt Höglund no le podía ayudar, ni ella ni nadie.

Fue a buscar tazas y un termo con café. Su hija menor se subió en el balancín al lado de Wallander. Puesto que no se parecía en nada a su madre, supuso que se parecía al padre, que se encontraba en Arabia Saudí. Wallander pensó que todavía no le conocía.

—Tu marido es un enigma —dijo—. Empiezo a preguntarme si realmente existe. O si es un invento tuyo.

—Hay momentos en que yo me hago la misma pregunta —contestó riendo.

La niña desapareció dentro de la casa.

—¿La hija de Carlman? —preguntó Wallander mirando hacia ella—. ¿Cómo va?

—Svedberg habló ayer con el hospital —contestó—. La crisis no ha pasado. Pero parece ser que los médicos están algo más esperanzados.

—¿No había dejado ninguna carta?

—Nada.

—Ante todo es un ser humano, naturalmente —añadió Wallander—. Pero no puedo dejar de pensar en ella como en un testigo.

—¿De qué?

—De algo que tenga que ver con la muerte de su padre. Me cuesta creer que el intento de suicidio fue casual.

—¿Qué es lo que me hace pensar que no pareces muy convencido de lo que dices?

—No estoy convencido —dijo Wallander—. Voy a tientas y a ciegas. Sólo hay un hecho que es irrefutable en esta investigación. No tenemos ninguna pista concreta para seguirla.

—¿O sea, que no sabemos si vamos en la dirección correcta o en la errónea?

—O si nos movemos en círculo. O si no salimos del atolladero. Mientras, el atolladero se mueve. Y nosotros no, aunque lo creamos.

Vaciló antes de plantear la pregunta siguiente.

—¿Tal vez somos pocos?

—Hasta ahora me he resistido —dijo Wallander—. Pero empiezo a vacilar. La cuestión se tratará mañana.

—¿Con Per Åkeson?

Wallander asintió con la cabeza.

—¿Qué es lo que podemos perder con ello?

—Las unidades pequeñas se mueven con más facilidad que las grandes. Contra eso, se puede objetar que muchas cabezas piensan mejor. Y el argumento de Åkeson: que podamos trabajar en todas las direcciones. La infantería se despliega y cubre un frente mayor.

—Como si diéramos una batida.

Wallander asintió con la cabeza. Su concepto era acertado. Pero faltaba algo: que la batida que daban se hacía en un terreno en el que apenas se podían orientar. Y que no tenían ni idea de a quién buscaban.

—Hay algo que no vemos —prosiguió Wallander después de un rato de silencio—. Además estoy buscando unas palabras que alguien dijo. Justo cuando habían matado a Wetterstedt. No recuerdo quién. Sólo sé que era importante. Pero entonces era demasiado pronto para comprenderlo.

—Sueles sostener que el trabajo policial es a menudo una cuestión de triunfo de la paciencia.

—Y lo es. Pero la paciencia tiene sus límites. Además, puede ocurrir algo en este mismo momento. Una persona puede ser asesinada. No podemos olvidar que nuestra investigación no es sólo cuestión de unos crímenes cometidos. Por ahora tengo la sensación de que tenemos que evitar que ocurran más asesinatos.

—No podemos hacer más de lo que hacemos.

—¿Cómo sabemos que es así? —preguntó Wallander—. ¿Cómo se sabe que uno se esfuerza al máximo?

Carecía de contestación. Wallander tampoco podía responder a su pregunta.

Se quedó un rato más. A las cuatro y media rechazó una invitación para quedarse a cenar y abandonó el jardín.

—Gracias por venir —dijo al acompañarlo hasta la verja—. ¿Vas a ver el partido?

—No, tengo una cita con mi hija. Pero creo que ganaremos tres a uno.

Le miró sorprendida.

—Yo también he apostado eso.

—Entonces ambos ganaremos o perderemos —dijo Wallander.

—Gracias por venir —insistió.

—Gracias ¿por qué? —preguntó atónito—. ¿Por molestarte en un domingo?

—Por creer que yo podía tener algo sensato que comentarte.

—Te lo he dicho antes y me encanta repetirlo —contestó—. Creo que eres una buena policía. Además crees que los ordenadores no sólo pueden facilitar nuestro trabajo, sino que también pueden mejorarlo. No es mi caso. Pero tal vez logres convencerme.

Wallander subió al coche y se dirigió hacia la ciudad. Se detuvo delante de una tienda abierta en domingo y entró a comprar. Después se sentó en la hamaca de su balcón y aguardó a que dieran las siete. Sin percatarse, dio una cabezada. Estaba muy falto de sueño. Sin embargo, a las siete menos cinco minutos estaba en la plaza de Österportstorg. Linda le fue a buscar y le llevó a la tienda vacía cercana a la plaza. Habían montado unos focos de fotografía y le pusieron una silla. Enseguida se sintió avergonzado y preocupado por la posibilidad de no entenderlas o de reírse cuando no fuera oportuno. Desaparecieron en una habitación contigua. Wallander esperó. Transcurrió más de un cuarto de hora. Cuando por fin salieron, se habían cambiado de ropa y ahora ambas presentaban el mismo aspecto. Después de arreglar los focos y el sencillo decorado, por fin empezaron. La obra, que duraba una hora, trataba de una pareja de gemelas. Wallander se sintió tenso por ser el único espectador. Estaba acostumbrado a estar sentado en la segura oscuridad, entre muchos otros, cuando iba a una representación de ópera en Malmö o en Copenhague. Lo que más le preocupaba era que Linda fuese mala actriz. Pero no tardó muchos minutos en darse cuenta de que las dos habían creado un texto pícaro que con humor drástico presentaba una doble imagen crítica de Suecia. A veces se perdían, a veces notaba que su actuación no era del todo convincente. Pero vio que creían en lo que hacían y eso a su vez le satisfizo. Cuando acabaron y le preguntaron qué le había parecido, dijo lo que sentía, que estaba sorprendido, que lo había pasado muy bien y que valía la pena. Observó que Linda se fijaba en si estaba diciendo la verdad. Al darse cuenta de que lo decía de corazón, su alegría se desbordó. Le acompañó hasta la calle cuando se iba.

—Ignoraba que supieras hacer estas cosas —dijo—. Creí que querías ser tapicera de muebles.

—Nunca es demasiado tarde —contestó—. Déjame intentarlo.

—Claro que tienes que intentarlo —respondió—. Es de joven cuando a uno le sobra el tiempo. No cuando eres un viejo policía como yo.

Iban a ensayar unas horas más. La esperaría en casa.

La noche estival era hermosa. Caminó despacio hacia la calle de Mariagatan, satisfecho con lo que había presenciado. Distraídamente notó que le adelantaban coches que hacían sonar el claxon. Entonces comprendió que Suecia había ganado. Le preguntó el resultado a una persona con la que se cruzó en la acera. Suecia había ganado tres a uno. Rompió a reír. Luego sus pensamientos volvieron a su hija. Se dijo a sí mismo qué era lo que realmente sabía de ella. Todavía no le había preguntado si salía con algún chico.

Eran las nueve y media cuando abrió la puerta de su apartamento. Justo cuando la cerraba, sonó el teléfono. Enseguida sintió un dolor en el estómago. Contestó y al oír que era Gertrud se calmó.

Pero no por mucho tiempo. Gertrud estaba alterada. Al principio le costó mucho entender qué decía. Le pidió que se calmara.

—Tienes que venir —dijo—. Rápido.

—¿Qué ha pasado?

—No lo sé. Pero tu padre está quemando todos sus cuadros. Está prendiendo fuego a lo que tiene en el estudio. Y ha cerrado la puerta con llave. Tienes que venir.

Gertrud colgó para que no pudiese hacerle ninguna pregunta y se pusiese al volante de inmediato.

Wallander miró fijamente al teléfono.

Luego le escribió una nota a Linda y la dejó encima del felpudo.

Unos minutos más tarde estaba de camino a Löderup.

28

Aquella noche se quedó con su padre en Löderup.

Cuando llegó a la pequeña casa, después de un viaje angustioso, Gertrud le salió al encuentro en el patio. Podía ver que había llorado, aunque se controlaba y contestaba a sus preguntas con serenidad. El colapso del padre, si es que realmente era eso, había sido totalmente inesperado. La noche anterior habían cenado con toda normalidad. No habían bebido nada. Después de la cena, su padre, como de costumbre, había ido al estudio del establo para continuar pintando. De repente ella oyó un estruendo. Al salir a la escalera vio cómo él tiraba unos cuantos botes de pintura hacia el patio. Primero pensó que estaba limpiando su caótico estudio. Pero al ver que tiraba marcos sin estrenar, reaccionó. Cuando se le acercó para preguntar qué estaba haciendo, no le contestó. Daba la impresión de estar totalmente ausente, sin oír que le estaba hablando. Al aferrarle del brazo, se soltó de un tirón y se encerró. Por la ventana pudo ver cómo encendió la estufa, y cuando empezó a despedazar los lienzos e introducirlos en ella fue cuando le llamó. Se apresuraron a cruzar el patio mientras hablaban. Wallander vio salir un humo gris por la chimenea. Se situó delante de la ventana y miró dentro del estudio. Su padre daba la impresión de ser un loco salvaje. Llevaba el pelo alborotado, las gafas se le habían caído y todo el estudio estaba casi destruido. El padre iba descalzo, chapoteando entre la pintura derramada de los botes volcados, había lienzos dispersos, rotos y pisados. A Wallander le pareció ver cómo en ese momento uno de sus zapatos estaba ardiendo en la estufa. Su padre tiraba de los lienzos, los rompía y metía los trozos por la portezuela de la estufa. Wallander golpeó el cristal. Pero su padre no reaccionó. Wallander intentó abrir la puerta, que en efecto estaba cerrada con llave. La golpeó y gritó que era él quien había llegado. No hubo respuesta desde el interior. El estruendo continuaba. Wallander miró a su alrededor buscando algo con lo que poder forzar la puerta. Pero sabía que su padre guardaba todas las herramientas y utensilios en la habitación en la que se había encerrado. Wallander miró con mala cara la puerta que él mismo había ayudado a colocar. Se quitó la chaqueta y se la dio a Gertrud. Luego se abalanzó sobre la puerta con todas sus fuerzas. La cerradura se desprendió y Wallander entró dando tumbos en el estudio, golpeándose la cabeza contra una carretilla. Su padre sólo le echó una mirada distraída. Luego continuó desgarrando sus lienzos. Gertrud quiso entrar, pero Wallander levantó la mano para detenerla. En una ocasión anterior había visto a su padre de esta manera, la extraña combinación de evasión y confusión maníaca. Aquella vez estuvo caminando en pijama por un campo enlodado con una maleta en la mano. Se acercó a él, le rodeó los hombros con los brazos y le habló con calma. Le preguntó si había algún problema. Le dijo que los cuadros eran buenos, que eran los mejores del mundo, y que los urogallos estaban muy bien pintados. Todo estaba en orden. Una repentina crisis nerviosa podía tenerla cualquiera. Ahora dejarían de echar cosas al fuego, que no tenía sentido, para qué hacer fuego en pleno verano, y luego limpiarían y hablarían del viaje a Italia. Wallander habló sin cesar, asiendo a su padre fuertemente por los hombros, no como para arrestarlo sino para mantenerlo en la realidad. El padre se quedó inmóvil y le miró con sus ojos miopes. Mientras Wallander continuaba hablando, tranquilizándolo, descubrió las gafas rotas en el suelo. Le preguntó rápidamente a Gertrud, que se encontraba detrás de ellos, si tenía unas gafas de repuesto. Así era y Gertrud fue corriendo a buscarlas. Se las entregó a Wallander, y éste las limpió con la manga de la camisa y luego se las puso a su padre sobre la nariz. Todo el tiempo hablaba con voz tranquilizadora, repetía sus palabras como si leyera los versos de la única oración que recordase, y el padre le miró primero inseguro y confuso, luego cada vez más sorprendido y, por último, parecía haber vuelto en sí otra vez. Entonces Wallander dejó de presionar sus hombros. El padre miró con cuidado los destrozos.

—¿Qué ha pasado? —preguntó. Wallander comprendió que todo se le había desvanecido. Lo ocurrido en realidad no había ocurrido para él. No recordaba nada. Gertrud empezó a llorar. Pero Wallander le ordenó con severidad que fuese a la cocina a preparar café. La acompañarían enseguida. Al final el padre parecía entender que él mismo había sido el causante de todos los destrozos.

—¿He hecho yo todo esto? —preguntó, y miró a Wallander con ojos angustiados, como si temiera la respuesta.

—¿Quién no se cansa de todo? —contestó Wallander tanteando—. Pero ya pasó. Esto lo arreglaremos rápido.

El padre contempló la puerta forzada.

—¿Quién necesita una puerta en pleno verano? —añadió Wallander—. En Roma, en septiembre, dejan todas las puertas abiertas. Tendrás que empezar a acostumbrarte.

El padre caminó lentamente entre los restos de la furia que ni él ni nadie podía explicar. Wallander comprendió que no entendía nada de lo que había sucedido. No entendía que él mismo lo había causado. Wallander sintió que se le formaba un nudo en la garganta. Había algo de indefenso y abandonado en su padre y no sabía qué actitud tomar. Wallander levantó la puerta rota y la apoyó contra la pared del establo. Luego empezó a ordenar la habitación y vio que pese a todo muchos de los cuadros de su padre se habían salvado.

El padre se sentó en el taburete, en su lugar de trabajo, y siguió sus movimientos. Gertrud entró para decir que el café estaba listo. Wallander le indicó con la cabeza que agarrase a su padre por el brazo y que le acompañara hasta la casa. Luego recogió lo que estaba por el suelo. Antes de entrar en la cocina, llamó a su casa desde el coche. Linda estaba allí. Quería saber qué había pasado, ya que casi no podía leer sus garabatos. Wallander, que no quería preocuparla, sólo le dijo que su padre se había sentido indispuesto, pero que ya se había recuperado. Sin embargo, para mayor seguridad, pensaba pasar la noche en Löderup. Después entró en la cocina. Su padre estaba cansado y se fue pronto a la cama. Wallander se quedó unas horas sentado con Gertrud en la cocina. No había otra manera de explicar lo ocurrido que no fuera una señal de la enfermedad que acechaba a su padre. Pero cuando Gertrud dijo que eso cancelaba el viaje a Italia en otoño, Wallander protestó. No temía asumir la responsabilidad de su propio padre. No tenía miedo a emprender el largo viaje con él. Lo harían, si su padre todavía lo quería y aún se aguantaba de pie.

Aquella noche durmió en el sofá-cama del salón. Antes de dormirse, estuvo mucho rato contemplando la clara noche de verano.

Por la mañana, cuando tomó café con su padre, éste parecía haber olvidado todo lo sucedido. No podía entender qué había ocurrido con la puerta. Wallander le dijo la verdad, que había sido él quien la había quitado. El estudio necesitaba una nueva puerta y él mismo la haría.

—¿Cuándo vas a tener tiempo para eso? —le preguntó su padre—. Ni siquiera tienes tiempo para llamar avisando de que vienes de visita.

En ese momento Wallander comprendió que todo seguía como siempre. A las siete y unos minutos salió de Löderup y se dirigió a Ystad. Lo hizo a sabiendas de que no sería la última vez que ocurriría una cosa semejante. Con un escalofrío, pensó en qué habría pasado si no hubiera sido por Gertrud.

A las siete y cuarto Wallander entró por la puerta de la comisaría. El buen tiempo todavía duraba. Todo el mundo hablaba de fútbol. Estaba rodeado de la plantilla policial vestida de verano. Solamente los que estaban obligados a llevar uniforme parecían policías auténticos. Wallander pensó que él mismo, con su ropa blanca, parecía salido del reparto de una de las óperas italianas a las que había asistido en Copenhague. Al pasar por la recepción, Ebba le hizo señas de que tenía una llamada. Era Forsfält, que a pesar de la hora temprana podía informar de que habían encontrado el pasaporte de Fredman, bien escondido en su apartamento, junto con una gran suma de moneda extranjera. Wallander le preguntó por los sellos del pasaporte.

—Siento mucho desilusionarte —dijo Forsfält—. Tiene el pasaporte desde hace cuatro años. En ese tiempo le han sellado en Turquía, Marruecos y Brasil. Eso es todo.

Wallander sí se desilusionó, sin saber realmente qué había esperado encontrar. Forsfält prometió enviar todos los detalles del pasaporte y los sellos por fax. Después tenía otra cosa que contarle, que no estaba directamente relacionada con la investigación, pero que aun así resucitó algunos pensamientos en Wallander.

—Cuando buscábamos el pasaporte, encontramos las llaves de un despacho que hay en el desván —dijo Forsfält—. Entre todo el desorden que había descubrimos una caja que contenía unos iconos antiguos. Pudimos confirmar que provenían de un robo. ¿Adivinas de dónde?

Wallander reflexionó sin poder encontrar una respuesta.

—Un robo en una casa a las afueras de Ystad —dijo Forsfält—. Hace poco más de un año. Una casa administrada por un albacea, un abogado llamado Gustaf Torstensson.

Wallander lo recordaba. Uno de los dos abogados asesinados el año anterior. El propio Wallander había visto la colección de iconos en el sótano del más anciano. Además él mismo tenía uno colgado en su dormitorio. Era un regalo del secretario del abogado muerto. También recordó el robo, cuya resolución había recaído sobre Svedberg.

—Así que ya lo sabemos —dijo Wallander—. Supongo que ese caso nunca se resolvió.

—Te informaré de lo que suceda —respondió Forsfält.

—A mí no —indicó Wallander—. A Svedberg.

Forsfält le preguntó cómo iba lo de Louise Fredman. Wallander le explicó su última conversación telefónica con Per Åkeson.

—Con un poco de suerte sabremos algo durante el día de hoy —dijo Wallander.

—Espero que me mantengas informado.

Wallander se lo prometió. Cuando acabaron de hablar, repasó la lista con las preguntas sin contestar que llevaba continuamente. Podía tachar algunas, otras las comentaría en la reunión que estaba a punto de iniciarse. Antes, sin embargo, tuvo tiempo de visitar la sala en la que dos aspirantes a policía estaban contrastando la información facilitada por los ciudadanos. Preguntó si se había recibido algo que insinuara exactamente dónde fue asesinado Björn Fredman. Wallander sabía que podía ser de gran importancia para la investigación poder determinar dónde se cometió el asesinato.

Uno de los policías llevaba el pelo cortado al cepillo y se llamaba Tyrén. Tenía ojos inteligentes y decían que era bueno. Wallander no le conocía mucho. Le explicó rápidamente lo que buscaba.

—Alguien que oyera gritos —dijo Tyrén—. Y que viera una furgoneta marca Ford. ¿El lunes 27 de junio?

—Sí.

Tyrén negó con la cabeza.

—Lo hubiese recordado —dijo—. Una mujer gritaba en un apartamento en Rydsgård. Pero era el martes. Y estaba borracha.

—Quiero que se me informe tan pronto como se sepa algo —ordenó Wallander.

Dejó a Tyrén y entró en la sala de reuniones. Hansson estaba hablando con un periodista en la recepción. Wallander recordó haberlo visto antes. Representaba a uno de los dos grandes periódicos vespertinos, pero no recordaba a cuál. Esperaron unos minutos hasta que Hansson pudo deshacerse del periodista y cerraron la puerta. Hansson se sentó cediendo inmediatamente la palabra a Wallander. En el momento en que iba a empezar a hablar, entró Per Åkeson y se sentó al final de la mesa, al lado de Ekholm. Wallander levantó las cejas de forma interrogadora. Åkeson asintió con la cabeza. Wallander comprendió que eso significaba que tenía noticias de Louise Fredman. Aunque le costaba dominar su curiosidad, primero dio la palabra a Ann Britt Höglund, que podía informar sobre las últimas noticias del hospital en el que estaba ingresada la hija de Carlman. Los médicos estimaban que la crisis mortal ya había pasado. Sería posible establecer contacto con ella dentro de unas veinticuatro horas. Nadie tenía nada que objetar a que Ann-Britt y Wallander fueran al hospital para hablar con la chica. Después Wallander repasó la lista de preguntas sin respuesta. Nyberg estaba bien preparado, como de costumbre, y pudo llenar muchos huecos con resultados de los laboratorios. Sin embargo, no había nada sensacional como para provocar discusiones largas. La mayoría eran confirmaciones de algunas conclusiones previas. Lo único que hizo que el equipo prestara más atención fue que habían encontrado un leve rastro de algas en la ropa de Björn Fredman. Eso podía significar que Björn Fredman había estado cerca del mar el último día de su vida. Wallander reflexionó.

—¿Dónde estaba el rastro de algas? —preguntó.

Nyberg ojeó sus apuntes.

—En la parte posterior de la chaqueta.

—Le pueden haber matado cerca del mar —señaló Wallander—. Por lo que yo recuerdo, sopló un viento suave esa noche. Eso puede explicar el hecho de que nadie haya oído nada.

—Si hubiese ocurrido en la playa habríamos encontrado restos de arena —dijo Nyberg.

—Tal vez fue en la cubierta de un barco —sugirió Svedberg.

—O en un embarcadero —apuntó Ann-Britt Höglund.

La pregunta quedó en el aire. No sería posible examinar los miles de barcos de recreo y embarcaderos. Wallander sólo sostuvo que no se les escapase ningún tipo de información que proviniera de gente que vivía cerca del mar.

Después cedió la palabra a Per Åkeson.

—He conseguido saber algo más de Louise Fredman —dijo—. Supongo que no hace falta subrayar que es en extremo confidencial y que no podemos divulgarla en ninguna circunstancia fuera del equipo de investigación.

—Estaremos callados como una tumba —dijo Wallander.

—Louise Fredman está ingresada en el hospital de Sankt Lars en Lund —continuó Per Åkeson—. Lleva allí más de tres años. El diagnóstico es una psicosis profunda. Ha dejado de hablar, la tienen que someter a alimentación forzosa periódicamente y no da señales de mejoría. Tiene diecisiete años. Según una fotografía que he visto, es muy guapa.

Se hizo el silencio en la sala. Wallander intuyó el desaliento entre sus colegas por lo que había dicho Per Åkeson. Lo compartía por completo.

—Una psicosis suele desencadenarla algo —dijo Ekholm.

—Fue ingresada el viernes 9 de enero de 1991 —prosiguió Per Åkeson después de buscar entre sus papeles—. Si lo he entendido bien, su enfermedad cayó como aquel famoso rayo de un cielo sereno. Faltaba de casa desde hacía una semana. Se sabe que entonces tenía graves problemas escolares y que no asistía casi nunca a clase. Se insinúa drogadicción. Pero no tomaba drogas duras. Como mucho anfetaminas. Tal vez cocaína. Fue encontrada en el parque de Pildammsparken. Estaba totalmente obnubilada.

—¿Tenía rastros de violencia? —preguntó Wallander, que había estado escuchando con atención.

—No, por lo que se deduce del material del que dispongo.

Wallander reflexionó.

—O sea, que no podremos hablar con ella —dijo luego—. Pero quiero saber si tenía heridas. Y quiero hablar con los que la encontraron.

—Hace tres años —dijo Per Åkeson—. Pero supongo que podremos localizar a la gente.

—Hablaré con Forsfält, de la policía criminal de Malmö —añadió Wallander—. Si la encontraron obnubilada en Pildammsparken habrá intervenido una patrulla. Tiene que haber un informe en algún lugar.

—¿Por qué quieres saber si tenía heridas? —preguntó Hansson.

—Solamente para disponer de información lo más completa posible —contestó Wallander.

Dejaron a Louise Fredman y continuaron. Puesto que Ekholm todavía estaba esperando que los ordenadores acabasen de cruzar datos del material de investigación, y posiblemente descubriera algo inesperado en las combinaciones, Wallander abordó el tema de los refuerzos. Hansson ya había recibido una respuesta positiva por parte del jefe de la policía provincial de que les prestarían un intendente de Malmö. Llegaría a Ystad sobre la hora de comer.

—¿Quién es? —preguntó Martinsson, que hasta ahora había permanecido en silencio.

—Se llama Sture Holmström —dijo Hansson.

—No sé quién es —dijo Martinsson.

Nadie le conocía. Wallander prometió llamar a Forsfält para cotillear un poco.

Wallander se dirigió a Per Åkeson.

—Ahora la cuestión es si vamos a solicitar más refuerzos —empezó Wallander—. ¿Cuál es la opinión general? Quiero que todos manifestéis vuestro parecer. Prometo someterme a la mayoría. Aunque todavía dudo que los refuerzos de personal aumenten la calidad de nuestro trabajo. Me temo que perderemos el ritmo. Al menos a corto plazo. Pero quiero oír vuestras opiniones.

Resultó que Martinsson y Svedberg estaban a favor de pedir más personal para la investigación. Ann-Britt Höglund, en cambio, estaba de acuerdo con Wallander, mientras que Hansson y Ekholm no opinaban nada al respecto. Wallander comprendió que otro pesado manto de responsabilidad le había caído encima. Per Åkeson decidió posponer el asunto un par de días más.

—Otro asesinato y será inevitable —dijo Åkeson—. Pero de momento sigamos como hasta ahora.

Terminaron la reunión algo antes de las diez. Wallander se fue a su despacho. El abatimiento del sábado había desaparecido. La reunión estuvo bien, aunque en realidad no habían avanzado mucho. Se habían demostrado unos a otros que la energía y la voluntad seguían intactas.

Wallander estaba a punto de llamar a Forsfält cuando Martinsson apareció por la puerta.

—He estado pensando en una cosa —dijo, apoyándose en la jamba de la puerta.

Wallander esperó a que continuara.

—Louise Fredman estuvo errando por un sendero en un parque —dijo Martinsson—. Se me ha ocurrido que hay cierta similitud con la chica que corría por el campo de colza.

Martinsson tenía razón. Había una similitud, aunque lejana.

—Estoy de acuerdo —apuntó Wallander—. Lástima que no tienen nada que ver la una con la otra.

—De todas formas es curioso —dijo Martinsson.

Permaneció en la puerta.

—Has ganado la apuesta esta vez.

Wallander asintió con la cabeza.

—Lo sé —dijo—. Y Ann-Britt también.

—Os repartiréis un billete de mil.

—¿Cuándo es el próximo partido?

—Ya te avisaré —dijo Martinsson, y se fue.

Wallander llamó a Malmö.

Mientras esperaba miró por la ventana abierta. Continuaba el buen tiempo.

Luego oyó la voz de Forsfält al otro lado y apartó los pensamientos sobre el tiempo.

Hoover abandonó el sótano poco después de las nueve de la noche. Estuvo un rato eligiendo entre las hachas recién afiladas que brillaban sobre el trozo de seda negra. Finalmente se decidió por la más pequeña, la única que no había usado todavía. La introdujo en el cinturón de cuero ancho y se colocó el casco en la cabeza. Como otras veces, estaba descalzo cuando salió de la habitación y cerró la puerta con llave.

La noche era muy cálida. Condujo por las pequeñas carreteras que había elegido en un mapa. Tardaría casi dos horas. Calculó que llegaría un poco después de las diez y media.

El día anterior tuvo que cambiar sus planes. El hombre que se había marchado al extranjero había regresado de repente. Enseguida decidió no correr el riesgo de que desapareciera otra vez. Escuchó el corazón de Jerónimo. El latir rítmico de los tambores que llevaba en su pecho le dejó el mensaje. No debía esperar. Debía aprovechar la ocasión.

El paisaje veraniego tenía un color azulado en el interior de su casco. Divisó el mar a la izquierda, las luces parpadeantes de los barcos y la tierra firme de Dinamarca. Se sentía eufórico y contento. No tardaría en brindarle a su hermana la última víctima que la ayudaría a salir de la niebla que la rodeaba. Volvería a la vida justo en la época más bonita del verano.

Llegó a la ciudad pasadas las once. Quince minutos más tarde se detuvo en una calle junto al gran chalet que se encontraba al fondo de un viejo jardín, lleno de árboles altos y protectores. Dejó la motocicleta apoyada en una farola y la encadenó. En la otra acera un matrimonio mayor paseaba a su perro. Esperó hasta que desaparecieron para quitarse el casco y colocarlo en la mochila. Protegido por las sombras, corrió hasta la parte trasera del jardín que daba a un campo de fútbol de tierra. Escondió la mochila entre la hierba y atravesó el seto arrastrándose por un agujero que hacía tiempo había preparado. El seto le arañó los brazos y los pies desnudos. Pero soportó el dolor. A Jerónimo no le gustaría ver muestras de debilidad. Tenía una misión sagrada, tal como estaba escrito en el libro que le había dado su hermana. La misión exigía toda su energía y estaba preparado para sacrificarla devotamente.

Se encontraba dentro del jardín, más cerca del monstruo de lo que jamás había estado. Había luz en el piso superior, mientras que todo estaba oscuro en la planta baja. Pensó con ira que su hermana había estado allí antes que él. Le dio una descripción de la vivienda y pensó que algún día la quemaría hasta los cimientos. Pero todavía no. Con cuidado, corrió hasta la pared de la casa y abrió con suavidad el tragaluz del sótano, del que, con anterioridad, había desenroscado los tornillos. Fue muy fácil entrar. Sabía que estaba dentro de una despensa de manzanas. El aire que le rodeaba estaba lleno del olor ácido de las frutas que se guardaban en ella. Aguzó el oído. Todo estaba en silencio. Sigilosamente subió la escalera del sótano. Entró en la gran cocina. Había la misma quietud. Lo único que se oía era el suave murmullo de algunas tuberías de agua. Encendió el horno y lo abrió. Luego continuó hacia la escalera que llevaba al piso superior. Se sacó el hacha del cinturón. Estaba completamente tranquilo.

La puerta del cuarto de baño estaba entreabierta. Desde la oscuridad del pasillo divisó al hombre al que iba a matar; se encontraba delante del espejo del baño untándose crema en la cara. Hoover se deslizó por detrás de la puerta. Esperó. Cuando el hombre apagó la luz del baño, alzó el hacha. Sólo le asestó un hachazo. El hombre cayó sin hacer ruido sobre la alfombra. Con el hacha le arrancó un trozo del cabello de la coronilla. Se introdujo la cabellera en el bolsillo. Luego arrastró al hombre escaleras abajo. Llevaba pijama. Los pantalones se le resbalaron y le arrastraban alrededor de uno de los pies. Evitó mirarle.

Ya en la cocina, inclinó el cuerpo del hombre sobre la puerta del horno. Luego le introdujo la cabeza dentro. Casi de inmediato notó el olor de la crema de la cara que se derretía. Abandonó la casa del mismo modo que había entrado.

De madrugada enterró la cabellera debajo de la ventana de su hermana. Ahora sólo faltaba la víctima adicional que iba a ofrecerle. Enterraría una última cabellera. Después todo habría terminado.

Pensó en todo lo que le esperaba. El hombre cuyo pecho había subido y bajado en movimientos lentos. El hombre que había estado sentado enfrente de él en el sofá y que no entendía nada de la misión sagrada que tenía que llevar a cabo.

Todavía no había decidido si se llevaría también a la chica que dormía en la habitación de al lado.

Ahora descansaría. El alba estaba cerca.

Al día siguiente tomaría su última decisión.

Escania
5-8 de julio de 1994

29

Waldemar Sjösten era un policía de homicidios de Helsingborg de mediana edad. Dedicaba todo su tiempo libre a un viejo barco de madera de caoba de los años treinta que había conseguido por pura casualidad. No tenía intención de romper su costumbre esa mañana del 5 de julio, al levantar la persiana de un tirón un poco antes de las seis. Vivía en una casa recién restaurada en el centro de la ciudad. Una calle, las vías del tren y la zona portuaria eran todo lo que le separaba del Estrecho. El tiempo seguía tan hermoso como habían prometido los periódicos el día anterior. No se iría de vacaciones hasta finales del mes de julio. En espera del último día laborable dedicaba un par de horas matutinas a su barco, amarrado en el puerto deportivo que había a corta distancia en bicicleta. Waldemar Sjösten cumpliría los cincuenta años en otoño. Se había casado tres veces y tenía seis hijos. Ahora estaba proyectando un cuarto matrimonio. La mujer que había conocido compartía su interés por el viejo barco de madera de caoba cuyo imponente nombre era *El Rey del Mar II*. El nombre lo había tomado del hermoso barco de Bohuslän en el que transcurrieron los veranos de su infancia en compañía de sus padres. Era *El Rey del Mar I*. Cuando tenía diez años, su padre, para gran pesar suyo, lo vendió a un hombre de Noruega. Nunca lo olvidó. A menudo se preguntaba si todavía existiría o si se habría hundido o podrido.

Se tomó una taza de café a toda prisa y se preparó para salir. En ese momento sonó el teléfono. Le sorprendió por lo temprano que era. Descolgó el teléfono de la pared de la cocina.

—¿Waldemar? —preguntó una voz a la que identificó como la del intendente Birgersson.

—Sí, soy yo.

—Espero no haberte despertado.

—Estaba a punto de salir.

—Suerte que te he encontrado. Es mejor que vengas enseguida.

Waldemar Sjösten sabía que Birgersson nunca le llamaría si no hubiese ocurrido una cosa muy seria.

—Ya voy —contestó—. ¿Qué pasa?

—Salía humo de uno de los viejos chalés del barrio de Tågaborg. Al llegar los bomberos encontraron a un hombre en la cocina.

—¿Muerto?

—Asesinado. Entenderás por qué te he llamado en cuanto veas lo sucedido.

Waldemar Sjösten vio esfumarse las horas matutinas junto a su barco. Como era un policía responsable, que además no perdía la cabeza ante la tensión que podía suscitar una muerte inesperada, no tuvo ninguna dificultad para cambiar de idea. En lugar de la llave que abría la cadena de la bicicleta, tomó las del coche y abandonó el apartamento. Sólo tardó unos minutos en llegar a la comisaría. Birgersson estaba esperándole en la escalera. Se sentó en el coche y le dio la dirección.

—¿Quién es el muerto? —preguntó Sjösten.

—Åke Liljegren.

Sjösten soltó un silbido. Åke Liljegren era una persona conocida, no sólo en la ciudad, sino en todo el país. Se hizo llamar asesor fiscal y alcanzó su reputación durante los años ochenta como el cerebro oculto de unas sociedades fantasma. Sin contar una condena preventiva de seis meses, la policía y los juzgados nunca llegaron a dictar una sentencia condenatoria por las evidentes actividades ilegales que mantenía. Åke Liljegren llegó a ser el símbolo de la peor forma de criminalidad económica; además, que siempre se encontrara en libertad era algo que demostraba la débil preparación del cuerpo judicial contra personas como él. Era oriundo de Båstad, pero estos últimos años vivía en Helsingborg cuando se encontraba en el país. Sjösten recordó un artículo que había leído en una revista, donde se intentaba aclarar cuántas viviendas poseía Åke Liljegren realmente, dispersas por todo el mundo.

—¿Tienes idea de cuándo sucedió? —preguntó Sjösten.

—Un deportista madrugador descubrió que salía humo por las rendijas de ventilación de la casa. Dio el aviso. Los bomberos llegaron a las cinco y cuarto. Cuando lograron entrar, encontraron el cadáver en la cocina.

—¿Dónde estaba el fuego?

—En ningún sitio.

Sjösten lanzó una mirada perpleja a Birgersson.

—Liljegren estaba apoyado en la puerta del horno, que estaba abierta —continuó Birgersson—. La cabeza estaba metida en el horno encendido a la máxima potencia. Literalmente se estaba asando.

Sjösten hizo una mueca. Empezaba a imaginarse lo que tendría que ver.

—¿Se ha suicidado?

—No. Alguien le había asestado un hachazo en la cabeza.

Sjösten pisó el pedal del freno sin querer. Miró a Birgersson, que asintió con la cabeza.

—La cara y el cabello estaban casi carbonizados. Pero el médico logró determinar que le habían arrancado un trozo de la cabellera.

Sjösten no dijo nada. Pensó en lo que había sucedido en Ystad. Era la gran noticia ese verano. Un asesino loco que mata a gente a hachazos y arranca la cabellera de sus víctimas.

Llegaron a casa de Liljegren en la calle de Aschebergsgatan. Un coche de los bomberos, algunos coches de la policía y una ambulancia estaban delante de las verjas. Todo el enorme jardín estaba acordonado con cintas y letreros. Sjösten salió del coche e hizo un gesto de negativa a un periodista que se acercaba apresurado. Atravesó el cordón policial junto con Birgersson y subieron hacia el chalet. Al entrar dentro de la casa Sjösten percibió un olor extraño. Luego comprendió que procedía del cuerpo de Liljegren. Birgersson le dio un pañuelo con el que taparse la boca y la nariz y le indicó la cocina. Un agente, muy pálido, hacía guardia delante de la puerta. Sjösten miró dentro de la cocina. La visión que apareció ante él era grotesca. El hombre medio desnudo estaba arrodillado. El cuerpo apoyado contra la puerta del horno. El cuello y la cabeza perdiéndose en el interior. Sjösten recordó rápidamente, con gran malestar, el cuento de Hänsel y Gretel. El forense arrodillado junto al cuerpo, alumbrando el interior del horno con una linterna. Sjösten intentó respirar sin el pañuelo delante de la cara. Respiraba por la boca. El forense le saludó con la cabeza. Sjösten se inclinó y miró dentro del horno. Pensó en un trozo de carne asada, carbonizada.

—Dios mío —dijo—. Qué cosa más horrible.

—Le han asestado un hachazo en la parte posterior de la cabeza —dijo el forense.

—¿Aquí en la cocina?

—No, en el piso superior —dijo Birgersson, que se encontraba detrás de él.

Sjösten se levantó.

—Sácalo del horno —dijo—. ¿El fotógrafo ha acabado?

Birgersson asintió con la cabeza. Sjösten le siguió hasta el piso superior. Caminaron con cuidado, puesto que los escalones estaban llenos de huellas de sangre. Birgersson se detuvo delante de la puerta del cuarto de baño.

—Como ya has visto, llevaba pijama —dijo Birgersson—. Una posible descripción de lo ocurrido podría ser que Liljegren estuviese en el cuarto de baño. Al salir de allí, el asesino le estaba esperando. Le golpeó con un hacha en la parte posterior de la cabeza y después arrastró el cuerpo hasta la cocina. Eso podría ser la explicación de por qué llevaba los pantalones del pijama colgando alrededor de una pierna. Después puso el cuerpo junto al horno, lo encendió a la máxima potencia y se marchó. Todavía no tenemos ni idea de cómo ha entrado y salido de la casa. Pensé que tú te ocuparías de ello.

Sjösten no dijo nada. Estaba reflexionando. Luego regresó a la cocina. El cuerpo yacía ahora en el suelo sobre una lona de plástico.

—¿Es él? —preguntó Sjösten.

—Pues sí que es Liljegren —contestó el forense—. Aunque ya no le quede cara.

—No quería decir eso. ¿Es el hombre que arranca las cabelleras?

El forense retiró un trozo del plástico que le tapaba la cara carbonizada.

—Estoy casi seguro de que le han cortado o arrancado el cabello de la parte anterior de la coronilla —dijo el médico.

Sjösten asintió con la cabeza. Luego se volvió hacia Birgersson.

—Quiero que avises a la policía de Ystad —dijo—. Encuentra a Kurt Wallander. Quiero hablar con él. Ahora.

Esa mañana de martes, por una vez Wallander había preparado un desayuno de verdad. Hizo huevos fritos y estaba a punto de sentarse a la mesa con el periódico cuando sonó el teléfono. Enseguida volvió a presentir que algo había ocurrido. Al oír que era la policía de Helsingborg, un intendente que se presentó como Sture Birgersson, su angustia se incrementó.

Comprendió inmediatamente que había ocurrido lo que temía. El hombre desconocido había atacado de nuevo. Maldijo en silencio, una maldición llena de miedo y rabia.

Waldemar Sjösten se puso al teléfono. Se conocían de antes. A principios de los ochenta habían colaborado en una investigación sobre un lío de drogas que se extendía por Escania. A pesar de sus enormes diferencias personales, se entendieron bien y desarrollaron algo que tal vez era el principio de una amistad.

—¿Kurt?

—Estoy aquí.

—Hace tiempo que no hablamos.

—¿Qué ha pasado? ¿Es cierto lo que he oído?

—Me temo que sí. El asesino que estás buscando ha aparecido aquí en Helsingborg.

—¿Está confirmado?

—No hay nada que indique lo contrario. Un hachazo en la cabeza. Luego le ha arrancado la cabellera a la víctima.

—¿Quién es?

—Åke Liljegren. ¿El nombre te dice algo?

Wallander reflexionó.

—¿Es el «asesor nacional»?

—Ese mismo. Un ex ministro de Justicia, un comerciante en arte y ahora un asesor fiscal.

—En medio, un perista —dijo Wallander—. No te olvides de él.

—Te llamo porque creo que debes venir. Tenemos jefes e intendentes que pueden asumir la responsabilidad formal por traspasar los límites territoriales.

—Iré —dijo Wallander—. Me pregunto si estaría bien llevarme a Sven Nyberg, nuestro técnico judicial.

—Trae a los que quieras. Yo no pondré obstáculos. Lo que me disgusta es que haya actuado aquí.

—Dentro de dos horas estaré en Helsingborg —dijo Wallander—. Si mientras tanto puedes averiguar si hay una relación entre Liljegren y las otras víctimas, ya habremos avanzado un buen trecho. ¿Hay algún rastro de él?

—No directamente. Pero sabemos cómo ha ocurrido. Aunque esta vez no le ha echado ácido en los ojos. Le ha asado. Al menos la cabeza y la mitad del cuello.

—¿Asado?

—En el horno. Puedes estar contento de no tener que verlo.

—¿Qué más sabes?

—Acabo de llegar. En realidad no tengo ninguna respuesta.

Después de colgar el teléfono, Wallander miró su reloj de pulsera. Las seis y diez. Había ocurrido lo que temía. Buscó el número de Nyberg y le llamó. Contestó casi enseguida. Wallander le explicó brevemente lo sucedido. Nyberg prometió estar delante de su casa en Mariagatan en quince minutos. Después Wallander marcó el número de Hansson. Pero cambió de opinión, colgó el auricular, lo volvió a levantar y marcó el número de Martinsson. Como siempre, contestó su mujer. Pasaron varios minutos antes de que Martinsson se pusiera al teléfono.

—Ha vuelto a atacar —dijo Wallander—. En Helsingborg. Un asesor fiscal llamado Åke Liljegren.

—¿El matarife de empresas? —preguntó Martinsson.

—El mismo.

—El asesino sabe escoger.

—Venga ya —dijo Wallander enojado—. Iré allí con Nyberg. Nos han llamado y nos han pedido que fuéramos. Quiero que informes a Hansson. Llamaré en cuanto tenga algo que decir.

—Eso significa que intervendrá el departamento de Investigación Criminal —dijo Martinsson—. Quizá sea mejor así.

—Lo mejor sería detener a ese loco pronto —contestó Wallander—. Me voy. Te llamo luego.

Estaba esperando cuando vio que Nyberg torcía por Mariagatan con su viejo Amazon. Se sentó a su lado. Salieron de Ystad. La mañana era muy hermosa. Nyberg conducía deprisa. A la altura de Sturup giraron hacia Lund y alcanzaron la carretera principal hacia Helsingborg. Wallander le dio los pocos detalles que tenía. Cuando rebasaron Lund, Hansson les llamó por el teléfono móvil. Wallander oyó que jadeaba. «Hansson seguramente temía esto más que yo», pensó de repente.

—Es horroroso que haya ocurrido otra vez —dijo Hansson—. Esto lo cambia todo.

—De momento no cambia nada —respondió Wallander—. Todo depende de lo que realmente haya sucedido.

—Es hora de que se ocupe el departamento —dijo Hansson. Wallander advirtió en la voz de Hansson que eso era lo que deseaba más que nada, que le liberasen de la responsabilidad. Wallander notó que eso le molestaba. No pudo dejar de pensar que había un rasgo de desprecio por el trabajo del equipo de investigación en las palabras de Hansson.

—Lo que pueda pasar es responsabilidad tuya y de Per Åkeson —añadió Wallander—. Lo que ha ocurrido en Helsingborg es responsabilidad suya. Pero ellos me han pedido que vaya. De lo que ocurra más tarde hablaremos en su momento.

Wallander terminó la conversación. Nyberg no dijo nada. Pero Wallander sabía que había estado escuchando.

Les recibió un coche policial a la entrada de Helsingborg. Wallander pensó que habría sido aproximadamente allí donde Sven Andersson de Lunnarp se había detenido para recoger a Dolores María Santana en el que sería su último viaje. Siguieron al coche policial hacia el barrio de Tågaborg y se detuvieron delante del enorme jardín de Liljegren. Wallander y Nyberg cruzaron el cordón policial y fueron recibidos por Sjösten, que les esperaba debajo de la escalera del gran chalet que Wallander estimó era de principios de siglo. Se saludaron e intercambiaron unas palabras sobre la última vez que se habían visto. Luego Sjösten puso a Nyberg en contacto con el especialista de Helsingborg encargado de la investigación en el lugar del crimen. Desaparecieron en el interior de la casa.

Sjösten apagó el cigarrillo contra el suelo y enterró la colilla en la grava.

—Es tu hombre el que ha llegado hasta aquí —dijo—. No hay la menor duda.

—¿Qué sabes del muerto?

—Åke Liljegren era una persona conocida.

—Tristemente célebre, diría yo.

Sjösten asintió con la cabeza.

—Habrá mucha gente que soñase acabar con la vida de ese hombre —dijo—. Esto nunca habría ocurrido con un sistema judicial en mejor estado, con menos trampas y agujeros más difíciles de atravesar en las leyes que se supone controlan la criminalidad económica. Porque en ese caso estaría encarcelado. Por ahora las celdas en las cárceles suecas no están equipadas ni con cuartos de baño ni con hornos.

Sjösten se llevó a Wallander dentro de la casa. El hedor a piel quemada todavía era notable. Sjösten le entregó a Wallander una mascarilla que se colocó vacilante. Entraron en la cocina, donde el cuerpo muerto yacía cubierto por una lona de plástico. Wallander le hizo señas a Sjösten para que le dejara ver el cuerpo. Sería mejor pasar lo desagradable de golpe. No sabía qué había esperado. Pero de todas maneras se sobresaltó al ver la cara de Liljegren. No quedaba nada. La piel estaba quemada, grandes partes del cráneo se apreciaban con claridad. En el lugar de los ojos sólo quedaban dos cuencas vacías. El cabello, al igual que las orejas, también estaba calcinado. Wallander indicó a Sjösten que volviera a colocar la lona. Sjösten describió rápidamente cómo Liljegren había estado inclinado sobre la puerta del horno. El fotógrafo, que estaba acabando en la cocina para empezar a trabajar en el piso superior, le entregó unas fotos instantáneas. Casi era peor verlo fotografiado. Wallander movió la cabeza con una mueca y dejó las fotos. Sjösten le llevó al piso superior mientras le mostraba los rastros de sangre en la escalera y describía cómo debía de haber ocurrido. Wallander preguntaba de vez en cuando por algún detalle. Pero la descripción de Sjösten parecía convincente desde el principio.

—¿Hay algún testigo? —preguntó Wallander—. ¿Huellas del asesino? ¿Cómo entró en la casa?

—Por un tragaluz que hay en el sótano.

Volvieron a la cocina y bajaron al sótano, que ocupaba toda la parte inferior de la casa. En un cuarto en el que Wallander pudo apreciar el suave olor a manzanas de inviernos anteriores había un tragaluz entreabierto.

—Creemos que ha entrado por aquí —dijo Sjösten—. Y que se ha ido por donde ha venido. Aunque podría haber salido andando por la puerta principal. Åke Liljegren vivía solo.

—¿Ha dejado algún rastro? —preguntó Wallander—. Las otras veces se ha esmerado en evitar darnos alguna pista. Pero, por otro lado, tampoco ha sido demasiado cuidadoso. Tenemos una serie de huellas dactilares. Según Nyberg ahora sólo nos falta la del dedo meñique izquierdo.

—Huellas que él sabe que no están en los registros de la policía —dijo Sjösten.

Wallander asintió con la cabeza. El comentario de Sjösten era correcto. Sólo que no se lo había planteado de esa manera antes.

—En la cocina, al lado del horno, hemos encontrado la huella de un pie —dijo Sjösten.

—Por tanto estaba descalzo otra vez —dijo Wallander.

—¿Descalzo? —preguntó Sjösten.

Wallander le contó lo de la huella que encontraron en el coche ensangrentado de Björn Fredman. Comprendió que lo primero que tenían que hacer era entregar a Sjösten y a sus colegas todo el material de investigación correspondiente a los tres primeros asesinatos.

Wallander examinó el tragaluz del sótano. Le pareció ver unos ligeros rasguños al lado de uno de los cierres que había sido arrancado de su base. Al agacharse vio el gancho roto, aunque era difícil distinguirlo en la tierra oscura. No lo tocó con los dedos.

—Parece que lo haya sacado antes —dijo.

—¿Habrá preparado su llegada?

—Podría ser. Encaja con su costumbre de planificar las cosas. Vigila a sus víctimas. Investiga. Por qué y cuánto tiempo, no lo sabemos. Nuestro especialista en psicología, Mats Ekholm, sostiene que es algo típico de personas con rasgos psicóticos.

Entraron en otro cuarto donde el tragaluz era del mismo tipo. Los cierres estaban intactos.

—Supongo que se deberían buscar huellas en la hierba delante del otro tragaluz —dijo Wallander.

Luego se arrepintió. No tenía ningún derecho a decirle a un experimentado investigador criminalista como Waldemar Sjösten qué se tenía que hacer.

Regresaron a la cocina. Estaban llevándose el cuerpo de Liljegren.

—Lo que estoy buscando todo el tiempo es la conexión —añadió Wallander—. Primero lo busqué entre Gustaf Wetterstedt y Arne Carlman, finalmente lo encontré. Luego lo busqué entre Björn Fredman y los otros dos. Ése todavía no lo he encontrado. De todas formas, estoy seguro de que existe. En este momento creo que es lo primero que hay que hacer. ¿Se puede relacionar a Åke Liljegren con los otros tres? Mejor si es entre todos, pero al menos con alguno de ellos.

—En cierto modo ya hay una conexión evidente —dijo Sjösten con calma.

Wallander le miró interrogativamente.

—Quiero decir que el asesino es una conexión identificable —continuó Sjösten—. Aunque no sepamos quién es.

Sjösten señaló hacia la salida. Wallander se dio cuenta de que quería hablar con él a solas. Cuando salieron al jardín, los dos entornaron los ojos hacia el sol. Sería otro día de verano cálido y seco. Wallander ya no se acordaba de cuándo había llovido por última vez. Sjösten encendió un cigarrillo y se llevó a Wallander hasta unos muebles de jardín apartados de la casa. Arrastraron las sillas hasta la sombra.

—Circulan muchos rumores acerca de Åke Liljegren —dijo Sjösten—. Sus sociedades fantasma seguramente sólo eran una parte de sus actividades. Nosotros aquí, en Helsingborg, hemos oído hablar de muchas otras cosas. De aviones Cessna que sueltan cargas de cocaína. Heroína, marihuana. Tan difícil de probar como de refutar. Personalmente me cuesta relacionar ese tipo de negocios con Åke Liljegren. Claro que puede ser por mi limitada fantasía. Sigo pensando que todavía es posible agrupar a los criminales en distintos reductos. Ciertos tipos de crímenes pueden clasificarse por categorías. Los delincuentes deben mantenerse dentro de sus fronteras y no pisar el territorio de los demás, complicando nuestras clasificaciones.

—A veces he pensado lo mismo —admitió Wallander—. Pero me temo que esa época ya pasó. El mundo en el que vivimos se está ampliando y a la vez se torna caótico.

Sjösten señaló con el cigarrillo hacia el gran chalet.

—También han circulado otros rumores —dijo—. Más concretos. De fiestas salvajes en esta casa. Mujeres, prostitución.

—¿Salvajes? —preguntó Wallander—. ¿Habéis tenido que intervenir?

—Nunca —contestó Sjösten—. No sé en realidad por qué llamo salvajes a las fiestas. Pero aquí se ha reunido gente que ha desaparecido tan rápido como llegó.

Wallander no dijo nada. Reflexionó sobre lo que Sjösten acababa de decir. Un pensamiento vertiginoso pasó repentinamente por su cerebro. Vio a Dolores María Santana en la salida sur de Helsingborg. ¿Podría haber una relación con lo que Sjösten había mencionado? ¿Prostitución? Desechó el pensamiento. No sólo era infundado, sino que expresaba la confusión de las diferentes investigaciones que llevaba en su cabeza.

—Tendremos que colaborar —dijo Sjösten—. Tú y tus colegas nos lleváis varias semanas de ventaja. Ahora añadimos a Liljegren. ¿Cómo se ve la historia entonces? ¿Qué es lo que cambia? ¿Qué es lo que resalta más?

—Creo que, por el momento, podemos descartar que intervenga el departamento de Investigación Criminal —dijo Wallander—. En principio eso es bueno. Pero siempre tengo miedo a que aparezcan problemas de colaboración y que la información no circule.

—Siento la misma preocupación —respondió Sjösten—. Por eso tengo una propuesta. Que tú y yo formemos una unidad informal que pueda traspasar los límites cuando sea preciso.

—Con mucho gusto —contestó Wallander.

—Los dos recordamos cómo era en la época de la antigua Comisión Judicial Nacional —dijo Sjösten—. Se rompió algo que funcionaba muy bien. Y desde entonces nunca ha vuelto a ser lo mismo.

—Eran otros tiempos —dijo Wallander—. La violencia tenía otra cara, los asesinatos, además, no eran tantos. Los delincuentes realmente peligrosos se movían según patrones que hoy en día ya no pueden reconocerse. Estoy de acuerdo contigo en que la Comisión Judicial Nacional era algo muy valioso. Pero no estoy tan seguro de que hoy fuese tan efectiva.

Sjösten se levantó.

—¿Estamos de acuerdo, pues? —dijo.

—Naturalmente —respondió Wallander—. Cuando consideremos que hace falta, nos retiraremos a hablar.

—Si necesitas quedarte puedes dormir en mi casa —añadió Sjösten—. Será mejor que estar en un hotel.

—Con mucho gusto —le agradeció Wallander. Pero en su interior pensó que no le importaría residir en un hotel unos días si hiciese falta. Su necesidad de estar a solas al menos unas horas al día era enorme.

Caminaron hacia la casa. A la izquierda había un garaje con dos puertas. Mientras Sjösten entraba en la casa, Wallander decidió echar un vistazo dentro. Con esfuerzo logró abrir una de las puertas. En el garaje había un Mercedes negro. Wallander entró para mirar el lateral del coche. Entonces descubrió que tenía los cristales ahumados, algo que impedía que se viese su interior. Permaneció quieto reflexionando.

Después entró en la casa y pidió el teléfono móvil a Nyberg.

Llamó a Ystad y preguntó por Ann-Britt Höglund. En pocas palabras le explicó lo sucedido. Finalmente le dijo la verdadera razón de su llamada.

—Quiero que te pongas en contacto con Sara Björklund —dijo—. ¿Te acuerdas de ella?

—¿La mujer de la limpieza de Wetterstedt?

—La misma. Quiero que la llames y que te acompañe aquí a Helsingborg. Sin tardanza.

—¿Por qué?

—Quiero que vea un coche. Y yo estaré a su lado deseando con todas mis fuerzas que lo reconozca.

Ann-Britt Höglund no preguntó nada más.

30

Sara Björklund permaneció un buen rato contemplando el coche negro.

Wallander estaba a su lado, pero ligeramente detrás de ella. Con su presencia quería hacer que se sintiera segura. Pero no quería estar tan cerca que pudiese resultar un estorbo para la tarea que le había encomendado. Comprendía que se esforzaba al máximo por llegar a un convencimiento. ¿Había visto ese coche antes, aquel viernes por la mañana en que llegó a la casa de Wetterstedt creyendo que era jueves? ¿Era parecido, podría incluso ser el mismo y no otro el que vio salir de la casa del viejo ex ministro?

Sjösten estuvo de acuerdo con Wallander cuando éste le explicó su idea. Aunque Sara Björklund, la llamada «chacha» en las despectivas palabras de Wetterstedt, llegase a la conclusión de que podría haber visto un coche de la misma marca, eso no probaría nada. Lo único que tendrían sería una indicación, una posibilidad. Aun así sería importante, ambos lo sabían.

Sara Björklund dudaba. Puesto que las llaves estaban puestas, Wallander pidió a Sjösten que sacara el coche y diera una vuelta por el patio. Si la mujer cerraba los ojos y escuchaba, ¿podía reconocer el sonido del motor? Los coches suenan diferente. Ella hizo lo que le pedía, escuchó.

—Quizá —dijo después—. Se parece al coche que vi aquella mañana. Pero no puedo saber si era el mismo. No vi el número de la matrícula.

Wallander asintió con la cabeza.

—Tampoco te lo exijo —dijo—. Siento mucho haberte hecho venir hasta aquí.

Ann-Britt Höglund había sido previsora al llevarse a Norén, y ahora le encargaron que acompañara a Sara Björklund de vuelta a Ystad. Ann-Britt quería quedarse.

Todavía era por la mañana temprano. De todos modos, el país entero parecía estar informado ya de lo sucedido. Sjösten improvisó una rueda de prensa en la calle, mientras Wallander y Ann-Britt Höglund bajaban hasta la terminal de los transbordadores para desayunar.

Él le dio una descripción detallada de lo ocurrido.

—Åke Liljegren figuraba en el material de investigación sobre Alfred Harderberg —dijo después—. ¿Te acuerdas de eso?

Wallander regresó con el pensamiento al año anterior. Con cierto malestar recordó al hombre de negocios y mecenas de arte tristemente célebre que había vivido tras los muros del castillo de Farnholm, al que finalmente, en unos momentos dramáticos, lograron detener en el aeropuerto de Sturup, antes de que dejase el país. El nombre de Åke Liljegren figuró en la investigación. Pero sólo de pasada. Nunca se consideró necesario interrogarlo.

Wallander estaba tomando su tercera taza de café mientras observaba el Estrecho, que aquella mañana estaba lleno de barcos de vela y de transbordadores.

—No lo queríamos, pero lo tenemos de todos modos —dijo—. Otro muerto más con la cabellera arrancada. Según Ekholm, ahora hemos llegado al punto crucial en el que las posibilidades de identificar al asesino se incrementan de manera espectacular. Todo según los modelos del FBI. Ahora las similitudes y las diferencias estarán mucho más claras.

—Me parece intuir que la violencia ha aumentado —dijo Ann-Britt vacilante—. Si es que se puede hacer una escala de hachazos y cabelleras cortadas.

Wallander esperó la continuación con interés. Había aprendido que sus titubeos a menudo revelaban que seguía el rastro de una idea muy importante.

—Wetterstedt estaba debajo de un bote de remos —continuó—. Le habían golpeado desde atrás. Su cabellera estaba cortada. Como si se hubiese tomado el tiempo de ser minucioso. ¿O tal vez había inseguridad? La primera cabellera. A Carlman le mataron directamente desde delante. Tuvo que haber visto al hombre que lo hizo. El cabello estaba arrancado, no cortado. Se puede apreciar rabia o desprecio, o tal vez una ira casi descontrolada. Después viene Björn Fredman. Probablemente estaba echado de espaldas. Seguramente le ató. Si no, se habría resistido. Le echaron ácido en los ojos. El autor tuvo que abrirle los párpados a la fuerza. El hachazo contra la cabeza fue asestado con una fuerza tremenda. Y ahora Liljegren, al que le meten la cabeza dentro del horno. Algo se incrementa. ¿Es el odio? ¿O el gozo incomprensible de una persona enferma disfrutando de su poder?

—Repítele a Ekholm lo que me has dicho a mí —dijo Wallander—. Déjale introducirlo en su ordenador. Estoy de acuerdo contigo. Se pueden entrever ciertos cambios en su comportamiento. Algo se está descarriando. Pero ¿qué nos dice? A veces es como si tuviéramos que interpretar señales con millones de años de antigüedad. Las huellas de los animales extinguidos que se han fosilizado en la ceniza volcánica. En lo que más pienso es en la cronología, que se basa en los hallazgos de las víctimas según cierto orden, ya que las han matado en un orden determinado. Para nosotros se nos presenta una cronología natural. La cuestión es si habrá otro orden entre ellos que no podemos interpretar. Tal vez uno de ellos sea más importante que los demás.

Ella reflexionó.

—¿Alguno de ellos estaba más relacionado con el asesino que los otros?

—Eso mismo —dijo Wallander—. ¿Está Liljegren más cerca de un centro que, por ejemplo, Carlman? ¿Y quién es el más apartado? ¿O tienen todos la misma relación con el asesino?

—Una relación que además quizá solamente exista en su conciencia confusa.

Wallander apartó la taza de café vacía.

—De lo único que podemos estar seguros es de que esos hombres no fueron elegidos al azar —añadió Ann-Britt.

—Björn Fredman se desmarca —dijo al levantarse.

—Sí —dijo Wallander—. Lo hace. Pero si damos la vuelta al argumento se puede decir que las excepciones son los otros.

Volvieron al barrio de Tågaborg, donde les informaron de que Hansson estaba de camino a Helsingborg para hablar con el jefe de policía.

—Mañana tendremos aquí a los del departamento —dijo Sjösten.

—¿Alguien ha hablado con Ekholm? —preguntó Wallander—. Debería venir cuanto antes.

Ann-Britt Höglund se fue para informarse del asunto. Mientras tanto, Wallander y Sjösten registraron la casa otra vez. Nyberg estaba de rodillas en la cocina junto con los otros especialistas. Cuando subían la escalera, Ann-Britt Höglund les alcanzó diciendo que Ekholm estaba de camino en el mismo coche que Hansson. Continuaron el registro de la casa juntos. Nadie decía nada. Cada uno seguía su propia ruta de caza. Wallander intentaba sentir la presencia del asesino, de la misma manera en que lo había buscado en la oscuridad de la casa de Wetterstedt, o en la glorieta del jardín de Carlman. Habían pasado menos de doce horas desde que el asesino puso los pies en esa escalera. Todavía quedaba la huella invisible de su presencia en la casa. Wallander se movía más despacio que los demás. A menudo se quedaba inmóvil mirando al vacío. O se sentaba en una silla contemplando una pared, una alfombra o una puerta. Como si se encontrase en una galería de arte, profundamente ensimismado ante uno de los objetos expuestos. De vez en cuando regresaba y volvía a dar un corto paseo. A Ann-Britt Höglund, que lo observaba, le daba la impresión de que estaba caminando sobre un frágil suelo de hielo. Si Wallander hubiese advertido que le miraba, seguramente le habría dado la razón. Cada paso significaba un riesgo, una actitud nueva, renegociar con uno mismo sobre una idea recién concebida. Se movía tanto en la cabeza como en el lugar del crimen en el que se encontraba momentáneamente. La casa de Gustaf Wetterstedt había estado vacía. No había sentido ni una vez la presencia del hombre al que estaba buscando. Eso le convenció finalmente de que el hombre que mató a Wetterstedt nunca había estado dentro de la casa. Nunca estuvo más cerca que en el tejado del garaje en el que había matado el rato leyendo una revista de *Fantomas* que luego rompería en pedazos. Pero aquí, en la casa de Liljegren, era diferente. Wallander volvió a la escalera mirando hacia el cuarto de baño. Si la puerta del baño hubiese estado abierta, desde allí habría visto al hombre al que pronto iba a matar. ¿Y para qué la habría cerrado si Liljegren estaba solo en la casa? Continuó hasta la puerta del cuarto de baño y se situó junto a la pared. Luego entró en el baño, por un momento haciendo el papel de Liljegren en la obra solitaria en la que actuaba. Salió por la puerta, se imaginó el hachazo que venía sin duda alguna y con enorme fuerza desde atrás. Se vio a sí mismo caer contra la alfombra del pasillo. Luego se puso en el otro papel, en el del hombre que llevaba el hacha en la mano derecha. No en la izquierda, ya lo habían podido comprobar con la muerte de Wetterstedt. El hombre era diestro. Wallander bajó poco a poco la escalera arrastrando tras de sí el invisible cadáver. Entró en la cocina, hasta el horno. Continuó hasta el sótano y se detuvo ante el tragaluz, demasiado estrecho para poder salir por allí. No era un hombre grueso el que podía usarlo como entrada a la casa de Liljegren. El hombre al que buscaban tenía que ser delgado. Volvió a la cocina y prosiguió hasta el jardín. Junto al tragaluz, en la parte posterior de la casa, los especialistas estaban buscando las posibles huellas. Wallander podía decir de antemano que no encontrarían nada. El hombre había estado descalzo, como en las ocasiones anteriores. Miró hacia el seto, la distancia más corta entre el tragaluz y la calle. Iba pensando por qué el asesino andaba descalzo. Le había preguntado eso a Ekholm varias veces sin obtener una respuesta convincente. Ir descalzo implicaba exponerse a heridas. Resbalar, pincharse, cortarse. Y de todas formas lo hacía. ¿Por qué caminaba descalzo? ¿Por qué eligió quitarse el calzado? Era otro de los puntos aberrantes a los que había que prestar atención. Arrancaba cabelleras, usaba hachas e iba descalzo. Wallander se quedó inmóvil. La idea se le ocurrió de repente. Su subconsciente había llegado a una conclusión y le envió el mensaje. Ahora lo había recibido.

«Un indio», pensó. «Un guerrero de un pueblo primitivo.»

Sabía que estaba en lo cierto. El hombre al que estaban buscando era un guerrero solitario que se movía por un sendero invisible que él había elegido. Imitaba. Mataba con hacha, cortaba cabelleras, se movía descalzo. ¿Por qué andaría un indio en pleno verano sueco matando a gente? ¿Quién era el que cometía los asesinatos en realidad? ¿El indio o el que interpretaba su papel?

Wallander se concentró en ese pensamiento para no perderlo antes de llegar al final. «Se mueve en distancias grandes», pensó. «Debe de tener un caballo. Una moto que había estado detrás de la caseta de los trabajadores de Obras Públicas. En un coche, se va; pero en una moto, se monta.»

Volvió a la casa. Por primera vez en el transcurso de la investigación pensó que podía divisar la imagen del hombre que buscaban. La tensión ante el descubrimiento fue inmediata. Su atención se intensificaba. Sin embargo, aún quería guardarse la idea para sí mismo.

Se abrió una ventana en el piso superior. Sjösten se asomó.

—¡Sube! —gritó.

Wallander entró en la casa preguntándose qué habrían encontrado. En una habitación, que debió de ser el despacho de Liljegren, Sjösten y Ann-Britt Höglund se hallaban delante de una estantería de libros. Sjösten llevaba una bolsita de plástico en la mano.

—Supongo que es cocaína —dijo—. Aunque también podría ser heroína.

—¿Dónde estaba? —preguntó Wallander.

Sjösten señaló un cajón abierto.

—Naturalmente puede haber más —dijo Wallander.

—Me ocuparé de que nos envíen un perro de narcóticos —dijo Sjösten.

—Creo que también deberías enviar a algunos para que hablen con los vecinos —sugirió Wallander—. Pregúntales si han visto un hombre en una moto. No solamente ayer o anoche. También durante las últimas semanas.

—¿Vino en moto?

—Creo que sí. Encajaría con la forma de transporte de antes. Lo verás en el material de investigación.

Sjösten salió de la habitación.

—No hay nada sobre una moto en el material de investigación —dijo Ann-Britt Höglund sorprendida.

—Debería haberlo —dijo Wallander distraído—. Me parece que habíamos determinado que era una moto la que había estado en la carretera poco más allá de la casa de Carlman, ¿verdad? ¿No fue así?

En ese momento vio que Ekholm y Hansson subían por el camino de grava bordeado de rosales. Llegaban acompañados por otro hombre que Wallander suponía debía ser el jefe de la policía de Helsingborg. El intendente Birgersson les salió al encuentro a medio camino.

—Supongo que será mejor que bajemos —dijo—. ¿Habéis encontrado algo más?

—La casa se parece a la de Wetterstedt —comento Ann-Britt—. La misma tétrica atmósfera burguesa. Pero aquí al menos hay algunas fotografías familiares. Lo que no sé es si te alegran la vida. Liljegren parece haber tenido solamente soldados de caballería en su familia. El regimiento de dragones de Escania, a juzgar por las fotografías.

—No las he mirado —se disculpó Wallander—. Pero te creo. Sus negocios fantasmas indudablemente tenían muchas semejanzas con las guerras primitivas.

—Hay una foto de una pareja de ancianos, delante de una casa de campo —dijo—. Si he entendido bien lo que pone detrás, son sus abuelos maternos en Öland.

Descendieron hasta la planta baja. La mitad de la escalera estaba acordonada para proteger las huellas de sangre.

—Hombres mayores solitarios —dijo Wallander—. Sus casas son similares, ya que ellos tal vez se parecían. ¿Cuántos años tenía Åke Liljegren? ¿Había cumplido los setenta?

La pregunta se quedó sin respuesta, porque Ann-Britt Höglund no lo sabía.

Improvisaron una sala de reuniones en el comedor de Liljegren. Le habían asignado un policía a Ekholm, cuya presencia resultaba innecesaria, que le podía aportar toda la información que necesitaba. Cuando todos se hubieron presentado y sentado, Hansson sorprendió a Wallander con un punto de vista muy firme de cómo se debería proceder. Durante el viaje desde Ystad tuvo tiempo para hablar por teléfono tanto con Per Åkeson como con el departamento de Investigación Criminal de Estocolmo.

—Sería una equivocación afirmar que la situación haya cambiado mucho por lo sucedido en esta casa —comenzó—. La situación ha sido bastante dramática desde que supimos que tratamos con un asesino en serie. Ahora podemos decir que hemos traspasado todos los límites. No hay nada que indique que esta serie de asesinatos se vaya a interrumpir, por más que lo deseemos. En el departamento están dispuestos a prestarnos toda la ayuda que necesitemos y solicitemos. Tampoco tendría que haber problemas con las formalidades ocasionadas por el hecho de tener que establecer un equipo de investigación, que actuará en distintos distritos policiales y contará con personal de Estocolmo. Supongo que no hay nadie que se oponga a que Kurt sea el jefe del nuevo equipo de investigación.

Nadie tenía nada que objetar. Sjösten asintió aprobando desde su lado de la mesa.

—Kurt tiene cierta fama —dijo Hansson sin el menor indicio de que sus palabras pudiesen tener un doble sentido—. El director general de la policía considera incuestionable que Kurt continúe dirigiendo la investigación.

—Estoy de acuerdo —dijo el jefe de policía de Helsingborg. Fue su única aportación durante toda la reunión.

—Hay pautas definidas sobre cómo poner en marcha este tipo de colaboración en el tiempo más breve posible —continuó Hansson—. Los fiscales tienen sus propios procedimientos. Lo más importante ahora mismo es intentar precisar qué tipo de ayuda nos hace falta realmente por parte de Estocolmo.

Wallander escuchó a Hansson con una mezcla de orgullo y angustia. Pero, al mismo tiempo, conociéndose, sabía que no había nadie mejor preparado que él para dirigir la investigación.

—¿Ha ocurrido algo parecido a esta serie de asesinatos alguna vez antes en nuestro país? —preguntó Sjösten.

—No, según Ekholm —contestó Wallander.

—Naturalmente, sería útil tener policías que tuvieran experiencia en este tipo de crímenes —continuó Sjösten.

—En ese caso tendremos que ir a buscarlos al continente o a Estados Unidos —dijo Wallander—. Y no me convence mucho. Al menos por ahora. Lo que sí necesitamos son investigadores de homicidios con experiencia que puedan aumentar nuestra capacidad.

Tardaron menos de veinte minutos en tomar las decisiones necesarias. Después Wallander abandonó rápidamente la habitación y buscó a Ekholm. Le encontró en el piso superior, delante del cuarto de baño. Wallander se lo llevó a un cuarto de huéspedes que daba la impresión de no haber sido utilizado en mucho tiempo. Wallander abrió la ventana para renovar el aire viciado. Luego se sentó en el borde de la cama y le expuso a Ekholm lo que había estado pensando.

—Claro que puedes estar en lo cierto —dijo Ekholm después—. Una persona con trastornos mentales que adopta el papel de un guerrero solitario. La historia criminal tiene muchos ejemplos de eso. Sin embargo, en Suecia no. Se trata de personas que se convierten en otras antes de salir a llevar a cabo su venganza, que suele ser el motivo más común. El disfraz les absuelve de la culpa. El actor no tiene remordimientos de conciencia por las acciones que realiza el personaje del papel que representa. Luego no podemos olvidar que hay una categoría de psicópatas que matan sin otro motivo que el puro placer.

—No creo que sea ése nuestro caso —dijo Wallander.

—La dificultad radica en que el papel en el que el asesino se ha introducido, digamos el del guerrero indio, no necesariamente tiene que decirnos nada sobre los motivos de los asesinatos. No hace falta ni siquiera una coincidencia exterior. Pongamos que tienes razón, un guerrero descalzo que ha elegido su disfraz por razones desconocidas para nosotros igual podría haber elegido convertirse en un samurai japonés o en un *tonton macoute* haitiano. Sólo hay una persona que conozca las razones de la elección: él mismo.

Wallander recordó una de las primeras conversaciones que tuvo con Ekholm.

—Eso podría significar que las cabelleras son sólo una pista falsa —dijo—. Que únicamente las corta como un rito de la representación del papel que se ha asignado. Que no colecciona trofeos para alcanzar un objetivo que sea la base de todos los asesinatos que ha cometido.

—Cabe la posibilidad.

—Lo que nos lleva de nuevo al punto de partida.

—Las combinaciones tienen que probarse una y otra vez —dijo Ekholm—. Nunca se vuelve a la casilla de salida una vez que se ha abandonado. Tenemos que movernos de la misma manera que el asesino. Él no está quieto. Lo que ha ocurrido aquí esta noche confirma lo que digo.

—¿Tienes alguna idea propia?

—El horno es interesante.

Wallander reaccionó por la elección de palabras de Ekholm. Pero no dijo nada.

—¿En qué sentido?

—La diferencia entre el ácido y el horno es notable. En un caso usa un medio químico para hacer sufrir a una persona que todavía vive. Es parte de la matanza en sí. En el otro caso sirve casi como un saludo para nosotros.

Wallander contempló con atención a Ekholm. Intentó interpretar las palabras que acababa de oír.

—¿Un saludo a la policía?

—En el fondo no me sorprende. El asesino no permanece impasible ante sus propias actuaciones. Su imagen se magnifica. A menudo llega a un punto en el que necesita empezar a buscar un contacto fuera de sí mismo. Está rebosante de autoadmiración. Tiene que buscar la confirmación de su grandeza fuera de sí mismo. Las víctimas no pueden resucitar para aplaudirle. No es raro que entonces se dirija a la policía. Los que le persiguen. Los que quieren impedir que continúe. Eso puede manifestarse de distintas maneras. Llamadas de teléfono o cartas anónimas. O, por qué no, una persona muerta colocada en una posición grotesca.

—¿Nos está desafiando?

—No creo que piense de ese modo. Ante sí mismo se considera invulnerable. Si ha elegido el papel de un guerrero descalzo, la invulnerabilidad puede ser una de las razones. No es raro encontrar ejemplos de tribus guerreras que se untan con bálsamos para hacerse invulnerables ante las espadas o las flechas. En nuestra época la policía puede representar precisamente esa espada.

Wallander guardó silencio un rato.

—¿Cuál será el próximo paso? —preguntó—. Nos desafía introduciendo la cabeza de Liljegren en el horno. ¿Y la próxima vez?, ¿qué puede ocurrir?

—Hay muchas posibilidades imaginables. Una que no es totalmente desconocida para el entorno es que los asesinos psicópatas busquen contacto con policías concretos.

—¿Por qué?

Ekholm no logró ocultar que dudaba antes de contestar.

—Alguna vez ha ocurrido que han matado a policías.

—¿Quieres decir que este loco nos tiene en el punto de mira?

—No es improbable. Sin que lo sepamos, puede divertirse apareciendo muy cerca de nosotros, para luego desaparecer. A lo mejor, un día no se contenta con esto.

Wallander pensó en la sensación que experimentó ante la zona acordonada en la finca de Carlman. Le pareció reconocer una cara entre los espectadores que observaban con curiosidad el trabajo de la policía. La cara de alguien que también había estado en la playa detrás del cordón policial y los letreros cuando dieron la vuelta al bote y sacaron al ex ministro de Justicia muerto.

Ekholm le miró con seriedad.

—Ante todo creo que tú debes ser consciente de esto —añadió—. Al margen de esta conversación, mi intención era hablar contigo de todos modos.

—¿Por qué precisamente yo?

—Tú eres el más destacado. Hay mucha gente involucrada en la investigación del hombre que ha cometido estos cuatro asesinatos. Pero el único nombre y la única cara que aparecen regularmente son los tuyos.

Wallander hizo una mueca.

—¿Realmente debo tomar en serio lo que me estás diciendo?

—Eso lo decides tú mismo.

Cuando la conversación finalizó y Ekholm abandonó la habitación, Wallander permaneció sentado. Intentó analizar para sí mismo cómo había reaccionado ante las palabras de Ekholm.

«Era como si un viento helado hubiese atravesado la habitación», pensó.

Eso y nada más.

Un poco después de las tres de la tarde Wallander regresó a Ystad junto con todos los demás. Habían decidido que el trabajo de investigación continuaría siendo dirigido desde Ystad. Wallander guardó silencio durante todo el viaje y sólo contestaba lacónicamente cuando Hansson le hacía alguna pregunta. Al llegar tuvieron una breve reunión de información con Svedberg, Martinsson y Per Åkeson. Svedberg pudo comunicar que ya se podía hablar con la hija de Carlman, que se había recuperado lo suficiente después del intento de suicidio. Decidieron que Wallander y Ann-Britt Höglund irían al hospital a la mañana siguiente. A las seis, Wallander llamó a su padre. Contestó Gertrud. El padre se comportaba igual que siempre. Ya parecía haber olvidado lo ocurrido unos días antes.

Wallander también llamó a casa. Nadie contestó. Linda no estaba. Al salir de la comisaría le preguntó a Ebba si sabía algo de sus llaves. Nada. Condujo hasta el puerto y dio un paseo a lo largo del muelle. Después se sentó en un café a tomar una cerveza. De repente notó que estaba observando a la gente que iba y venía. Con sensación de desánimo, se levantó y se dirigió al muelle hasta el banco que estaba al lado de la caseta roja de salvamento marítimo.

La tarde de verano era cálida y apacible. En un barco alguien estaba tocando el acordeón. Al otro lado del muelle divisó uno de los transbordadores para Polonia que se abría camino hacia la terminal. Sin ser realmente consciente de ello, de repente empezó a ver cierta coherencia. Estuvo sentado sin moverse, dejando que los pensamientos se formasen por sí solos. Empezó a intuir los contornos del peor drama que jamás se habría podido imaginar. Aún quedaban muchas lagunas. Pero le parecía entrever por dónde concentrar las pesquisas.

Pensó que el fallo no estaba en el procedimiento que hasta ahora habían seguido.

El fallo eran las ideas y las conclusiones a las que habían llegado.

Se fue a casa e hizo un resumen escrito sentado a la mesa de la cocina.

Poco antes de la medianoche llegó Linda. Había visto lo ocurrido en un periódico.

—¿Quién hace todo esto? —preguntó—. ¿Qué tipo de persona puede ser alguien que actúa así?

Wallander reflexionó antes de contestar.

—Alguien como tú y como yo —dijo después—. Más o menos como tú y como yo.

31

Wallander se despertó sobresaltado.

Abrió los ojos y se quedó completamente quieto. La luz de la noche estival todavía era gris. Alguien se movía en el apartamento. Echó una rápida mirada al despertador que estaba en la mesilla de noche. Señalaba las dos y cuarto. El temor fue instantáneo. Sabía que no era Linda. Desde que se dormía por la noche no se movía de la cama hasta la mañana. Contuvo la respiración y escuchó. El ruido era muy leve.

La persona que se movía iba descalza.

Wallander se levantó con sigilo de la cama. Miró a su alrededor en busca de algo con lo que defenderse. Tenía su arma reglamentaria cerrada bajo llave en el escritorio de la comisaría. Lo único que había en el dormitorio era el brazo de madera de un sillón roto. Lo agarró con cuidado y escuchó otra vez. Los pasos parecían llegar desde la cocina. No se puso el batín, porque le impediría moverse. Salió del dormitorio y miró hacia el salón. Pasó por delante de la habitación de Linda. La puerta estaba cerrada. Dormía. Ahora estaba aterrorizado. Los ruidos provenían de la cocina. Se quedó en la puerta del salón escuchando. Pensó que Ekholm había tenido razón. Se preparó para encontrarse con una persona muy fuerte. El brazo de madera de la silla que llevaba en la mano no le sería de gran ayuda. Recordó que tenía una réplica de un puño americano antiguo en uno de los cajones de la librería. Una vez había sido el estúpido premio de una lotería de la policía. Decidió que sus puños serían mejor protección que el brazo de madera. Todavía se oían los ruidos de la cocina. Se movió con cuidado por el suelo de parquet y abrió el cajón. El puño americano estaba debajo de la copia de su última declaración de la renta. Se lo colocó sobre los nudillos de la mano derecha. En ese momento se dio cuenta de que los ruidos de la cocina habían cesado. Se giró con rapidez, con el brazo derecho preparado para golpear.

Linda estaba en la puerta mirándolo con una mezcla de asombro y miedo. Él la miró fijamente.

—¿Qué estás haciendo? —preguntó—. ¿Qué es lo que llevas en la mano?

—Creí que era un ladrón que había entrado —dijo, quitándose el puño americano.

Su hija se percató de que él estaba muy alterado.

—Sólo soy yo, no podía dormir.

—La puerta de tu habitación no estaba abierta.

—La habré cerrado. He ido a beber agua. Tenía miedo de que se cerrara de golpe con la corriente de aire.

—¡Tú nunca te despiertas por las noches!

—Esos tiempos ya pasaron. A veces duermo mal. Cuando me rondan muchas cosas por la cabeza.

Wallander pensó que quizá debería sentirse estúpido. Pero el alivio predominaba. Detrás de su reacción había un hecho confirmado. Había tomado las palabras de Ekholm mucho más en serio de lo que él mismo había advertido. Se sentó en el sofá. Su hija se quedó de pie mirándolo.

—Muchas veces me he preguntado cómo puedes dormir tan bien como lo haces —le comentó—. Cuando pienso en todo lo que tienes que ver. En todo en lo que tienes que participar.

—Te acostumbras —contestó Wallander sabiendo que no era verdad en absoluto.

Se sentó a su lado en el sofá.

—Estuve hojeando uno de los periódicos de la tarde mientras Kajsa compraba cigarrillos —continuó—. Había páginas enteras sobre lo ocurrido en Helsingborg. No entiendo cómo lo soportas.

—Los periódicos exageran.

—¿Se puede exagerar cuando a alguien le han metido la cabeza dentro de un horno?

Wallander intentaba evitar sus preguntas. No sabía si era por él o por ella.

—Eso es un asunto para el médico forense —contestó—. Yo examino el lugar del crimen e intento comprender qué ha sucedido.

Ella movía resignada la cabeza.

—Nunca has sabido mentirme. A mamá quizá, pero nunca a mí.

—¿Alguna vez he mentido a Mona?

—Nunca le dijiste cuánto la querías. Lo que se deja de decir también puede ser una mentira.

La miró sorprendido. Su lenguaje era inesperado.

—Cuando era pequeña solía leer a escondidas todos los papeles que te traías a casa por las noches. A veces invitaba a amigos cuando estabas trabajando en algo que encontrábamos emocionante. Nos sentábamos en mi habitación a leer las transcripciones de los interrogatorios. Aprendí muchas palabras de ese modo.

—No tenía ni idea.

—Tampoco era nuestra intención. Di quién pensabas que estaba aquí en el apartamento.

Linda cambiaba rápidamente de tema de conversación.

Él decidió también contar al menos parte de la verdad. Le explicó que a veces ocurría, aunque en raras ocasiones, que los policías de su rango que, además, salían mucho en la tele y cuyas fotos aparecían en los periódicos podían ser observados por los criminales y se convertían en una obsesión para ellos. Normalmente no había que preocuparse. Pero

405

no se podía predecir del todo lo que se consideraba normal. Era sensato conocer el fenómeno, ser consciente de lo que les deslumbraba u obsesionaba. Pero de ahí a preocuparse, había un gran paso.

No le creyó ni por un momento.

—La persona que vi allí con el puño americano en la mano no era un hombre consciente de la situación —dijo después—. Lo que vi fue a mi padre, que es policía. Y tenía miedo.

—Tal vez haya tenido una pesadilla —dijo titubeando—. Dime ahora por qué tú no puedes dormir.

—Estoy pensando en qué voy a hacer con mi vida —respondió.

—Lo que tú y Kajsa me enseñasteis era bueno.

—Pero no tan bueno como nos gustaría.

—Tienes tiempo para probar cosas.

—En realidad quizás haya otra cosa que me gustaría hacer.

—¿Qué?

—Es eso lo que me pregunto cuando me despierto por las noches y pienso que todavía no lo sé.

—Siempre puedes despertarme —dijo—. Como policía al menos he aprendido a escuchar. Pero me temo que recibirás mejores respuestas de otros.

Ella apoyó la cabeza en su hombro.

—Lo sé —dijo—. Sabes escuchar bien. Mucho mejor que mamá. Pero tendré que encontrar las respuestas yo misma.

Estuvieron sentados un largo rato en el sofá. A las cuatro, cuando ya era completamente de día, se fueron a dormir otra vez. Wallander pensó que le alegraban mucho las cosas que había dicho. Que él escuchaba mejor que Mona.

En una vida futura no le habría molestado nada hacerlo todo mejor que ella. No ahora, cuando tenía a Baiba.

Wallander se levantó un poco antes de las siete. Linda dormía. Solamente se tomó una taza de café muy deprisa antes de marcharse. El tiempo continuaba siendo bueno. Pero había empezado a soplar viento. Al llegar a la comisaría fue recibido por un Martinsson alterado que decía que había un caos con el tema de las vacaciones, por todos aquellos que habían tenido que posponer las suyas de manera indefinida a raíz de la complicada investigación que se les había venido encima.

—Al final resultará que no tendré vacaciones hasta septiembre —dijo enfadado—. ¿Quién coño quiere vacaciones entonces?

—Yo —dijo Wallander—. Entonces viajaré a Italia con mi padre.

Cuando Wallander entró en el despacho, se dio cuenta de repente de que era miércoles 6 de julio. El sábado por la mañana, dentro de poco más de tres días, estaría en el aeropuerto de Kastrup esperando a Baiba. Fue en ese momento cuando comprendió de verdad que tendrían que cancelar su viaje de vacaciones, o al menos posponerlo, por tiempo indefinido. Había eludido pensar en ello durante las últimas ajetreadas semanas. Esa mañana comprendió que ya no podía evitarlo. Tendría que cancelar los billetes y las reservas de hotel. Le angustiaba pensar en cómo reaccionaría Baiba. Permaneció sentado en la silla y notó que le dolía el estómago. «Tiene que haber una alternativa», pensó. «Baiba puede venir aquí. Además quizá logremos detener a ese condenado que va matando a gente y cortándoles la cabellera.»

Temía la decepción que sentiría ella. Aunque Baiba también había estado casada con un policía, Wallander creía que ella se imaginaba que todo era distinto en un país como Suecia. Sin embargo, ya no podía esperar a decirle que no podrían realizar el viaje a Skagen según los planes previstos. Debería levantar el auricular y llamar a Riga en ese mismo instante. Pero pospuso la desagradable llamada. Todavía no estaba preparado. Se acercó una libreta y anotó las cancelaciones y cambios de reservas que tendría que hacer.

Después se convirtió de nuevo en policía.

Reflexionó sobre lo que había pensado la noche anterior mientras estaba sentado en el banco junto a la caseta de salvamento marítimo. Antes de salir de casa arrancó las páginas con el resumen que había hecho en su libreta. Las colocó en la mesa delante de él y leyó lo que había escrito. Todavía le parecía sólido. Levantó el auricular y pidió a Ebba que buscara a Waldemar Sjösten en Helsingborg. Unos minutos más tarde ella le llamó.

—Parece que dedica las mañanas a lijar y arreglar un barco —dijo—. Pero estaba a punto de llegar. Seguramente te llamará dentro de unos diez minutos.

Había transcurrido casi un cuarto de hora cuando Sjösten le llamó. Wallander escuchó brevemente lo que tenía que decir sobre la investigación en marcha. Contaban con un par de testigos, un matrimonio mayor que afirmaba haber visto una moto en la calle de Aschebergsgatan la misma noche en que asesinaron a Liljegren.

—Estúdialo a fondo —dijo Wallander—. Puede ser muy importante.

—He pensado ocuparme yo mismo.

Wallander se inclinó sobre la mesa, como si se resistiera a continuar hablando.

—Quisiera pedirte una cosa —dijo—. Algo que debe tener la máxima prioridad. Quiero que encuentres a una de las mujeres que asistían a las fiestas que se celebraban en el chalet de Liljegren.

—¿Por qué?

—Creo que es importante. Tenemos que averiguar quiénes participaban en aquellas fiestas. Necesito sentirme como un invitado que participa *a posteriori*. Lo entenderás cuando repases el material de investigación.

Wallander sabía muy bien que su pregunta no hallaría respuesta en el material que tenían sobre los otros tres asesinatos. Por el momento no quería profundizar demasiado en ello. Necesitaba cazar en solitario un tiempo más.

—O sea que quieres que te traiga una puta —dijo Sjösten.

—Sí, si es que eran chicas así las que participaban en las fiestas.

—Eso dicen los rumores.

—Quiero que me llames cuanto antes. Luego iré a Helsingborg.

—Si encuentro a una, ¿la detengo?

—¿Detenerla por qué?

—No lo sé.

—Se trata de una conversación. Nada más. Al revés, le tienes que dejar claro que no tiene por qué preocuparse. No me servirá de nada una persona atemorizada que solamente diga lo que cree que yo quiero oír.

—Lo intentaré —agregó Sjösten—. Una misión interesante para un hermoso día de julio.

Terminaron la conversación. Wallander volvió a sus anotaciones de la noche anterior. Un poco después de las ocho, le llamó Ann-Britt Höglund para saber si estaba preparado. Se levantó, tomó la chaqueta y se encontró con ella en la recepción. A sugerencia de Wallander, fueron paseando hasta el hospital para tener tiempo de preparar la conversación con la hija de Carlman. Wallander se dio cuenta de que ni siquiera conocía el nombre de la que le había abofeteado la cara.

—Erika —respondió Ann-Britt—. Un nombre que no le queda bien.

—¿Por qué? —preguntó Wallander sorprendido.

—Yo al menos pienso en una persona robusta cuando oigo el nombre de Erika —dijo—. La encargada de la cocina de un hotel, una camionera.

—¿A mí me queda bien el nombre de Kurt? —preguntó.

Ella asintió alegremente con la cabeza.

—Ya sé que es una tontería emparejar la personalidad con el nombre —dijo—. Me divierte, como un juego intrascendente. Pero por otro lado no te puedes imaginar a un gato que se llame *Bobby*. O a un perro llamado *Missy*.

—Seguro que los hay —dijo Wallander—. Bueno, ¿qué sabemos de Erika Carlman?

Mientras caminaban hacia el hospital, el viento les golpeaba la espalda y los rayos del sol les llegaban de lado. Ann-Britt Höglund le contaba que Erika Carlman tenía veintisiete años. Que durante un breve periodo de tiempo había sido azafata de una pequeña compañía aérea inglesa especializada en viajes chárter domésticos. Que se había dedicado a muchas cosas diferentes aunque no por mucho tiempo y sin demostrar gran interés. Había viajado por todo el mundo, siempre con el apoyo económico de su padre. El matrimonio con un futbolista peruano se había disuelto después de un breve periodo.

—Parece la típica chica de clase alta —dijo Wallander—. Que lo ha recibido casi todo gratis desde el principio.

—Según la madre, mostró tendencias histéricas desde la adolescencia. Usó precisamente esa palabra, histérica. Probablemente sería más correcto hablar de predisposición a la neurosis.

—¿Había intentado suicidarse en otras ocasiones?

—Nunca. Al menos nadie lo sabía. No me pareció que la madre me mintiese.

Wallander reflexionó.

—Seguramente iba en serio —dijo él—. Realmente quería morir.

—También es la impresión que me da a mí.

Siguieron andando. Wallander comprendió que ya no le podía ocultar a Ann-Britt Höglund que Erika le había abofeteado. La posibilidad de que mencionara el incidente era grande. Entonces no habría ninguna explicación de por qué no lo había contado, aparte de su posible orgullo masculino.

Justo en la entrada del hospital Wallander se detuvo y se lo contó. Vio que lo que decía le sorprendió.

—No creo que fuese otra cosa que una manifestación de las tendencias histéricas a las que se refirió la madre —finalizó él.

Continuaron caminando, hasta que ella volvió a detenerse.

—Tal vez ocasione problemas —dijo Ann-Britt—. Probablemente estará en bastante mal estado. Con toda seguridad comprende que ha estado en la antesala de la muerte durante varios días. Ni siquiera sabemos si le da pena o rabia no haber podido acabar con su vida. Si tú entras en la habitación, su frágil ego podría sufrir un colapso o volverla agresiva, asustadiza, insensible.

Wallander comprendió al instante que tenía razón.

—O sea, que será mejor que hables con ella a solas. Esperaré en la cafetería.

—Entonces tendremos que repasar antes lo que realmente queremos sonsacarle.

Wallander señaló un banco al lado de la parada de taxis del hospital. Se sentaron.

—En una investigación como ésta, siempre esperas que las respuestas sean más interesantes que las preguntas —empezó—. ¿De qué manera está relacionado su casi logrado suicidio con la muerte de su padre? Ése tiene que ser tu punto de partida. No te puedo ayudar a llegar allí. El mapa lo tendrás que dibujar tú misma. Sus respuestas generarán las preguntas que necesites.

—Supongamos que diga sí —dijo Ann-Britt Höglund—. Estaba tan destrozada de pena que ya no quería vivir más.

—Entonces sabremos eso.

—Pero ¿qué sabremos en realidad?

—Es ahí donde tienes que preguntar lo que ahora no podemos prever. ¿Era una relación cariñosa normal entre padre e hija? ¿O era otra cosa?

—¿Y si dice que no?

—Tendrás que empezar por no creerla. Sin decírselo. Pero yo me niego a aceptar que ella tuviera otras razones para intentar organizar un doble entierro.

—En otras palabras, ¿un no suyo significaría que tengo que interesarme por las razones que pudiera tener para no decir la verdad?

—Más o menos. También existe una tercera posibilidad. Que intentase suicidarse porque sabía algo sobre la muerte de su padre que no era capaz de controlar de otro modo que llevándoselo a la tumba.

—¿Puede haber visto al asesino?

—Es posible.

—¿Y ella no quiere que le descubran?

—También es posible.

—¿Y por qué no lo quiere?

—Volvemos a estar ante dos posibilidades. Lo quiere proteger. O quiere proteger el recuerdo de su padre.

Ella suspiró resignada.

—No sé si sabré hacerlo.

—Claro que sabrás. Te espero en la cafetería. O aquí fuera. Tómate todo el tiempo que necesites.

Wallander la acompañó hasta la entrada. Pensó rápidamente en aquella vez, unas semanas antes, cuando estuvo en el mismo lugar y le dijeron que Salomonsson había muerto. Poco se había imaginado entonces lo que le esperaba. Ann-Britt preguntó el camino en el mostrador de información y desapareció por el pasillo. Wallander entró en la cafetería, pero se arrepintió y regresó al banco de los taxis. Con un pie siguió haciendo el montoncito de gravilla que había comenzado Ann-Britt Höglund. De nuevo repasó sus pensamientos de la noche anterior. Le interrumpió el sonido del teléfono que llevaba en el bolsillo de la chaqueta. Era Hansson y tenía una voz muy estresada.

—Esta tarde llegarán dos investigadores del departamento a Sturup. Ludvigsson y Hamrén. ¿Los conoces?

—Sólo de nombre. Dicen que son buenos. ¿Hamrén no fue aquel que resolvió la historia del hombre del láser?

—¿Podrías ir a buscarlos?

—No —contestó Wallander después de pensar un momento—. Probablemente volveré a Helsingborg.

—Birgersson no me ha dicho nada de eso. Acabo de hablar con él.

—Tendrán los mismos problemas de comunicación interna que nosotros —contestó Wallander con paciencia—. Pienso que sería una buena señal que tú fueras a buscarlos.

—¿Señal de qué?

—De respeto. Cuando estuve en Riga hace unos años me recibieron con una limusina. Rusa y vieja, pero una limusina al fin y al cabo. Es importante que la gente se sienta bienvenida y cuidada.

—Bien —aceptó Hansson—. Entonces hacemos eso. ¿Dónde estás ahora?

—En el hospital.

—¿Te encuentras mal?

—La hija de Carlman. ¿La has olvidado?

—Si he de ser sincero, sí.

—Podemos estar contentos mientras no nos olvidemos todos de las mismas cosas —dijo Wallander.

Después no supo decir si Hansson había entendido su intento de resultar irónico. Colocó el teléfono a su lado en el banco y contempló un gorrión que estaba haciendo equilibrios en el borde de un contenedor municipal de basura. Ya llevaba treinta minutos fuera esperando a Ann-Britt. Cerró los ojos y levantó la cara hacia el sol. Intentó decidir qué le diría a Baiba. Un hombre con una pierna enyesada se dejó caer en el banco con un ruido sordo. Siguió mirando al sol. Transcurridos cinco minutos llegó un taxi. El hombre con la pierna enyesada desapareció. Fue a dar una vuelta delante de la entrada del hospital. Luego se sentó otra vez. Ya había pasado una hora.

Ann-Britt Höglund salió del hospital después de una hora y cinco minutos y se sentó a su lado en el banco. Por la expresión de la cara Wallander no pudo adivinar cómo había ido la visita.

—Creo que se nos pasó por alto una razón de por qué una persona intenta suicidarse —dijo—. Hastío de la vida.

—¿Ésa fue su respuesta?

—No tuve ni que preguntárselo. Estaba sentada en una silla en una habitación blanca, vestida con una de las batas del hospital. Despeinada, pálida, ausente. Seguramente todavía bajo los profundos efectos de su crisis y los medicamentos. «¿Por qué se tiene que vivir?» Ésas fueron sus palabras de saludo. Si he de ser sincera, creo que intentará suicidarse de nuevo. Por aburrimiento.

Wallander comprendió su error. Había pasado por alto el motivo más común para quitarse la vida. Simplemente por no querer vivir más.

—Supongo que hablaste de su padre a pesar de todo.

—Le detestaba. Pero estoy bastante segura de que nunca abusó de ella.

—¿Lo dijo?

—Ciertas cosas no hace falta decirlas.

—¿El asesinato?

—Curiosamente le interesaba muy poco.

—¿Y parecía sincera?

—Creo que decía exactamente lo que sentía. Me preguntó por qué había venido. Le dije la verdad. Estamos buscando a un asesino. Dijo que seguramente habría mucha gente que deseaba quitar a su padre de en medio por su falta de respeto en los negocios y su manera de ser.

—¿No insinuó nada sobre si tenía otra mujer?

—Nada.

Wallander miró desanimado al gorrión que había vuelto al contenedor de basura.

—Bueno, ya sabemos eso —dijo—. Sabemos que no sabemos nada nuevo.

Regresaron a la comisaría. Eran las once menos cuarto. El viento, que ahora les soplaba de frente, había aumentado.

A medio camino, sonó el teléfono de Wallander. Se puso al abrigo del viento y contestó. Era Svedberg.

—Creemos haber encontrado el lugar donde mataron a Björn Fredman —dijo—. Un embarcadero un poco al oeste de la ciudad.

Wallander sintió desaparecer el desánimo después de la infructuosa visita al hospital.

—Bien —dijo.

—Una llamada —continuó Svedberg—. La persona que llamó habló de manchas de sangre. Puede haber sido alguien que hubiese limpiado pescado. Pero no lo creo. El que llamó es auxiliar de laboratorio. Trabaja con muestras de sangre desde hace treinta y cinco años. Además afirmó que había huellas de ruedas muy cerca. Donde normalmente no las hay. Un coche estuvo aparcado allí. ¿Por qué no un Ford de 1967?

—Dentro de cinco minutos empezaremos a averiguarlo —dijo Wallander.

Continuaron subiendo la cuesta, pero mucho más deprisa. Wallander comentó la llamada.

Ninguno de ellos pensaba ya en Erika Carlman.

*

Hoover descendió del tren en Ystad a las 11.03. Había decidido dejar la motocicleta en casa ese día. Cuando salió por la parte posterior de la estación y vio que el cordón policial alrededor del hoyo en el que había colocado a su padre ya no estaba, sintió una punzada de decepción y rabia. Los policías que le perseguían eran demasiado débiles. Nunca habrían pasado las pruebas más sencillas de acceso a la academia del FBI. Sintió que el corazón de Jerónimo empezaba a latir en su interior. Entendió el mensaje claro y preciso. Concluiría lo que había decidido hacer. Antes de que su hermana volviese a la vida le ofrecería sus dos últimos sacrificios. Dos cabelleras debajo de su ventana. Y el corazón de la chica. Como una ofrenda. Después entraría en el hospital a buscarla y se marcharían juntos. La vida sería totalmente distinta. Un día tal vez leerían juntos su diario. Recordarían los sucesos que la habían sacado de las tinieblas.

Fue caminando hasta el centro de la ciudad. Para no llamar la atención, se había puesto los zapatos. Notaba que a sus pies no les gustaba. Al llegar a la plaza, torció a la derecha y se fue a la casa donde vivía el policía con la chica que debía de ser su hija. Quería averiguar más acerca de ellos y por eso viajó a Ystad. El acto en sí lo había programado para la noche siguiente. O a más tardar la otra. No más. Su hermana ya no tendría que quedarse por más tiempo en el hospital. Se sentó en la escalera de una de las casas vecinas. Estaba practicando para olvidarse del tiempo. Sólo estar sentado, el vacío en la mente, hasta que volviera a emprender su misión. Todavía le quedaba mucho por aprender antes de dominar ese arte a la perfección. Pero no le cabía duda de que un día lo lograría.

Su espera terminó dos horas después. Entonces ella salió por la puerta. Se dirigía al centro de la ciudad y era evidente que tenía prisa.

La siguió sin perderla de vista.

32

Cuando llegaron al embarcadero, Wallander sintió de inmediato que estaban en el lugar correcto. Se había imaginado la zona exactamente así. La realidad, tal como era aquí al lado del mar, a unos diez kilómetros al oeste de Ystad, coincidía con sus ideas anteriores. Condujeron a lo largo de la carretera costera y se detuvieron cuando un hombre, vestido con pantalones cortos y una camiseta que hacía propaganda del club de golf de Malmberget, les hizo señas desde el arcén. Les guió por una carretera transversal casi invisible y enseguida vieron el embarcadero, oculto desde la carretera. Se detuvieron para no borrar las huellas de coche que ya existían. El auxiliar de laboratorio, un hombre llamado Erik Wiberg, de unos cincuenta años, les contó que durante los veranos vivía en una casita al norte de la carretera y que a menudo solía bajar a ese embarcadero para leer el periódico matutino. Precisamente aquella mañana, el 29 de junio, no había cambiado su costumbre. Fue entonces cuando descubrió las huellas del coche y las manchas oscuras en la madera. Pero no se detuvo a pensarlo más. Ese mismo día se había ido con su familia a Alemania y hasta que regresó y leyó en un periódico que la policía estaba buscando el lugar de un crimen, probablemente cerca del mar, no volvió a pensar en aquellas manchas oscuras. Puesto que trabajaba en un laboratorio en el que muchas veces analizaban sangre de ganado vacuno, le parecía poder constatar que lo que había en el embarcadero era como mínimo parecido a la sangre. Nyberg, que había llegado en un coche después que Wallander y los demás, se encontraba de rodillas junto a las huellas de neumáticos. Tenía dolor de muelas y estaba más irritado que nunca. De hecho sólo tenía fuerzas para hablar con Wallander.

—Es posible que sea el Ford de Fredman —dijo—. Pero tenemos que examinarlo a fondo.

Salieron juntos al embarcadero. Wallander comprendió que habían estado de suerte. Que el verano seco les había ayudado. Si hubiese llovido, tal vez no habrían podido asegurar ninguna huella. Buscó la confirmación en Martinsson, que tenía mejor memoria para cuestiones meteorológicas.

—¿Ha llovido después del 28 de junio? —preguntó.

La respuesta de Martinsson fue inmediata.

—Cayeron unas gotas la mañana de la verbena de San Juan —dijo—. Desde entonces no ha llovido nada.

—Entonces lo acordonaremos —ordenó Wallander señalando con la cabeza a Ann-Britt Höglund, que se fue a llamar a un equipo que pudiera acordonar la zona alrededor del embarcadero.

—Vigilad dónde ponéis los pies —dijo Wallander.

Se situó al principio del embarcadero y vio que las manchas de sangre se concentraban aproximadamente en el centro de los cuatro metros del embarcadero. Se volvió y miró hacia la carretera. Oía el ruido del tráfico, pero no veía los coches. Solamente la parte superior de un camión alto que pasaba con rapidez. Se le ocurrió una idea. Ann-Britt Höglund todavía estaba hablando por teléfono con Ystad.

—Diles que traigan un mapa —dijo— que abarque Ystad, Malmö y Helsingborg.

Luego se dirigió al final del embarcadero y miró el agua. El fondo era pedregoso. Erik Wiberg estaba en la playa, a unos metros de distancia.

—¿Dónde se encuentra la casa más cercana? —preguntó Wallander.

418

—A unos cien metros —contestó Wiberg—. Al otro lado de la carretera. Hacia el oeste.

Nyberg salió al embarcadero.

—¿Vamos a bucear? —preguntó.

—Sí —respondió Wallander—. Empezaremos con un radio de veinticinco metros alrededor del embarcadero.

Después señaló las argollas que estaban fijadas a la madera.

—Huellas dactilares —dijo—. Si Björn Fredman fue asesinado aquí, tienen que haberle atado. Nuestro asesino se mueve descalzo y no lleva guantes.

—¿Qué es lo que tienen que buscar los buceadores?

Wallander reflexionó.

—No lo sé —dijo—. A ver si sacan algo. Pero creo que encontrarás restos de algas en la pendiente que va desde donde se acaban las huellas del coche hasta el embarcadero.

—El coche no ha dado la vuelta —señaló Nyberg—. Ha ido marcha atrás hasta la carretera. No puede haber visto si venía algún coche. Entonces sólo hay dos posibilidades. A menos que no esté loco del todo.

Wallander alzó las cejas.

—Está loco —dijo.

—No de esa manera —dijo Nyberg.

Wallander entendió lo que quería decir. No podría haber dado marcha atrás hasta la carretera si no hubiese tenido un cómplice que le avisase de que el camino estaba libre de tráfico. O bien había ocurrido de noche, cuando las luces de los coches le avisarían cuándo era prudente salir de nuevo a la carretera principal.

—No tiene ningún cómplice —dijo Wallander—. Y sabemos que tiene que haber ocurrido de noche. La pregunta es sólo por qué llevó el cadáver de Fredman hasta el hoyo delante de la estación de Ystad.

—Está loco —dijo Nyberg—. Tú mismo lo has dicho.

Unos minutos más tarde llegó el coche con el mapa. Wallander le pidió un bolígrafo a Martinsson y se sentó en una piedra al lado del embarcadero. Dibujó unos círculos alrededor de Ystad, Bjäresjö y Helsingborg. Por último señaló el embarcadero que estaba cerca de la carretera transversal hacia Charlottenlund. Escribió números al lado de las marcas. Luego hizo acercarse a Ann-Britt Höglund, Martinsson y Svedberg, que había llegado el último y llevaba un sucio sombrero de ala ancha en vez de la gorra. Señaló el mapa que tenía encima de las rodillas.

—Aquí tenemos sus movimientos —dijo—. Y los lugares de los asesinatos. Como todo lo demás, siguen un patrón.

—Una carretera —dijo Svedberg—. Con Ystad y Helsingborg en los extremos. El asesino de las cabelleras de la llanura del sur de Suecia.

—Eso no es divertido —dijo Martinsson.

—No he intentado ser divertido —protestó Svedberg—. Sólo digo las cosas como son.

—En principio es así —señaló Wallander—. La zona está delimitada. Un asesinato dentro de Ystad. Un asesinato tal vez aquí, no estamos seguros aún, y llevan el cuerpo hasta Ystad. Un asesinato a las afueras de Ystad, en Bjäresjö, donde se encuentra el cuerpo. Y finalmente en Helsingborg.

—La mayoría se concentra en Ystad —dijo Ann-Britt Höglund—. ¿Eso significa que el hombre al que buscamos vive allí?

—A excepción de Björn Fredman, las víctimas han sido encontradas cerca de sus casas o directamente en ellas —dijo Wallander—. Éste es el mapa de las víctimas, no el del asesino.

—Entonces también deberíamos marcar Malmö —apuntó Svedberg—. Allí vivía Björn Fredman.

Wallander trazó también un círculo alrededor de Malmö. El viento agitaba el mapa.

—Ahora ha cambiado la imagen —dijo Ann-Britt Höglund—. Tenemos un ángulo y no una línea recta. Malmö está en el centro.

—Siempre es Björn Fredman quien se desmarca —prosiguió Wallander.

—Tal vez debamos trazar otro círculo —dijo Martinsson—. Alrededor del aeropuerto. Entonces ¿qué tenemos?

—Un movimiento —dijo Wallander—. Alrededor del asesinato de Fredman.

Sabía que ya estaban a punto de llegar a una conclusión decisiva.

—Corrígeme si me equivoco —continuó—. Björn Fredman vive en Malmö. Junto con el que le mata, cautivo o no, viaja hacia el este en el Ford. Llegan aquí. Aquí muere Björn Fredman. El viaje continúa hasta Ystad. El cuerpo es arrojado en un hoyo debajo de una lona, en Ystad. Después el coche sigue hacia el oeste. Es aparcado en el aeropuerto, aproximadamente a medio camino entre Malmö e Ystad. Allí cesan las pistas.

—Desde Sturup hay muchas posibilidades de transporte —dijo Svedberg—. Taxis, el autobús del aeropuerto, coches de alquiler, un vehículo dejado allí antes.

—Eso significa, en otras palabras, que el asesino seguramente no vive en Ystad —prosiguió Wallander—. Puede der Malmö. Pero también podría ser Lund. O Helsingborg. ¿O por qué no Copenhague?

—A no ser que nos lleve sobre una pista falsa —dijo Ann-Britt Höglund—. Y que de hecho viva en Ystad. Pero prefiere que no lo descubramos.

—Naturalmente puede ser así —dijo Wallander dubitativo—. Pero me cuesta creerlo.

—En otras palabras, debemos concentrarnos más que hasta ahora en Sturup —dijo Martinsson.

Wallander asintió con la cabeza.

421

—De hecho creo que el hombre al que buscamos utiliza una moto —dijo—. Lo hemos comentado antes. Tal vez hayan visto una moto delante de la casa de Helsingborg en la que murió Liljegren. Hay testigos que quizás hayan visto algo. Sjösten está trabajando sobre ello ahora. Puesto que dispondremos de refuerzos a partir de esta tarde, pienso que podremos realizar un examen minucioso de las posibilidades de transporte desde Sturup. Estamos buscando a un hombre que aparcó el Ford allí la noche del 28 al 29 de junio. De algún modo debe de haber abandonado Sturup. Si es que no trabaja allí.

—Es una pregunta que no podemos contestar —dijo Svedberg—. ¿Qué aspecto tiene ese monstruo?

—No sabemos nada de su cara —dijo Wallander—. Pero sí sabemos que es muy fuerte. Además, el tragaluz de Helsingborg nos indica que es delgado. La suma de estas dos cosas indica, en otras palabras, que se trata de una persona bien entrenada. Que además puede aparecer descalza.

—Mencionaste Copenhague hace un momento —dijo Martinsson—. ¿Eso significa que puede ser extranjero?

—Lo dudo —respondió Wallander—. Creo que estamos tratando con un asesino en serie auténticamente sueco.

—No tenemos mucho —dijo Svedberg—. ¿No se ha encontrado ni un pelo? ¿Es rubio o moreno?

—No lo sabemos —contestó Wallander—. Según Ekholm, es poco probable que intente llamar la atención. No podemos decir nada de la ropa que lleva cuando comete los crímenes.

—¿Tenemos algún indicio de la edad de esa persona? —preguntó Ann-Britt Höglund.

—No —respondió Wallander—. Sus víctimas, sin contar a Björn Fredman, han sido hombres mayores. La idea de que está bien entrenado, se mueve descalzo y tal vez viaje en moto no hace pensar en un hombre mayor.

—Más de dieciocho —dijo Svedberg—. Si es que lleva una moto.

—O dieciséis —objetó Martinsson—. Si se trata de una motocicleta.

—¿No podemos partir de Björn Fredman? —preguntó Ann-Britt Höglund—. Se desmarca de los otros hombres, que son considerablemente mayores. ¿Quizá podríamos pensar en una edad similar entre Björn Fredman y quien le mató? En ese caso hablaríamos de un hombre menor de cincuenta años. Y entre ésos hay unos cuantos bien entrenados.

Wallander contempló a sus colegas con una mirada pesimista. Todos tenían menos de cincuenta; el más joven era Martinsson, con treinta y pocos. Pero ninguno de ellos estaba especialmente bien entrenado.

—Ekholm está ahora mismo elaborando los bocetos del perfil psicológico de ese hombre —dijo Wallander levantándose—. Es importante que lo leamos cada día. Puede darnos ideas.

Norén se acercó a Wallander con un teléfono en la mano. Wallander se agachó al abrigo del viento. Era Sjösten.

—Creo que he encontrado a la persona que buscabas —dijo—. Una mujer que en tres ocasiones acudió a fiestas en el chalet de Liljegren.

—Bien —dijo Wallander—. ¿Cuándo la puedo ver?

—Cuando quieras.

Wallander miró el reloj. Eran las doce y veinte minutos.

—Estaré contigo como muy tarde a las tres —dijo—. Por lo demás creo que hemos localizado dónde murió Björn Fredman.

—Eso me han dicho —dijo Sjösten—. También he oído que Ludwigsson y Hamrén están de camino desde Estocolmo. Son buenos chicos, los dos.

—¿Qué tal los testigos que habían visto a un hombre en moto?

—No habían visto a un hombre —dijo Sjösten—. Pero sí una moto. Estamos intentando averiguar el tipo. Pero es difícil. Ambos testigos son ancianos. Además, son apasionados deportistas que detestan todo tipo de vehículos de motor. Al final quizá resulte que vieron una carretilla.

Se oyó un ruido en el teléfono. El viento interrumpió la conversación. Nyberg estaba junto al embarcadero frotándose la mejilla hinchada.

—¿Qué tal? —preguntó Wallander intentando animarlo.

—Estoy esperando a los buceadores —contestó Nyberg.

—¿Te duele mucho?

—Es la muela del juicio.

—Sácatela.

—Lo haré. Pero primero quiero que vengan los buceadores.

—¿Es sangre lo que hay en el embarcadero?

—Lo más seguro es que sí. Como máximo, esta noche sabrás además si una vez circuló por el cuerpo de Fredman.

Wallander dejó a Nyberg y les dijo a los demás que se iba a Helsingborg. Al dirigirse hacia el coche recordó una cosa que casi había olvidado. Regresó.

—Louise Fredman —le dijo a Svedberg—. ¿Ha averiguado algo más Per Åkeson?

Svedberg no lo sabía. Pero prometió hablar con Åkeson.

Wallander giró cerca de Charlottenlund y pensó que el que eligió el lugar en el que mataron a Fredman lo había hecho con esmero. La casa más próxima estaba lo bastante alejada como para que los gritos de Fredman no se oyeran. Condujo hasta la E 65 y giró hacia Malmö. El viento sacudía el coche. Pero el cielo todavía estaba totalmente despejado. Pensó en la conversación que habían mantenido alrededor del mapa. Muchas cosas indicaban, por tanto, que el asesino vivía en Malmö. Por lo menos no residía en Ystad. Pero ¿por qué se molestó en meter al cadáver de Björn Fredman en un hoyo delante de la estación de ferrocarril? ¿Podría ser, como decía Ekholm, que estuviera desafiando a la policía? Wallander giró hacia Sturup y pensó por un momento en acercarse al aeropuerto. Pero cambió de idea. ¿Qué podría hacer en realidad? La conversación que le esperaba en Helsingborg era más importante. Se dirigió hacia Lund pensando en cómo sería la mujer que Sjösten había localizado.

Se llamaba Elisabeth Carlén. Estaba sentada enfrente de Wallander en el despacho de la comisaría de Helsingborg que normalmente utilizaba el inspector del equipo de homicidios, Waldemar Sjösten. Eran ya las cuatro, y la mujer, que tenía algo más de treinta años, acababa de entrar en la habitación. Wallander le estrechó la mano y pensó que le recordaba a la pastora que había conocido la semana anterior en Smedstorp. Quizá porque vestía de negro e iba muy maquillada. La invitó a sentarse a la vez que pensaba que la descripción que había hecho Sjösten de sus atributos físicos era muy acertada. Sjösten dijo que era atractiva precisamente porque siempre miraba a su alrededor con una expresión fría y de rechazo. Para Wallander era como si hubiese decidido desafiar a todos los hombres que se le acercaran. Pensó que nunca antes había visto una mirada como la de ella. Expresaba desprecio e interés al mismo tiempo. Wallander repasó mentalmente la historia de la mujer mientras ella encendía un cigarrillo. Sjösten había sido ejemplarmente breve y preciso.

—Elisabeth Carlén es una puta —dijo—. La pregunta es si alguna vez ha sido otra cosa desde que tenía veinte años. Acabó la escuela elemental y luego trabajó como camarera en uno de los transbordadores del Estrecho. Se cansó e intentó abrir una tienda con una amiga. No funcionó. Había invertido dinero prestado, avalada por sus padres. Después de eso tuvo problemas con ellos y llevó una vida bastante errante. Copenhague un tiempo, luego Amsterdam. A los diecisiete la detuvieron por traficar con una partida de anfetaminas. Ella también las tomaba, pero parecía controlarlo. Fue la primera vez que me la encontré. Luego desapareció unos años, agujeros negros de los que no sé mucho. Pero de repente aparece en Malmö en un lío de burdeles tapado con gran profesionalidad.

En ese punto del informe de Sjösten, Wallander le interrumpió.

—¿Todavía hay burdeles? —preguntó atónito.

—O casas de putas —dijo Sjösten—. Llámalo como quieras. ¡Qué coño, claro que los hay! ¿No los tenéis en Ystad? Tranquilo, ya vendrán.

Wallander no preguntó más. Sjösten reanudó su comentario sobre Elisabeth Carlén.

—Naturalmente, nunca ha hecho la calle —continuó—. Se estableció en su casa. Creó un círculo de clientes exclusivos. Al parecer tenía algo atractivo que ponía su valor en el mercado por las nubes. Ni siquiera figuraba en los pequeños anuncios que se publican en ciertas revistas pornográficas. Pregúntale qué es lo que la hace tan especial. Sería interesante saberlo. Durante esos años aparece en los círculos que, de vez en cuando, rozan a Åke Liljegren. Se la ve frecuentar restaurantes con algunos de sus hombres de negocios. La policía de Estocolmo observa que está presente en ciertas ocasiones no del todo adecuadas del brazo de hombres vigilados. Ésa es brevemente Elisabeth Carlén. Resumiendo, una prostituta sueca bastante afortunada.

—¿Por qué la elegiste a ella?

—Es simpática. He hablado con ella muchas veces. No tiene miedo. Si yo le digo que no se sospecha de ella por nada,

426

me cree. Me imagino que también tendrá el instinto de conservación de una puta. En otras palabras, se da cuenta de las cosas. No le gustan los policías. Una buena manera de evitarlos es quedar bien con gente como tú y yo.

Wallander se quitó la chaqueta y apartó unos papeles de la mesa. Elisabeth Carlén estaba fumando. Seguía todos sus movimientos con la mirada. Wallander pensó en un pájaro atento.

—Bueno, ya sabes que no eres sospechosa de nada —empezó.

—A Åke Liljegren le asaron en su cocina —dijo—. He visto su horno. Es muy moderno. Pero no fui yo la que lo puso en marcha.

—Tampoco lo creemos —dijo Wallander—. Lo que busco es información. Estoy intentando crear una imagen. Tengo un marco vacío. Allí me gustaría colocar una fotografía. Tomada en una fiesta en casa de Liljegren. Quiero que me señales a sus invitados.

—No —contestó—. No lo quieres. Tú quieres que yo te diga quién lo mató. No puedo.

—¿Qué pensaste cuando te enteraste de que Liljegren estaba muerto?

—No pensé en nada. Me eché a reír.

—¿Por qué? La muerte de una persona pocas veces es para reírse.

—Probablemente no sepas que morir en su propio horno no estaba entre sus planes. Un mausoleo en el cementerio a las afueras de Madrid. Allí iba a ser enterrado. Skanska lo estaba construyendo según sus propios planos. Mármol de Italia. Y tuvo que morir en su propia cocina. Creo que él mismo se hubiese reído.

—Sus fiestas —dijo Wallander—. Volvamos a ellas. Se dice que eran violentas.

427

—Y lo eran.

—¿En qué sentido?

—En todos los sentidos.

—¿Puedes ser un poco más explícita?

Dio unas profundas caladas a su cigarrillo mientras reflexionaba. Fijaba su mirada todo el tiempo en los ojos de Wallander.

—A Åke Liljegren le gustaba reunir a gente con capacidad para vivir la vida —dijo—. Digamos que eran personas insaciables. Insaciables en cuanto a poder, riqueza y sexo. Además, Åke tenía la reputación de que se podía confiar en él. Creaba una zona de seguridad alrededor de sus invitados. Nada de cámaras ocultas, ni espías. Nunca había soplos sobre sus fiestas. También sabía a qué tipo de mujeres podía invitar.

—¿Mujeres como tú?

—Mujeres como yo.

—¿Y más?

Parecía no entender su pregunta.

—¿Qué otras mujeres había?

—Dependía de los deseos.

—¿Qué deseos?

—Los de los invitados. De los hombres.

—¿Qué podía ser?

—Había los que deseaban que estuviera yo.

—Eso lo he entendido. ¿Y otras?

—No te daré nombres.

—¿Quiénes eran?

—Jóvenes, más jóvenes, rubias, morenas, negras. A veces mayores, alguna que otra muy robusta. Variaba.

—¿Las conocías?

—No siempre. No muy a menudo.

—¿Cómo las conseguía?

Apagó su cigarrillo y encendió otro antes de contestar. Ni siquiera al apagar la colilla dejó de mirarle.

—¿Cómo consigue una persona como Åke Liljegren lo que quiere? Tenía un montón de dinero; tenía colaboradores y tenía contactos. Podía recoger a una chica en Florida para que participara en una fiesta. Probablemente ella no imaginaba nunca que había visitado Suecia. Aún menos Helsingborg.

—Dices que tenía colaboradores. ¿Quiénes eran?

—Sus chóferes. Su asistente. A menudo le acompañaba un mayordomo, por así decirlo, alquilado. Inglés, naturalmente. Pero variaban.

—¿Cómo se llamaban?

—No te daré nombres.

—Los encontraremos de todos modos.

—Seguramente. Pero eso significará que los nombres no han salido de mí.

—¿Qué pasaría si me dieras unos nombres?

Parecía completamente impasible al contestar.

—Entonces podría morir. Quizá no con la cabeza dentro de un horno. Pero probablemente de una manera igual de desagradable.

Wallander reflexionó antes de continuar. Comprendió que nunca le sonsacaría ningún nombre a Elisabeth Carlén.

—¿Cuántos de sus invitados eran personas públicas?

—Muchos.

—¿Políticos?

—Sí.

—¿El ex ministro de Justicia Gustaf Wetterstedt?

—Te dije que no te daría nombres.

De repente notó que le mandaba un mensaje. Las palabras tenían un doble sentido. Sabía quién era Gustaf Wetterstedt. Pero no había estado en las fiestas.

—¿Hombres de negocios?

—Sí.

—¿El comerciante de arte Arne Carlman?

—¿Se llamaba casi como yo?

—Sí.

—No te daré nombres. No te lo voy a repetir. Si no, me iré.

«Él tampoco», pensó Wallander. Sus señales eran muy claras.

—¿Artistas? ¿Lo que se suelen llamar famosos?

—Alguna vez. Pero pocas. Creo que Åke no se fiaba de ellos. Probablemente tenía razón.

—Hablabas de chicas jóvenes. Chicas morenas. ¿No quieres decir de pelo moreno, sino de tez morena?

—Sí.

—¿Puedes recordar si alguna vez conociste a una chica llamada Dolores María?

—No.

—Una chica de la República Dominicana.

—No sé ni dónde está.

—¿Te acuerdas de una chica llamada Louise Fredman? Diecisiete años. Quizá menos. Rubia.

—No.

Wallander condujo la conversación en otra dirección. Todavía no parecía haberse cansado.

—¿Las fiestas eran violentas?

—Sí.

—¡Cuenta!

—¿Quieres detalles?

—Con mucho gusto.

—¿Descripciones de cuerpos desnudos?

—No necesariamente.

—Eran orgías. El resto te lo puedes imaginar.

—¿Puedo? —dijo Wallander—. No estoy tan seguro de ello.

—Si yo me desnudara y me echara encima de tu escritorio sería una cosa bastante inesperada —dijo—. Más o menos eso.

—¿Acontecimientos inesperados?

—Eso es lo que pasa cuando se reúnen personas insaciables.

—¿Hombres insaciables?

—Eso es.

Wallander hizo mentalmente un breve resumen. Todavía no hacía más que rascar en la superficie.

—Tengo una propuesta —dijo—. Y una pregunta más.

—Todavía estoy aquí.

—Mi propuesta es que me des una oportunidad para verte otra vez. Pronto. Dentro de unos días.

Ella asintió con la cabeza. Wallander tuvo la desagradable sensación de que establecía algún tipo de pacto. Vagamente se acordaba de la época horrorosa que había pasado en las Antillas unos años antes.

—Mi pregunta es sencilla —dijo—. Hablaste de los chóferes de Liljegren. Y de sus sirvientes personales, que iban cambiando. Pero dijiste que tenía un asistente. No era en plural. ¿Es correcto?

Observó un ligero cambio de expresión en su cara. Comprendió que se había ido de la lengua sin mencionar un nombre.

—Esta conversación sólo queda en los apuntes de mi memoria —dijo Wallander—. ¿Oí bien o mal?

—Oíste mal —dijo—. Claro que tenía más de un asistente.

«O sea bien», pensó Wallander.

—Pues es suficiente por el momento —dijo levantándose.

—Me iré cuando haya acabado el cigarrillo —contestó. Por primera vez durante la conversación desvió la mirada de él.

Wallander abrió la puerta del pasillo. Sjösten estaba leyendo una revista náutica. Wallander le hizo señas con la cabeza. Ella apagó el cigarrillo y se levantó. Cuando Sjösten regresó después de acompañarla hasta la salida, Wallander estaba en la ventana viéndola subir a su coche.

—¿Fue bien? —preguntó Sjösten.

—Tal vez —dijo Wallander—. Aceptó verme otra vez.

—¿Qué te ha dicho?

—En realidad nada.

—¿Y eso te parece bien?

—Me interesa lo que no sabía —dijo Wallander—. Quiero que vigilen la casa de Liljegren día y noche. También quiero que le pongas vigilancia a Elisabeth Carlén. Tarde o temprano aparecerá alguien con quien tengamos que hablar.

—Suena a un motivo poco creíble para justificar una vigilancia —dijo Sjösten.

—Eso lo decido yo —añadió Wallander con amabilidad—. Me han elegido para que encabece la investigación por unanimidad.

—Estoy contento de no ser yo —contestó Sjösten—. ¿Te quedas a dormir?

—No, me voy a casa.

Bajaron las escaleras que llevaban a la planta inferior.

—¿Leíste lo de la chica que se suicidó en un campo de colza? —preguntó Wallander antes de despedirse.

—Lo leí. Una historia tremenda.

—La recogieron cuando hacía autostop desde Helsingborg —continuó Wallander—. Y estaba asustada. Me pregunto si podría tener relación con esto. A pesar de que parezca totalmente irrazonable.

—Corrían rumores sobre Liljegren y la trata de blancas —dijo Sjösten—. Entre otros miles.

Wallander le observó con atención.

—¿Trata de blancas?

—Circularon rumores de que usaban Suecia como país de tránsito para chicas pobres de América del Sur, camino de los burdeles del sur de Europa. A los antiguos estados del este. De hecho, hemos encontrado a un par de chicas que han escapado. Pero nunca hemos localizado a los que manejan ese comercio. Tampoco hemos podido probar nada. Pero creemos que existe.

Wallander miró fijamente a Sjösten.

—¿Y no me lo dices hasta ahora?

Sjösten negó con la cabeza sin entender.

—En realidad no me lo has preguntado hasta ahora.

Wallander se quedó inmóvil. La chica que ardía volvía a agitar sus pensamientos.

—He cambiado de idea —dijo luego—. Me quedo a dormir.

Eran las cinco. Todavía era miércoles 6 de julio.

Volvieron al despacho de Sjösten en ascensor.

33

Un poco después de las siete, en una hermosa noche veraniega, Wallander y Sjösten tomaron el trasbordador hasta Helsingör y cenaron en un restaurante que conocía el segundo. Como por un acuerdo tácito, Sjösten entretuvo a Wallander durante la cena con historias del barco que estaba arreglando, de sus muchos matrimonios y de sus numerosos hijos. Hasta el café no volvieron a hablar de la investigación de los asesinatos. Wallander escuchaba a Sjösten, que era un narrador fascinante. Estaba muy cansado. Después de la fantástica cena se sentía somnoliento. Pero tenía la mente descansada. Sjösten tomó algunos aguardientes y cerveza, mientras que Wallander se contentó con agua mineral. Cuando les sirvieron el café, intercambiaron los papeles. Sjösten escuchaba mientras Wallander hablaba. Habló de todo lo que había pasado. Por primera vez dejó que la chica que se suicidó en el campo de colza fuese la introducción a la serie de asesinatos de la que desconocían si había acabado. Le habló a Sjösten de una manera que le hizo aclararse ciertas cosas. Lo que hasta ahora era inverosímil, que la muerte de Dolores María Santana pudiera relacionarse con lo que ocurrió después, lo admitió como una conclusión sacada por error, o quizá ni siquiera como una conclusión, tan sólo como una manifestación de irresponsable y pasiva equivocación. Sjösten era un oyente atento que enseguida le atacaba en cuanto se expresaba de manera confusa.

Más tarde recordaría la noche de Helsingör como el momento en el que la investigación dio un giro. Se confirmó el patrón que le pareció descubrir cuando estuvo sentado en el banco al lado de la caseta de salvamento marítimo. Se llenaron lagunas, se taparon huecos, algunas preguntas obtuvieron sus respuestas, o al menos se plantearon con más claridad y se contextualizaron. Wallander desfilaba por el paisaje de la investigación y, por primera vez, le pareció obtener una visión global. Pero todo el tiempo sentía el remordimiento de que debería haber visto antes todo lo que ahora veía, que había seguido una pista falsa con una determinación inconcebible en vez de darse cuenta de que la dirección a seguir era totalmente diferente. Sin hacerse la pregunta a Sjösten, lo tenía presente en su fuero interno todo el tiempo. Alguno de los asesinatos, al menos el último, por ahora, el de Liljegren, ¿se podría haber evitado? No podía responder a la pregunta, sólo la podía plantear, y sabía que le perseguiría durante mucho tiempo, tal vez sin tener jamás una respuesta lógica con la que poder vivir.

Lo único que realmente le desconcertaba era que no hubiera ningún culpable. Tampoco había pistas directas que le llevasen en una dirección determinada. No había ningún sospechoso, ni siquiera un grupo de personas entre las cuales pudieran lanzar un anzuelo esperando pescar al que buscaban.

Antes, por la mañana, cuando Elisabeth Carlén se había marchado y Sjösten estaba en la escalera de la comisaría y mencionó que existían sospechas de que Suecia, y más precisamente Helsingborg, funcionaba como un país de tránsito y ciudad de tráfico de chicas de América del Sur destinadas a los burdeles del sur de Europa, la reacción de Wallander había sido inmediata. Volvieron al despacho donde el olor a los cigarrillos de Elisabeth Carlén todavía flotaba en el aire, a pesar de que la ventana estaba abierta. Sjösten se sorprendió por la repentina energía de Wallander, quien, sin pensárselo, se sentó en la silla de Sjösten mientras éste se tuvo que contentar con ser el invitado de su propio despacho. Cuando Wallander le contaba después todo lo que sabía sobre Dolores María Santana, y que evidentemente estaba huyendo cuando la recogieron haciendo autostop desde Helsingborg, Sjösten empezó a comprender el interés de Wallander.

—Una vez por semana llegaba un coche negro a la casa de Wetterstedt —dijo Wallander—. La mujer de la limpieza lo descubrió por pura casualidad. Estuvo aquí y, como ya sabes, le pareció reconocer el coche que estaba en el garaje de Liljegren. ¿A qué conclusiones llegas?

—A ninguna —contestó Sjösten—. Hay un montón de Mercedes negros con cristales ahumados.

—Añádelo a los rumores que circulaban sobre Liljegren. Los rumores de trata de blancas. ¿Qué es lo que impide que no sólo celebrara fiestas en su propia casa? ¿Por qué no pudo haber ofrecido servicio a domicilio?

—Nada lo impide —dijo Sjösten—. Pero parece muy difícil de probar.

—Quiero saber si ese coche dejaba la casa de Liljegren los jueves —dijo Wallander—. Y volvía los viernes.

—¿Cómo vamos a poder averiguarlo?

—Los vecinos pueden haber visto algo. ¿Quién conducía el coche? Hay extraños vacíos en torno a Liljegren. Tenía a gente empleada. Tenía un ayudante. ¿Dónde está todo el mundo?

—Trabajamos en ello —contestó Sjösten.

—Prioricemos —dijo Wallander—. La moto es importante. Al igual que el ayudante de Liljegren. Y el coche de los jueves. Empieza con eso. Destina todo el personal que tengas a indagar sobre eso.

Sjösten salió del despacho para organizar el trabajo de investigación. Luego pudo confirmar que ya habían puesto a Elisabeth Carlén bajo vigilancia.

—¿Qué está haciendo? —preguntó Wallander.

—Está en su apartamento —contestó Sjösten—. Sola.

Wallander llamó después a Ystad y habló con Per Åkeson.

—Creo que no puedo evitar hablar con Louise Fredman —dijo.

—Entonces tendrás que exponer unas causas muy importantes para la investigación —respondió Åkeson—. Si no, no podré ayudarte.

—Sé que puede ser de capital importancia.

—Tienen que ser motivos claros y evidentes, Kurt.

—Siempre hay una manera de saltarse las dificultades burocráticas.

—¿Qué es lo que crees que te puede aportar?

—Decir si le han cortado las plantas de los pies con un cuchillo. Por ejemplo.

—¡Dios mío! ¿Por qué habrían hecho eso?

Wallander no se molestó en contestar.

—¿Su madre no me podría dar el permiso? —preguntó—. La viuda de Fredman.

—Es justo lo que estoy pensando —contestó Per Åkeson—. Tenemos que ir por ahí.

—Entonces iré a Malmö mañana —dijo Wallander—. ¿No necesitaré algún documento tuyo?

—No, si ella te da el permiso —dijo Per Åkeson—. Pero no puedes presionarla.

—¿Suelo amenazar a la gente? —preguntó Wallander sorprendido—. No lo sabía.

—Sólo digo lo que tienes que acatar. Nada más.

Fue después de la conversación con Per Åkeson cuando Sjösten le propuso cruzar el Estrecho e ir a cenar para tener tiempo de hablar con tranquilidad. Wallander aceptó. Aún era pronto para llamar a Baiba. O quizá no era pronto para llamar, pero sí para él mismo. Pensó por un momento que

Sjösten, con toda su experiencia matrimonial, tal vez podría aconsejarle sobre cómo explicarle a Baiba, que estaba tan contenta, que el viaje tendría que posponerse indefinidamente o cancelarse. Cruzaron el Estrecho, Wallander habría deseado que el viaje hubiese durado más, y luego disfrutaron de la cena, que Sjösten insistió en pagar. Eran aproximadamente las nueve y media cuando caminaban por la ciudad para regresar con el transbordador. Sjösten se detuvo delante de un portal.

—Aquí vive un hombre que aprecia mucho a los suecos —dijo sonriendo.

Wallander leyó en el letrero del portal que allí había una consulta médica.

—Receta medicamentos para adelgazar prohibidos en Suecia —continuó Sjösten—. Aquí hay colas de suecos con sobrepeso cada día.

—¿Adónde van los daneses? —preguntó Wallander mientras continuaban hasta la terminal de transbordadores.

Sjösten no lo sabía.

Se encontraban en la escalera de la terminal de salidas cuando sonó el móvil de Sjösten. Sjösten continuó andando mientras escuchaba.

—Un colega llamado Larsson ha encontrado algo que parece ser una mina de oro —dijo Sjösten al acabar la conversación—. Un vecino de la casa de Liljegren que ha visto muchas cosas.

—¿Qué es lo que ha visto?

—Coches negros, motos. Hablaremos con él mañana.

—Hablaremos con él esta noche —dijo Wallander—. Solamente serán las diez cuando estemos de vuelta en Helsingborg.

Sjösten asintió con la cabeza, pero no dijo nada. Llamó a la comisaría y pidió que Larsson les fuera a recibir a la terminal.

Un policía joven, que a Wallander le recordó a Martinsson, les estaba esperando. Se sentaron en su coche y se dirigieron hacia el barrio de Tågaborg. Durante el viaje Larsson les habló del hombre que había localizado. Wallander observó que un banderín del club de fútbol de Helsingborg colgaba en el espejo retrovisor.

—Se llama Lennart Heineman y ha sido consejero de embajada —dijo Larsson en un dialecto escaniano tan cerrado que Wallander tenía que esforzarse para entenderle—. Tiene casi ochenta años. Pero es muy juvenil. Su esposa también vive, pero está de viaje. Heineman tiene un jardín que está diagonalmente opuesto a la entrada principal del jardín de Liljegren. Ha observado muchas cosas y las recuerda.

—¿Sabe que vamos? —preguntó Sjösten.

—Le llamé —contestó Larsson—. Dijo que le parecía estupendo, porque nunca se acostaba antes de las tres de la madrugada. Afirmó estar escribiendo un ensayo crítico sobre la administración del cuerpo diplomático sueco. Lo que no sé qué significa.

Wallander recordó con desagrado a una mujer inoportuna del departamento de Exteriores que les visitó en Ystad unos años antes, en relación con la investigación que luego le llevó a conocer a Baiba. Intentó en vano recordar su nombre. Tenía algo que ver con rosas, eso sí lo recordaba. Desechó el pensamiento cuando se detuvieron delante del chalet de Heineman. Al otro lado de la calle había un coche de policía aparcado frente a la casa de Liljegren. Un hombre alto, con el cabello corto y blanco, salió a su encuentro por el otro lado de la verja. Les saludó con un fuerte apretón de manos. A Wallander enseguida le inspiró confianza. El gran chalet al que les invitó a pasar parecía pertenecer a la misma época que el de Liljegren. Aun así, la diferencia era enorme. La casa irradiaba algo vital, una expresión del enérgico anciano que allí vivía. Les invitó a sentarse y les ofreció algo de beber. Wallander tuvo la sensación de que estaba acostumbrado a ser anfitrión, a recibir a gente que no conocía de antes. Todos declinaron su oferta.

—Terribles las cosas que suceden —dijo Heineman cuando se sentó.

Sjösten le indicó a Wallander con un movimiento casi imperceptible que fuera él quien condujese la conversación.

—Ésa es la razón por la que no podemos posponer esta conversación hasta mañana —dijo Wallander.

—¿Para qué íbamos a posponerla? —añadió Heineman—. Nunca he entendido por qué los suecos se acuestan tan irrazonablemente pronto por las noches. La costumbre continental de la siesta es mucho más sana. Si yo me hubiese acostado pronto por las noches, estaría muerto hace tiempo.

Wallander reflexionó por un momento sobre la vigorosa crítica de Heineman respecto de las costumbres suecas.

—Nos interesa todo lo que haya podido observar —dijo—. Sobre el ir y venir del chalet de Liljegren. Sin embargo, hay preguntas que nos interesan más que otras. Empecemos hablando del Mercedes negro de Liljegren.

—Debía de tener al menos dos —dijo Heineman.

La respuesta sorprendió a Wallander. No se había imaginado más que un coche, aunque cabían dos o tres en el enorme garaje de Liljegren.

—¿Qué le hace pensar que había más de un coche?

—Propongo que nos tuteemos —dijo Heineman—. Creí que solamente ciertos círculos anticuados dentro del departamento de Asuntos Exteriores se aferraban a esa costumbre irrazonable de hablarse de usted.

—Dos coches —repitió Wallander—. ¿Por qué crees eso?

—No solamente lo creo —dijo Heineman—. Lo sé. Dos coches podían salir de la casa al mismo tiempo. O regresar juntos. Cuando Liljegren estaba fuera los coches se quedaban aquí. Desde el piso superior de mi casa se ve su jardín. Allí había dos coches.

«Eso significa que falta uno», pensó Wallander. «¿Dónde estará el otro en este momento?»

Sjösten sacó su libreta de apuntes. Wallander le vio tomar nota.

—Me gustaría preguntar por los jueves —continuó Wallander—. ¿Puedes recordar si uno o tal vez los dos coches salían regularmente de la casa de Liljegren avanzada la tarde o la noche de los jueves? ¿Y si volvían durante la noche o bien a la mañana siguiente?

—No soy hombre de fechas —contestó Heineman—. Pero es verdad que uno de los coches solía salir de la casa por la noche, y no volver hasta la mañana siguiente.

—Es muy importante si podemos afirmar que se trata de los jueves —continuó Wallander.

—Mi esposa y yo nunca hemos mantenido esa ridícula tradición sueca de comer sopa de guisantes los jueves —dijo Heineman.

Wallander esperó mientras Heineman intentaba recordar. Larsson miraba al techo, Sjösten golpeaba la libreta con suavidad contra la rodilla.

—Posiblemente —dijo Heineman de repente—. Posiblemente pueda recomponer una respuesta. Recuerdo con seguridad que la hermana de mi esposa estuvo aquí en una ocasión el año pasado cuando el coche salía en una de sus excursiones habituales. No puedo decir por qué lo sé. Pero no me equivoco. Ella reside en Bonn y muy raras veces nos visita. Es por eso por lo que lo he retenido.

—¿Qué te hace pensar que fuera un jueves? —preguntó Wallander—. ¿Lo tienes anotado en una agenda?

—Nunca he querido tener nada que ver con agendas —contestó Heineman con voz de disgusto—. Durante todos mis años en el departamento de Asuntos Exteriores nunca anoté ni una sola cita. Y durante cuarenta años de servicio tampoco fallé en ninguna. Algo que sucedía muchas veces a los que no hacían nada más que apuntar en sus agendas.

—¿Por qué un jueves? —repitió Wallander.

—No sé si era un jueves —dijo Heineman—. Pero era el santo de mi cuñada. Eso lo sé con seguridad. Se llama Frida.

—¿Qué mes? —preguntó Wallander.

—Febrero o marzo.

Wallander palpó el bolsillo de su chaqueta. En su agenda de bolsillo no aparecía el año anterior. También Sjösten negó con la cabeza. Larsson ni siquiera tenía una agenda.

—¿Por casualidad no tendrás un viejo calendario en casa? —preguntó Wallander.

—Es posible que en el desván haya alguno de los calendarios navideños de mis nietos —dijo Heineman—. Mi esposa tiene la mala costumbre de guardar un montón de porquería. Yo la tiro regularmente. También es una costumbre del departamento de Asuntos Exteriores. El primer día de cada mes tiraba sin piedad todo lo que no hacía falta conservar del mes anterior. Tenía como regla que tirar de más era mejor que tirar poco. Nunca eché de menos nada de lo que tiré.

Wallander le hizo una señal a Larsson.

—Llama e infórmate de qué día es santa Frida —dijo—. Y en qué día de la semana cayó en 1993.

—¿Quién lo sabrá? —preguntó Larsson.

—¡Cojones! —dijo Sjösten irritado—. Llama a la comisaría. Tienes exactamente cinco minutos para averiguarlo.

—El teléfono está en el recibidor —indicó Heineman.

Larsson desapareció.

—Tengo que decir que aprecio las órdenes bien dadas —dijo Heineman contento—. Incluso esa capacidad parece haberse perdido últimamente.

442

A Wallander le costaba continuar mientras esperaban la respuesta. Para pasar el rato, Sjösten le preguntó a Heineman en qué lugares había estado destinado. Resultó que había estado en una gran cantidad de cancillerías.

—Últimamente está mejor —dijo—. Pero cuando yo empecé mi carrera, a menudo había un nivel muy bajo en las personas escogidas para representar a nuestro país en los países extranjeros.

Cuando Larsson volvió habían transcurrido casi diez minutos. Llevaba una nota apuntada en un trozo de papel que tenía en la mano.

—Santa Frida es el 18 de febrero —dijo—. El 18 de febrero de 1993 era un jueves.

—Exactamente lo que pensaba —puntualizó Wallander.

Después pensó que el trabajo policial no era otra cosa que no darse por vencido hasta confirmar un detalle decisivo en un trozo de papel.

Después de esto, a Wallander le parecía que las otras preguntas que había planeado podían esperar. Sin embargo, para guardar las apariencias, hizo un par de preguntas más sobre si Heineman había observado algo de lo que Wallander llamaba un posible tráfico de chicas.

—Hubo fiestas —dijo Heineman con austeridad—. Desde el piso superior de esta casa es inevitable ver ciertos rincones del interior de la casa de enfrente. Naturalmente había mujeres involucradas.

—¿Conociste alguna vez a Åke Liljegren?

—Sí —contestó Heineman—. Le conocí en una ocasión en Madrid. Fue durante uno de mis últimos años en activo en Asuntos Exteriores. Había solicitado cartas de presentación para exhibir ante ciertas grandes empresas españolas de la construcción. Naturalmente sabíamos muy bien quién era Liljegren. El asunto de las empresas fantasma estaba en pleno auge. Le tratamos con la máxima cortesía que nos fue posible. Pero no era una persona de trato agradable.

—¿Por qué no?

Heineman reflexionó antes de contestar.

—Era sencillamente desagradable —dijo después—. Consideraba el mundo a su alrededor con un desprecio absoluto que no escondía.

Wallander dio señales de que no tenía intención de prolongar la conversación.

—Mis colegas se pondrán en contacto contigo de nuevo —dijo al levantarse.

Heineman les acompañó hasta la verja. El coche policial todavía estaba delante del chalet de Liljegren. La casa estaba a oscuras. Wallander cruzó la calle tras despedirse de Heineman. Uno de los policías del coche salió y se cuadró. Wallander levantó la mano agitándola en algo que quería parecer una respuesta al exagerado saludo.

—¿Ha ocurrido algo? —preguntó.

—Está tranquilo. Unos cuantos curiosos se han detenido a mirar. Aparte de eso, nada.

Condujeron hasta la comisaría, donde Larsson les dejó y se fue a casa a dormir. Mientras Wallander hacía unas llamadas, Sjösten volvió a su revista de náutica. Wallander empezó llamando a Hansson, quien le informó de la llegada de Ludwigsson y Hamrén. Los había instalado en el hotel Sekelgården.

—Parecen buena gente —dijo Hansson—. No son tan arrogantes como me temía.

—¿Por qué iban a serlo?

—De Estocolmo —dijo Hansson—. Ya se sabe cómo son. ¿No te acuerdas de aquella fiscal que vino a sustituir a Per Åkeson? ¿Cómo se llamaba? ¿Bodin?

—Brolin —respondió Wallander—. Pero no la recuerdo.

Wallander la recordaba muy bien. Sintió que el disgusto le recorría el cuerpo al pensar en cómo una vez perdió por completo la cabeza y se abalanzó encima de ella en estado de embriaguez. Era de lo que más se avergonzaba en su vida. A pesar de que, más tarde, él y Anette Brolin pasaron una noche juntos bajo formas bastante más agradables.

—Mañana empezarán a trabajar con lo de Sturup —añadió Hansson.

Wallander le explicó brevemente lo que había pasado con Heineman.

—En otras palabras, eso significa que hemos abierto una brecha —dijo Hansson—. ¿O sea que crees que Liljegren enviaba una vez por semana a una prostituta a Wetterstedt a Ystad?

—Sí.

—¿También puede haber ocurrido con Carlman?

—Tal vez no del mismo modo. Pero tengo que creer que los círculos de Carlman y Liljegren eran tangentes. Sólo que aún no sabemos dónde.

—¿Y Björn Fredman?

—Todavía es la gran excepción. No encaja en ninguna parte. Menos aún en los círculos de Liljegren. A no ser que fuese un matón que trabajaba para él. Pienso volver a Malmö mañana y hablar otra vez con la familia. Sobre todo porque necesito hablar con la hija que está ingresada en el hospital.

—Per Åkeson me ha relatado vuestra conversación. Espero que seas consciente de que el resultado puede ser tan negativo como el encuentro con Erika Carlman.

—Por supuesto.

—Voy a ponerme en contacto con Ann-Britt Höglund y Svedberg esta misma noche —dijo Hansson—. A pesar de todo traes buenas noticias.

—No te olvides de Ludwigsson y Hamrén —dijo Wallander—. A partir de ahora también pertenecen al equipo de investigación.

Wallander colgó el auricular. Sjösten había salido a buscar café. Wallander marcó el teléfono de su casa. Para su asombro, Linda contestó enseguida.

—Acabo de llegar a casa —dijo—. ¿Dónde estás?

—En Helsingborg. Me quedo a dormir aquí.

—¿Ha ocurrido algo?

—He estado cenando en Helsingör, en Dinamarca.

—No me refería a eso.

—Estamos trabajando.

—Nosotras también —dijo Linda—. Hemos hecho un ensayo general otra vez. Tuvimos público hoy también.

—¿Quién?

—Un chico que preguntó si podía mirar. Estaba en la calle y dijo que había oído que estábamos haciendo teatro. Le dejamos mirar. Probablemente se lo habían dicho los del puesto de salchichas.

—¿No le conocíais?

—Supongo que era turista en la ciudad. Luego me acompañó a casa.

Wallander sintió una punzada de celos.

—¿Está en el apartamento ahora?

—Me acompañó hasta Mariagatan. Un paseo de unos cinco minutos si caminas despacio. Luego se fue a casa.

—Sólo quería saberlo.

—Tenía un nombre raro. Se llamaba Hoover. Pero era muy bueno. Creo que le gustó lo que estamos haciendo. Si tiene tiempo volverá mañana.

—Seguro que lo hará —dijo Wallander.

Sjösten entró en el despacho con dos tazas de café. Wallander le preguntó por el número de su casa y se lo dijo a Linda.

—Mi hija —dijo al colgar—. A diferencia de ti solamente tengo una hija. Se irá a Visby el sábado para hacer un cursillo de teatro.

—Los hijos dan un barniz de sentido a la vida después de todo —dijo Sjösten acercándole la taza a Wallander.

Volvieron a repasar la conversación con Lennart Heineman una vez más. Wallander percibió que Sjösten dudaba mucho que significara un paso adelante en el cerco al asesino el hecho de que Wetterstedt hubiese tenido acceso a las prostitutas a través de Liljegren.

—Quiero que mañana saques todo el material que tengas sobre ese tráfico de chicas, con Helsingborg como lugar de enlace. ¿Por qué precisamente aquí? ¿Cómo han llegado? Tiene que haber una explicación. Además, ese vacío alrededor de Liljegren es incomprensible. No lo entiendo.

—Eso de las chicas son meras especulaciones —dijo Sjösten—. Nunca lo hemos investigado. Sencillamente no hemos tenido razón alguna para hacerlo. Birgersson habló con uno de los fiscales en una ocasión. Éste rechazó de inmediato una investigación diciendo que teníamos cosas más importantes que hacer. Lo que era verdad, naturalmente.

—De todas formas, quiero que lo repases —dijo Wallander—. Hazme un resumen por la mañana. Envíalo por fax a Ystad en cuanto puedas.

Eran cerca de las once y media cuando se fueron al apartamento de Sjösten. Wallander pensó que debía llamar a Baiba. Ya no había vuelta atrás. Pronto sería jueves. Ella ya estaría haciendo la maleta. No podía esperar más a darle la mala noticia.

—Necesito hacer una llamada a Letonia —dijo—. Un par de minutos solamente.

Sjösten le indicó el teléfono. Cuando Sjösten fue al cuarto de baño Wallander levantó el auricular. Marcó el número. Al oír la primera señal, colgó. No sabía qué decir. No se atrevía. Pensó que esperaría hasta la noche siguiente y entonces le diría algo que no fuera cierto, que era todo repentino y que en cambio quería que viniese a Ystad.

Pensó que sería la mejor solución. Al menos para él mismo.

Hablaron otra media hora mientras tomaban una copa de whisky. Sjösten hizo una llamada para comprobar que Elisabeth Carlén estaba bajo vigilancia.

—Está durmiendo —dijo—. Quizá debamos hacer lo mismo.

Wallander se preparó la cama, con las sábanas que Sjösten le dio, en una habitación con las paredes llenas de dibujos infantiles. Apagó la luz y se durmió casi enseguida.

Cuando se despertó estaba empapado en sudor. Debió de haber tenido una pesadilla, aunque no la recordaba. Vio en el reloj de pulsera que eran las dos y media. Solamente había dormido dos horas. Se preguntó por qué se había despertado. Se giró de costado para continuar durmiendo. Pero de repente se sintió completamente desvelado. No sabía desde dónde le había llegado la sensación. No tenía ningún fundamento. Aun así era presa del pánico.

Había dejado sola a Linda en Ystad. No podía estar sola allí. Tenía que ir a casa.

Sin pensarlo más, se levantó, se vistió y escribió unos garabatos en un papel para Sjösten. A las tres menos cuarto estaba sentado en el coche saliendo de la ciudad. Pensó que debía llamarla. Pero ¿qué le diría? Sólo iba a asustarla. Conducía a través de la clara noche veraniega. No entendió de dónde le vino el pánico. Pero allí estaba y no le abandonaba.

Poco antes de las cuatro aparcó en Mariagatan. Al llegar a su apartamento abrió con su llave sigilosamente. El miedo a no sabía qué no le había abandonado. Sólo cuando empujó la puerta entreabierta de su habitación, vio su cabeza en la almohada y la oyó respirar, le volvió la tranquilidad.

Se sentó en el sofá. Entonces el miedo fue sustituido por vergüenza. Movió la cabeza y le escribió una nota que le dejó en la mesa diciendo que los planes habían cambiado y que había vuelto durante la noche. Antes de acostarse en su cama puso el despertador a las cinco. Sabía que Sjösten se levantaba muy temprano para dedicar las horas matutinas a su barco. No sabía cómo explicarle su marcha.

Estuvo en la cama preguntándose por qué había tenido esa sensación de pánico. Pero no obtuvo respuesta.

Tardó mucho en dormirse.

34

Cuando sonó el timbre de la puerta supo enseguida que sólo podía ser Baiba la que llamaba. Curiosamente, no le preocupó en absoluto, a pesar de que le costaría explicarle por qué no le había dicho nada de que tendrían que posponer su viaje de manera indefinida. Pero cuando se sobresaltó y se incorporó en la cama, naturalmente ella no estaba allí. Sólo era el despertador el que había sonado, y las manecillas parecían fauces abiertas al señalar las cinco y tres minutos. Después de la breve confusión inicial golpeó con la mano en el botón de alarma y se quedó quieto sentado en la cama, en silencio. Lentamente, iba volviendo a la realidad. La ciudad aún estaba callada. Ningún otro sonido que no fuera el trino de los pájaros entraba en su habitación y en su conciencia. Ni siquiera podía recordar si había soñado con Baiba o no. La huida repentina de la habitación infantil del apartamento de Sjösten le parecía ahora una incomprensible y vergonzosa desviación de su capacidad normal de comportarse con premeditación. Con un sonoro bostezo se levantó y entró en la cocina. Linda dormía. En la mesa había una nota. Estaba escrita por ella. «Me relaciono con mi hija por medio de un sinfín de notas», pensó. «Cuando aterriza ocasionalmente en Ystad.» Leyó lo que había escrito y comprendió que el sueño sobre Baiba, el despertar y creer que estuviera delante de la puerta, era de todos modos una premonición. Al llegar a casa de madrugada no vio el mensaje de Linda. Ahora vio que

Baiba había llamado y que le había pedido que dijera a su padre que se pusiera en contacto con ella sin tardanza. En el resumen de Linda podía intuir su enfado. Apenas era perceptible, pero estaba allí. No podía llamarla. Ahora no. Esta noche, o tal vez al día siguiente, la llamaría. O tal vez dejaría que Martinsson se encargara. Le pediría que la avisase de que, lamentablemente, el hombre con quien tenía la intención de ir a Skagen, el hombre que se suponía que estaría en Kastrup recibiéndola dentro de dos días, se encontraba ahora mismo enfrentado a la persecución de una persona loca que partía los cráneos a sus prójimos y además les arrancaba las cabelleras. Lo que tal vez dejaría que Martinsson dijera era verdad, pero no del todo. Era una mentira a la que había pegado unas alas falsas, y que podía parecer verdad. Pero nunca explicaría o justificaría su cobardía —¿o es que le tenía miedo a Baiba?— para comportase como debía y llamarla él mismo.

A las cinco y media levantó el auricular, no para llamar a Baiba, sino a Sjösten, a Helsingborg, para darle una mínima explicación de su marcha en plena noche. ¿Qué le podría decir en realidad? La verdad debería ser posible. De la repentina angustia por su hija, una angustia que todos los padres conocen sin que nadie pueda explicar de dónde procede ese pánico repentino. Pero al contestar Sjösten, le dijo otra cosa distinta, que había olvidado algo, una cita con su padre esa mañana temprano. Algo que Sjösten jamás se molestaría en comprobar. O algo que jamás se descubriría por casualidad, puesto que los caminos de Sjösten y los de su padre seguramente nunca se cruzarían. Decidieron ponerse en contacto durante el día, cuando Wallander estuviese en Malmö.

Después se sintió aliviado. No era la primera vez en su vida que empezaba el día con varias pequeñas mentiras, excusas y engaños a sí mismo. Se duchó, tomó café, le escribió una nueva nota a Linda y salió del apartamento poco después de las seis y media. Cuando llegó a la comisaría todo estaba muy tranquilo. Durante la temprana y solitaria primera hora, cuando el agotado personal nocturno se dirigía a sus casas, y aún era pronto para el personal diurno, era cuando a Wallander más le gustaba caminar por el pasillo hacia su despacho. La vida adquiría un significado muy especial durante aquella solitaria hora de la mañana. Nunca había entendido por qué era así. Pero podía seguir el recuerdo de la sensación hasta muy atrás en su particular tiempo prehistórico, incluso hasta veinte años antes. Rydberg, su viejo mentor y amigo, había sentido lo mismo. «Todas las personas tienen momentos sagrados, breves, pero sumamente personales», dijo Rydberg una vez, durante una de las pocas ocasiones que estuvieron en el despacho de Wallander o en el de Rydberg compartiendo una botella de whisky detrás de las puertas bien cerradas. No se tomaba alcohol en la comisaría. Pero tal vez habían tenido ocasión de celebrar algo. O quizá deplorar algo también. Wallander no recordaba las causas. Pero echaba mucho de menos los breves e insólitos momentos filosóficos con Rydberg. Habían sido momentos de amistad, de una confianza irrepetible. Wallander se sentó en su escritorio y hojeó con rapidez un montón de notas que esperaban en su mesa. En un informe llegado de alguna parte vio que el cadáver de Dolores María Santana había sido entregado para su inhumación y que ahora descansaba en una tumba en el mismo cementerio que Rydberg. Eso le llevó de vuelta a la investigación, se arremangó la camisa como si estuviera a punto de salir al mundo a luchar, y leyó con rapidez endiablada todas las copias del material de investigación que sus colegas habían realizado. Había papeles de Nyberg, diferentes resultados de laboratorio en los que Nyberg había garabateado interrogantes y comentarios en los márgenes, resúmenes de las informaciones telefónicas, que habían aumentado algo pero que eran relativamente pocas, marcadas, naturalmente, por la época de verano. «Tyrén debe de ser un joven muy afanoso», pensó Wallander, sin poder determinar si eso indicaba que Tyrén en el futuro sería un buen policía para trabajar sobre el terreno o si ya estaba mostrando que pertenecería a algún lugar del coto de caza dentro de la burocracia. Leyó rápida pero atentamente. Nada importante se le escapó. Lo que le parecía más relevante era que hubieran podido confirmar tan deprisa que Björn Fredman había sido asesinado en el embarcadero debajo de la carretera transversal hacia Charlottenlund. Apartó los montículos de papeles y se recostó pensativo en la silla. «¿Qué es lo que esos hombres tienen en común?», pensó. «Fredman no encaja en el cuadro. Pero aun así pertenece al grupo. Un ex ministro de Justicia, un marchante de arte, un asesor fiscal y un ladronzuelo. Son asesinados por el mismo autor, que también les arranca las cabelleras. Les encontramos en el mismo orden en el que les han matado. A Wetterstedt, el primero, apenas le escondieron, más bien le ocultaron. A Carlman, el segundo, le mataron en plena verbena de San Juan en su propio jardín. A Björn Fredman le capturaron, le llevaron a un embarcadero solitario y luego le colocaron, como en una exposición, en pleno centro de Ystad. En un hoyo de aguas residuales con una lona encima de la cabeza. Como una estatua en espera de ser descubierta. Por último, el autor de los delitos se desplazó a Helsingborg y mató a Åke Liljegren. Casi enseguida podemos comprobar una relación entre Wetterstedt y Liljegren. Ahora hace falta encontrar la relación con los demás. Cuando sepamos exactamente lo que les unía, podremos también preguntar: ¿quién tenía motivos para querer matarlos? ¿Y por qué esas cabelleras? ¿Quién es el guerrero solitario?»

Wallander permaneció largo rato pensando en Björn Fredman y en Åke Liljegren. Allí había algo más. El rapto y el ácido en los ojos en cuanto a Fredman, y la cabeza de Liljegren en el horno. Era algo adicional. Para el asesino no era suficiente con matarlos y arrancarles la cabellera. ¿Por qué? Dio otro paso. El agua se volvía más profunda a su alrededor. El fondo era resbaladizo. Era fácil dar un mal paso. La diferencia entre Björn Fredman y Liljegren. Muy evidente. A Björn Fredman le vertieron el ácido en los ojos estando aún vivo. Liljegren estaba muerto cuando le colocaron dentro del horno. De nuevo intentó figurarse al asesino. Delgado, bien entrenado, descalzo, loco. Si perseguía a hombres malvados, Björn Fredman debió de ser el peor. Luego Liljegren. Carlman y Wetterstedt casi en la misma categoría. Wallander se levantó y se acercó a la ventana. Había algo en el orden que le preocupaba. Björn Fredman había sido el tercero. ¿Por qué no el primero o el último por el momento? La raíz de la maldad, la primera o la última en ser arrancada, por un asesino que está loco pero que es cauto y está bien organizado. Debió de elegir el embarcadero por su situación. «¿Cuántos habría examinado antes de decidirse?» ¿Será un hombre que siempre se encuentra cerca del mar? Un hombre educado, un pescador, ¿o un empleado de los guardacostas? ¿O por qué no del salvamento marítimo, que cuenta con el mejor banco de la ciudad si se quiere estar pensando a solas? Además, logra raptar a Björn Fredman. En su propio coche. ¿Por qué se molesta tanto? ¿Por qué es la única manera de llegar a él? Se han encontrado en algún lugar. Se conocían. Peter Hjelm había sido muy explícito. Björn Fredman realizaba viajes y al regresar tenía mucho dinero. Corrían rumores de que era un matón. Solamente conocía partes de la vida de Fredman. El resto era una incógnita y a la policía le tocaba despejarla.

Wallander se volvió a sentar. El orden no encajaba. ¿Cuál podría ser la explicación? Fue a buscar un café. Svedberg y Ann-Britt Höglund habían llegado. Svedberg se había cambiado de gorra. Tenía las mejillas rojas y peladas. Ann-Britt Höglund cada vez estaba más bronceada. Wallander cada vez más pálido. Poco después llegó Hansson con

Mats Ekholm detrás. Incluso Ekholm estaba algo moreno. Los ojos de Hansson estaban enrojecidos por el agotamiento. Contempló a Wallander con mirada atónita, al mismo tiempo que parecía buscar un posible error en su cabeza. ¿Wallander no había dicho que se quedaría en Helsingborg? Sólo eran las siete y media. ¿Había ocurrido algo que le hiciera volver a Ystad tan temprano? Wallander, al intuir los pensamientos de Hansson, negó casi imperceptiblemente con la cabeza. Todo estaba en orden, nadie había entendido mal nada y, probablemente, nadie había entendido nada tampoco. No tenían planificada una reunión. Ludwigsson y Hamrén ya habían ido hacia Skurup, Ann-Britt Höglund tenía la intención de acompañarles, mientras Svedberg y Hansson trabajaban recopilando datos sobre Wetterstedt y Carlman. Alguien asomó la cabeza diciendo que Wallander tenía una llamada de Helsingborg. Wallander contestó desde un teléfono cercano a la máquina de café. Era Sjösten, quien informaba de que Elisabeth Carlén todavía estaba durmiendo. Nadie la había visitado, ni tampoco nadie, excepto unos pocos curiosos, había rondado el chalet de Liljegren.

—¿Åke Liljegren no tenía familia? —preguntó Martinsson casi molesto, como si Liljegren hubiese hecho algo poco adecuado por no estar casado.

—El difunto sólo ha dejado el rastro de unas empresas desmanteladas —dijo Svedberg.

—Están trabajando con el caso Liljegren en Helsingborg —continuó Wallander—. Tendremos que permanecer a la espera.

Wallander comprendió que Hansson había informado de todos los detalles. Todos coincidían en que Liljegren le debía de haber suministrado mujeres a Wetterstedt en días fijos.

—En otras palabras, hace honor a su vieja fama —dijo Svedberg.

—Tenemos que encontrar una relación similar con Carlman —continuó Wallander—. Está ahí, estoy convencido. Deja a Wetterstedt de momento. Es más importante concentrarse en Carlman.

Todos tenían prisa. Determinar la conexión había infundido nueva energía al equipo de investigación. Wallander se llevó a Ekholm a su despacho. Le informó sobre las ideas que había tenido esa mañana temprano. Ekholm, como siempre, era un oyente atento.

—El ácido clorhídrico y el horno —dijo Wallander—. Intento interpretar su idioma. Se habla a sí mismo y habla a las víctimas. ¿Qué es en realidad lo que está diciendo?

—Eso que piensas del orden es interesante —dijo Ekholm—. Los asesinos psicópatas presentan a menudo un elemento de meticulosidad en sus actuaciones sangrientas. Puede haber ocurrido algo que alterase sus planes.

—¿Qué?

—Nadie más que él puede contestarlo.

—De todos modos tenemos que intentarlo.

Ekholm no dijo nada. Wallander tuvo la sensación de que por el momento tenía muy poco que añadir.

—Pongámosles un número —prosiguió Wallander—. Wetterstedt número uno. ¿Qué ves si los cambiamos?

—Fredman primero o último —dijo Ekholm—. Liljegren justo antes o después, dependiendo de cuál sea la variante correcta. Wetterstedt y Carlman tienen posiciones en relación con los demás.

—¿Podemos suponer que haya acabado? —dijo Wallander.

—No lo sé —dijo Ekholm—. Sigue sus propias pistas.

—¿Qué dicen tus ordenadores? ¿Qué combinaciones han logrado sacar?

—En realidad, nada.

Ekholm se mostró sorprendido ante su propia respuesta.

—¿Cómo lo interpretas? —preguntó Wallander.

—Que estamos tratando con un asesino en serie que, en muchos aspectos clave, difiere de sus antecesores.

—¿Y qué significa eso?

—Que nos aportará una nueva experiencia. Si le detenemos.

—Tenemos que hacerlo —dijo Wallander, notando lo poco convincentes que sonaban sus palabras.

Se levantó y abandonó la habitación en compañía de Ekholm.

—Los psicólogos del FBI y de Scotland Yard se han puesto en contacto con nosotros —dijo Ekholm—. Están siguiendo nuestro trabajo con mucha atención.

—¿No tienen ninguna propuesta? Estamos abiertos a todo tipo de sugerencias.

—Te avisaré si hay algo de interés.

Se separaron en la recepción. Wallander se tomó tiempo para intercambiar unas palabras con Ebba, a la que le habían quitado la escayola de la muñeca. Luego se dirigió directamente a Sturup. Encontró a Ludwigsson y Hamrén en el despacho de la policía del aeropuerto. Wallander sintió disgusto ante un joven policía que el año anterior se había desmayado a sus pies mientras arrestaban a un hombre que estaba intentando huir del país. Le saludó con la mano intentando fingir que lamentaba lo sucedido.

Después Wallander se dio cuenta de que había conocido a Ludwigsson antes, en una visita a Estocolmo. Era un hombre corpulento y alto que, seguramente, sufría de hipertensión. Tenía la cara roja, pero no por el sol. Hamrén era todo lo contrario, pequeño y flaco, con gafas de gruesos cristales. Wallander les dio la bienvenida de un modo despreocupado y preguntó cómo les iba. Ludwigsson era el que llevaba la voz cantante.

—Parece que hay muchos problemas entre las diferentes compañías de taxi —empezó—. Igual que en Arlanda. Hasta ahora no hemos podido descubrir cómo consiguió abandonar el aeropuerto durante las horas en cuestión. Tampoco nadie se ha percatado de ninguna moto. No hemos avanzado mucho.

Wallander tomó una taza de café y contestó a unas cuantas preguntas de los dos hombres del departamento de Investigación Criminal. Después los dejó y continuó hasta Malmö. Eran las diez cuando aparcó delante de la casa en Rosengård. Hacía mucho calor. El tiempo era apacible. Subió en el ascensor hasta el cuarto piso y llamó al timbre. Esta vez no fue el hijo de Björn Fredman, sino la viuda quien abrió. Wallander notó de inmediato que olía a vino. A sus pies se agachaba un niño de unos tres o cuatro años. Parecía muy tímido. O mejor dicho, asustado. Cuando Wallander se inclinó hacia él, se quedó petrificado. En ese momento un recuerdo pasó rápidamente por la cabeza de Wallander. No logró retenerlo. Pero memorizó la situación. Algo que había ocurrido antes, o algo que alguien había dicho, algo importante de su subconsciente asomaba. Tarde o temprano lograría aferrar el recuerdo fugaz, lo sabía. La mujer le invitó a entrar. El niño se abrazaba a sus piernas. Ella estaba despeinada y sin maquillar. La manta del sofá le decía que era allí donde había pasado la noche. Se sentaron. Wallander en la misma silla que usaba por tercera vez. En ese momento entró el hijo, Stefan Fredman. Sus ojos estaban tan atentos como la última vez que Wallander estuvo allí. Se acercó y le saludó con un apretón de manos. El mismo comportamiento de adulto. Después se sentó al lado de su madre en el sofá. Todo se repetía. La diferencia era el hermano pequeño, que estaba sentado en su regazo. Se agarraba a ella. Algo en él no parecía normal. No perdía de vista a Wallander. De alguna manera le recordaba a Elisabeth Carlén. «Vivimos en un mundo en el que las personas se observan con atención», pensó. «Sea una puta, un niño de cuatro años o un hermano mayor. Todo el tiempo ese temor, la falta de confianza. Esa vigilancia inquieta.»

—He venido por Louise —dijo Wallander—. Naturalmente es difícil hablar de un familiar que se encuentra en un
hospital psiquiátrico. Aun así es necesario.

—¿Por qué no podéis dejarla en paz? —preguntó la mujer. Su voz sonaba insegura y afligida, como si desde el principio dudara de su capacidad para defender a su hija.

Wallander se sintió enseguida desalentado. Hubiera preferido evitar aquella conversación. También estaba inseguro
de cómo proceder.

—Claro que vamos a dejarla en paz —dijo—. Pero a veces, entre las tristes tareas de la policía, se cuenta la de reco-
pilar toda la información posible para poder resolver un crimen grave.

—No vio a su padre durante muchos años —contestó—.
No os puede explicar nada de importancia.

De repente tuvo una idea.

—¿Louise sabe que su padre está muerto?

—¿Por qué iba a saberlo?

—No me parece algo tan absurdo, ¿no?

Wallander vio que la mujer del sofá estaba a punto de
derrumbarse. El disgusto en su interior aumentaba con cada
pregunta y cada respuesta. Sin querer, les había sometido a
una presión que apenas resistían. El chico, a su lado, guardaba silencio.

—Usted debe entender que Louise ya no tiene contacto
con la realidad —dijo la mujer, con una voz tan baja que Wallander tuvo que inclinarse para entender qué decía—. Louise
lo ha dejado todo atrás. Vive en su propio mundo. No habla,
no escucha, en un juego en el que finge que no existe.

Wallander reflexionó mucho antes de continuar.

—De todos modos, puede ser importante para la policía
saber cosas —añadió—. La causa de su enfermedad. De hecho he venido para solicitar su permiso para verla. Hablar con
ella. Ahora comprendo que no es oportuno. Pero en cambio,
usted tiene que contestar a mis preguntas.

—No sé qué contestar —dijo—. Enfermó. Le vino de la nada.

—La encontraron en el parque de Pildammsparken —dijo Wallander.

Tanto el hijo como la madre se quedaron paralizados. Incluso el niño pequeño en su regazo reaccionó, contagiado por los demás.

—¿Cómo lo sabéis? —preguntó.

—Hay un informe sobre cómo y cuándo la llevaron al hospital. Pero es todo lo que sé. Todo lo relacionado con su enfermedad es un secreto entre ella y su médico. Y usted. Después he sabido que había tenido problemas en la escuela algún tiempo antes de enfermar.

—Nunca había tenido problemas. Pero siempre fue muy sensible.

—Seguro que lo era. De todos modos, suelen ser unos acontecimientos determinados los que desencadenan una repentina enfermedad mental.

—¿Cómo lo puede saber? ¿Es usted médico?

—Soy policía. Pero sé lo que digo.

—No ocurrió nada.

—Pero usted debió de cavilar sobre ello. Noche y día.

—No he hecho otra cosa desde aquel día.

Wallander empezó a sentir el ambiente tan insoportable que pensó en interrumpir la conversación y marcharse. Las respuestas que le daban no conducían a ninguna parte, aun creyendo que casi todo fuera la verdad, o al menos parte de ella.

—¿Tiene usted quizás una foto de ella para que pueda verla?

—¿Quiere verla?

—Con mucho gusto.

Wallander notó que el chico que estaba a su lado hizo ademán de decir algo. Fue muy rápido. Pero Wallander tuvo tiempo de percibirlo. Se preguntó por qué. ¿El chico no quería que viera a su hermana? Y en ese caso, ¿por qué no?

La madre se levantó con el niño pequeño agarrado a su cuerpo. Abrió un cajón de un armario y volvió con unas fotografías. Wallander las colocó delante de él en la mesa. La chica llamada Louise sonreía. Era rubia y se parecía a su hermano mayor. Sin embargo, en sus ojos no había nada de la atención que ahora le rodeaba. Sonreía abiertamente y confiada al fotógrafo. Era muy guapa.

—Una chica muy bella —dijo—. Naturalmente, debemos esperar que un día se recupere.

—Ya no tengo esperanza —dijo—. ¿Para qué la iba a tener?

—Los médicos son buenos —contestó Wallander inseguro.

—Un día Louise abandonará ese hospital —dijo el chico de repente. Su voz era decidida. Sonrió a Wallander.

—Lo más importante es que tenga una familia que la apoye —dijo Wallander, irritándose por expresarse de una forma tan brutal.

—La apoyamos de todas las maneras posibles —continuó el chico—. La policía debe buscar al hombre que mató a nuestro padre. No molestarla a ella.

—Si voy a verla al hospital no es para molestarla —dijo Wallander—. Forma parte de la investigación.

—Preferimos que la dejen en paz —dijo el muchacho tercamente.

Wallander asintió con la cabeza. El chico era muy tajante.

—Si el fiscal que lleva la instrucción del sumario así lo determina, tendré que visitarla —añadió Wallander—. Probablemente será así. Muy pronto. Hoy o mañana. Pero prometo no decirle que su padre ha muerto.

—Entonces ¿para qué va a ir?

—Para verla —dijo Wallander—. Una fotografía sólo es una fotografía. Pero necesito llevármela.

—¿Para qué?

La pregunta del chico llegó fulminante. Wallander se sorprendió de la hostilidad que acumulaba su voz.

—Necesito enseñar la fotografía a un par de personas —dijo—. Para ver si la reconocen. Nada más.

—Se la dará a los periodistas —agregó el chico—. Su cara estará en todas las portadas.

—¿Para qué iba a hacer eso? —preguntó Wallander.

El chico se levantó del sofá en un arrebato, se inclinó sobre la mesa y agarró las dos fotografías. Sucedió tan deprisa que Wallander no tuvo tiempo de reaccionar. Luego se calmó pero se dio cuenta de que estaba molesto.

—Ahora me obligarán a volver con una resolución judicial para que me entreguen las fotos —dijo sin ser totalmente honesto—. Entonces existirá el riesgo de que lo averigüen los periodistas y me sigan hasta aquí. No podré detenerlos. Si ahora me dejan una foto prestada y la copio, no tiene por qué pasar.

El chico miró a Wallander fijamente. La atención anterior se había convertido en otra cosa. Sin pronunciar una palabra, le devolvió una de las fotografías.

—Sólo me quedan un par de preguntas más —dijo Wallander—. ¿Sabéis si Louise conoció alguna vez a un hombre llamado Gustaf Wetterstedt?

La madre parecía no entender nada. El chico se levantó del sofá y, dándoles la espalda, se quedó mirando por la puerta abierta del balcón.

—No —dijo.

—¿Le dice algo el nombre de Arne Carlman?

Ella negó con la cabeza.

—¿Åke Liljegren?

—No.

«Ella no lee los periódicos», pensó Wallander. «Debajo de esa manta, seguramente habrá una botella de vino. Y en esa botella está su vida.»

Se levantó de la silla. El chico se volvió desde la puerta del balcón.

—¿Irá a visitar a Louise? —preguntó de nuevo.

—Es posible —contestó Wallander.

Wallander se despidió y abandonó el apartamento. Al salir de la casa se sintió aliviado. El chico le miraba desde una ventana. Wallander se sentó en el coche y decidió por el momento olvidar la visita a Louise Fredman. Lo que sí quería averiguar inmediatamente era si Elisabeth Carlén la reconocía por la fotografía. Bajó el cristal de la ventanilla y marcó el número de Sjösten en el teléfono. Ya había desaparecido el chico de la ventana del cuarto piso. Mientras esperaba que contestaran, estuvo buscando en la memoria la explicación a la angustia que sintió en su subconsciente a la vista del niño pequeño asustado. Pero no la encontraba. Sjösten contestó. Wallander dijo que estaba camino de Helsingborg. Tenía una fotografía que quería mostrar a Elisabeth Carlén.

—Según el último informe estaba tomando el sol en su balcón —dijo Sjösten.

—¿Qué hay de los colaboradores de Liljegren?

—Estamos intentando localizar al que debió de ser su mano derecha. Una persona llamada Hans Logård.

—¿Liljegren no tenía familia? —preguntó Wallander.

—Parece que no. Hemos hablado con un bufete de abogados que velan por sus negocios más privados. Curiosamente no existe ningún testamento. Pero ellos tampoco tenían información de herederos directos. Åke Liljegren parece haber vivido en un universo totalmente particular.

—Está bien —dijo Wallander—. Estaré en Helsingborg dentro de una hora.

—¿Quieres que traiga a Elisabeth Carlén?

—Hazlo. Pero trátala con amabilidad. No la vayas a buscar en un coche patrulla. Tengo la sensación de que nos va a hacer falta durante cierto tiempo. Puede ponerse en nuestra contra si deja de venirle bien.

—Iré a buscarla yo mismo —contestó Sjösten—. ¿Cómo estaba tu padre?

—¿Mi padre?

—¿No ibas a verle esta mañana?

Wallander había olvidado la excusa que le había dado a Sjösten para salir del apartamento durante la noche.

—Está bien —contestó—. Pero era importante verlo, muy importante.

Wallander volvió a colgar el teléfono. Miró hacia las ventanas del cuarto piso. Nadie le estaba observando.

Puso el motor en marcha y se fue. Echó un vistazo al reloj del coche. Estaría en Helsingborg antes de las doce.

*

Hoover llegó a su sótano poco después de la una. Cerró la puerta con llave y se quitó los zapatos. El frío del suelo de piedra le invadió el cuerpo. La luz del sol se vislumbraba a través de unas grietas de la pintura con la que había tapado el cristal del sótano. Se sentó en la silla y contempló su cara en los espejos.

No podía permitir que el policía visitase a su hermana. Ahora estaban tan cerca de la meta, el momento sagrado, en el que los malos espíritus serían expulsados para siempre de su cabeza. No podía permitir que nadie la importunase.

Comprendió que su idea había sido la correcta. La visita del policía era un recordatorio de que ya no podía esperar más. Para mayor seguridad su hermana tampoco podía quedarse más tiempo del necesario en el lugar donde se encontraba.

Lo que faltaba tenía que hacerlo ahora.

Pensó en la chica con la que le fue tan fácil relacionarse. De algún modo se parecía a su hermana. Eso también era una buena señal. Su hermana necesitaría todas las fuerzas que él pudiera ofrecerle.

Se quitó la chaqueta y miró a su alrededor. Todo lo que le hacía falta estaba allí. No había olvidado nada. Las hachas y los cuchillos brillaban allí donde descansaban, encima de la tela negra.

Luego tomó uno de los pinceles anchos y se trazó una única línea en la frente.

El tiempo, si alguna vez había existido, se había acabado.

35

Wallander colocó la fotografía de Louise Fredman boca abajo.

Elisabeth Carlén seguía sus movimientos con la mirada. Llevaba un vestido de verano blanco cuyo valor Wallander estimaba que era muy alto. Se encontraban en el despacho de Sjösten, Wallander junto al escritorio, Sjösten al fondo, apoyado contra la jamba de la puerta, Elisabeth Carlén sentada en la silla de las visitas. Eran las doce y diez minutos. El calor del verano entraba por la ventana abierta. Wallander notó que estaba sudando.

—Vas a ver una fotografía —dijo—. Y tienes que contestar a la sencilla pregunta de si reconoces a la persona que aparece en ella.

—¿Por qué los policías tenéis que ser tan innecesariamente dramáticos? —preguntó.

Su altiva impasibilidad enfureció a Wallander. Pero se dominó.

—Estamos intentando encontrar al hombre que ha matado a cuatro personas —dijo Wallander—. Que además les arranca el pelo, les vierte ácido clorhídrico en los ojos y les mete la cabeza dentro del horno.

—Un loco así no debe andar suelto, por supuesto —dijo ella con tranquilidad—. ¿Vamos a ver la fotografía ahora?

Wallander se la acercó y asintió con la cabeza. Se inclinó hacia delante y la giró. La sonrisa de Louise Fredman era amplia. Wallander miraba a la cara de Elisabeth Carlén. Tomó la fotografía en la mano y pareció reflexionar. Pasó casi medio minuto. Luego negó con la cabeza.

—No —dijo—. No la he visto nunca. Al menos que yo recuerde.

—Es muy importante —dijo Wallander sintiendo aumentar la decepción.

—Soy buena fisonomista —añadió—. Y estoy segura. No la he visto nunca. ¿Quién es?

—Por ahora no importa —dijo Wallander—. Piensa.

—¿Dónde te gustaría que la hubiese visto? ¿En casa de Åke Liljegren?

—Sí.

—Naturalmente puede haber estado allí alguna vez que yo no estuviera presente.

—¿Ocurría a menudo?

—Los últimos años, no.

—¿A cuántos años te refieres?

—Más o menos cuatro.

—Pero ¿podría haber estado allí?

—A algunos hombres les gustan las chicas jóvenes. A los desgraciados de verdad.

—¿Qué desgraciados?

—Los que probablemente sólo tienen un único sueño en la cabeza. Meterse en la cama con sus propias hijas.

Wallander empezaba a enfadarse de nuevo. Lo que decía era verdad, por supuesto. Pero su impasibilidad le irritaba. Formaba parte de todo ese mercado que arrastraba cada vez a más niños inocentes y les destrozaba la vida.

—Si tú no puedes contestar si ha participado en una de las fiestas de Liljegren, ¿quién lo podría hacer?

—Algún otro.

—Contesta bien. ¿Quién? Quiero su nombre y dirección.

—Todo se hacía muy anónimamente —contestó Elisabeth Carlén—. Era una de las condiciones de esas fiestas.

Pero reconocías alguna que otra cara. De todos modos no se intercambiaban tarjetas.

—¿De dónde venían las chicas?

—De diferentes sitios. Dinamarca, Estocolmo, Bélgica, Rusia.

—¿Llegaban y desaparecían?

—Más o menos, sí.

—Pero tú vives aquí, en Helsingborg.

—Yo era la única.

Wallander miró a Sjösten, como si buscase una confirmación de que la conversación todavía no estaba desencaminada, antes de proseguir.

—La chica de la foto se llama Louise Fredman —dijo—. ¿Te dice algo ese nombre?

Frunció el ceño.

—¿No se llamaba así aquél? ¿Ése al que mataron? ¿Fredman?

Wallander asintió con la cabeza. Miró otra vez la foto. Por un momento pareció alterarse por la relación.

—¿Es su hija?

—Sí.

Negó de nuevo con la cabeza.

—No la he visto nunca.

Wallander sabía que decía la verdad. Al menos, porque no tenía nada que ganar si mentía. Se acercó la fotografía y volvió a dejarla boca abajo, como si quisiera evitarle más molestias a Louise Fredman.

—¿Estuviste alguna vez en casa de un hombre llamado Gustaf Wetterstedt? —preguntó—. ¿En Ystad?

—¿Qué iba a hacer allí?

—Lo mismo que haces para tu sustento. ¿Era cliente tuyo?

—No.

—¿Seguro?

—Sí.

—¿Seguro del todo?

—Sí.

—¿Estuviste alguna vez en casa de un marchante en obras de arte llamado Arne Carlman?

—No.

A Wallander se le ocurrió una idea. Tal vez sucedía lo mismo allí, que nunca se mencionaban nombres.

—Pronto verás otras fotografías —dijo levantándose. Se llevó a Sjösten fuera de la habitación.

—¿Qué crees? —preguntó.

Sjösten se encogió de hombros.

—No miente —contestó.

—Necesitamos fotografías de Wetterstedt y Carlman —dijo Wallander—. De Fredman también. Están en el material de investigación.

—Lo tiene Birgersson —dijo Sjösten—. Iré a buscarlo.

Wallander regresó a la habitación y le preguntó si quería café.

—Mejor un gintonic —contestó.

—El bar no está abierto aún —respondió Wallander.

Ella sonrió. Su respuesta le había agradado. Wallander salió al pasillo otra vez. Elisabeth Carlén era muy atractiva. El fino vestido dejaba entrever su cuerpo. Pensó que Baiba probablemente estaría furiosa porque no se ponía en contacto con ella. Sjösten salió del despacho de Birgersson con una carpeta de plástico en la mano. Regresaron al suyo. Elisabeth Carlén estaba fumando. Wallander dejó una fotografía de Wetterstedt delante de ella.

—Le reconozco —dijo—. De la tele. ¿No es aquel que se iba de putas por Estocolmo?

—Posiblemente haya continuado con eso.

—Conmigo no —respondió, todavía sin inmutarse.

—¿Y no has estado nunca en su casa en Ystad?

—Nunca.

—¿Conoces a alguien que haya estado allí?

—No.

Wallander cambió de foto. Puso la de Carlman. Estaba al lado de una obra de arte abstracto. Wetterstedt había salido serio en la foto anterior. Pero Carlman sonreía a la cámara con la boca abierta. Esta vez no negó con la cabeza.

—A éste le he visto —dijo con decisión.

—¿En casa de Liljegren?

—Sí.

—¿Cuándo fue?

Wallander vio que Sjösten se había sacado una libreta de notas del bolsillo. Elisabeth Carlén reflexionó. Wallander estuvo mirando su cuerpo de reojo.

—Hace aproximadamente un año —dijo.

—¿Estás segura?

—Sí.

Wallander asintió con la cabeza. Sintió que algo se le encendía dentro. «Uno más», pensó. Ahora sólo hace falta colocar a Björn Fredman en la casilla correcta.

Le mostró a Björn Fredman. Era una foto de la cárcel. Björn Fredman estaba tocando la guitarra. La foto debía de ser antigua. Fredman llevaba el pelo largo y pantalones de pernera ancha, y los colores estaban desvaídos.

Volvió a negar con la cabeza. No le había visto nunca.

Wallander dejó caer sus manos con un golpe sobre la mesa.

—Eso era lo que quería saber por ahora —dijo—. Ahora Sjösten y yo intercambiaremos nuestros sitios.

Wallander ocupó la posición de la puerta. También se quedó con la libreta de notas de Sjösten.

—¿Cómo coño se puede vivir la vida como tú lo haces? —empezó Sjösten pillándola por sorpresa. Hizo la pregunta con una sonrisa amplísima. Tenía la voz amable. Elisabeth Carlén no perdió los papeles ni por un instante.

—¿A ti que te importa?

—Nada. Es mera curiosidad. ¿Cómo soportas verte la cara en el espejo cada mañana?

—¿Qué piensas tú al verte en el espejo?

—Que al menos no vivo de tumbarme de espaldas ante quien sea por unas cuantas coronas. ¿Aceptas tarjetas de crédito?

—Vete a la mierda.

Hizo un ademán como si fuera a levantarse y marcharse. Wallander estaba enojado por la manera que tenía Sjösten de provocarla. Todavía les podía ser útil.

—Te pido disculpas —dijo Sjösten aún tan convincentemente amable—. Dejemos tu vida privada. ¿Hans Logård? ¿Te dice algo ese nombre?

Le miró sin contestar. Luego se volvió y miró a Wallander.

—Te he hecho una pregunta —insistió Sjösten.

Wallander había entendido su mirada. Solamente quería contestarle esa pregunta a Wallander. Salió al pasillo indicando a Sjösten que le siguiera. Allí le explicó que Elisabeth Carlén había perdido su confianza.

—Entonces la detendremos —dijo Sjösten—. Y una mierda voy a dejar que una puta me tome el pelo.

—¿Detenerla por qué? —dijo Wallander—. Espérate aquí y yo entraré para saber la respuesta. ¡Cálmate, coño!

Sjösten se encogió de hombros. Wallander regresó a la habitación.

Se sentó detrás del escritorio.

—Hans Logård solía verse con Liljegren —dijo ella.

—¿Sabes dónde vive?

—En algún lugar en el campo.

—¿Qué significa eso?

—Que no vive en la ciudad.

—Pero ¿no sabes dónde?

—No.

—¿Qué hace?

—Tampoco lo sé.

—Pero ¿participaba en las fiestas?

—Sí.

—¿Como invitado o como anfitrión?

—Como anfitrión. E invitado.

—¿No sabes dónde podemos localizarle?

—No.

A Wallander todavía le daba la impresión de que decía la verdad. Probablemente no encontrarían a Logård por mediación de ella.

—¿Cómo era la relación entre Liljegren y Logård?

—Hans Logård siempre tenía mucho dinero. Sea lo que sea lo que hacía para Liljegren, le pagaba bien.

Apagó su cigarrillo. A Wallander le dio la sensación de que le habían concedido una audiencia a él y no al revés.

—Ahora me marcho —dijo levantándose.

—Te acompaño hasta abajo —dijo Wallander.

Sjösten paseaba de un extremo a otro por el pasillo. Al pasar por delante de él, le ignoró totalmente. Wallander la siguió con la mirada cuando iba hacia su coche, un Nissan con el techo practicable. Cuando se marchó, Wallander esperó hasta que vio que alguien la seguía. Todavía estaba bajo vigilancia. La cadena aún no estaba rota. Wallander volvió al despacho.

—¿Por qué la provocas? —preguntó.

—Ella representa algo que detesto —respondió Sjösten—. ¿Tú no?

—La necesitamos —dijo Wallander evasivo—. Detestarla vendrá más tarde.

Fueron a buscar café e hicieron un resumen. Sjösten llevó a Birgersson como asesor.

—El problema es Björn Fredman —dijo Wallander—. No encaja. Aparte de eso, tenemos unos cuantos eslabones que, pese a todo, parecen coincidir. Unas conexiones frágiles.

—Tal vez sea precisamente así —dijo Sjösten pensativo.

Wallander prestó instintivamente más atención. Comprendió que Sjösten estaba reflexionando sobre algo. Esperó a que continuara. Pero no lo hizo.

—Piensas en algo —dijo.

Sjösten continuó mirando por la ventana.

—¿Por qué no podría ser precisamente eso? —preguntó—. Que Björn Fredman no encaje. Podemos partir de que ha sido asesinado por el mismo hombre que los demás. Pero por un motivo completamente distinto.

—No parece razonable —dijo Birgersson.

—¿Qué hay de razonable en toda esta historia? —continuó Sjösten—. Nada.

—En otras palabras, deberíamos buscar dos móviles diferentes por completo —dijo Wallander—. ¿Es eso lo que quieres decir?

—Más o menos. Pero puede que me esté equivocando. Sólo es una idea que se me ha ocurrido. Nada más.

Wallander asintió con la cabeza.

—Puede que tengas razón —dijo—. No debemos prescindir de esa posibilidad.

—Pistas falsas —dijo Birgersson—. Un camino ciego. Un callejón sin salida. Simplemente no parece creíble.

—Lo tendremos en cuenta —dijo Wallander—. De la misma manera que tendremos en cuenta todo lo demás. Pero ahora debemos encontrar a ese hombre llamado Hans Logård. Es lo más importante de todo.

—La casa de Åke Liljegren es una casa muy curiosa —dijo Sjösten—. Allí no hay ni un papel. Ninguna agenda. Nada de nada. Puesto que le encontraron por la mañana temprano y el chalet ha estado vigilado desde entonces, nadie puede haber entrado a limpiar nada.

—Lo que significa que no hemos buscado con suficiente ahínco —dijo Wallander—. Sin Hans Logård no podremos avanzar.

Sjösten y Wallander almorzaron rápidamente en un restaurante al lado de la comisaría. Un poco después de las dos se detuvieron delante del chalet de Liljegren. El cordón policial continuaba instalado. Un agente de policía les abrió las verjas para dejarles pasar. El sol se filtraba por entre las hojas de los árboles. Wallander pensó que todo le parecía muy irreal. Los monstruos pertenecían a la oscuridad y al frío, no a un verano como el que estaban viviendo ese año. Recordó algo que Rydberg le había dicho una vez, como una broma irónica: «A los asesinos locos conviene perseguirles en otoño. Durante los veranos preferimos a algún que otro viejo dinamitero». Sonrió al acordarse. Sjösten le miró con curiosidad. Pero no dijo nada. Entraron en el chalet. Los especialistas de la policía científica habían concluido su trabajo. Con disgusto, Wallander echó una mirada dentro de la cocina. La puerta del horno estaba cerrada. Pensó en la idea anterior de Sjösten. Björn Fredman no encajaba y con ello quizá tenía su lugar correcto en la investigación. ¿Un asesino con dos móviles? ¿Existían? Miró el teléfono que estaba en una mesita. Levantó el auricular. Todavía no habían cortado la línea. Llamó a Ystad. Ebba le buscó a Ekholm. Tardó casi cinco minutos en ponerse al teléfono. Mientras tanto veía a Sjösten pasar por las grandes habitaciones de la planta baja y descorrer las cortinas de las ventanas. De repente, la luz del sol era muy intensa. Wallander notaba el resto del olor a los productos químicos que usaban los técnicos. Ekholm contestó. Wallander le preguntó directamente. En realidad era para los ordenadores de Ekholm. Un asesino en serie que une diferentes móviles en la misma serie. ¿Qué experiencias tenían de eso? ¿Tenían algo que decir los expertos en comportamiento? Ekholm, como de costumbre, encontró interesante la observación de Wallander. Wallander empezaba a cuestionarse si Ekholm lo decía en serio o si estaba de verdad tan infantilmente contento con todo lo que le iba diciendo. Empezaba a recordarle todas las canciones difamatorias que se cantaban sobre la absurda incompetencia del cuerpo de seguridad sueco. Durante los últimos años, se apoyaban cada vez más en diferentes especialistas. Sin que nadie hubiera podido explicar el porqué.

Al mismo tiempo Wallander no quería ser injusto con Ekholm. Durante la estancia en Ystad había mostrado ser un buen oyente. Allí había comprendido algo básico en cuanto al trabajo policial. Los policías tenían que saber escuchar, con la misma intensidad que se suponía que dominaban el difícil arte de la interrogación. Los policías siempre tenían que escuchar. A los sentidos ocultos y a los posibles círculos de móviles que tal vez no eran visibles de manera directa. También deberían escuchar las huellas invisibles del autor del crimen. Como en esta casa. Siempre quedaba algo después de un crimen que no se veía, que no salía a la luz con las pinceladas de los especialistas. Un policía con experiencia debería sacar la conclusión escuchando. El autor del crimen seguramente no se habría dejado los zapatos. Pero sí los pensamientos. Wallander terminó la conversación y entró en el despacho donde Sjösten estaba sentado al lado del escritorio. Wallander no dijo nada. Sjösten tampoco. El chalet invitaba al silencio. El espíritu de Liljegren, si es que había tenido alguno, flotaba por encima de sus cabezas. Wallander subió al piso de arriba y abrió las puertas de una habitación tras otra. En ningún sitio había papeles. Liljegren había vivido en una casa en la que predominaba el vacío.

Wallander pensó en lo que había hecho famoso o tristemente célebre a Liljegren. Los negocios de sociedades fantasmas, vaciar empresas. Había salido al mundo exterior y escondido el dinero. ¿Hizo lo mismo con su propia vida? Tenía viviendas en varios países. El chalet era uno de sus múltiples escondites. Wallander se detuvo delante de una puerta que parecía conducir al desván. Cuando él mismo era niño, había instalado un escondite en el desván de la casa en la que entonces vivía. Abrió la puerta. La escalera era estrecha y empinada. Giró el anticuado interruptor. El trastero del desván de vigas vistas estaba casi vacío. Había unos esquís, algunos muebles. Wallander sentía el mismo olor que abajo en la casa. Los especialistas también habían estado allí arriba. Paseó la mirada por el trastero.

No había puertas secretas que llevasen a espacios secretos. Hacía calor bajo las tejas. Bajó de nuevo. Empezó a buscar más sistemáticamente. Apartó la ropa de los grandes armarios de Liljegren. Tampoco nada. Wallander se sentó al borde de la cama e intentó pensar. Era disparatado pensar que Liljegren lo tuviera todo en la cabeza. En algún sitio debería haber al menos una agenda. Pero no la había. También faltaba otra cosa. Primero no sabía qué era. Retomó el pensamiento y se preguntó de nuevo: ¿Quién era Åke Liljegren? Al que llamaban el asesor fiscal nacional. Åke Liljegren era un viajero. Pero no había maletas en la casa. Ni siquiera un maletín. Wallander se levantó y bajó a ver a Sjösten.

—Liljegren debe de tener otra casa —dijo Wallander—. O al menos un despacho.

—Tiene casas por todo el mundo —contestó Sjösten distraído.

—Me refiero a aquí en Helsingborg. Esto está demasiado vacío para ser normal.

—No creo que la tuviera —dijo Sjösten—. Lo habríamos sabido.

Wallander asintió con la cabeza sin decir nada más. Estaba seguro. Siguió su ronda. Ahora con más terquedad. Descendió al sótano. En una habitación había un banco de gimnasia y unas pesas. También había un armario. En él colgaban diversos chándals y chubasqueros. Wallander contempló pensativamente la ropa. Luego subió a ver a Sjösten.

—¿Tenía Liljegren un barco?

—Seguramente. Pero no aquí. Lo habría sabido.

Wallander asintió en silencio. Iba a dejar a Sjösten cuando se le ocurrió una idea.

—Tal vez estuviera a nombre de otro. ¿Por qué no a nombre de Hans Logård?

—¿Qué?

—Un barco. Tal vez estuviera registrado a otro nombre.

Sjösten comprendió que Wallander hablaba en serio.

—¿Qué te hace pensar que Liljegren tuviera acceso a un barco?

—Hay ropa en el sótano que al menos a mí me parece adecuada para la navegación.

Sjösten acompañó a Wallander al sótano.

—Puede que tengas razón —dijo cuando estuvieron ante el armario abierto.

—De todos modos, vale la pena investigarlo —dijo Wallander—. Esta casa está demasiado vacía para ser normal.

Dejaron el sótano. Sjösten se sentó al teléfono. Wallander abrió las puertas de la terraza y salió al sol. Pensó de nuevo en Baiba. Enseguida sintió un nudo en el estómago. ¿Por qué no la llamaba? ¿Aún pensaba que sería posible ir a buscarla a Kastrup el sábado por la mañana? En menos de cuarenta y ocho horas. También se angustiaba por tener que pedirle a Martinsson que mintiera por él por teléfono. Ahora no podía escaparse ni de eso. Era demasiado tarde para todo. Con una sensación de total desprecio a sí mismo, regresó al chalet, entre las sombras. Sjösten estaba hablando con alguien por teléfono. Wallander se preguntaba cuándo atacaría de nuevo el asesino. Sjösten terminó la conversación y marcó otro número enseguida. Wallander entró en la cocina para beber agua. Intentó evitar mirar al horno. Cuando regresó, Sjösten colgó el auricular con energía.

—Tienes razón —dijo—. Hay un barco de vela a nombre de Logård en el club náutico. El mismo del que yo soy socio.

—Vamos entonces —dijo Wallander, sintiendo aumentar la excitación.

Al llegar al puerto les recibió un guardia del muelle que les podía enseñar dónde estaba amarrado el barco de Hans Logård. Wallander vio que era un barco bonito y bien cuidado. Tenía el casco de plástico, pero la cubierta era de teca.

—Un Komfortina —dijo Sjösten—. Muy bonito. Además un buen navegador.

Subió a bordo de un brinco que denotaba costumbre y pudo constatar que la entrada a la cabina estaba cerrada.

—¿Conoces a Hans Logård? —preguntó Wallander al hombre que estaba a su lado en el muelle. Tenía la cara curtida y llevaba un jersey que hacía propaganda de buñuelos de pescado noruegos.

—No es muy comunicativo. Pero sí, nos saludamos cuando viene.

—¿Cuándo estuvo aquí por última vez?

El hombre reflexionó.

—La semana pasada. Pero ahora en verano es fácil equivocarse.

Sjösten consiguió abrir la escotilla de la cabina manipulando la cerradura con suavidad. Desde dentro pudo abrir los dos batientes. Wallander subió a bordo con torpeza. Para él la cubierta de un barco era como pisar hielo resbaladizo. Se metió en la bañera y siguió hasta la cabina. Sjösten, previsor, había llevado una linterna. Rápidamente examinaron la cabina, sin encontrar nada.

—No lo entiendo —dijo Wallander cuando estuvieron de nuevo en el muelle—. Liljegren tiene que haber cuidado de sus negocios desde algún sitio.

—Estamos analizando sus teléfonos móviles —dijo Sjösten—. Tal vez nos den algo.

Empezaron a caminar hacia tierra firme. El hombre de la camiseta que anunciaba buñuelos de pescado iba con ellos.

—También vais a ver su otro barco, ¿verdad? —dijo cuando habían abandonado el largo muelle. Wallander y Sjösten reaccionaron a la vez.

—¿Logård tiene otro barco? —preguntó Wallander.

El hombre señaló hacia el muelle más alejado.

—El blanco que está en la punta. Un Storö. Se llama *Rosmarin*.

—Claro que lo veremos —dijo Wallander.

Un fueraborda de motor largo y potente, pero al mismo tiempo esbelto, estaba delante de ellos.

—Uno de estos cuesta dinero —dijo Sjösten—. Mucho, mucho dinero.

Subieron a bordo. La puerta de la cabina estaba cerrada con llave. El hombre del muelle les estaba mirando.

—Él sabe que soy policía —dijo Sjösten.

—No podemos esperar —dijo Wallander—. Fuerza la puerta. Pero hazlo de forma que salga barato.

Sjösten logró abrir la puerta rompiendo sólo un trozo de la moldura. Bajaron al camarote. Wallander comprendió enseguida que habían acertado. A lo largo de una de las paredes había una estantería con archivadores y carpetas de plástico.

—Lo más importante será encontrar la dirección de Hans Logård —dijo Wallander—. Revisaremos el resto más tarde.

Tardaron diez minutos en encontrar el carné de socio de un club de golf a las afueras de Ängelholm con el nombre y la dirección de Hans Logård.

—Vive en Bjuv —afirmó Sjösten—. No está muy lejos de aquí.

Iban a abandonar el barco cuando Wallander, llevado por su instinto, abrió un armario ropero. Ante su sorpresa, había algo de ropa femenina.

—Quizás hayan celebrado fiestas aquí a bordo también —dijo Sjösten.

—Tal vez —añadió Wallander pensativo—. Pero no estoy tan seguro.

Dejaron el barco y bajaron al muelle otra vez.

—Quiero que me llames si aparece Hans Logård —le dijo Sjösten al guardia del muelle.

Le entregó una tarjeta con sus números de teléfono.

—Pero será en secreto, por supuesto —dijo el hombre, expectante.

Sjösten sonrió.

—Correctamente entendido —contestó—. Haz ver que todo está como siempre. Y luego me llamas. Sea la hora que sea.

—No hay nadie aquí por las noches —contestó el hombre.

—Esperemos que aparezca de día, pues.

—¿Se puede preguntar qué es lo que ha hecho?

—Se puede preguntar —dijo Sjösten—. Pero no se obtiene respuesta.

Abandonaron el club náutico. Eran las tres.

—¿Nos llevamos a más gente? —preguntó Sjösten.

—Aún no —contestó Wallander—. Primero tenemos que encontrar su casa e intentar saber si está allí.

Salieron de Helsingborg y se dirigieron hacia Bjuv. Se encontraban en una parte de Escania que Wallander desconocía. Hacía bochorno. Wallander presentía que habría tormenta y lluvia hacia la noche.

—¿Cuándo fue la última vez que llovió? —preguntó.

—En junio, por San Juan —contestó Sjösten después de reflexionar—. Y no fue mucho.

Acababan de pasar la entrada a Bjuv cuando el teléfono móvil de Sjösten empezó a sonar. Redujo la velocidad y contestó.

—Es para ti —dijo, y le entregó el auricular a Wallander.

Era Ann-Britt Höglund, que llamaba desde Ystad. Fue directa al grano.

—Louise Fredman se ha escapado del hospital.

Wallander tardó un momento en entender qué decía.

—¿Puedes repetir lo que has dicho?

—Louise Fredman se ha escapado del hospital.

—¿Cuándo ocurrió?

—Hace poco más de una hora.

—¿Cómo te has enterado?

—Alguien contactó con Per Åkeson. Él me llamó.

Wallander reflexionó.

—¿Cómo ocurrió?

—Alguien la fue a buscar.

—¿Quién?

—No lo sé. Nadie vio cuándo ocurría. De repente ya no estaba.

—¡Mierda!

Sjösten redujo la velocidad aún más cuando entendió que algo serio había ocurrido.

—Te llamo dentro de un rato —dijo—. Mientras tanto intenta averiguar absolutamente todo acerca de lo ocurrido. Sobre todo quién la fue a buscar.

Ann-Britt Höglund prometió hacer lo que le pedía. Wallander terminó la conversación.

—Louise Fredman se ha escapado del hospital —le dijo a Sjösten.

—¿Por qué?

Wallander reflexionó antes de contestar.

—No lo sé —respondió—. Pero esto tiene que ver con nuestro asesino. Estoy seguro de ello.

—¿Quieres volver?

—No. Continuemos. Ahora más que nunca es importante encontrar a Hans Logård.

Entraron en la población y se detuvieron. Sjösten bajó la ventanilla para preguntar por el camino a la calle donde debía vivir Hans Logård.

Preguntaron a tres personas y recibieron la misma respuesta.

Nadie había oído hablar jamás de la dirección que buscaban.

36

Habían estado a punto de darse por vencidos y pedir ayuda adicional cuando finalmente encontraron el rastro de Hans Logård y su dirección. Fue también entonces cuando unas solitarias gotas de lluvia cayeron sobre Bjuv. La tormenta pasó de largo alejándose por el oeste. El tiempo seco continuaría.

La dirección que buscaban era Hördestigen. Tenía el código postal de Bjuv. Pero allí no estaba. Wallander entró en la oficina de correos a preguntar. Hans Logård tampoco tenía un apartado de correos, al menos en Bjuv. Por último no les quedaba más remedio que sospechar que la dirección de Hans Logård era falsa. Pero fue entonces cuando Wallander entró con paso decidido en la pastelería del centro de Bjuv y empezó a conversar amablemente con las dos mujeres de detrás del mostrador a la vez que compraba unos bollos de canela. Una de ellas tenía la respuesta. Hördestigen no era una calle. Era el nombre de una casa, al norte de la ciudad, difícil de encontrar si no se sabía adónde se iba.

—Allí vive un hombre llamado Hans Logård —comentó Wallander—. ¿Le conocen?

Las dos mujeres se miraron, como si preguntasen a su memoria colectiva, y luego negaron al unísono con la cabeza.

—Tenía un familiar lejano que vivía en Hördestigen cuando yo era niña —dijo una de las mujeres, la más delgada de las dos—. Pero cuando murió vendieron la casa a gente desconocida. Y probablemente así ha continuado. Aunque la finca se sigue llamando Hördestigen, eso sí que lo sé. Pero quizá tiene otro nombre como dirección postal.

Wallander le pidió que le dibujara un mapa. Arrancó un trozo de una bolsa para el pan y le trazó el camino. Sjösten, mientras tanto, esperaba en el coche. Eran casi las seis. Ya llevaban varias horas buscando el camino de Hördestigen. Puesto que Wallander había hablado casi incesantemente por teléfono para recibir informes detallados de cómo había desaparecido Louise Fredman, Sjösten más o menos sólo se había encargado de buscar la dirección desaparecida de Hans Logård. O sea que habían estado a punto de abandonarlo y pedir ayuda cuando a Wallander se le ocurrió intentarlo en la pastelería, la clásica central del chismorreo. Y entonces habían tenido suerte. Wallander salió a la calle con el trozo de la bolsa para el pan en la mano como un trofeo. Salieron de la población, siguiendo el camino hacia Höganäs. Wallander iba dirigiendo según las indicaciones de la bolsa de pan. Llegaron a una zona donde las casas eran notablemente más escasas. Allí se equivocaron de camino por primera vez. Entraron en un hayal que era mágicamente hermoso. Pero equivocado. Wallander dirigió a Sjösten hacia atrás, regresaron a la carretera principal y empezaron de nuevo. La siguiente carretera transversal otra vez hacia la izquierda, luego a la derecha y otra vez a la izquierda. El camino se terminó en medio de un campo. Wallander profirió palabrotas para sus adentros, salió del coche y miró a su alrededor. Buscaba la torre de una iglesia de la que le habían hablado las mujeres de la pastelería. Pensó que, en realidad, él era allí en el campo como una persona a la deriva en el mar, buscando un faro que le guiase. Encontró la torre de la iglesia y entendió, después de haberlo consultado con la bolsa de pan, por qué se habían equivocado de camino. Sjösten retrocedió de nuevo, empezaron otra vez y esta vez lo encontraron. Hördestigen era una vieja finca, no muy diferente a la de Carlman, que estaba solitariamente situada, sin vecinos, rodeada de un hayal por dos lados y de unos campos ligeramente inclinados en los otros dos. El camino terminaba en la finca. Wallander observó que no había buzón para cartas. El cartero rural no visitaba a Logård en esa dirección. Sus cartas debían de ir a otro sitio. Sjösten estaba saliendo del coche cuando Wallander le detuvo.

—¿Qué es lo que esperamos realmente? —dijo—. ¿Hans Logård? ¿Quién es?

—¿Quieres decir si es peligroso?

—De hecho no sabemos si es el que ha matado a Liljegren —añadió Wallander—. O a los demás. No sabemos nada de nada sobre Hans Logård.

La respuesta de Sjösten sorprendió a Wallander.

—Tengo una escopeta de perdigones en el maletero del coche. Y munición. Te la quedas tú. Yo tengo mi arma reglamentaria.

Sjösten se agachó para sacarla de donde la llevaba escondida, debajo del asiento.

—Contra el reglamento —dijo sonriendo—. Pero si vas a seguir todas las disposiciones existentes, el trabajo policial hace tiempo que estaría prohibido por los que vigilan el cumplimiento de la ley de protección del trabajo.

—Dejemos la escopeta —dijo Wallander—. Por cierto, ¿tienes licencia para el arma?

—Claro que tengo licencia —dijo Sjösten—. ¿Qué te crees?

Salieron del coche. Sjösten se había metido la pistola en el bolsillo de la chaqueta. Permanecieron quietos, a la escucha. A lo lejos se oía la tormenta. Alrededor de ellos, calma, y además hacía bochorno. En ningún sitio había señal de coches ni de personas. Toda la finca parecía abandonada. Empezaron a caminar hacia la casa, que tenía forma de L alargada.

—Un ala tiene que haber ardido —dijo Sjösten—. O la han derribado. Pero es una casa bonita. Bien cuidada. Igual que el barco.

Wallander se acercó y llamó a la puerta. No hubo respuesta. Luego golpeó. Nada de nuevo. Miró por una de las ventanas. Sjösten se quedó detrás con una mano en el bolsillo de la chaqueta. A Wallander no le gustaba tener armas cerca. Dieron la vuelta a la casa. Aún no había señales de vida. Wallander se detuvo, muy pensativo.

—Hay pegatinas por todas partes de que hay alarmas en todas las puertas y ventanas —dijo Sjösten—. Pero seguramente tardarán un montón en venir si se dispara la alarma. Tenemos tiempo para entrar y marcharnos otra vez.

—Aquí hay algo que no encaja —continuó Wallander, que parecía haber pasado por alto el comentario de Sjösten.

—¿Qué?

—No lo sé.

Se fueron hacia el ala que servía de cobertizo. La puerta estaba cerrada con cadenas y gruesos candados. Por la ventana veían que estaba lleno de trastos.

—Aquí no hay nadie —dijo Sjösten con resolución—. Tendremos que poner la finca bajo vigilancia.

Wallander miró a su alrededor. Había algo que no encajaba, estaba seguro. No sabía decir qué. Volvió a dar la vuelta a la casa, mirando por todas las ventanas, escuchando. Sjösten iba detrás de él. Cuando llegaron a la parte de atrás por segunda vez, Wallander se detuvo ante unas bolsas de basura negras que estaban apoyadas en la pared de la casa. Estaban mal cerradas, atadas con un cordel. Las moscas zumbaban alrededor de ellas. Abrió una. Restos de comida, platos de papel. Sacó un envoltorio de un producto Scan entre el dedo índice y el pulgar. Sjösten estaba a su lado, contemplándolo. Se fijó en las fechas de caducidad, que eran legibles. Notó que el plástico olía a carne fresca. No hacía muchas horas que lo habían dejado allí. No con aquel calor. Abrió la segunda bolsa. Estaba también llena de envoltorios de comida precocinada. Mucha comida que habían comido en pocos días.

Sjösten estaba al lado de Wallander mirando el interior de las bolsas.

—Debe de haber celebrado una fiesta.

Wallander intentó pensar. El calor sofocante le aturdía la cabeza. Muy pronto le empezaría a doler, lo sabía.

—Entremos —dijo—. Quiero ver la casa. ¿No hay ninguna manera de evitar la alarma?

—Posiblemente a través de la chimenea —respondió Sjösten.

—Entonces que sea lo que Dios quiera —dijo Wallander.

—Tengo una ganzúa en el coche —comentó Sjösten.

Fue a buscarla. Wallander examinó la puerta de la fachada de la casa. Le recordó a la puerta que había forzado en casa de su padre en Löderup. Éste era el verano de las puertas. Fueron a la parte posterior de la casa. Aquella puerta parecía más frágil. Wallander decidió forzarla del revés. Introdujo la ganzúa entre las dos bisagras de la puerta. Luego miró a Sjösten, que echó una mirada a su reloj de pulsera.

—Listo —dijo.

Wallander se puso tenso e hizo palanca con todas sus fuerzas. Las bisagras saltaron, al igual que el revoque y los ladrillos viejos. Dio un salto hacia un lado para que la puerta no le cayera encima.

Entraron dentro, la casa se parecía aún más a la de Carlman. Habían derribado las paredes, las estancias eran abiertas. Muebles modernos, suelos de madera recién instalados. Escucharon otra vez. Todo estaba en silencio. «Demasiado silencio», pensó Wallander. «Como si toda la casa aguantase la respiración.» Sjösten señaló un teléfono combinado con un fax. La luz del contestador automático destellaba. Wallander asintió con la cabeza. Sjösten apretó el botón. Crujía y siseaba. Luego se oyó una voz. Wallander observó que Sjösten se sobresaltaba. Una voz masculina pedía que Hans Logård le llamara cuanto antes. Luego otra vez silencio. La cinta se interrumpió.

—Era Liljegren —dijo Sjösten, visiblemente alterado—. Joder.

—Entonces sabemos que el mensaje está ahí desde hace bastante tiempo —dijo Wallander.

—Tampoco Logård ha estado aquí desde entonces —añadió Sjösten.

—No necesariamente —objetó Wallander—. Puede haber escuchado el mensaje. Pero sin borrarlo. Si luego hay un corte de fluido eléctrico, la luz oscila de nuevo. Puede haber habido tormenta aquí. No lo sabemos.

Atravesaron la casa. Un pasillo estrecho llevaba a la parte que estaba precisamente en el ángulo de la L. Allí la puerta estaba cerrada. De repente Wallander levantó la mano. Sjösten se detuvo de golpe detrás de él. Wallander oyó un ruido. Primero no pudo determinar qué era. Luego se oyó como un animal que excavaba. Después como un murmullo. Miró a Sjösten. Luego tocó la puerta. Sólo entonces descubrió que era de acero. Estaba cerrada. El murmullo había cesado. Sjösten también lo había notado.

—¿Qué cojones está pasando? —susurró.

—No lo sé —respondió Wallander—. No puedo con esta puerta sólo con la ganzúa.

—Supongo que tendremos aquí a la empresa de seguridad dentro de un cuarto de hora más o menos.

Wallander reflexionó. No sabía qué podía haber al otro lado, aparte de que debía de tratarse al menos de una persona, probablemente más. Se sintió mareado. Sabía que tenía que abrir la puerta.

—Dame la pistola —dijo.

Sjösten la sacó del bolsillo.

—Apartaos de la puerta —gritó Wallander con todas sus fuerzas—. Voy a disparar a la cerradura.

Miró fijamente la cerradura. Retrocedió un paso, montó el percutor y disparó. El ruido fue ensordecedor. Disparó otra vez y luego hizo un tercer disparo. Los proyectiles rebotaron hacia la pared exterior del pasillo. Luego le devolvió la pistola a Sjösten y abrió la puerta de una patada. Los oídos le retumbaban a causa de las detonaciones.

La habitación era grande. No tenía ventanas. Había unas cuantas camas y un aparte con un retrete. Una nevera, vasos, tazas, unos termos. Agazapadas en un rincón de la habitación, asustadas por las detonaciones, había cuatro chicas jóvenes abrazándose las unas a las otras. Al menos dos de ellas le recordaban a Wallander a la chica que había visto a veinte metros de distancia en el campo de colza de Salomonsson antes de que se suicidara. Durante un instante, con los oídos aturdidos por el estruendo, Wallander pensó que lo podía ver todo ante sus ojos, un acontecimiento tras otro, cómo encajaban y cómo todo tenía su explicación. Pero en realidad no veía nada, era una sensación que se abalanzaba sobre él, atravesándole, como un tren que atraviesa un túnel a gran velocidad, y luego sólo deja un ligero temblor de tierra tras de sí. Tampoco había tiempo para más reflexiones. Las chicas que estaban agazapadas en un rincón eran reales, al igual que su temor, y exigían tanto su presencia como la de Sjösten.

—¿Qué coño está pasando? —dijo Sjösten de nuevo.

—Tiene que venir un equipo de Helsingborg —respondió Wallander—. Rápido, coño.

Se arrodillaron. Sjösten hizo lo mismo, como si iniciasen una oración conjunta, y luego Wallander intentó hablar en inglés con las asustadas chicas. Pero no parecían entenderle, o al menos no entendían bien su inglés. Pensó que varias de ellas no eran mayores que Dolores María Santana.

—¿Sabes español? —le preguntó a Sjösten—. Yo no sé ni una palabra.

—¿Qué quieres que diga?

—¿Sabes español o no?

—¡No sé hablar español! ¡Joder! ¿Quién lo sabe? Sé un par de palabras. ¿Qué quieres que diga?

—¡Lo que sea! Para que se tranquilicen.

—¿Les digo que soy policía?

—¡No! ¡Lo que sea pero eso no!

—*Buenos días* —dijo Sjösten vacilante.

—Sonríe —susurró Wallander—. ¿No ves lo asustadas que están?

—Hago lo que puedo —objetó Sjösten.

—Otra vez —dijo Wallander—. Ahora con amabilidad.

—*Buenos días* —repitió Sjösten.

Una de las chicas respondió. Su voz era muy débil. Para Wallander, sin embargo, era como si ahora tuviese la respuesta que había estado esperando desde aquella vez que la chica estuvo en el campo de colza mirándole fijamente con sus ojos asustados.

Al mismo tiempo sucedió también otra cosa. Desde algún lugar de la casa detrás de ellos se oyó un ruido, tal vez una puerta que se abría. Las chicas también lo oyeron y se agazaparon de nuevo.

—Deben de ser los guardias de la empresa de seguridad —dijo Sjösten—. Vale más que los vayamos a recibir. Si no, se preguntarán qué está sucediendo y empezarán a hacer ruido.

Wallander hizo una seña a las chicas de que se quedaran. Volvieron por el pasillo estrecho, esta vez Sjösten iba delante.

Estuvo a punto de costarle la vida. Cuando salieron a la gran estancia abierta, en la que habían derribado las antiguas paredes, sonaron varios disparos. Llegaron tan seguidos que debían de proceder de un arma rápida semiautomática, cuyas distintas velocidades de repetición se pueden regular. La primera bala entró por el hombro izquierdo de Sjösten y le rompió la clavícula. El ímpetu le empujó hacia atrás y quedó como una pared viva delante de Wallander. El segundo, tercero y tal vez el cuarto disparo acabaron en algún lugar por encima de sus cabezas.

—¡No disparen! ¡Policía! —gritó Wallander.

Aquel que había disparado, aquel que no podían ver, disparó otra ráfaga. Le dieron de nuevo a Sjösten, y esta vez le atravesaron la oreja derecha.

Wallander se tiró al suelo detrás de una de las paredes que habían dejado como decoración. Tiró de Sjösten, que pegó un grito y luego se desmayó.

Wallander buscó su pistola y disparó hacia la habitación. Pensó confuso que en el cargador deberían quedar dos, tal vez tres balas.

No hubo respuesta. Esperó con el corazón palpitante. La pistola alzada y preparada para disparar. Luego oyó el ruido de un coche que se ponía en marcha. Sólo entonces dejó a Sjösten y corrió agachado hasta una ventana. Vio la parte trasera de un Mercedes negro escapar por el camino estrecho y desaparecer, protegido por el hayal. Volvió a Sjösten, que sangraba y estaba inconsciente. Encontró el pulso en el cuello ensangrentado. Era rápido y Wallander pensó que era una buena señal. Mejor así que al revés. Todavía pistola en mano, levantó el auricular y marcó el número de emergencias.

—¡Un colega está herido! —gritó cuando contestaron. Después logró calmarse, decir su nombre, explicar qué había pasado y dónde se encontraban. Luego volvió con Sjösten, que recuperaba el conocimiento.

—Todo irá bien —dijo Wallander una y otra vez—. La ambulancia está de camino.

—¿Qué ocurrió? —preguntó Sjösten.

—No hables —dijo Wallander—. Todo se arreglará.

Buscó los orificios de entrada de las balas. Creía que le habían acertado al menos tres. Pero finalmente se dio cuenta de que sólo eran dos, una en el hombro y la otra en la oreja. Hizo dos simples vendajes compresivos y se preguntó dónde estaría la empresa de seguridad y por qué tardaba tanto en llegar la ayuda. Pensó en el Mercedes que se había escapado y en que no descansaría hasta atrapar al hombre que había disparado contra Sjösten sin darle una sola oportunidad.

Por fin oyó las sirenas. Se levantó y salió a recibir a los coches de Helsingborg. Primero venía la ambulancia, luego Birgersson y otros dos coches patrulla, y por último los bomberos. Todos se sobresaltaron al ver a Wallander. No se había dado cuenta de lo ensangrentado que estaba. Además, aún llevaba la pistola de Sjösten en la mano.

—¿Cómo está? —preguntó Birgersson.

—Está dentro. Creo que se pondrá bien.

—¿Qué coño ha pasado?

—Hay cuatro chicas encerradas —dijo Wallander—. Probablemente de las que llevan a burdeles del sur de Europa vía Helsingborg.

—¿Quién fue el que disparó?

—No le vi. Pero supongo que era Hans Logård. Esta casa le pertenece.

—Un Mercedes acaba de colisionar con un coche de una empresa de seguridad en la salida de la carretera principal —dijo Birgersson—. No hay personas heridas. Pero el conductor del Mercedes les ha robado el coche a los guardias de seguridad.

—Entonces le habrán visto —dijo Wallander—. Tiene que ser él. Los guardias venían hacia aquí. La alarma se debe de haber disparado cuando entramos por la fuerza.

—¿Por la fuerza?

—Joder. Déjalo. Busca el coche de seguridad. Espabila a los especialistas. Quiero que tomen todos las jodidas huellas dactilares que encuentren. Y las tienen que comparar con las que hemos encontrado en relación con los otros. Wetterstedt, Carlman, todos.

Birgersson palideció. Acababa de darse cuenta de la relación.

—¿Ha sido él?

—Probablemente. Pero no lo sabemos. Venga. Y no olvides a las chicas. Lleváoslas a todas. Trátalas con amabilidad. Encuentra intérpretes. Intérpretes de español.

—Joder. Cuánto sabes ya —dijo Birgersson.

Wallander le miró fijamente.

—No sé nada —respondió—. Pero espabila.

En ese momento sacaron a Sjösten. Wallander le acompañó hasta la ciudad en la ambulancia. Uno de los conductores le dio una toalla. Se limpió como pudo. Después usó el teléfono de la ambulancia para contactar con Ystad. Eran poco más de las siete. Encontró a Svedberg. Le explicó lo sucedido.

—¿Quién es ese Logård? —preguntó Svedberg.

—Es lo que vamos a averiguar ahora. ¿Louise Fredman todavía sigue desaparecida?

—Sí.

Wallander sintió de repente que tenía que pensar. Aquello que hacía un momento le había parecido tan evidente ya no estaba tan claro.

—Te llamaré —dijo—. Pero tienes que informar al equipo de investigación sobre esto.

—Ludwigsson y Hamrén han encontrado un testigo interesante en Sturup —dijo Svedberg—. Un guardia nocturno. Vio a un hombre en una motocicleta. El horario coincide.

—¿Motocicleta?

—Sí.

—Joder, no pensarás que nuestro asesino viaja en una motocicleta, ¿verdad? Sólo lo hacen los niños.

Wallander notó que se estaba enfadando. No quería, y menos con Svedberg. Terminó rápidamente la conversación.

Sjösten le estaba mirando desde su camilla. Wallander sonrió.

—Todo irá bien —dijo.

—Fue como recibir la coz de un caballo —gruñó Sjösten—. Dos veces.

—No hables —dijo Wallander—. Pronto llegaremos al hospital.

Aquella tarde y la noche del viernes 8 de julio fue una de las más caóticas que Wallander había vivido jamás en su vida como policía. Había un rasgo de irrealidad en lo sucedido. Nunca olvidaría esa noche, pero tampoco nunca estaría seguro de recordarla realmente con exactitud. Después de que se encargasen de Sjösten en el hospital y de que los médicos tranquilizasen a Wallander diciéndole que su vida no corría peligro, un coche patrulla le llevó a la comisaría. El intendente Birgersson demostró ser un buen organizador y parecía haber entendido bien lo que Wallander le había dicho en la finca donde habían disparado a Sjösten. Había tenido la previsión de establecer una zona exterior hasta la cual dejaban pasar a los periodistas que rápidamente empezaron a congregarse. Allí dentro, donde se realizaba la verdadera investigación, no llegaban los periodistas. Wallander regresó del hospital a las diez. Un colega le había dejado una camisa limpia y un par de pantalones. Le apretaban tanto en la cintura que no logró subirse la bragueta. Birgersson, que se dio cuenta del problema, llamó al dueño de una de las tiendas de ropa para caballero más elegantes de la ciudad y le pasó el auricular a Wallander. Era un acontecimiento curioso el estar en medio de todo aquello e intentar recordar la medida de su cintura. Pero finalmente un mensajero llevó algunos pares de pantalones hasta la comisaría y uno de ellos le quedaba bien. Cuando Wallander regresó del hospital, Ann-Britt Höglund, Svedberg, Ludwigsson y Hamrén ya habían llegado a Helsingborg y estaban incorporados al trabajo. Se había puesto en marcha el aviso para buscar el coche de los guardias de seguridad, pero todavía no lo habían encontrado. Además estaban interrogando en varias dependencias. Las chicas hispanoparlantes tenían cada una un intérprete. Ann-Britt Höglund habló con una de ellas mientras tres policías femeninas de Helsingborg se dedicaban a las otras. A los dos guardias de seguridad con cuyo coche colisionó el del hombre que huía les interrogaron en otro sitio, mientras los especialistas ya estaban comparando las huellas dactilares. Por último, varios policías estaban inclinados sobre unos cuantos ordenadores y buscaban todo el material posible acerca del hombre llamado Hans Logård. La actividad era frenética, pero mantenían la calma. Birgersson iba dando vueltas, organizando el trabajo para que no descarrilara. Cuando Wallander se informó sobre la situación de la investigación, se llevó a sus colegas de Ystad a un despacho y cerró la puerta. Lo había comentado con Birgersson y había recibido su aprobación. Wallander se dio cuenta de que Birgersson era un oficial de policía ejemplar, una de las escasas y genuinas excepciones. En él no había casi nada de la envidia que a menudo reinaba en el cuerpo y que rebajaba la calidad del trabajo policial. Birgersson, al parecer, estaba interesado en lo que debía: detener al que había disparado a Sjösten, aclarar todo el asunto hasta que les diera la respuesta de lo que había pasado y quién era el autor del delito.

Se habían llevado café, la puerta estaba cerrada, Hansson estaba conectado por teléfono y lo encontrarían en unos segundos.

Wallander dio su versión de lo ocurrido. Pero ante todo quería llegar a comprender su propia angustia. Había demasiadas cosas que no le encajaban. El hombre que disparó a Sjösten, el que había sido colaborador de Liljegren, el que había escondido a las chicas ¿era realmente el mismo hombre que se había metido en el papel del guerrero solitario? Le costaba creerlo. Pero el tiempo apremiaba demasiado para pensar, todo alrededor de él era demasiado caótico. Por tanto, la reflexión se tenía que hacer ahora, en equipo, todos reunidos, sólo con una delgada puerta que les separaba del mundo en el que seguía la investigación, y donde no había tiempo para reflexionar. Wallander había reunido a sus colegas, y Sjösten estaría entre ellos, si no se encontrase en el hospital, para que formasen algo como un plomo que les llevase al fondo del trabajo de investigación que ahora iba a acelerarse. Siempre existía el riesgo de que, en una fase aguda, la investigación se echase a galopar para luego desbocarse. Wallander paseó la mirada por los reunidos y preguntó por qué Ekholm no estaba presente.

—Se marchó a Estocolmo esta mañana —dijo Svedberg.

—Pero si es ahora cuando le necesitamos —contestó Wallander atónito.

—Volverá mañana por la mañana —dijo Ann-Britt Höglund—. Creo que a uno de sus hijos le ha atropellado un coche. Nada grave. Pero aun así, un atropello.

Wallander asintió con la cabeza. En el momento en que iba a continuar, sonó el teléfono. Era Hansson, que quería hablar con Wallander.

—Baiba Leipa ha llamado unas cuantas veces desde Riga —dijo Hansson—. Quiere que te pongas en contacto con ella inmediatamente.

—Ahora no puedo —respondió Wallander—. Explícaselo si vuelve a llamar.

—Si la he entendido bien, la irás a recoger a Kastrup el sábado. Para iros de vacaciones juntos. ¿Cómo has pensado solventar eso?

—Ahora no —contestó Wallander—. La llamaré más tarde.

Al parecer, nadie, excepto Ann-Britt Höglund, se fijó en el carácter privado de la conversación. Wallander captó su mirada. Ella sonrió. Pero no dijo nada.

—Sigamos —dijo—. Estamos buscando a un hombre que ha intentado matarnos a mí y a Sjösten. Hemos encontrado a unas chicas encerradas en una finca rural a las afueras de Bjuv. Podemos partir de la base de que Dolores María Santana se escapó una vez de uno de esos grupos que pasan por Suecia hacia los burdeles y yo qué sé qué otros lugares del resto de Europa. Chicas que son engañadas para venir por gente relacionada con Liljegren. Y sobre todo con un hombre llamado Hans Logård. Si es que ése es su verdadero nombre. Creemos que fue él quien disparó. Pero no sabemos nada. Ni siquiera tenemos una fotografía suya. Los guardias de seguridad a los que robó el coche quizá puedan dar una descripción útil. Pero parecían tener los nervios de punta. Seguramente sólo vieron su pistola. Ahora le estamos buscando. Pero ¿estamos persiguiendo al verdadero asesino? ¿El que mató a Wetterstedt, Carlman, Fredman y Liljegren? No lo sabemos. Y quiero manifestar aquí y ahora que por mi parte lo dudo. Sólo podemos esperar que el hombre que está conduciendo el coche de los guardias de seguridad sea capturado cuanto antes. Mientras tanto, tenemos que trabajar como si esto sólo fuese un suceso en la periferia de la gran investigación. Me interesa tanto o más lo que le pueda haber ocurrido a Louise Fredman. Y lo que tenemos de Sturup. Pero naturalmente primero quiero saber si hay alguna objeción a cómo lo veo por ahora.

Se produjo un silencio en la estancia. Nadie dijo nada.

—A mí, que vengo de fuera y no tengo que temer el pisarle los pies a nadie, puesto que seguramente se los estoy pisando a todo el mundo una y otra vez, me parece una actitud correcta. Los policías acostumbramos tener una tendencia a poder sólo con un pensamiento a la vez. Mientras que el autor del delito al que perseguimos piensa diez.

Era Hamrén el que había tomado la palabra. Wallander escuchó con aprobación, aunque no estaba seguro de que Hamrén pensara realmente lo que decía.

—Louise Fredman desapareció sin dejar rastro —dijo Ann-Britt Höglund—. Recibió una visita. Luego la acompañó hasta fuera. El resto del personal nunca había visto al visitante. El nombre que estaba apuntado en el libro de visitas era totalmente ilegible. Como sólo trabajan los sustitutos de verano, el habitual sistema de control casi no funciona.

—Alguien tiene que haber visto quién fue a buscarla —objetó Wallander.

—Sí —dijo Ann-Britt Höglund—. Una auxiliar llamada Sara Pettersson.

—¿Ha hablado alguien con ella?

—Se ha ido de viaje.

—¿Dónde está?

—Está viajando con un Interrail. Puede estar en cualquier sitio.

—Mierda.

—Podríamos encontrarla a través de la Interpol —dijo Ludwigsson apaciblemente—. Sería posible.

—Sí —dijo Wallander—. Creo que lo vamos a intentar. Y esta vez no esperaremos. Quiero que alguien se ponga en contacto con Per Åkeson esta misma noche.

—Esto es jurisdicción del distrito de Malmö —indicó Svedberg.

—Me importa una mierda el distrito policial en que nos encontremos. Arréglalo. Será problema de Per Åkeson.

Ann-Britt Höglund prometió encargarse de ello. Wallander se dirigió a Ludwigsson y Hamrén.

—He oído rumores acerca de una motocicleta —dijo—. Un testigo que ha visto algo interesante en el aeropuerto.

—Sí —dijo Ludwigsson—. El horario coincide. Una motocicleta se dirigió hacia la E 65 la noche en cuestión.

—¿Qué tiene de interés?

—Que el guardia está bastante seguro de que la motocicleta desapareció al mismo tiempo que llegó la furgoneta. El Ford de Björn Fredman.

Wallander cayó en la cuenta de que lo que Ludwigsson decía era muy importante.

—Estamos hablando de una hora de la noche en la que el aeropuerto está cerrado —prosiguió Ludwigsson—. No ocurre nada. No hay taxis, nada de tránsito. Todo está muy quieto. Una furgoneta llega y aparca. Al poco rato se va una motocicleta.

Un silencio glacial recorrió la estancia.

Todos comprendieron que por primera vez se encontraban muy cerca del asesino que buscaban. Si es que existían momentos mágicos en una investigación criminal complicada, éste era uno de ellos.

—Un hombre en una motocicleta —dijo Svedberg—. ¿Realmente puede ser cierto?

—¿Hay alguna descripción? —preguntó Ann-Britt Höglund.

—Según el guardia, quien conducía la motocicleta llevaba un casco integral en la cabeza. Por tanto no pudo verle la cara. Ha trabajado durante muchos años en Sturup. Era la primera vez que una motocicleta se alejaba durante la noche.

—¿Cómo puede estar seguro de que se dirigía hacia Malmö?

—No lo estaba. Tampoco lo he dicho.

Algo hizo que Wallander aguantase la respiración. Las voces de los demás se oían distantes, casi como un ruido impreciso lejano en el espacio.

Aún no sabía qué era lo que veía.

Pero se dio cuenta de que ahora estaba cerca, muy cerca.

37

En algún lugar, Hoover oía la tormenta a lo lejos.

En silencio, para no despertar a su hermana, que estaba durmiendo, contaba los segundos que separaban los relámpagos del estampido de los truenos. La tormenta se alejaba. No llegaría a Malmö. Continuó mirándola. Dormía en el colchón. Habría deseado ofrecerle algo completamente diferente. Pero todo había ocurrido muy deprisa. El policía al que ahora odiaba, el coronel de caballería con los pantalones azules, al que había dado el nombre de Perkins, porque pensaba que le iba bien, y también el de Hombre con Gran Curiosidad, cuando en el silencio le anunciaba sus mensajes a Jerónimo con el tambor, había venido y exigido ver unas fotografías de Louise. También había amenazado con ir a verla. En aquel momento había entendido que tenía que cambiar sus planes enseguida. Iría a buscar a Louise antes de que la línea de cabelleras y la última ofrenda, el corazón de la chica, estuviesen enterrados debajo de su ventana. De repente todo apremiaba. Era por eso por lo que solamente tuvo tiempo de bajar un colchón y una manta al sótano. Se había imaginado otra cosa diferente para ella. Había una gran casa vacía en Limhamn. La mujer que vivía sola en ella iba cada verano a Canadá a visitar a sus familiares. En una ocasión fue su maestra. Después la había visitado a veces para hacerle recados. Por eso sabía que estaría fuera. Hacía tiempo que había hecho una copia de la llave de la puerta de fuera. Podían haber vivido en esa casa mientras planeaban su futuro. Pero ahora el policía curioso se había interpuesto en su camino. Hasta que no muriese, y eso ocurriría muy pronto, tendrían que contentarse con el colchón y el sótano.

Ella dormía. Había sacado medicamentos de un armario cuando la fue a recoger en el hospital. Había ido sin pintarse la cara. Pero llevaba el hacha y unos cuchillos, por si alguien intentaba impedir que se la llevara. El hospital estaba muy tranquilo, casi no había personal. Todo había sido mucho más fácil de lo que se había imaginado. Al principio Louise no le había reconocido, o al menos había dudado. Pero al oír su voz no se resistió. Le había traído ropa. Caminaron por el parque del hospital, subieron a un taxi y todo resultó fácil. Ella no dijo nada, no preguntó por qué le hacía dormir en un colchón. Se acostó y se quedó dormida casi enseguida. Él también estaba cansado. Se acostó junto a ella y se durmió un rato. Justo antes de dormirse pensó que estaban más cerca del final que nunca. El poder de las cabelleras que había enterrado estaba surtiendo efecto. Ella estaba de nuevo saliendo a la vida. Pronto todo habría cambiado.

La miró. Era de noche, pasadas las diez. Su decisión estaba tomada. Al alba del día siguiente volvería a Ystad por última vez.

*

En Helsingborg era casi medianoche. Un gran número de periodistas asediaba el círculo exterior que el intendente Birgersson había establecido. El jefe de policía estaba en su puesto, habían dado alerta nacional en busca del coche de la compañía de seguridad, pero aún no tenían rastro de él. Para obedecer la insistente petición de Wallander, se estaba buscando a través de la Interpol a la joven Sara Pettersson, que viajaba con Interrail con una amiga. A través de sus padres estaban reconstruyendo el posible trayecto de las chicas. Era una noche ajetreada en la comisaría. Hansson estaba en Ystad con Martinsson y recibían información continuamente. De esta forma podían enviar a Wallander el material de la investigación que precisaba en cada momento. Per Åkeson se encontraba en su casa. Pero estaría localizable todo el tiempo. A pesar de que era tarde, Wallander envió a Ann-Britt Höglund a Malmö para visitar a la familia Fredman. Quería asegurarse de que no hubieran sido ellos quienes se habían llevado a Louise del hospital. Habría preferido ir él mismo. Pero no podía estar en dos lugares al mismo tiempo. Ella se fue en el coche a las diez y media, después de que Wallander hablase con la viuda de Fredman. Wallander calculaba que estaría de vuelta sobre la una.

—¿Quién cuida de tus hijos mientras estás aquí? —le había preguntado cuando se disponía a salir para Malmö.

—Tengo una vecina fantástica —respondió—. Si no, no podría ser.

Cuando se había marchado, Wallander llamó a su casa.

Linda estaba allí. Le explicó como pudo lo ocurrido. No sabía cuándo volvería, tal vez durante la noche, tal vez de madrugada. Dependía.

—¿Vendrás antes de que me marche? —preguntó.

—¿Marcharte?

—¿Has olvidado que me voy a Gotland? Nos vamos, Kajsa y yo, el sábado. Cuando tú te vayas a Skagen.

—Claro que no lo he olvidado —dijo evasivo—. Naturalmente que estaré en casa para entonces.

—¿Has hablado con Baiba?

—Sí —respondió Wallander esperando que no descubriese la mentira.

Le dio el número de teléfono de Helsingborg. Después estuvo pensando en llamar a su padre. Pero era tarde. Seguramente ya se habrían acostado.

Entró en la central de operaciones, donde Birgersson co-ordinaba el trabajo de investigación. Habían transcurrido cinco horas sin que nadie hubiese encontrado el coche roba-do de los guardias de seguridad. Birgersson estaba de acuer-do con Wallander en que eso sólo significaría que Logård, o quien fuese, no estaba usando el coche.

—Tiene dos barcos a su disposición —dijo Wallander—. Y una casa a las afueras de Bjuv que encontramos con difi-cultad. Con toda seguridad tiene más escondites.

—Un par de hombres están ahora examinando los bar-cos —dijo Birgersson—. Y la finca de Hördestigen. Les he dicho que buscaran posibles direcciones de los otros escon-drijos.

—¿Quién es ese jodido Hans Logård? —preguntó Wa-llander.

—Están examinando sus huellas dactilares —contestó Birgersson—. Si alguna vez ha tenido algo que ver con la po-licía, le encontraremos pronto.

Wallander continuó hasta las dependencias en las que es-taban interrogando a las cuatro chicas. Era cansado, puesto que todo se hacía por mediación de un intérprete. Además, las chicas estaban asustadas. Wallander les había explicado a los policías que en primer lugar tenían que decirles que no se las acusaba de ningún delito. Pero en su interior se pregun-taba cuán profundos serían en realidad sus temores. Pensa-ba en el miedo de Dolores María Santana, el más grande que jamás había visto. Pero ahora, a las doce de la noche, se le estaba formando una imagen. Todas las chicas eran de la República Dominicana. Sin conocerse entre ellas, se habían acercado desde el pueblo a una de las grandes ciudades en busca de trabajo como asistentas del hogar o trabajadoras en una fábrica. A todas las recibieron hombres distintos, to-dos igual de simpáticos, y les habían ofrecido trabajo como asistentas del hogar en Europa. Les habían mostrado fotos de grandes mansiones hermosas en el mar Mediterráneo, los sueldos serían casi diez veces lo que se podía esperar en su país, si es que allí encontraban trabajo. Algunas habían dudado, otras no, pero finalmente todas aceptaron. Les daban pasaportes pero no podían quedarse con ellos. Después habían ido en avión hasta Amsterdam; al menos dos de las chicas creían que ése era el nombre de la ciudad en la que habían aterrizado. De allí fueron en un pequeño autobús a Dinamarca. Una noche oscura, hacía una semana, las llevaron en barco hasta Suecia. Todo el tiempo estaban rodeadas por hombres distintos y su amabilidad se reducía cuanto más se alejaban de su país. El verdadero temor se presentó cuando las encerraron en aquella finca solitaria. Les dieron de comer y un hombre les explicó en un español deficiente que pronto continuarían el viaje, el último trayecto. Pero ahora ya empezaban a entender que nada sería como les habían prometido. El temor se estaba convirtiendo en terror.

Wallander les pidió a los policías encargados de los interrogatorios que fueran minuciosos al preguntar por los hombres que habían visto durante su encierro. ¿Había sido más de uno? ¿Podían describir el barco que les trajo a Suecia? ¿Cómo era el capitán? ¿Había tripulación? Les dijo que llevaran a una de las chicas al club náutico para ver si reconocía la cabina del crucero de Logård. Quedaron muchas preguntas por responder. Pero se estaba dibujando un patrón. Wallander daba vueltas todo el rato buscando una estancia vacía, donde encerrarse y reflexionar a solas.

Esperaba impaciente el regreso de Ann-Britt Höglund. Y sobre todo que pudiesen identificar a Hans Logård. Intentó encontrar una relación entre una motocicleta en el aeropuerto de Sturup, un hombre que arranca cabelleras y mata con un hacha y otro que dispara con un arma semiautomática. Toda la investigación iba y venía de forma precipitada por su mente. Ya tenía el dolor de cabeza que antes había presentido e intentó combatirlo con una aspirina sin que desapareciera del todo. Era como un dolor sordo. El aire era sofocante. Había tormenta sobre Dinamarca. En menos de cuarenta y ocho horas debería estar en Kastrup.

A las doce y veinticinco de la noche Wallander miraba por una ventana, contemplaba la clara noche veraniega y pensaba que el mundo se encontraba en un caos tremendo. Fue entonces cuando Birgersson llegó golpeando el suelo del pasillo con los pies y enarbolando triunfalmente un papel en el aire.

—¿Sabes quién es Erik Sturesson? —preguntó.

—No.

—¿Sabes quién es Sture Eriksson, pues?

—No.

—Una misma persona. Que después ha cambiado de nombre una vez más. Esta vez no sólo ha intercambiado el nombre con el apellido. Ahora se ha buscado uno con un aire de familia más noble: Hans Logård.

Wallander se olvidó enseguida del mundo caótico que le rodeaba. Birgersson acudió a aportarle la claridad que necesitaba.

—Bien —dijo—. ¿Qué más sabemos?

—Las huellas dactilares que encontramos en Hördestigen y en los barcos figuraban en los registros. En Erik Sturesson y Sture Eriksson. Pero en nadie llamado Hans Logård. Erik Sturesson, si le consideramos a él, puesto que es el nombre de la partida de nacimiento, tiene cuarenta y siete años. Nació en Skövde, de padre militar de profesión y madre ama de casa. Ambos murieron a finales de los sesenta, el padre alcohólico, para más *inri*. Erik pronto se mezcla con malas compañías. Primer informe a los catorce años. Luego va deprisa. Resumiéndolo todo, ha estado detenido en las cárceles de Österåker, Kumla y Hall. Además de una breve visita en Norrköping. Por cierto, fue al dejar Österåker cuando cambió de nombre por primera vez.

—¿Qué tipo de delincuencia?

—Desde trabajos sencillos y variados hasta especializaciones, diría. Robos y estafas al principio. Algún que otro maltrato. Luego delitos cada vez más graves. Drogas, por supuesto. Cosa dura. Parece ser que trabajó para cárteles turcos y paquistaníes. Esto solamente es un resumen. Se sabrá más durante la noche. Analizamos todo lo que encontramos.

—Necesitamos una foto suya —dijo Wallander—. Y las huellas dactilares se tienen que comparar con las que encontramos en Wetterstedt y Carlman. Fredman también. No olvides las huellas en el párpado izquierdo.

—Nyberg está en marcha en Ystad —dijo Birgersson—. Pero parece muy cabreado todo el tiempo.

—Es como es —dijo Wallander—. Pero es bueno.

Se sentaron ante una mesa repleta de tazas de café vacías. Todos los teléfonos sonaban continuamente. Levantaron un muro invisible a su alrededor. Sólo dejaron pasar a Svedberg, que se sentó en la cabecera de la mesa.

—Lo interesante es que Hans Logård deja de repente de visitar nuestras cárceles —dijo Birgersson—. La última vez que estuvo encerrado fue en 1989. Después está limpio. Como si le hubiesen redimido.

—Si no recuerdo mal, coincide bastante bien con el momento en que Åke Liljegren se establece aquí, en Helsingborg.

Birgersson asintió con la cabeza.

—No hemos acabado aún —prosiguió—. Pero al parecer Hans Logård obtiene la escritura de la propiedad de Hördestigen en 1991. Hay un desfase de unos años. Pero nada impide que viviese en otro sitio mientras tanto.

—Nos lo dirán enseguida —dijo Wallander acercándose un teléfono—. ¿Qué número tiene Elisabeth Carlén? Está en la mesa de Sjösten. ¿Todavía la tenemos bajo vigilancia?

Birgersson asintió de nuevo con la cabeza. Wallander tomó una rápida decisión.

—Retira a los hombres —ordenó.

Alguien colocó una nota delante de Wallander. Marcó el número y esperó. Elisabeth Carlén contestó casi de inmediato.

—Soy Kurt Wallander —se presentó.

—A estas horas no voy a la comisaría —contestó.

—Tampoco hace falta. Sólo tengo una pregunta: ¿Estaba Hans Logård en compañía de Åke Liljegren ya en 1989? ¿O en 1990?

Oyó cómo encendía un cigarrillo. Exhaló el humo directamente en el auricular.

—Sí —dijo—. Creo que estaba ya entonces. Al menos en 1990.

—Bien —dijo Wallander.

—¿Por qué me tenéis bajo vigilancia? —preguntó.

—Quién sabe —dijo Wallander—. Porque no queremos que te pase nada. Sea como sea la retiramos ahora. Pero no te vayas de viaje sin avisarme. Si no me enfadaré.

—Sí —dijo—. Creo que podrías enfadarte.

Ella colgó.

—Hans Logård estaba —dijo Wallander—. Aparece al lado de Liljegren en relación con su llegada a Helsingborg. Unos años más tarde se hace con Hördestigen. Evidentemente fue Åke Liljegren quien se cuidó de la redención de Hans Logård.

Wallander intentó hacer encajar los pedazos.

—Los rumores de trata de blancas empezaron más o menos por entonces. ¿Es así?

Birgersson asintió con la cabeza. Era correcto.

Por un momento reflexionaron sobre sus palabras en silencio.

—¿Tiene Logård un pasado violento? —preguntó Wallander.

—Unos cuantos delitos graves de maltrato —contestó Birgersson—. Pero no ha disparado nunca. Que nosotros sepamos, al menos.

—¿Nada de hachas?

—No. Nada parecido.

—Sea como sea, tenemos que encontrarlo —dijo Wallander levantándose—. ¿Dónde coño se está escondiendo?

—Le encontraremos —dijo Birgersson—. Tarde o temprano saldrá.

—¿Por qué disparó? —preguntó Wallander.

—Mejor se lo preguntas a él —contestó Birgersson.

Birgersson abandonó la habitación. Svedberg se quitó la gorra.

—¿Realmente es el mismo hombre al que estamos buscando? —preguntó inseguro.

—No lo sé —dijo Wallander—. Pero lo dudo. Aunque me puedo equivocar, naturalmente. Esperemos que sea así.

Svedberg salió de la habitación. Wallander estaba solo otra vez. Echaba de menos a Rydberg más que nunca. «Siempre queda otra pregunta por hacer.» Palabras que Rydberg repetía a menudo. ¿Cuál era, por tanto, la pregunta que aún no se había hecho? La buscaba. No encontraba nada. Las preguntas estaban hechas. Sólo faltaban las respuestas.

Por eso fue un alivio cuando Ann-Britt Höglund entró en la habitación. Eran la una menos tres minutos. Sintió de nuevo envidia de su bronceado. Se sentaron.

—Louise no estaba allí —dijo—. La madre estaba bebida. Pero su preocupación por la hija parecía sincera. No podía comprender qué podía haber pasado. Creo que decía la verdad. Me dio mucha pena.

—¿Realmente no tenía ni idea?

—Nada. Y había estado pensando en ello.

—¿Había ocurrido antes?

—Nunca.

—¿Y el hijo?

—¿El mayor o el menor?

—El mayor. Stefan.

—No estaba en casa.

—¿Estaba buscando a su hermana?

—Si entendí bien a la madre, se va de vez en cuando. Pero me fijé en una cosa. Pedí permiso para mirar un poco por allí. Por si de todos modos estuviera Louise. Entré en la habitación de Stefan. El colchón de su cama no estaba. Sólo estaba el cubrecama. Tampoco había almohada ni manta.

—¿Le preguntaste dónde estaba?

—Desgraciadamente, no. Pero sospecho que no habría podido contestarme.

—¿Mencionó cuánto tiempo llevaba fuera?

Reflexionó y consultó sus anotaciones.

—Desde ayer por la tarde.

—El mismo día y hora en que desapareció Louise.

Le miró sorprendida.

—¿Habría ido a buscarla él? ¿Dónde están, pues?

—Dos preguntas, dos respuestas. No lo sé. No lo sé.

Wallander sintió cierto malestar en su cuerpo. No podía determinarlo. Pero ahí estaba.

—¿No le habrás preguntado a la madre por casualidad si Stefan tiene una motocicleta?

Vio que enseguida captaba a qué aludía.

—No —dijo.

Wallander señaló el teléfono que estaba en la mesa.

—Llámala —dijo—. Pregúntale. Ella bebe durante las noches. No la despertarás.

Hizo lo que le pedía. Tardó en contestar. La conversación fue muy breve. Volvió a colgar. Vio que estaba aliviada.

—No tiene una motocicleta —dijo—. Al menos que ella sepa. Además Stefan no ha cumplido los quince aún, ¿verdad?

—Sólo era una idea —dijo Wallander—. Teníamos que saberlo. Además dudo que los jóvenes de hoy en día se preocupen siempre por si algo está permitido o no.

—El pequeño se despertó cuando me marchaba —dijo—. Dormía en el sofá al lado de la madre. Supongo que eso fue lo que peor me sentó.

—¿Que se despertara?

—Que me viera. No he visto nunca unos ojos tan asustados en un niño.

Wallander golpeó con el puño en la mesa. Ella se sobresaltó.

—Ahora lo sé —dijo—. Lo que se me había pasado por alto todo el tiempo. ¡Joder!

—¿Qué?

—Espera un poco. Espera un poco...

Wallander se frotó las sienes para obligar a salir la imagen que durante tanto tiempo había estado preocupando a su subconsciente. Ya la tenía.

—¿Recuerdas aquel médico que le hizo la autopsia a Dolores María Santana en Malmö?

Ella reflexionó.

—¿No fue una mujer?

—Sí. Una mujer. ¿Cómo se llamaba? ¿Malm?

—Svedberg tiene buena memoria —dijo—. Iré a buscarlo.

—No hace falta —dijo Wallander—. Ahora me acuerdo. Se llama Malmström. La tenemos que encontrar. Y la tenemos que encontrar ahora. Quiero que te encargues. Rápido, coño.

—¿Por qué?

—Te lo explicaré luego.

Se levantó y salió del cuarto. Wallander pensó que no podía ser cierto lo que ahora empezaba a creer en serio. ¿Era posible que Stefan Fredman estuviese involucrado en todo lo ocurrido? Levantó el auricular y llamó a Per Åkeson. Contestó enseguida. Pese a no tener tiempo, le dio un informe de la situación. Después pasó rápidamente a lo que tenía en la mente.

—Quiero que me hagas un favor —dijo—. Ahora. En plena noche. Que llames al hospital en el que estaba ingresada Louise. Que les digas que fotocopien la página en la que

509

escribió su nombre la persona que fue a buscarla. Y que la envíen por fax aquí a Helsingborg.

—¿Cómo coño voy a hacer eso?

—No lo sé —respondió Wallander—. Pero puede ser importante. Pueden tachar todos los demás nombres de la página. Sólo quiero ver esa firma.

—¿La que era ilegible?

—Eso es. Quiero ver la firma ilegible.

Wallander hizo hincapié en sus palabras. Per Åkeson entendió que buscaba algo que tal vez fuera importante.

—Dame el número de fax —dijo Per Åkeson—. Lo intentaré.

Wallander le dio el número y colgó. Un reloj en la pared señalaba las dos menos cinco. Aún hacía bochorno. Wallander sudaba en su camisa nueva. Se preguntó distraídamente si era la administración estatal la que le había pagado la camisa y los pantalones nuevos. A las dos menos tres minutos Ann-Britt Höglund regresó diciendo que Agneta Malmström se encontraba de vacaciones navegando en algún lugar entre Landsort y Oxelösund.

—¿El barco tiene un nombre?

—Dicen que es un modelo llamado Maxi. El nombre es *Sanborombon*. También tiene un número.

—Llama a Radio Estocolmo —continuó Wallander—. Seguramente tendrán una radio de comunicaciones a bordo. Diles que avisen al barco. Subraya que es una urgencia policial. Habla con Birgersson. Quiero hablar con ella ahora.

Wallander notó que había entrado en una fase en la que empezaba a dar órdenes. Ella desapareció para hablar con Birgersson. Svedberg casi chocó con ella en la puerta cuando entraba con unos papeles que informaban sobre cómo los guardias de seguridad habían vivido la situación cuando les robaron el coche.

—Tienes razón —dijo—. De hecho sólo vieron la pistola. Además todo sucedió muy deprisa. Pero era rubio, con ojos azules, y vestía algún tipo de chándal. Estatura normal, hablaba en un dialecto de Estocolmo. Daba la impresión de estar bajo los efectos de alguna droga.

—¿Qué querían decir con eso?

—Sus ojos.

—Supongo que la identificación se está difundiendo con rapidez.

—Voy a controlarlo.

Svedberg abandonó la estancia tan rápido como había entrado en ella. Desde el pasillo se oían voces alteradas. Wallander suponía que un periodista habría intentado traspasar los límites que Birgersson había trazado. Encontró una libreta e hizo unas anotaciones. Carecían de orden entre sí, las garabateó tal como se le ocurrían. El sudor le caía por la cara, miraba sin cesar el reloj de la pared, y en su cabeza veía a Baiba sentada junto al teléfono en el apartamento espartano de Riga, esperando la llamada que hacía tiempo que debería haber hecho. Eran cerca de las tres de la madrugada. El coche de los guardias de seguridad todavía no había aparecido. Hans Logård se escondía en alguna parte. La chica que había regresado de la visita al puerto no había podido identificar el barco con seguridad. Tal vez lo era, tal vez no. Un hombre que siempre estaba en la sombra había llevado el timón. No recordaba ninguna tripulación. Wallander le dijo a Birgersson que las chicas tenían que dormir. Consiguieron acomodarlas en un hotel. Una de las chicas sonrió tímidamente a Wallander cuando se encontraron por el pasillo. La sonrisa le alegró, y por un momento se sintió casi eufórico. A intervalos regulares, Birgersson entraba en las diferentes dependencias en las que Wallander se encontraba en ese momento y le entregaba información adicional sobre Hans Logård. A las tres y cuarto de la madrugada Wallander supo que había estado casado dos veces y que tenía dos hijos menores de edad. Una hija que vivía con su madre en Hagfors y un chico de nueve años en Estocolmo. Siete minutos más tarde

Birgersson regresó e informó de que Hans Logård probablemente tenía un hijo más, pero que no se podía confirmar.

A las tres y media, un policía exhausto entró donde Wallander estaba sentado con una taza de café en la mano y con
los pies en la mesa, y dijo que Radio Estocolmo había logrado contactar con el barco de vela *Sanborombon* en el que se
encontraba la familia Malmström, a siete millas náuticas al
suroeste de Landsort, camino de Arkösund. Wallander dio
un respingo y le acompañó hasta la sala de operaciones en la
que Birgersson estaba gritando por un teléfono. Le entregó
el auricular a Wallander.

—Se encuentran en algún lugar entre dos faros denomi-
nados Hävringe y Gustaf Dalén —dijo—. Hablarás con alguien que se llama Karl Malmström.

Wallander le entregó precipitadamente el auricular a
Birgersson.

—Es con ella con la que tengo que hablar —dijo—. Él
me importa una mierda.

—Espero que te des cuenta de que hay cientos de barcos de recreo allí fuera que pueden escuchar todas las conversaciones transmitidas por la radio costera.

Eso Wallander no lo había tenido en cuenta dadas las
prisas.

—Un teléfono móvil es mejor —dijo—. Pregúntales si
tienen uno a bordo.

—Ya lo he hecho —respondió Birgersson—. Éstas son
personas que consideran que las vacaciones se tienen que
disfrutar sin teléfonos móviles.

—Entonces tendrán que acercarse a tierra —dijo Wallander—. Y llamar desde allí.

—¿Cuánto tiempo crees que tardarán? —preguntó Birgersson—. ¿Sabes dónde está Hävringe? Es plena noche.
¿Pretendes que icen velas ahora?

—Me importa una mierda dónde está Hävringe —dijo
Wallander—. Además, tal vez naveguen de noche y no estén

anclados. Quizás haya un barco con teléfono móvil cerca. Diles solamente que tengo que contactar con ellos dentro de una hora. Con ella. No con él.

Birgersson movió la cabeza. Después empezó a gritar por el teléfono otra vez.

Exactamente treinta minutos más tarde, llamó Agneta Malmström desde un teléfono móvil que les habían prestado en un barco con el que se cruzaron en la ruta marítima. Wallander no se preocupó en disculparse por las molestias. Fue directamente al grano.

—¿Te acuerdas de la chica que se suicidó? —preguntó—. ¿En un campo de colza hace unas semanas?

—Claro que me acuerdo.

—¿Recuerdas también la conversación que tuvimos por teléfono aquella vez? Te pregunté cómo las personas jóvenes pueden hacer esas cosas contra sí mismas. No me acuerdo de las palabras exactas que usé.

—Lo recuerdo vagamente —contestó ella.

—Respondiste con un ejemplo de algo que habías vivido poco antes. Me hablaste de un chico, un niño pequeño, que temía tanto a su padre que había intentado sacarse los ojos.

Su memoria era prodigiosa.

—Sí —dijo—. Lo recuerdo. Pero no era una experiencia personal. Me la había explicado un colega.

—¿Quién?

—Mi marido. También es médico.

—Entonces es con él con el que necesito hablar. Ve a buscarlo.

—Tardaré un poco. Tengo que remar para ir a buscarlo en el bote. Hemos echado el ancla a cierta distancia.

Sólo entonces Wallander se disculpó por molestar.

—Desgraciadamente es necesario —dijo.

—Tardará un rato —repitió ella.

—¿Dónde coño está Hävringe? —preguntó Wallander.

—En medio del mar —contestó—. Es muy bonito por aquí. Pero ahora estamos navegando de noche hacia el sur. Por desgracia el viento es flojo.

Tardaron veinte minutos en llamar de nuevo. Karl Malmström se puso al teléfono. Mientras tanto Wallander se había informado de que era pediatra en Malmö. Wallander volvió a la conversación que había mantenido con su esposa.

—Recuerdo la ocasión —dijo.

—¿Te acuerdas sin más del nombre de aquel chico?

—Sí —dijo—. Pero no puedo gritarlo en un teléfono móvil.

Wallander le comprendió. Pensó con rapidez.

—Hagámoslo de este modo —dijo—. Yo te hago una pregunta. Puedes contestar sí o no. Sin mencionar nombres.

—Podemos intentarlo —contestó Karl Malmström.

—¿Tiene que ver con Bellman?* —preguntó Wallander.

Karl Malmström lo captó. Su respuesta fue casi inmediata.

—Sí —dijo—. Así es.

—Entonces te doy las gracias por ayudarme —dijo Wallander—. Espero no tener que molestaros más. Buen verano.

Karl Malmström no parecía molesto.

—Te da sensación de seguridad cuando ves que los policías trabajan duramente —dijo tan sólo.

La conversación se terminó. Wallander le entregó el auricular a Birgersson.

—Tengamos una reunión urgente —dijo—. Sólo necesito unos minutos para pensar.

—Siéntate en mi despacho —dijo Birgersson—. Está vacío por ahora.

---

* Carl Michael Bellman, poeta sueco del siglo XVIII, escribió un libro de canciones cuyo título, traducido literalmente del sueco, sería *Las epístolas de Fredman*. (N. de las T.)

De repente Wallander se sintió muy cansado. El malestar le invadía como un dolor sordo en el cuerpo. Todavía no quería creer que lo que pensaba fuese verdad. Había luchado en contra de su intuición durante tiempo. Ya no podía más. El cuadro que aparecía ante él era insoportable. El pavor al padre del niño pequeño. Un hermano mayor al lado. Que vierte ácido clorhídrico en los ojos del padre como venganza. Que emprende una venganza de locura por su hermana, de la que de alguna manera han abusado. De pronto todo era muy evidente. Todo cuadraba y el resultado era espantoso. También pensó que su subconsciente lo había detectado hacía tiempo. Pero él lo había alejado de sí mismo. En cambio, había elegido seguir otras pistas, unas pistas que le alejaban del objetivo.

Un policía llamó a la puerta.

—Ha llegado un fax de Lund. De un hospital.

Wallander lo cogió. Per Åkeson había actuado con celeridad. Era una copia de la lista de visitas a la unidad psiquiátrica en la que Louise había estado ingresada. Todos los nombres estaban tachados, excepto uno. La firma realmente era ilegible. Tomó una lupa del escritorio de Birgersson e intentó descifrarla. Seguía siendo ilegible. Dejó el papel en la mesa. El policía aún estaba en la puerta.

—Ve a buscar a Birgersson —dijo Wallander—. Y a mis colegas de Ystad. ¿Cómo está Sjösten, por cierto?

—Está durmiendo —respondió el policía—. Le han sacado la bala del hombro.

Unos minutos más tarde estaban reunidos. Eran casi las cuatro y media. Estaban exhaustos. Hans Logård seguía desaparecido. Aún no había rastro del coche de los guardias. Wallander les indicó que se sentaran.

«El momento de la verdad», pensó. «Aquí está.»

—Estamos buscando a una persona llamada Hans Logård —empezó—. Naturalmente vamos a seguir haciéndolo. Disparó a Sjösten en el hombro. Está involucrado en el contrabando de muchachas. Pero el asesino no es él. No es Hans

515

Logård quien ha arrancado las cabelleras. Es otra persona totalmente distinta.

Hizo una pausa, como si tuviese que deliberar consigo mismo una última vez. Pero el malestar venció. Ahora sabía que estaba en lo cierto.

—Es Stefan Fredman el que ha hecho todo esto —dijo—. En otras palabras, estamos buscando a un chico de catorce años que, entre otros, ha matado a su propio padre.

Se produjo un silencio en la habitación. Nadie se movía. Todos le miraban fijamente.

Wallander tardó media hora en explicarse. Después no había dudas. Decidieron que ahora podían regresar a Ystad. Aquello que acababan de comentar debía guardarse en absoluto secreto. Más tarde, Wallander no pudo determinar cuál había sido la reacción predominante entre los colegas, si el estupor o el alivio.

Se prepararon para volver a Ystad.

Svedberg miraba el fax que había llegado de Ystad, mientras Wallander hablaba por teléfono con Per Åkeson.

—Curioso —dijo.

Wallander se volvió hacia él.

—¿Qué es lo que es curioso?

—Esta firma —dijo Svedberg—. Casi parece que se haya registrado bajo el nombre de Jerónimo.

Wallander tomó el fax de la mano de Svedberg.

Eran las cinco menos diez minutos.

Vio que Svedberg tenía razón.

38

Se habían despedido al amanecer delante de la comisaría de Helsingborg. Todos estaban cansados y ojerosos, pero sobre todo impresionados por lo que ahora comprendían que tenía que ser la verdad del asesino que llevaban persiguiendo tanto tiempo. Habían decidido encontrarse a las ocho de la mañana en la comisaría de Ystad. Eso significaba que tenían tiempo de ir a sus casas a ducharse, pero no mucho más. Después tenían que continuar. Wallander había dicho la verdad. Creía que todo había ocurrido a causa de la hermana enferma. Pero no podían estar seguros. También podría estar en grave peligro. Sólo había una premisa: tenían que temer lo peor. Svedberg iba en el coche de Wallander. El día sería hermoso. Nadie recordaba cuándo fue la última vez que cayó una buena lluvia en Escania. Hablaron muy poco durante el viaje. En la entrada de Ystad, Svedberg se percató de que había olvidado las llaves en alguna parte. Eso le hizo recordar a Wallander que aún no habían aparecido las suyas. Le comentó a Svedberg que podía acompañarle a su casa. Llegaron a la calle de Mariagatan un poco antes de las siete. Linda dormía. Después de ducharse, Wallander le dejó una camisa a Svedberg y ambos se sentaron en el salón a tomar café.

Ninguno de ellos se percató de que la puerta del ropero que había junto a la habitación de Linda estaba cerrada cuando llegaron y ahora estaba entornada.

Hoover había llegado al apartamento a las siete menos diez. Estaba a punto de entrar en el dormitorio de Wallander con el hacha en la mano cuando oyó cómo introducían una llave en la cerradura. Se ocultó precipitadamente en el ropero. Había oído dos voces. Cuando se dio cuenta de que estaban en el salón entreabrió cuidadosamente la puerta. Oyó a Wallander que llamaba al otro hombre Svedberg. Hoover supuso que también era policía. Llevaba todo el tiempo el hacha en la mano. Escuchaba la conversación. Al principio no entendía de qué estaban hablando. Mencionaban un nombre, Hans Logård, una y otra vez. Wallander, al parecer, intentaba explicarle algo al hombre llamado Svedberg. Escuchaba cada vez con más atención y finalmente comprendió que había sido la divina Providencia, la fuerza de Jerónimo, la que de nuevo se había puesto en marcha. Ese hombre, Hans Logård, había sido la mano derecha de Åke Liljegren. Había traficado con chicas, pasándolas de forma ilegal desde la República Dominicana, y tal vez también de otras partes del Caribe. Además era muy probable que hubiese sido él quien le suministraba las chicas a Wetterstedt y quizá también a Carlman. También oyó cómo Wallander presuponía que Hans Logård estaría en la lista de muertes que existía en la mente de Stefan Fredman.

Poco después la conversación cesó. Unos minutos más tarde Wallander y el hombre al que llamaba Svedberg abandonaron el apartamento.

Hoover salió del ropero y se quedó completamente inmóvil.

Después se marchó sin hacer el menor ruido.

Se encaminó a la tienda vacía en la que Linda y Kajsa habían realizado sus ensayos. Sabía que no la usarían más. Por eso había dejado a Louise allí mientras se dirigía al apartamento de la calle de Mariagatan para matar al coronel de caballería, Perkins, y a su hija. Pero cuando estaba allí, en el ropero, con el hacha preparada y oyendo la conversación, dudó. Por lo visto había otro hombre al que tenía que matar. Un hombre al que había pasado por alto. Un hombre llamado Hans Logård. Cuando lo describieron, comprendió que debió de ser él quien salvajemente violó y maltrató a su hermana. Eso antes de drogarla y llevarla a Gustaf Wetterstedt y a Carlman, acontecimientos que acabaron por introducirla en la oscuridad de la que ahora la estaba sacando. Todo estaba bien detallado en el libro que ahora tenía en su poder. En ese libro aparecía escrito el mensaje que guiaba sus actuaciones. Había creído que Hans Logård era un hombre que no residía en Suecia. Un extranjero malvado y viajero. Ahora se daba cuenta de que se había equivocado.

Había resultado fácil entrar en la tienda vacía. Con anterioridad había visto cómo Kajsa dejaba la llave en un listón que sobresalía de la puerta. Puesto que se movía en pleno día, no se había pintado la cara. Tampoco quería asustar a Louise. De regreso al local, la encontró sentada en una silla mirando al vacío. Hoover había decidido llevarla a otro sitio. También sabía adónde. Antes de ir a Mariagatan había ido en la motocicleta para comprobar que las condiciones eran las que quería. La casa estaba vacía. Pero no se mudarían hasta la noche. Se sentó en el suelo junto a ella. Intentó pensar cómo localizar a Hans Logård antes de que lo hiciera la policía. Se dirigió a Jerónimo dentro de sí mismo para pedirle consejo. Pero su corazón estaba extrañamente tranquilo esa mañana. Los tambores eran tan débiles que no podía captar su mensaje.

*

A las ocho se encontraron en la sala de reuniones. Per Åkeson estaba presente, al igual que un oficial de la policía de Malmö. El intendente Birgersson de Helsingborg estaba conectado mediante un teléfono con altavoz. Todos estaban pálidos pero resueltos. Wallander paseó la mirada por la mesa y pidió una ronda introductoria informativa de la situación.

La policía de Malmö estaba buscando, con mucha discreción, el posible escondrijo que presuntamente estaba utilizando Stefan Fredman. No lo habían encontrado aún. Sin embargo, uno de los vecinos de la casa confirmó que había visto a Stefan Fredman en motocicleta varias veces, aunque su madre no sabía nada de ello. Según la policía el testigo era fiable. La casa en la que vivía la familia estaba bajo vigilancia. Desde Helsingborg, Birgersson les informó a través de los altavoces de que Sjösten estaba bien. Pero desgraciadamente su oreja quedaría muy deformada.

—La cirugía plástica hace milagros hoy en día —gritó Wallander alentador—. Dale recuerdos de todos nosotros.

Birgersson prosiguió. La comprobación actual había demostrado que no pertenecían a Hans Logård las huellas dactilares que había en la revista rota de *Fantomas,* en la bolsa de papel ensangrentada de detrás de la caseta de Obras Públicas, en el horno de Liljegren y en el párpado izquierdo de Björn Fredman. Fue una confirmación que llegaría a ser decisiva. La policía de Malmö estaba comprobando las huellas dactilares de Stefan Fredman en los objetos que habían recogido en su habitación del apartamento de Rosengård. Nadie dudaba de que encajarían allí donde habían descartado a Hans Logård.

Después hablaron de este último. El coche de los guardias aún no se había encontrado. Puesto que había disparado y tanto Sjösten como Wallander podían haber muerto, la persecución tenía que continuar. Debían partir de la base de que era peligroso, aunque todavía no se podía explicar el porqué. En relación con esto, Wallander comprendió que era preciso indicar otra suposición que no podían olvidar.

—Aunque Stefan Fredman sólo tenga catorce años, es peligroso —dijo—. Claro que está loco, pero no es estúpido. Además es muy fuerte y reacciona con rapidez y decisión. En otras palabras, debemos tener cuidado.

—¡Todo esto es tan horroroso, joder! —exclamó Hansson—. Todavía no puedo creer que sea verdad.

—Supongo que nos pasa a todos —dijo Per Åkeson—. Pero lo que Kurt está diciendo es cierto. Todos deben tener en cuenta lo que ha dicho.

—Stefan Fredman sacó a su hermana del hospital —continuó Wallander—. Estamos buscando a la chica que está viajando con Interrail para que le identifique. Pero podemos partir de la base de que será una confirmación positiva. No sabemos si tiene intención de hacerle daño. Lo único importante es que le encontremos. Tenemos que atraparlo para que no pueda lastimarla. El problema es saber dónde están. Tiene una motocicleta y viaja con su hermana detrás. No pueden llegar muy lejos. Además, la chica está enferma.

—Un loco en una motocicleta con una chica desequilibrada detrás —dijo Svedberg—. Es macabro.

—Sabe conducir un coche —indicó Ludwigsson—. Usó el Ford de su padre. Por tanto puede haber robado uno.

Wallander se dirigió al oficial de policía de Malmö.

—Coches robados —dijo—. En los últimos días, sobre todo en Rosengård. O cerca del hospital.

El policía se levantó y acercó el teléfono que estaba en una mesita con ruedas junto a una de las ventanas.

—Stefan Fredman comete sus crímenes después de una minuciosa planificación —continuó Wallander—. Naturalmente no podemos saber si había planeado con anterioridad llevarse a su hermana. Ahora tenemos que tratar de imaginarnos sus pensamientos y lo que tiene en mente. ¿Adónde irán? Es una mierda que Ekholm no esté aquí cuando más le necesitamos.

—Llegará dentro de una hora —dijo Hansson después de echar un vistazo al reloj—. Lo iremos a buscar.

—¿Cómo está su hija? —preguntó Ann-Britt Höglund.

Wallander se sintió enseguida un poco avergonzado por olvidar el motivo de la ausencia de Ekholm.

—Bien —dijo Svedberg—. Un pie roto. Sin duda ha tenido suerte.

—Este otoño vamos a montar una gran campaña sobre tráfico y seguridad vial para las escuelas —apuntó Hansson—. Demasiados niños fallecen en accidentes de tráfico.

El policía de Malmö terminó de hablar por teléfono y volvió a la mesa.

—Supongo que habéis buscado a Stefan también en el apartamento de su padre —dijo Wallander.

—Hemos buscado allí y por todos los sitios que frecuentaba su padre. Además hemos despertado a un hombre llamado Peter Hjelm y le hemos pedido que trate de averiguar todos los escondrijos posibles de Björn Fredman que el hijo haya podido conocer. Es Forsfält quien se encarga de ello.

—Eso garantiza que se hará minuciosamente —dijo Wallander.

La reunión continuó, pero Wallander sabía que en realidad solamente era una espera prolongada de que sucediera algo. Stefan Fredman se encontraba en algún lugar con su hermana Louise. Hans Logård también. Un gran número de policías les estaban buscando. Entraban y salían de la sala de reuniones para ir a buscar café, enviaron a alguien a por bocadillos, dieron una cabezada en sus sillas y pidieron más café. De vez en cuando ocurría algo. La policía alemana había encontrado a Sara Pettersson en la estación central de ferrocarriles de Hamburgo. Identificó a Stefan Fredman de inmediato. A las diez menos cuarto Mats Ekholm llegó del aeropuerto. Todos le felicitaron por la suerte de su hija. Vieron que aún estaba alterado y muy pálido.

Wallander le pidió a Ann-Britt Höglund que se lo llevara a su despacho para ponerle al día, tranquilamente, de todos los detalles. Un poco antes de las once llegó la confirmación que habían estado esperando. Eran las huellas dactilares de Stefan Fredman las que habían encontrado en el párpado de su padre, en la revista de *Fantomas,* en el papel ensangrentado de detrás de la caseta de Obras Públicas y en el horno de Liljegren. Después se produjo un gran silencio en la sala de reuniones. Lo único que se oía era el suave susurro de los altavoces desde donde estaba escuchando Birgersson. Ya no había vuelta atrás. Todas aquellas pistas falsas, principalmente las que habían existido dentro de ellos mismos, habían desaparecido. Sólo quedaba la certeza de que la verdad tenía un rostro, y esa verdad era espantosa. Estaban buscando a un chico de catorce años que había cometido cuatro homicidios premeditados a sangre fría.

Finalmente fue Wallander quien rompió el silencio. Dijo algo que muchos de ellos nunca olvidarían.

—Ya sabemos, por tanto, lo que esperábamos no llegar a saber.

El breve instante de calma había concluido. El equipo de investigación continuó su trabajo y su espera. Más tarde habría lugar para la reflexión. Wallander se dirigió a Ekholm.

—¿Qué está haciendo? —preguntó Wallander—. ¿Qué piensa?

—Sé que puede resultar una afirmación peligrosa —dijo Ekholm—. Pero no creo que busque hacerle daño a su hermana. Hay un patrón, llámalo lógica si quieres, en su comportamiento. La venganza por su hermanito y, por tanto, también por su hermana es el objetivo en sí. Si rompe el esquema, todo lo que ha construido con tanto trabajo se derrumbará.

—¿Por qué la fue a recoger al hospital? —preguntó Wallander.

—Tal vez tenía miedo de que tú, de algún modo, la pudieras influenciar.

—¿Cómo? —preguntó Wallander atónito.

—Nos imaginamos a un chico confuso que ha asumido el papel de un guerrero solitario. Podemos suponer que muchos hombres han hecho daño a su hermana. Es eso lo que le obsesiona. Imaginemos que esa teoría sea cierta, entonces quiere tener a todos los hombres alejados de ella. Él mismo constituye la excepción. Además no podemos obviar que probablemente sospecha que tú le estás siguiendo la pista. Muy posiblemente ya sabe que tú eres quien lleva el trabajo de la investigación.

Wallander se acordó de algo que se le había olvidado.

—Las fotos que Norén tomó —dijo—. De los espectadores de detrás del cordón policial. ¿Dónde están?

Sven Nyberg, que había permanecido callado y ensimismado en la mesa de reuniones, se levantó y fue a buscarlas. Wallander las colocó encima de la mesa. Alguien fue a buscar una lupa. Se reunieron alrededor de las fotos. Fue Ann-Britt Höglund quien le reconoció.

—Ahí —dijo señalando.

Estaba casi oculto detrás de otros curiosos. Pero una parte de la motocicleta era visible, al igual que la cabeza.

—Joder —exclamó Hamrén.

—Si se amplían los detalles —dijo Nyberg—, se podría identificar la motocicleta.

—Hazlo —ordenó Wallander—. Todo es importante.

Wallander pensó que ya estaba probado que incluso la otra sensación que le había roído el subconsciente tenía un fundamento. Con una mueca decidió que, al menos en su interior, podía concluir el caso.

Excepto en un punto. Baiba. Ya eran las doce, Svedberg dormía en una silla, Per Åkeson hablaba sin parar con tantas personas distintas que nadie podía seguirle. Wallander indicó a Ann-Britt Höglund que fuera con él al pasillo. Se sentaron en su despacho después de cerrar la puerta. Luego le explicó sin rodeos, con sencillez, en qué situación se encontraba. Lo hizo con un gran esfuerzo de voluntad y más tarde nunca entendería cómo había podido romper el principio inquebrantable de no hacer una confidencia privada a un colega. Eso lo dejó cuando murió Rydberg. Ahora lo hacía otra vez. Pero todavía no sabía si iba a tener una relación de confianza con Ann-Britt Höglund, como la que había tenido con Rydberg. Principalmente porque era mujer. Pero no se lo decía nunca, naturalmente. No tenía valor. Ella escuchaba con atención sus palabras.

—¿Qué coño voy a hacer? —dijo finalmente.

—Nada —respondió—. Ya es, como dices, demasiado tarde. Pero puedo hablar con ella si quieres. Supongo que habla inglés. Dame su número de teléfono.

Wallander lo anotó en un trozo de papel. Pero cuando alargó el brazo para descolgar el auricular, le pidió que esperara.

—Un par de horas más —dijo.

—Los milagros ocurren muy raras veces —respondió.

En ese mismo instante interrumpió Hansson, que abrió la puerta de golpe.

—Han encontrado su guarida —dijo Hansson—. Un sótano en una escuela que va a ser derribada. Está cerca de la casa en la que vive.

—¿Están allí? —preguntó Wallander. Se había levantado de la silla.

—No. Pero han estado allí.

Volvieron a la sala de reuniones. Conectaron otro altavoz. De repente, Wallander oyó la voz amable de Forsfält. Describió lo que habían encontrado. Espejos, pinceles, maquillaje. Un radiocasete con tambores. Dejó sonar un trozo de la cinta. Retumbaba de manera espeluznante en la sala de reuniones. «Pintura de guerra», pensó Wallander. «¿Cómo se había inscrito en el libro de registros del hospital? ¿Jerónimo?» Había diferentes hachas en un trozo de tela, además de cuchillos. A pesar del altavoz impersonal, podían oír que a Forsfält le había afectado mucho. Sus últimas palabras no las olvidaría nadie.

—Pero no hemos encontrado las cabelleras —dijo—. Aunque seguimos buscando, por supuesto.

—¿Dónde coño estarán? —preguntó Wallander.

—Las cabelleras —dijo Ekholm—, o las lleva consigo, o las ha ofrendado en algún lugar.

—¿Dónde? ¿Tiene un bosque de ofrendas particular?

—Es posible.

La espera continuaba. Wallander se echó en el suelo de su despacho y logró dormir casi media hora. Cuando se despertó estaba más cansado que antes. Todo el cuerpo le dolía. De vez en cuando Ann-Britt Höglund le miraba intimidante. Pero negaba con la cabeza y sentía cómo en su interior iba en aumento el desprecio hacia sí mismo.

Llegaron las seis de la tarde sin que hubieran podido encontrar el rastro ni de Hans Logård ni de Stefan Fredman y su hermana. Habían mantenido una larga discusión sobre la conveniencia de enviar una alerta nacional también por Stefan y Louise Fredman. Casi todos dudaban. Se consideraba demasiado grande el riesgo de que le sucediera algo a Louise. Per Åkeson estaba de acuerdo. Continuarían esperando. El silencio se prolongaba a ratos.

—Esta noche lloverá —dijo Martinsson de repente—. Se nota en el aire.

Nadie contestó. Pero todos intentaron ver si tenía razón.

*

Poco después de las seis, Hoover se llevó a su hermana a la casa deshabitada que había elegido. Aparcó la motocicleta en la parte del jardín que daba a la playa. Con rapidez, forzó la cerradura de la cancilla de la playa. La casa de Gustaf Wetterstedt estaba abandonada. Caminaron por el sendero de gravilla hacia la entrada principal. De repente se detuvo y detuvo también a Louise. Había un coche dentro del garaje. No estaba allí por la mañana cuando fue a comprobar si la casa estaba vacía. Con cuidado, obligó a Louise a sentarse sobre una piedra detrás de la pared del garaje. Sacó un hacha y escuchó. Todo estaba tranquilo. Salió a mirar el coche. Vio que pertenecía a una compañía de seguridad. Una de las ventanillas delanteras estaba abierta. Miró en el interior del coche. Había unos papeles en el asiento. Los levantó y vio que, entre otras cosas, había un recibo, expedido a nombre de Hans Logård. Lo volvió a dejar y permaneció inmóvil. Contuvo la respiración. Los tambores empezaban a sonar. Recordó la conversación que había escuchado por la mañana. Hans Logård también estaba huyendo.

Por tanto, había tenido la misma idea acerca de la casa vacía. Estaba allí dentro, en algún sitio. Jerónimo no le había abandonado. Le había ayudado a seguir el rastro del monstruo hasta su propia guarida. Ya no tendría que buscar más. La gélida oscuridad que se había introducido en la conciencia de su hermana pronto estaría fuera. Volvió junto a ella y le dijo que esperara allí un rato, completamente quieta y en silencio. Pronto estaría con ella de nuevo. Entró en el garaje. Allí había unos botes de pintura. Abrió dos de ellos con cuidado. Con la yema de un dedo se trazó dos líneas en la frente. Una línea roja, luego otra negra. El hacha ya la llevaba en la mano. Se quitó los zapatos. Justo cuando iba a salir, tuvo una idea. Volvió a contener la respiración. Eso lo había aprendido de Jerónimo. Con el aire presionando los pulmones, los pensamientos eran más lúcidos. Comprendió que su idea era buena. Eso lo facilitaría todo. Esa misma noche podría enterrar las últimas cabelleras debajo de la ventana del hospital junto a las demás. Serían dos. Por último enterraría un corazón. Luego todo habría acabado. En el último hoyo dejaría sus armas. Apretó fuertemente el hacha y empezó a caminar hacia la casa donde estaba el hombre al que iba a matar.

*

A las seis y media Wallander le propuso a Hansson, quien formalmente era el responsable junto con Per Åkeson, que podían empezar a enviar a la gente a sus casas. Todos estaban exhaustos. También podrían esperar en casa. Todos tenían la obligación de estar disponibles por la tarde y por la noche.

—¿Quiénes se tienen que quedar? —preguntó Hansson.

—Ekholm y Ann-Britt —dijo Wallander—. Y alguien más. Elige al que esté menos cansado.

—¿Y quién será? —preguntó Hansson sorprendido.

Wallander no contestó. Finalmente se quedaron Ludwigsson y Hamrén.

Se agruparon en un rincón de la mesa en lugar de sentarse, como de costumbre, cada uno en un lado.

—Escondrijos —dijo Wallander—. ¿Qué requisitos debe tener una fortaleza secreta y preferiblemente inexpugnable? ¿Qué exigencias pone un hombre loco que se ha convertido en un guerrero solitario?

—En este caso creo que su planificación se ha roto —dijo Ekholm—. Si no, estarían todavía en el sótano.

—Los animales listos excavan salidas adicionales —apuntó Ludwigsson distraídamente.

—¿Quieres decir que quizá tenga un lugar de reserva?

—Tal vez. Con toda probabilidad también se encuentra en algún sitio en Malmö.

La discusión se extinguió. Nadie decía nada. Hamrén bostezó. Un teléfono sonó en la lejanía. Un poco después, alguien estaba en la puerta diciendo que Wallander tenía una llamada. Se levantó, demasiado cansado para preguntar quién era. No se le ocurrió que pudiera ser Baiba, hasta que estuvo sentado en su despacho con el auricular en la mano. Entonces era demasiado tarde. Pero no era Baiba. Era un hombre que hablaba con la voz muy turbia.

—¿Con quién hablo? —preguntó Wallander irritado.

—Hans Logård.

A Wallander casi se le cae el auricular de las manos.

—Necesito verte. Ahora.

Su voz sonaba agitada, como si lograra hablar con gran esfuerzo. Wallander se preguntó si estaría bajo el efecto de las drogas.

—¿Dónde estás?

—Primero quiero una garantía de que vendrás. Solo.

—No la tendrás. Intentaste matarme a mí y a Sjösten.

—¡Joder! ¡Tienes que venir!

Las últimas palabras casi sonaron como un grito. Wallander se quedó dudando.

—¿Qué es lo que quieres?

—Te puedo decir dónde se encuentra Stefan Fredman. Y su hermana.

—¿Cómo puedo estar seguro de ello?

—No puedes. Pero deberías creerme.

—Iré. Tú me explicas lo que sabes. Y luego te encerramos.

—Sí.

—¿Dónde estás?

—¿Vendrás?

—Sí.

—En la casa de Gustaf Wetterstedt.

La sensación de que debía haber contemplado esa posibilidad se precipitó por la cabeza de Wallander.

—Estás armado —añadió.

—El coche está en el garaje y la pistola está en la guantera. Dejaré la puerta de la casa abierta. Me verás al entrar por la puerta. Mantendré las manos visibles.

—Iré.

—¿Solo?

—Sí. Solo.

Wallander colgó el auricular. Pensó con frenesí. No tenía la menor intención de ir solo. Pero tampoco quería que Hansson empezara a organizar una tropa numerosa. «Ann-Britt Höglund y Svedberg», pensó. Pero Svedberg estaba en casa. Le llamó. Le dijo que quería encontrarse con él delante del hospital en cinco minutos. Con el arma reglamentaria. ¿La tenía en casa? Sí, la tenía. Wallander le dijo escuetamente que iban a detener a Hans Logård. Cuando Svedberg empezó a hacer preguntas, Wallander le interrumpió. Dentro de cinco minutos delante del hospital. Hasta entonces, silencio telefónico. Abrió con llave el cajón del escritorio y sacó su pistola. Detestaba llevarla en la mano. La cargó y se la guardó en el bolsillo de la chaqueta. Se fue a la sala de reuniones e hizo señas a Ann-Britt Höglund para que se acercara. Se la llevó a su despacho y se lo explicó. Se encontrarían fuera de la comisaría inmediatamente. Wallander le dijo que se llevara su arma reglamentaria. Se marcharon en el coche de Wallander. Le había dicho a Hansson que iba a casa a ducharse. Hansson asintió con la cabeza, bostezando. Svedberg estaba esperando delante del hospital. Se sentó en el asiento trasero.

—¿Qué es lo que está pasando? —preguntó.

Wallander hizo un resumen de la conversación telefónica. Si la pistola no estaba en el coche, lo dejarían correr. Lo mismo si la puerta no estaba abierta. O si Wallander sospechaba que algo andaba mal. Se mantendrían invisibles, pero preparados.

—Supongo que habrás pensado que aquel cabrón puede tener otra pistola —dijo Svedberg—. Puede intentar tomarte como rehén. Esto no me gusta. ¿Cómo sabe dónde se encuentra Stefan Fredman? ¿Qué es lo que quiere sacar de ti?

—Tal vez sea lo bastante imbécil como para intentar negociar una reducción de la pena. La gente cree que esto es América. Pero aún no estamos allí.

Wallander pensó en la voz de Hans Logård. Algo le decía que realmente sí sabía dónde se encontraba Stefan Fredman.

Dejaron el coche fuera de la vista desde la casa. Svedberg iba a vigilar el lado de la playa. Cuando llegó allí estaba completamente solo. A excepción de una chica que estaba sentada encima del bote de remos debajo del cual habían encontrado el cadáver de Wetterstedt. Ella parecía totalmente fascinada por el mar y la nube negra que se estaba acercando a toda prisa. Ann-Britt Höglund se quedó en la parte exterior del garaje. Wallander vio que la puerta estaba abierta. Se movía muy lentamente. El coche de la empresa de seguridad estaba en el garaje. La pistola estaba en la guantera. Sacó su propia pistola y le quitó el seguro. Se movía con cuidado hacia la puerta principal que estaba abierta. Escuchaba. Todo estaba en profundo silencio. Se acercó a la puerta. Hans Logård estaba allí dentro en la penumbra. Tenía las manos encima de la cabeza. Wallander sintió un repentino malestar. No sabía de dónde le venía. De manera instintiva intuyó un peligro. Pero entró. Hans Logård le estaba mirando. Después todo ocurrió muy deprisa. Una de las manos de Logård resbaló de la cabeza. Wallander vio la herida abierta de un hachazo. El cuerpo de Logård cayó al suelo. Detrás de él estaba la persona que le había aguantado derecho. Stefan Fredman. Tenía líneas pintadas en la cara. Con una fuerza tremenda se abalanzó sobre Wallander. Llevaba el hacha levantada. Wallander alzó la pistola para disparar. Pero era demasiado tarde. Se agachó instintivamente y tropezó con una alfombra. El hacha erró la cabeza, pero le rozó el hombro con una parte del filo. La pistola se disparó y el proyectil se incrustó en el óleo que colgaba de una de las paredes. Al mismo tiempo, Ann-Britt Höglund apareció en la puerta. Estaba agachada en posición de disparar. Stefan Fredman la vio en el momento en que iba a clavar el hacha en la cabeza de Wallander. Se tiró a un lado, y Wallander quedó en la línea de fuego. Stefan Fredman desapareció por la puerta abierta de la terraza. Wallander pensó en Svedberg. El lento de Svedberg. Le gritó a Ann-Britt Höglund que disparase a Stefan Fredman.

Era demasiado tarde. Svedberg, que había oído el primer disparo, no sabía qué hacer. Le gritó a la chica que estaba encima del bote que se pusiera a cubierto. Pero no se movió. Después se fue corriendo hacia la cancilla del jardín. Le dio en plena cara al abrirse. Vio un rostro que jamás olvidaría mientras viviera. Se le había caído la pistola con el golpe. El hombre llevaba un hacha en la mano. Svedberg hizo lo único que podía hacer. Se fue corriendo pidiendo auxilio a gritos. Stefan Fredman fue a buscar a su hermana, que continuaba sentada inmóvil encima del bote de remos. Puso en marcha la motocicleta. Desaparecieron en el momento en que Wallander y Ann-Britt Höglund llegaron corriendo.

—¡Da el aviso! —gritó Wallander—. ¿Y dónde cojones está Svedberg? Intentaré seguirles con el coche.

En ese momento empezó a llover. La lluvia se tornó torrencial en menos de un minuto. Wallander se fue corriendo a su coche a la vez que intentaba acertar qué camino habría elegido Stefan Fredman. La visibilidad era pésima, a pesar de que los limpiaparabrisas funcionaban a toda velocidad. Creyó que los había perdido, cuando de repente los descubrió. Iban por la carretera hacia el hotel de Saltsjöbadshotellet. Wallander se mantenía a una distancia prudente. No quería asustarlos. Además, la motocicleta iba muy rápida. Wallander intentó pensar con rapidez en cómo acabar con todo. Estaba a punto de avisar por teléfono cuando ocurrió algo. Tal vez era por el agua que se había acumulado en el firme. Wallander vio cómo se tambaleaba la motocicleta. Frenó. La motocicleta se salió de la calzada y chocó contra un árbol. Vio cómo la muchacha saltaba del asiento trasero, directa al tronco del árbol. Stefan Fredman cayó en alguna parte a su lado.

«Mierda», pensó Wallander. Detuvo el coche en medio de la carretera y corrió hacia la motocicleta.

Enseguida vio que Louise Fredman estaba muerta. Tal vez se había roto las vértebras de la nuca. Su vestido blanco era extrañamente claro en contraste con la sangre que corría por su cara. Stefan Fredman había salido casi indemne. Wallander no podía distinguir qué era pintura y qué era sangre en su cara. En cambio, ahora sólo veía ante sí a un chico de catorce años. No dijo nada. Sólo vio cómo Stefan Fredman caía de rodillas junto a su hermana. Llovía torrencialmente. El chico empezó a llorar. A los oídos de Wallander sonaba como un aullido. Se agachó al lado del chico.

—Está muerta —dijo—. No podemos hacer nada.

Stefan Fredman le miró con su cara deformada. Wallander se levantó precipitadamente. Temía que el chico se le arrojara encima. Pero no ocurrió nada. El chico continuó aullando.

En algún lugar detrás de él oyó los vehículos de emergencias. Sólo cuando Hansson estuvo a su lado se dio cuenta de que él mismo estaba llorando.

Wallander dejó todo el trabajo para los demás. Sólo a Ann-Britt Höglund le explicó brevemente lo ocurrido. Cuando vio a Per Åkeson, se lo llevó a su coche. La lluvia tamborileaba contra el capó.

—Se acabó —dijo Wallander.

—Sí —contestó Per Åkeson—. Se acabó.

—Me voy de vacaciones mañana —dijo Wallander—. Comprendo que hay que escribir un montón de informes. Pero me iré de todas formas.

La respuesta de Per Åkeson llegó sin vacilación.

—Hazlo —ordenó—. Vete.

Per Åkeson salió del coche. Wallander pensó que debía haberle preguntado cómo iban los preparativos de su viaje a Sudán. ¿O era a Uganda?

Se fue a casa. Linda no estaba. Se metió en la bañera. Cuando la oyó cerrar la puerta de un golpe, se levantó y se secó.

Aquella noche le contó lo que realmente había ocurrido. Y cómo se sentía.

Después llamó a Baiba.

—Pensé que no llamarías nunca —dijo sin ocultar su enfado.

—Te pido disculpas —dijo Wallander—. ¡He tenido tantísimo trabajo!

—Pienso que es una excusa muy mala.

—Lo sé. Pero es la única que tengo.

Ninguno de los dos decía nada más. El silencio iba y venía entre Ystad y Riga.

—Nos vemos mañana —dijo Wallander finalmente.

—Sí —respondió—. Tal vez lo hagamos.

Así terminaron la llamada. Wallander notó que el corazón le daba un vuelco. ¿Quizá no vendría?

Después Linda y él hicieron sus respectivas maletas.

La lluvia cesó poco después de la medianoche.

Olía a aire fresco cuando salieron al balcón.

—El verano es muy hermoso —dijo Linda.

—Sí —contestó Wallander—. Es hermoso.

Al día siguiente tomaron juntos el tren a Malmö. Se despidieron saludándose con las manos.

Después Wallander se fue a Copenhague en el aerodeslizador.

Contemplaba el agua que corría a lo largo del barco. Pidió distraído un café y coñac.

El avión de Baiba aterrizaría dentro de dos horas.

Le invadió algo parecido al pánico.

De repente deseó que la travesía a Copenhague durase mucho más.

Pero cuando ella llegó, allí estaba él.

Sólo entonces desapareció la imagen de Louise Fredman de su cabeza.

Escania
16-17 de septiembre de 1994

Epílogo

El viernes 16 de septiembre apareció de repente el otoño sobre el sur de Escania. Llegó inesperadamente, como si la gente guardase aún el recuerdo de un verano que había sido el más caluroso y seco que jamás habían vivido.

Kurt Wallander se despertó muy pronto esa mañana. Abrió los ojos en la oscuridad, precipitadamente, como si le hubiesen arrancado de un sueño. Se quedó inmóvil e intentó recordar. Pero sólo quedaba el eco de algo que ya se había ido y nunca volvería. Movió la cabeza y miró el reloj de al lado de la cama. Las manecillas brillaban en la oscuridad. Las cinco menos cuarto. Se giró de lado para continuar durmiendo. Pero le mantuvo despierto la conciencia del día que era. Se levantó y entró en la cocina. La farola que había delante de la ventana se balanceaba solitaria en el viento. Vio en el termómetro que la temperatura había descendido a siete grados. Sonrió al recordar que en menos de cuarenta y ocho horas estaría en Roma. Allí todavía hacía calor. Se sentó a la mesa de la cocina y tomó café. Repasó mentalmente todos los preparativos del viaje. Unos días antes había ido a casa de su padre para arreglar por fin la puerta que se vio obligado a romper cuando aquél, en un ataque de gran confusión, se había encerrado y empezado a quemar sus zapatos y sus cuadros. Ese día admiró el pasaporte nuevo de su padre. Había ido al banco a cambiar dinero y tenía unas liras y un talonario de cheques de viaje. Los billetes de avión los iría a recoger por la tarde a la agencia de viajes.

Ahora le quedaba acudir a su último día de trabajo antes de empezar la semana de vacaciones. La terca investigación sobre la banda que exportaba coches robados a los antiguos estados del Este todavía le perseguía. Pensó que hacía casi un año que trabajaba en el asunto. Aún no se podía ver el final. La policía de Göteborg había hecho recientemente una redada en uno de los talleres donde se daba un nuevo aspecto y una nueva matrícula a los coches robados antes de llevarlos fuera del país mediante distintas líneas de transbordadores. Pero todavía quedaban muchas cosas turbias en aquella extensa investigación. Pensó que tendría que volver a ese triste trabajo al regresar de Italia.

Descontando los robos de coches, el distrito policial de Ystad había estado tranquilo durante el último mes. Wallander había notado en sus colegas que empezaban a tener tiempo para ordenar sus escritorios. La tremenda tensión de la persecución de Stefan Fredman por fin empezaba a relajarse. A propuesta de Mats Ekholm, unos psicólogos analizaron cómo habían reaccionado los policías de Ystad al tremendo estrés al que habían estado sometidos durante la intensa investigación. A Wallander le entrevistaron en varias ocasiones y entonces tuvo que enfrentarse de nuevo con los recuerdos. Durante un largo periodo experimentó una sensación de tristeza depresiva. Aún recordaba una noche de finales de agosto en la que, sin poder dormir, se había marchado con el coche a la playa de Mossby Strand. Paseó por la orilla pensando cosas tristes sobre la época y el mundo en el que vivía. ¿Era posible entenderlo? Chicas pobres a las que, engañadas, se las hacía venir a burdeles europeos. La trata de jovencitas que conducía directamente a las habitaciones secretas, escondidas tras la fachada de aquello que debería ser lo más selecto de la sociedad. Allí se sepultaban los secretos, se archivaban, no se hacían públicos. El retrato de Gustaf Wetterstedt continuaría colgando en los pasillos en los que la fuerza superior de la policía recibía sus órdenes. En aquel momento Wallander pensó que había descubierto el poder de los señores que una vez había pensado que estaba destruido, pero que ahora veía volver. La idea le producía náuseas. Tampoco podía sacarse de encima la espeluznante información que Stefan Fredman le había dado. Que había sido él quien tomó sus llaves y que en varias ocasiones estuvo en su apartamento, con la intención de matarlos a él y a Linda. Desde aquel día, Wallander ya no podía contemplar el mundo de la misma manera que antes.

En algún momento durante aquella noche en la playa había escuchado el susurro de miles de aves migratorias que ya estaban iniciando su regreso al sur. Había sido un momento de gran soledad, pero también de gran belleza, y le invadió la certeza de que algo había concluido y que vendría otra cosa. Supo que aún conservaba la capacidad de sentir quién era.

También recordaba una de las últimas conversaciones que había tenido con Ekholm. Se produjo cuando la investigación del asesino hacía un mes que había acabado.

Ekholm volvió a mediados de agosto para repasar todo el material de la investigación. Wallander le invitó a casa la última noche antes de que regresara para siempre a Estocolmo. Preparó una cena sencilla, espaguetis. Luego estuvieron hablando hasta las cuatro de la madrugada. Wallander había comprado una botella de whisky y ambos se emborracharon. Wallander preguntó una y otra vez cómo podía ser que personas jóvenes, niños apenas, pudieran cometer crueldades de esa calaña. Se irritó por los comentarios de Ekholm, que según su opinión sacaba demasiadas conclusiones solamente de ideas sobre la psique humana. Wallander creía que la culpa de todo la tenía el entorno, el mundo incomprensible, todo ese proceso de deformación al que nadie puede escapar.

Ekholm insistía en que el presente no era peor que cualquier otra época. Que la sociedad sueca se tambalease y se derrumbase tampoco era algo que pudiera interpretarse como la causa de la existencia de personas como Stefan Fredman. Suecia era todavía una de las sociedades más seguras, una sociedad en la que se cuidaban los detalles —Wallander recordó que Ekholm repetía la palabra *más limpia*— del mundo. Stefan Fredman era una excepción que no confirmaba nada más que su propia existencia. Era una excepción que seguramente nunca tendría una réplica. Esa noche Wallander intentó hablar de todos los niños que sufrían. Pero le habló a Ekholm como si en realidad no tuviese a nadie con quien hablar. Se sentía confuso, pero no podía negar la sensación que le invadía. Estaba preocupado. Por el futuro. Por las fuerzas que al parecer se concentraban ocultas a todas las miradas.

Pensaba a menudo en Stefan Fredman. Pensaba por qué él mismo había seguido una pista falsa con tanta obstinación. La idea de que un chico de catorce años estuviera detrás de los asesinatos había sido tan inconcebible que se había negado a creerlo. Pero ahora sabía que algo en su interior, quizá ya desde que le conoció en el apartamento de Rosengård, le había estado diciendo que se encontraba muy cerca de la espantosa verdad que impregnaba los acontecimientos que le habían perseguido durante tanto tiempo. Aunque lo sabía, eligió seguir la falsa pista porque le había resultado imposible aceptar la verdad.

A las siete y cuarto abandonó el apartamento y se dirigió a su coche. El aire era fresco. Se subió la cremallera de la cazadora y se estremeció al sentarse en el asiento del conductor. Durante el viaje a la comisaría pensaba en la reunión que iba a tener esa mañana.

Eran las ocho en punto cuando llamó a la puerta del despacho de Lisa Holgersson.

Al oír su voz, abrió la puerta. Ella le saludó con la cabeza y le invitó a sentarse. Wallander pensó rápidamente que sólo prestaba sus servicios desde hacía tres semanas en sustitución de Björk, quien continuaba ascendiendo en su carrera. De todos modos había tenido tiempo de dejar su marca en gran parte del trabajo y en el ambiente.

Muchos mostraban escepticismo con aquella mujer que venía de un distrito policial de la región de Småland. Además, Wallander estaba rodeado de colegas que vivían en la antigua creencia de que las mujeres no estaban hechas para ser policías en activo. ¿De qué modo, pues, podrían incluso ser sus jefes? Pero Lisa Holgersson pronto mostró su capacidad. A Wallander le impresionó su integridad, su valentía y su capacidad de pronunciar charlas comprensibles y ejemplares, fuera cual fuere el tema.

El día anterior Lisa Holgersson pidió una reunión con él. En aquel momento, cuando Wallander estaba sentado en la silla de las visitas, aún no sabía qué quería.

—Te vas de vacaciones la semana que viene —dijo—. Oí que vas a Italia con tu padre.

—Es uno de sus sueños —respondió Wallander—. Probablemente será la última ocasión que tengamos. Tiene casi ochenta años.

—Mi padre tiene ochenta y cinco —contestó—. A veces tiene la cabeza muy lúcida, pero otras no me reconoce. Me he dado cuenta de que uno no se separa nunca de sus padres. De repente los papeles se invierten. Te vuelves padre de tus padres.

—Es más o menos lo que yo pienso —comentó Wallander.

Movió algunos papeles de su escritorio.

—En realidad no tenía ningún asunto en concreto que comentarte —dijo—. Pero de pronto he comprendido que no he tenido oportunidad de darte las gracias por tu trabajo de este verano. Fue un trabajo de investigación ejemplar en muchos aspectos.

Wallander la miró inquisitivamente. ¿Lo decía en serio?

—No es cierto —dijo—. Cometí muchos errores. Llevé la investigación hacia una pista falsa. Podría haberse ido a pique.

—Una buena capacidad para dirigir una investigación muchas veces supone saber cuándo se tiene que cambiar de pie —respondió—. Mirar hacia el lado que acabas de descartar. La investigación fue modélica en muchos aspectos. Sobre todo por vuestra perseverancia. La capacidad de concebir ideas inesperadas. Quiero que lo sepas. He oído que el director del departamento de Investigación Criminal ha expresado su satisfacción en diversas ocasiones. Probablemente recibirás una invitación para pronunciar unas cuantas conferencias sobre esta investigación en la Escuela Superior de Policía.

Wallander se opuso enseguida.

—No puedo —dijo—. Que lo haga otro. Yo no sé hablar delante de gente que no conozco.

—Lo discutiremos cuando vuelvas —dijo sonriendo—. Lo más importante por ahora era decirte lo que pienso.

Se levantó en señal de que el breve encuentro se había acabado.

Cuando Wallander caminaba por el pasillo pensó que ella había dicho lo que realmente sentía. Aunque intentó rechazar la sensación, el aprecio le alegró. Sería fácil colaborar con ella en el futuro.

Fue a buscar café e intercambió unas palabras con Martinsson sobre una de sus hijas, que tenía anginas. Al entrar en su despacho, llamó a la peluquería para pedir hora. En la mesa tenía una lista recordatoria que había escrito el día anterior. Pensaba marcharse de la comisaría a las doce para poder hacer todos los recados que aún le quedaban pendientes.

Acababa de firmar unos papeles que estaban en su mesa cuando sonó el teléfono. Era Ebba desde la recepción.

—Tienes una visita —dijo—. Al menos eso creo.

Frunció el ceño.

—¿Crees?

—Hay un hombre aquí que no habla nada de sueco. Ni una palabra. Lleva una carta. En inglés. Pone que es para Kurt Wallander. En otras palabras, es contigo con quien quiere hablar.

Wallander suspiró. En realidad no tenía tiempo.

—Iré a buscarlo —dijo, acabando la conversación, y se levantó.

El hombre que le esperaba en el pasillo era bajo, moreno y llevaba barba de varios días. Vestía de manera muy sencilla. Wallander se acercó a él y le saludó. El hombre le contestó en español, o tal vez en portugués, al mismo tiempo que le entregaba la carta.

La leyó. Estaba escrita en inglés. Una sensación de impotencia se apoderó de él con una fuerza terrible. Miró al hombre que estaba delante de él. Aferró su mano y le invitó a acompañarlo. Fue a buscar café y se lo llevó a su despacho.

La carta era de un sacerdote católico llamado Estéfano.

Le pedía a Kurt Wallander, un nombre que había conseguido a través de la Interpol, que prestase un poco de su tiempo, seguramente muy preciado, a Pedro Santana, que tan trágicamente había perdido a su hija unos meses antes allá en el lejano norte.

La carta explicaba la conmovedora historia de un hombre sencillo que quería ver la tumba de su hija en un país extranjero. Había vendido casi todas sus pertenencias para poder hacer el largo viaje. Por desgracia no hablaba inglés. Pero se entenderían de todos modos.

Tomaron su café en silencio. Wallander sentía una gran tristeza.

Cuando salieron de la comisaría había empezado a llover. El padre de Dolores María caminaba tiritando al lado de Wallander, al que apenas le llegaba a los hombros. En el coche de Wallander se fueron hasta el cementerio. Caminaron entre pequeñas lápidas y se detuvieron en la loma donde estaba enterrada Dolores María. Estaba señalizada con un palo de madera y un número. Wallander la indicó con la cabeza y retrocedió un paso.

El hombre cayó de rodillas delante de la tumba. Después empezó a llorar. Inclinó la cara sobre la tierra mojada, gemía, pronunciaba palabras que Wallander no entendía. Wallander notaba que a él también se le subían las lágrimas a los ojos. Miró al hombre que había hecho el largo viaje, pensó en la chica que se apartó de él en el campo de colza y luego ardió como una antorcha. Sintió una ira tremenda en su interior.

«La barbarie siempre tiene forma humana», pensó. «Eso es lo que hace que sea tan inhumana.» Lo había leído en alguna parte. Ahora sabía que era verdad.

Pronto cumpliría cincuenta años. En ese tiempo había visto transformarse la sociedad a su alrededor, y él mismo había participado en esa transformación. Pero sólo ahora se daba cuenta de que únicamente se había visto una parte de esa transformación. Algo había sucedido de forma soterrada, oculta. La construcción había tenido su sombra en la invisible destrucción que se producía al mismo tiempo. Lo mismo que una enfermedad vírica, con un tiempo de incubación largo y asintomático. Cuando era un joven policía le parecía evidente que todos los problemas se resolverían sin usar la violencia más que en casos de extrema necesidad. Luego se produjo un desplazamiento gradual hacia un punto en el que nunca se podía excluir la necesidad de la violencia para resolver ciertos problemas. Y hoy ese desplazamiento había llegado a su fin.

¿Ya no se podían resolver los problemas sin recurrir a la violencia?

Si fuese así, cosa que temía cada vez más, el futuro le daba miedo. En ese caso la sociedad habría girado sobre sí misma y se había convertido en un monstruo.

Todavía existen imágenes cándidas: la del niño que aparece en las cajas de cerillas con fines benéficos, la del muchacho rubio que anuncia el caviar.

Todavía existen, pero no es lo mismo. Después de media hora, el hombre se incorporó. Se santiguó y se volvió. Wallander bajó los ojos. Le costaba mirar la cara que tenía delante de él.

Se lo llevó entonces a la calle de Mariagatan. Le dejó darse un baño caliente.

Canceló la hora del peluquero. Mientras Pedro Santana se relajaba en la bañera, Wallander registró sus bolsillos y encontró su pasaporte y su billete de avión. Volvería a la República Dominicana el domingo. Wallander llamó a la comisaría y le pidió a Ebba que localizase a Ann-Britt Höglund. Le explicó lo sucedido. Ella escuchó sin preguntar. Después prometió hacer lo que le pedía.

Ann-Britt llegó al apartamento media hora más tarde. En el recibidor le dio a Wallander lo que él estaba esperando.

—Naturalmente es ilegal lo que estamos haciendo —dijo ella.

—Claro —respondió él—. Pero yo asumo la responsabilidad.

Ella saludó a Pedro Santana, que estaba sentado erguido y formal en el sofá de Wallander. Le habló con el poco español que sabía.

Luego Wallander le entregó la joya que habían encontrado en el campo de colza. La estuvo mirando durante un buen rato. Luego se volvió hacia ellos y sonrió.

Se despidieron en el recibidor. Dormiría en casa de Ann-Britt Höglund.

Ella se ocuparía de que tomara su avión el domingo.

Wallander permaneció en la ventana de la cocina observando cómo subía al coche. La ira era enorme en su interior.

Al mismo tiempo comprendió que la investigación concluía en ese mismo momento. Stefan Fredman estaba en algún lugar, retenido y atendido. Él viviría. Su hermana Louise estaba muerta. Al igual que Dolores María Santana, ella estaba en su tumba. La investigación había acabado.

Lo que le quedaba a Wallander era la ira.

Aquel día no regresó a la comisaría. El encuentro con Pedro Santana había significado verse obligado una vez más a revivir todo lo sucedido. Hizo su maleta sin ser plenamente consciente de lo que hacía. En varias ocasiones se puso junto a la ventana mirando con distracción hacia la calle, a la lluvia que arreciaba. No fue hasta bien entrada la tarde cuando logró quitarse el malestar de encima. Pero le quedaba la ira. No le abandonaría. A las cuatro y cuarto fue a la agencia de viajes a buscar los billetes. También se detuvo en la tienda de licores para comprar una botella pequeña de whisky. Al llegar a casa llamó a Linda. Prometió enviarle una postal desde Roma. Ella tenía prisa, pero no quiso preguntarle por qué. Intentó alargar la conversación todo lo que pudo. Le contó lo de Pedro Santana y su largo viaje. Pero era como si no le entendiera, o no tuviera tiempo para escucharle. La conversación se acabó antes de lo que hubiera deseado. A las seis llamó a Löderup y le preguntó a Gertrud si todo estaba en orden. Le contó que su padre estaba tan excitado por el viaje que apenas podía estarse quieto. Parte de la anterior alegría se despertó en Wallander. Caminó hasta el centro y cenó en una pizzería. Al regresar a Mariagatan llamó a Ann-Britt Höglund.

—Es un hombre muy bueno —dijo—. Ya se lleva muy bien con mis hijos. No les hace falta un idioma común para entenderse. Les ha cantado canciones. Y bailado. Creo que piensa que ha llegado a un país muy extraño.

—¿Ha dicho algo de su hija? —preguntó Wallander.

—Era hija única. La madre murió poco después de nacer ella.

—No se lo expliques todo —dijo Wallander—. Evítale lo más duro.

—Ya lo he pensado —respondió—. Le cuento lo menos posible.

—Está bien —dijo Wallander.

—Buen viaje.

—Gracias. Mi padre está ilusionado como un niño.

—Creo que tú también.

Wallander no contestó. Pero después, cuando la conversación había finalizado, pensó que tenía razón. La inesperada visita de Pedro Santana había despertado las dormidas sombras. Ahora tendrían que descansar de nuevo. Merecía el descanso. Se sirvió una copa de whisky y extendió un plano de Roma delante de él. Nunca había estado allí. No sabía una palabra de italiano. «Pero somos dos», pensó. «Mi padre tampoco ha estado allí más que en sus sueños. Tampoco él habla italiano. Nos introduciremos juntos en este sueño y seremos guías el uno del otro.»

Atrapado por un repentino impulso, llamó a la torre de control de Sturup y preguntó a uno de los controladores aéreos si sabía qué tiempo hacía en Roma. Se conocían de nombre.

—Hace calor en Roma —dijo el controlador aéreo—. En este momento, a las ocho y diez minutos, tienen allí veintiún grados. Sopla viento del sudeste, un metro por segundo, lo que en la práctica significa que no hace viento. Además hay una ligera neblina. La previsión del tiempo para las próximas veinticuatro horas es que continúe siendo estable.

Wallander le agradeció su ayuda.

—¿Te vas de viaje? —preguntó el controlador aéreo.

—Voy de vacaciones con mi anciano padre —respondió Wallander.

—Parece una buena idea —dijo el controlador—. Les pediré a los colegas de Copenhague que os guíen con cuidado por las rutas aéreas. ¿Vas con Alitalia?

—Sí. A las diez cuarenta y cinco.

—Pensaré en ti. Buen viaje.

Wallander repasó su maleta una vez más. Comprobó el dinero y los billetes. A las once llamó a Baiba. Luego se acordó de que ya se habían despedido la noche anterior. Hoy estaba visitando a unos familiares que no tenían teléfono.

Se sentó con una copa de whisky a escuchar *La traviata*. El volumen estaba bajo. Pensó en el viaje que había realizado con Baiba a Skagen. Cansado y exhausto la había estado esperando en Copenhague. Su aspecto en el aeropuerto de Kastrup era el de un fantasma, e iba sin afeitar. Sabía que ella se había decepcionado al verle, aunque no dijo nada. Sólo cuando llegaron a Skagen y él durmió tranquilo unas noches, le explicó todo lo que había sucedido. Después de eso, empezaron de verdad sus días juntos.

Uno de los últimos días le preguntó si quería casarse con él.

Contestó que no. Al menos de momento. Ahora no. El pasado todavía estaba demasiado reciente. Su marido, el capitán de policía Karlis, al que Wallander también había conocido, aún habitaba en su conciencia. Su violenta muerte aún le perseguía como una sombra. Ante todo dudaba si podría imaginarse casada de nuevo con un policía. Él la entendía. Pero buscaba cierta seguridad. ¿Cuánto tiempo necesitaba para pensárselo?

Sabía que le quería. Eso lo había notado.

Pero ¿sería suficiente? ¿Dónde se encontraba él mismo? ¿En realidad quería vivir con otra persona? No lo sabía. A través de Baiba se había librado de la soledad que le había acechado después del divorcio de Mona. Era un gran paso, un alivio enorme. Tal vez tendría que contentarse con eso. Al menos por ahora.

Se fue a la cama pasada la una. Eran muchos los interrogantes que poblaban su cabeza.

Se preguntaba si Pedro Santana estaría durmiendo.

Gertrud fue a recogerle el día siguiente a las siete, era el 17 de septiembre. Todavía llovía. Su padre iba muy erguido en el asiento delantero del coche, vestido con su mejor traje. Wallander vio que Gertrud le había cortado el cabello.

—Ahora nos vamos a Roma —dijo su padre con alegría—. Imagínate. Por fin es real.

Gertrud los dejó en Malmö delante de la estación de ferrocarril, donde partieron con el autobús del aeropuerto que pasaba por Limhamn y Dragör. En el transbordador su padre insistió tercamente en salir a cubierta, en la que soplaba un fuerte viento. Señaló hacia la tierra firme sueca, hacia un punto al sur de Malmö.

—Allí creciste. ¿Te acuerdas?

—¿Cómo lo podría olvidar? —respondió Wallander.

—Tu infancia fue muy feliz.

—Lo sé.

—No te faltó nunca de nada.

—Nada.

Wallander pensó en Stefan Fredman. En Louise. En el hermano que intentó sacarse sus propios ojos. En todo lo que les había faltado y que les había sido robado. Pero se esforzó por rechazar esos pensamientos. Estarían allí, volverían. En ese momento se encontraba de viaje con su padre. Eso era lo más importante. Todo lo demás tendría que esperar.

El avión despegó exactamente a las diez cuarenta y cinco. Su padre estaba sentado al lado de la ventanilla y Wallander en el asiento de en medio.

Era la primera vez que su padre se encontraba en el interior de un avión.

Wallander lo estuvo mirando mientras el avión tomaba velocidad y lentamente despegaba separándose de tierra firme. Había inclinado la cara hacia la ventanilla para poder mirar.

Wallander notó que sonreía.

La sonrisa de un anciano, que había logrado sentir la alegría de un niño una vez más en su vida.

Palabras finales

Esto es una novela. Eso significa, sobre todo, que ninguno de los personajes que aparecen en ella existe en la realidad; aunque no siempre es posible, y ni siquiera preciso, evitar las similitudes.

Por lo demás, doy las gracias a todos los que me han ayudado a lo largo de este libro.

Henning Mankell, Paderne, julio de 1995

Colección Maxi

SERIE WALLANDER
(por orden cronológico)

1. Asesinos sin rostro, 1991
   Henning Mankell

2. Los perros de Riga, 1992
   Henning Mankell

3. La leona blanca, 1993
   Henning Mankell

4. El hombre sonriente, 1994
   Henning Mankell

5. La falsa pista, 1995
   Henning Mankell